希腊思想的道路

基于诗歌与哲学的考察

李咏吟 著

ZHEJIANG UNIVERSITY PRESS
浙江大学出版社

总　序

　　一首诗，一幅画，一场音乐会，若艺道精妙，就会让人体会到无限欢乐。人们惊叹于艺术之妙，所以，总要追问：何为艺术？艺术何为？艺术构造了民族文明的精神个性，艺术传承了民族生活的独特精神记忆。作为文明的独特精神形象，艺术作用于民族心灵，构成了民族文化生活的独特精神禀赋。在文明的诗思传统中，人们极其重视艺术的价值。可是，有个问题一直被隐匿：那就是，艺术如何构成了文明？艺术能构成怎样的文明？在此，我们着重想说明：艺术是文明的产物，尤其是政治、宗教文明的产物；有怎样的政治、宗教文明，就会有怎样的艺术生活。在文明生活中，艺术发挥着重要的调节作用，它或者顺应政治、宗教的要求，或者反抗政治、宗教的要求，驰骋生命的想象与情感，满足人们的精神需要。在不同的政治、宗教精神作用下，经济基础决定着艺术的成败得失，因为经济生活与政治、宗教生活，最能激活艺术。由于专业的限制，这里，我们只能讨论"小艺术"，即讨论诗歌、小说、戏剧、绘画、音乐，等等，其实，"大艺术"的价值，即风景、建筑、园林和城市，更值得重视。没有"小艺术"的眼光和"小艺术"的自由探索，"大艺术"的发展可能会受到阻碍，"大艺术"的价值就会被低估。从文明意义上来说，只有处处洋溢着美的民族国家，才是伟大的文明国家；反过来，伟大的民族国家，总会时时重视美并保护美。传统艺术理论的局限，就在于：轻视生活世界的大艺术，醉心于个人世界的小艺术。实际上，没有优美的大艺术，即使存有许多优美的小艺术，文明本身肯定存在着巨大的缺陷。我们崇尚优美而自由的文明，崇尚深邃而优雅的文明；优美的大艺术与自由的小艺术，必定能构造伟大的文明，"小艺术"和"大艺术",只有在政治、宗教文明生活中,才能形成"良性互动"。这就是艺术与文明的联系,其中,有无穷可探索的思想空间。这个书系,就是为了追思浪漫,体验自由,探索文明,寻求心灵的自由,揭示艺术的秘密和艺术构造文明的意义。丛书出版,得到浙江大学基督教与跨文化研究中心的大力支持,谨此致谢!著名学者陈村富教授,奖掖后进,促成了这个书系的诞生。师恩难忘,衷心铭感,但愿艺术与文明的薪火,可以借此流传。

2008 年春于浙江大学基督教与跨文化研究中心

目　录

第一章　从诗人神谱到哲人的凝思

第一节　诗歌与哲学：希腊思想史的基本形态

为什么要追溯希腊思想的道路？因为希腊思想是西方思想的起源与原型，也是人类思想史的根基性图像。希腊思想从未死去，它一直活在西方人民乃至世界人民的心中。正如布克哈特在谈及希腊人的生活信条（Gesamtbilanz）时所总结的那样："高贵的出身的确美好，但需要先有功勋；财富受人尊敬，但这是命定与高度不稳定的事；因其暴露而被恶人敌视，故财富常被许多恶徒所占有；声誉使人拥有崇高感，但并非不可动摇；美貌令人羡慕，但稍纵即逝；健康实应珍重，但也变化无常；体力充满价值，但衰老与病痛可损坏它；与公牛、大象和狮子相对抗，少数弱小者也可提及。在我们所知的一切当中，只有教养（die Bildung）才能不朽与神圣。"①希腊人的审美思想与希腊人的英雄精神一直激发着人们的想象，希腊人的理性精神、政治理想和科学精神永远激励着人类的自由探索。希腊思想如此优美与灿烂，象征着人类美好的生活信念，不断确证正义与节制、勇敢与明智的价值。必须看到，死去的希腊思想也许是糟糕的希腊思想，活着的希腊思想才是希腊自由民创造和保护的"美好思想"。在这些"美好思想"中，"诗歌"与"哲学"或"诗人"与"哲人"具有极其重要的地

---

① Jacob Burckhardt, *Griechische Kulturgeschichte*, Melzer Verlag für Zweitausendeins, 2007, SS. 413-414.

位。人类的一切美好思想,不外乎从诗歌与哲学中延伸出来。艺术与道德、信仰与情感,从诗歌延伸而来;逻辑与科学、法律与政治,则从哲学延伸而来。没有广义的或原初的诗歌与哲学,人类的思想将是一片昏暗,而广义和原初的诗歌与哲学,则保存了各民族最优秀的思想。

面对希腊思想的历史道路与智慧经典,我们不妨提出几个问题:"何为希腊思想?""希腊思想如何起源?""希腊思想如何发展?"对于第一问题的简单回答是:"希腊思想",即由希腊人所创造的诗歌、宗教、哲学、科学、道德、政治、法律、逻辑与修辞等等所构成的思想形态与思想观念。对于第二个问题的简单回答是:"希腊思想的起源",一方面根源于希腊人的物质生活需要与精神生活需要,另一方面则根源于希腊人自身对生命存在的自由追寻与自由探索。由此,他们对诸如"天地""生死""贫富""爱恨"这些根基性的问题形成了多元而智慧的回答。对第三个问题的简单回答是:"希腊思想的发展"有其历史的过程。先起源于"诗歌"与"宗教",这些感性形态的想象极大地丰富了希腊人对天地、自然、人生的理解,后形成于"哲学"与"法律",这种理性形态的逻辑观念极大地提升了希腊人的思想高度,他们通过科学之思与智慧之辩形成了希腊思想的哲学认知。

基于此,"希腊思想的道路",大致可以分成两个阶段:第一阶段基于诗歌的感性思想表达,第二阶段基于科学哲学的理性思想表达。这两个阶段,是思想不断探索、不断发展、不断超越的过程。诗歌与哲学所代表的两种基本思想形态,既相互对抗、相互挑战,又相互丰富、相互补充。诗歌的思想表达作为感性形态,虽然受到哲学思想表达的不断挑战,但是,人们始终顽固地保持着对感性想象的偏爱。英雄的希腊诗人与哲人,在这一过程中发挥着最为特殊的作用。[①] 事实上,在民族思想的发展过程

---

① *Die Vorsokratiker*,herausgegeben von Wilbelm Capelle, Alfred Kröner Verlag, 2008,SS. 1-10.

中,"诗人"与"哲人"是真正的"文明立法者"与"价值立法者"。① 从宗教信仰意义上说,诗人与哲人关于神的观念的确立具有极其重要的地位,因为它不仅关涉人们对天地、自然与人生的理解,而且关涉人们对生命存在与神圣人生的智慧信仰。如果说,法律信念决定了民族国家公民生活的外在秩序,那么,宗教神学则决定了民族国家公民生活的内在秩序。因此,探讨希腊神学思想的发展以及希腊神学思想的独特地位,在希腊思想道路的探索过程中具有重要的作用,甚至可以说,希腊神学思想的源流,最为清晰地勾勒了希腊思想发展的内在化道路。

具体说来,"希腊诗人",通过神话叙事与英雄叙事构造了希腊人的日常生活信仰与生命情感的表达方式,特别是对自然力量的神秘想象和理解,这奠定了早期希腊思想的诗性思维的基础;"希腊哲人",则通过观察分析自然与反思感性经验的诗性思维,对神秘事物与生命存在形成智慧解释与逻辑证明,使人类理性能够主导现世生活价值,确立了希腊思想的理性规范。希腊诗人与希腊哲人的自由创造,共同构成了希腊早期思想的历史面貌。"诗歌"与"哲学",既是两种紧密关联的思想方式,又是彼此相互独立的思想形态。从"诗歌"向"哲学"的思想转换,是两种生命认知方式的内在转换,是两种生命存在信仰的理论自觉,也是两种神学思想表达的自由建构与自由交流。正如柏拉图所言:"一个人如果不知道正义和美怎样才是善,他就没有足够的资格做正义和美的护卫者。我揣测,没有一个人在知道善之前能足够地知道正义和美。"②显然,从诗歌意义上理解美与善,与从哲学意义上理解美与善有所不同。在对希腊诗人与哲人思想的追问中,我们需要进一步思考:"希腊神话诗歌"如何构成了希腊思想的原初形态? 它如何决定了希腊思想的基本特质? "希腊哲学思想"如

---

① 伯纳德特在《心灵考古学》中系统讨论"爱若斯"(Eros 即爱欲,希腊爱神的名字)、自由,通过古典诗歌,论赫西俄德、品达、埃斯库罗斯、索福克勒斯,论赫拉克利特、巴门尼德等等思想,在诗歌与哲学两个维度展示了独特的希腊思想史特质。See Seth Benardete, *The Archaeology of the Soul*, St. Augustine's Press, 2012, p. Ⅸ.

② 柏拉图:《理想国》,郭斌和等译,商务印书馆 1986 年版,第 262 页。

何面对希腊神话思想并最终超越了神话思想？与此同时，还应反思："希腊哲学思想"为何要摆脱神话神学思想的影响？它如何达到了哲理性思想高度？

如果说，从诗歌到哲学的转变，意味着"希腊神话思想"具有中介作用，那么，希腊哲学对神话的超越，是否意味着"希腊神话思想"已经死亡？在荷马时代，希腊人以神话思想与英雄精神对待自然与人生；在苏格拉底时代，希腊人则以政治实践与理性思辨自由主宰生活秩序。虽然如此，但是必须承认神话思想与理性思维共在，宗教信仰与法治实践并存，只不过希腊人不再以神话思想看待一切，而是以理性思维对待现实生活，以神话思想想象精神秩序。因此，"从诗歌到哲学"，"从神话到逻各斯"，是希腊思想的必然转换过程，也是希腊思想自我完善自我修正的过程。[①] 不了解希腊神话诗歌向自然哲学和理性哲学的转变，就无法真正了解希腊思想的丰富性。基于神学的立场，我们需要追问：希腊神话与哲思中包含着希腊人怎样的宗教信仰？它们保存了希腊人怎样的精神生活价值？当然也必须考察：希腊诗人如何理解自然神秘与宗教信仰？希腊哲人如何看待诸神神话与宗教信仰？或者说，自然哲学家和理性哲学家如何从理论上解决宗教信仰与自然世界之关系或宗教信仰与生活世界之关系？正是对这些问题的追问，希腊思想的历史斑斓画卷才在我们面前徐徐展开。

第二节　神话神学与理性神学之间的思想转换

在梳理希腊思想的道路时，笔者之所以要选择"神学"这一观照视角，是因为希腊人最初的思想"优先关注神秘存在对人类生活的意义"，"优先关注神与人的精神联系"，因此，通过神学想象与神话结构理解希腊诗人思想的情感丰富性与德性价值原则，通过希腊神学与形而上学之思建构

---

① Franz Brentano, *Geschichte der griechischen Philosophie*, Felix Meiner Verlag, 1988, SS. 14-19.

希腊存在论问题与宗教信仰理论的思想原则,具有特殊的思想价值。事实上,韦尔南早就指出,"在这条道路上,'神话'作为虚构故事的特征逐渐凸显出来,与被当作有效的、有根据的推理的'逻各斯'形成越来越鲜明的反差"。"希腊的变化,不是在宗教领域内部发生的。新的思想形态,是在宗教的边缘和外部形成的,有时甚至与某些宗教信仰或官方礼仪公开对立。""这种新思想的目的,是通过一种累积性的个人探索达到真理。每个人都要反驳他的前者,提出与之对立的论据,这些具有理性特点的论据本身又可以引起讨论。"①韦尔南的这些论述,对于全面把握希腊思想的道路具有重要的启示意义。希腊神学问题的理论反思,不仅涉及宗教信仰与生命存在之间的根本联系,而且涉及希腊人的自然观、人生观和宇宙观等问题的哲学表达。② 从神学思想建构意义上说,希腊诗人建构的诗歌神学或神话神学是感性形象的思想体系,希腊哲人建构的哲学神学或理性神学则是逻辑理性的思想论证系统。

"希腊神话神学",是希腊诗人通过诗歌与神话所构建的原初思想体系或原初智慧形态。虽然在现代视野中,"神话"(Mythos)被人看作是"荒唐不实的想象",但在远古时期,则被看作是真实存在的思想呈现,而且对人类的艺术自由具有决定性作用。甚至可以说,"没有神话就没有诗歌","没有神话就没有宗教"。虽然"解除神话"曾是理性生活追求的重要目的,即让神话思维或神话想象从人们的生活中退位,但是神话的思想或原始的思想并非轻易即可退出历史舞台。无论是文明生活自身,还是人们所希望理解的世界本原问题,依然保持着神秘。作为原初思想或解释的希腊神话,一方面,积累了人类的丰富原初经验;另一方面,则创造了理解世界的独特方式,奠定了先民的思想基础与信仰秩序。③ 正如尼采所言:"他们不直接向我们讲述古希腊精神,因为他们不讲道德等问题,但指

---

① 韦尔南:《希腊思想的起源》,秦海鹰译,生活·读书·新知三联书店 1996 年版,第12—13 页。

② Walter Kranz, *Die grichische Philosophie*, Schibli-Dopple Verlag, 1955, SS. 7-10.

③ Jacob Burckhardt, *Griechische Kulturegeschichte*, SS. 15-25.

出哲学产生于认识的欲望,而不是由罪恶和生活贫困刺激产生。他们抓住永恒的问题,也把握住永恒的答案,他们控制住无数的个人。"①在尼采看来,神话不应死去,而且应该把它看作是悲剧艺术与生命艺术复兴的动力。神话神学思想是否真的与理性生活世界截然对立? 或者说,"希腊神话"能否为希腊理性生活世界秩序的建构提供具体启示? 因此,必须得以论证或回答的内容有两个方面:一是希腊神话到底是如何构建的? 它的自由思想启示何在? 或者说,借助希腊神话可以还原出怎样的"希腊生活世界"? 二是希腊神话如何支配希腊人的生活? 它如何被理性生活世界逐步扬弃? 或者说,考察希腊自然哲学或理性哲学,可以给希腊思想带来什么样的新内容?

预先需要说明的是:把"希腊神话"看作是"原初的神学",即承认它是解释原初生活世界的神学思想体系。"神学",最初包括人类对生活世界的全部理解,体现原初时期思想者的全部智慧,涉及神话神学和理性神学、生命哲学之关系。②"神话神学",不仅是感性的形象体系,而且包含着丰富的生命价值理想,体现了初民对神圣生命和人类生活的丰富理解。作为感性形象的神话体系,它给予人们思想启示;作为原初的宗教信仰,它体现了人对自然和生命的独特理解。因此,对希腊思想的神话起源的考察,一方面,可以研究希腊神话本身,从神话本文出发去建构或还原希腊人原初的思想;另一方面,考察神话与哲学之间的关联性以及哲学、科学对神话的摒弃过程。因此,考察希腊神学与理性神学自身,并进一步考察神话神学向理性神学的转变,就成了追溯希腊思想道路的基本目标。从本质意义上说,这一思想选择就是要探讨神话与哲学的关系,并解释希腊思想演进的内在过程。正如奥托(Otto)所言,"对我们来说,古希腊诸神崇拜(Gottesverehrung)明显是人类的伟大宗教观念,我们也可以说,这是欧洲精

---

① 尼采:《尼采遗稿选》,虞龙发译,上海译文出版社 2005 年版,第 9 页。
② 叶秀山:《永恒的活火:古希腊哲学新论》,广东人民出版社 2007 年版,第 58—62 页。

神的宗教观念(*Die religiöse Idee des europäischen Geistes*)"①。

　　为了更好地解释这一问题,需要对神学概念进行新的理解与规定。西文"神学"(Theology)一词,源于希腊文的 Theos 和 Logia,按照字面的解释,Theos 即"神",Logia 的意思是"学科",所以从语源学的意义上说,"神学"(Theology)即"关于神的生命存在方式的想象,对神的生命力量与文化功能价值的形象解释和诗性规定"。这里需要说明的是:"思想"是否一定要用逻辑的语言? 是否一定通过逻辑证明来构造话语体系? 这在很大程度上决定了我们对"神学"一词的理解。一部分人从基督教神学出发,认为"神学"是关于神的理性反思,只能是逻辑的、理论性的表达方式,于是,"神话"(Mythos)的表达方式就被排除在"神学"之外。事实上,关于"神"的思考,既有逻辑的理论性的表述方式,又有形象的叙事性的表述方式。只要考察一下神话与逻各斯的词源以及神学的历史存在形态,就可以证明。② 就"神学"的历史存在形态而言,往往先有"神话的形象性的解释方式",后有"逻辑的理论性的解释方式"。因此,"神学",不能仅仅指涉逻辑的理论性的表述方式,还应包括神话的形象性的表述方式。这就是说,从广义神学的角度去研究希腊神学,将会得到许多新的认识。

　　基于此,我们把"希腊神学"分成两大话语系统,即"神话神学"和"理性神学"。"神话神学",是指借助"神话的形象的表达方式"呈现人类有关神灵和信仰等思想的话语系统;"理性神学",则是指借助"逻辑的观念的表达方式"显现人类有关神灵和信仰等思想的话语系统。为了探讨思想本身的发展过程,西方近现代学者非常重视这种神学分类和归纳方法。例如,维柯站在基督教神学的立场上,把"神学"分为三种:"诗性的神学",

---

　　① Walter F. Otto, *Die Götter Griechenlands*, *Das Bild des Göttlichen Im Spiegel des Griechischen Geistes*, Vittorio Klostermann, 1987, S. 13.

　　② 叶秀山认为:神话与逻各斯作为语词讲,皆指"说"和"话",区别在于:Mythos 为讲故事,而 Logos 则为讲道理。Mythos 的道理,就在它所叙述的事中,而 Logos 的道理,则是直接表达出来的,是理论性的。参见叶秀山:《从 Mythos 到 Logos》,《中国社会科学院研究生院学报》1995 年第 2 期。

亦即神学诗人们的神学;"自然的神学",亦即玄学家们的神学;"基督教的神学",亦即民政神学、自然神学和由神启示的最高的神学的混合。① 维柯的神学分类方法改进了法罗的神学分类,因为法罗把"神学"分成:诗性神学、民政神学和自然神学。对此,基尔松则认为:早在奥古斯丁那里,"神学"就被分成民政神学、神话神学和自然神学。② 还有一些人则干脆把神学分成"诗人的神学"和"哲人的神学"。从话语的角度看,这些神学分类和归纳方法,不仅考虑了神学的逻辑的理论化的表述方式,而且考虑了神学的神话的形象化表述方式。③

　　根据思想的历史存在状况,可以看到,"希腊神学"基本上是由两个部分构成:一是"神话神学",即希腊诗人的神学话语系统,它代表了"民政神学"。二是"理性神学",即希腊哲人的神学话语系统,是希腊哲人对神学的理性反思与批判,它呈现了"科学智慧"。尽管希腊人把"神学"作为哲学的分支,但是,按照希腊神学发展的事实,神学显现为"神话神学"和"理性神学"两种形态。④ 这种分类方法,表明了我们研究希腊神学的基本立场,即从神学话语出发去分析和探究古希腊人的神灵观念、生命观念和伦理观念,重建希腊神学话语的解释系统,从而达成对古希腊人的神学观念与话语转换的历史认识。在明了希腊神话神学与理性神学的区分之后,就涉及如何面对希腊神学的历史文本和话语事实问题。

　　为何要特别强调希腊神学话语与历史文本的意义呢? 因为对古希腊宗教思想的研究,既可以通过考古发掘出来的实物和出土文献进行解释,又可以通过古希腊史诗作品和思想著作进行解释。毋庸讳言,希腊考古发掘出来的部分文物虽能客观地呈现远古时期的宗教信仰,但这些文物

---

① 维柯:《新科学》,朱光潜译,人民文学出版社 1987 年版,第 154 页。

② L. P. Gerson, *The God and Greek Philosophy*, Routledge Press, 1990, p. 1.

③ Walter F. Otto, *Die Götter Griechenlands*, *Das Bild des Gottlichen Im Spiegel Griechischen Geistes*, SS. 45-47.

④ 亚里士多德将神学作为哲学的分支,从形而上学的意义上确立了"神学"的观念,区别于宗教意义上的神学观念。

上的文字材料很少,解释起来也非常困难。有些文物,虽装饰有美术线条和图像,但难以由此得知古人的思想。古希腊诗人和哲人流传下来的作品与文物有所不同,这些作品体现了古希腊人的宗教文化心理,他们的话语表达更符合古希腊神学思想实际。直面希腊神话神学和理性神学话语,即必须通过"文本分析"还原古希腊人的神学思想。这种话语分析方式,还可以通过考古发掘的实物加以印证。因此,神学话语表达与神学话语转换最能体现古希腊神学的真实历史状况。①

中外学者关于希腊神学的研究不外乎两大立场:一是从神话学入手,系统地分析希腊神话的历史成因,厘清希腊神话中"诸神的谱系"和诸神的文化属性,探讨希腊神话与宗教之关系,对希腊神话的思想取向进行哲学阐释。二是从哲学反思入手,系统地分析希腊哲学家的神学观点,揭示希腊理性主义的历史演进过程,这一研究侧重于对"神的观念"的解剖和认识。应该说,文学家、神话学家和宗教学家,比较重视对希腊神话和宗教仪式的研究;哲学家或哲学史家,则比较重视对希腊哲人的神学思想之探讨,比如康福德、格思里等很重视神话神学与理性神学的精神联系;对于我国学者而言,他们把神话神学和理性神学分开探究的倾向更加明显,很少有人把这两方面结合起来进行系统认识。相对而言,希腊神学研究的对象是明确的,"方法论"自然成为优先考虑的问题。在方法的选择上,我们应该将"宗教研究方法"与"哲学研究方法"进行综合统一。那么,如何把二者有机地统一起来呢? 以哲学研究方法为主,辅之以宗教学的研究方法是较为合理的选择。

希腊的神学思想,从来就不是纯粹的神学思想,也不是基督教神学意义上的思想,而是神秘自然力的想象与纯粹理性观念的哲学规定。无论是希腊神话神学的研究,还是希腊理性神学的研究,皆应包含希腊思想的许多重要方面,也涉及希腊神学与非神学的基本文化内容。神学研究离

---

① Jon D. Mikalson, *Greek Popular Religion in Greek Philosophy*, Oxford University Press, 2010, pp. 43-56.

不开神学观念的阐释,因此在神话神学阐释中应该做"观念溯源"的工作,即从神话的读解中梳理出重要的神学观念的演变过程。在进行观念溯源时,神话学的描述和还原工作十分重要。事实上,二十世纪以来,不少学者把文化人类学的解释方法和哲学史的解释方法,运用到神学和神话学研究中来。运用文化人类学的方法,有可能深入地理解古代神话思维的特性;运用哲学史的方法,则有助于对古代人的时空观念、神人观念和自然宇宙演化论形成比较深入的理解。[①] 基于此,我们有关希腊神学研究的系统方法,可以表述为"观念溯源法"和"文化还原法"。[②] "观念溯源法",就是要系统地研究希腊思想价值观念的内在演变过程;"文化还原法",则是要探讨这些观念在文化演进过程中是如何形成的。这两种方法不是彼此割裂的,而是有机地结合在一起。根据这两种方法,就可以对希腊神学话语进行历史分析,而且,希腊思想的神话起源及希腊神话思想向哲学的转变,可以得到很好的说明。在希腊文化发展过程中,神学思维作为重要的思想历史活动,决定了希腊人的精神信仰与生存实践,唯有通过神学探讨才能理解古代人的思想实际。

希腊神学研究的意义由此可以体现在以下三个方面:一是有助于深刻地理解古代人的原始思维特性,有助于真正认识人类思维进程,也有助于深刻认识理性思维的形成和发展过程。例如,希腊人的"至善观念"和神学观念的紧密结合,对于当下的生活仍具有切实的意义。二是有助于把希腊文化和西方文化贯通起来,进而深刻地把握希腊文化精神及其在西方文化中的意义。例如,希腊神话文化对西方文学艺术产生了不可估量的影响。不了解希腊神话,就不可能真正理解西方艺术的泛神论观念和自由主义精神;还应看到,基督教神学对希腊理性神学的合理继承,使基督教神学具有了新的人文主义内涵。三是希腊神学话语的历史转换说

---

① Walter F. Otto, *Die Götter Griechenlands*, *Das Bild des Göttlichen Im Spiegel des Griechischen Geistes*, SS. 163-167.

② 维柯、卡西尔、布留尔的神话哲学研究,主要采取"观念溯源"的方法,并运用了"文化还原"的方法,而弗雷泽、泰勒的文化人类学方法,则以"文化还原"和"历史描述"为基本特点。

明人类对自身的认识是不断进步的。神学探讨本身是人类对自然、社会和文化困惑的独特解释形式,它不仅不会让人堕入愚昧,而且有助于人真正认识自身。① 希腊神学的发展过程是人对自然和人本身不断认识不断深化的过程,希腊自然神观念和理性神观念则显示了希腊人对人类文化和自然存在的认识水平。希腊神话神学和理性神学,共同体现了独特的希腊文化精神,寄寓了独特的思想文化智慧,影响着人类生活的审美价值认知与精神价值认知。②

① Jon D. Mikalson, *Greek Popular Religion in Greek Philosophy*, Oxford University Press,2010,pp. 209-212.

② 希腊神话神学与理性神学的研究,有所不同。自泰勒斯始,希腊神话神学的材料,在相当长的时间内,只是被当作叙事作品加以讲述和传唱,很少有人对"神话"进行神学分析和解释。一些理性神学家在涉及神话材料时,大多采取批判的立场,这种状况直到十八世纪才有了真正改观。维柯率先在《新科学》中确立了希腊神话神学的历史文化地位,歌德、席勒、谢林、荷尔德林、施莱尔马赫、施莱格尔兄弟、马克思等,给予希腊神话以特殊关注,于是,希腊神话焕发出生机与活力。与此同时,英国浪漫主义诗人给予希腊神话以特殊重视,开辟了神话与诗思密切关联的精神领域。十九世纪末至二十世纪中叶,尼采、弗洛伊德、荣格、海德格尔、卡西尔开辟了神话哲学的研究领域。继而,英国文化人类学家泰勒、弗雷泽、马林诺夫斯基开辟了神话学研究的新领域,他们给予了希腊神话以不同程度的重视。此后,关于神话的神学解释和神话学解释就非常引人注目。真正对希腊神学本身有比较深入探究的,还是几位希腊思想史家。康福德的《鉴别原理:希腊哲学思想的起源》一书,深入地探究希腊诗歌与哲学之关系、哲学宇宙论与神话和仪式之关系,深刻地把握了宇宙神话的哲学意义。耶格尔的《早期希腊哲学家的神学》,深刻地讨论了希腊理性神学的文化意义,他的《潘迪亚:希腊文化的理想》深入探讨了相关问题。格思里的《奥菲斯和希腊宗教》和《希腊人和他们的神》,涉及希腊神学很重要的方面,尤其是对希腊宗教史本身的关注,具有特别重要的思想价值。舒雷的《毕泰戈拉和德尔斐神殿的神秘宗教仪式》、韦斯特的《早期希腊哲学和东方》、默雷的《希腊宗教发展的六个阶段》、奥索恩斯的《欧洲思想的起源:关于肉体、心灵、灵魂、世界、时间和命运》、凯尔德的《希腊哲学家的神学的演化》等著作,也很有参考价值。斯莱特在《赫拉的荣耀:希腊神话和希腊家庭》中,通过假定希腊家庭的动态人际关系,对希腊神话作了富有想象力且富于论辩的心理分析和解释。韦尔南在《希腊思想的起源》中对希腊王权神话作了深入讨论,此外,基尔松的《神与希腊哲学》,尼尔逊的《希腊宗教史》,布尔克特的《希腊宗教》,对希腊神学作了不同程度的深入解释,这些研究拓宽了希腊神学解释的道路。就中国学者而言,陈康对柏拉图神学的目的论的分析,汪子嵩、叶秀山、范明生、陈村富对希腊理性神学的深入研究,刘小枫、王晓朝、陈中梅等学者的古典思想研究,为希腊神学研究奠定了新的学术研究基础。

第三节　希腊诗人的神话神学建构及其人文性

研究希腊神话神学,应该从希腊诗歌入手,特别是荷马史诗(Homeric Epics)与荷马颂歌(Homeric Hymn)以及赫西俄德与品达的颂歌,在这些诗歌中,诸神的神谱与神话寄寓在优美而神圣的语词中。神话的功能属性多种多样,它是原始文化的质朴表现形式,包容着原始文化的全部复杂观念,最为重要的是,它集中代表了神话神学的思想立场。① 一般说来,"神话"在原始时代,就是人们对神灵或大自然的通俗认识,简单地说,"神话"即以"神与英雄"为叙事中心的"一套话语系统"。在叙事中,如果缺少了神,就不能称之为"神话",为此,杭柯(Lauri Honko)曾考察过"神话创生"的种种原因。根据这些原因,他把神话分成若干类:一是作为"传说的神圣叙事的神话",这种神话直接构成完整的文本系统;二是作为"理性反思的神话",它们对自然、历史和文化本身进行分析和批判;三是作为"前科学阐释的神话",例如,泰勒斯提出水是万物的始基,但又不能回避神的问题,摆脱不了传统神学的束缚,只好把神说成水或水即神;四是作为"自然现象的寓言式阐释的神话",例如,把盖娅与大地关联在一起,把阿波罗和光明关联在一起,把德墨忒尔与谷物关联在一起;五是作为"精神特质的象征性阐释的神话",例如,雅典娜象征智慧,阿佛洛狄特象征爱欲;六是作为"语源学阐释的神话",例如,不少神话学者把雅典娜这一名字与梵语的"打击"(Vadh)和"山"(Adh)、希腊语的"花"与"看护"关联起来,以揭示这个神的特性。他们认为,宙斯(Zeus)这个名字,与梵语中的 Dyaus、拉丁语的 Dier(天)有关,使人联想到"发光的天空";七是作为"民族性影响的神话",例如,希罗多德就认为希腊神话与埃及神话有关,希腊神话中的神皆可以在其他民族的神话中找到根据;八是作为"人

---

① Ranke-Graves, *Griechische Mgthologie*, *Quellen und Deutung*, Anaconda Verlag, 2008, SS. 18-19.

类英雄神格化阐释的神话";九是作为"历史状况的结果的神话";十是作为"心理恐惧或感激的神话"①。

这十种神话观念,基本上可以说明希腊神话的形成及其不同的思想目的。希腊神话体系,不是在某一个时期创造完成的,而是经历了不同时期的历史创造和传播。特别值得重视的是,希腊神话在民间生活中形成了重复和错杂的口头传播关系,并且受到地域文化的决定性影响。希腊神话系统,在经历了漫长的传播、筛选和整理之后,逐渐形成了确定的叙述模式,这与奥林匹斯教作为希腊的公共宗教信仰并被普遍尊崇有很大关系。虽然不同地区只崇拜自己的专有奥林匹斯神,但毕竟共属于奥林匹斯神系。由于"希腊神话"经历了漫长的口头传播时期,所以,至今仍可以看到,希腊神话传说的"经典文本系统"与"地域性民间神话"之间存在矛盾与对抗的关系。赫西俄德(Hesiod)以官方宗教神话消解民间口头传说的神话,最终,形成了以奥林匹斯神为核心的信仰系统。②

希腊神话神学与希腊宗教实践有密切的关系,因为宗教不仅包括神学观念,而且包括宗教仪式、宗教心理感应和宗教组织等。"神学",是在宗教理性层面的表现形式,它是深层心理观念的具体表现。为了更好地厘清神话、神学和宗教三者之间的关系,不妨作一些具体解释:(一)"宗教"的含义最为广泛,它不仅包括具体的仪式与信条,而且包括神话和关于诸神的系统解释。"宗教"一词的界说总是与神相关,因此,不同的宗教,从结构层面来看,皆由三个层次构成。一是关于神的信仰和认识。这些信仰和认识,既有朴素的形式,如相信神迹、神的无所不在,又有理性的形式,即可以对神的存在和神的威能进行智慧的解说。二是强化信守戒律,履行宗教仪式。这是实践层面的内容,具体表现在宗教活动之中。三是宗教组织与宗教宣传。在人的宗教信仰中,宗教神话在宗教传播中具

---

① 邓迪斯编:《西方神话学论文选》,朝戈金等译,上海文艺出版社1994年版,第60—62页。

② Hesiod, *Theogony*, *Works and Days*, translated with an Introduction and Notes by M. L. West, Oxford University Press, 1999, pp. X-Ⅻ.

有重要的作用,它构成了信徒的思想信念,这是宗教社会层面的表现形式。事实上,宗教最终总是落实到神秘敬畏、至诚信仰和道德自律上面,借此解决个人的生存困惑。(二)"神学"是宗教的核心部分,它依托哲学的思考,对神秘事物形成理性认识。神学是宗教实践大师心灵智慧的表达,是对神圣存在的宗教论证,更是对神圣伦理与神圣存在的精神证明。(三)"神话"作为诗性的话语系统,寄寓在英雄传说或传奇故事之中,是人类对自然和世界的神秘而自由的想象,它可以服务于宗教,也可以与宗教无关,还可把它看作独特的艺术形式。通过对神话的考察,可以发现,神话中既有神学的成分,又有非神学的成分。[①] 因此,在这三个概念之中,"宗教"必然包含"神学"和"神话","神学"依托神话并形成独立的思想论证体系,"神话"则具有自己的相对独立性。原初的神秘主义观念,往往借助"神话"这种形式自由表现。从文化生成意义上说,则是先有"神话",再有"神学",然后才有"宗教"。

有关希腊神学的研究,即在于把希腊宗教、希腊神话和希腊哲学中包含的一些神学思想发掘出来,借此理解希腊人的原初智慧或自然神秘信仰。希腊宗教的发展,经历了从"原始信仰"向"文化信仰"的转变,前者是原始思维而无目的性,后者则具有文化约定性与文化律法性特征。根据希腊神话文本描述的诸神形成和发展的历史线索,大致可以把希腊宗教分成三个历史阶段。第一阶段,属于泰坦神(Titan)信仰时期。这一时期的宗教,以原始自然神信仰为宗旨,"最高神"先是乌拉诺斯(Uranus),后是克洛诺斯(Cronos)。[②] 在一般民族的神话中,大多把"天"看作至上神,而在希腊神话传说中,则经历了把"天空""时间"和"雷电"依次看作至上神的观念转变。在希腊神话中,大地(Gia)是最古老的母亲神,天地万物皆由大地生成,这是最朴素的神话神学观念,充分显示了"希腊神话神学"

---

①   Walter F. Otto, *Die Götter Griechenlands*, *Das Bild des Göttlichen Im Spiegel des Griechischen Geistes*, SS. 302-303.

②   Ranke-Graves, *Griechische Mythologie*, SS. 31-33.

最初总是停留在"自然物的比拟"之上。① 第二阶段,是奥林匹斯神信仰时期。宙斯(Zeus)战胜了父神克洛诺斯,并打败了泰坦神,形成了新神系统。作为至上神,宙斯不仅具有自然神的大能,而且能够有秩序地按照命运和意志主宰整个宇宙。宙斯神话本身,带有宇宙秩序与社会秩序的总体模拟特征。特别值得重视的是,在奥林匹斯神系中,每个神皆各负其责,并且构成了"神圣宇宙自然"与"人类社会秩序"的主宰者角色,它们管理整个世界。从克里特和迈锡尼的考古发掘来看,奥林匹斯信仰,在克里特时期已占主导地位,但泰坦信仰仍有残留。第三阶段,是狄奥尼索斯信仰与奥菲斯教(Orpheus)时期。这一时期,宗教信仰以酒神和谷物神为中心,带有农业神的特征。无论是德墨忒尔崇拜,还是狄奥尼索斯崇拜,皆反映了农业神崇拜的一些特点。也许是城邦神比农业神稍显进步,也许是因为奥林匹斯神属于城邦宗教信仰系统,农业神崇拜属于民间宗教信仰系统。因此,尽管新起的奥菲斯影响极广,但是,希腊人关于奥林匹斯神的信仰最终仍未动摇。② 希腊城邦统治者维护奥林匹斯信仰的正统地位,反对或否定奥林匹斯神的人,往往以"渎神罪"处罚。

　　希腊理性神学家往往比较重视奥菲斯教,因为这一宗教信仰关于"灵魂不朽"与"生命轮回"的学说对许多思想家影响极大,这就决定了希腊神话神学的一些基本特点③。希腊神话神学对自然神和人类神的认识,也经历了历史的进化过程。"自然神",一开始带有野性粗犷的特征,这时,希腊人的神灵观念非常质朴粗糙。他们认为,"自然万物"皆是诸神的表现形式,因此,在自然神中,有大地母神、天空神、海神、大洋神、爱神、夜神、太阳神、河神、万千精灵,等等。在希腊初民看来,天地万物之间到处皆是神,神无处不在,这体现了希腊神话神学的质朴观念:"天地万物即神","神即天地万物"。④ 从这一点来看,古希腊人的神话思维代表了人

---

① 赫西俄德:《神谱》,张竹明等译,商务印书馆 1996 年版,第 30—32 页。

② *The Homeric Hymns*, translated by Jules Cashford, Penguin Books, 2003, pp. 3-4.

③ M. P. Nilsson, *History of Greek Religion*, Oxford University Press, 1949, pp. 126-132.

④ Franz Brentano, *Geschichte der griechischen Philosophie*, S. 112.

类神话思维的一般特征。"拟人化创造方式"和"隐喻能力的运用",使希腊神话神学产生了内在的进化,他们从"多神信仰"中逐渐确立了"至上神信仰"的绝对地位。例如,"至上神"(Zeus),不仅具有自然神的至大威能,而且能够管理整个宇宙,合理地分配每个神祇不同的职能。这一时期,希腊神话神学表征出来的时间观、空间观、生成观、守护神观,皆发生了根本变化。① 事实上,自然神不仅是自然力量的体现,而且是社会力量的表现。例如,雅典娜不仅是战神和智慧之神,而且是工艺之神,不过,雅典娜较少自然神的特性。阿波罗神则不同,作为自然神,他是光明的象征,作为人类神,他是医药之神、青春之神和智慧之神。②

希腊人通过诸神的谱系,构拟出完整的宇宙自然和社会生活体系,从总体上说,希腊神话中的神灵形象,皆具有特别的文化象征意义。希腊诸神组成的"神界",是人类社会生活秩序的模拟,这样,每个神,既具有自然神职能,又具有人类神的职能。因而,希腊神话中的诸神,通常被看作是希腊社会文化的象征性体系。宙斯(Zeus),成了王权神话的象征神,至高无上。作为至上神,他拥有无限的权力,它具有自我意志的无限表达自由,同时,遵循自然正义和命运的神圣约束。雅典娜(Athena)作为城邦守护神和战神,在战争时期,负责保护战争中的智者,在和平时代,教导妇女纺织劳动。赫拉(Hera)保护着千家万户的家庭和睦,主管生育;赫斯提亚(Hestia)作为灶火之神,保证希腊千万家庭的团结。作为地狱之神,哈迪斯(Hades)主宰着整个亡灵世界。日神(Apollo)和酒神(Dionysus)的象征意义则更具代表性,象征着生命的梦想与迷醉。③

希腊神话神学体现了朴素的泛神论自然观念,但是,希腊神话系统,不是一神系统,而是多神系统。虽然他们确立了"至上神"的特殊地位,但

---

① Ernst Cassirer, *Mythische, ästhetischer und theoretischer Raum*, Siehe *Schriften zur Philosophie der symbolischen Formen*, Felix Mcincr Verlag, 2009, SS. 169-185.

② Heinrich Wilhelm Stoll, *Handbuch der Religion und Mgthologie der Griechen und Römer*, Fourier Verlag, 2003, S. 288.

③ Ranke-Graves, *Griechische Mythologie*, S. 46.

是,唯一神观念(God)始终没有得到发展,即使在柏拉图那里,至上神的
职能类似于唯一神的职能,但毕竟不是唯一神。希腊泛神论自然观,体现
了希腊人对自然的崇尚,他们喜欢把大自然加以"诗意化"。荷尔德林曾
经感叹道:"苍天和大地所施予雅典人的,跟它们施予所有希腊人的皆一
样,没有加给他们贫困,也没有赐给他们富足。上天的光芒,也并不是如
同火雨一般浇到他们身上。"①荷尔德林写道,"希腊是热爱美的民族",他
们把对自然的热爱转化成艺术和生动的诗篇。在艺术表现中,让"神性贯
注",给自己造出了"众多的神祇"。因此,荷尔德林把"希腊艺术"看作是
希腊人的第一个孩子。"神样美丽的初生子是艺术,它就存在于雅典。"他
认为,"希腊宗教"是希腊人养育的第二个孩儿。"神样美丽的第二个女儿
是宗教","宗教就是美的爱","智者爱宗教自身,爱这个无限的,包罗万象
的宗教","民众爱宗教的子女们,即以变幻无穷的形象对民众显现的众
神"。② 基于此,荷尔德林对希腊神话神学的认识相当深刻。事实上,在
西方艺术发展的历史上,希腊神话神学的泛神论观念对西方诗歌和绘画
影响巨大。从后希腊时代的诗歌和艺术中可见,希腊文化理想不断放射
出来的自由光芒,正是希腊神话神学体现的自由文化精神。

　　在希腊神话中,尽管也写诸神的战争,但是,在诗人的笔下,诸神显得
十分亲切可爱。希腊神祇,不是高高在上威慑整个人类的神,而是充满自
由浪漫精神的人格神。他们有爱有报复,对自己属意的人恩宠有加,为了
爱,不惜一切地疯狂追求。在希腊神话神学中,回荡的正是"爱的旋律":
宙斯的爱、阿佛洛狄特之爱、阿波罗之爱、狄奥尼索斯之爱,甚至哈迪斯之
爱,皆是那么美妙感人。"神之爱"与"英雄之爱",在希腊神话中是最动人
的美的旋律。爱神(Eros)与普绪喀(Psyche)的爱情,在经历了无数曲折
之后,人间女子被提升到神国永生。希腊神话中对爱的颂扬,也是对生命

---

　　① 刘小枫主编:《人类困境中的审美精神》,上海知识出版社 1994 年版,第 88 页。

　　② Hölderlin, *Hyperion*, Siehe Sämtlich Werke, herausgegeben von Günter Mieth, Aufbau Verlag, 1995, SS. 181-182.

的颂扬,因而,这种神话神学表达了自由的生命理想和文化精神。它对于艺术家来说,永远是那么动人心魄,永远是那么浪漫美好。希腊神话所孕育的艺术,是美的艺术与生命的艺术;希腊神话的本质思想,是生命的逻各斯与自由的理想,因而,西方诗人把希腊看作是"永远的故乡"。① "还乡",意味着返回希腊,连最富叛逆性的尼采,也朝思暮想踏上"希腊故乡之旅",把希腊神话中的日神和酒神看作是人类艺术的自由象征,看作是自由艺术的最高境界。②

第四节　希腊哲人的理性神学探索及超验追求

希腊神话神学因为史诗的传唱和讲颂,影响甚为深远,成了人们至深的信仰的表现形式,尽管希腊神话中的诸神神格带有许多人性的弱点,但是,这并不影响人们对诸神的崇敬。宙斯神庙、雅典娜神庙、赫拉神庙、德墨忒尔神庙、得尔斐神庙、阿尔特弥斯神庙,仍然是希腊人敬仰崇拜之地。作为古老的宗教信仰与精神崇拜,希腊神话神学在希腊人心目中有着至高地位。尽管如此,希腊人并不满足这种原初的感性的神学观念体系,仍有一些智者敢于对这种神圣之信仰进行质疑并提出反对意见。作为想象性的神学系统,希腊神话神学关于"神"(Gods)的观念和信仰皆无法证实,人们从经验常性入手,就可以对"神话"的自然观念和创世观念提出质疑,至于诸神的"非伦理性"和"非至善性",更易为人们找到"否定诸神"的口实。因而,神话神学统治地位的动摇,在希腊成了不可避免的事,尤其是在道德伦理滑坡的时候。在社会需要健全的理性和道德时,诸神的任性为恶,显然不是人类合适的榜样。作为人性楷模的"神",不应具有人性的弱点,因而,从经验常性入手,从道德伦理入手,对希腊神话神学的解构

---

① Martin Heidegger, *Erläuterungen zu Hölderlins Dichtung*, Vittorio Klostermann, 1996, S. 13.

② Kurt Hübner, *Die Wahrheit des Muthos*, C. H. Beck Verlag, 1985, SS. 219-226.

便构成希腊理性神学的开端。"希腊理性神学",以转换神学话语作为开端,或者说,他们开始真正关注自然问题,以新的思路面对自然世界与生命世界,尽管他们还无法完全摆脱神话神学的习惯性影响。

神学话语转换有两种途径:一是对"神话"避而不谈,开辟新的论域,如讨论"万物的始基";二是对"神本身"进行新的解说,解释"神"意味着解释存在问题,构成了独特的形而上学思想,甚至与"哲学"(philosophy)同义。希腊哲学的含义非常广泛,亚里士多德曾把"哲学"分成三个部分,即"神学、物理学和数学","理性神学"仅限于哲学认知与伦理反思方面的问题。由于哲学问题的内在关联性,所以,理性神学的话语分析常常与"物理学"和"形而上学"等相关。[1] 在有文献记载之前,希腊人对神话神学的否定一定早就开始。从思想演变的历史事实可以看出,最初,人们还不敢公开否定传统信仰,"否定神"主要是私下的行为。即使在政治较开明的时期,否定传统信仰,仍面临着"渎神罪"的威胁。否定神或否定传统信仰,并不是很简单的一件事,尽管在塞诺芬尼、普罗泰戈拉那里,疑神论倾向相当激烈。在德谟克利特那里,无神论思想已初步形成,但是,从总体上看,希腊人仍不敢也无意于公开否定"神话神学"。不过,"疑神论"和"理性神"思想的形成开辟了理性神学的新路径。在这样一股思潮之下,希腊理性神学超越了神话神学,开辟了希腊神学思想或哲学思想的新方向。

希腊理性神学的演进,从历史的维度看,可以发现四次革命性转换:一是由传统神话信仰转向自然本原问题的探讨;二是从自然本原问题转向存在问题的哲学探讨;三是从存在问题转向生命道德信念问题的探讨;四是从道德信念问题转向创世主以及宇宙灵魂体系问题的探讨。[2] 这四次革命性转换,并不是直线式发展,而是有回旋,有反复,但是,从总体趋

---

[1] Diogenes Laerius, *Leben und Meinungen berühmter Philosophen*, Felix Meiner Verlag, 1988, SS. 257-258.

[2] Yves Bonnefoy, *Mythologies*, University of Chicago Press, 1991, p. 340.

向看,呈现出从"否定神话神学"到"建构理性神学"的历史趋势。希腊思想家们企图否定神话神学,但始终面临着理性神学或哲学神学重建的问题,因此,宣告无神论,虽然是一大进步,但是,在当时,这种观念还是极端想法,难以为人接受。否定神学或宣告无神论,始终无法解决"灵魂不朽"和"道德信仰"问题。在灵魂和道德问题上,希腊思想家始终面临着神学难题。虽然柏拉图和亚里士多德预见了"创世主"(Demiurge or First Mover)问题,但是,要真正建立新的信仰体系仍很困难。最初,理性神学以自然的始基探讨为核心,着眼于自然的本原性探讨,以自然观念替代神话观念,力图从神话神学的话语中挣脱,运用科学观念解释自然,重视经验观察,重视人的经验性认识。在这一时期,"米利都学派"的理性神学观念奠定了希腊理性神学的基础。对于早期希腊哲学家的神学观念的理解,可以把它看作是"自然神学",在这里,"自然神学"从属于"理性神学",虽以自然问题为核心并具有神秘色彩,但本质上属于"朴素的宇宙观"。米利都的泰勒斯认为"万物的始基是水",而阿那克西美尼则认为"万物的始基是气"。此后,赫拉克利特认为"万物的始基是火",毕泰戈拉则认为"数是万物的始基"。[1] 这种朴素的自然观念,从科学实证出发,对神话神学进行了解构。这一时期,希腊理性神学,还不能完全避免神话话语的影响,尽管他们所理解的"神"不同于神话中的"神",但是,他们认为神是水,神是火,神是气,毕竟会带来不可避免的误解。

因此,以自然探究为核心的理性神学,对希腊神话神学的打击,虽开风气之先,但缺乏力度,所以,在他们的自然探索中,仍然沿用着神话神学中的"诸神的名字"。此后,毕泰戈拉虽对科学有较大推进,但在神学上并不激进,始终徘徊在科学与神学之间,甚至用科学去附会神学,用神学来统帅科学。应该承认,赫拉克利特思想的深刻性是惊人的,他大胆摆脱了神话的束缚,以睿智的目光把握了生命的本质,对神学思想发展形成大的推动。爱利亚学派的神学探讨则具有十分特殊的意义,因为爱利亚学派

---

[1] *Die Vorsokratiker*, herausgcgeben von Wilhelm Capelle, S. 103.

的塞诺芬尼(Xenophine)和巴门尼德(Pamenide)，最早从"存在"入手探讨神学问题,这种存在论的探讨是希腊理性神学发展的思想关键。从存在观念出发,塞诺芬尼对神话神学进行了彻底的批判并提出了新的神学观念。在塞诺芬尼看来,"理性神"不可能是"神话中的神"。"真正的神",不可能带有人性的弱点。神必须具有超人的特性,"存在即一","神即一"。① 巴门尼德的存在学说,对于希腊理性神学的建构,具有十分重要的意义。智者学派的普罗泰戈拉指出,"我们既不能感觉神,也不知道神是什么",以此对神的观念表示怀疑。

苏格拉底则由此出发,把灵魂问题和道德问题关联在一起,开创了希腊神学探究的新途径。他运用拟人化的方法,借用神话的隐喻,自称是"神"派到希腊的"牛虻"。这个"神",不在自然中,不在人之外,而是人内心所遵守的至高的"理性或良知"。这个"理性神",如同最高的律令,指挥着人并影响着人的自由意志,命令人从事"至善的事业";这个至高的理性,在苏格拉底看来就是"神"。② 苏格拉底并未探讨这个至高理性如何建立,而是认为人总要接受这个至高的理性;这个至高的理性,由人所设定,也是人类应该设定的;这不是普通人所创造的"形象神",而是哲学家凭借理性思考所创造的"观念神";这不是通过想象所设置的神,而是通过逻辑推演设置的神。这个理性神的目的,在于"至善"。柏拉图承继苏格拉底的传统,虚拟了许多神话故事,由此进一步证明,"神"即至善理想的体现。在苏格拉底哲学中,没有解决的理性神问题,在柏拉图的"相"(Idea)论中则得到了深刻说明。柏拉图巧妙地由"相的目的论"过渡到"神的目的论",即从至善观出发,认为"至善即神",但是,就创世论而言,"至上神不是善",也不是理性而是德穆革(Demiurge)。这个"德穆革",是物质性实体,还是精神性实体? 柏拉图未作深入说明,但是,他认为"德

---

① 北京大学哲学系外国哲学史教研室编译:《古希腊罗马哲学》,生活·读书·新知三联书店 1957 年版,第 46—47 页。

② Franz Brentano, *Geschichte der griechischen Philosophie*, SS. 10-11.

穆革"创造了世界。柏拉图的神学目的论和创世系统,存在一定的矛盾性,为了克服这种矛盾,亚里士多德从运动观念入手去探究神学问题。他认为,"至上神"必定是不动的,这个"不动的第一推动者",具有运动的特性。作为第一推动者,它本身是不动的、静止的,却能推动万物。亚里士多德的"第一推动者",作为神学的表现形式,其内涵相当含混,并不能使人真正对神有确定性理解。① 这个"第一推动者"(First Mover)是否指代神? 它是物质性的神,还是精神性的神,其中有许多含混性。这种含混性与亚里士多德对神学的有意回避有关,因为他试图从自然本身揭示宇宙运动的奥秘。

希腊理性神学经历的几次革命性转向,标志着希腊哲学家对神话进行批判之后,不断对理性神的艰难思索历程。希腊理性神学关心的,不是诸神的谱系问题,而是神学目的论问题;希腊理性神学,不关心神的命名,只关心神的界定和认识。"认识神"是希腊理性神学探索的目标,是希腊思想家在探究自然问题和社会伦理的基础上衍生出来的主题。相对于自然哲学家在自然问题和社会问题上的思想成就,理性神学往往处于次要的地位。他们不是在理性神学的支配下去探究自然问题和社会问题,而是在进行自然探讨和社会探讨时,才涉及理性神学问题,所以,在解释理性神学问题时,往往要涉及科学问题和伦理问题。② 希腊理性神学对伦理问题的探讨具有十分重要的意义,因为对伦理问题的重视就是对人的问题的高度关注。在神话神学中,"人是神的臣民",而在伦理意义上的人,则关心灵魂不朽、生命轮回、追寻至善。在神学家看来,人要尽力克服自身的罪恶,遵循至善的律令,"美德是否可教"成了重要问题,因此,苏格拉底的伦理观预示了神学探讨必须与伦理问题相结合。苏格拉底的伦理观,不仅是宗教伦理而且是实践伦理,在苏格拉底那里,这两者之间具有相似性。所谓"神学目的论",即对道德伦理和至善的追求,这种理性神学

---

① Franz Brentano, *Geschichte der griechischen Philosophie*, SS. 263-265.

② Franz Brentano, *Geschichte der griechischen Philosophie*, S. 265.

观与神话神学观之间有着根本性对立。

在希腊悲剧中,理性神学和神话神学的冲突相当明显,道德自由意志与无法改变的命运形成剧烈的内在冲突,最终导致"悲剧的生成"。在生命的悲剧中,不是理性的胜利而是命运的胜利,人们似乎预见到"理性"不可避免的困境。因此,在理性神学取得胜利时,一些艺术家仍主张复兴神话,尼采对苏格拉底的激烈批判,就在于对理性至上观的批判。在尼采看来,人无法超越命运和神圣意志,也不可能完全以理性主宰自我。在尼采看来,以理性主宰自我,不是对自我的超越。而是对自我的损害。[①] 由此可见,希腊理性神学具有广阔的思想领域,涉及宇宙论、自然本体论、存在论、知识论和道德论等许多问题。

第五节　形象与观念:希腊诗人与哲人的智慧

从神话到逻各斯,从感性想象到理性思辨,从直观到科学,皆蕴含在希腊神话神学与理性神学话语的历史性转换关系之中。这种思想转换,是自然的历史的过程,也是文明的反思的过程。这两大神学话语系统,不仅是历史承继性关系,而且是观念对立的冲突性关系,或交相并存的互动性关系。"希腊理性神学",是对"希腊神话神学"的超越,这是历史文化的超越,也是思维观念的超越。那么,希腊理性神学为什么最终仍然不能"取代"希腊神话神学呢?这说明,这两大神学话语系统各有其自身的价值,构成了思想的互补。[②] 必须看到,神话神学和理性神学的互补性关系,直接由神学思维的特性而决定,因为神话神学是感性的思维形式,它把人与自然的关系看作是"同一性关系"。

"万物有灵论"是这一思维的基本特性,在原始人那里,物我不分,天

---

① 尼采:《悲剧的诞生》,周国平译,生活·读书·新知三联书店1986年版,第58—66页。

② Walter F. Otto, *Die Götter Griechenlands*, *Das Bild des Göttlichen Im Spiegel des Griechischen Geistes*, SS. 339-341.

地万物皆演化成"情感化拟人化的神人同形同性的形象系统"。他们的思维水平不足以把自然和人真正分离开来,因而,天地万物构成了自然的生成性关系。"天是父","地即是母","天地万物"皆是宇宙精灵与"雌雄交互生成的结果"。置身于天地自然之间,即置身于神灵之间。这些神灵与人息息相关,高高在上,俯察众生。这种思维形式,是非理性思维或情感思维,也是原始思维,或神秘思维,处处折射出神秘主义的特性。西方诗人最爱的"神",并不是宙斯,而是那些徜徉山水之间的"潘神"。希腊神话的美好想象,激发了诗人的自由追求,这种情感性思维使诗人与自然的关系变得格外富有"神秘的意趣"。诗人在山水之间聆听和歌唱,缪斯的歌唱美妙动人,诗人创作,往往先必须颂赞"缪斯女神",他们相信缪斯女神给予诗人以灵感和情思,给予想象的自由与智慧的启示。[①]

希腊理性神学关心自然问题,这个"自然",就是我看得见、摸得着,每天皆与之打交道的"生命世界",是由水、土、气、火等物质构成的"自然",而不是神秘的拟人化的对象。他们从希腊神话神学中走了出来,不再把"大海"看作"波塞冬",也不再把"大地"看作是"盖娅"。他们所看到的许多物质性元素,如水、气、火、土,不再需要用神话去解释,只需要用具体的物质元素来解释。在他们的视野中,不再有看不见、摸不着的"宇宙精灵",到处皆是可见的"物质存在"。在一切可见的物质性元素中,水是最基本的,万物皆由它构成;火是最基本的,万物以它作为动力;气是最基本的,它决定了万物的生成;土是最基本的,它化生万物。[②] 这种质朴的科学思维显示出理性的光芒,希腊人由此超越了神学的蒙昧阶段,开始运用分析、归纳和判断能力,显示了理性思维与神话思维的根本对立。在科学理性视野中,天地宇宙之间的万物不能用神来解释。理性思维与神话思维方式,尽管有其根本性冲突和内在的对立,但是,它们彼此之间不能互相代替,并且代表了人类最基本的两种思维形式:感性思维和理性思维。

---

① *The Poems of John Keats*, edited by Miriam Allott, Longman,1968,pp. 120-121.

② *Die Vorsokratiker*, herausgegeben von Wilbelm Capelle,S. 153.

实际上，在人类思维活动中，这两种思维构成互补关系。当人类的想象力过于发达时，理性思维的能力限制和规范着这种非理性思维；当理性思维过于封闭和僵化时，非理性思维便打破这种秩序，使理性思维恢复新的活力。在人类文化史上，这两种思维形式共同构成了思想的动力和文化的创造力。在任何时候，不能没有"非理性思维"，也不能缺少"理性思维"，这两种不同的思维形式构成人类文化的精神格局。希腊神学这两大思维形式构成了希腊文明的独特性，显示了希腊思想艺术的创造性活力。

"理性神学"与"神话神学"的内在分别，从根本上说，还是由宗教的特性所决定。希腊神话神学和理性神学，之所以构成并存式关系，是因为这一切皆由希腊宗教的根本特性所决定。任何成熟的宗教皆由两个方面构成：一是神话信仰系统，二是理性思辨系统。前者形之于宗教信仰、宗教仪式和宗教实践，后者则形之于宗教教义、宗教思想和神学体系的建构。宗教与神话、文艺和哲学密切相关，宗教离不开神话，宗教神话往往超越经验实在，构想出种种神秘传奇。这种神秘性和传奇性对于信仰者而言，由于不能直接体验，所以构成敬畏心理和追慕意向；信仰者期望着神灵的拯救、佑护并避免神的惩罚，这种神秘主义心理乃人所无法抗拒，是人在现实生活中不能把握自己的命运的顺从式表现。宗教需要神话想象，也需要哲学思考，因为一些信徒不仅需要相信，而且更需要理解，"理性神学"就是这种出于理解和思考的必然产物。

每一成熟的宗教皆有其独立的神话系统和神学系统，这两个方面的互补，构成了宗教的创造性思想力量。在希腊宗教发展的三个不同历史时期，"神话"往往适应不同的宗教信仰而发挥作用。在奥林匹斯神崇拜时期，"十二主神神话"构成了独立的系统，宙斯、赫拉、阿波罗、阿佛洛狄特、雅典娜、赫尔墨斯、德墨忒尔、狄奥尼索斯，皆有相应的神话叙述。神话叙述本身有利于人们对诸神产生敬畏，神话以叙事形式表达了深刻的道理。[1] 在基督教中，在圣经神话体系中，上帝创造了天、地、人，上帝拣

---

[1]　Yves Bonnefoy, *Mythologies*, University of Chicago Press, 1991, p. 341.

选"义人"作他的选民。只要读亚伯拉罕和约伯的故事,就会理解什么叫
"宗教敬畏感"。宗教以文学叙事的形式传播教义,具有特殊的意义,影响
极为广泛,深入人心。在宗教传播过程中,神话发挥了很大作用,但是,仅
有神话信仰是不够的,还必须有理性神学。神学证明能够解决人们在信
仰体验和反思中所遭遇到的种种困惑,这是理性神学的表现形式。从理
性角度说,神不是人,神不能带有人的缺陷,神必须是超人的,必须是至高
无上的。宗教发展的历史,显现了由至上神信仰的多神系统向一神论系
统的转化,表现出"神学的进步"。例如,在苏格拉底时代的希腊,逐渐出
现了以至善观念代替至上神,以道德理性代替宗教信仰的倾向。新的理
性神被置于神学的至高地位,这个"新神"即每个人都必须遵循的"理性"。
希腊神学发展的这一倾向,虽然并不标志新的宗教的产生,但是,新的宗
教必须经得起理性的反思,神话神学显然不能满足希腊人的理性要求。[①]
从希腊宗教的实际状况可以看出,在希腊晚期宗教发展过程中,神话神学
与理性神学已经处于分裂状态。希腊神话神学已经与奥菲斯教、厄琉西
斯秘仪,具有内在的适应性,而希腊理性神学则逐渐超越了希腊宗教传
统,进入了知识论与存在论的反思领域。希腊多神论的神秘主义宗教与
希腊理性神学之间,构成了潜在的紧张关系。

　　希腊宗教之所以缺乏自己的独立性,不是因为希腊宗教缺少神话神
学系统,而是由于希腊宗教缺少维护神话神学的理性神学系统的支撑。
在古希腊晚期,无神论思想,或者说"渎神和戏神运动",之所以在城邦政
治生活中盛行,是因为科学理性兴起而神话神学被解构的结果。"希腊理
性神学"本质上属于物理学与伦理学,是自然哲学与至善伦理学,而不是
宗教神学,但是,希腊理性神学预示了"新宗教",这就是以理性与信仰、道
德与实践为中心的"城邦公民政治"。[②] 神话神学是以信仰为前提,理性
神学则以证明或怀疑为前提。在信仰与怀疑之间,对于宗教徒来说,"信

---

①　Walther Kranz, *Die griechische Philosophie*, SS. 119-123.

②　A. R. Burn, *The Lyric Age of Greece*, Edward Arnold, 1978, pp. 395-398.

仰优先"，人们不是因为理性反思才需要宗教信仰，而是一开始就自觉地
通过神话叙事形式接受了宗教信仰。"希腊神话神学"与"希腊理性神学"
构成互阐释互证明的关系，不必夸大二者之间的内在矛盾。从本质意义
上说，希腊神学的两大话语系统有其内在的统一性。希腊理性神学超越
了希腊神话神学，显示了希腊人对智慧的不懈追求，同时，希腊神话神学
一直激发着希腊理性神学的思考，因为它们"共同禀有希腊文化理想"。①
希腊神话神学与希腊理性神学的分离，说明了宗教艺术与科学理性之间
的冲突；希腊理性神学与希腊神话神学的融合，显示了宗教信仰与理性思
考的调和。探讨希腊思想的神话起源，不仅可以深入挖掘信仰与理性的
问题，而且可以进一步探讨科学与神秘的问题，更可以探讨自由与价值的
生活世界建构问题。正是这种关联与转换，构成了独特的希腊思想道路。
如何把感性形象与理性观念结合起来，把神话与哲学和科学区分开来，把
希腊智慧与希腊艺术综合起来，正是希腊思想道路探索的真正意义所在。②

　　正如杜兰所言："希腊文明仍然活着，它走进我们心智方面的每一次
呼吸中；希腊遗产太多，我们之中没有任何人能够终其一生去完全吸收。"
"我们知道希腊的弱点——其疯狂而无情的战争、其呆滞的奴隶制度……
其腐败的个人主义、其未能与秩序及和平相配合的自由。但珍爱自由、理
性及美的人，不会太关心这些弱点。""他们会在政治历史的混乱之外，听
到梭伦、苏格拉底、柏拉图、欧里庇得斯、弗迪亚斯、普拉克西特列斯、伊壁
鸠鲁及阿基米德的呼声。""他们会为这些人的存在而心怀感激，而愿越过
许多世纪去与他们神交。他们会将希腊视为西方文明中晴朗的早晨，此
种文明虽有其同类的错误，却是我们的营养及生命。"③这些认识，对于我
们理解希腊思想无疑具有启示性意义。

---

① Werner Jaeger, *Paideid: the Ideals of Greek Culture*, translated from the German Manuscript by Gilbert Highet, Oxford University Press, 1943, pp. 4-5.

② Herbert Jennings Rose, *Griechischen Mythologie Ein Handbuch*, Aus dem English übertragen von Dr. Anna Elisabeth Berve—Glauning, Beck Verlag, 1969, SS. 126 - 128.

③ 威尔·杜兰:《希腊的生活》,《世界文明史》(2),东方出版社 1999 年版,第 873 页。

第二章　希腊诗人与神话神学建构

第一节　希腊诗人与神话神学的诸神生活图像

1. 希腊诗人的想象与神话传说还原

作为自足的思想体系,希腊神话神学通过形象的方式获得了自由表达,它呈现出神话艺术或文学艺术思想的典型特征:"思想即形象","形象即思想",这是人类思想意念的独特而原初的呈现形式。[①] 与后来的逻辑化与理性化的思想所具有的确定性相比,"神话形象"所体现出的思想,具有神秘性和不确定性特征,因此,神话的自由理解空间和启示空间就值得特别重视。从神学思想意义上说,希腊神话就是"希腊原初神学思想"的感性直观的表达。这种原初神学是古代希腊人的基本信念体系,是古希腊人对世界、自然和社会的感性想象与生命把握的方式。作为感性直观的形象体系,不仅成了古代希腊人代代相传的口头艺术形式,而且使希腊民族在童年时期就建立起关于天地自然的至深信仰。[②] 随着社会的进步,这种原始的信仰逐渐发生了变化,但是,在潜意识中,神话神学的解释体系对希腊人仍具有潜在的影响。当理性认识无法触及的领域需要人去探究时,希腊神话神学便成为生命存在信仰的合理解释方式。事实上,不

---

① 李咏吟:《形象叙述学》,浙江大学出版社 2009 年版,第 386—388 页。
② 韦尔南:《神话与政治之间》,余中先译,三联书店 2001 年版,第 345—370 页。

同民族的古典神话,往往构成了这个民族的深层文化心理结构。在此,之
所以要重视希腊神话神学,并把它看作希腊人的原初精神形式,是因为希
腊神话对希腊人乃至西方人的精神生活的持久性影响。希腊民族的古典
神话体系,在其历史演进过程中,总是与西方各民族的文化历史密切相
关。如果脱离了这个民族的文化历史的神话,欧洲文化精神生活的独特
性与一致性,就难以得到自由的解释。事实上,民族政治文化生活的"神
话叙述",唯有与民族的历史纠缠在一起,或者成为民族历史的先导性解
释时,才会构成民族文化精神的重要组成部分。①

　　希腊神话演进的历史,体现了希腊历史文化的演进过程。希腊神话
本身与希腊人的文化生活和社会变迁息息相关,而且是希腊人对自我生
活历史与社会习俗的形象解释。神话的"神圣性",制约并指导着古代希
腊人的生活;神话的"神圣性",是古代希腊人虔敬与信仰的形象表达。当
古代希腊人把自己的生活与神灵紧密地联系在一起时,希腊神话就成了
古代希腊人的宝贵精神财富。由于希腊神话在相当长的时期内停留在口
传叙事阶段,因而,只有当希腊文字形成时,希腊口传神话才获得了最终
定型。后来,希腊诗人将神话予以文化定型,从而使"神话"成为"全体希
腊人共有的精神信仰体系"。希腊神话所涉及的历史与文化虽然十分古
老,但是,希腊历史本身却并不遥远,根据考古学家的发现,希腊的历史大
约起源于公元前 2000 年左右。最早的泰坦(Titan)神话,可能与希腊人
的历史关联不大,因为它是希腊人对远古自然历史文化变迁的自由想象,
但肯定是古代希腊人的想象性智慧的体现,是他们对史前社会历史文化
的想象性解释。② 从希腊历史的大致演变过程,可以看出神话的历史形
成过程。克里特后期文化与迈锡尼时期的文化,可以看作是希腊历史文
化的开端。③ 这一时期,奥林匹斯教已经兴起。例如,在克里特岛,不仅

---

① 布鲁门伯格:《神话研究》,胡继华译,上海人民出版社 2012 年版,第 66—68 页。
② J. V. Luce, *Homer and the Heroic Age*, Harper & Row, 1975, pp. 29-40.
③ R. J. Hopper, *The Early Greeks*, 1976, pp. 9-15.

发掘了那里斯亚的王宫和米诺斯的宫殿,而且发现了传说中宙斯被藏匿的洞穴。人们不仅把赫拉克勒斯的英雄壮举与克里特王宫联系在一起,而且把忒修斯的英雄事迹同这一时期的历史相关联。

更为重要的是,狄奥尼索斯的神话也与这一段历史相关联。人们在这里找到许多与神话相关的一些考古材料,还在传说的宙斯洞穴中看到了不少神圣的祭品。① 希腊人很早就开始对神话传说中的"宙斯洞穴"充满了神秘的联想,米洛斯国王的神秘仪式,更使这种信仰神圣化。到底是克里特—迈锡尼的王权制度影响了奥林匹斯神话信仰,还是奥林匹斯神话信仰早于这一历史时期? 一时还无法考证出结果,但是,奥林匹斯神圣信仰与王权历史极有关系,这已经在希腊神话历史解释中得到了证明。虽然还无法断定奥林匹斯神话体系形成于王权时期,但是,这一神话体系可能在王权历史时期得到了有效性改造。② "神话",只有与古代历史具有某种重合时,才能显示其真实性,才能使信仰本身产生巨大的力量。克里特—迈锡尼时期的神圣信仰,对奥林匹斯教的扩散有极大的推动作用。与此同时,口传史诗与神话故事,使奥林匹斯神话体系在王权时期愈传愈丰富,为后来的诗人进行神话叙事奠定了基础。

从希腊宗教的发展状况来看,公元前六世纪左右的希腊,奥林匹斯信仰得到了官方的充分认可和坚定维护,但是,源于东方的民间神话信仰,如"奥菲斯教"则大有挑战奥林匹斯神系之势。作为东方传来的宗教,奥菲斯教和厄琉西斯秘仪,显然带有农业化神灵崇拜的特征。与民间狂欢仪式、神秘祭拜仪式、季节转换仪式和死亡祭奠仪式相关的狄奥尼索斯和德墨忒尔崇拜,使希腊神话神学信仰发生了崭新的转变,尤其是他们对"灵魂不朽"信仰的接纳,导致希腊神学思想有了许多新的内容。酒神崇拜与谷神崇拜,基本上体现了泰坦教信仰之后希腊社会新的民间信仰形

---

① Martin P. Nilsson, A *History of Greek Religion*, Oxford University Press, 1949, pp. 14-16.

② 韦尔南:《希腊思想的起源》,秦海鹰译,第2—3章。

式。虽然希腊各城邦始终保持着对宙斯所代表的奥林匹斯神话信仰体系的崇敬，但是，他们慢慢地把奥菲斯教和厄琉西斯秘仪传统化，使之逐渐融合于奥林匹斯神话系统之中，构成了奥林匹斯神话系统的自然延伸。最显著的标志是，"神学诗人"让狄奥尼索斯与宙斯有了"父子关系"。①于是，新起的希腊神话被原有的奥林匹斯信仰同化了，所有这些原始神话神学信仰，皆成了希腊官方的神学和民间的神学的诗性表达。奥菲斯教虽然是新型宗教，但是，由于它被纳入奥林匹斯神系的大框架之中，自然要把它看作是奥林匹斯教的新发展。其实，奥林匹斯教与奥菲斯教所代表的两种宗教，在仪式、信仰与观念上有着根本差异。希腊神学诗人所做的工作，只不过把这两大宗教外在地统一在一起。在大希腊一些地区，例如西西里岛，仍然是以奥菲斯教信仰为主体，而在希腊本土，则主要以奥林匹斯教为主。②

　　希腊原始神学信仰与希腊早期历史文化生活相关，这些皆在神话叙事内容中有所体现。希腊神话的创制历史，大致上反映了希腊文化的历史特征，特别是"希腊王权"发展的历史特点。历史唯物论的神话学解释方式，喜欢把神话观念和社会历史文化关联起来，从而使神话创作与神话真实之间有了基本的价值解释依据。奥林匹斯信仰作为原始神学体系，在希腊口头神学传统中具有至关重要的历史地位。希腊神话神学之所以形成感性直观的表达，是因为它与口头史诗传统密切相关。在口头传统中，叙事是第一位的，因为口传叙事以听觉为中心，激发的是想象，而不是认知理性。由"听觉中心论"向"视觉中心论"的转换，或者说由口传神话向文本神话转换，还需要相当长的历史准备或过渡时期。希腊口传神话，对于希腊原始信仰的建立十分关键。神话文本对口传叙事的记录，最初

---

①　Mark P. O. Morford, R. J. Lenardon, *Classical Mythology*, 1985, p. 197.
②　Ranke-Graves, *Griechische Mythologie*, *Quellen und Deutung*, S. 25.

与英雄传奇关联在一起,因为在想象中"神的协助"是英雄成功的重要保证。在荷马那里,"史诗叙述"涉及奥林匹斯教的主要神灵,赫西俄德则自觉地整理神话传说,用诗体叙事的形式重构了"神史"的全部演进历程。在希腊时代,口传叙事优越于书面叙事,后来,口头叙事传统逐渐失传,人们只能依赖诗人的文本叙事。① 口头叙事是民间传统,容易深入人心,日久天长的神话传说在不断的传播过程中,其内在的思想创造体系逐渐趋于完备。例如,荷马史诗的文本与赫西俄德的诗歌文本,就直接保存了奥林匹斯教教仪及其神灵信仰。

正如前文已谈到的,从这些"神话文本"出发去追溯和还原奥林匹斯教的神学观念,比借助考古文物实证更加有效。因此,关于希腊神话神学的解释,应主要从希腊史诗本文入手。希腊神话本文,由断片材料向系统完整的文本转化,由英雄叙事向神谱叙事转向,由民间传说材料的不断累积而构成完整的"神话神学体系"。当然,还有许多传说材料,不能纳入希腊神话体系中。但是,从目前的希腊神话文本来看,叙事细节已相当接近,在大的方面也基本一致。② 只要比较一下《伊利亚特》《奥德赛》《神谱》与后来的《希腊神话与传说》和《希腊宗教》等文本,即可得出这一结论。因而,作为确定性文本系统的希腊神话,具有相当完备的体系构造。我们可以从希腊神话文本出发,去重构希腊神话神学的体系,追溯希腊神话神学观念的演变。

希腊神话"文本",大致经历了这样的几个转变阶段:第一阶段,由"口传叙事"向"书面叙事"的转变。希腊神话的断片材料,尤其是奥林匹斯信仰系统,被保存在荷马史诗叙述之中,荷马史诗所叙述的历史生活,体现了希腊人对原始神灵的高度敬仰。第二阶段,赫西俄德在民间传说基础

---

① Egbert J. Bakker, *Poetry in Speech*, pp. 18-25.
② Barry B. Powell, *Classical Myth*, pp. 597-620.

上对希腊神话神学进行了系统性整理工作,从此,希腊诸神的谱系获得了完整呈现。第三阶段,希腊神话与罗马神话的融合过程。希腊诸神的名字被换成了罗马拉丁文名字,希腊神话故事被罗马化了。罗马化的希腊神话故事与希腊神话叙事本身,并没有根本性冲突。奥维德的《变形记》,可以看作希腊神话改编的集大成著作,这种叙事形式扩大了希腊神话的影响。第四阶段,希腊神话作为异教神话被基督教排斥的时期。在《上帝之城》中,奥古斯丁以批判和反驳的形式仍保留了不少希腊神话神学的基本信念。即使基督教神学不赞同,也不影响希腊神话神学作为异教观念体系的合法性存在。第五阶段,文艺复兴之后,人们对希腊神话的重新整理和研究。① 这一整理、改编和研究工作,一直延续到十九世纪和二十世纪,并达到了理论研究与文本整理的高峰。事实上,维柯、许莱格尔、谢林、尼采、雪莱、济慈、荷尔德林、里尔克、斯瓦布、埃洛瓦直至康福德、格思里、默雷、博纳富瓦等等,在希腊神话的通俗化、再阐释、再创造和历史考证方面,做出了重要贡献。希腊神话"本文"的确定化与通俗化,对于希腊神话的传播起到了重大作用,也为今天重新解释希腊神话神学提供了文献基础。从神话本文出发,去还原希腊原始神学信仰是行之有效的办法。这种还原虽然还存在不少问题,但是,对原始仪式的记载以及对古希腊人的世界观、神学观、泛神论思想的理解,还是具有一定的科学性的,尤其是古希腊时代的文献材料,更显得珍贵和真实可信。古代文献材料与现代人的文献材料之间,不少文献能够相互印证,因此,对于古希腊原始神学

---

① Walter F. Otto, *Die Götter Griechenlands*, *Das Bild des Göttlichen in Spiegel des Griechischen Geistes*, SS. 17-50.

思想体系的重新建构,就具有了科学的方法论基础。①

2. 奥林匹斯教与奥菲斯教的神谱

　　希腊神话体系与诸神的家族谱系,对于还原希腊原始宗教思想与政治文化历史观念来说,无疑是值得认真研究的,更为重要的是,希腊神话体系的系统构造十分富有意趣。相比较而言,许多民族虽有神话,但往往缺乏体系性,并且充满着无穷重叠的衍生性矛盾。例如,原始民族和仍延续原始习俗的一些部落民族,其"开天辟地神话"或"创世神话",大多停留在"蛋卵生出兄妹",然后,由兄妹结婚生子,从而繁衍出种族等故事上。还有一些民族,则把"动物"视作宗族图腾或人类的祖先。例如,蛇图腾、熊图腾、狼图腾等等,许多图腾崇拜所保留的一些文化遗俗,与各民族的原始神话传说总是密切相关。世界上几个古老民族,例如,印度、中国、埃

---

　　①　希腊神学研究的文献材料丰富而驳杂,应该从克里特时期、迈锡尼时期一直追溯到晚期希腊哲学时期。由于特洛伊、克里特和迈锡尼等地的考古发现仍不足以提供真正有用的相关材料,对这一时期神学文献的利用,只能以荷马史诗和赫西俄德的《神谱》为主。在材料的使用上,我与 Nilsson 和 Burkert 有所不同:他们两位不是从史诗出发,而是从考古发现出发,所以,相当重视"双面斧""蛇形杖"等实物的宗教文化阐释,我则更重视希腊诗歌与哲学文本。从时间上说,考古材料比史诗更能代表早期的宗教信仰,但是,从精神意义上说,荷马史诗更具体地传达了古代人的宗教文化心理,因此,《伊利亚特》《奥德赛》《神谱》和《荷马颂歌》等,是了解希腊神话神学最重要的直接材料。间接的材料倒是有不少,博纳富瓦(Bonnefoy)主编的《神话学全书》保留了大量的希腊神话资料,穆福德(Morford)和列阿登(Lenardon)的《古典神话学》,也编译和保存了大量的希腊神话资料。吕凯等编著的《新拉罗斯神话学全书》,载有系统的希腊神话传说资料,此外,施瓦布的《希腊罗马神话传说》、默尼耶的《希腊罗马神话和传说》等资料,皆值得重视。非常有意思的是,这些材料,在大多数问题上,皆持相同的说法,这为了解希腊神话神学本身提供了一定的方便。有关希腊理性神学的材料,大多是一些断片性材料。第尔斯和克兰茨的《苏格拉底以前学派残篇》搜罗广泛,卡恩的《赫拉克利特的艺术和思想》考辨翔实,列翁奈达的《恩培多克勒残篇》多有发现,洛布丛书希英对照本全面系统,这为研究本身奠定了基础。在早期自然哲学家那里,一些断片材料缺少系统性,而且在解释上相当晦涩,他们的神学观念也显得扑朔迷离,少有系统而完整的论述。苏格拉底以后的神学材料虽比较完整,但由于穿插在不同的论述之中,整理起来也相当困难。柏拉图和亚里士多德的神学思想,隐含在不同的思想论述之中,系统地考察殊为不易,所以至今还没有一本完整的希腊神学文选。因此,研究本身只能古今文献并重,以古典文献为准,适当地参考现代文献,即唯有充分重视这些文献,才能真正理清希腊神学的思想线索。

及、希伯来、希腊等民族国家,其神话体系与宗教思想信仰的建构,比原始图腾观念自然要复杂得多。①

为了进一步认识希腊神话神学的重要思想价值,我们不妨先将希腊神话神学思想与印度、中国、埃及和希伯来的神话神学思想进行简单的比较。一般说来,印度神话神学思想起源于天地自然崇拜,在印度神话中,至高无上且威力无边的天神,"先于一切而存在"。这些神灵创造了万物,例如:大梵天、湿婆、因陀罗等大神,其神格具有一些相似性。诸神的诞生,有其神人同形同性的生成性渊源,大多是"男性神与女性神交媾而生成"的神灵万物。② 早期印度神话具有鲜明的自然神特征,不过,进入文明时期之后,印度的宗教信仰与宗教实践,开始强调人的自我觉悟和人的自我超升问题。于是,"人成神"或"人成仙"的问题就显得异常突出,他们认为凡人一般需要通过灵修或练功的办法就可达到这种"神仙境界"。这种修炼,在印度属于宗教信仰与宗教生活制度。在印度史诗叙事中,他们相信,通过修行几千年人即可能进入"神界",经过几百年的修炼人可能进入"仙界"。一旦修炼成功,其法力无边且生命永续,这些森林修炼制度大多以"苦修"为其特征。例如,影响世界的佛陀形象,是印度宗教神话中"人成佛的象征"。中国神话系统则与此有所不同,中国古神大多具有自然性特征,尤其是兼有"巨型动物"的特征,例如,飞龙、神鸟等等,他们往往通过"英雄神话"表现出来。后来,道教中的"成仙神话"与佛教中的"成佛神话",都是"人成神仙或神佛"的传奇。在中国神话中,"帝王"往往被看作是"龙子龙孙",这是"王权神话信仰"的典型表现形式。在神话神学中,"龙"作为灵性之物,禀有非人可及的神力,因此,易于成为崇拜之对象。中国神话思想或信仰中的诸般神灵,往往兼有动物性与人文性的双重特点。③

---

① Werner Fricle, *Die Mythische Methode*, Max Meiner Verlag, 1998, SS. 43-48.

② 吕凯等:《世界神话百科全书》,徐汝舟等译,上海文艺出版社 1992 年版,第 519—530 页。

③ 王小盾:《中国早期思想与符号研究:关于四神的起源及其体系形成》,上海人民出版社 2008 年版,第 708—800 页。

　　埃及神话神学思想最鲜明的特点在于,以"王权神话"作为神学思想的主导观念。作为自然神之王,如日神等,是自然现象的比拟,而且,其神格的体现则兼有帝王性特征。[①] 在目前我们所能见到的神话神学体系中,只有"希伯来神话的创世体系"显得最为发达。"上帝"(God)作为至上神形象的创造,最为神奇特别,具有超越自然事物理解的独特文明想象力。在希伯来人的心目中,独一神(God)先于天地万物而存在,这是超越一切的神。创世之初,天地渊深黑暗,只有"圣的灵"运行在上面,这一切皆体现在《创世纪》有关上帝创造天地人的神话体系建构之中。希伯来宗教信仰中的"一神观念",体现了希伯来人高超的哲学智慧与宗教智慧。这种神话神学体系创造,能够避免许多不能自圆其说的神话构想,而且,还能够确立唯一神信仰的崇高地位。基于以上简略的比较,可以发现:希腊神话神学思想兼具东方神话神学造神观念的一些特征。从神话神学向理性神学的转变来看,这可以看作是希腊神学与东方神学思想之间深刻而又巧妙的对话。[②]

　　希腊神话神学的成就,与希腊民族的创造性智慧有关。当然,希腊神话口头传说系统,也受到了其他民族神话之影响。希腊理性神学的成熟,则是希腊人独立追求智慧的结果,因为希腊理性神学的希腊化特征是本土文化特征,未受外来文化与宗教思潮之影响。希腊神话神学的造神体系,与其他民族的神话体系有一定的联系。应该承认,希腊神话神学从其他民族那里借来了一些神,但是,其神话体系之建立,最终还是希腊人自身智慧的集中体现。希腊神话神学体系的建立,与希腊人的历史谱系法相关,因为希腊人的历史意识形成得比较早。必须承认,历史意识形成的最重要的内容,主要体现在"历史谱系法"的编制上。[③] 历史谱系法,即以王族为核心,通过编制王权者的更替顺序,描绘历史的基本面貌,"王位的

---

　　① 吕凯等:《世界神话百科全书》,徐汝舟等译,第 40—45 页。

　　② Andrew Robert Burn, *The Lyric Age of Greece*, Edward Arnold, 1960, pp. 41-68.

　　③ Paul Merkley, *The Greek and Hebrew Origins of Our Idea of History*, 1987, pp. 235-238.

承继",则象征着历史的秩序和演进过程。

希腊早期历史的谱系,源于早期部落的历史记忆内容,即部落首领拥有特殊的权力,可以控制历史叙述的主要事实。这种特殊权力的确立,就含有神话化因素,即王权神授或君权神授。由于他们相信部落首领或文化英雄是"神的儿子",部落民相信他们所构造的神或英雄传奇,因此,习惯于把他们看作是"神异之人"或"神的后裔"。事实上,各民族的"神话文化英雄",很早就从天神那里为自己找到了"光荣的祖先"。因此,部落首领的权力更替,就成了神圣王权更迭的自然历史惯例。只有部落首领的子孙才有权继承最高权力,代代相传的"王权历史",便构成了民族国家的"王权神话谱系"。循着这个谱系,即可以记住部落或民族的领袖或祖先,而且,这个谱系最终都总要追溯到"天神"那里。这种人类生活的历史谱系,在古希腊神话中,常常被比拟类同为"神的历史谱系"。神学诗人就是用"人的历史谱系法"去想象"神的历史谱系",于是,"诸神的家族谱系",变成了天地父母代代相传的生成性体系。在希腊神话神学中,诸神的生成体系也有阴阳之别,"阴阳合成"便生成新的神祇,这种造神体系构成了希腊诸神的衍生性神话神学谱系。① 因此,"历史谱系法"奠定了希腊神话体系的基础,希腊原始神学信仰系统的建立,正是利用了人的历史谱系经验。在古希腊人那里,原始神灵不是拟人化神系,而是自然物本身,这与东方神话体系有一定的相似性。神学诗人与广大民众,喜欢根据父母生育或夫妻生活之经验,把"天地"想象成最古老的夫妇或生育一切事物的最高神灵。在印度人的经验中,"天神就是天神",神秘伟大且生育力巨大,人们不知他们从何而来,也不知他们向何而去,只知道天神的无穷自然威力,宇宙自然世界的最高位置属于"天神"。在希腊人的经验中,自然神有生育时间上的先后次序,"大地母亲神"是最古老的,在他们的想象性经验中,"母性神先于男性神",没有"母性神的生育"就没有"神族和人类",盖娅这位大地母神先于一切而生成,不过,由混沌中生成的还有古老

---

① Barry B. Powell, *Classical Myth*, pp. V-XXI.

而独立的无父母的"爱若斯神"。①

　　事实上,希腊泰坦神话系统,母性神的地位比男性神的地位高,这是否"母权制的反映"还有待考证,但是,它间接地说明了希腊人的原始生命信仰。"母性神生育一切",她也必定先于一切而存在,当然,这个原始信仰系统在荷马史诗中并没有体现。那么,赫西俄德是如何推导出泰坦神系的? 一方面,在民间传说中,有其神话史的发展和衍生线索基础。例如,宙斯的降生,即说明宙斯有其父母神。由于在荷马时代,奥林匹斯神系处于中心地位,因此,不讲泰坦神系统十分正常。赫西俄德根据民间传说构造了原始神话系统,凸显希腊神话的自然神特征,这可能与诗人对原始神的无穷追溯与无穷生育观念的确立有关。不过,泰坦神话系统对希腊人的生活影响不大,因为泰坦神系是自然神系,融有野性、野蛮和狂暴的特征。② 从赫西俄德的《神谱》中,还可看出,古老的爱神是女性神,爱若斯神主宰宇宙自然的生育力量。万物的生育皆取决于这种力量的推动,但是,爱若斯神自身并不生育万物,它不同于大地母亲神,而且,"大地母亲神并非无穷生育",她生育了天地万物之后即不再生育。在希腊神谱中,一般都是男性神与女性神婚配而生育,由女性神生成男性神,盖娅生出乌拉诺斯、大洋神俄刻阿诺斯等。盖娅与乌拉诺斯的婚配,即"大地之神与天空之神的交合"。③ 在古希腊原始神话观念中,天地之神的体积同样庞大,这样,在希腊原始神话神学系中,就逐渐确立了以"盖娅和乌拉诺斯"为核心的古老自然神体系。④ 后来,盖娅为了惩罚乌拉诺斯将自己生育的无数具有野蛮力量的"自然之子"打入阴冷的地狱塔耳塔洛斯这一行为,联合小儿子克洛诺斯,割掉了乌拉诺斯的生殖器,最终,失去了生殖器

---

　　① 赫西俄德:《神谱》,张竹明等译,商务印书馆 1990 年版,第 29—30 页。

　　② Ranke-Graves, *Griechische Mythologie*, *Qullen und Deutung*, SS. 30-31.

　　③ Hesiod, *Theogony, Works and Days*, translated by M. L. West, Oxford University Press, 1988, p. 9.

　　④ "Titan",是紧张的意思,它源于乌拉诺斯对其子女的称呼。参见赫西俄德:《神谱》,张竹明等译,商务印书馆 1990 年版,第 35—36 页。

或生殖力量的乌拉诺斯被迫让位于"克洛诺斯"(时间之神)。在盖娅和乌拉诺斯的子女中,诸神大多是自然对象本身,如黑夜之神、光明之神,大洋之神、海神、河神、森林之神,泰坦巨人族,皆是自然野性力量的象征,具有残暴野蛮、无穷威力和旺盛的生殖力。因此,在古希腊神话的谱系中,关于生育的观念,可能是原始婚俗制的遗留,因为血亲婚姻是古老的婚姻制度的具体体现形式。①

在自然神族中,第二代神以克洛诺斯和瑞亚为核心。从某种意义上说,这一自然神系是第一代自然神系的延续。不过,在第二代神的神格上,自然野性的面貌逐渐隐去,或变得不明确。虽然"人格神特征"还未真正形成,但是,它们已经兼具"时间与空间形态的抽象神格"特征。这第二代神,是希腊诸神谱系或希腊原始神话神学思想发展的重要过渡阶段。在希腊人的自然神观念中,像乌拉诺斯、瑞亚、普罗米修斯、提丰等巨神族,有的还带有自然神或动物神的特征,有的则被虚化和抽象了,这预示着"古神系统"必定向"新神系统"转变。以克洛诺斯和瑞亚为核心的第二代神灵,生育了赫拉、赫斯提亚、德墨忒尔、波塞冬、哈迪斯、宙斯等神灵。这些神灵的"抽象化神格"与"拟人化特征"日益突出,新神与古神之间的冲突正在酝酿,最终,通过以宙斯为代表的自然神与人格神的获胜而形成了和平统一的神性自然宇宙秩序。② 也许是基于对神圣王权的高度崇拜,克拉诺斯重演了父神乌拉诺斯的悲剧,希望自己的王位永不动摇或永远统治宇宙,于是,他吞食了与瑞亚共同生育的具有野蛮力量与神圣力量的"儿子"。同样,最小的儿子"宙斯"被母亲瑞亚巧妙地保护了下来,于是,在诸神之间的血腥斗争中,在真正的新神与旧神的搏斗中,兼有自然神、抽象神与人格神等多重特征的宙斯大神,强有力地推翻了父神克拉洛斯,占领了宇宙的最高王位,通过雷电控制宇宙与人类,并确立了自己作为宇宙神的最高统治地位。他以和平的方式主宰整个宇宙,以明确分工

---

① Walter Burkert, *Greek Religion*, Harvard University Press, 1987, pp. 108-109.

② Walter Burkert, *Greek Religion*, pp. 125-130.

的形式,与诸神一起共同享有整个世界的管理权与神圣统治权。

在希腊的神话传说中,巨人与诸神之战是最为恐怖和惊险的场景,这可能是神学诗人对自然大灾变力量的想象性虚拟。从第二代神灵开始,宇宙诸天神虽脱去了自然神的特征,但诸神的婚姻制度仍局限于血亲关系之中,兄弟姐妹的婚姻仍然是宙斯婚姻的主体形式。这种血亲婚姻制度,从宙斯神开始逐渐被打破,即在血亲婚之外,宙斯和其他诸天神发生了非血亲的性关系和婚姻关系。男性天神与人间国王的女儿婚配,女性天神则与人间俊美、智慧的王子婚配。当然,在第二代神灵中也有一些神开始追求"非亲族对象",但是,只有以宙斯为主体的新神体系之建立,才预示着王权制度对自然制度的胜利。以宙斯为核心的奥林匹斯神,作为王权体系与宇宙自然力量体系的混合物,带有神秘化与人性化的双重特征。在这一系统中,宙斯的地位是至高无上的,然后是妻子、姊妹和儿女,他们拥有各自的神圣特权和神圣地位。以宙斯为主体的十二主神系列,基本上是家族性的王权神系,至此,希腊神话神学的"神谱",严格地遵循了诸神历史演变与生成的"历史谱系法"。①

必须指出,这种历史谱系法并没有达到理性思维的高度,仍是感性直观思维,这种历史谱系法的感性直观表现往往以经验累积为前提。"历史谱系法"揭示了人的双重历史经验:一是部落自然法,即部落首领的权力的历史更迭,构成神圣谱系;二是自然界的演变法则,即生成与毁灭,四季变化与自然生命力量的永恒。② 人类社会逐渐从自然社会中独立出来,诸神灵的特征逐渐由自然野性特征显露为社会文化特征。希腊奥林匹斯神的社会性特征相当明显,例如,社会生活的"行业意识"在奥林匹斯神系中具有相当明确的地位。这说明,社会生活的明确分工,已经与神话神学的权力观念形成了最为直接的结合。在希腊神话神学中,诸神的行业保

---

① Mark P. O. Morford, Robert J. Lenardon, *Classical Mythology*, Oxford University Press, 1985, p. 30.

② 维柯:《新科学》,朱光潜译,人民文学出版社 1987 年版,第 449 页。

护神特征,直接决定了不同的天神如何最终成为人类生活的守护神,并接受来自人类生活的不同行业的崇拜与敬奉。不同行业有不同的保护神,人们做事之先必须祭拜神圣的保护神,诸神与人类之间就构成了特殊的"保护与崇拜关系"。这种崇拜风俗,在古希腊社会极为流行。由此可见,希腊神话神学的体系性,不是无故形成的,而是希腊人在感性直观中对希腊文化社会习俗所作出的想象性直观。这种神圣叙事本身,与人的历史意识、自然意识和文化意识皆有十分密切的关系。希腊原始神话神学中的神秘主义思想,与古希腊人比较发达的神话思维密切关联。这种神圣叙事本身,不仅显现了人类历史的进化轨迹,而且体现了希腊人对自然、社会进行整体把握的努力。在这种神圣叙事中,希腊人不仅建立了自己的信仰,而且对自然神灵的力量进行了最富诗性的想象性阐释。

3. 希腊神话神学的本土与外来因素

如果说,希腊神话神学的思想演进史不是孤立存在的,那么,在希腊的神话神学思想中,到底接受了哪些外来影响,到底体现了哪些本土创造性特征,就涉及民族文化的创造与传承问题。基于此,希腊神话神学思想的本土特征与非本土特征,是极有价值的解释学问题。希腊神话体系的构造,主要是希腊人自身文化智慧的突出体现,但这并不意味着希腊神话体系是封闭的系统。相反,从希腊人对诸神的命名、叙述神的起源和神的传奇中,可以看出:这些神话,不少地方体现了希腊人对异族文化与异族神话的合理吸收与创造性改造。事实上,希腊民族的形成,就是文化多元融合与民族生活多元融合乃至人种多元融合的结果。据考古学家考证发现,约公元前 2000 年左右,从北部侵入的欧洲民族占据希腊诸岛并构成了"希腊民族的主体",与此同时,东方各民族向希腊本土和海岛的移民也十分频繁,最终共同构成了希腊民族的多元文化与主导性文化特征。如果算上希腊本土土著居民,那么,"希腊人"(Hellas),实际上由三个部分组成,即本来的土著人、来自北欧的武士和来自东方的移民,这在很大程度上决定了希腊文化的"开放性特征"或"包容性特征"。①

　　事实上,希腊诸城邦十分注重对其他民族文化的吸收,特别是雅典城邦和斯巴达城邦很早就在商业贸易往来中,实现了多民族的文化渗透和融通。例如,一些荷马史诗研究者非常重视"大移民"对于《奥德赛》的创作的决定性意义。② 古希腊神话神学思想系统,很自然地带有东方文化的一些特征。在考察希腊哲学与东方的关系时,韦斯特谈到过希腊神话所受外来文化之影响。在《历史》中,希罗多德不止一次地谈及希腊神话受到东方神话的影响,他甚至说,"希腊大多数神都可以找到东方起源"。希腊与东方地域相连,很早就与埃及、波斯、腓尼基等有商业贸易往来,故而它们神话间的互渗完全有可能。加之东方文化比希腊文化的形成更为古老,且不说埃及文化和印度文化比希腊文化要早熟若干世纪,单是腓尼基、波斯的神话,也比希腊早成熟若干世纪,这就使希腊神话神学思想,既具有本土文化特征又具有外来文化特征。尽管希腊神话不时受到外来文化的冲击,但是,构成希腊神话主体的仍是古希腊本土神话。即使是外来神话思想,也经过了希腊人的改造和重新组合,这样,希腊神话尽管可以找到外来文化渊源,但真正的希腊神话神学体系的构造,无不体现了希腊人自身的智慧。

　　首先,希腊神话的本土特征,体现在希腊人对史前史和自然神的虚拟上。希腊原始神话信仰属于泛神论体系,最初的神一开始就是自然实体本身,大地母亲神生成之先则为混沌之宇宙,混沌不可名状。在中国,"混沌之神"不过是没有眼、口和鼻而已,一旦有了眼耳鼻舌身,他就成了"最初的神"。希腊的混沌观念则有所不同,混沌即黑暗、不可知、没有生命的世界。希腊人承认诸神起源于"混沌",但并没有说明从混沌中生出神灵的原因,他们只是肯定了诸神的生成有"物质性的起源"。③ 希腊神话和

---

① J. V. Luce, *Homer and Heroic Age*, Harper & Row, 1975, pp. 16-24.

② 默雷:《古希腊文学史》,孙席珍等译,上海译文出版社 1986 年版,第 32 页。

③ *Die Vorsokratiker*, herausgegeber von Wilhelm Capelle, SS. 1-15.

希伯来神话,在诸神的起源、天地的起源、宇宙的起源问题上的差异非常明显。那么,神是先于万物而存在,还是由自然物所生成?神是创造了天地万物,还是由于天地交合才生成了万物?希腊神话神学的回答是:"大地母亲神与爱神在混沌中生成。"大地之神的体现者是盖娅,先于天空之神乌拉诺斯而生成,大地生成天空这一神话,属于希腊人原初的自然观念。古希腊人坚信,天地相合生成万物,在希腊神话神学中,这种质朴的自然观念,为希腊自然哲学的兴起奠定了基础,它对科学、艺术和希腊生命哲学产生了决定性影响。

在希伯来神话中,上帝(God)先于一切而存在,世界上的一切都是上帝的创造物,连人也是上帝的创造物,这为建立一神教奠定了牢固的思想基础。在这种一神观念的支配下,对于宇宙的起源,就无法继续上溯,或者说,"希伯来神话"堵住了人们继续追问神谱的道路。希伯来的神学观念,不能从经验上去证明它,也不能从经验上去否定它,希腊神话则把希腊史前史想象成自然生成的历史和自然斗争的历史,显然具有积极的意义。关于人类史前史这种比拟的想象,证明了人类的特殊想象力,因为人类质朴的时间观念、空间观念和生成观念,在神话中有着具体体现。特别重要的是,希腊人的自然神和泛神论倾向,对于西方思想意义特别重大,所以,研究希腊思想的神话起源是对最本源的思想演进方式的追溯。[1]

其次,希腊神话的本土化特征,体现在它的王权神话构造上。王权制神话,实质上属于"政治神话",因为每一民族为了维护政治的稳定性和统治的神圣性,总喜欢虚拟出一些"王权神话"。[2] 例如,印度人喜欢把一些王权拥有者或英雄视作是神的化身,并且相信神样的英雄威力无穷、不可战胜,"阿周那"就是神的化身,力量无穷,永远不败。在《摩诃婆罗多》中,神学诗人真实地表达印度人的原始神学观念,他们对王权神话的维护,就在于把神之子视作王权的合法继承人。在中国神话中,喜欢把"皇帝"看

[1] *Early Greek Philosophy*, edited by A. Long, Cambridge University Press, pp. 45-50.
[2] 韦尔南:《神话与政治之间》,余中先译,第296—305页。

作是"真龙天子",以维持其合法的神圣的正统地位。在中国王权神话信仰中,君王的权力乃神授,这样的权力自然不可侵犯,也不可动摇,否则就违背了天意或神意。同样,希腊王权神话也很流行。例如,阿喀琉斯、阿伽门农、奥德修斯等等,都是天神的儿子或女神即他们的母亲,他们一半是神,另一半是人,或者他们的父亲是神,或者母亲是神,有了这些神圣的祖先,他的超人智慧、才能和力量就有了合理的说明,诸神也乐意有这样的儿子。①

希腊神话王权制特点表现得很具体,在荷马史诗中的"王权神话"直接折射了"王族的心理"。更重要的是,希腊神话神学思想重视权力更替问题。作为王权制的象征,任何王位拥有者都不愿意轻易交出最高权杖。为了消灭敌手,这些神王甚至不惜把自己的子女全部消灭,乌拉诺斯是如此,克洛诺斯是如此,宙斯也是如此。前两个神王的预言都应验了,在权力更迭中,他们最终未能守住王权,但是,宙斯的权力拥有则是例外,他吞食墨提斯,结果生出了雅典娜,不过雅典娜并未劫夺走宙斯的王权。这一神话故事,在文本叙述上存在一些分歧:有的版本写道,乌拉诺斯和盖娅提醒宙斯,墨提斯的第二个孩子要"夺取他的王位",于是,宙斯用计吞食了墨提斯;另一些版本则不强调这一点,干脆把雅典娜视作墨提斯将要生出并取代宙斯的孩子。这是否说明:"王权的争夺"只有男子才有可能,女子不可能夺得王权,还是存在其他原因呢? 应该承认,希腊王权制对希腊神话神学思想的影响是相当强大的。② 王权制的最终确立,可能与当时的统治阶级对这一王权制的维护有关,于是,宙斯维护的王权制度,就成了永久的王权制度,成了王权制度的神圣模式。

第三,希腊神话的本土特征,体现在对保护神形象的塑造上。希腊人有许许多多的保护神,他们相信,任何行当,任何行动,皆与神的护佑或遗

---

① 荷马:《伊利亚特》,罗念生、王焕生译,人民文学出版社 1991 年,第 22 页。

② Hesiod, *Theogony*, *Works and Days*, translated by M. L. West, Oxford University Press, 1988, pp. 13-17.

弃相关。在神的护佑下，人战无不胜，一旦神抛弃了人，人则逃脱不了悲剧性命运。例如，宙斯保护一切，他是所有希腊人的保护神，他成了民族的至上神。赫尔墨斯是信使之神，还是小偷之神、交通之神；赫斯提亚是灶火之神，也是家庭安宁之神；赫拉是婚姻之神，也是生育之神；阿波罗是智慧之神、战争之神，也是医药与音乐之神；狄奥尼索斯是快乐之神；雅典娜既是智慧之神、战争之神，又是纺织女神、和平之神、城邦守护神；阿尔特弥斯是贞洁女神；阿佛洛狄特是美神、爱神；赫淮斯托斯是工匠之神。由于每一事物都有了保护神，因而，希腊人在各地为他们信仰的神分别建立神庙。崇拜农业丰收，自然要祭拜德墨忒尔神；崇拜光明、幸福、自由，自然要崇拜阿波罗神。①　总而言之，诸神有其严格的分工，诸神的职能彼此不相干扰，不可代替。神的法律就是命运，谁也无法改变。这种神灵信仰，是希腊人热爱自由、热爱圣职的表现。这种神灵信仰，表现了希腊人明确而具体的社会分工意识。在希腊神谱中，诸神的合唱构成了和谐的生命世界，希腊神话的本土特征体现了质朴的希腊文化精神。应该看到，任何神话皆不会无缘无故地生成，不会凭空被想象出来，神话的创作总有其历史的事实作为文化投射的根基。事实上，神话唯有扎根在这种民族文化土壤中，才能成为民族文化的重要构成部分，因此，在神话的背后，总有其历史的现实的文化的基础。

　　"神话思维"总是立足于历史现实，无论它是以夸张的形式、想象的形式或变异的形式，从根底上说，希腊神话总是其民族文化的独特投射方式，神话成了民族文化创造者对于神秘的自然世界和文化世界的合理构造。希腊神话神学思想尽管受到外来文化的影响，但它仍保持着鲜明的民族特色。在希腊神话中，有一些神是根据东方神话改造过来的。例如，爱神阿佛洛狄特、日神阿波罗、月神阿尔特弥斯、酒神狄奥尼索斯等。这些神虽产生于东方，但是经过希腊诗人的改造，最终都成了"希腊民族的

---

① 　C. Kerenri, *The Gods of the Greeks*, pp. 130-148.

保护神",尤其是日神和酒神,后来成为"希腊文化的象征"。① 在希腊神话神学中,这些民族的神灵构成了相对完整有序的体系,与希腊人的神灵信仰和祭祀仪式有很大关系。在希腊人的神祭中,诸神的等级秩序被合法化、合理化以至习俗化、程式化,构成了希腊神话信仰的主导性特征。如宙斯神的祭礼每年在几个地方举行;每年三、四月,举行风神大祭;每年五月,是泛雅典娜大祭;每年的九月,是农神德墨忒尔大祭。② 德尔斐的阿波罗神庙,是日神祭礼的最佳场所。

　　神灵是需要人去信仰的,神灵本身也是人为了信仰而创设的,神灵的地位取决于他在民族文化中的信仰程度。人们总是敬爱那些有益于人类的神灵,钟情于那些能给人们带来幸福、快乐、智慧与和平的神灵。希腊人的神灵信仰不是偶然的,这种特殊的精神信仰带有许多神秘主义的成分,但是,在宗教信仰中则常被视作真实的历史,它是希腊民族文化中的重要精神组成部分。正如中国的不同节日有其不同的文化历史象征性,同样,希腊的每一个盛大节日皆有其特殊的祭礼,祭礼是感恩、还愿的方式,也是祈求、怀念的方式。人在这种神秘的心灵的祭奠中,表现了内心最深沉、最虔诚的信念,当他们无法抗拒自然的威力时,当他们无法把握命运时,当他们渴望胜利和丰收时,他们就想到了心中崇奉的神灵,他们以特殊的仪式和特殊的祭奠方式,表达了他们与自己所信仰的神灵的亲近。在这种神与人的交流中,人获得了迷醉般的幸福。作为感性直观方式,他们的神学信仰体现在仪式中,在心灵的仪式中,他们的神灵观以合理的形式被确定化了。③ 长期以来,人们就是以这种原始直观的方式,以神秘的感情的依恋方式,理解希腊神话神学中的诸神并捍卫希腊神话神学所代表的"神圣生命信仰"。

---

①　Erike Fischer-Lichte, *Dionysus Resurrected*, Wiley-Blackwell, 2014, pp. 12-15.

②　吕凯等:《世界神话百科全书》,徐汝舟等译,第146页。

③　Friedrich Nietzsche, *Die Geburt der Tragödie*, *Oder Griechenthum und Pessimismus*, Philipp Reclam Jun. 1993, SS. 21-27.

4. 神话神学的信仰遗存与人文象征

神话想象与个人信仰之关系,如同生命与水的关系,在我们的信仰中,神话想象决定了生命的信念。事实上,神话神学相当富有生命力,这种原初的信仰方式,一直延续到现代,并作用于人们的神秘生命想象方式。原始神学信仰,总是体现在民族口传神话的想象中,因为先辈喜欢以口传神话和祭祀实践仪式传达他们对"神"的理解。他们相信冥冥中神灵之存在,由于神灵信仰作为私密化的个人经验,只可意会,不可复现,因此,信仰者往往以个体的经验证实"信仰的真实性"与"神话的真实性","信则有,不信则无",成了这种信仰之辩的圆滑而神秘的解释。信仰是心灵的自由形式,是信仰者对自我世界和自我体验的执着和依恋。人与人之间的差异是巨大的,观念不同者总是难以说到一块儿去,所以这个世界有冲突和斗争。对于大多数信仰者而言,他们喜欢采取"顺应式接受"的方式,对于宗教神话神学思想,绝不怀疑,只是相信并接受,坚信从先辈那里继承的神秘经验与信仰价值。他们坚信以神秘的仪式和虔诚的体验,就可以在自然天地的祭奠参悟中获得"神灵的恩典"。①

事实上,信仰问题与生命问题、伦理问题相关,在大多数信仰者那里,他们不需要追问:神是什么? 神是如何存在的? 神的存在该如何证明? 也不需要关心信神是否为"虚妄的行为"? 在坚定的信仰者那里,他们总有自己的一整套合理解释或信仰解释。理性主义者所面对的世界,不再是神秘的世界,而是科学实证的世界。在理性主义者的生命存在视野中,信仰只能建立在逻辑证明与实践证明的基础上。"我证明,我相信",或者说,"我体验,我相信",否则,就构不成真正的信仰问题。他们用证伪的方法,否定许多神学问题,而许多神学问题又确实需要个体的"私密化经验"。这就使得神话神学所主导的宗教信仰本身,永远不是科学实证的问

① 赫丽生:《希腊宗教研究导论》,谢世坚译,广西师范大学出版社 2006 年版,第 295—330 页。

题,而是坚定信仰的情感意志问题。

原始神话神学很少涉及理性神学的问题,在"神学话语"与"非神学话语"之间,有时根本无法形成自由的思想交流。神学话语带有很强的抒情特征,特别是在宗教迷狂中,可能完全变成了个体经验的情感表达。在神学话语表达中,许多神学话语都超越了日常经验,属于"非经验性领域"。例如,"光""神恩""神意""向神而在""灵魂不朽""生命轮回"等,这些神学话语是科学理性所无法证实的,因而,在理性主义者看来,一些神学话语如同人的梦呓,无法获得真正的理解和说明。原始神话神学观念或神学思想逻辑,在一些理性主义者那里,处处显得荒唐可笑。[①] 一般说来,真正成熟的神学话语表达,自有其规范性,它强调私密化经验、个体性实践、超自然体验。在希腊神学思想中,神话神学所代表的"话语系统"有超自然经验的表达倾向,它们不可证实或证伪。希腊理性神学,则是以理性主义为原则进行神学表达,就显得易于进行逻辑思想的把握。这两大神学话语系统的历史转换,即在于把神话话语中的无效成分或想象性经验"带出历史之域",遗弃"在神秘经验之域"。"对于不可说的,应保持沉默",这种分析哲学的语言观念巧妙地把神话神学话语予以放逐了。然而,对于大多数信仰者而言,相信超自然的神秘经验和神话神学话语是自然而然的事情,他们不需要以理性去看待神学话语,只愿意以审美想象或宗教体验的方式去接受神学话语。在想象中,那不可把握的超自然的力量,就是人类生活中永远敬畏的无所不在的"神"。神决定着人的一切,操纵着人的命运;神给你智慧,你会在战斗中立于不败之地;神给予你启示,你就会避免灾难;神悦纳你,你就会有幸福,但你不能违背神的道。"神的道"就是宗教禁忌和道德律令,是信守生命的自律,是信守伦理的价值许诺,是面对各种生命考验的内心坚定与神圣自由。在任何情况下,你不违背神的道,才算是对神的敬畏与虔诚。因此,"神的道",就是坚定的信仰、伦理的约束和宗教组织的权威性,是生命的服从和内心的虔诚。在民间宗教

---

① Walther Kranz, *Die griechische Philosophie*, SS. 48-50.

信仰系统中，关于神灵的虔敬和禁忌是非常多的，从赫西俄德《工作与时日》的若干宗教律令与道德律令即可看出。[1]

在希腊神话神学思想中，人们对神的信仰自然而亲切，甚至有些轻浮。在荷马史诗的时代，人们提起神非常自然，虽然对神也有内心的恐惧和敬畏，但是人们还是乐于"讲述诸神的风流韵事"。在神话神学的想象中，诸神并不总是那么庄严可怕，神与人一样，有时也喜欢"风流放荡"。在希腊悲剧艺术中，有的诗人把神看得至高无上，有的则开始表现渎神的情节；在阿里斯托芬的喜剧里，人们干脆在"戏弄诸神"了，他们动不动就"以宙斯发誓"或"以波塞冬发誓"[2]。这些艺术家对待诸神的态度，在希腊法律制度中可能并没有严格的限制，因为在希腊喜剧盛行的时代，"渎神罪"已有所放松。像苏格拉底被以"渎神罪"起诉，只是当时城邦统治者找到的口实。这是希腊信仰最外在的一面，实际上，希腊人对神灵相当虔敬，只要看一看奥林匹斯的神秘仪式、厄琉西斯秘仪或者毕达哥拉斯学派的宗教信仰，人们就可以感受到这种虔敬。"不信神"只是希腊人最外在的表现方式，"信仰神"才是希腊人至深的生命文化信念。在公共场所和私人密室，人们对待神的态度大不一样，从希腊戏剧表演和厄琉西斯秘仪的比较，即可见一斑。不过，他们相信的不是"一神"，而是"多神"，甚至可以说，每个地域的希腊人只愿意信仰"本地的神灵"。

希腊神话神学显示了希腊人对自然的神秘主义态度，对于大多数希腊人而言，他们认同希腊神学中质朴的感性直观的神灵信仰，这主要体现在他们对奥林匹斯教和奥菲斯教的信仰之上。他们相信，"诸神"就居住在奥林匹斯的最高山峰。在《伊利亚特》中，当战争失败时，希腊将士认为是他们得罪了阿波罗神，于是，把祭品抬到大海边进行祭祀，以乞求大神的宽恕。在诗人的神话叙述中，他们先将祭品放好，然后祷告，在祷告之

---

① Hesiod, *Theogony, Works and Days*, translated by M. L. West, pp. 127-130.

② 阿里斯托芬:《蛙》《云》，参见《古希腊悲剧喜剧全集》(6)，张竹明译，译林出版社 2007年版，第 315—320 页。

后,把祭品烤熟,用于献祭,他们吃掉祭品的边缘部分,但是,祭品的核心部分,谁也不敢动,这些仪式皆是作为对神的谢恩。这些仪式相当古老,而且,祭祀场面相当庄严,他们相信,只有这样才能真正平息"神灵的愤怒"①。这是感性直观的神秘表达方式,至于"神灵如何存在""神灵存在于何方""神灵是否接受他们的献祭"都不是他们考虑的问题。他们坚信,在神圣的仪式表达中,诸神已经宽宥了他们。希腊神话神学的感性直观表达方式,就在于他们并不关心神灵存在的问题,而是坚信神灵无所不在、无所不知,仿佛人最隐秘的心理,神灵也能听到。人不可欺哄神灵,唯有诚挚地谢罪或感恩,才会受到神灵的悦纳,所以,"神如何存在""神为何存在"等严肃的神学问题超越了他们的视域,或者说,还隐蔽在他们的视域之外。他们相信"神与万物同一",树在动、海在啸、马在嘶,他们可能认为这些是"神示"。

在希腊神话神学思想中,"神"在时间上是永恒的,在空间中是无处不在的。在感性直观中,神是人们无法看见和触摸的神圣存在。"万物有灵论",即相信万物中都有神存在。正是由于万物有灵观的支配,希腊神学诗人才能把"大地"想象成母亲,把"天空"想象成父亲,把大海写得那么有人情味。大自然的风吹草动,都被看作神意,这种感性直观的信仰使他们易于把神想象成人格化的神。这虽然有把神降格的倾向,但是,在希腊人的自由想象中,"神是如此多情",如此充满人性,如此固执与专断,不能不让人敬畏和崇拜。② "神优越于人","神高于人",就是在这种感性直观中形成的神话神学思想。在希腊神话中,也有神化身为人的问题,如雅典娜为了帮助奥德修斯,化身为奥德修斯熟识的一些长者形象。狄奥尼索斯,则以人子之身份浪迹四方,他给人带来美酒和欢乐,人们惧怕他,敬畏他,追随他。在希腊神话观念中,人不能永生,但也有少数英雄进入神族,如赫拉克勒斯以及与爱神结合为夫妻的普绪喀,但是,在希腊神话中,人成

---

① 荷马:《伊利亚特》,罗念生、王焕生译,人民文学出版社1991年版,第45页。
② Werner Jaeger, *Paideia: the Ideals of Greek Culture*, Volume I, pp. 15-30.

神的传说从来不是主要的,这与东方神话和宗教有所不同。在东方传说中,人通过修炼可以成仙、成佛,而在希腊神话中,人不可能真正成为神,只有灵魂才能进入天堂。在希腊人的直观想象中,神族是不朽的,他们喝着馥郁的玉液琼浆,在缪斯的歌舞中,享受生命的快乐。奥林匹斯神境充满了缪斯女神的歌声,这是快乐的生命所在。希腊人就是这样理解神的世界,他们认为人必须祈求神,人的幸福与安宁取决于神。这种感性直观的信仰,源于他们的生活经验,也局限在他们的生活经验之内。

希腊神话作为感性直观的神学思想形态,既包含神学的内容又包含非神学的内容。正因为如此,希腊人的文化自然观念,大都凝定在神话艺术之中。只要考察一下 Zeus, Hermes, Hera, Aethana, Dike, Apollo, Dionysus 等神名的语源,即可看出,在希腊思想中一些重要的思想观念都有其"神话学起源"。[①] 缪勒(Müller)在比较神话学方面的最大贡献在于:通过语源去追究神名蕴含的思想文化内容。我们在研究希腊神话神学思想时,把一些重要的希腊思想价值观念与文化观念同希腊神话的象征联系在一起,证明了希腊神话神学的"神学特征"与"非神学特征"的内在统一性。这种感性直观还得依赖于人类经验,因为在人类经验世界中,感性直观的信仰起着决定性的作用。希腊人以艺术的眼光对待世界、自然和社会,感性直观就是经验方式和想象方式。在感性直观中,感性形象和直观判断支配着人的生活,支配着人的日常经验。在人的生命体验中,这种感性直观的经验始终受到重视,因而,理性神学思想可能会摧毁感性神学思想,但是,在人的信仰天地中,"个体信仰与神话想象",始终支配着人的情感生活和宗教生活,这就是希腊神话神学思想的美丽与迷人之处。

---

① *Die Vorsokratiker*, herausgegeben von Wilbelm Capelle, SS. 194-202.

第二节　荷马史诗重构与奥林匹斯教的人格神

1. 两个荷马与希腊文明的创造传承

希腊神话及其所蕴含的思想得以保存到现在,在很大程度上,应归功于颂歌诗人与史诗诗人。由于最早的颂歌诗人与史诗诗人亦是"神学诗人",因此,在探究奥林匹斯信仰时,就无法回避著名的"荷马问题"。所谓荷马问题,是指两个相互关联的问题:一是"荷马"其人的历史真实性,即在希腊历史上,作为伟大史诗歌手的荷马,是一位盲诗人还是无数史诗作者的代称? 二是从《伊利亚特》与《奥德赛》文本考察史诗歌手及其创作的独特性,即要追问两部史诗是否为同一时代的作品? 是否为同一诗人所作? 荷马史诗如何由口头传唱并最终形成确定性书面文本? 与此相关的问题是,荷马史诗所描写的历史事实是否具有历史真实性? 或者说,荷马史诗创作与当时的历史文化、社会生活是怎样的关系? 这些问题,表面看来是诗学问题,实际上涉及神话神学观念的形成,正是因为荷马使得希腊宗教信仰与神话神学思想变得具体而形象。① 从神学的角度出发,不妨把"荷马问题"转换成史诗叙事话语与奥林匹斯信仰之关系,一方面,须考察"奥林匹斯教"对荷马史诗创作的实际影响,另一方面,也须考察荷马史诗是否真实地保存了"古代奥林匹斯信仰"。

关于荷马史诗,默雷(Murry)的意见颇具影响力。他认为,"每一种文学作品,当人们想要保存它的时候,实际上大部分早已毁弃了。"②确实,在任何时代,活的文学总是容易被忽视,大量的口头创作或无名创作,根本就没有得到保存。其实,这种情况不仅限于文学,最早的哲学思想文献亦如此。相对于希腊哲学而言,希腊文学还算幸运,因为史诗作为口头

---

①　Gregory Nagy, *Homeric Questions*, University of Texas Press, 1996, pp. 13-26.

②　默雷:《古希腊文学史》,孙席珍等译,第 56 页。

诗学作品,更易通过心灵记忆而得以保存。在《古希腊文学史》中,默雷将希腊原始叙事诗分成三类:一是表达古代英雄传说的史诗,由"荷马"所作;二是记载一般见闻,如赫西俄德所作的"分类目录"和"神谱";三是用于宗教上的"颂诗"和启示录,如荷马颂歌与奥菲斯教的抒情祈祷诗等。①这种分类很有道理,但是并不能就此解决荷马问题。在提到"荷马"的起源时,默雷也语焉不详,或者闪烁其词。这也难怪,有关荷马的史料本来就相当少。面对古典文献的缺乏,人们逐渐倾向于认为:"荷马与赫西俄德",意指一切史诗传统以及英雄传说和神谱。希罗多德认为,他们两人创造了"希腊的宗教",给予神祇各种称号、荣誉和技巧,并描写了他们的形象。希罗多德断然宣告:"荷马是《伊利亚特》和《奥德赛》的作者",只是怀疑其他史诗作品非荷马所作。②修昔底德只承认《伊利亚特》《阿波罗颂歌》和《奥德赛》等是荷马的作品。柏拉图的引证也不外乎《伊利亚特》和《奥德赛》,例如,在《伊安篇》和《国家篇》中,他引用了《伊利亚特》和《奥德赛》中的不少诗句。亚里士多德则认为,《伊利亚特》《奥德赛》和《马其茨多》为荷马作品。③这样,只有这两部史诗,逐渐被认定是荷马的作品,于是,就带来了一些问题。

如果说,史诗乃民众所作或游吟诗人的集体创作,那么,为什么只突出"荷马"?默雷认为,这与泛雅典娜大祭朗诵荷马史诗有关。他提出,最迟从公元前五世纪初起,雅典就有了按规定次序"公开朗诵荷马史诗的习俗"。这种习俗源于公共法令,此前,荷马被认为是远远超过我们所掌握的许多诗歌的作者。在公元前五世纪的雅典文学中,他只被看作是《伊利亚特》和《奥德赛》的作者。后来,在一切作家的习惯中,凡谈到"泛雅典娜大祭"的朗诵,"荷马"这个词仅意味着是《伊利亚特》和《奥德赛》的作者。这种朗诵给了史诗作者独一无二的地位。荷马的地位突出了,其他诗人

---

① 默雷:《古希腊文学史》,孙席珍等译,第38—56页。

② 希罗多德:《历史》,王以铸译,商务印书馆1997年版,第158—160页。

③ Aristoteles, *Poetik* (Griechisch/Deutsch), übersetzt und herausgegeben von Manfred Fuhrmann, Philipp Reclam Jun. 1994, SS. 91-96.

的地位则逐渐隐去了,于是,人们才开始寻找真正的荷马。今天,人们能够见到的荷马史诗希腊文本,已经过多次校订,这些校订本在一些抄本的基础上修订而成。根据希腊文学史家的研究,有关荷马史诗的记录,共有三类抄本:一是个人抄本,二是城市抄本,三是通俗的民间抄本。这样,对荷马史诗成形的最后两个阶段,默雷认为,"权威性的陈述事实"和"编排事件的次序"皆由渐进过程固定,这一过程的基本特点,就是希腊人创立了"泛雅典娜大祭的朗诵制度"。"文本的逐行词句",也经过学校的背诵、私人的诵读和文学批评反思等连续不断的过程而逐渐定型,所以,口头史诗逐渐有了书面文本。① 默雷认为,"原始叙事诗"不适宜阅读,只适宜朗诵,而作为定本的史诗,则通过教学实践与吟诵仪式得以传承。诗非常长,诗的组织也非常严密,这与"雅典立法者"要让这位伟大的爱奥尼亚诗人的诗篇成为雅典最庄严的宗教仪式的组成部分有关。

人们设想,史诗朗诵不是由某个人完成,而是由众人分工合作而完成。帕里(Parry)和洛德(Lord)的口头程式理论,倾向于把"荷马"史诗看作古典民间吟诵传统的代表。这样一来,"荷马"不是某个人,而是无数个演唱者。帕里和洛德,通过南斯拉夫口头史诗创作与荷马史诗进行比较,不仅解决了史诗的作者问题,而且提出了"口头程式理论",并认为这对于史诗创作十分关键。② 在作者的问题上,学者们逐渐达成共识,即把"荷马"看作是口头叙事传统的优秀继承人。他不是某个单独的人,而是不同时代"无数行吟诗人的集合体"③。由于历史不可详考,人们总是想象史诗创作中必定有天才人物,许多人又设想荷马是杰出的个体,于是,形成了两种对立的观点。这两种看法,一般被称为分解派(Analysts)和统一派(Unitarians)。前者认为,各种迹象表明荷马史诗是汇集而成的作品,人们见到的文本由许多小的诗章汇编而成。若想透彻地理解荷马史诗,

① 默雷:《古希腊文学史》,孙席珍等译,第 1 页。

② Millman Parry, *The Making of Homeric Verse*, The Collected Paper of Millman Parry, edited by Adam Parry, Oxford University Press, 1971, pp. 5-10.

③ Gregory Nagy, *Homeric Questions*, pp. 65-83.

就必须对其进行分解。后者认为,有一位大师独自创作了这两部史诗,它们显示了青年荷马与老年荷马的高度智慧。不过,这两种对立的观点,在口头叙事传统的传承者中,基本上可以得到统一。其实,这些观点并不是二十世纪的产物,早在十八世纪,维柯就深刻地论述了这些问题。

在《新科学》中,维柯认为,"诗性智慧"(Poetic wisdom)是希腊各民族的民俗智慧。希腊各民族原先是些"神学诗人",后来则是些"英雄诗人"。他证明,荷马的智慧就是"通俗的民俗智慧",而不是什么"崇高的玄奥智慧"。① 在维柯看来,为什么希腊各族人民都要争得荷马故乡的荣誉呢? 理由就在于:希腊各族人民自己就是荷马。为什么关于荷马的年代有那么多的分歧呢? 因为从特洛伊战争开始到荸玛时代有四百六十年之久,"荷马一直活在希腊各族人民的口头上和记忆里"。他的目盲和他的贫穷,都是一般说书人或唱诗人的特征,他们有特别持久的记忆力。他还证明,《伊利亚特》的作者荷马,比《奥德赛》的荷马"要早许多世纪"。写《伊利亚特》时荷马正年轻,胸中沸腾着崇高的热情,爱好宏大气派,所以,"喜欢阿喀琉斯那样狂暴的英雄"。写《奥德赛》时荷马已达暮年,当时希腊人的血气仿佛已为反思冷却,"反思是审慎之母"。因此,希腊人喜欢奥德修斯那样以智慧擅长的英雄,在这种英雄时代,荷马始终是一位高明无比的诗人。正因为生在记忆力特强、想象力奔放而创造力高明的时代,"荷马绝不是哲学家"②。维柯认为,有三种颂词与荷马不相称,即把荷马看作是"希腊政治体制或文化的创建人",说"他是一切其他诗人的祖宗",还说"他是一切流派的希腊哲学的源泉"。这三个看法,在维柯看来皆不符合实际。他认为,"荷马是流传到现在的整个异教世界的最早的历史家"。因此,他的两部史诗,此后应作为古希腊习俗的两大宝库而受到高

---

① 维柯:《新科学》,朱光潜译,第 411—413 页。
② 维柯:《新科学》,朱光潜译,第 444 页。

度重视。① 如果说，默雷对荷马问题的探讨局限于文学范围，那么，维柯对荷马问题的探讨早已扩展到历史文化的习俗领域。

维柯的研究，对于希腊神学研究的最大启示在于：通过荷马史诗去恢复希腊远古时期的历史习俗和信仰，人们能够从历史习俗出发去真正理解荷马史诗。这在神学研究的方法论上具有决定性意义。维柯认为，荷马要遵从那个时代野蛮的希腊人的情感和习俗，只有这种情感和习俗才能向诗人提供恰当的材料。应当承认荷马的描述："他是凭天神的力量来尊敬诸天神"。例如，"宙斯的大锁链"，就是企图证明宙斯在神和人之中都是伟大的王。根据这种习俗信仰，荷马使人可以相信，墨涅拉俄斯由于得到"雅典娜之助"，居然能射中女爱神阿佛洛狄特和战神阿瑞斯。维柯对哲学极尽嘲讽之能事，崇尚原始诗性智慧，他坚持认为，神话创作者的"心智薄弱像儿童"，"想象强烈像妇女"，"热情奔放像狂暴的年轻人"，否认荷马有任何"玄奥智慧"。维柯认为，由于诗人们出生在村俗史学家之前，最初的历史必定是诗性的历史，"一切古代世俗历史都起源于神话故事"。"神话故事在起源时都是些真实而严肃的叙述"，因此，神话的定义就是真实的叙述。但是，由于神话故事本来大部分内容都很粗疏，它们后来就逐渐失去原意，又遭到了窜改，因而变成不大可能，且暧昧不明，属即兴话，以至于不可信。② 维柯认为，这些现象就是神话故事中的诸疑难的七个来源，神话故事以窜改歪曲的形式传到荷马手里。神话故事的精华在于诗性人物性格，产生这种诗性人物性格的需要，在于当时人还不能把具体事物的具体形状和属性从事物本身抽象出来。因此，诗性人物性格，必然是按当时全民族的思维方式创造出来的，在极端野蛮时期，自然就有运用这种思维方

---

① Giovanni Battista Vico，*Prinzipien einer neuen Wissenschaft über die gemeinsame Natur der Völker*，Übersetzt von Vittorio Hösle und Christoph Jermann, Felix Meiner Verlag, 1990，SS. 444-456.

② 维柯：《新科学》，朱光潜译，第 425 页。

式的必要。① "神话"具有其根本性特征,即经常要放大个别具体事物的印象,其原因必然是人的心智还不明确,受到强烈感觉的压缩作用。除非在想象中把个别具体事物加以放大,否则就无法表达人类心智的神圣本性。"按照诗的本性,任何人不可能同时既是高明的诗人,又是高明的玄学家。因为玄学要把心智从各种感官方面抽开,而诗的功能却把整个心灵沉浸到感官里去;玄学飞向共相,而诗的功能却要深深地沉浸到殊相里去。"② 与希腊哲学家相比,维柯给予希腊神学诗人更多的崇敬。维柯并不像一般学者那样以哲学去否定神话,他看到了神话与哲学的功能差异,并坚信神话史诗的文化价值。

关于荷马史诗的历史文化成因,默雷特别提到发生于公元前一千年的"大移民"。他认为,"大移民"把北方的英雄人物都吸收到伯罗奔尼撒来,同时,从伊纳克斯流域拥来一股希腊移民的洪流与从塞萨得拥来一股移民的洪流,在亚洲汇合,这给希腊文化带来了前所未有的思想活力。默雷认为,前者使人回忆起梯伦和迈锡尼的巨大城堡和丰厚的物质财富,后者则带来了无数英雄故事。他还认为,在历史上出现大移民,有富有浪漫主义色彩的惶恐景象,在北方,战鼓声喧无常,强敌犯境时,人们往往还在迷糊地狂欢作乐。"当他们仓皇奔命时,只能把财产付诸茫茫大海。"海上历险,给史诗创作带来了前所未有的历史材料,对于诗人的想象来说,既恐怖又惊险。当时的小船全凭天气支配,逐波浮沉,或漂流异国海滨,或藏身大海,即使有人收留妇女儿童,"男子汉还得在渺无人迹和妖魔出没的海洋上漂泊,坚韧不拔地寻找安身立命的净土"。有人认为,荷马史诗在爱奥尼亚移民中产生,确实不无道理。"大移民的惊险",激动了他们的心灵,他们把自己的经历编成"歌谣",编进伟大的英雄叙事诗中。③ 默雷认为,爱

---

① Giovanni Battista Vico, *Prinzipien einer neuen Wissenschaft über die gemeinsame Natur der Völker*, SS. 459-472.

② 维柯:《新科学》,朱光潜译,第 429 页。

③ Stephen Halliwell, *Aristotlie's Poetics*, The University of Chicago Press, 1998, pp. 253-261.

奥尼亚的昌盛时期一定是古代叙事诗创作的兴盛时期。荷马史诗保存了古老的宗教信仰也很正常,但爱奥尼亚人敢于把神灵作为修辞上的装饰,甚至"用神灵故事来插科打诨",这虽与原始信仰本身有所不同,但也是描绘原始信仰变迁的间接体现。在最早阶段,只有在真正神秘的地方,只有对原始人的头脑来说有必要作超自然力量解释的地方,"诗人才把神灵写进去"。[①] 这些神皆来自奥林匹斯山,这说明希腊人主要崇尚奥林匹斯信仰。

正如我们已经谈论过的那样,希腊宗教信仰主要有三大系统,即泰坦神系、奥林匹斯神系、狄奥尼索斯神系(奥菲斯教神系)。由于奥林匹斯神系的核心地位,它逐渐吸收和同化其他两大神系的内容,就本土神话信仰来看,希腊人主要崇尚奥林匹斯神系。荷马史诗源于公元前二十世纪左右的历史传说和文化习俗,很少涉及狄奥尼索斯神系。这就是说,在公元前八世纪以后,对于希腊极盛行的"酒神信仰",荷马史诗作者有意无意地加以排斥,或纳入奥林匹斯神系之中。在奥菲斯教盛行的时代,人们仍然坚持奥林匹斯信仰,足见传统的力量。这些奥林匹斯神的神格与正式称号,大多来自阿卡伊俄伊(Achaio),这个词泛指希腊,Hellas(希腊)则仍指一定的地区,与后来特指的希腊全境有较大区别。[②] 西方学者有关荷马问题的讨论,有助于对早期希腊神话神学进行科学的历史阐释。从史诗中去还原早期希腊的文化习俗,并借此理解希腊人的原始信仰,这是有效的解释方法。

2. 记忆与想象:荷马作为希腊导师

人们倾向于认为荷马史诗是民族传统创作,给希腊神话神学研究带来了许多便利。如果只把诗人看作某个具有杰出才能的文化英雄,那么,荷马史诗中的诸多矛盾仍然无法解决。如果把荷马看作是"一批希腊民

---

① 鲍姆加登:《美学》,简明等译,文化艺术出版社 1990 年版,第 45—50 页。
② 默雷:《古希腊文学史》,孙席珍等译,第 34 页。

众诗人",那么,可以从史诗中发现民俗的智慧,并消解许多无法自圆其说的矛盾。[①] 不少文学史家把古代无名作者的作品,尤其是民间文艺作品一律视作集体创作或累积型创作。例如,印度史诗、中国诗经等都被视为"民间集体创作"。要想进一步解决"荷马问题",必须从"盲诗人的想象心理"入手去作一番研究,即可以从两重意义上去理解"盲诗人"。"Homers"在希腊语中,即盲人的意思。第一重意义上的盲诗人,即"目盲的诗人"。许多目盲的人记忆力超群,在中国乡间也可看到这样的盲人,一些说书先生就是盲人,他们的语言叙述能力卓越超群,还有一些盲人则专事占卜和算命,他们根据生辰八字,能进行比较复杂的推演,并合理地说出一些令人信服的偶然经验。不过,并非所有的盲人都会诵诗或记忆力都超群出众,实际上,只有少数盲人才能担当此任。第二重意义上的盲诗人,即"不识字的口头创作者"。这些神话诗人虽不识字,但语言能力和想象力都相当发达,他们能够根据自身的语言经验,用朴实生动的口头语汇创造出动人的世界。这种不识字的诗人在民间创作中大有人在,例如,帕里和洛德于1933—1935年间在南斯拉夫所进行的田野作业,搜集民间活史诗歌手的创作表明,这些不识字的诗人,有些根本就不目盲。他们对史诗的吟唱有特殊的爱好,对史诗记忆有特殊的程式,他们中有人可以记诵几十部史诗。[②]

在古希腊荷马时代,社会分工比较明确。"盲诗人"为了生存,不得不到处演唱英雄故事,以维持生计。作为职业,吟诗人职业带有表演的性质,属于艺人。这种技艺,并非人人都能学会,它不仅需要良好的记忆力,而且需要想象力和优美的语言表达力,缺少任一方面,表演就很难成功。盲人的记忆力和想象力发达,一方面与听觉思维有关,另一方面则较少受到外界事物的干扰,可以专注于事物本身,他们常能把心灵的想象转化成

---

① Giovanni Battista Vico, *Prinzipien einer neuen Wissenschaft über die gemeinsame Natur der Völker*, SS. 468-470.

② Millman Parry, *The Making of Homeric Verse*, The Collected Paper of Millman Parry, edited by Adam Parry, Oxford University Press, 1971, pp. 301-310.

动人的故事。真正天生目盲的人,也很难成为诗人,他们对色彩、地理、事物缺乏感性认识,无法观照世界和进行复杂的想象。像荷马史诗的创作,作者即使是些"盲诗人",也可能有比较复杂的生活经验,不应是先天目盲者。① 更大的可能性是,"目盲者"与"非目盲者",共同构成了史诗的合唱,他们可以互相交流,把个体的经验加以升华,成为共通性的财富。这种共同创作的例子,在民间创作中是数不胜数的,在盲诗人的想象中,神的世界与人的世界总是构成整体。他们想象神人共在同一时空,从目盲者的经验来看,确有可信度,相对来说,目盲的世界往往是纯粹心灵的世界。人生活在可见的世界中,神的形象是人们无法眼见的,神的生活只能依靠奇特的想象。在目盲者那里,神的生活与人的生活关联在一起,神主宰着人的生活,具有相当大的可信度,也是目盲者想象的可能性世界。更何况,在许多后天目盲者那里,对于原初的视觉记忆异常深刻,青少年时代的天地、四季的变化、具体的场景、生活亲历的人物,皆鲜活如初。在心灵记忆中,人们总是永葆着那种原初的自然经验。只要一闭上眼睛,所有的一切皆可以重现,如在眼前。盲诗人的想象,正是利用了这种经验的特性,过去的视觉记忆在创作过程中产生了逼真的相似性经验。②

　　史诗创作者并非全是目盲者,根据口头程式,史诗诗人的记忆容量惊人。在古代文化发展到一定阶段,非目盲者也允许自由选择"诵诗"作为职业,这主要取决于个人兴趣,而不在乎是否目盲。对于不识字者的语言表达力和想象力,实不可低估,他们的心灵比受制于书面文化的人可能更少束缚,保持了更多的原始艺术灵性。他们的想象力更加忠实于口头唱诵传统,由于他们或者目盲或者不识字,因而,具有神话性思维实属情理之中的事。从这一观念出发,我们可以看到,盲诗人的想象和创作与他们的生活有十分密切的关系,特别是祖先的生活史和浪漫史,对于史诗创作

---

① Giovanni Battista Vico, *Prinzipien einer neuen Wissenschaft über die gemeinsame Natur der Völker*, SS. 444-459.

② Egbert J. Bakker, *Poetry in Speech*, *Orality and Homeric Discourse*, Cornell University Press, 1997, pp. 35-41.

影响更为巨大。有些生活,可能不是他们亲历的,但他们从自己的先辈那里听来的传奇故事,具有听觉心理上的真实性、可靠性。人们总是相信前辈口传的英雄故事是真实的,并把这些故事看作是前人的亲历记忆加以崇敬与怀念。由于一些不太重要的史诗都被废弃了,希腊传统立法逐渐确立了两大史诗的历史地位,这样,荷马的两部史诗就具有绝对重要的"文明作用力"。①

在荷马史诗中,盲诗人的想象主要与两种生活史实相关:一是战争的历史,二是还乡的历史。战争在古代生活中是最平常的,有关战争的故事最容易流传,每一次战争,等于创作了无数英雄故事,战争的胜利带有很大的偶然性,因而,人们常常把战争的胜利"归功于神"。按照荷马史诗中的战争叙述,加之谢里曼(Schillman)对特洛伊古城遗址的发掘,人们倾向于相信荷马史诗叙述的"特洛伊战争的历史真实性"。在维柯的时代,人们还是相信这场战争是虚构的,谢里曼所进行的历史地理和宫廷遗物的发掘,说明史诗创作者相当熟悉这一段历史。事实上,谢里曼就是在荷马史诗的激励下去发掘这一遗址的,自少年时代就喜爱荷马史诗的谢里曼,一直相信这一战争的历史真实性。尽管从另一个地方考古发掘出来的面具不能断定属于阿伽门农,但是,考古发掘与史诗的历史叙事和细节暗合一致,是无可否认的事实。② 战争的亲历者的讲述或者诗人自身的经历,皆有助于说明"战争的真实性"和"战争胜利的偶然性"。把战争胜利归功于神意,这在许多民族都被高度信仰,中国人喜欢称之为"天意"。战争的胜败,有时不是由于兵力的多寡和武器的精粗而定。这种偶然性,为人们设想神的存在和神的佑助提供了依据。当然,像《伊利亚特》的描写,在战争最激烈的时候,诸神也参与了战争,并且写得真实传神,这显然是"盲诗人的想象"。盲诗人把战争的偶然性全部归结为"神的意图",不

---

① Giovanni Battista Vico, *Prinzipien einer neuen Wissenschaft über die gemeinsame Natur der Völker*, SS. 478-485.

② J. V. Luce, *Homer and Heroic Age*, Harper & Row, 1975, p. 35.

遗余力地描绘战争双方的保护神以及神的立场和态度。这是无法证实的传说,只是可信的想象性事实,但是,在神学诗人的诗歌吟唱中,这是可以理解的事实,并具有神圣性意味。

希腊神学诗人,就是运用这种神秘主义观念和想象性亲历体验去描写他们历史中的重大事件,他们使历史本身具有了"浪漫主义的意味"。①在《奥德赛》中,希腊神学诗人特别突出海上流浪,他们把海上历险写得特别有意思,尽管《奥德赛》承接战争而写,但是,人们宁可相信默雷关于这种冒险和还乡题材源于"大移民的历史经历"。大移民的历史经验,足以使人们把海上的惊险想象为神的有意安排,与此同时,叙述战士还乡的经历时,穿插叙述战士被误传死亡,战士的家庭受到威胁等情节也很可信,但是,史诗诗人对奥德修斯智慧和能力的夸大仍与想象力相关。因为有诸神的参与,生活中的诸多偶然性都可获得合理的说明,不然,无从解释人怎么能战胜诸多的险恶。在正常思维状态下,自然界的任何险恶都足以吞噬人的生命,在遨游大海的漫长历险中,奥德修斯居然能够"安全地还乡,与妻儿团聚",这本身就是奇迹。在奥德修斯还乡后,又能以那么巧妙的方式战胜"诸多的求婚者",这不能不被视作奇迹。对这么多奇迹的解释,即使是奥德修斯本人也不敢贪功,只得将这些神秘的力量"归之于神"。②

从希腊史诗叙事中可以看到,即使是神话思维,也总是人的思维,因而,无论人们如何想象神或描写神,神话故事和英雄故事,都很难超出人的理解能力范围。从这个意义上说,"神话思维"不过是人的原初思维方式,而这种原初的思维方式在解释大自然的威力和神秘奇迹时的种种奇想,皆根源于人自身的理解天性和想象惯性。在荷马的神话思维中,仍留下了许多不圆满的思维成果,这首先体现在荷马对"时间的想象"上。从

---

① 伯纳德特:《弓弦与竖琴:从柏拉图解读奥德赛》,程志敏译,华夏出版社 2003 年版,第 97—112 页。

② Barry B. Powell, *Classical Myth*, Prentice Hall, 1995, pp. 293-301.

表面看来,荷马特别善于写"时间",例如,十年战争,十年流浪,当然,二十年不是短时间。不要说英雄作战和冒险的二十年,即使普通人的二十年,也可能有许多可歌可泣之事。事实上,神学诗人在表现这一时间间距时,为了叙事的方便,只能写某一天内发生的事或者几天内发生的事。漫长的时间跨度,在史诗诗人的时空裁剪中被缩小了。他的讲述活动本身不得不从当前延伸到遥远,并且,总能把听众带入"在场性情景"之中,因而,回忆和插叙又犹如目前。① 只有在特别的场合,神学诗人才能夸大这种"时间间距",即在有限的讲述时间内,这种时间意识显得相当短暂。与真正的历史时间的编年相比,荷马史诗中的"时间观"和神学诗人的"时间观",其实都局限于目前,这使听众有身临其境的感觉,也使想象本身无法超越时间的锁链。其次,神学诗人在"空间"想象方面,倒是提供了真正而自由的范例。例如,阿提卡、大海、特洛伊、海岛、希腊故乡,这些大的空间方位,听众皆有切身体验,即使是一些局部的空间方位,听众也不会听错。神学诗人对于希腊和东方地理乃至海上地理是如此熟悉,甚至对异地风物也能做出如此生动形象的想象,足以想见神学诗人自身的生命文化阅历是多么广阔。特别值得重视的是,一些希腊文化史学者还据此编出了一本《希腊神话地理》,因此,荷马史诗的空间想象与空间转换,绝对不可能是先天目盲者所能虚拟出来的。即使通过吟唱和讲述也不会达到这种诗情效果,因为唯有亲历才能做出比较深刻而形象的描绘。"空间观念的清晰"和"时间观念的模糊",这正是神话思维的基本特征,人不能超越空间而可以在时间中寻求永恒。

在神学诗人的想象中,神灵们却能超越时间空间的限制,这正是神话思维的形象体现方式。于是,在想象中无法体验遥远的时空、神界的时历,却只能在一体化时空中"把神人想象为一体"。② 这种时间上的模糊

---

① F. A. Wolf, *Prolegomena to Homer*, translated with Introduction and Notes by Anthony Grafton, Glenn W. Most, and James E. G. Cetzel, Princeton University Press, 1985, pp. 88-91.

② 晏绍祥:《荷马社会研究》,上海三联书店 2006 年版,第 13—22 页。

性,是神话赖以生存的想象性保证,我们可以把它极力夸张,以至无法经验,也可以把它虚拟化,将之与人想象成"共在时空"。盲诗人想象力的神话式体现,显现了特别的神学思想创造力,事实上,这种时间上的夸张力,还可以在印度神话中获得特别经验。印度诗人对时间的夸张,对神力的夸张极为原始粗犷野蛮,他们动不动就写到仙人们修炼了几千年,甚至把湿婆的威力写得超出人们可能的想象。一般说来,希腊神学诗人的时间夸张总体上是理智的,即使是后来的历史叙事也很难处理"时间问题",这可能是神话思维能产生持久影响的原因。

3. 奥林匹斯主神形象与生存象征

对于神学诗人而言,"神灵形象的创造"非常适宜于口传叙事。正是在口传叙事中,诗人能够把神灵清晰地展现在人的面前。有一基本事实,神话研究者和神学探索者皆极为关注,这就是:为什么"早期自然化神话"不如"后期人格化神话"影响大?早期自然化神话的形象创造很难说是抽象的,实质上,他们是把具象事物和神学话语中的名字关联在一起。在原始自然物的神学崇拜中,神学诗人虽也有拟人化倾向,但神的形象由于是具象的而不能加以人格化,所以,人们总是与神隔着一层,这给口传叙事带来了许多困难。在口传叙事中,有关自然物象的神话相对说来比较简略,而人格化的神话形象,尤其是脱去了自然面目的"人格化的神",却能给予人十分深刻的印象,虽然这些"人格化的诸神形象"还残留着"动物形象"或天空和大地形象的痕迹。早期希腊神话,也有把大地盖娅说成母亲的"神话隐喻"。天是父,又是地之子,子与母结合,而生成万物,这是很原始的神话神学观念。因此,早期自然神观念很重视对天地万物的命名,在希腊神话神学中,"神名"实乃"自然万物之名"。① 在希腊神话神学的构拟中,最先产生的就是一些自然神,如大地、天空、月亮、黑夜、大洋、大海、

---

① Walter Burkert, *Greek Religion*, translated by John Raffon, Harvard University Press, 1985, pp. 119-125.

河流等。随后,由这种"具象神"又生出了一些"抽象神",例如,不和女神、复仇女神、正义女神。这些女神没有人格化形象,也没有自然化物象,只是抽象性事物与精神性神格的力量象征神。希腊神话神学中的人格化的神,当然,要以自然神作基础,如果没有自然神作基础,那么,这些人格神的威力根本无从想象。

希腊奥林匹斯教的众神灵,主要是人格化的神,因为这些神祇大多皆有人的形状,即可以通过"人形"去想象和构拟这些神灵。例如,宙斯作为王者、作为父亲、作为丈夫的形象,一般把他构拟为成熟而稳重俊美的中年人。希腊雕塑家斐狄亚斯在雕塑上的成就,其实与神学诗人创作的人格化的神灵相关。他只不过把神学诗人构拟的形象更加具体化,于是,阿波罗就有了确定性的人格化形象,雅典娜也有了确立性的人格化形象,同样,赫拉、阿佛洛狄特、波塞冬、赫尔墨斯、赫淮斯托斯、阿瑞斯等等,皆有了确定性的人格形象,这与雕塑和建筑等图像艺术的人格形象塑造有很大关系。当然,最根本的原因,还是由于希腊神学诗人注重这种形象的创造。这种形象的创造,使人不至于对神灵过于恐惧。在神学诗人那里,神灵既有某种亲切感又有某种敬畏感。神的形象不是不变的,而是可变的,世界上的各种自然生命形象,神祇皆可以"变形模仿",这就使得希腊诸神具有超然的威力。①

总体来讲,希腊神学诗人还是愿意把神灵想象成人们所无法亲近或无法看见的神圣生命对象。在希腊神话神学中,神对人世的观照无时不在,而人对神的谛视,只有在神显形的状态下才可能审视和认识。神的显现很少是神的形象本身,往往以人们熟悉的面孔出现,在荷马的《奥德赛》中,雅典娜常以长者涅斯托尔的身份出现,并且经常善意地提醒奥德修斯警惕可能的威胁。荷马史诗口传叙事重视神灵形象的创造,并且自由运用了"口头叙事程式理论"。例如:"沉雷远播的宙斯","牛眼睛的赫拉","灰眼睛的雅典娜"。这种名词属性形容词(noun-epithet formula)对希腊

---

① Walter Burkert, *Greek Religion*, Harvard University Press, 1985, pp. 125-165.

诸神形象的塑造起到了审美定势作用,有利于叙述的清晰和人格的具体理解。[①]　在帕里看来,这些名词属性形容词常常是修饰性的,与口头叙事诗的格律价值相联系,自由构成了荷马传统的口头叙事程式。荷马史诗的六音步格律,是复杂的格律结构,它容许一定的词、短语处于固定的位置之上,在此,韵律起着某种选择性作用,它把词语表达的各种成分按其格律特征"分别归类"。一旦这些名词属性形容词程式进入适当的格律位置之后,它们就对口头史诗创作呈现出重要的叙述与塑形价值,成为歌手们经常使用的特殊词语表达程式,能够给予人们以深刻鲜明的特征形象。

　　就内容而言,"口头叙事程式"往往喜欢夸张诸神的情爱故事和诸神之间的战斗,这是构造诸神形象强有力的叙事手段。在《伊利亚特》的神话叙述中,暂且不谈宙斯、阿波罗、雅典娜等神灵形象,可以特别分析一下赫拉与阿瑞斯的神灵形象。荷马史诗中的赫拉形象与民间传说中的赫拉形象确实有所不同。在民间传说中,赫拉具有非常慈爱的形象,她年轻美丽,身材丰满而气质高雅,每年只要到卡那托斯泉(Canathus)去洗浴,就立即恢复其少女的美貌,而且,当她用香脂涂遍可爱的肌肤时,全身就充满大地和苍穹的芬芳。[②]　特别值得强调的是,当赫拉把自己的神发梳理好,穿上雅典娜巧制的美丽长袍,用金扣别住她那美丽的酥胸,并且佩戴好其他美妙的物品,她身上所发散的那种伟大的神性美,便无可比拟,亦无可抗拒,她永远具有高贵无比的女王气质,缄默而庄重,她的圣鸟是"孔雀"。[③]　在《赫拉的荣耀:希腊神话与希腊家庭》中,斯莱特正是从这一庄重审美意义上去讨论"赫拉女神的生命文化象征意义",当然,在荷马史诗叙述中,神学诗人把赫拉想象成专断、狠毒、争强斗胜、好妒忌的"不光彩形象"。神学诗人特别运用惊人的篇幅写到她用美丽的容颜去诱惑宙斯,

---

①　Millman Parry, *The Making of Homeric Verse*, The Collected Paper of Millman Parry, edited by Adam Parry, 1971, pp. 15-18.

②　Ranke-Graves, *Griechische Mythologie*, *Quellen und Deutung*, Anaconda Verlag, 2008, SS. 41-43.

③　吕凯等:《世界神话百科全书》,徐汝舟等译,第 156—158 页。

使宙斯心旌摇曳,忍不住追求赫拉,去云层中享受两人的性爱,从而失去对战争进程的控制,使战争的格局有利于"希腊人的战斗"。①

在神圣口头叙事中,类似的性爱场景总是能够激发听众的丰富想象力。神学诗人无意贬损女神的形象,但是,神学诗人对赫拉的态度,显然不如对雅典娜那样肃穆庄严。例如,阿瑞斯作为战神,在荷马史诗中常常是为人不齿的角色,经常成为听众的笑柄。神学诗人想象他与阿佛洛狄特偷情时被赫淮斯托斯用精妙的网所逮住,那种狼狈不堪的情形,很难说是神灵通常所具有的神圣威严景象。类似的情欲叙述与诸神的爱欲想象,常常构成口头叙述的最精彩片段,作为插话,还特别有利于激发和满足听者的"爱欲想象力"。在神学诗人的《奥德赛》中,波塞冬的形象也不太光彩。这位手握三叉戟的大海神是易震怒者,为了报复奥德修斯致其子眼盲的仇恨,利用自己的专属职能让奥德修斯在海上历尽艰险,但是,在雅典娜的帮助下,奥德修斯却打败了大海之神或地震之神波塞冬。神仿佛被英雄战胜了,从根本意义上说,并不是英雄打败了神,而是智慧女神打败了海神。即在奥林匹斯神话的想象中,只有神才能制约神,只有神才能战胜神。② 类似的叙事想象,总是与神学诗人的态度有很大关系,这些口头叙事表现了神学诗人对诸神形象的直观把握。由于口头叙事的特点,奥林匹斯诸神的形象在希腊人心目中的地位很不相同,在口头叙事中,人们对有的神祇相当尊敬,但对有些神祇则有些不恭敬,甚至厌恶、憎恨。例如,在荷马史诗口头叙事中,神学诗人对于阿波罗和雅典娜一般采取严肃的描写态度,而对赫尔墨斯、阿瑞斯、阿佛洛狄特、赫拉等则有些不恭敬,这可能与叙事者的地域信仰有很大关系,也可能与奥林匹斯神祇的神圣职能与神圣权力有关。③

希腊神话神学的诸神,在希腊城邦的不同地域为人重视的程度往往

---

① 荷马:《伊利亚特》,罗念生、王焕生译,第 355—370 页。

② Homer, *The Odyssey*, translated by A. T. Murry, revised by George E. Dimock, Harvard University Press, 1995, pp. 191-199.

③ C. Kerenri, *The Gods of the Greeks*, Thames and Hudson, 1974, pp. 150-171.

很不相同。在民俗宗教信仰中,希腊人重视某位神祇,崇拜某位神祇,总是与他们的职业保护神的地位有很大关系。一般在海上历险的人,往往对海神波塞冬相当崇敬,而在土地上劳作的人,则对丰收女神德墨忒尔极其崇敬,此外,在城邦政治和艺术活动中,人们则相当崇敬智慧女神雅典娜。一般说来,阳光之神阿波罗,无论是在预言或在音乐中,还是在医药或在战争中,都以自己的神圣权力与神圣职能而享有极高的威望。在荷马史诗叙述中,神学诗人也提到诸神对阿波罗也相当尊重,他们敬重他的美貌、威仪以及他的青春与快乐。[①] 希腊人为什么要尊重不同的神灵,除了职业原因和文化习俗的原因外,似乎还找不到更广泛的理由。荷马史诗的口传叙事对于神灵形象的创造固然重要,但是,更为重要的是,必须通过希腊宗教仪式来巩固希腊神灵的特殊地位。事实上,一些伟大神灵的崇高地位,正是通过宗教仪式得以真正确立。例如,阿波罗的形象主要与德尔斐神庙的预言仪式相关,雅典娜形象则与泛雅典娜大祭这一盛大节日有关,狄奥尼索斯形象与奥菲斯教、厄琉西斯秘仪乃至酒神节庆典相关。人们对神灵的形象认识本来是模糊的,神学诗人最初把神灵等同于自然神秘力量本身,后来则逐渐把自然神灵想象成人格化的生命存在。即使想象成人格化形象,其个体差异也是非常大的,不同的人根据自己的经验去想象神的形象,每个人所梦见的神是不一样的。由于神学诗人和神像雕刻师把诸神的形象确定化,人们才逐渐习惯于把某一固定形象和某一神灵联系起来。

面对神秘复杂的自然世界,人们对神灵的信仰多种多样,且无法寻求统一,但是,在人类进入文明社会之后,有一些奥林匹斯神灵便成为城邦公民的自由生命形象。必须看到,奥林匹斯神之所以在荷马史诗乃至希腊雕塑建筑中处于那么重要的地位,是因为这些神与希腊公民的公共庆典仪式紧密相连。神灵的生命力与创造力,离不开希腊人的信仰,离不开

---

①   Heinrich Wilhelm Stooll, *Handbuch der Religion und Mythologie der Griechen und Römer*, Fourier Verlag, 2003, SS. 56-63.

荷马史诗的口头传诵程式,也离不开人们对神秘事物的信仰。[①] 一旦人们从这种神秘事物的信仰中脱身,神灵也就不复存在,应该承认,这些神灵在今天被人们记忆,更为重要的原因可能是自由而美丽的艺术形象和生命启示。这些神灵的故事,激发了人们的想象力,培植了人们的信仰,给人们带来无穷的快乐。在希腊神学诗人的艺术想象中,"神灵"成了人们精神超越的自由想象模式。

4. 永远的荷马:神话想象与命运观念

希腊神学诗人对诸神形象的想象和拟构,实际上还是对人世生命经验的自由拓展。由于希腊人对神秘命运的担心或恐惧,所以,希腊神学诗人才对那种神秘的命定观念具有相当强烈的依赖。他们深刻地体悟到人的有限性,面对广漠的自然和宇宙空间,个体生命显得那么微不足道,而对神灵生活的想象,则直接折射出人世生活的艰难与沉重。希腊英雄的命运,可以说最具典型性意义。在希腊民间,每个地方都有专门的神灵信仰和神话故事,这些神灵信仰大多是为了护佑人的生活,保护人的生命,保证人的自由生活而确立。[②] 希腊神话神学以其丰富生动而形象的叙述故事,在很大程度上满足了人们那奇妙的想象力之需要。一方面人们秉持宗教敬畏之心,另一方面则必须面对自然宇宙神秘而带来的至深恐惧。为了减轻这种恐惧所带来的压力,他们需要通过对神灵的信仰和拜祭减轻这种至深的死亡恐惧感。与此同时,他们还希望从神灵故事中获得生命的启示,这样,希腊神话神学中的诸神祇的浪漫而传奇的生命故事,便成了凡人对生命存在自由想象的理想之境。

在希腊神话神学的想象与认知中,人构拟出诸神,既是认识的必然,也是生存压力作用的结果,既是艺术的自由想象,也是心灵的神秘渴望的充分表达。希腊神学诗人以这种神圣叙事的方式解决了人的神学困惑,

---

① Walter Burkert, *Greek Religion*, pp. 95-98.
② 赫丽生:《希腊宗教研究导论》,谢世坚译,第 69—103 页。

形成了原始神学对自然和历史神秘的直观而朴素的回答。在神学诗人的思想世界中,神的地位永远优越于人,与神相比,凡人显示出生命创造与生命存在力量的局限。在神学诗人的想象中,人的能力极其有限,没有神的力量,即使是英雄也难有所作为。[1] 在战争中,凡人的体力有限,战斗力有限,而神则不同,他们不仅可以决定战争的最后结局,而且要让凡人或英雄在茫然的生命存在中,必须听命于诸神,接受其构造的神秘命运的支配。在特洛伊人暂时的胜利中,阿开亚联军曾经沮丧不已,此时,特洛伊人得意忘形并把赫克托耳看作最了不起的英雄,但是,在希腊神学诗人的想象中,诸神正决定使战争形势发生根本性逆转。"木马计"让特洛伊城最终被捣毁,希腊人取得了这场战争的最终胜利,这一切皆是为了证明诸神时刻操纵着人类的命运,决定着战争或生命存在的必然进程。人永远不能预见神圣事物的最终结局,也无法保证生命存在而不会突然死亡,因为这一切皆"操纵在诸神的手中"。

　　人有的只是普通而自然的伦理感情,而这种伦理感情和生命尊严却是诸神所不愿考虑的,神并不真正在乎人的幸福和安宁。在希腊神话神学诗人的自由想象中,诸神很喜欢发怒,且不让人知道神怒的原因和意图,但处处要求人类的行动必须合乎神的目的,于是,人的生命悲剧无法避免。[2] 希腊神学诗人以自然的语气却又充满激情地叙述这一切,这种感情化叙述是诗人对自然和社会生活的真切感知。后来,理性神学家们从理性出发,设想出"完善的神",并且批判神学诗人的想象性创作,这显然是情感与理性冲突的具体表现,也体现了人对神秘自然的屈从。在荷马史诗中,神高高在上,他们并不顾及人类。例如,特洛伊战争的起因,竟然只是由于三位女神争夺"金苹果"。神挑起了战争,又把战争的灾难推给人,这是人永远也无法明白的事情。当两军达成停战协议时,神却让愚

---

[1]　Homer, *The Iliad*, with an English translation by A. T. Murry, Harvard University Press, 1993, XXI. 381-568, pp. 437-451.

[2]　Homer, *The Iliad*, I. 120-218, pp. 13-19.

蠢的人再次发动战争,人与人的较量实质上可以归结为神与神的较量,虽然神与神的较量也不能违抗宙斯的意志或普遍的正义。神的威力无边无际,他们不受时空限制,他们的洞察力没有任何行动或思想的障碍,他们知道事情的最终结局,他们相信谁也无法改变宙斯的意志或普遍的正义。当阿开亚人得胜之时,由于他们忘记了祈祷神灵,奥德修斯的军队便被卷入大海的风浪中。天神处处考验人,又处处诱惑人,而人又经不住考验和诱惑,所以饥饿的阿开亚人便大胆狂妄地吃掉赫利俄斯放牧的神羊和神牛,而且对即将到来的"灭顶之灾"一无所知。即使是奥德修斯也无法预知自己的命运,诸神优越于人类,神对人的护佑和神的任性胡为,构成了神人关系的第一要义。①

那么,应该如何评价希腊神学诗人的泛神论思想呢? 应该说,希腊神学诗人把自然的神秘莫测、变幻万端和亲切美好等因素都加在诸神的身上,体现了他们的自然神秘主义观念,也体现了他们对自然意志的真实理解。事实上,"自然万物"与"宇宙生命",就是以这种神秘莫测和变化无常的方式主宰着人类。这种神灵观建立在感性体验的基础上,虽没有理性主义与道德主义成分,却有着巨大的情感真实性。在神学诗人看来,人只能乞求于神助,事实上也只有真正的英雄才能真正得到神的佑护和垂爱。在希腊神学诗人的笔下,神优越于人,但并不公正庄严,神喜欢戏弄并考验人,神特别垂爱英雄,而只有得到神助的人才能成为真正的英雄。② 阿喀琉斯是神之子,他受到阿伽门农的欺辱,只得求助于作为海神之女的母亲,希望母亲替他报仇。结果,女神知道儿子如果杀掉赫克托耳就必定死亡的"命运",但她无法改变儿子参加战争的意志,只好向父亲宙斯求情,虽然得到了宙斯的某种关怀,并因私情暂时左右了神圣的战争意志,但是诸神依然无法改变"神定的人类命运",只能让胜利的天平暂时朝着不利于阿开亚人的方向运动。当阿喀琉斯的心意得到满足时,他的朋友却被

---

① 　Homer, *The Odyssey*, V. 191-350, pp. 197-207.

② 　*The Homeric Hymns*, translated by Jules Cashford, pp. XIV-XIX.

赫克托耳杀死,这直接激起了阿喀琉斯的好战意志与复仇心。作为神之子的奥德修斯一直得到雅典娜的护佑,如果没有神的护佑,即使奥德修斯的智慧和力量超群,也无助于他的行动。奥德修斯超人的神赋智慧是他取胜的关键,正是在雅典娜神的佑助下,他不仅攻破了特洛伊城,而且击败了刻尔克、波吕斐摩斯、波塞冬和一群求婚者。在希腊神学诗人的神圣观念中,英雄是神之子,有神相助,而且英雄的力量和智慧皆源于那些神圣的生命保护神。① 当神学诗人把自然意志想象成喜怒无常的神性时,就只能相信神与人有某种血缘或亲缘关系,否则无法解释为什么英雄总是百战百胜、勇敢无畏、功勋卓著。

总体上说,在神人关系上,希腊神学诗人给予人类的地位并不高。在希腊神学诗人的想象中,人必须乞求神,对神灵有所恐惧,不能得罪神,正因为这种对死亡与生命存在的恐惧,原始神学信仰中的凡人对诸神极其敬畏。为了尽量减少个体生命存在的死亡威胁或生命损失,希腊神学诗人通常借助阿波罗神庙的祭师,预言事物的进程和吉凶,人们对神的意图的理解则通过一些诗性的言辞来达成。这种诗性的祭祀言辞或祭祀预言神秘莫测,使人们对神灵产生至深的生命敬畏。② 在决定命运的大事上,人类宁可牺牲亲情而服从神灵的旨意。例如,阿伽门农在出征之前,不得不杀女以祭风神,这就是神的旨意高于人类意志的体现。当阿伽门农抢夺祭师之女并受到阿波罗神庙祭师的诅咒时,阿伽门农最终也只得屈服,这位人间国王和神圣权杖的持有者不得不派人运载祭品,在大海边向日神阿波罗神祈祷,以便得到阿波罗的宽宥。由于对希腊诸神灵的信仰,希腊人因这种自然恐惧而变得更加虔诚。例如,奥德修斯的士卒因吃掉太阳神赫利俄斯的神牛神羊而遭遇灭顶之灾,奥德修斯之所以能避免灾祸,是因为他一直遵守"神灵的预言"。当自然界的女神灵知道奥德修斯是智

---

① Homer, *The Odyssey*, XX. 345-395, pp. 397-399.

② Esther Eidinow, *Oracles, Curses, & Risk Among the Ancient Greek*, Oxford University Press, 2007, pp. 129-141.

者时,对他特别敬重,女海神卡吕普索对奥德修斯敬重有加,强留他做自己的夫婿而不敢伤害他。

在神学诗人的时代,一切都与祭祀、祈祷有关,人们不敢癫狂放纵,这是希腊人传统的信仰。当人们无力与自然对抗时,当人们无法把握自己的命运时,这种祈祷和祭拜就显得十分必要。这种古老的文化风俗虽然无法被科学地解释,但是,作为原始信仰和代代相传的风俗,这种神秘的信念最终确立了宗教信仰的基本仪式。在这种宗教仪式中,人与神的神秘对话和心灵交流,是无法解释的神秘主义过程,宗教皆与这种神秘仪式相关,人借此寻求自我安慰。① 希腊神学诗人也在这种想象中完成神话神学思想的自由表达,这种表达神秘而神圣,故而总是能给人启示并令人着迷。人们总是企图从神秘的感悟中获得心理平衡,希腊神学诗人坚持这种神秘主义神灵观,并且对人类的命运有着深刻的信仰认同,因此,命运就变成了“神的意志的自由体现物”。在神学诗人的世界中,神是先于一切并高于一切的存在,人是以神灵信仰为核心的存在,诸神的意志与象征是诗人所要表达的思想核心。天地自然中的一切,皆出自神的生命自由意志。命运是规律性、必然性、不可逆的生命历程,是不可改变的自然文化律法;一旦命运变成了命定的生命存在事实,那么,即使是至上神宙斯也无法改变命运本身,人类难以逃脱神圣命运的控制和束缚。

正因为如此,希腊神学诗人们非常强调命运问题,因为命运是人无法逃避的生命的悲剧性存在。阿喀琉斯无法逃脱命运,奥德修斯屈从命运,甚至海神波塞冬都要顺从命运,即使在诸神那里,亲情也无法战胜命运的安排,这就是希腊神学诗人们最深刻的神话神学思想。② 生命存在的命运观是神秘主义思想的具体表现,在荷马史诗的叙述中,虽有喜剧主义的表现,但其中体现了至深的命运观念和英雄主义精神。总之,神学诗人的

---

① Esther Eidinow, *Oracles, Curses, & Risk Among the Ancient Greek*, pp. 42-53.

② Walter F. Otto, *Die Götter Griechenlands, Das Bild des Göttlichen Im Spiegel des Griechischen Geistes*, Vittorio Klostermann, 1987, SS. 337-363.

原始神学观念是古希腊文化习俗的体现。维柯从史诗中还原习俗,把荷马史诗看作希腊部落自然法的法典,显然具有深刻的文化意义和神学意义。这种文化习俗在世界不同文化中得到了不同程度的保存,我们不能不正视它,因此,人与神的关系,实际上是人与自然关系的反映,或者说是对自然神秘主义的诗性解释。人对自然的这种至深的恐惧,是神学诗人虚构神灵的关键,不过,荷马对于此种困境并未做任何解答,似乎是采取了任其自然的态度,因为这是谁也无法改变的命运,可以说这是积极的乐观主义态度,也可以说是自然神秘主义的态度。荷马还原了历史事实本身,表达了原始人的神灵信仰,但他并不想解决这种矛盾,也并未试图设计人类生命自由的现实出路,仿佛人只能认同自然,听天由命,在现实世界中只能祈求神灵的保佑,在此前提下尽其可能安然自由地生活。① 神学诗人的心智,毕竟还没有达到那种理性观照的高度,这是原始文化的自然表现。因此,荷马史诗口头叙述中所展现的希腊神话神学问题,奠定了希腊神话神学思想的"感性想象"与"形象塑造"的基本文化法则。

第三节　赫西俄德的《神谱》与希腊宗教伦理观

1. 诗人作为道德家的宗教教化

希腊神学诗人是人与宇宙自然之间的"通灵者",是民族智慧记忆与历史文化传承的"先知"。如果说,荷马史诗更多地表现了诗人关于历史的想象以及世界的神秘与美丽,那么,赫西俄德的作品则更多地表现了希腊日常生活律法以及诗人对神秘的敬畏和恐惧。他的诗篇,包括《神谱》与《工作与时日》,往往被称为"教谕诗",即以伦理教诲为诗歌的主要目

---

① Esther Eidinow, *Oracles*, *Curses* & *Risk Among the Ancient Greeks*, pp. 135-139.

的,其叙事抒情显得庄严肃穆,文学史家有时也把它称为"抒情颂歌"。①
在教谕诗中,神学诗人表达了对诸神的敬畏,规范了人的日常伦理禁忌,
不仅有其严格的神学信仰为背景,而且形成了一套系统的宗教伦理规范。
事实上,教谕诗的兴起,与希腊社会历史密切相关。在希腊人的民间信仰
中,人们非常敬神,甚至有些迷信。据说,在赫西俄德的时代,希腊人在自
己国境内的许多山路转角处皆修建了"神庙"。在日常生活中,他们处处
拘泥于宗教形式。教谕诗确立了希腊人的日常宗教道德实践规范,满足
了希腊民众的宗教生活需要和伦理生活需要。② 赫西俄德之所以成为
"教谕诗人",与他的生活经历有很大关系。作为农民之子,他理解耕种劳
作的重要意义,也理解保持基本的宗教伦理规范的生活价值。古老的农
牧文化生活,确立了日常生活的神秘主义信仰、神人观念与生命崇拜,形
成了乡间代代相传的古老习俗和神灵观念。在赫西俄德的时代,新旧神
学观念形成激烈交锋,传统宗教信仰濒临解体,新兴宗教狂放不羁,并对
传统宗教伦理构成威胁,因而,作为智慧的诗人和传统宗教伦理的捍卫
者,赫西俄德试图以传统神学观教谕人们。③

　　赫西俄德对传统的宗教神话传说充满热情,特别是对希腊传统神话
谱系的系统整理,既有文化传承与总结作用,又有宗教伦理规范与教化功
能。赫西俄德的创造性意义,在于他尽可能地把神灵的生活与人间的生
活进行对比,在漫长的历史发展过程中考察"古神信仰"的历史变迁。他
从以宙斯神为代表的奥林匹斯神系出发,描述"神史时代"到"人史时代"

---

　　① 在哈佛大学出版的洛布丛书中,《工作与时日》(*Works and Days*)、《神谱》(*The Theogony*)等十余部作品,以及《荷马颂歌》(*The Homeric Hymns*)、史诗组歌(*The Epic Cycle*)和《荷马》(*Homerica*)皆列入后荷马时代的史诗作品中(the post-Homerica and pre-acdemic epic poetry)。*See Hesiod*,*Homeric Hymns*,*Epic Cycle*,*Homerica*, translated by Hugh G. Evelyn-White, Harvard University Press, 1936.

　　② 默雷:《古希腊文学史》,孙席珍等译,第 67—82 页。

　　③ 2003 年,Martion L. West 重新编订和翻译《荷马颂歌》(*Homeric Hymns*)、《荷马外篇》(*Homeric Apocrypha*)以及《荷马生平》(*Lives of Homer*),有助于我们对后荷马(Post-Homeric epic poetry)时代的希腊史诗有所认识。*See Homeric Hymns*,*Homeric Apocrypha*,*Lives of Homer*, edited and translated by Martin L. West, Harvard University Press,2003.

的艰难转换,解释人间苦难的根源,劝诫人们谨遵"神律和禁忌"。神学诗人特别关注人类德性的日渐松弛,他看到,人性愈来愈偏离神性,生活价值规范面临瓦解和社会生活秩序面临崩溃等生存事实。赫西俄德的教谕诗劝诫人们"敬神的途径"即在于勤劳和不懈的劳作,同时必须严格遵守"神圣的戒律"。① 从表面上看,赫西俄德的神学观念相对荷马而言是某种倒退,而事实上,赫西俄德比荷马更看重宗教信仰的社会作用。

首先,教谕诗对诸神的颂赞构成了固定的"神圣仪式"。在荷马时代后期,泛雅典娜大祭确立了史诗朗诵制度。每次朗诵的开篇,即是对缪斯女神的歌唱,这是由"颂神曲"向"历史叙事",过渡的基本文化仪式。赫西俄德一方面保留这种文化仪式,另一方面又突出宙斯神的核心地位。在《工作与时日》的开篇,诗人唱道,"皮埃里亚善唱赞歌的缪斯神女,请你们来这里,向你们的父神宙斯倾吐心曲,向你们的父神歌颂。所有死的人能不能出名,能不能得到荣誉,全依伟大宙斯的意愿。""因为他既能轻易地使人成为强有力者,也能轻易地压抑强有力者。他能轻易地压低高傲者抬高微贱者,也能轻易地变曲为直,打倒高傲者。这就是那位住在高山,从高处发出雷电的宙斯。"②抬高神的地位,强调神的尊严,渲染神的威力是"教谕诗"的基本特征。赫西俄德诗歌的教谕意味很重,其抒情性质则被教谕性质挤压到一边。与《工作与时日》相比,《神谱》的纯粹抒情意味要浓厚得多。它的序曲与《工作与时日》相同,在歌唱缪斯之后,便是对宙斯神的颂赞。③ 强调至上神的权威是赫西俄德教谕诗的中心话题。他的教谕诗,一开始便将人们带入具有威慑力的恐惧世界,这使得诸神在人类生活中的地位获得了极大提高。

其次,教谕诗具有宗教严肃性。道德教谕的内涵仿佛具有真理性,它不能被怀疑和否定,在荷马史诗中,有关诸神的故事皆是"插话",与英雄

① 德拉孔波等:《赫西俄德:神话文艺》,吴雅凌译,华夏出版社 2004 年版,第 68—70 页。

② 赫西俄德:《工作与时日》,张竹明等译,商务印书馆 1990 年版,第 1 页。

③ Hesiod, *Theogony, Works and Days*, translated by M. L. West, Oxford University Press, 1988, pp. 3-4.

叙事相衬托,具有逗乐的性质。即使是在战争叙述中,有关诸神生活与行为举止的故事往往都是在倒叙中完成,这说明荷马史诗中的"神话叙事"主要不是为了渲染神的神圣伟大与庄严肃穆,而是更多地带有戏剧性特征。它没有彰显神的道德威严,而是表现诸神意气用事地参与战争,因此,在人类的战争冲动中,诸神之间也进行着折磨人类的持久游戏。神学诗人对史诗事件结局的深刻解读,带有命定的神圣意志不可违抗的意味。荷马很少用权威的确定性口吻叙述诸神的故事,他主要通过描述和想象、通过神的形象创造增强史诗抒情的戏剧意味。① 赫西俄德的教谕诗则与此相反,他的诗歌没有"游戏笔法"或"喜剧情调",仿佛一切皆是历史事实本身。在赫西俄德那里,"神史"被当作真实的历史加以信仰和表达,因此对神的叙述就带有不容置疑的权威性。赫西俄德看到了人间的许多不公正或非正义的事情,对古老的生活充满了"甜美的回忆"。②

赫西俄德的教谕诗具有重视凡俗智慧的倾向,他的神学解释在很大程度上可以看作"凡俗智慧的结晶"。例如,他对希腊社会的纷争的解释就带有"凡俗智慧"的倾向。他认为大地上有两种"不和之神":"一个不和女神,只要人能理解她,就会对她大唱赞辞,另一个不和女神则应受到谴责。"③他指出,应受到谴责的不和女神天性残忍,挑起罪恶的战争和争斗,只是因为永生天神的意愿,因此,人类不得已而崇拜这种"粗厉的不和女神"。赫西俄德认为另一个不和女神是"夜神的长女",她对人类好得多,她总是刺激怠惰者劳作,邻居间相互攀比,争先富裕。在赫西俄德看来,只要有益于人的进步,"不和"有时也是勤劳的动力。他认为,"陶工与陶工竞争,工匠与工匠竞争,乞丐妒忌乞丐,歌手忌妒歌手",从"不和女神"的意义上说,这有利于刺激人们勤勉地工作。"不和"(Strife)并不一定全是坏事,赫西俄德的教谕诗就是以历史的经验和民俗的智慧说服人

---

① Gregory Naggy, *Homeric Questions*, University of Texas Press, 1996, pp. 5-6.

② Hesiod, *Theogony*, *Works and Days*, translated by M. L. West, pp. Ⅸ-Ⅻ.

③ 赫西俄德:《工作与时日》,张竹明等译,第1页。

或教谕人。神学诗人在当时一定被看作"博学者",否则,他的学说和思想有谁会去理睬? 正因为他知识渊博,任何事情皆可以找到"神圣的根源"。他的教谕不仅教给人们一些具体的知识,而且具有强大的思想说服力。赫西俄德的知识立场,与他对诸神的生活和诸神的生育谱系的详尽描述有很大关系,这使他在解释"神类优越于人类"这一观点时更具历史的合理性。

第三,赫西俄德教谕诗显示出强烈的宗教道德教谕立场。他之所以劝人们"敬神",是因为他认为人类的苦难与悲哀,皆源于"神对人的惩罚"。人唯有敬畏神才能得到生活的安宁,这比较合理地解释了原始宗教源于恐惧和灾难的说法。赫西俄德认为,"神始终要让人勤劳地工作",不容许人们懒惰,"诸神不让人类知道生活的方法,否则,长时间内,人们就会不再为生活而劳作了。"宙斯为人类设计了"悲哀",而且藏起了"火种",由于普罗米修斯把"火种"盗给了人类,他又设计出灾难连连的"潘多拉之盒",让这个尤物成了"人类的灾难之源"。① 这一神话,通过合乎情理的想象,揭示了人类生活艰辛与不幸的神秘根源,神的邪恶性行为与神的崇高性行为,皆是人类必须承受的"苦难境遇"。② 神学诗人的教谕诗,自有其直接的文化功用和目的。希腊人与其他民族一样,并非单纯为了敬神而信神,主要也是因为要保全民族生命而敬神。人的生命存在总是受到自然力和神秘力量的威胁,正因为如此,神学诗人教谕人们敬神就有合法的理由,否则,人因自己的过失而受到神的惩罚就变得不可避免。在远古时代,人们只能以宗教信仰来解释偶然的生命悲剧。那种具有命定论色

---

① 赫西俄德:《工作与时日》,张竹明等译,第 2—3 页。

② 赫西俄德写道:"夜神(Night)生了可恨的厄运之神(Doom)、黑色的命运之神(Dark Fate)、死亡之神(Death),她还生育了睡眠之神与梦呓之神。"可怕的夜神(Baleful Night)生育了折磨凡人的报复女神(Resentment),然后,她又生育了欺骗女神(Deceit)和亲密女神(Intimacy)、可诅咒的年岁女神(Old Age),还有折磨人的不和女神(Strife)。从这里可以看出,各种各样的苦难之神,皆是神对人类的"恩赐",同时,也给人类提供了希望之神与力量之神。奥林匹斯的十二主神,基本上代表正面的力量,而泰坦(Titan)诸神,则大多是负面之神。See Hesiod, *Works and Days*, translated by M. L. West, p. 9.

彩和神秘主义信念的"命运观念"和"神圣律法",始终是对人的一种永久性的精神压迫。宗教神学信仰就是对这种恐怖和压迫的心灵回应,教谕诗通过教谕建立起基本的宗教伦理观念,而这就可能使人类心灵有所寄托。神学诗人赫西俄德的教谕倾向,显示了他对社会现实和生命存在的认识与切实关怀。

2. 希腊神谱与宗教宇宙观的演化

若从赫西俄德的教谕诗出发,我们就可以对希腊的原始宗教伦理形成基本的把握。正如上文所言,希腊原始宗教伦理源于人对神秘的自然力和偶然事件的"生命敬畏",因而,原始宗教伦理实质上是希腊人对自我的"神圣约束"。从希腊神话神学中可以看到,"神的性格"是人无法把握的,人无法以人的律法来要求神。在神学诗人看来,神是绝对自由的,神的意志具有不可制约性,神优越于人、高于人并随意控制人。希腊初民对神的信仰,就在于他们认为神的行为带有很强的随意性。人对神的想象并非毫无依据,这主要是因为人对神秘的自然力和人所面临的各种灾难无法预测,在生活中,希腊神学诗人已经充分地体验到"神圣意志的非规范性"。①

首先,希腊神学诗人相信,"神永恒存在,不死不灭"。神可以有形,也可以无形,在大多数情况下人只能感觉到"神的力量",看不到"神的存在"。即使能够看到神的存在,也是在神变为有形物的情况下,在神学诗人的想象中,神有时化装成老人、让人尊敬的长者、人们熟悉的智慧英雄,有时则化身为动物,如天鹅、牛羊、蛇或有翅膀的怪物。这些古老神的生命不会受到任何威胁,他们是不死的,因此,"不死的神"对于人来说,就是无法超越的,因为人是要死的,特别是人的生死始终受到"神的操纵"。

---

① 希腊诸神的神性,大多具备自然性与超自然性特征,或者就是野性的自然力量本身。人类生命存在就是要直面各种理性的自主力量的威胁,因此,赫西俄德的《神谱》很好地解释了自然对人类的威胁,并形成了神话学的理解。See Hesiod, *Theogony*, *Works and Days*, translated by M. L. West, pp. XXIX‐XXXI.

第二,希腊神学诗人相信,神喜欢恶作剧并且永远以此捉弄人类。神并不总是关爱人,他们对人的欣赏往往出于主观爱好,并没有普遍必然的职责与义务。在荷马史诗中,三位女神为了争夺金苹果,只是想得到"最美女神"的称号,因为这种私人性原因,让帕里斯做出有利于自己的裁判,当心愿不能满足,则直接导致阿开亚人与特洛伊人之间的残酷战争。人是被戏弄的对象,帕里斯、墨涅拉俄斯、奥德修斯、阿伽门农无不在"被戏弄之列"。虽然人也有戏弄神的时候,例如,墨涅拉俄斯公然挑战阿佛洛狄特,但是,在古典文明时期,人并不敢戏弄神,只有神戏弄人。

在《工作与时日》中,赫西俄德通过"潘多拉的盒子"这一神话叙事,进一步强化了"神对人的戏弄"。特别值得提出的是,公开戏弄人的神就是至上神"宙斯"。"他吩咐著名的赫淮斯托斯赶快把土和水掺和起来。在里面加进人类的语言和力气,创造了温柔可爱的少女,模样像永生女神。""他吩咐雅典娜教她做针线活和编织各种不同的织物,吩咐金色的阿佛洛狄特在她头上倾洒优雅的风韵,以及恼人的欲望和倦人的操心,吩咐神使阿尔古斯、斩杀者赫尔墨斯给她一颗不知羞耻的心和欺诈的天性。"①诸神按照宙斯的这些吩咐完成了这一灾难连连的"神的杰作",宙斯称这位少女为"潘多拉",还美其名曰"一切馈赠",这显然是"神对人的戏弄"或"神给予人的邪恶灾难"。神对人的戏弄成了人的灾难之源,这些捉弄人类的神不断给人带来灾难,还强迫人类必须对之保持尊敬。② 这就是神与人的不平等关系,也是神学诗人对自然灾难的想象性解释,它符合初民对神秘力量的敬畏心理。应该承认,希腊神学诗人通过想象把人类灾难与自然灾难对人类的永恒威胁进行戏剧化创造。在潘多拉神话中,神学

---

① 赫西俄德:《工作与时日》,张竹明等译,第3页。

② 赫西俄德(Hesiod)写道,"Hateful Strife bore painful Toil/ Neglect, Starvation and tearful Pain/ Battles, Combats, Bloodshed and Slaughter/ Quarrels, Lies, Pretences and Arguments/ Disorder, Disaster-neighbours to each other/ and Oath, who most harms men on earth/ when someone knowingly swears false." 在这里,不和女神(Strife)生出了各种苦难之神,同时,又生出了誓言女神(Oath)。See Hesiod, *Theogony, Works and Days*, Lines 226-230, translated by M. L. West, p. 10.

诗人写道:"这妇人用手揭去了瓶上的大盖子,让诸神赐予的礼物皆飞出来,为人类制造许多悲苦和不幸。唯有希望,仍遗留在瓶颈之下的牢不可破的瓶腹之中,未能飞出来。"①这个神话富有极为深邃的寓意,因为诸神给了人类无穷的灾难,但是,为了让人类不至于陷入生命的永恒绝望之中,诸神故意把"希望"留在瓶子中。希腊神学诗人的这些叙述,也许是忠实于神话本身的历史起源,因为在远古人类生活的神秘体验中,神灵就是如此对人类的生命进行威胁和考验。希腊神学诗人希望让我们相信"神灵无所谓好坏",对于神灵,人类无法施加道德判断,即使施加道德判断也无济于事。更为可怕的是,神如此作恶多端,不仅不给人类提供自由幸福的生活,还要求人类不能对神"发出诅咒之语",也规定"不可轻视神",否则,就会受到神灵更为残酷无情的惩罚,这就是"人类永恒的悲剧性生命境遇"。希腊神学诗人相信:诸神掌握着人的生命,人在造化的手心中,无论是生命的长度,还是生命的力量,在诸神面前皆显得微不足道。② 在希腊神学诗人看来,人只能敬畏神。不过,敬畏与感恩不同:"敬畏"是因为人惧怕神的威力,"感恩"则是出自神对人的慈爱,是人对神的衷心感激。

　　第三,神的意志不可违抗,必须无条件地服从。任何反抗只会受到诸神更残酷的惩罚,因为神的意志带有特别随意性和情感好恶性。在希腊神学诗人的想象中,诸神要特洛伊灭亡,就直接导致特洛伊战争的爆发,让人类生灵涂炭,民族焦虑绝望。他们要阿开亚人在战争中途受阻,阿开亚人就必然萌生撤退之意;他们要蠢人挑起战争,特洛伊勇士便上当受骗,因此在希腊神学诗人的信念中,"人无法与神对抗"。当然,英雄往往是特殊的,赫拉克勒斯敢于反抗神,又能得到神的佐助,故而能完成"十二件奇功"。③ 奥德修斯以智慧与诸神斗争,受到诸神的照顾,就能返回家

---

　　① 赫西俄德:《工作与时日》,张竹明等译,第 40 页。

　　② 潘多拉(Pandora)是一个独特的象征,是神给人类的苦难之源,同时,又保留着"希望",让人类在艰难与困苦中永不绝望。See Hesiod, *Theogony, Works and Days*, translated by M. L. West, Lines 575-615, pp. 54-55.

　　③ Ranke-Graves, *Griechische Mythologie*, Anaconda Verlag, Köln, SS. 428-476.

园,杀死求婚者,保护自己的床榻和家产。英雄们之所以能够反抗成功,是因为他们本身就是"神之子"。在神学诗人的心目中,只有神与神的斗争,神与神的对抗,诸神之间的战争也显得极其平常。诸神不是因为他们的道德、尊严而受人崇敬,而是因为诸神的无边威力而受人崇敬。这就是神学诗人的神学观:神是自由自在的,神超越了人的意志,神是任性的,神是有强烈占有欲的。这是原始人类所能想象的诸神,是原始人类对超自然力量和社会生存状况的神秘而真实的体验。人不是有意要把神想象成如此,而是因为神在他们的体验中本来就是如此。对于这些任性的、不可亵渎的、具有无边法力的神,人只能"出自恐惧而表示尊敬"。

按照希腊神学诗人的神话神学观念,世间的法律秩序,是世界和宇宙秩序的重要组成部分。个人对普遍的宗教规则、宗教礼仪和神圣法律任何的触犯行为,皆会使天地间的和谐秩序受到直接损害,甚至可能孕育"世界性的灾难",所以人对这些神灵的敬畏就成了原始宗教伦理的起源。希腊神学诗人相信"神是任性的",而且在神格上有许多地方可以加以道德批判,但是,神也屈从于"神圣命运"与"普遍秩序"。在《伊利亚特》中,宙斯对于神的儿子阿喀琉斯的命运亦无能为力,不是他不愿改变命运,而是他不能改变命运,如果他随意改变命运,这个世界便没有了秩序。为了保证这种自然秩序的恒定性,神也只得遵守神律,神对于人可以恣意妄为,但对于神律,即使是正义女神、命运女神,甚至是宙斯,也是无法违抗的,这说明天地之间还有正义与公理。① 希腊神学诗人相信,宙斯和诸神可以给人类施加许多不公正和灾难,但是他们不能改变神圣的命运和自然的律法,这就使得人对神的敬畏变得具有神圣的理性要求。由此可见,希腊神学诗人把宇宙自然律置于一切神灵之上,这也许是希腊神话神学所具有的唯物论合理因素。可以看到,希腊神话关于世界秩序起源于神的论据,为神圣权利、神圣法律、神圣政权等更为具体的生命存在观念奠

---

① 涅尔谢相茨:《古希腊政治学说》,蔡拓译,商务印书馆 1991 年版,第 10—12 页。

定了思想基础。① 在这样的神人关系中，在这样的恐惧和敬畏中，人类的原始宗教伦理逐渐形成。

赫西俄德作为神学诗人，建立了这种原始宗教伦理的权威性，因而，神对人可能不义，但只要人的行为合乎宗教伦理，神是不会加害于人的，这也是神的尊严的体现。赫西俄德认为："佩尔塞斯，你要倾听正义，不要希求暴力，因为暴力无益于贫穷者。""一旦碰上厄运，就永远翻不了身。反之，追求正义是明智之举，因为正义最终要战胜强暴。""人们如果对任何外来人和本城邦人皆予以公正审判，丝毫不背离正义，他们的城邦就繁荣，人民就富庶。""无论谁强暴行凶，克洛诺斯之子，千里眼宙斯皆将予以惩罚。""害人者害己，被设计出的不幸，最受伤害的是设计者本人。""亲自思考一切事情，并且看到以后以及最终什么较善的那个人是至善的人。""财富不可以暴力攫取。""邀请你的朋友进餐，但不要理睬你的敌人。""不要拿不义之财，因为不义之财等于惩罚。""如果你心里想要财富，你就如此做，并且劳动，劳动，再劳动。""不要惹永生诸神生气，不要把朋友当作兄弟。""不要让人觉得你滥交朋友，或无友上门，也不要让人觉得你与恶人为伍，或与善者作对。""永远不要随便责备一贫如洗、苦受煎熬的人，因为贫穷是永生神灵给予的。""人类最宝贵的财富是一条慎言的舌头，最大的快乐是它的有分寸的活动。""要提防谣言！谣言是邪恶，容易滋生传播，但受害者却苦不堪言，消除它困难重重。传播的人多了，谣言永远不会全部地消失，甚至在某种情况下成为真理。"②

必须承认，这些原始宗教伦理具有积极的生命象征意义。这些宗教伦理蕴含着希腊人的基本道德理想，闪烁着智慧的光芒。这种宗教伦理的前提条件是敬神，而在敬神的前提下，人们必须遵守具体的宗教伦理规定。原始宗教伦理的基本规范与神圣约束，对人的行为具有决定性作用，

---

① Hesiod, *Theogny,Works and Days*, translated by M. L. West, pp. XIX - XXI.
② 赫西俄德：《工作与时日》，张竹明等译，第7—12页。

当然,诸多宗教伦理规范也对人们的日常生活经验具有智慧的提升作用。① 大致说来,这些原始宗教伦理涉及以下几个方面:(1)有关敬神,相信宙斯"无所不知",(2)有关正义,"只有正义才会是至善",(3)有关处世,应该"以善待人",(4)有关德行,"不能责备穷人""不要传播谣言",(5)有关财富,"不可以暴力夺取""只能劳动、劳动、再劳动"。应该看到,这些原始宗教伦理显得十分朴素和真实,即使是在生活实践和社会现实中也具有十分重大的意义。另外,在看到原始宗教伦理有其积极意义的同时,也应看到原始宗教伦理禁忌带有许多愚昧和消极的东西。例如,"不要在黎明后不洗手便给神灵奠酒"。"不要面对太阳笔直地站着解小便"。"不要赤身裸体"。"不要暴露阴私部位"。"不要在欢乐的节日里修剪指甲"。"不要把长柄勺子放在调酒的碗里"。"不要从不洁净的器皿里拿东西吃"。"不要让出生十二天的男孩坐在圣物上"。"每月的第一、第四、第七天皆是神圣之日"。"不要在上旬的第十三日开始播种"。"每月第四天,可以娶媳妇,要躲过每月第五天"。"每月中旬第九天愈晚愈好"。"要在每月第四天打开坛塞"。② 这些宗教禁忌,我们无从知道其中原因,但出于卫生的考虑,有些禁忌则十分必要。这些禁忌,与中国流行的择吉凶定日子的神秘主义信仰,有异曲同工之妙。原始宗教禁忌,从根本上说,仍然出于人类的神秘恐惧。因此,希腊神学诗人在看到原始宗教伦理的积极意义之时,也不可忽视和回避某些愚昧的宗教文化神秘主义禁忌的消极意义。③

3. 希腊神谱的乱伦景象与血亲婚姻

作为希腊重要的神学诗人,赫西俄德在表现人类原始宗教伦理时,十分重视对诸神的伦理观念的探索。在神学诗人看来,原始时期的神学伦

---

① Hesiod, *Theogony*, *Works and Days*, translated by M. L. West, Lines 267-275, p. 45.
② 赫西俄德:《工作与时日》,张竹明等译,第21—25页。
③ 德拉孔波等:《赫西俄德:神话文艺》,吴雅凌译,第164—167页。

理观念十分淡薄,或者说,那时还是"非伦理的时代"。原初的神学伦理,被错杂的婚姻关系和血腥的权力冲突所置换,比较符合原初的自然状况和人类社会状况。摩尔根认为,人类祖先处于野蛮阶段,甚至处于蒙昧阶段的"家庭制度",在现代人类的某些分支之中仍然能找到例证。这一进化过程的许多阶段皆保存得相当完善,只有极原始时期例外。从最初以"性"为基础,随之以"血缘"为基础,最后以"地域"为基础的社会组织中,可以看到"家庭制度"的发展过程。从顺序相承的婚姻形态、家庭形态和由此而产生的"亲属制度",从居住方式和建筑,以及从有关财产所有权和继承权的习惯的进步过程,也可以看到这种"家庭制度"发展过程。① 人类社会早期的血缘关系和权力争夺的历史,必然折射到"神史的虚拟"之中。从第一次奥林匹亚时期开始,下迄克莱斯瑟尼(Cleisthenes)之立法(公元前 509 年),希腊社会一直致力于解决许多重大问题,特别是"权力继承"和"权力更迭"问题。他们试图对政治制度做根本变革,包括各种制度的重大改变,人民力求摆脱他们自古以来即生存于其中的"氏族社会",而转入以地域和财产为基础的"政治社会"。

摩尔根认为,希腊人的一般制度,凡与氏族、部落组织有关者,直至他们进入古代社会末期的时候,均可用"雅典人的制度"作为代表。据摩尔根的研究,"雅典人的社会制度的体系如下:第一,氏族,以血缘为基础。第二,胞族,可能是从母系氏族分化出来的兄弟民族结合成的。第三,部落,由几个胞族组成,同一部落成员操相同方言。第四,民族,由几个部落组成,它们合并在一起构成氏族社会。"②从这里可以看出,希腊社会的发展是从小到大不断发展成熟的,由"家庭与氏族"扩展到"部落与民族",但是,王权统治又始终以"家庭"为核心,这种观念在奥林匹斯神话中得到了充分体现。最高的神圣王权阶层,往往成了现实历史政治中的王权统治阶层的合法文化依托。摩尔根把希腊氏族成员的权利、特权和义务概括

---

① A. R. Burn, *The Lyric of Greece*, pp. 11-38.
② 摩尔根:《古代社会》,杨东莼等译,商务印书馆 1995 年版,第 220 页。

为十条:(1)公共的宗教仪式,(2)一处公共墓地,(3)互相继承已故成员的遗产的权利,(4)互相支援保卫和代偿损害的义务,(5)孤女和承宗女有在本氏族内通婚的权利,(6)具有公共财产,一位执政官和一位司库,(7)世系仅由男性下传,(8)除特殊情况外禁止氏族内通婚的义务,(9)收养外人为本民族成员的权利,(10)选举和罢免氏族长的权利。① 我们可以看到,希腊人在日常社会生活中颇有理智和法度,神圣宗教主要作为精神生活信仰,起到统率心灵和意志的作用。正是基于此,"希腊部落的宗教生活,其中心和来源在于氏族和胞族。"摩尔根认为,在远古人们心灵中印象十分强烈的奇迹般的"多神制度",包括它的群神体系以及崇拜象征的崇拜形式,皆是在"民族和胞族组织"之中完成的。这一套神话神学解释体系,对于传说时代和有史时代的伟大成就曾起过很大的鼓舞作用,由此而产生的热情促使人们建造了近代人极为欣赏的"宗教神庙"和"宫殿建筑"。在起源于这些社会团体的宗教仪式中,有一些仪式被人们认为具有特别崇高的神圣意义,从而使之全民化,由此可以看出,氏族和胞族所起的宗教摇篮的作用有多大。希腊神话神学中所显示的诸多伦理冲突,在这一时期表现得特别明显。事实上,奥林匹斯教的宗教伦理观念逐渐得以确立,而泰坦神的宗教伦理思想则被逐渐扬弃。人类社会由原始野蛮步入文明法治的社会历史,在这种神话变迁中得到了出色说明。

　　远古时期的人伦观念之淡薄,本不足奇,但是,希腊神学诗人对远古时期的神学伦理想象,主要是以人性伦理去加以表现,因而,从人性伦理的角度看,希腊神话神学伦理自有许多乱伦和反伦理倾向,为此,摩尔根把"家庭"分成五种顺序相承的不同形态。他认为每一种形态皆有其独特的婚姻制度,例如:(1)血婚制家庭,这是由嫡亲和旁系的兄弟姐妹集体相互婚配;(2)伙婚制家族,这是由若干嫡系和旁系姐妹集体同彼此的丈夫婚配;(3)偶婚制家族,这是由一对配偶结婚而建立;(4)父权制家族,这是

---

① 摩尔根:《古代社会》,杨东莼等译,第223页。

由男子和若干妻子结婚而建立;(5)专偶制家族,专限与固定的配偶同居。① 正是由于婚配形式的多样性,希腊神话神学伦理显示了许多乱伦和反伦理倾向。原始自然社会向人类社会的转变充满了血腥斗争,因此,希腊神学诗人在表现这一转换的过程中看到了反伦理和非伦理的历史倾向。这说明,许多宗教伦理观念是在人类社会形成之后才有的。在神学诗人那里,原始自然物之间也具有生育关系,一切皆从混沌中生成。② 这是神学诗人无法真正探究事物起源时的含混而又比较尊重事实的客观表达。"混沌说"阻断了人们企图进一步追根溯源的可能性。事实上,这种宗教神话的生命起源观,即使在现代科学和现代人类学的探索中也只能是假想式回答。当然,科学探索和考古发现使这一历史形成时期变得格外漫长。因此,希腊神学诗人表现了希腊人质朴的自然观念,特别是关于大地盖娅最早从混沌中生成的记述,确立了大地是第一性的原始生命观念。

在希腊神学诗人的想象中,从"混沌"中生成了最初的"五个神灵",这些神灵有自然实体、自然力和自然存在状态。这种对原始自然生命存在状态的想象,多少也体现了原始人类的早期状况,但是,这里的自然意义因为人性伦理的干预而被遮蔽。为此,希腊神学诗人们进一步想象自然物之间的"多种生育关系"。性别的确立是随意的,生育必定也是随意的,这显示了神学诗人在想象早期自然的生成过程时的"无能"。在希腊神学诗人的想象中,希腊宗教伦理观念的混杂、变异与冲突在情理之中。这种以伦理方式想象原始神灵的方式,反映了早期伦理观念确立过程中的混乱状态。应该看到,大地生育关系的确立,对于建构泰坦神系具有十分重大的意义。大地盖娅生出了乌拉诺斯(天空),还生出了山脉和山谷以及

---

① 摩尔根:《古代社会》,杨东莼等译,第 382 页。

② 赫西俄德写道,"最初生我的是卡俄斯(Chaos),然后是宽胸的大地(broad-breasted Earth)","多雾的塔耳塔洛斯"(misty Tartaras)以及"爱若斯"(Eros),"从混沌中还产生厄瑞波斯(Erebos)和黑色的夜神(Dark Night)"。See Hesiod, *Theogony*, *Works and Days*, Lines 217-226, translated by M. L. West, p. 6.

大海蓬托斯,这是"非婚配的生育关系".① 原始自然的生成,只能以这种非婚配的生育观念去解释。随后,大地盖娅和天空乌拉诺斯交配生育了大洋神俄刻阿诺斯,还有科俄斯、赫利俄斯、许佩里翁、伊阿佩托斯、忒亚、瑞亚、忒弥斯、谟涅摩绪涅、福柏、忒修斯、克洛诺斯、库克洛佩斯、布里阿瑞俄斯、古埃斯等,这种生育关系,是杂乱的.② 有些神是人格化的,有些神是动物形的,有些神则是自然存在物,神学诗人们将这些对象想象成天地生育的神灵。这种生育关系,是血亲制时代婚姻方式的体现。此后,这些兄妹的婚配,这些男性神与女性神的婚配,生育出许多一半是动物一半是人的怪物,或者生育出自然存在物,或者生育出拟人化的神灵,还有一些神的神格并不明确具体。总之,这种原始神学伦理,实质上是反伦理或非伦理的,事实上,这比较符合原初真实的自然历史状况。

必须看到,这种神学伦理的反伦理倾向,特别表现在血亲之间的权力冲突上。为了权力,血亲的关系会带有血腥的特点,乌拉诺斯为了独掌大权,不惜把这些子女藏到大地的隐秘处。"天神十分欣赏自己的这种罪恶行为。但是,广阔的大地因受挤变窄而内心悲痛,于是,想出了巧妙但罪恶的计划。""克洛诺斯从埋伏处伸出左手,右手握着那把有锯齿的大刀,飞快地割下了父亲的生殖器。"③这就是原始神为了争夺权力时所使用的策略和反策略,其中充满着"野蛮与血腥",这也是王权制时代权力斗争形式的缩影。希腊神学诗人相信,原始神灵是恐怖的、邪恶的,他们的力量巨大,却没有任何神律约束,完全处于自然宇宙的无序状态。因而,自然宇宙生命世界总是呈现出"巨大的分裂".④ 一些男神与女神相爱,不断生出新的神灵,神灵由少变多,男性神灵逐渐取得了主导地位,但是,权力

---

① Hesiod, *Theogony*, *Works and Days*, translated by M. L. West, Lines 126-150, pp. 6-7.

② M. Morford, R. Lenardon, *Classical Mythology*, p. 30.

③ 赫西俄德:《神谱》,张竹明等译,第31—32页。

④ Hesiod, *Theogony*, *Works and Days*, translated by M. L. West, Lines 124-132, pp. 6-7.

的更迭皆通过暴力实现,没有血亲伦理或神律约束。"瑞亚被迫嫁给克洛诺斯为妻,为他生下了出色的子女",他们自身的神格是模糊的,带有拟人化特征,他们生育的子女皆是具有神格的神灵,包括赫斯提亚、德墨忒尔、赫拉、哈迪斯、波塞冬、宙斯。"每个孩子一出世,伟大的克洛诺斯便将之吞食,以防其他某一骄傲的天空之神成为众神之王。"宙斯最后战胜了克洛诺斯,取而代之成为新王,宙斯与泰坦神的斗争与对抗,揭开了旧神与新神之争的最为惊心动魄的一幕。"快乐神灵操劳完毕,用武力解决了与泰坦神争夺荣誉的斗争。"王权争权并没有什么伦理可言,即使是宙斯,也常有反伦理的行径。"诸神之王宙斯首先娶墨提斯为妻,她是神灵和凡人中最聪明的一个。宙斯花言巧语地骗过了她,将她吞进自己肚里。他们之所以建议宙斯这样做,是为了不让别的神灵代替宙斯取得永生神灵的王位。"①从神学诗人的想象中可以看到,原始神学包含鲜明的反伦理倾向。在神灵行为的这种反伦理和非伦理中所体现的一切,只是为了权位而进行的血腥战争。夫妻之间的权力冲突,父子之间的权力冲突,男性神与母性神之间的权力冲突,皆折射在神学诗人的想象中,但是,赫西俄德《神谱》中关于早期神类和人类的叙事与《工作与时日》中的神话叙事,存在一定程度的语词和叙述的矛盾对立。

在《工作与时日》中,神学诗人认为诸神和人类有同一起源。奥林匹斯山上不朽的诸神创造了"黄金种族"的人类,人们像神灵那样生活,没有内心的悲伤,没有劳累和忧愁,但是这个种族已被大地埋葬。奥林匹斯诸神创造的第二代人类是"白银种族",但是在肉体和心灵方面一点不像"黄金种族",他们不能避免犯罪和彼此伤害,又不愿献祭,最后被宙斯气愤地抛弃。第三代人类是"青铜种族",他们可怕而强悍,但为黑死病征服。第四代人类是"黑铁种族",他们有的丧生,有的幸福地生活在大洋边的幸福岛上。第五代人类,即神学诗人时代的人。在神学诗人看来,人类陷入深重的悲哀之中,面对罪恶而无力救助。如果初生婴儿鬓发花白,宙斯将

---

①　赫西俄德:《神谱》,张竹明等译,第52页。

毁灭这一种族的人类,显然,这些叙述与《神谱》中的若干叙事有所不同。
《工作与时日》侧重于神和人的关系,《神谱》则侧重神灵与神灵的代代相
传之关系,这可能与《神谱》叙事的突然中断有关。① 赫西俄德关于神和
人的神话叙事部分,在不同文本中确有不一致的地方,由于他始终突出宙
斯的地位,并强调克洛诺斯的地位,两大神话体系之间不存在根本性矛
盾。我们可以把这两大神话体系看作相互补充与丰富的神话系统,两种
不同的视角,恰好说明"神族"的非伦理的历史必然性和"人类"必须坚持伦
理的社会必然性。神是不死的,人是要死的,"不死的神类"与"要死的人
类",其中的伦理就有着根本性区别。

4. 神圣家族职责与权力意志秩序

在希腊神学诗人看来,人类社会必定是由"反伦理和非伦理的野蛮社
会"走向"守伦理和守法制的诗性社会"。在赫西俄德《神谱》中,泰坦神族
是野蛮的与强横的、反伦理的与无序的,以宙斯为代表的奥林匹斯神族尽
管也有一些反伦理或非伦理的行为,但与泰坦神族相比,他们最大的区别
在于建立了"诗性伦理秩序"和"自然神学律法"。奥林匹斯神系代表的是
有规律与有秩序、有冲突与有和谐的、具有严密组织体系的"新型神系",
奥林匹斯神系的伦理原则是人类伦理原则的曲折表现。在希腊宗教信仰
中,泰坦神族不被重视,而奥林匹斯神族被高度重视,这与奥林匹斯神系
所代表的律法观念和伦理观念相关②。奥林匹斯神系所表现的伦理观
念,表明人类文明已经发展到了新阶段,王族的统治地位得到了真正
确立。

希腊人的"氏族观念"是逐渐形成的。在格罗特看来,"所有这些胞族
组织和氏族组织",无论大小都是根据希腊人思想中同样的原则和倾向而
建立。这就是,把"祭神的观念"和"祖先的观念"掺和在一起,或者说,把

---

① Hesiod, *Theogony, Works and Days*, translated by M. L. West, pp. XIX-XXI.

② M. Morford, R. Lenardon, *Classical Mythology*, pp. 68-71.

某些特殊宗教仪式上的"集体关系"和"血统关系"掺和在一起；这些集体
成员之所以供奉祭品用来祭祀神或英雄，是因为诸神被他们视为自身的
始祖。格罗特指出："每一家族"皆有自己的宗教仪式和祭祖的典礼；这些
典礼由家长主持，除了本家人之外，旁人不得参与，较此更大的组织，则是
凭借彼此在宗教上的兄弟关系而自成系统，他们"共同崇奉某一位神祇或
英雄"，这位神祇或英雄有其独用的名号，并被他们视为"共同的祖先"。
瑟奥尼亚节和阿帕图里亚节，每年一度把这些胞族和氏族聚集一起，以举
行祭祀庆祝活动和"保持同气相求的感情"。① 格罗特把氏族视为家庭的
扩展组织并以家庭为民族存在的前提，即"以家庭为基本组织，而以民族
为衍生组织"。摩尔根则认为，在氏族社会的组织中，"氏族是基本组织"，
它既是该体系的基础，又是其组织单元。家庭是基本组织，比氏族更古
老，"伙婚制家庭"与"血婚制家庭"，在时代顺序上均早于氏族，家庭在古
代社会中并不是这一组织体系的环节。②

　　从这两种对立的观点可以看到，格罗特的看法与希腊神话神学中的
"奥林匹斯神系"更为接近，我倾向于认为，"希腊家族体系"比"氏族体系"
具有更大的影响力，奥林匹斯神系是代代相传的神系，希腊许多王族可以
在这里找到其神圣祖先的谱系。③ 这也进一步证明，希腊神话神学是希
腊人为自己创造的，但希腊文明在想象奥林匹斯神系的完满性之后，似乎
也无法发展了，奥林匹斯神系完备的社会组织和社会职能的分配已达到
人类神学信仰的制高点。从神话神学叙述中可以看到，奥林匹斯神的伦
理原则往往通过两种方式体现出来：第一种方式，通过对以宙斯为核心的
奥林匹斯神系的系统描述，建构了神圣家庭制神话谱系，在这神话谱系
中，神学诗人建构了诗性伦理原则，而这种伦理原则就是建立在血缘亲情
基础上的"权力认同"；第二种方式，则通过对宙斯和诸神的社会管理职能

---

① 赫丽生：《希腊宗教研究导论》，谢世坚译，第 29—72 页。
② 摩尔根：《古代社会》，杨东莼等译，第 238 页。
③ 吕凯等：《世界神话百科全书》，徐汝舟等译，第 156 页。

的分配,确立了神学律法制度和保护制度,使神人之间建立起牢固的"信仰关系"。

先看以宙斯为核心的"家庭制神话谱系"。在希腊神话神学叙述中,神学诗人是有创造性的,他们以"主神神系"的叙述带动"次要神系"的叙述,并且以家庭结构来突出主神系统的重要性。于是,十二主神系列得以形成,其中,这十二主神共有"六位男性神"和"六位女性神"。[1] 宙斯与赫斯提亚、德墨忒尔、赫拉、波塞冬、哈迪斯为兄弟姐妹关系,其中,宙斯年龄最小但地位最尊贵。宙斯与阿波罗、雅典娜、阿佛洛狄特、赫尔墨斯、阿尔忒弥斯、赫淮斯托斯等属于父子(女)关系。当然,关于阿佛洛狄特的神话传说,在宗教神话传播过程中形成了某些歧义。按照神谱的叙述,"美神"是在乌拉诺斯的生殖器扔进大海之后出生的,按理,"美神"应算乌拉诺斯之女,但神话中向来不追究这一点,此外,她还可能是"东方女神"。这十二位奥林匹斯大神,实质上属于典型的"家庭神系"。与此同时,在希腊神话神学中,宙斯与赫拉、德墨忒尔还有夫妻婚姻关系。应该看到,以宙斯为核心的这一家庭神系,其伦理原则体现得非常充分。宙斯作为王者,从伦理意义上而言,对其姊赫斯提亚、德墨忒尔和赫拉相当尊重。例如,德墨忒尔因为其女珀耳塞福涅被哈迪斯抢走而悲伤无度,宙斯只好让哈迪斯把珀耳塞福涅送回人间相当长的时间,而女儿珀耳塞福涅的归来象征着新一代大地母神德墨忒尔的职能:春回人间和母女欢聚。[2] 宙斯虽避过赫拉而移情别恋,但对赫拉的请求也不是无动于衷,并且,相当迷恋赫拉的美丽和尊严。

宙斯不仅能与家庭神和睦相处,还能够与其兄哈迪斯和波塞冬"分权而治",实现大地、海洋与天空"等分天下"。兄长不侵犯众神之王的权威,众神之王也不剥夺兄长的权力,他们之间很少发生正面冲突,这说明"伦

---

[1] Heinrch Wilhelm Stoll, *Handbuch der Religion und Mythologie der Griechen und Römer*, Fourier Verlag, 2003, SS. 35-106.

[2] C. Kerenyi, *The Gods of the Greeks*, Thames and Hudson, 1974, pp. 230-245.

理原则"与"分权原则"很好地体现在这种亲情关系中。王权秩序的神圣性最终得以建立,宙斯至上神的地位被看作合理合法的宇宙秩序的安排。与泰坦族的反亲情和反伦理相比,奥林匹斯神系确实可以称得上尊卑有序,这是伦理原则和社会原则的高度谐和与进步。此外,宙斯与雅典娜的关系相当融洽,他对女神相当偏爱,许可雅典娜拥有其他神所没有的特殊权力。宙斯与阿波罗也相互尊重,宙斯对阿波罗欣赏有加,阿波罗很少违抗宙斯的旨意,完全不同于阿瑞斯;赫淮斯托斯也从自己的莽撞中学会了服从;赫尔墨斯是宙斯最忠实的一位信使,总是出色地完成宙斯的任务。阿佛洛狄忒与宙斯,在爱情场上相互捉弄,自有另一番情趣。只有阿瑞斯似乎不太受宙斯重视,宙斯厌恶他多变的性格。不过,在希腊神话神学叙述中,宙斯与月神阿特弥斯的关系涉及甚少。[1]　总之,这些主神的神格和神学叙事充分体现了奥林匹斯神族的伦理亲情及其和谐原则。尽管泰坦神系和奥林匹斯神系提到了许许多多的神,但是,人们真正重视的还是"奥林匹斯神系"的主要成员,这些古神还构成了"荷马史诗的神人关系的主旋律或总序曲"。当然,在荷马史诗中,有几位奥林匹斯神并未出场,倒是与奥林匹斯主神系列相关的一些神明和英雄得到了深刻而又生动的表现。

　　在强调奥林匹斯诗性伦理的同时,还应看到奥林匹斯神作为人类保护神的神学伦理意义。希腊神学诗人在强调奥林匹斯神的美妙生活时,充分发挥诗性想象力,想象这些奥林匹斯神们在白云之巅的奥林匹斯山上常常相聚畅饮。"缪斯女神"为他们带来最美妙的歌舞,"青春女神"赫柏为他们斟上美妙无比的佳酿。宙斯欢快地与诸神相聚,这些神灵自由自在地生存,虽也有相互间的恶作剧,但更为动人的是对爱情的美妙追求。以宙斯为代表的奥林匹斯神灵,总是大胆地追求爱情,享受爱的欢乐。他们不仅瞩目神界的男神与女神,而且瞩目人间的美少女与美男子。"美妙的爱情"带给了他们的无穷欢乐和无限生命力,虽然也不乏无爱或

---

① 　Walter Burket, *Greek Religion*, Harvard University Press, 1985, pp. 125-169.

错爱的悲剧,毕竟在总体上体现了和谐、自由与欢乐之情趣。① 从前面的论述中可以看到,"神灵常有恶作剧之举""神灵的性格也显得专横任性",但是,当神灵承担起保护人类的职责和使命时,他们都是高度敬职的"人类守护神"。在奥林匹斯神系中,社会分工的完善化体现在神灵的天职分配上,自然和世界的公正秩序之保证,实质上源于奥林匹斯主神对诸神的神职分派,他们互不干预并构成了和谐安定的"神性律法"。阿波罗司掌"预言、音乐、医药和光明",因为其光芒万丈而被称为勇敢的战神;雅典娜司掌"城邦的保卫、人间的纺织和战争的智慧";赫拉司掌"婚姻和生育";德墨忒尔司掌"大地谷物丰收";阿佛洛狄特司掌"美丽与爱情";缪斯诗神司掌"文学、艺术和科学";赫淮斯托斯司掌"工艺制造和冶炼技术";赫尔墨斯司掌"航海与信使,甚至包括偷窃"。每个神都须为荣誉而战,每个神皆有自己的保护者,诸神的荣誉与诸神的神权密切相关,天神亦有神圣法则,宇宙秩序与神圣正义是诸神分享权利与实施惩罚的基础和准绳。② 从希腊奥林匹斯诸神的神职中可以想象,希腊社会在社会分工观念上的完善和发达,显然是"新型的诗性伦理"。

　　希腊神学诗人的叙事和抒情不禁流露出欢快的语调,社会的伦理完善与诗性自由在这种诗性伦理的表现中可见一斑。奥林匹斯神系的伦理原则是"亲情原则""职业原则"和"自由原则",这是神学诗人创造奥林匹斯神系时构造的"理想而神圣的分工制度"。从这种神圣制度中,亦可以看到希腊神学诗人对"自由与职责的崇敬"。在《工作与时日》和《神谱》之间,两者教谕倾向显然有所不同。前者的教谕带有道德劝诫的目的,显得庄严肃穆,后者的教谕则带有自由精神,显得轻松活泼。当然,希腊神学诗人对泰坦神系和奥林匹斯神系的战争描绘,一点也不轻松。神灵的斗争十分紧张,宙斯与泰坦族巨人战斗,把巨人们全部打入了"塔耳塔洛斯";宙斯与普罗米修斯战斗,最终宙斯把后者钉在高加索悬崖上;宙斯与

① C. Kerenyi, *The Gods of the Greeks*, pp. 91-116.
② Ranke-Graves, *Griechische Mythologie*, SS. 44-71.

提丰战斗,最终也把提丰扔进广阔的"塔耳塔洛斯",这是否意味着"诗性伦理的建立"要以"消灭野蛮和残酷"为代价。唯有消除野蛮、暴力和残忍,"诗性伦理"才能真正建立。希腊神学诗人为凡人和神灵设想了两种不同的宗教伦理,真实地表现了神学诗人对人类伦理的自然向往。此外,希腊神学诗人的诗篇,既是诗性自由的,富于想象力和戏剧性,又是神话神学的,重视宗教伦理的教谕力量。① 古希腊时代的神学诗人所具有的独特职责观与宗教道德教谕使命,使得他们能够创造出自由而美丽的神话神学思想,并且通过诗性而自由想象的文本保留了古希腊宗教文化信仰和生命德性信仰,其功绩无法估量。

---

① 西方学者有关希腊神学诗人的神学研究的著作,最具代表性的,莫过于纳格斯巴赫与拉姆巴顿的论著(Karl Friedrich von Nägelsbach, *Homerisch Theologie*, Dritte Auflage, Nürnberg, Verlag von Conrad Geiger, 1884, and see Robert Lamberton, *Homer, The Theologian*, University of California Press, 1986.)。

第三章　希腊神话神学的生死观念

第一节　宙斯神话与希腊至上神观念的形成

1. 威严与秩序：至上神观念的演化

宙斯(Zeus)是"克拉洛斯与瑞亚之子，拥有王冠与王位，世界的强大统治者(gewaltige Herrscher der Welt)，众神与万民之父"①，这是希腊神话神学中关于"宙斯大神"的基本陈述。从神话形象的文化象征意义上说，宙斯形象不仅是希腊至上神观念的表达，而且也是希腊文化中父亲、国王和丈夫等观念的感性表达，特别是作为男性统治世界的象征。应该承认，希腊神话体系的建立是希腊民族智慧的结晶。一般来说，原始神学观念大多充分地体现在神话叙事中，因此，要想追溯神学观念的起源，必须借助"神话"去还原，即必须通过神话叙事去确立原始神学观念的精神内涵。"形象大于思想"，这是神话神学的基本特征。从神学观念出发，追溯神话中蕴含的原始神学思想观念，完全具有历史的思想可能性。为了更深入地探究希腊神话思想，我们可以把神话形象和神学观念关联在一起，因为神话观念的变化往往与神话形象的变化有关，这其中还涉及"诸神的命名"问题。

---

① Heinrich Wilhelm Stoll, *Handbuch der Religion und Mythologie der Griechen und Römer*, Fourier verlag, 2003, S. 3.

　　在目前已知的神话类型中，"一神论神话体系"和"多神论神话体系"之间具有显著不同的特征，并决定了一神论体系中的至上神观念与多神论体系中的至上神观念的根本性差异。"至上神观念"，在神话神学中是十分重要的问题。在世界神话叙事中，无论就其数量而言还是就其时间而言，"多神论体系"皆具有较大的影响力。在多神论神学信仰的民族中，其宗教信仰也特别复杂。① 就宗教意义而言，从"多神论"向"一神论"转变是必然趋势，只有一神论体系才能真正建立起牢固的宗教信仰。多神论信仰有其深刻的历史文化渊源，具体说来，多神论信仰显示了自然崇拜倾向，而"唯一神"的产生是超越自然多样性的思想。"一神论信仰"是抽象的超越性思想的表达，它不是从自然本身形成；"多神论信仰"则不然，它是自然体系的翻版，自然有多么神秘，多神论体系就有多么复杂。② 多神论体系中的"神灵"，由人们对自然力的比拟和抽象得以形成，或者说，是人们对自然力的命名。多神论体系的直观性特征使人们很容易建立起对自然神秘力量的信仰，多神论体系的创造则显示了形象思维的巨大力量。例如，把"天空"想象成至上神，把太阳、大地、海洋等自然形体想象成神的化身，用"自然神"指代这些巨大的自然物，是人类智慧的自由表现。

　　在多神论体系中，神学诗人们强调自然的威力，例如，在希腊神话系统中，盖娅（Gaia）的生殖力量就十分强大。她不仅生育了天空之神乌拉诺斯，还生育了大洋神、巨怪提丰等等，这种惊人的生殖力就是"自然力的象征"③。多神论体系不是一蹴而就的。应该说，多神论体系的建立是随着人们认识能力的深化，由人们对自然的命名而完成，由诗人对自然体系的归纳总结而不断完善。"多神论体系"总是从巨大的存在物入手，把巨大的存在物和其他事物想象成"生育性关系"。在希腊神话系统中，天神、大地母神、大洋神、海神等生育万物，黑夜神、太阳神也有一定地位。多神

---

① Wilhelm Dupre, *The Religion in Primitive Culture*, pp. 261—268.
② Wilhelm Dupre, *The Religion in Primitive Culture*, pp. 265—268.
③ Yves Bonnefoy, *Mythologies*, p. 366.

论体系的建立,与社会等级观念的形成有很大关系,王权秩序的建立直接影响到多神论神话体系的建构。韦尔南对希腊多神论体系的建构做了比较深入的解释,他把神话和历史文化事实关联在一起。韦尔南相信,"神话的创作"受制于历史文化观念及其认识水平。从希腊神话中可以看到,世界是力量的"等级划分",它的结构与人类社会类似。神话世界不可能用单纯的空间模式来正确地表现,也不可能用位置、距离和运动等词汇来描述。它的秩序复杂而严谨,显示了原动者之间的关系;它由力量对比、座次、权力和头衔的等级、统治和服从的关系所构成;它的空间特征表现出来的主要不是几何性质,而是职能、价值和地位的差异。这种秩序不是以必然的方式通过那些世界基本元素的能动作用显示出来,而是以戏剧性方式通过原动者的功绩建立起来。世界被这个"原动者"的巨大力量所主宰,"它是唯一的,并享有特权,处在高于其他神明的级别上"。①

在希腊神话叙事中,一般把"至上神"设想为"高居宇宙之巅的君王",这个地位是"至上神"通过与诸神的斗争而最终获得的。正是他的个人统治,维持了各种组成世界的力量之间的平衡,确立了每种力量在等级划分中的位置,并界定了他们的职能、特权和应得的荣誉。这些相互联系的特征使神话叙事中的"至上神"具有神话谱系的严密性和文化生成的逻辑性。这些特征的归纳,比较符合多神论神话体系建构的实际,也比较准确地把握了"王权神话"与"至上神观念"的内在联系。韦尔南准确地把握了这一事实,他认为:"对于希腊的君主来讲,王宫制度是出色的权力手段,它使国家能对一片辽阔的领土进行严格控制,把地上的全部财富吸引过来,掌握在国王手中,把丰富的资源和庞大的军事力量集中在统一的领导之下。"②多神论体系源于人类对自然力的崇拜,一神论体系则与自然崇拜无关。在一神论信仰中,世界的一切都是至上神创造的;这个至上神没有起源,神本身超出了人的认识范围。这个先于自然、人类和历史而在的

---

① Emily Kearns, *Ancient Greek Religion*, Wiley-Blackwell, 2010, pp. 9-10.
② 韦尔南:《希腊思想的起源》,秦海鹰译,第 22 页。

至上神,这个创造宇宙、自然、人类的至上神,无疑具有绝对的权威。《圣经》中有关耶和华创世的神话叙事,显示了上帝的全知全能与至高无上的权力。这种一神论信仰与理性思维的高度发达有关系,不可否认,它比多神论体系中的神灵更符合"理性的设计"。即便如此,这种理性对神话想象力的胜利,似乎并不利于人类的想象需要,也不利于艺术创造力的发挥。在人类的感性直观和审美直观中,多神论体系特别有益于"艺术的生产",因此,自然崇拜和泛神论观念,至今对人类思想和艺术仍发挥着某种持久的影响力。多神论体系显示了人类想象力的极大自由,显示了人类想象力的奇迹。在希腊多神论信仰中的"至上神",既具有一些自然文化的特征,又具有一些王权文化的特征。

在希腊神话神学叙事中,"至上神的自由神格"得到了出色的表现。首先,以宙斯为代表的希腊至上神残留着"自然力"的特征。宙斯作为至上神,首要的特征是自然力量的体现,希腊人把宙斯看作风、云、暴雨与雷电之神。希腊人尤其强调宙斯的雷电的威能,他居于大地之上,晴空之中,万仞之巅。他的名字本身即至高无上的意思,他的自然威力通过雷电来体现,宙斯本身,也是从泰坦神族中生成。这既可以看作愤怒和威力的象征,又可以看作权力和尊严的象征。相对说来,在希腊神话神学中,"宙斯的自然力"并没有特别予以强调。[①] 像印度神话中的"自然至上神",就缺少希腊神话的王权特征,但是,在自然威力的感性夸张和想象上,印度神话比希腊神话的想象力要强大得多。

正因为印度人善于想象无上威力的自然神,因而,印度神话的多神系统中的至上神有"许多指代",例如,大梵天、因陀罗、湿婆、如来佛等,皆可以被称为"至上神"。湿婆出自梵天的前额,恰似愤怒的火焰,在他身上集中体现了众天神的一切破坏力量和最威严最可怕的特点。他憎爱分明、阴森恐怖、凶狠孤独、无所不在,在他那可怕的能传播疾病和带来死亡的弓箭面前,一切生灵皆会恐惧颤抖,因而湿婆的自然力极受崇拜。因陀罗

[①]　M. Morford, R. Lenardon, *Classical Mythology*, pp. 43-45.

也是一位大神,众天神主动请求梵天封他为天神之王。在印度人的信仰中,梵天、湿婆和因陀罗这几个至上神,似乎只有梵天是真正的至上神,尽管他的神格并不明显,也没有自然威力的象征。"杀死巨龙"是因陀罗最伟大的功绩,因此因陀罗更像一位英雄。因陀罗有些特征与宙斯相似,而作为至上神的梵天虽出场支持众神灵的行动,但神格不明,只是光明仁慈和威力的象征。① 因陀罗既有一定的自然力,又带有王权者的象征,因而作为后起的至上神,因陀罗的神格与宙斯的神格有相似之处,他与巨龙、一些大神的战斗也与宙斯相似。在印度神话叙事中有这样的描述:因陀罗常以各种面貌来到人间,有时化作国王,有时扮演乞丐,有时以隐士出现,有时装成身穿甲胄的武士;时而老头子,时而青少年,时而美男子,时而畸形儿,有时候甚至以狮子、老虎、天鹅乃至苍龙的样子出现。因陀罗并非总是无可指责,例如,有时他还去拜访那些丈夫不在身边的女人,勾引她们纵欲放荡并背叛丈夫。由此可见,印度至上神观念的演变与希腊至上神观念确有其相似之处。

在《原始宗教与神话》中,施密特用三章的篇幅专门讨论了至上神(Supreme God)观念,他认为崇拜高级神的原始宗教是真正的一神教,然而这一看法与基督教中的一神论并不相符。他探讨了至上神形象、名称以及德性,揭示了至上神崇拜的本质,还专门探讨了至上神与道德的关系。一方面,他认为"至上神"是道德律的制定者,另一方面,他又认为"至上神"具有反道德的自由意志,这显示了至上神的特殊权力。施密特从多种文化形态入手讨论至上神问题,显示了这一观念的复杂演变过程。②"至上神信仰",在多神论体系中虽突出一神,但并不排斥对其他大神的信仰,这是不同神话体系的多神观念合流的结果。印度神话系统经历了非常复杂的演变,最后导致多种神话系统的混杂,构成了虽有内在秩序性与

---

① 黄志坤编译:《古印度神话》,湖南少年儿童出版社 1986 年版,第 70 页。

② W. 施密特:《原始宗教与神话》,萧师毅等译,上海文艺出版社 1987 年版,第 326—351 页。

思想逻辑性,但又无法自圆其说地调和折中的"统一的神话神学系统"。①
这种同时并存的多神论体系,显示了至上神观念由"自然神"向"王权神"
转化的历史轨迹。

其次,在希腊神话神学的折中调和系统中,神学诗人以为"宙斯神"汇
聚了所有希腊神灵的特征。例如,希腊人把宙斯看作"全能之神",能明察
和洞悉一切的神灵;他作为"神谕之源",拥有无上的权力;他是"智慧的君
王",按照意志制定命运,委派各种事情;在危险迫在眉睫时,他能扭转形
势;他保护贫弱者和亡命者,所有的哀祈者皆得到他的保护,他的关怀甚
至扩展到家庭、婚姻、友谊等方面,人们把他看作"全希腊的保护神"。②
尽管如此,也有一些神灵敢于公开违抗至上神,至上神不得不与之战斗,
因此至上神也不能完全随心所欲,而且"至上的权威"有时必须服从命运
和公正秩序的安排。与多神论系统相比,一神论体系中至上神显得更加
威严和神圣。即使有违抗上帝意志的恶魔或人,他们也要受到上帝致命
的打击。《圣经》中有关耶和华的叙述,从未提到上帝的行为要受到自然
律或命运的约束。上帝高于一切,上帝是绝对自由的,"至上神的威力"在
一神论体系中永远高于一切力量。这在很大程度上应是理性思维的产
物,也是理性神学与神话神学相统一的基础。在感性直观的神话系统中,
神学诗人们所能想象的至上神,只能是这种无限自然威力和社会王权制
度的决定者。至上神的威力只能是自然威力的最强大表现,这是多神论
神话思维的极限形式。

2. 作为至上神的本体与滥情形象

希腊神话神学中的至上神具有极大的自然威力,它的象征物是"闪电
与霹雳"。具体说来,至上神的力量可以在"自然领域"和"社会领域"两个
方面自由施展,他的自然力量是维护其自然威严与社会权力的基本保证。

---

① 吕凯等:《世界神话百科全书》,徐汝舟等译,第 471 页。
② Barry B. Powell, *Classical Myth*, pp. 110-117.

问题是：人们为什么要设想至上神？至上神对人类具有什么意义？就自然意义而言，神学诗人对"至上神的设定"是对宇宙自然的认识结果，因为在无限的自然事物中，自然本身有着固有的力量平衡秩序，但神学诗人不知道这种自然秩序是如何形成的，他们设想，在这种自然秩序的形成或天体的和谐中，必定可以找到"总根源"，于是，人们设想构成这种自然秩序的伟大力量就是"至上神的力量"。在印度神学诗人的心目中，自然宇宙的运动有序和节律均匀，与湿婆的舞蹈有关。[1] "湿婆的舞蹈"象征着作为宇宙运动之源的活动，这种宇宙运动尤其体现在保护、毁灭、变化和解放等创造功能方面，它的目的是去掉人类的幻觉。当这位神在污秽而又充满可怕怪物的火葬场跳舞时，这既代表恐怖又代表毁灭。火葬场象征着"信徒的心"，在那里，自我与自我的行动被毁灭，一切皆须消失。湿婆传给了人们宏伟的"宇宙综合论"，在那里，生与死不断互生，又不断被清楚而宁静的幻象所控制。在多神论神话系统中，神学诗人从自然的观察和想象中需要设定一位"至上神"。通过这位至上神的无限权能，自然宇宙世界中的一切皆可以得到合理的说明。自然世界需要秩序，人类世界也需要秩序，建立秩序必须依赖"至高的权威"。人类世界的无序状态，需要秩序的制定者或立法者去解决；唯有设定和建立至上神，社会秩序和文化秩序的建立才有合法依据，尤其是王权秩序的建立，特别需要对这种至上神观念做出神学说明。神学诗人要为王权秩序制定神圣依据，在希腊神话中，"王权拥有者"一般被认为是"神的子孙"，这样，作为管理世界、主宰人类的至上神，就有了超然存在的文化理由。[2] 从这两方面可以看到，"至上神观念之生成"与"至上神信仰的维护"，有其必然的文化宗教信仰及其存在理由。

正是基于这样的认识，韦尔南认为："希腊的神谱和宇宙谱系"与晚于它们的各种宇宙演化论一样，包括讲述有序世界怎样逐渐产生的创世故

---

① 吕凯等：《世界神话百科全书》，徐汝舟等译，第 536 页。
② Walter Burkert, *Greek Religion*, pp. 125-130.

事,但它们首先是以"王权神话"存在的。它们赞美某个统治全宇宙的神的威力,讲述他的出生、战斗和胜利,同时把自然社会和宗教仪式等各个方面的秩序看作"这个至上神胜利的结果"。世界之所以不再陷入动荡和混乱,是因为主神与敌手或魔鬼交战之后,他的最高权力得到了保证,再不会受到任何威胁。赫西俄德的《神谱》,就像一曲献给宙斯的赞美歌。在巴比伦神话中的马尔杜克(Marduk)反对提阿玛特(Tiamat)和希腊神话中宙斯反对堤丰的比较中,康福德曾指出:"希腊神话叙事受到了东方神话叙事的影响。"韦尔南进而指出:"这些东方神谱和以它们为模式的希腊神谱一样,创世的主题,仍然被纳入一部宏伟的王国史诗之中。史诗讲述的,是历代神祇和各种神力为统治世界而相互对抗的故事。王权的确立和秩序的建立,是同一出神界悲剧不可分割的两个方面,是同一场斗争的赌注,是同一次胜利的果实。这个总体特征表明,神话故事从属于王国仪式,它最初是王国仪式的一部分,为王国仪式进行口头伴奏。"① 我们可以看到,希腊至上神观念的形成与希腊王权神话的最终确立有十分密切的联系。的确,古代希腊和巴比伦神话反映了特殊的观念,它涉及王权秩序的建立,国王不仅统治社会各阶层而且介入自然现象的解释。空间的组织、时间的创立、四季的循环和调节,皆纳入国王的活动,构成国王职能的一部分;各种形式,各个领域的秩序,皆被置于国王的管辖之下。无论是人类社会的秩序,还是世界的秩序,皆未被当作自足自为的抽象概念来思考。秩序要建立才能存在,要维护才能持久,它永远需要组织它的原动者和推动它的创造力。

在这种神话思维的范围内,不可能想象有自主的自然领域或内在于世界的组织法则。② 因此,在各种神话神谱意义上的起源问题,即使不是完全模糊的,也是处于次要位置的。神话神学不是询问有序世界怎样从混沌中产生,而是要回答如下问题:"谁是最高的神?谁获得了世界的统

---

① 韦尔南:《希腊思想的起源》,秦海鹰译,第 99 页。
② 韦尔南:《希腊思想的起源》,秦海鹰译,第 101 页。

治权?"神话的功能,就是在"时间的第一性"与"权力的第一性"之间,在"时间上的世界本原"与"主宰现实世界的君王"之间,建立内在的区别并拉开一段思想距离。神话神学就是在这段距离中构成的。希腊神话神学甚至把这段距离作为叙事对象,通过世代神祇的接续,重现王权的更迭,直到至高统治最终结束王权的戏剧性建设为止。因此,在希腊神话神学叙事中,"至上神观念"就具有双重解释意义。在自然领域中,有关至上神的解释,可以看作是对自然的无限威力的形象认识;在人类社会领域,对至上神的维护和对王权制度的维护相一致。在解决了至上神观念的起源和至上神观念的文化意图之后,对"至上神无限权能"的想象和解释就成了顺理成章的事。至上神具有无限的权能,这种权能是谁也不能轻视的,因此,对至上神的信仰和崇拜,屈从至上神的律法和威严,就显得必不可少了。①

首先,出于最高神圣意志的安排是谁也不能反抗的,这是至上神的权能。例如,世界秩序的建立,宇宙的权力分配,都是自然的神圣权能,谁也不能违抗,于是,"诸神"能够各尽其责,各安其位,而不至于彼此冲突。再如,阿开亚人和特洛伊人的战争的最后胜利属于希腊,这一结果是谁也无法违抗的,而在战争进行过程中,特洛伊的军队把阿开亚人打得狼狈逃窜,这就是"神圣权力意志"。赫拉和雅典娜,曾设想改变特洛伊战争的进程,但皆未能逃出宙斯的视野,赫拉的牢骚和愤怒,也只能有限地发作一下,最终还得由她自我克制。② 作为至上神,他可以毁灭一切,甚至给神明带来灾难。其次,宙斯享有事物的最终审判权和裁决权。当不和女神送来金苹果挑起宴会的纠纷时,只有宙斯才能出面裁决;当宙斯命定王子帕里斯来裁判谁是最美的女神时,王子不敢违命。"做出裁决"是王子的自由,"做不做裁决"不是王子的自由;当雅典娜和波塞冬为了奥德修斯的命运争得不可开交时,也是宙斯做出"最终裁决":"让奥德修斯十年后返

---

① Emily Kearns, *Ancient Greek Religion*, pp. 174-181.

② 荷马:《伊利亚特》,罗念生、王焕生译,第 360—370 页。

回故乡"，作为大洋神女的卡吕皮索也不敢抗旨。著名的德墨忒尔与帕耳塞福涅事件，最终也由宙斯做出裁决（公元前七世纪的《德墨忒尔赞歌》，为此提供了详细的解释）。① 当年轻的珀耳塞福涅正在青葱的草地上采集玫瑰花、百合花、番红花、紫罗兰、风信子以及水仙花时，大地忽然裂开，冥王哈迪斯从裂缝中出来，用金车把她带走。她哀伤的母亲走遍所有的大陆和海洋寻找她的下落，终于在太阳神赫利俄斯那里知悉了一切，这时，宙斯做出了"公正的裁决"，冷酷的冥王笑着服从了。从这些材料中可以看出，作为至上神宙斯往往拥有事务的最终裁判权，总有正义女神站在宙斯身边，宙斯的审判因此代表着自然的公正。第三，至上神自身的权能有时是不受限制的。在希腊神话中，至上神不是完美无缺的，他的一些行为并不合乎伦理规范。在必要的时候，从神的利益出发，为了许诺一些神的乞求，他也会做出某些让步。宙斯作为至上神并不是铁面无私的，而是带有很多人情味，因而，宙斯的形象虽比较严肃但又是慈祥的。在宙斯身上，还带有克洛罗斯最小的儿子所具有的顽皮和恶作剧的习性，他与阿佛洛狄特的相互捉弄，即是一例。②

　　总之，希腊的至上神有其"无限的权能"：由于他拥有这种无限权能，所以才能高高在上，主宰一切；"神圣王权制度"在这种至上神的信仰中得到了合理保护。作为王权秩序的神话，在宗教伦理和宗教政治中一向具有强大的生命力。就神话在宗教政治中的作用而言，希腊至上神观念与希伯来至上神观念有着根本性差异，但是，在对待信徒的仁爱，对待圣子的慈爱方面，这两位至上神皆有合乎人情的地方，宙斯与耶和华皆有以人类命运作为赌注的事。宙斯让人类不堪重负，让潘多拉给人类带去灾难。③ 耶和华则让亚伯拉罕以子献祭，让约伯尝遍苦难，而且这些仅仅是为了与撒旦打赌。人类因为神的游戏而承受了无穷的重负。作为"宇宙

---

① *The Homeric Hymns*, translated by Jules Cashford, pp. 5-25.

② M. Morford, R. Lenardon, *Classical Mythology*, pp. 114-118.

③ 赫西俄德：《工作与时日》，张竹明等译，第 3 页。

之王",宙斯与耶和华皆有毁灭人类的手段,但是,在有关宙斯的神话叙事中,人类遭受的惩罚不多,而耶和华对不信者的惩罚,对背道者的惩治则十分严厉。作为至上神,他们皆超出了人类的道德评价范围,人们仿佛只能信仰与朝拜,这是人类创造出至上神,又不得不给自己承受的灾难做出解释的荒诞处境。在神的谛视中,人的可悲处境显得更加惊心动魄。在民谚中,有"人一思考,上帝就发笑"一说,在希腊神话神学伦理中,人总是处于卑微之境,但人不愿长期安于这卑微之境,所以,"无神论"就是对这种至上神观念敲响的"丧钟"。

3. 嫉妒与崇拜:至上神的情欲意志

在希伯来神话神学的一神论信仰体系中,至上神是贞洁的,基本上不涉及至上神的爱欲问题。在《圣经》中,"圣母感孕"虽然被高度美化,但是,它主要不是渲染爱欲问题,而是为耶稣诞生的神圣地位做思想铺垫。在希腊神话神学的多神论神话信仰中,至上神的爱欲问题却是十分重要的问题,这是千百年来艺术家们最关心的问题之一。一神论与多神论信仰的最大冲突,也与这种爱欲问题相关。[1] 在奥林匹斯多神论神话体系中,希腊神学诗人是如何渲染至上神的爱欲问题的呢? 神学诗人为什么要极力渲染至上神的爱欲呢? 这显然是非常有意义的问题。在希腊神话叙事中,神学诗人对至上神爱欲的渲染,成了后来西方美术家创作的最重要的题材之一。

在神学诗人的想象中,"原始生育"也涉及爱欲的问题,在赫西俄德的神话神学叙述中,第三个从混沌中诞生的神就是"爱神"(Eros),但是,大地母神的爱欲并未被强调,不过,最早的至上神乌拉诺斯的爱欲就受到高度强调。"天神的爱欲"显然是强烈而有力的,大地神盖娅之所以要设计联合儿子剥夺乌拉诺斯的神圣王权,不是因为天神无穷的爱欲问题,而是

---

[1] Noriko Yasumura, *Challenges to the Power of Zeus in Early Greek Poetry*, Bristol Classical Press, 2011, pp. 39-49.

因为天神对其子女的处置方法,使大地母神"心灵悲痛"。对于天神生殖器的强调,无疑是对爱欲的进一步渲染,"克洛诺斯从埋伏处伸出左手,右手握着一把有锯的大镰刀,飞快地割下了父亲的生殖器,把它往身后一丢,让它掉在他的后面"。[①]生殖器的阉割意味着王权争夺的胜利,这显示作为至上神的生殖能力十分重要,"没有生殖能力即无法为王"。为了强调天神生殖能力的强大,神学诗人想象天神生殖器滴血渗入大地,在这样的非交合状态中,"大地母神"生育出复仇女神、巨人族和墨利亚的自然神女们,由此可见天神生殖力的强大。

在神学诗人的想象中,"生殖力"或"交配权"是神王拥有权威的标志;没有生殖力,也就意味着神圣权力的丧失。盖娅通过与克拉诺斯合谋,剥夺了天神的权力,但在希腊神话神学叙事中,被剥夺了权力的天神与地母神之间感情日笃,他们在后来似乎平静而乐观地欣赏"宙斯的作为",并不嫉妒宙斯大神的无限权能,还乐于预先告知宙斯可能被剥夺王权的秘密。这种对生殖力的强调,还转生出美感与艳情的神话叙述,即天神的生殖器在大海中漂流一段时间之后,忽然从一簇白色的浪花中,从这不朽的肉块周围扩展开去,浪花中诞生了一位少女,即娇美女神"阿佛洛狄特"(Aphrodite)。[②]这种对爱欲的描写既有残忍血性的成分,也有浪漫抒情的成分,这样,"爱欲观念",不仅对于强化原始人的爱欲冲动和野性爱欲起到了重要作用,而且作为人类生命的意志和权力的象征意义也被揭示出来。渲染爱欲,渲染生殖力,实际上是对人类生命中的古老力量的高度重视,也说明了原始爱欲的生命意义。

希腊人的神话叙事掀掉了性欲的朦胧面纱,事实上,在不少民族的原始神话叙述中,都对"原始性欲"做了这样粗野的强调,因此,对至上神宙斯爱欲的强调也是顺理成章的事。宙斯的爱欲相当强烈,但是,在希腊神话神学叙事中,"宙斯的爱欲"不再带有粗野原始的特点,相反,他的爱欲

---

① 赫西俄德:《神谱》,张竹明等译,第 31—32 页。
② M. Morford, R. Lenardon, *Classical Mythology*, p. 114.

处处充满浪漫的情调,神学诗人们把宙斯的"爱欲"升华为抒情的诗篇,当然,他的婚外恋情更带有抒情意义,他的婚姻故事也带有一些情趣,这为后来的西方诗人和画家提供了想象不尽的视觉刺激以及神话故事形象,形成独有的创作源泉。在神话叙述中,神学诗人主要强调宙斯的爱欲,即他与女神和人间女子的恋情。他与墨提斯的婚姻,似乎没有多少诗意可言,但他与忒弥斯的婚姻、与摩涅摩绪涅的婚姻、与德墨忒尔和欧律诺墨的婚姻,皆带有浪漫恋情的意味。在希腊神话中,神学诗人把宙斯和许多女神的爱欲关系揭示出来,应该被看作"王权神话"和"宫殿文化"的间接表现。宙斯与赫拉缔结神圣婚姻,预示了王权者与王后的特殊地位,宙斯对这些女神有时是拼命追求,有时是强迫,有时是欺诈。例如,宙斯与勒托结合,勒托为他生育了日神与月神,与迈亚结合,迈亚为他生育了信使之神赫尔墨斯。这些爱欲故事带有婚姻的庄严性和神圣性,神学诗人没有在此渲染"宙斯的爱欲",但是,对于宙斯与神女的性爱,神学诗人做了极力渲染。例如,宙斯与河神的女儿埃娜和安提俄珀的结合,就极具浪漫性。宙斯化装成"鹰"或化装成"火焰"将她们拐走,还以森林之神的面貌与她们交合,当然,宙斯为此也制造了人间的悲剧。宙斯被神女卡利斯托的非凡美貌征服,便化装成阿尔忒弥斯诱奸了她,后来神女被月神杀死,宙斯为了弥补过失,只好将她变成了"熊"。

宙斯与人间女子的恋情,更为艺术家所津津乐道,在美丽的神话传说中,宙斯先后与人间女子尼俄柏、伊俄、达那厄、塞墨勒、欧罗巴、勒达、阿尔克墨涅等结合。宙斯与人间美女的爱欲故事,皆充满了"生命神话的戏剧性",为了达到爱欲的目的,宙斯不惜伪装自己,甚至变形为动物。[1] 为了与伊俄结合,宙斯变成了"一片云";为了迷恋和拥有达那厄的美色,宙斯化作"金雨"找到了进屋的路径,频频地与达那厄幽会;为了满足塞墨勒的愿望,宙斯乘着闪光的战车、伴着电闪雷鸣与她相会,结果,"雷火"把塞墨勒烧成灰烬;为了带走欧罗巴,宙斯化作"牡牛";为了与正在池中沐浴

---

[1]　Ranke-Graves, *Griechische Mythologie*, *Quellen und Deutung*, SS. 37-45.

的勒达结合，宙斯则化作"白天鹅"；为了与阿尔克墨涅结合，宙斯还化装成"人间女子的丈夫"。[①] 有关宙斯的浪漫爱情故事，的确可以作为绘画的极好材料，一方面画家可以描绘爱欲和裸体的美，另一方面能赋予这爱欲以浪漫的情调和想象的激情。一位神话学家则认为："希腊人将所有这些传奇附丽于宙斯，并非对他们的神不敬。他们只是解释感觉的激情，将自然之迹化成美丽的诗篇。或者，出于更天真质朴的意识，他们在为自己创造一位高贵的祖先。"[②]这种说法颇有道理，在这些传说中，赫拉的妒忌可以看作对王后神圣权力的维护以及妻子对丈夫爱欲泛滥的愤怒。[③]

希腊神学诗人有关"至上神的爱欲"的想象，当然具有比较深刻的文化意义。首先，由粗野的爱情向优美的爱情转变，是人类对爱情的美好想象。宙斯的自由爱欲间接地说明了婚姻与爱欲的冲突，希腊人不再崇尚"野蛮的爱欲"，爱欲的体验使希腊神学诗人赋予男女欢情以更多戏剧性想象。其次，神学诗人对至上神爱欲的描写间接地反映了王权拥有者在性爱上的自由。许多王权者皆试图占有美丽的女子，这些神话多少也成了这种历史事实的比附。第三，神学诗人为了突出这种生命原欲的合理意义，尤其是想通过诗意的描绘和表现，给这种至上神的爱欲和情感找到浪漫抒情的方式。神学诗人们对至上神爱欲的强调，可以看作对生命的至高赞颂，事实上，后来的西方艺术家正是从这个角度来理解"希腊爱欲神话"[④]。爱欲神话的粗野和浪漫，在世界不同民族的神话中皆被作为合理性因素予以极力强调，事实上，这是神话神学引人入胜的原因之一。即使是圣经神话，也不忘强调圣母玛利亚怀孕的性爱意义，并把这种圣灵感孕视为"荣耀"。

相比较而言，在印度神话中，爱欲叙事最具疯狂的想象力，例如，在印度神话神学叙述中，神学诗人对湿婆的性欲做了这样的描绘："自从忠诚

---

①　吕凯等：《世界神话百科全书》，徐汝舟等译，第 150—155 页。

②　吕凯等：《世界神话百科全书》，徐汝舟等译，第 156 页。

③　Ranke-Graves, *Griechische Mythologie*, *Quellen und Deutung*, SS. 44-45.

④　Hesiod, *Theogony*, *Works and Days*, translated by M. L. West, Lines 31-93, pp. 4-5.

的妻子萨蒂死后,伟大的隐士湿婆大神,郁郁寡欢,远离众神。湿婆强烈地思念爱妻,像疯子一样到处游荡。湿婆赤身露体,满身尘土,披头散发,双眼充血。一会儿发出可怕的笑声,一会儿发出吓人的叫喊,一会儿又唱起歌来。湿婆在那些仙人们高尚的妻子面前,手舞足蹈,跳起了粗野的、厚颜无耻的舞蹈,他的身体动作使仙人的妻子着了迷。后来,仙人们诅咒这位大神,让他的生殖力丧失。结果,周围的一切变得混乱不堪。"[1]在印度人的信仰中,他们把交合看作古老的原始力量,所以一旦丧失性能力,世界便黯然失色,太阳不再温暖,圣火熄灭,星辰运行也乱了轨道,季节循环被破坏。由此可见,印度人强调性欲崇拜和生殖崇拜的力量,他们把生殖能力视作宇宙运动最本原的力量。"仙人们后来才知道,这位跳舞者是湿婆大神",仙人们只好塑造林迦(湿婆的生殖器)并对之进行崇拜,春天才又回来,仙人们跑着赞颂湿婆大神。这种神话文化表现了印度民族的粗犷和浪漫,代表了积极和欢乐的文化精神,并不显得淫秽低级。湿婆与乌玛的性爱故事曾受到黑格尔的批判,但是这一神话神学叙事本身仍是为了突出神的生命力和生殖力。

从不同民族的神话对性的崇拜来看,希腊神学诗人对宙斯爱欲的强调,表达了希腊人对生命的自由而浪漫的热爱,对性的热烈而迷人的崇拜,是对生命力量的神圣而浪漫的崇拜,对男女生殖和爱情的热情颂赞。古希腊神学诗人,以温柔浪漫的曲调赞颂这一切,使爱欲问题具有神圣的意义。人因为爱欲创造一切,热爱一切,给生命带来了无限的欢歌,因而,积极意义上的"爱欲"被大力歌颂,恰好体现了希腊文化的健康思想和自由精神。从爱欲的角度渲染宙斯的浪漫多情,也是对至上神王权的高度强调,从这里可以看到,王权者对待爱欲和婚姻的态度始终折射在希腊神话神学的宙斯爱欲神话之中。[2]

---

① 黄志坤编译:《古印度神话》,第 43—44 页。

② C. Kerenyi, *The Gods of the Greeks*, pp. 67-80.

4.“神人同性同形”：至上神的图像

　　现在，我们可以对希腊神话神学中的至上神观念作出基本的理论概括。希腊人的至上神观念有其演变的过程，这个观念不是一下子就成熟的，而是逐渐才形成确定性认识。什么是至上神？在原始时代，这确实是个不好回答的问题，因为原始人的理解力还不发达，希腊人还不能从理性的高度来设想这样一个至上神，他们只能通过想象，通过经验归纳，通过感性直观来把握这位至上神。① 在希腊人质朴的思维观念中，至上神观念的演变可以找到语源学和历史学的线索。最早对神话进行比较神话学研究和哲学研究的思想史家，当推缪勒和卡西尔。在《比较神话学》中，缪勒就是从语源入手去分析；在《神话思维》中，卡西尔不仅从语源学上去分析，而且从文化人类学方面去追根溯源。从希腊神话神学中可以看到，在希腊人的质朴想象中，最早的至上神是天空神乌拉诺斯（Uranos）。尽管希腊人认为最早诞生的神是大地盖娅，但是，大地盖娅在希腊人的信仰并没有成为“至上神”。作为阳性象征的天空直接成了至上神，而作为阴性象征的大地则成了“始母神”。男性神被认可为至上神，这是希腊人原始观念的变化，在原始人的经验中，只有天空才是至高无上的。天空代表的是空间观念，作为空间观念的天空成为至上神，也反映了希腊人对至上神的最高认识依据。在神话神学思维中，东西南北中、上下左右等方位是自然而然地建立的。在希腊人的宇宙中，大地是中心，从天空到大地有九天九夜的旅程，从大地到塔耳塔洛斯有九天九夜的旅程。在这样的世界宇宙神话建构中，天空与塔耳塔洛斯处于两极，大地则处于宇宙的中心。②

　　在希腊人的原始思维中，天空是至高者，因而天神成为“至上神”，天神成了最高力量的自然象征。卡西尔认为，神话神学的“空间直观”居于知觉空间和纯粹认知空间之间。知觉空间，即视觉空间和触觉空间，“空

---

　　①　Walter Burkert, *Greek Religion*, pp. 125-128.

　　②　*Die Vorsokratiker*, herausgegeben von Wilbelm Capelle, S. 1.

间"是以连续、无穷和同一这三个基本属性为基本特征,"感觉并不了解无穷的概念,从一开始,它就囿于人的感觉官能所施加的种种空间局限"。"神话空间和感觉空间,皆是意识的彻底具体的产物。构成纯几何空间结构之基础的位置与内容的分离,在这里尚未形成,也无法形成。""神话世界观形成空间结构,它虽然在内容上远不是同一的,但在形式上却与几何空间和经验的、客观的自然构造相类似。它像图式一样起作用,通过这图式的媒介,极多样的因素,那些初看起来完全不可量度的那些因素,可以被置于彼此关联中。"①卡西尔的上述分析很有道理,在神话神学思维中,总是不断出现相似的转换,即从感觉到的物质向空间形象和空间直观的转换。希腊人的原始至上神观念首先是天空(Uranos),而天空这一至上神观念,就源于经验直观。天空在人的头上,仿佛是圆的,包围着大地,在遥远的地方,与地平线重合,广大的天空包容着世界的一切。"天空"作为至上神的信仰很容易建立,印度神话原初的至上神也是天神。例如,大梵天在因陀罗成为天神的时代并不直接干预神的事务,但他的预言和知解力最为广博。这位无所不知、无所不在的"大梵天"是印度神话中最早的至上神,也许正因为这一至上神最古老,因此在印度人的想象中,"梵天和梵的光辉"仍是最高、最纯洁的象征。印度人的至上神观念没有被湿婆、因陀罗和如来佛真正代替,印度人在直观思维中,把天神看作是至高无上的。印度神话中所想象的天神,并未把威力无比和宇宙的舞蹈者等神格赋予"梵天",梵天神的至上性是因为他无所不在与无所不能。希腊人把天神看作至上神,除了强调至上神的生殖能力外,并未强调至上神的其他神格,因而,仅把天空想象成至上神,只突出天空的高大和生殖力是不够的。卡西尔认为,随着"空间界定"在天界一词中获得语言积淀,这种宗教神圣化的概念就一同表现出来,"天界"源于词根"切割"(Templum),因而表示被分割、划界的东西。"最初,它表明属于神和献祭给神的神圣领地,后来扩展开来,标示每一片划分出的土地,每一块分界的田园或果园,

---

① 卡西尔:《神话思维》,黄龙保等译,中国社会科学出版社1992年版,第83—93页。

不管它属于某个神，某个国民，还是某个英雄，但是，根据原始基本宗教的直觉，整个天体是封闭的献祭区域，因为神殿里居住着神授的生命并由神授的意志统治着。"①

对于至上神的这种自由认识，与希腊人的空间直观有着十分密切的联系。希腊至上神的地位，一开始是不牢固的，当天神的生殖器被切除之后，"天神作为至上神的权能"便自动取消，这时，"克洛诺斯（Cronos）成了至上神"。"空间神让位于时间神"，克洛诺斯这个神名在语源上就是"时间"的意思。卡西尔认为，尽管空间形式对于神话的客观世界结构很重要，不过如果到此止步，就无法深入真正的存在，即"这个世界的真正核心"。单从用来标明这个世界的术语来看，就暗示了这一点，因为从其基本意义上讲，Mythos 一词所体现的，不是"空间观"而是"纯粹的时间观"，它表示借以看待世界整体的"独特的时间侧面"。当对宇宙及其各部分和力量的直观只被构成某个确定的形象，例如，构成魔鬼和神的形象时，真正的神话还没有出现。只有对这些形象赋予发生、形成和随时间成长的"神圣生命"时，才出现了"真正的神话"。② "当存在显现为本源之存在时，它的真实特征便第一次展示出来。神话存在的一切神圣性，归根结底源于本源的神圣性。神圣性并不直接依附于现成物的内容，而是依附于它产生的过程，不依附于它的性质和属性，而是依附于它过去的创始。"在希腊神话中，我们看不到克洛诺斯的具体的时间特征。这个至上神想持续为王，保护神王的位置，即至上神在时间上的权力，"神王的时间性特征"应不受到限制。希腊人已开始把时间和神圣权力联系在一起，卡西尔还指出，"时间关系的表达，也只有通过空间关系的表达才发展起来，两者之间起初没有鲜明的区别。所有时间取向，皆以空间定位为前提，只是随着后者发展起来，才产生明确的表达手段"。"时间的具体规定，才能为情感和意识所分辨。同一具体直观，光明与黑暗，昼与夜的交替，构成最初

---

① 卡西尔：《神话思维》，黄龙保等译，第 113 页。

② Emily Kearns, *Ancient Greek Religion*, pp. 14-25.

空间直观和最初时间直观的基础。"与此同时,卡西尔在印度神话中发现,"时间是众神之首","它产生出一切存在","它的存在将比一切万物皆长久"。在这里,"时间的神圣力量"开始变成"超神性的力量",变成超人的力量。这说明,希腊至上神的观念转变显示了希腊神话神学思考的不断深入。

无论是作为空间意义的至上神,还是作为时间意义上的至上神,似乎皆不牢固,希腊人的至上神观念又发生了一次变化,即至上神必须是"宙斯"。空间的存在,时间的效力,似乎皆无法满足至上神的要求,必须是超越时空而又在时空中的至上神。宙斯是永生的,众神是永生的,这样,至上神就"超越了时间"。宙斯处于万仞山巅,尽管在一定的空间中,但是他又可以无处不在。他洞察一切,只不过是以奥林匹斯山作为固定场所,这样,宙斯神的大能也"超越了空间"。至上神始终存在于无限的时间与空间之中,但是,他又超越了有限时间和空间的限制,这样,至上神的神格就比此前的至上神神格扩大化了。① 仅有空间的巨大无法满足人们对至上神的理解,仅有时间上的无限也无法满足人们对至上神的理性思考,在希腊神话神学中,"至上神"既在时空之中又超越了时空。希腊人重新设定了"至上神的神格",即自然力量的无穷象征,自然宇宙和世界秩序的管理者和维护者。这种新的神格不只带有感性直观特征,也不只出于感性直观的想象,而是感性想象与理性思索交融的产物。② 人们一方面渴望具有无穷威力以应对大自然的变化万千,另一方面又企求有序的宗教、自然、社会秩序,以保证万事万物的公正。宙斯的双重神格,正好可以成为这一至上神的代表者。泰坦神被打败,堤丰被雷击,宙斯在其他神的帮助下掌握了最高统治权,登上众神之王的宝座,然后,他向奥林匹斯诸神"分配了职责和荣誉"。他调整了自然秩序,"组织了时间和空间","规定了公正和正义秩序",创造了人类的美好生活形式,分配了诸神的特权和人类

① C. Kerenyi, *The Gods of the Greeks*, pp. 91-117.
② 陈中梅:《宙斯的天空》,北京大学出版社 2011 年版,第 5—7 页。

的命运。确认君王的最高权力,这不仅意味着宇宙社会秩序的建立,而且意味着自然宇宙力量的合理分配,宙斯拥有的力量最为巨大,他可以按照意志、正义来决定命运,因而他无疑是"最出色的王"。①

不过,希腊神话神学的多神论信仰与希腊神话神学的至上神观念并不圆满,这是由于希腊神学诗人没能设想出"诸神和人类必须服从法律统治或宗教神律统治的自由秩序与美善世界"。人们遵循共同的信仰,趋向共同的目标,以至美为途径,以至善为目的,最终抵达天国,获得人类永生的自由。这个宇宙必定强迫它的所有组成部分皆遵守由平衡性、相互性和对称性构成的"法律面前人人平等"的秩序,因此,神学诗人所能设想的最高的至上神必然要受到理性的挑战。于是,一批哲学诗人逐渐确立了新神,或者说,确立了理性的至高无上的地位,于是,至上神观念又产生了变化,但这种把理性视作至上神的观念,在现代神学中又受到了挑战。作为理性的至上神,仍不能真正代替神话想象中的至上神,事实上,圣经中的"至上神"或"唯一神"本质上具有理性的特点。希腊的至上神,从来都是出现在具体场景中,没有被理性抽象化,只有在信仰中,借助理性认识的至上神才是信仰的依托。② 这就是说,人们既需要对至上神有感性认识,又需要对至上神有理性认识。希腊神话和希腊神学中的至上神,终于由逻辑理性和理性证明而最终确立了,但是,西方艺术家们崇信的"至上神"或"自由神",乃是"感性直观的雷电之神与天空之神宙斯"。对于神学诗人和艺术家来说,他们更喜欢感性直观的至上神。希腊神话神学中的至上神,虽然也包含理性神学中至上神的一些特点,但是,神话神学的"至上神形象",毕竟过于驳杂,或者说,过于重视欲望的想象表达,因此,它肯定需要理性指导,然后,才能推导和想象出至美至善的"完美的唯一神"。唯有这样的至上神,才能满足理性的最高价值要求与认知逻辑要求。

---

① M. Morford, R. Lenardon, *Classical Mythology*, pp. 70-71.

② Norman L. Geisler, *Philosophy of Religion*, Baker Book House, 1974, p. 150.

第二节　哈迪斯神话与希腊亡灵观念的象征

1. 寻找亡灵:地狱景象及冥府权力

在希腊神话神学叙述或神话神学想象中,希腊人热爱生命与敬畏生命的神圣崇高意识已经有了象征或隐喻表达,同样,他们对"死亡问题"也有自己的确定性解释。事实上,他们没有把"死亡"想得特别可怕,希腊文化习俗规定"诗人不许过度渲染死亡的恐惧",必须表现崇高的英雄主义气概。他们对死亡的思考,不是以恐惧的心态去描述,而是从爱的意义上去展示,当然,他们也强调"阴间的恐怖与森严"。"死亡"只是人类生活的必然结果,它操纵在神明或神秘的力量手中。为了避免无辜的死亡,人们警惕恐惧并且敬畏神明。① "永生的神"不涉及死亡问题,在希腊神话神学中,"永生的神灵们"只有统治与被统治的关系,胜利与失败的命运。奥林匹斯神灵聚合在奥林匹斯山上,众神是欢快、自由的,泰坦族诸神在宙斯的惩罚下,只能待在阴暗、潮湿的塔耳塔洛斯里面。他们的生命仍然强大,他们是野蛮的、永生不死的,只是被锁链系住,由地狱之神守卫。按照神话解释,那些作为元始天尊的"父神母神",则与"奥林匹斯神"之间达成了和解,愉快地欣赏奥林匹斯诸神统治的世界,满意宙斯安排的"宇宙秩序"。在《神谱》中,赫西俄德将永生的神灵和会死的人类做了对比。在他看来,人类各部落原本生活在没有罪恶、没有劳累、没有疾病的大地上。"命运三女神"则给人类带来了许多灾难。在希腊神话神学解释中,"万千灾难"是通过潘多拉的盒子带给人类来的。这妇人用手揭去瓶上的大盖子,让诸神赐予的礼物,即给予人类的命运以及无穷的痛苦灾难"皆飞散出来",为人类制造了许多悲苦和不幸。唯有"希望",仍留在瓶颈之下牢不可破的瓶腹,"未能飞出来"。如宙斯所设计的那样,在"希望"飞出瓶口

---

① 　Barry B. Powell, *Classical Myth*, pp. 291-292.

之前,这妇人便盖上了瓶塞,其他"一万种不幸"已漫游人间,"不幸"遍布大地,覆盖海洋。"疾病"夜以继日地蔓延,悄无声息地把灾害带给人类,因为光明的宙斯已剥夺了他们的声音。① "永生神灵"就在人类中间,时刻注意那些不考虑诸神的愤怒而以欺骗的手段压迫别人的恶类。

希腊神学诗人认为,在宽广的大地上,宙斯有三万个神灵,这些凡人的守护神,他们身披云雾漫游在整个大地上,监视着人间的审判和邪恶行为。在希腊神学诗人的想象中,永生神灵在美德和命运之间放置了汗水,通向它的道路既遥远又陡峭,出发处的路面崎岖不平,可是一旦达到其最高处,那以后的路就容易走过,尽管还会遇到困难。希腊神学诗人看到了人类的卑微处境,但并没有渲染悲观、绝望的情绪,他们仍然试图以乐观的情绪去鼓舞人类。他们让人们歌唱缪斯,因为他们用歌唱齐声述说现在、将来及过去的事情,使他们住在奥林匹斯的父神宙斯的伟大心灵感到高兴。人羡慕永生的神灵,敬畏永生的神灵,但必须承担"不幸、灾难和死亡"。既然这是诸神所定的命运,那么,对于一切灾难与痛苦,人们只能承受。无论遇到什么样的打击,人类仍有不屈不挠的意志,这种"生的信心和力量"冲淡了"死亡的悲哀情调"。死亡是人所无法避免的事实,因而人必须承担这一命运。在希腊神学诗人的神圣叙事中,有关死亡和地狱的描绘并不多,后来,人们在史诗和民俗材料中,描述了希腊人的地狱观念和死亡意识。② 在《神谱》中,赫西俄德已经谈到了"下界的情况",他把泰坦神系的"地狱之神塔耳塔洛斯"和奥林匹斯神系的"地狱之神哈迪斯"之间关联起来。他认为,黑暗的塔耳塔洛斯是个"潮湿难忍,连神灵皆厌恶的地方"。它是一条巨大的深渊,人一旦落入其中,要想回到地面就得花上一整年,下界之神强大的哈迪斯和可怕的珀耳塞福涅就住在那儿,这是"禁锢巨神和亡灵的所在"。③ 希腊人对地狱的设想很有特色,即人在死

---

① Hesiod, *Theogony, Works and Days*, translated by M. L. West, Lines 90-10, p. 95.

② Heinrich Wilbelm Stoll, *Handbuch der Religion und Mythologie der Griechen und Bömer*, pp. 14-16.

③ 赫西俄德:《神谱》,张竹明等译,第48页。

亡以后,总要归于泥土,即进入地下世界,他们仍把这一世界看作"有生气的世界"。

在希腊原始神话中,神学诗人设置乌拉诺斯、盖娅和塔耳塔洛斯,分别代表天空、大地和地狱,最先从一切黑暗中生成的就是"大地、爱若斯和塔耳塔洛斯"。可见,地下黑暗潮湿的世界也是从混沌中生成的,这里居住着可怕的神灵。乌拉诺斯和克洛诺斯皆曾把泰坦神打入塔耳塔洛斯,这可以看作最初的地狱观念的起源。在希腊人的想象直观中,早就存在一个这么可怕的世界,但早期希腊人并没把这看作"人的地狱",他们把塔耳塔洛斯看作"叛逆的神灵的地狱"。如果把希腊人的地狱观念和犹太人、埃及人和印度人的地狱观念做一比较,就会发现希腊人的地狱观念其实相当简单。总体而言,希腊人对"死亡"与"来世"、"地狱"与"死神"的想象和解释,皆不太复杂或发达。希腊人对来世的看法,可以从荷马史诗和其他材料中找到答案,在荷马史诗中,神学诗人认为"来世就在大地的尽头",在广袤的大海之外,因为希腊人把大地看作是平面的,它被无边的环绕四周的大海所包围。要达到荒凉的、未开垦的彼岸,必须渡过这宽广的水域。在那里,人们可以发现一棵黑色的白杨和永不结果实的椰树,这个地方即是"哈迪斯王国"。[①] 还有一种看法,则是把地狱设想为地球的中心,就在阴暗神秘的厄瑞玻斯住处,在泰纳隆岬角附近,有一扇通往地狱的门。传说有条河流,其河道的地下部分是通向阴间的,阿刻戎就是冥海,科库托斯流入其中,前者是"苦难的河",后者是"悲哀的河"。[②] 这些皆是一些想象性材料,无法证实。但是,神话研究并非像科学那样去澄清事实,而是要分析想象性材料,去还原那种心灵事实,从而去把握原始人的神秘观念。

希腊神话神学的世界是想象性世界,他们关于地狱的描述也是想象性的。例如,在《奥德赛》中,诗人荷马描述了一些"地狱意象"。在神学诗

---

① Barry B. Powell, *Classical Myth*, pp. 291-292.
② 吕凯等:《世界神话百科全书》,徐汝舟等译,第 249—251 页。

人的想象中,"阴间"就在"珀耳塞福涅花园的门后面",这里有"黑色的白杨树"和"不结果实的椰树"。在到达地狱王国之前,必须穿过这片黑色恐怖的树林,在死神宫殿的入口处有一只狗,叫作"刻耳柏洛斯"。它有五十颗头,有一副青铜般的嗓子,这只狗是巨人堤丰和厄喀德那的儿子。当亡灵一进入阴间,这只可怕的野兽就等在那里,装出一副讨人喜欢的样子,摇头摆尾,但亡灵一旦进入死神之殿就不能复出。在希腊神话史诗中,神学诗人还叙述道,"要想渡过冥河,必须向卡戎提出申请","新来的亡灵,必须给卡戎献上一枚银币",否则,卡戎会把亡灵赶走。如果被赶走,那么,亡灵只能徘徊在荒凉的死亡彼岸,无家可归,在那里,灵魂永远也找不到避难所。① 为了让亡灵顺利渡过冥河,在希腊的民间风俗中,人们总是在死者嘴里塞上一枚银币,亡灵一旦喝了勒忒河的水,就会"永远忘记过去"。应该承认,希腊神学诗人对地狱的描写相当节制,而在其他民族的一些神话中,"地狱"被渲染成极度恐怖的场所。例如,犹太神话中的地狱就很可怕,在《圣经·旧约》中,神学诗人描述过地狱的场景,他们把地狱想象成"燃烧着硫黄的火湖",各种罪恶的灵魂在其中挣扎。但丁在这一基础上,把地狱想象成漏斗,下端直达地心。他把"地狱"分成三个部分,而每一部分又分层分级,神学诗人直接描绘不同的罪恶灵魂在地狱中受难的情景。如果参照诗人的描述和画家的描绘,那种恐怖感就会十分强烈。地狱共有三部分组成,其中,第一部分收容的是各不相同的罪恶灵魂,但丁设想第一部分"在地狱之都锹斯城之外"。第二部分则是在地狱之都锹斯城内,这其中有三层,收容的皆是罪恶深重的灵魂。第三部分是巨大的深井,分成四层,其底部是冰湖或火湖,罪恶的灵魂在这里备受煎熬。诗人的想象极为恐怖,使人们对地狱产生畏惧感,这是两个神话系统关于地狱的不同观念。②

---

　① 荷马:《奥德赛》第 10 卷,第 326—575 行。

　② *Dantes Werke*(Itallienish und Deutsch),*Die Göttliche Komödie*,herausgegeben von Dr. Erwin Leaths,Die Tempel-klassiker,SS. 79-82.

希腊神学诗人把地狱的主宰者哈迪斯想象成可怕的死神,是一个常发出阴险笑声的死亡之神。死神的王后珀耳塞福涅,在希腊神话神学中一点也不可怕,不过,赫西俄德用"可怕的"一词形容珀耳塞福涅。在大多数希腊神话文本中,冥后并不可怕,相反,在大地春回之际,人们还要为她欢呼。死神塔那托斯,专门为哈迪斯的冥国提供臣民。他是夜神之子,喜欢披着黑斗篷,手持致命的剑,在夜晚行走在人群的居处,非常恐怖可怕。刻瑞斯是另外一位死神,它按照命运女神的意愿行事。当无情的女神决定人死的时刻,刻瑞斯便自动出现,它盯住不幸的凡人,给予致命一击,然后带入地狱。在希腊神学诗人的想象中,刻瑞斯有一双闪烁的眼睛,古怪的嘴脸,尖利的牙齿。它那血白的利齿与阴惨的面容显得阴森可怖,它喜欢披着红斗篷,在杀人时凄凉地喊叫,用利爪掘土,然后"贪婪地喝着血水"。① 希腊神话中关于死亡和地狱的种种设想,表现了神学诗人对人死亡以后灵肉处境的关注。人总要为自己的结局而考虑,人们担心并害怕死亡,而死亡又是不可避免的,这种矛盾与冲突为教谕诗人的道德立场提供了有力的理由。对于不可避免的死亡和地狱,人们可以通过灵魂得救的方式战胜它,即通过"道德的完善",由神灵审判而直达天堂。希腊神学诗人之所以不把这个地狱世界设想得太可怕,是由他们坚定的乐观主义和浪漫主义精神所决定。死亡虽不可避免,但死亡并不可怕。只要守住正义和道德,就会受到诸神的佑护,到达神的乐园。他们的死亡像熟睡一样安详,幸福的神灵爱着他们,他们把天堂想象得很美好,借此"冲淡地狱和死亡的阴森恐怖"。

2. 永生信念:灵魂不朽与生命轮回

尽管我们对希腊灵魂观念的起源还找不到真实的宗教文化依据与生命哲学依据,但是,可以肯定的是,"灵魂观念"的形成与人们对自身的"心灵活动"和其他事物存在的"神秘主义经验"得不到科学回答有关。在日

---

① M. Morford, R. Lenardon, *Classical Mythology*, pp. 249-278.

常生活语境中,人们经常谈到"灵魂问题",而日常生活语境中的"灵魂"一
词是非常含混并有多重指代意义的语词。灵魂观念,与私人神秘经验相
关。从宗教历史文化现象上看,"灵魂观念"是古老的氏族为了维护其发
展而建立的"神秘原则"。① 希腊神学诗人的灵魂观念,是对人类原始时
期的灵魂信仰、原始宗教仪式的真实表达。对此,泰勒的看法很有道理。
他说:"万物有灵观,构成了处在人类最低阶段的部族的特点,它从此不断
地上升,在传播过程中发生深刻的变化,但自始至终保持完整的连续性,
进入高度的现代文化之中。与此相反,宗教教义绝大部分掌握在个人或
经院手中,它往往并不归之于早期低级文明,而是后来的智力阶段变化的
结果,与祖先的信仰相背离或对立;这样比较新的发展并不影响现在对人
类原始状态的探寻。"事实上,"万物有灵观"既构成了蒙昧人的哲学基础,
也构成了文明民族的精神和思想基础。虽然乍一看,它好像是宗教的最
低度的枯燥无味的定义,但实际上却具有丰富、复杂的内容,"因为凡是有
根的地方,通常皆有支脉产生"②。

　　泰勒至少强调了两个问题:一是"寻找灵魂观念的根源";二是用"万
物有灵观"去解释灵魂学说的历史形成。这种看法颇具代表性,在没有找
到更好的解释之前,也只能采用"万物有灵观"去解释神话中的自然崇拜
等文化心理,并以此分析古希腊神学诗人的"灵魂学说"。泰勒发现,"万
物有灵观"的理论学说,能够分解为两个主要的信条,它们构成了完整的
灵魂学说的两个基本组成部分。其中,第一部分包括"各个生物的灵魂",
这些灵魂"在肉体死亡或消灭之后能够继续存在"。第二部分则包括"各
个精灵本身",最终能够"上升到威力强大的诸神行列"。"神灵"被认为影
响或控制着物质世界的现象和人的今生、来世的生活,并且人们认为神灵
和人是相通的,人的一举一动皆可引起神灵高兴或不悦。于是,对它们存
在的信仰,就或早或晚地、自然地、必不可免地导致对它们的实际崇拜,或

―――――――――

①　Wilhelm Dupre: *The Religion in Primitive Cultures*, Mouton, 1975, pp. 245-280.

②　泰勒:《原始文化》,连树声译,上海文艺出版社 1992 年版,第 414 页。

希望得到它们的怜悯。这样一来,充分发展起来的万物有灵观,就包括了"信奉灵魂对于人类未来生活的意义"以及"信奉主管神和附属神对人类实际生活的影响"。这种思想的形成十分重要,可以说,没有这种观念的支配,古代希腊人就无法面对神秘的自然世界和心灵世界。因为有了这种信念的支撑,他们从自然世界那里找到了与灵魂相关的一切问题的神秘而合理的解释。①

要想对古希腊宗教的灵魂学说做出深刻的解释,首先要面对的问题就是:如何给灵魂学说以文化人类学和神话哲学的解释? 关于人的灵魂和其他灵魂的学说,文化人类学家和神话哲学家有着不同的解释。在文化人类学家看来,处于低级文化阶段中能够独立思考的人,他们力求了解的是:第一,是什么构成生和死的肉体之间的差别,又是什么引起清醒、睡梦、失神、疾病和死亡? 第二,出现在梦幻中的人的形象究竟是怎么回事? 对于这两类现象,古代的蒙昧人和神学诗人大概直观地就做出了显而易见的推断:"每个人皆有生命,每个人皆有灵魂。"人类生命学说和灵魂学说密切相关,但又有所区别。"灵魂与身体"之间有密切的关系;"生命"给予它以感觉、思想和活动的能力,而"幽灵"则构成了它的形象或者第二个"我",而且,两者可以跟"肉体"分离。"生命"可以离开肉体出走,失去感觉或死亡,"幽灵"则向人表明灵魂已远离"肉体"。② 在原始人的信念中,出现了这样一些想法:"灵魂"是不可捉摸的、虚幻的,是人的影像。按其本质来说虚无得像蒸汽、薄雾或阴影,它是赋予个体以生气和生命的思想之源。它独立地支配着肉体所有者的过去以及现在的个人意识和意志,它能够离开肉体并从一个地方迅速地转移到另一个地方。它大部分是摸不着、看不到的,但它同样也显示出物质创造的力量,尤其看起来好像醒着或睡着的人,它是离开肉体但跟肉体相似的幽灵。它继续存在并生活

---

① Emily Kearns, *Ancient Greek Religion*, pp. 26-36.

② Walter F. Otto, *Die Götter Griechenlands*, *Das Bild des Göttlichen Im Spiegel Griechischen Geistes*, SS. 17-32.

在死后的人体上，它能够进入另一个人的肉体中，能够进入动物体内甚至物体内，支配它们，影响它们。[①] 这些灵魂学说，与原始人对个体心理经验的重视颇有关系。在原始人或者文化人类学家那里，他们只重视这种经验描述，他们把这种经验看作真实的心理事实，因而缺乏反思和批判。神话哲学家则有所不同，他们试图寻求对于这种神秘心理的科学解释和文化解释。

在《原始文化》中，泰勒借助原始文化材料考察了"灵魂与阴影"、"灵魂与生命"、"灵魂与呼吸"等复杂说法。泰勒还看到：在北美，"灵魂的二元性"在阿尔人中形成了十分明确的信仰。一个灵魂出来并看到梦，而另外一个则留下，在死亡时，两个中的一个留在尸体附近，仍然活着的人们给它供奉食品，而另一个灵魂则飞入冥土。"一分为三的灵魂观"也存在，"一分为四的灵魂观"也有。据说，达科他族人相信人有四个灵魂：一个在肉体内，另一个留在他的村庄，第三个飞到空中，第四个飞入精灵界。印度奥里萨邦的孔德人的"四重灵魂观"如下：第一个是能够升入极乐世界或回到善神布拉大那里去的灵魂。第二个灵魂留在地上的孔德部族中，一代又一代复生。在婴儿降生的时候，祭司皆问："部族成员中哪一个回到了地上？"第三个灵魂把肉体留在死亡状态中，开始来世的流浪。正是这个灵魂能够暂时变成虎，经受死后的各种苦难并为之斗争。第四个灵魂则在与肉体分离的时刻死亡。类似的材料，泰勒在他的《原始文化》收集了很多。

如何看待这些关于灵魂生活的经验材料呢？首先，必须把这些材料看成原始部落的想象性材料，它们表述的是心理事实，而不是物理事实，因此不可证明。正因为原始人缺乏理智的力量，他们有时完全根据自己的想象去重构原始经验的事实。我们只能通过这些材料去理解古代神话文化心理，不能将这些材料视作"精神科学建构的依据"。其次，必须看到古代人的神话观念和灵魂观念带有相当多的猜想性成分，它们是对灵魂

---

① 泰勒:《原始文化》，连树声译，第 416 页。

问题的假想性阐释。正是由于存在这样的观念,神话神学的表述才具有强大的精神支配力,各种各样奇特的灵魂信仰,往往构成了神学诗人创作的基础。① 从文化人类学的角度去看"灵魂",人们只能把握一些基本的信仰事实,仍不足以揭示灵魂真实的心理构成。实际上,原始人的灵魂观就是前科学的"心灵感应观念",是自我意识和原始意识的无限膨胀,因此,原始人由万物有灵观出发,可以直接把世界上一切生物皆想象成有灵魂的存在。在奥菲斯教中,希腊神学诗人就认为"一切生物皆有灵魂"。这样,他们不自觉地把灵魂分解成人的灵魂、动物的灵魂和植物的灵魂。原始人到底怎么看到动物的灵魂和植物的灵魂?在蒙昧人的心理中,关于灵魂的一般概念具有广泛性和运动性。由于人的灵魂学说的自然扩大的缘故,他们就承认了动物的灵魂,树木和其他植物的灵魂也就沿着特殊和不太确定的途径而来。最后,"非生物体的灵魂"把一切引导到了极限,这种神秘的信念使人们对动植物形成神秘的敬畏。"图腾崇拜"就是这种神秘的敬畏心理的具体表现形式,每一民族皆有特殊的文化心理世界,皆有特殊的灵魂生活观念。古希腊人的灵魂观念单纯朴素,甚至具有科学唯物论的许多基本元素,相比而言,印度人的灵魂观念就没有停留在一般的感性描述上。印度神学诗人和哲人,建构了完整的关于灵魂学说的思想体系。从希腊人的神秘宗教崇拜中,我们可以发现希腊神学诗人所面对的是多么活生生的材料。

希腊神学诗人所探究的灵魂观主要是"英雄的灵魂观",在《伊利亚特》中,这种灵魂观念有所体现。对于古希腊人来说,"梦与灵魂"之间有着十分密切的关系。"神灵的世界"类似于"梦的图像",例如,当阿喀琉斯躺在浪涛澎湃的海边时,解除灵魂忧虑的梦就向他袭来,而他的朋友帕特洛克罗斯的"灵魂"立刻出现在他眼前。在这种灵魂窥见的梦思状态中,朋友的嘴巴、美丽的眼睛、熟悉的声音,甚至通常穿的衣服等,皆构成了种种活生生的梦中情景,因为思友心切,这种梦思状态给阿琉斯带来了"无

---

① Emily Kearns, *Ancient Greek Religion*, pp. 94-98.

限欢乐"。阿喀琉斯向朋友伸出了友爱的双手,然而帕特洛克罗斯没能握住,"灵魂像气一样在地下消失了",英雄在此刻惊醒。[①] 当然,在希腊神学诗人诗中出现的"灵魂",不是为了说明灵魂信仰的事实,而是为了表达心灵思念的深切。希腊神学诗人对这种梦思状态的描述,多少也反映了神学诗人的灵魂观念,即"灵魂可以通过睡梦来感知"。对于神学诗人来说,他们相信灵魂的存在,他们对灵魂的观照主要不是对活着的灵魂的观照,而是对亡灵的观照,即人死以后,人的灵魂是否还会出现? 它们以何种方式出现? 他们最关心的就是"亡灵何在"的问题。活人对灵魂的探源,不是肉身亲往阴曹地府,而是"灵魂与灵魂的相见、对话和交流"。这种对亡灵的信仰,使希腊史诗诗人对阵亡的英雄或死去的英雄的怀念具有特别的意义。神学诗人在这种文学表现中,可以想象亡灵世界的结构图式,也可以想象亡灵世界的恐怖和浪漫。

希腊神学诗人对亡灵的探访之描述,一般来说,皆具有"浪漫主义情调"。例如,在《奥德赛》中,神学诗人想象奥德修斯访问亡灵的经过,就显得极为惊心动魄。希腊神学诗人不能回答灵魂是什么? 在他们的经验中,"亡灵的图像"与"梦中的经验图式"极其相似。因此,"灵魂存在与否",实际上是具有生命的人对自身的各种经验的判断,活着的人以"灵魂的经验"做出有益的心理解释。在希腊神学诗人的文学表现中,很少有"亡灵访问活人"的情节叙述,总是"有生命的人访问亡灵"的想象再现,或者在有生命的人的梦境中出现了"亡灵的形象"。这就是说,"亡灵的世界"只能通过活着的人才得以呈现,尤其是通过亡灵禀告事实真相,谈论亡灵世界,诉说冤情,请求活人满足其心愿,实现某种承诺。[②] 这种方式在西方诗剧中经常出现。例如,《哈姆雷特》《浮士德》等。这种灵魂交流的表现方式,使灵魂经验具有了特别的生命意义。希腊神学诗人,不是要

---

① Homer, *Ilias*, *Odyssee*, In der Übertragung Von Johann Heinrich Voβ, Patmos Verlag, 1995, XXⅢ, SS. 395-399.

② C. Kerenyi, *The Gods of the Greeks*, pp. 230-248.

让活人去了解亡灵,而是想通过活人与亡灵的对话和交流,表达深刻的生命伦理观念,这就是希腊神学诗人关于灵魂观念的古老想象。

3. 寻找亡灵与亲情:宗教信仰意图

希腊神学诗人设想某种灵魂状态,描述某种灵魂状态,皆有其生存场景、生存人物、生命关系和生存事态。灵魂问题本身,不是抽象地与动物、植物或人关联起来,而是通过灵魂状态的描述来表述事件。在原始灵魂现象中,任何灵魂信仰皆与具体的生命事件相关。对于一般人来说,他们不关心"灵魂是什么",也不关心灵魂这种现象是"如何产生的",他们关心的是各种具体的心理事实以及这些具体的心理事实本身所具有的生命意义。在前一部分,我们主要叙述原始人有关灵魂的种种经验描述,并没有涉及"灵魂观念的理性解释"。在讨论希腊哲人的神学观时,我们将重点讨论希腊理性神学的灵魂学说。希腊人的这些灵魂学说具体表现为两种不同话语形态:一是感性具体的经验叙述或审美想象形态,二是抽象概括的理论解释或哲学反思形态。只有建立对灵魂的信仰,才能获得生存下去的信心。希腊神学诗人们看到,在灵魂状态的描述中,"人们常与亲人的亡灵相会"。在诗人的想象中,人们一旦陷入丧亲的悲哀之中,就能出现奇特的"心灵幻象"。在他们的思亲过程中,死去的亲人来到他们的梦境中,音容笑貌,鲜活如初。这种梦中的"快慰之情",通常因为清醒而再度变得悲伤。灵魂状态实际上是人的特殊经验形式,梦往往就是这种灵魂状态的特殊形式的表现。"灵魂问题",只是在现代科学视野中才发生了激剧的分化。它既是心理学研究的对象,又是宗教学研究的对象,既是民俗学研究的对象,又是哲学研究的对象。神学诗人所开创的灵魂学说这一古老问题,在现代思想解释中直接存在"科学与非科学的对立"。

人们在梦中的经验绝非如此简单,人在每次睡眠中皆会做梦,而梦中所出现的景象是各不相同的。一般说来,现实经验的存留,通常影响到梦中的经验状态,它不是现实经验状态的直接反射。人的心灵中积累的各种心理事实,在全部的生命体验过程中所获得的心灵事实,皆有可能成为梦中经验的事实,弗洛伊德只注意到了梦与性欲之关系,却忽视了梦与现实生存经验之关系,因此,其释梦学说就不免失之片面。文化人类学和宗教学家的释梦经验,展示的是完全不同的人伦关系。在大多数情况下,这些经验事实会发生想象性变异,从而形成极大的精神与现实反差。人在梦中受到的恐惧和惊吓。或者是亡者诉说冤情和痛苦,或者是亲友悲伤其痛苦的一生,或者是所有认识和不认识的人在梦中的角色变异,或者是恐怖的野兽或怪物对人的生存带来的威胁,对人的现实生存会产生巨大影响。① 这些梦中的经验,皆足以构成"灵魂状态"和"心理经验"。这既是科学研究的对象,又是非科学的经验表述对象,一些人从科学观念出发,否定并简单排斥这种经验,其效果未必理想。宗教心理学对于这种神秘的个体经验十分关注,这本身就很有意义,因为人有时需要真正面对的恰好是这种神秘经验。神学诗人设想的对亡灵的访问,就是对这种心理经验的创造性表达。生命的意义和生命的悲剧,在这种灵魂形式中能够获得崭新的意义。于是,人为何要与死者沟通的问题,就得到了宗教文化与科学文化的回答。在梦中,人与熟悉的死者或生者的沟通,如果是无意识的、违反个体意愿的,那么,往往留不下深刻的印象。相反,为了感情,为了仇恨,人与死者的沟通,则具有特殊的意义。具体说来,人与死者的沟通,能够强化灵魂的个体生存意向,那么,人如何与死者沟通?希腊神学诗人就以"寻找亡灵"的方式做了出色的想象表达。

"寻找亡灵"与"访问亡灵",本来是原始宗教形式,或被称为"巫术形式",在巫师的特殊作用下,人们会进入特殊的经验状态去"会见亡灵"。"死者的形象",在人们的回忆中虽可以通过意志把他(她)唤醒,但是,这种回忆只能构成"静止的图像",不能构成活生生的交流性场景。在人的梦境或类梦的情境中,人可能与亡者对话,这种无声的心灵对话往往能够达成心愿,留下清晰的思想意念。因此,在希腊史诗中,荷马曾运用这样的经验方式描述了特殊的心灵历程,他所描述的奥德修斯访问亡灵的情

---

① 克莱门:《劝勉希腊人》,王来法译,生活·读书·新知三联书店2002年版,第42—45页。

境就具有特殊意义。在希腊神学诗人的想象中,亡灵似乎比生者知道得更多。人无法预知的命运以及活着的人可能碰到的困难和危险,"亡灵"皆能够预先知道,尽管他们也无法改变真正的生命历史事实。因此,"访问亡灵"就成了预知未来命运的有效方法。奥德修斯闯入地府,访问亡灵,他主要是为了去访问预言大师,以便能够闯过各种难关。地狱的看门狗、地狱之桥、地狱之河,皆没有拦住他,因为事实上他在任何无助的状态下皆得到了太阳神之女的帮助。他得到了许多有关未来征途的信息,这使他能够避免各种灾难,能够有足够的智慧去对付各种可能的灾难。在访问亡灵的过程中,奥德修斯还会晤了阿伽门农与阿喀琉斯的亡灵。这些亡灵皆"向往活着的生命世界",厌弃阴间的孤苦生活。还有无数的亡灵,奥德修斯皆看到了,他来不及多想多问,便机智地逃出了地狱。① 在诗人的想象中,奥德修斯访问亡灵似乎不是在梦境中完成,而是在真实的时空中完成的。其实,这可能仅仅是诗人想象的结果。在希腊神学诗人的想象中,这一切皆是形象生动的,如果用理智的眼光去衡量,那么,这些心灵经验和想象皆经不起反驳和证实。"访问亡灵",作为宗教仪式,表达了原始人对灵魂存在的坚定信仰,但在奥德修斯的访问中,并未谈到各种灵魂在地狱中的处境。在但丁的想象中,"不同的亡灵"在地狱中有不同的处境。只有那些通过了最终的神性生命道德审判的灵魂,那些被送往天堂的亡灵才能从一条小路进入炼狱,直接升向最高的天堂。地狱中的场景,灵魂在地狱中的各种情状,非常阴森恐怖,而在希腊神学诗人的想象中,"亡灵"在地狱中并不特别悲惨,尽管他们仍向往人间生活。

在泰勒看来,原始人相信"死人的灵魂"从活生生的世界飞走,它到遥远的冥国去流浪和生活,而这种生活有"新的住宅"在等待着它。例如,一些初民认为,死去的斐济人的灵魂从遥远的西方海角瓦奴亚,那个为岩石和森林覆盖的幽静而庄严的地方,游到恩坚盖衣的法庭,活人们也在这里

---

① Homer, *Ilias. Odyssee*, In der Übertragung von Johann Heinrich Voß, XI 51-626, SS. 584-600.

祈祷,希望在这里见到"精灵和神祇"。在希腊神话神学叙事中,有不少关于访问亡灵和阴曹地府的传说。例如,狄奥尼索斯随着塞墨勒旅行,奥菲斯随着他的情人欧律狄刻旅行,赫拉克勒斯随着三头的刻耳柏洛斯(Cerborus)旅行,还有奥德修斯旅行到大海边,拜访金麦亚人的雾城。在那里,"光明的赫利俄斯不抛撒自己的光明","要命的黑夜永远躺在这倒霉的死地上"。由于希腊神学诗人把太阳的日常生活做了最纯粹的诗意运用,把太阳自身拟为美妙的黎明、明亮的中午和沉落后的消失。因此,神学诗人的神话幻想,就在世界宗教信仰中确立了生死灵魂信念。"逝去的灵魂",处于遥远的西方和地下世界里。① 如果说,日神神话怎样深刻地进入人关于未来生活的学说,那么,"西方"和"地府"等概念就是怎样按照概念的类比而形成了"死人王国"。于是,蒙昧人和神学诗人的古代幻想,就变成了古典圣哲和现代神秘家的信条。泰勒看到,在一些原始部落那里,"死人对活人的访问"也能构成个人经验和目击者见证的事物。"死人对活人的访问",实质上是活人对心灵不自觉状态的描述。死人的灵魂在梦中或幻觉中像活人,并且是从另一个世界来的。有时人们自己也到那里去,回来之后,就对活人讲述他们在那里看到了什么。有时候是旅行者亲自去,有时候则称他自己的灵魂去了,然而,"是灵魂去还是肉体去",从未得到明确的言说,但是,大部分是人的灵魂去,留下肉体处于失神、睡梦、麻木甚至死亡的状态中。"这些从原始时代全部文化阶段中一再讲述的故事中的某些内容,是带着看见亡灵者自己的确定来传播的,另外一些则是对原作的模仿。"②泰勒的分析很有道理,其实,"访问亡灵"就是生者怀念死者所产生的心灵变异。任何观念,一旦出现在蒙昧人、野蛮人或好幻想者的头脑中之后,就很容易从外面再现。在这里有一种循环论:"他看见了他相信的东西","他相信他看到的东西"。其实,这些心灵经验皆无法证实,它只是个体的心理意识和种种变异经验。

---

① Walter Burkert, *Greek Religion*, pp. 79-80.
② 泰勒:《原始文化》,连树声译,第 525 页。

在《神曲》中，但丁反映了当时关于天堂、炼狱和地狱的观念，他以访问冥国的活人的身份来描写。① 这类去阴曹地府旅行的传奇的回声，直到现在，在某种程度上还可以从民间信仰中找到。事实上，原始神学诗人总能够想象有关死人安息的完整世界。这种亡灵世界的时空界限是如何建构的？泰勒归纳了几种类型：(1)当灵魂之国处在地上的时候，相应的地点就选在荒远晦暗的深渊、闭塞的溪谷、辽阔的原野和岛屿上。(2)死人的灵魂有时留在地上，但最后要到太阳落下的西方去，到达灵魂之岛，那是祖先们的住所。这种信仰极乐世界，存在于遥远的大西洋中的极乐岛上的观念，在古希腊思想中占据重要位置。例如，赫西俄德在《工作与时日》中就谈到，在克洛诺斯时代，人们像神灵那样生活着，没有内心的悲伤，没有劳累和忧愁，他们不会可怜地老死，手脚永远一样有劲。除了远离所有的不幸，他们还享受筵宴的快乐，他们拥有一切美好的东西，和平轻松地生活在富有的土地上，肥沃的地里自动慷慨地出产吃不完的果实。自从这个种族被大地埋葬之后，他们就被称为"大地上的神灵"："他们无害，善良，是凡人的守护者。他们身披云雾漫游于大地各处，注视着人类的公正和邪恶的行为。"②应该看到，对死人灵魂居住在冥府的信仰，在原始社会中极为普遍。古代神学诗人和现代宗教信仰者，还想到把亡灵的住所安排在太阳和月亮上，同时他们并不否认天堂的存在。这样，生命的灵魂主要有三个居住地：一是地上，二是地下世界，三是天上。泰勒指出："关于灵魂在地上存在的学说，乃是蒙昧文化的广泛而深刻的表现形式。它在野蛮时期即已产生出来，只是作为激烈的残余而存在于中世纪。""关于地下阴间的学说，不只是在蒙昧人的宗教中有地位，而且也牢牢地保留在发达的宗教里，特别被看作是炼狱和地狱的悲惨区域。""关于在看得见的苍穹或在最高的大气球体中的天国学说，影响也很大。"③作为信仰形

---

① 但丁：《神曲》，朱维基译，上海译文出版社1984年版，第33—38页。
② 赫西俄德：《神谱》，张竹明等译，第36页。
③ 泰勒：《原始文化》，连树声译，第546页。

式,这些学说至今还保存在现代人的记忆中。从这种意义上说,"亡灵世界的时空构想"离不开人的现世时空经验,只不过被夸大和变异了而已。

"访问亡灵"是证明灵魂继续存在的重要理由,它广泛地建立了活人与死人之间的联系,也为道德劝诫和祖先崇拜活动提供了强大的理由。这样一来,对未来报应的信仰,事实上变成了各民族生活中强有力的精神杠杆。由于它以同等的力量扩大到善和恶的领域,就变成了许多宗教的强有力手段。祭司们为了自己的利益,为了强化自己的阶级地位并使自己富有,为了在奉为准则的制度的范围内阻止智力和社会的进步,往往公开地利用它。许多世纪以来,在死河的岸上站着许多祭司,他们挡住所有那些不能满足关于仪式、宗教成规和礼品的要求的贫穷灵魂的道路,这是灵魂信仰的某种文化社会的心理根源。① "访问灵魂"在原始信仰中是迷信巫术的信仰方式,在荷马史诗中则是为了服务于想象和情节的目的。神学诗人们赋予访问亡灵以积极的意义。这种亡灵观念,保留了古代社会的精神信仰的遗迹,这是无法否认的。"访问亡灵",不仅是证实灵魂不朽的形式,而且为建立生人与死人的联系提供了依据,这是活着的人为了自我安慰或者为了解决自我的生活所提出的古老的信仰方式。它代代相传,既有其宗教意义又有其想象意义,人们是以十分矛盾和复杂的心态来接受这些事实的,因为这种想象性的灵魂观念,毕竟是非理性的事实。要想揭开灵魂的真实面纱,确实需要哲人做出深刻的思想分析和科学的辩驳。

4. 活着的欢乐与挑战死亡的想象

希腊人关于亡灵世界的想象,在很大程度上刺激了希腊神话神学艺术和希腊神话神学思想的发展,虽然它并没有给希腊宗教带来多少实际好处。我们应该透过希腊亡灵世界的阴暗面容,去把握希腊亡灵观念所

---

① Ian Rueherford, *State Pilgrims and Sacred Observers in Ancient Greece*, Cambridge University Press, 2013, pp. 182-186.

具有的积极意义,这就要涉及生者与死者的情感联系问题。在《死论》中,林克说,"死是无与伦比的历史强力。任何时代的文学皆清楚地表明:死的语言威力何其强大。死的语言(威胁、恐吓、迷惑、引诱)分享死的统治权。死绝不只是作为赤裸裸的事实施行统治,而是已经在人固有的生存关系上对人作了基本规定"①。的确,人与死的关系使死作为事件受到关注。没有这个事件,生者根本不可能理解自己的生存意义。人将自己理解为实体,人虽占有时间,但并非无限制地占有时间。死亡是可怕的,神作为永生的神灵,没有死亡的恐惧。人总是面临死亡的恐惧,死亡使人们悲伤不已,尤其当人失去亲人时,生者的悲痛无法形容。在希腊神话神学叙事中,有一些反抗死亡的神话叙述,那就是:"人们以爱战胜了死神","人们以智慧战胜了死神","人们以坚定的意志来反抗死神"。人一旦死亡,灵魂也就不会归来。人们却期望通过寻求灵魂的方式延续生命,并通过与灵魂的对话相信"生命的永驻"。② 因此,寻找亡灵的意图,在希腊神话神学想象中被赋予或特别强调它的"爱的意义"。对此,文化人类学家有不同看法,弗雷泽认为,"希腊神祇的悲惨故事和祭祀仪式",看来是反映植物凋谢和苏醒的。在希腊神话里,女神哀悼她心爱的神的死亡,这个心爱的神是植物的化身,特别是"冬死春生的五谷的化身"。

德墨忒尔与科瑞的故事,表明死去的女儿被她哀伤的母亲所悲悼。在希腊神话神学中是这样被叙述的:"死神哈迪斯突然钻出地面,抱走了年轻美丽的科瑞。他用金车把她带走,让她在阴暗的下界做她的新娘和皇后。"德墨忒尔到处寻找自己的女儿,哀伤不已,穿着黑色的丧服,走遍大陆和海洋寻找她的下落,最终,从太阳神赫利俄斯那里知道她"女儿的命运"。这位谷物女神与大地母神,为丧失女儿而生气,不许种子从地上长出来。她发誓说,除非把她丢失的女儿还给她,否则,她再也不上奥林

---

① 云格尔:《死论》,林克译,上海三联书店1993年版,第5页。
② Homer, *Ilias. Odyssee*, In der Übertragung von Johann Heinrich Voβ, IX 180-203, S. 183.

匹斯山,再也不让谷物发芽结果。由于"土地干枯龟裂",宙斯只好下令哈迪斯交出珀耳塞福涅(科瑞)。因为一旦所有的人死去,神也会失去他们应得的祭品。"冷酷的死神之王笑着服从了",但他让珀耳塞福涅吃了"石榴",这样,她还得回到地府中去。于是,宙斯只好规定,"珀耳塞福涅每年三分之二的时间与众神在阳间度过,每年三分之一的时间在阴间度过。"大地春花开,谷物女神的女儿科瑞或冥王的王后珀耳塞福涅就从阴间回来。弗雷泽解释这一神话时,认为"两个女神的形象,也许是母亲和女儿的形象,变成了谷物的化身"①,这很有道理。这个母亲寻找女儿的神话,也具有死亡与复活的象征意义。女儿被阴间的神王抢走,尽管对神而言,她在阴间是不会死的,但作为母亲,却不愿让女儿成为阴间的王后,而要让女儿生活在大地上,与奥林匹斯神在一起,让母女永不分离地在一起,这体现了母亲对女儿的挚爱和关怀。② 这里流露了最真实的感情,女神以爱的坚定与反抗的坚定,最终战胜了"死神的邪恶"。这是以愤怒和抗议的形式实现的,也是女神运用自己的特权,夺回属于自己的"神圣生命权利"。大地母神与死神的抗争,女神取得了胜利,因为母亲爱女儿,母亲找回了女儿的生命,这就是寻找亡灵所显示的母爱和生命的意义。

如果说,德墨忒尔的"寻女神话"是神与神之间抗争的故事,并且以喜剧结束,那么,奥菲斯的"寻妻神话"则是英雄与死神之间的持久抗争,最终以悲剧告终。③ 在希腊神话神学文本中可以看到,奥菲斯本是色雷斯地区的伟大英雄,后来成为希腊英雄中最有性格的一位。他是阿波罗之子,能自由地弹奏竖琴演唱,那奇妙的音乐能吸引猛兽跑来倾听,能使草木为之点头。他在阿耳戈英雄的远航中展示了非凡的音乐才能。阿耳戈号船伴随他的歌声从高高的海岩上滑入大海,他的歌声阻挡了辛普勒伽得的攻击,他用歌声使守护金羊毛的恶龙入眠,最终使阿耳戈英雄凯旋。

---

① 弗雷泽:《金枝》,徐育新等译,中国民间文艺出版社 1987 年版,第 571—579 页。
② *Homeric Hymns*, *Homeric Apocrypha*, *Lives of Homer*, edited and translated by M. L. West, Harvard University Press, 2003, pp. 32-68.
③ 赫丽生:《希腊宗教研究导论》,谢世坚译,第 419—425 页。

他的演唱还感动了阴间诸神。他娶心爱的自然神女欧律狄刻为妻,一天,欧律狄刻在阿里斯泰俄斯被草丛中的毒蛇咬死,奥菲斯为妻子的死悲痛欲绝,于是他勇敢地跑到阴间地府去访问亡灵,希望把他妻子救活。他用自己的歌声逃避了一道道险关,与奥德修斯的计谋不同,他完全凭借"自己的歌声",通过爱情的伟大宣示,使阴间的王哈迪斯和王后珀耳塞福涅大受感动,于是,"死神之王"或"亡灵世界之主"允许他把亡妻欧律狄刻带回阳世,只是规定在返回途中奥菲斯绝对不能回头偷看自己妻子的面容。但是,奥菲斯太过思念妻子,急切地想一睹芳容,忘记了冥王的规定,结果,当他们到了哈迪斯冥国的门口时,奥菲斯回头看了一眼,此时,欧律狄刻瞬间就被拉回死亡界,从此永远消失。奥菲斯悲伤至极,唱着怀念亡妻的歌曲,悲痛欲绝,气绝身亡。他对妻子的无限忠诚,导致色雷斯妇女非常嫉妒,后来被色雷斯的妇女碎尸,她们嫉恨奥菲斯对妻子的忠贞不渝。[①] 这个寻找亡灵的故事,在希腊神话神学中具有十分感人的力量,它象征着至高无上、生死不渝的坚贞爱情。

　　"爱的意义",在寻找亡灵的希腊神话神学叙事中,往往是作为重大主题加以表现的,这使灵魂、生命和死亡问题具有十分重要的意义。"死亡",不仅意味着肉身与灵魂的分离,而且意味生命与爱情的悲剧。"灵魂观念",如果不是与人的现实生命存在相关,就显得毫无意义。灵魂学说也好,宗教思想也好,皆是为了有生命的人而存在的。对于人死后的一切,人们无从知道,也用不着知道,人们相信来世:一是因为"生命存在的需要",二是因为"生命感情的纠缠",三是因为"社会道德正义的联系"。一切神秘观念,皆因现实中人的困境而具有意义。人本来就生活在历史之中,本来就有亲缘性的生命关系。因而,相对于人来说,"关心来世"与"关心灵魂",更容易建立过去与现实的"神秘生存联系"。[②] 这个精神纽

---

　　① 吕凯等:《世界神话百科全书》,徐汝舟等译,第284页。
　　② 韦尔南:《眼中的死亡》,参见《神话与政治之间》,余中先译,生活·读书·新知三联书店2001年版,第58—78页。

带是无法割舍的,后来的奥菲斯教与奥菲斯本人的故事,并没有必然联系,但是,奥菲斯到亡灵世界探险的经历与奥菲斯教的教义有着密切的关系,因此,"奥菲斯"这位神学诗人或神话英雄成为新兴宗教的代表。更为重要的是,人与人的感情联系因为死亡事件而变得更加紧密。"爱的意义"在这里体现出来,希腊神话神学话语升华了人类所具有的生命情感,显示了人的无比高贵的尊严。这种寻找亡灵的爱情或博爱神话,显示了人作为人的真正意义,显示了生命作为生命的伟大精神及价值依据。

　　从上面的叙述可以看到,在希腊神话神学叙事中,"寻找亡灵"与"亲情友爱"有两大叙事模式。一是"母女亲情模式",因爱而寻找,因爱而痛苦,因爱而抗争,因爱而欢乐,因爱而幸福。谷物女神德墨忒尔的神话是否起源于谷物崇拜? 对这一问题,人们其实并不关注。作为母亲,为失去女儿那么悲伤,为寻找女儿那么执着,为得到女儿那么欢乐! 这本身就是感动人心的神话神学思想,这本身就足以给予人以无限的生命启示。这是大地的母爱,这是无私的大爱,而且是真正的"原初的生命之爱"。二是"情人爱恋模式",奥菲斯为失去心爱的情人那么悲伤,敢于到亡灵世界去冒险,这本身就特别感动人心。希腊神话神学设想奥菲斯最终仍不能与爱妻欧律狄刻团聚,这虽是一曲生命爱情悲剧,但正是这一神话神学叙述,显示了宗教生活的真正生命文化象征意义。[①] 这一神话神学叙事忠实于现实的可能性逻辑,这一切皆具有生命启示。希腊亡灵观念源于朴素的万物有灵观,希腊人的亡灵观念是对死亡事实的描绘,是对灵魂存在的证明。在希腊神话神学中,希腊人虽然通过这一观念强化了生命的悲剧,但并没有让这一观念充满宗教教谕色彩。希腊亡灵观念,没有过多的恐惧性因素,他们并未过多地渲染死亡事实,而是把灵魂之所和灵魂审判视作生命的必经的路径。希腊人开放乐观的胸襟,从希腊人的亡灵观念中也可以看到。从神话时代希腊人的亡灵观念到理性时代希腊人的灵魂观念,可以找到一条诗思的道路。由希腊神学诗人的灵魂观到神学哲人

---

① 　Rainer Maria Rilke, *Lyrik und Prosa*, Patmos Verlag, 1999, SS. 617-622.

的灵魂观,是非常自然的过渡,也是深刻的神学思想转变。

为了探讨神学信仰的本质与生命存在的本质,希腊哲人的理性神学思想肯定不再满足于关于灵魂信仰的想象性事实,相反,他们更关注灵魂生活的经验证明与逻辑理性分析。他们从神话和宗教的灵魂信仰出发,在科学、哲学和逻辑的多维视野中,给予灵魂生活与灵魂信仰以具体的界定与普遍的规范,从而显示了灵魂学说的心理学意义、文化意义和认识论价值。这种理性灵魂学说,显然是对神话神学的灵魂学说的超越,不过,它永远无法代替希腊神话神学的灵魂学说所具有的无限广阔的生命象征意义与诗性想象价值,这正是希腊神话神学所具有的人文意义与生命启示之价值。

第三节 狄奥尼索斯神话与奥菲斯教生命观

1. 狄奥尼索斯作为小宙斯与"凡人成神"

有学者考证出:"狄奥尼索斯",从词源学上说就是"倪萨山的宙斯",故而,也可以把"狄奥尼索斯"称为"小宙斯"①。这显示了作为酒神或农业神的"狄奥尼索斯"在希腊文化宗教生命信仰中的重要地位。"酒神神话"在希腊神话神学系统中属于晚起的神话,在荷马史诗和赫西俄德的《神谱》中,酒神的地位比较次要,并没有被特别提到,这也可能与"奥林匹斯神话系统"和"奥菲斯神话系统"的内在融合存在困难有关。② 在古典神学诗人那里,奥菲斯教的诸多神话叙事属于流行性的时代神话或宗教信仰,它不是希腊本土的宗教文化传统,此外,酒神不是希腊本有的神祇,因此,古典神学诗人未能充分认识酒神在希腊神话神学中的地位。不过,这并不能说明酒神神话不重要。事实上,在希腊宗教文化和戏剧艺术中,

---

① 吕凯等:《世界神话百科全书》,徐汝舟等译,第234页。
② 赫丽生:《希腊宗教研究导论》,谢世坚译,第332—416页。

酒神"狄奥尼索斯"具有特殊的地位。

　　要想理解希腊文化的本质特性,不能忽视"狄奥尼索斯"和酒神神话神学叙述,那么,希腊酒神神话是如何起源的? 学者们认为,它起源于色雷斯的野蛮氏族。[1] 这个地方盛产葡萄酒,这些氏族皆是以嗜酒著名的,后来,酒神信仰被色雷斯西亚部落带到维奥蒂亚地区,他们在那里定居了下来,随后,维奥蒂亚移民又把这一信仰传入那克索斯岛。狄奥尼索斯的祭礼遍布那些岛屿,此后,在宗教文化传播过程中,狄奥尼索斯的祭礼又从那儿传播到希腊大陆,先传播到阿提卡,后来遍及伯罗奔尼撒半岛,特别是在雅典,酒神的地位日益提高并且非常著名。酒神崇拜,对于热爱神秘并自然地倾向于重返原始状态的大多数人皆很有吸引力,直接的原因是酒神作为外来神具有许多新异迷狂的特性。这使人们倾向于热烈地崇拜,它就像野火似的很快传播于整个希腊,成为希腊民族诸神中最出名的神。[2] 古希腊民族是当时比较开放的民族,他们不排斥外来文化,并善于吸收外来文化。随着商贸等活动的展开,他们接受了东方的文化,尤其是西亚和埃及的文化。在接受东方文化的过程中,他们也自觉地接受东方宗教并加以改造,因此他们的一些神灵就带有东方化特征,同时,他们也把自己的文化传播出去。其实,不仅酒神"狄奥尼索斯"是东方神祇,而且连日神阿波罗与美神阿佛洛狄特等著名神祇也是来自东方的神。这些来自东方的神,最终由于与宙斯神确立了父子或父女关系而成为希腊人自己的伟大神灵。

　　事实上,任何宗教文化的传播,只有与本民族的文化相结合才能真正发挥其作用力,也只有在民族的宗教出现颓势时,外来宗教的渗入才比较容易。希腊宗教信仰的主体是奥林匹斯信仰,对于希腊人来说,奥林匹斯信仰已构成他们的宗教生活与日常生活的重要部分,或者说,奥林匹斯信仰已化作他们的日常行为方式、思维方式和内在信念。奥林匹斯信仰主

---

[1]　Yves Bonnefoy, *Mythologies*, pp. 456-462.

[2]　*Hymn To Dionysus*, *See Homeric Hymns*, translated by Jules Cashford, pp. 100-105.

要是建立在自然神秘主义基础上的自由信仰。[1] 与严格意义上的宗教相比,它缺乏强大的宗教组织系统,同时,奥林匹斯信仰只注重神灵的优越性地位。它们虽强调神的保护作用,但较少涉及灵魂问题,人死后灵魂的归宿问题相对被忽视,因而,奥林匹斯信仰不能满足人们对神学的思想需要。在这种状况下,奥林匹斯信仰只是希腊人的心灵仪式和思维方式,还处在自发和不自觉阶段。而且,希腊日益兴盛的理性主义思潮,特别是"疑神运动",导致奥林匹斯诸神的神圣地位被动摇。"神"失去了严肃性。许多神被引入艺术表演,带有一定的喜剧效果,使人失去了应有的敬畏。实质上,这是由希腊宗教文化的本质特点决定的。希腊人崇尚自由文化信仰,他们并不需要严格的宗教教义和宗教组织,他们的社会组织和社会制度日趋完善,人们对自由生活的追求充满现实主义和自由主义精神。他们不需要严格的宗教教义来解决现实生活的苦难,调节生命中的挫折和悲伤,因而,他们对外来宗教文化的接受,不是从宗教信仰意义上接受,而是从文化仪式意义上接受。奥林匹斯信仰,虽是以宙斯为首的十二主神为崇拜对象,但接受次要神灵仍是被许可的。

希腊神话神学系统接纳狄奥尼索斯信仰仪式,既是历史的必然,又是创造的必需。以奥林匹斯信仰为特征的城邦文化、宗教仪式已趋成熟,在希腊,大型宗教信仰仪式最早不是在乡村形成的,而是在城邦。乡村信仰比较混乱,不同的地域有不同的地方神,只有城邦才可能有"共同的神"。城邦的建立,必定要建立和确定一些公共仪式,这些公共仪式最初必然是宗教祭祀。在宗教祭祀的同时,开展政治、文化、娱乐、游戏等相关活动,人们在欢乐中增强了对城邦的热爱。希腊城邦,尤其是雅典城邦,最初确定的信仰是奥林匹斯信仰,六位男神和六位女神共同构成了十二个主神系列。因此,城邦宗教信仰,构成了城邦政治组织与城邦政治统治的思想基础。[2] 由于人们相信王权神授,而且把王权拥有者皆视作"神的后代",

---

[1]　Ranke-Graves, *Griechische Mythologie*, *Quellen und Deutung*, S. 26.
[2]　Walter Burkert, *Greek Religion*, pp. 125-169.

这种信仰本身无疑强化了统治者的地位。在相当长的时间内,奥林匹斯信仰成了"希腊的国教",这种国教实质上是松散的宗教信念。它以民间信仰为基础,并没有确立其绝对权威与神圣地位,也没有形成与之相关的一些敬神的律法,更缺乏对奥林匹斯信仰的神学阐释或理性证明。因而,"敬神与否"只是人们的心灵选择,并不构成日常生活的"必要仪式"。这种信仰,只是规定在特定的节日要对神灵祭奠,不需要每天像虔诚的信徒那样祈祷。希腊奥林匹斯教信仰,可以看作人们对自然与社会、对王权与神秘文化的宗教态度,他们只是规定"要相信神","不能否认神灵的存在",当然,为了维护奥林匹斯信仰的权威性,统治阶层也"反对引进新神"。对于酒神和奥菲斯教的信仰,在希腊神话神学的自由想象与审美叙述中,他们干脆视之为奥林匹斯教的合法延伸。

事实上,奥林匹斯教的包容力是比较强的,"一切外来的神",大多皆纳入"以宙斯为核心的家族神系之中"。与其说,他们想维护奥林匹斯教的神圣地位,不如说,他们是为了保持传统社会秩序和统治权力的稳定性。奥林匹斯教信仰,不是严格的宗教信仰,它并没有规定信徒每日对神进行祈祷,或者按照神圣宗教律法来约束自己的行为。这种信仰是自由的,由于希腊城邦将奥林匹斯教视作国教,他们是要维护有神论观念的,这对于神授王权制度非常重要。因此,疑神或否定神的举动,他们还是要以"渎神罪"处置。当然,从今天的文献记载来看,因渎神被治罪的普通人很少。一些思想家被以"渎神罪"起诉,完全是政治的借口,尤其是对思想家的言论,他们处罚得更严。苏格拉底因渎神罪被处死,亚里士多德也险遭此厄运,并不是城邦真的要维护神的尊严,而是要维护其"神授王权制度"。他们最恐惧的是:"民主自由观念对城邦统治的威胁。"因此,他们总是要把任何外来神皆纳入奥林匹斯信仰。从城邦的自由信仰来看,奥林匹斯信仰接纳狄奥尼索斯是非常自然的。接纳新的神并非要取代奥林匹斯神,而是为了丰富传统信仰,增强城邦信仰的吸引力。① 事实上,由于

---

① *Die Vorsokratiker*, herausgegeben von Wilhelm Capelle, SS. 273-275.

城邦信仰系统的僵化，人们日益不满奥林匹斯信仰，总是试图寻找新的宗教信仰，而在这个时候，在城邦之外的广大乡村区域已经非常盛行奥菲斯信仰了。"奥菲斯教"是外来宗教，它虽然不能构成希腊僭主政制的合法宗教，但对于希腊文化的冲击力仍相当巨大。奥菲斯教事实上构成了奥林匹斯信仰之后希腊宗教发展的又一新阶段。对奥菲斯教的信仰，曾经在古典时期的南意大利一度盛行，当时，西西里正属于大希腊的疆域。①

当时盛行的奥菲斯教和厄琉西斯秘仪，为狄奥尼索斯仪式提供了舞台。奥菲斯教本来以奥菲斯崇拜为主导，其主要目的是通过歌唱、狂欢和舞蹈等方式召唤亡灵，后来演变为集体庆典，其目的是"欢庆大地春回"，"欢庆植物生长和葡萄丰收"，"欢庆生命的复活"。在这种希腊宗教仪式中，饮酒无疑是很重要的形式，因而，酒神神话的介入，等于为教徒们找到了兴奋剂，找到了一位狂欢的神灵。在厄琉西斯秘仪式中，人们要欢庆农业丰收、大地回春，尤其是德墨忒尔与女儿科瑞的相会。事实上，关于德墨忒尔母女重新欢聚的宗教戏剧模拟，为了强化那种狂欢化体验，也必须饮酒。庆典和纪念，是希腊宗教生活的重大文化事件，因而，在神秘的表演仪式和狂欢仪式中，狄奥尼索斯的地位显得很重要。这两种宗教仪式有其相同之处，据历史记载，参加奥菲斯教和厄琉西斯秘仪的主要是妇女，后来也有许多男性参加。从奥菲斯的狂欢庆典以及历史存留的两性交欢的图画来看，奥菲斯教带有一定的纵欲成分，而从希腊悲剧叙述的情况来看，参加这两种宗教仪式的皆是妇女。这两种仪式即妇女的狂欢节仪式，在这两种狂欢节中皆有撕裂男人的故事，可见其狂野程度。由于这是妇女独享的神秘节日，她们大多赤身裸体，身披常春藤，不许男子介入。当然，"奥菲斯被撕裂"与"国王彭透斯被撕裂"的性质有所不同。奥菲斯作为色雷斯国王，其音乐演唱水平是超群绝伦的。他喜欢弹奏竖琴演唱，山野中的许多猛兽也能被他吸引。传说他的歌声使阿耳戈英雄凯旋，他到阴间去寻找亡妻的灵魂，用歌声感动过冥王，但最终仍未能挽救亡妻的

① 赫丽生：《希腊宗教研究导论》，谢世坚译，第 435—439 页。

生命，因此，奥菲斯归来之后，被色雷斯妇女碎尸，因为她们嫉妒奥菲斯对妻子忠贞不渝。他的头和竖琴被扔到河里，这位神圣歌手的头，是在一块石头缝里找到的，它在那里传达神谕。[①]"作为忒拜城邦的彭透斯国王"，是因为狄奥尼索斯混入狂欢的妇女人群中被发现后，由他母亲和妹妹在迷狂状态中撕成碎片。由此可见，这种神秘的宗教仪式禁止一般男性参加，当然，男祭司等可能是例外。

　　默雷曾谈到过，奥菲斯教和厄琉西斯秘仪皆有酒神的神秘宗教仪式。他认为，"与其说狄奥尼索斯是外国人，不如说他是陌生人"。这种说法似乎更恰当，就像新年佳节、春季收获节和葡萄收获节一样。不论何时何地，他皆是"陌生人"，他到哪里就受到哪里人的欢迎，但是，好景不长，时间一到，"他就被驱除、祛除或赶走"。[②] 无论如何，他是很早就存在的神，对于真正的希腊宗教来说，这一点非常重要。真正的宗教是希腊民众共同信仰的，狄奥尼索斯作为民间共同信奉的神，形成这种概念是异常复杂的，或者说，在这些神身上集中反映了希腊人共同信奉的无数类似的概念。他是酒神，也是林神，但是最为重要的，他是"狂欢精神的化身"，是"超越理智之外的原始生命冲动力"。这一力量能使人的感情升华，能给人以力量和幸福，并使不朽的灵魂摆脱肉体的羁绊。这种精神以更温和、更清明、更艺术的形式，融汇在截然不同的阿波罗精神中。毫无疑问，这种宗教形式繁多，他们所宗奉的神的名字和神的属性各不相同，这是因为它们的起源不同。希腊酒神神话，虽起源于色雷斯，但希腊人并不是简单地接受外来的宗教仪式，而是把酒神崇拜和他们的本土宗教仪式，尤其是农业崇拜仪式紧密关联在一起。[③] 酒神"狄奥尼索斯"，之所以不能纳入奥林匹斯系统，是因为酒神崇拜主要不是在城邦中进行。他不是具有理性色彩的神，而是具有强烈的非理性色彩的神。这样的神，只有与自然山

---

① Rainer Maria Rilke, *Lyrik und Prosa*, SS. 625-630.

② 默雷：《古希腊文学史》，孙席珍等译，第 65 页。

③ C. Kerenyi, *The Gods of the Greeks*, pp. 250-273.

林联系在一起,才会显出他的原始性和狂野性特征。神话学家在讨论酒神"狄奥尼索斯"时,总是把他置于地神之列来讨论,希腊人多少还把酒神"狄奥尼索斯"文明化了,希腊神学诗人把他的粗野、迷人、神力和妇女的狂欢联系在一起,更多地体现了"狄奥尼索斯文化"的狂欢本质。

2. 农业之神与丰收庆典的狂欢

酒神"狄奥尼索斯"的神格,体现为葡萄树和葡萄酒的人格化。色雷斯盛产葡萄和葡萄酒,这里的人以饮酒著名,酒神"狄奥尼索斯"神格的最重要表征就是繁茂的葡萄藤蔓,在大多数情况下,一般称之为"常青藤"。狄奥尼索斯的形象常被描绘成"一手执松果酒神杖,一手握高脚酒杯的青年",他额上常常戴着常青藤冠,这位青年的身上有时用黑虎或幼鹿皮衣半遮盖着,有时身穿妇女常穿的那种长袍。他的头发长而卷曲,戴着葡萄藤叶,在神话叙述中,酒神是宙斯和塞墨勒的儿子。塞墨勒是忒拜国王的女儿,宙斯诱奸了她,由于赫拉的妒忌和诡计,塞墨勒乞求宙斯显示神姿时,被宙斯发出的火焰烧死。在死之前,她怀的孩子降生,这时,一棵常青藤突然缠在宫殿支柱上,保护了这个孩子。因为狄奥尼索斯还没有到正常出生的时候,宙斯拾起孩子,神把这个孩子缝到自己的髀肉中,随后,"狄奥尼索斯第二次出生"。[①] 他的出生与雅典娜有相似处,即皆从宙斯生出,后来,狄奥尼索斯在倪萨山由自然神女照看,缪斯担负起教育酒神的任务。萨蒂尔、西勒尼和迈那得斯,一方面是酒神"狄奥尼索斯"的伴侣,另一方面又教育酒神狄奥尼索斯。在神话传说中,狄奥尼索斯戴着常青藤和月桂树冠,与自然神女们漫游在山林之中,欢乐狂舞在林间。当狄奥尼索斯长大成人,他便发现了葡萄和酿酒技艺,并把这技艺传给人类。狄奥尼索斯也被设想象成树神,弗雷泽说,希腊人皆祭奉酒神狄奥尼索斯,在维奥蒂亚,他的称号之一就是树中的狄奥尼索斯。这时,他的形象总是被描绘为一根直立的木柱,没有手臂,身披外套,满脸胡须的面具表

---

① Erika Fischer-Lichte, *Dionysus Resurrected*, Wiley-Blackwell, 2014, pp. 3-12.

示头部,头上和身上披着树叶,传说他是培植树木的庇护神。[1] 人们祈求他保佑树木生长,许多果农特别崇拜狄奥尼索斯,他们把他的形象按天然树桩的姿态立在果树园内。传说各种果树特别是苹果树和无花果树,皆是狄奥尼索斯发现的。在希腊人的崇拜中,狄奥尼索斯被人们想象成保护果实的神,促使果实生长的神。据弗雷泽的调查,在阿提卡和阿里亚的帕特雷,有名叫"多花的狄奥尼索斯"的树,雅典人常向狄奥尼索斯乞求果实丰产。德尔斐的神谕叮嘱科林斯人要敬奉松树,科林斯人就用这种松树塑出狄奥尼索斯的形象:"红色的面容和镀金的身躯。"[2]在希腊各地,常青藤和无花果树都与狄奥尼索斯相关。

对待神话神学的叙述,我们不能像对待历史叙事那样,只追求历史的真实性,神话文化是传统神秘文化的记载,神秘文化的构成始源于"神秘的恐惧和敬畏",后来,才由恐惧和敬神变成"艺术狂欢的节日"。希腊神话神学文化是民族文化的独特表现形式,对于异族文化的接受者而言,有时无法理解民族的神秘文化。即使是对于希腊民族自身,他们有时也很难说清神秘文化的目的或意义。重要的是,他们通过这种形式保留了酒神狄奥尼索斯文化传统。至于这种文化传统到底有什么意义,只能在文化自身的保存和发展中去解释。希腊民族是富于想象力和创造力的民族,他们能赋予诸神如此丰富的神格,而且,在今天还能给予人们以有益的启示,他们实在是既具有高超的智慧又具有自由想象力的民族。希腊酒神神话是希腊中期和晚期文化的突出表现。有些学者强调,在希腊文化中,酒神狄奥尼索斯的文化起源极早,但是,从可见的材料中,我们似乎找不到酒神狄奥尼索斯在古老文化中的地位。酒神"狄奥尼索斯",只能在希腊文化发展到一定阶段,并且由于希腊人随时面临着社会的压力,试图放纵自己的生活而返回自然时才可能真正具有特殊意义。事实上,酒神狄奥尼索斯文化,是在奥林匹斯信仰之后才形成的。奥菲斯教和厄琉

---

[1] Walter Burkert, *Greek Religion*, pp. 290-295.
[2] 弗雷泽:《金枝》,徐育新等译,第 568 页。

西斯秘仪盛行,大有取代奥林匹斯信仰之势,这时,才出现了酒神狄奥尼索斯。[1]

　　狄奥尼索斯在希腊还被看作农业之神,这可能与厄琉西斯秘仪相关。德墨忒尔作为丰收女神、谷物女神和大地女神,狄奥尼索斯作为酒神,在厄琉西斯秘仪中有其重要地位。在神话叙述中,狄奥尼索斯被想象成第一个驾牛耕田者,而在他之前,耕田皆是靠人力背拉,有些学者据此找到了传说中把他变作牛的原因。弗雷泽记载说:"根据传说,狄奥尼索斯挟着犁头、撒播种子,减轻了农夫的劳动。"据说,在色雷斯比索泰人的土地上建有一座很壮观的狄奥尼索斯神殿,在人们的想象中,如果年成好或获得丰收,在狄奥尼索斯节的那天晚上,狄奥尼索斯神殿里就会放出灿烂的光辉,这表示狄奥尼索斯赐予谷物果实丰收。相反,如果年成不好,不会获得大丰收,那么,在酒神节的晚上,神殿里就看不到灿烂的光明,神殿内外就会一片黑暗。这正如中国农民根据天气气象来判断农业是否丰收一样,在中国民间,常把瑞雪看作丰年的预兆,而酒神祭典,事实上是希腊人渴求农业丰收的美好心愿的表达。因此,在狄奥尼索斯被当作农业之神崇拜时,他的手中有大簸箕,这个大簸箕像"一只敞开的铲形大篮子",人们总是用它来簸扬丰收得来的谷物,在希腊乡村,人们用这种农具寄托对狄奥尼索斯的感恩。[2] 从上面的叙述中可以看出,狄奥尼索斯的神格是相当丰富的。他是一位酒神,又是一位树神,是一位植物神,又是农业神,而在其本质上则是一位欢乐神和自由神。在狄奥尼索斯身上,相当强烈地体现了自然神的特点。

　　希腊自然神观念相当广泛,本来,泰坦神系就是原始自然神的观念,但是,随着奥林匹斯信仰的形成,自然神逐渐让位于城邦神。以王权制度为宗旨的奥林匹斯神,虽然还保持着自然神的特征,但他们主要不是以自然神来发挥自己的威力,而是以神权秩序的维护来显示神圣的职责,尤其

---

[1]　Walter Burkert, *Greek Religion*, pp. 285-290.

[2]　Walter Burkert, *Greek Religion*, pp. 276-281.

是奥林匹斯神的分工,早就显示了城邦文明的特征,这可能与希腊的历史发展水平相关。希腊城邦制度形成较早,王权秩序的建立较其他民族更有系统性,因而在奥林匹斯信仰中,这种发达的社会文化分工和神圣王权制度皆得到了很好的体现。希腊史的这种状况常给人们造成错觉,即人们常认为希腊社会过早地结束了农业社会,事实并非如此。黄洋对希腊土地制度的研究,有力地纠正了这种文化史偏见。他指出:"大量资料表明,希腊文明,事实上不是商业文明,而是以农业为主要社会与经济基础的古代文明。这主要反映在两个方面:一是古典希腊城邦的主要社会与政治力量即公民的主体是自由民,而不是手工业者或商人。二是古代希腊人的思想中也存在着重农轻商的观念。对于家庭,乃至城邦来说,立家或立邦的根本,在于农业。"①这种对农业文明的崇拜,就使希腊文化与自然的神秘力量保持十分密切的联系。像德墨忒尔崇拜、阿尔忒弥斯崇拜乃至狄奥尼索斯崇拜,之所以在希腊宗教发展过程中逐渐占据主导地位,绝不是偶然的,这正说明了农业崇拜使自然神,特别是农牧神的地位得到了显著提高。农牧神崇拜比城邦神崇拜具有更为丰富的自然文化气息,这说明自然神秘主义对于宗教崇拜具有决定性影响。

事实上,奥菲斯教和厄琉西秘仪等宗教庆祝活动,皆是在雅典近郊的自然圣地中举行的。石墙环绕的厄琉西斯圣地,离雅典西城约十四英里,在公元 396 年被毁之前,一直是希腊宗教最神圣的礼仪之乡。像德墨忒尔、阿尔忒弥斯、狄奥尼索斯的祭礼,逐渐遍布希腊乡村和山林,也可看出当时自然神秘崇拜的实际情况。在这些农牧神身上,还存在着一些动物和谷物的特征。希腊神话神学中的狄奥尼索斯具有动物的形象,包括两个显著特征:一是"公牛的形象"。酒神头上长着角,希腊伯罗奔尼撒半岛中部地区的辛内莎地方的人,冬季常举行狄奥尼索斯的庆典仪式。② 男人皆以油涂身,从牛群中选出一头公牛牵到神的圣所,他们认为狄奥尼索

---

① 黄洋:《古代希腊土地制度研究》,复旦大学出版社 1995 年版,第 3 页。
② 韦尔南:《古希腊的神话与宗教》,杜小真译,三联书店 2001 年版,第 68—78 页。

斯会帮助他们选出最好的公牛。大家相信,酒神的节日里神将自己变成公牛在这场合出现,伊利斯的妇女欢呼他变成公牛,祈求他的牛蹄踩到她们身上。这里,可能也有性崇拜的文化隐含,在祭礼中,人们一边舞蹈一边唱:"归来吧,狄奥尼索斯,回到您濒海的圣殿来,迈开您的四蹄飞奔吧,偕同三女神返回您的圣殿。啊,好公牛哟,好公牛。"二是"山羊的形象"。雅典和赫尔米昂地方的人们敬奉他,称他为"披着黑山羊皮的神",有传说称他常披着黑山羊的皮显形,在盛产美酒的弗力埃斯,当地农民总是用金黄色的葡萄树叶把山羊铜像包盖起来,以求保护他们的葡萄不要很快地凋萎。那山羊铜像,可能就是葡萄树神。①

由于人类思想的进步,人们倾向于剥夺古代动物和植物之神所披的动植物外形,只剩下它们被赋予的人的属性作为最后仅有的遗迹。于是,动植物神日趋纯粹地人形化,当他们完全或几乎完全人形化了的时候,他们同自己从中发展出来的那些动物和植物仍然保持着模糊的和难以理解的联系。这些神和那些动植物间的关系,其起源已经被遗忘,人们虚构各种传说试图加以说明。狄奥尼索斯崇拜遍及希腊全境,但人们祭奉他的节日,随着时代、地点变化而有所不同。阿格里奥尼亚节是最古老的节日之一,它最初在奥维蒂亚举行,特别是在奥尔霍迈诺斯。酒神的狂女宰杀年轻的男孩作为祭品,人祭在希科斯和莱斯波斯也很盛行,后来被鞭笞所取代。② 在阿提卡,酒神狂欢节分布如下,十二月举行榨酒节,人们向酒神献上新酒,在二月末举行花月节,人们品尝葡萄美酒。在莱诺厄翁圣殿中人们列队行进,摄政王之妻的献祭紧随其后,最后,将煮过的种子献给狄奥尼索斯。最盛大的节日是"大酒神狂欢节",时间是每年三月初,在希腊它是具有狂欢节庆特点的节日,有酒神的戏剧表演。③ 从希腊酒神神格中可以看到,希腊人不仅把狄奥尼索斯看作酒神、树神和植物神,而且

① 弗雷泽:《金枝》,徐育新等译,第 568—575 页。
② 赫丽生:《希腊宗教研究导论》,谢世坚译,第 332—410 页。
③ 吕凯等:《世界神话百科全书》,徐汝舟等译,第 234—235 页。

把他视作欢乐神、自由神,视为生生不息的生命的伟大象征,因而,希腊酒神崇拜具有鲜明的狂欢特点,是希腊人强力生命的自然释放,是希腊人对伟大生命力崇拜的神话神学象征。

3. 生命存在与及时行乐思想叠加

希腊酒神庆典作为狂欢仪式,作为生命的迷狂表现,皆与具体的宗教活动联系在一起。希腊宗教活动,有些是所有人皆可以参加的,有些则只有信徒才可以参加,像奥菲斯教、厄琉西斯秘仪,只有信徒才可以参加。神秘的庆典保证了它的秘密性和狂欢性,在这些秘密庆典中,酒神的地位比较隐秘,在希腊大型狂欢节中的酒神活动,则不太注重其神秘性,而注重其狂欢性。"狄奥尼索斯"酒神崇拜,经历了从隐秘到公开的过程,在隐秘状态下的酒神崇拜更具宗教神秘意味,在公开状态下的酒神崇拜则体现出欢快与放纵的特性。人们在隐秘状态中对酒神的崇拜,与酒神节的特别仪式和特殊意义相关,在公开状态中对酒神的崇拜,则是由于醉酒给人带来身心的放纵。[①] 人们在酒神的旗帜下,能够实现心灵的自由和行动的自由。现在,人们一般从理性与非理性的关系入手,强调酒神崇拜与希腊人的非理性精神相关,这一认识有些道理,但更主要的是因为希腊人一直有追求欢乐、自由和放纵的文化习性。

很自然地,酒神崇拜使我们想到德墨忒尔祭礼、厄琉西斯秘仪和奥菲斯教秘仪。厄琉西斯秘仪和奥菲斯教是公元前六世纪以后盛行希腊各地的两大秘密宗教,这两大宗教有其独立性,但是在宗教仪式和宗教性质上又有重合之处。厄琉西斯秘仪以地母德墨忒尔崇拜为核心,它既有庆祝丰收与新生的意向,也有哀悼死亡的意向。同时,这一仪式也涉及地狱的哈迪斯神。在神话叙事中,科瑞是宙斯和德墨忒尔的女儿,德墨忒尔是大地与丰收之神,她极爱自己的女儿,但宙斯纵容哈迪斯劫走了科瑞。科瑞有三分之一的时间待在地狱,作为地狱王后(科瑞又名"珀尔塞福涅"),科

---

① Ranke-Graves, *Griechische Mythologie*, *Quellen und Deutung*, SS. 91-96.

瑞的消失与返回是厄琉西斯秘仪庆典的基本内容。厄琉西斯秘仪,也与
祈祷丰收和进行巫术仪式相关。① 酒神崇拜与这种巫术仪式相关,汤姆
森和布利弗特对此做过分析。他们认为:"希腊狄奥尼索斯崇拜,代表发
明和提倡农业。在毕阿提亚(Boeotia),与酒神结合的仪式是对于成功的
土地耕作所不可缺少的纪念仪式。这些仪式是由已婚妇女举行的,秘仪
非常神秘,也非常严格,即使在保塞尼亚斯(Pausanias)时代,男人仍然不
准许进入代表狄奥尼索斯诞生地的小教堂。酒神崇拜最初局限于妇女,
是妇女的宗教,男人被排除在酒神仪式之外。"②这一看法非常切合历史
事实本身,也与希腊悲剧中的艺术表现内容相吻合。妇女通过一些类似
性交的巫术仪式,纵酒狂欢,裸体奔行舞蹈,祈祷大地丰收。

　　酒神狄奥尼索斯之所以在这种仪式中被崇拜,主要是因为酒能把妇
女带入迷狂沉醉状态,酒神节虽排斥男人参加,但仍有少数男性参加,并
引导妇女活动。酒神狄奥尼索斯自身也是男性身份,在这种秘密性的集
体仪式中,酒神崇拜表现了希腊人对生命之神秘的特殊理解。在奥菲斯
教中,酒神崇拜仪式能使人们在沉醉状态中接通亡魂,并与亡灵交通,以
预卜吉凶祸福。奥菲斯教是一种神秘宗教,其仪式是保密的,奥菲斯教与
厄琉西斯秘仪相似之处在于:它们皆关注亡灵与新生问题。酒神在这种
仪式中主要起诱发作用,使人们处于沉醉和梦幻状态,以便使人出现一些
幻象。这些幻象,有助于个人理解未来的命运。希腊人相信命运,命运仿
佛是由神定的,人不知其命运,对生命与死亡常有恐惧与忧烦。为了抵抗
这种恐惧和忧烦,人们便乞求通过神秘的交通方式,获得对未来生命的理
解与把握,在大多数民族中皆有固定的仪式。③ 酒神之所以在奥菲斯教
中被崇拜,不仅因为酒神是迷狂沉醉的保证,而且因为酒神能够帮助人们
战胜对死亡的恐惧。

---

① *Hymn To Demeter*, See *The Homeric Hymns*, translated by Jules Cashford, pp. 5-26.
② 恰托巴底亚耶:《顺世论》,王世安译,商务印书馆 1992 年版,第 329 页。
③ Wilhelm Dupre, *The Religion in Primitive Culture*, pp. 141-145.

　　酒神剧的出现,慢慢地使希腊酒神狄奥尼索斯崇拜具有了特殊的意义,这一方面使酒神狄奥尼索斯的形象形成了定格,另一方面则通过酒神狄奥尼索斯的伴侣萨蒂尔的出现,强化悲剧的狂欢和神秘特征,从而使希腊悲剧具有神秘的色彩。酒神剧的形成,与奥菲斯教和厄琉西斯秘仪的戏剧表演有关。如果追溯希腊悲剧艺术的起源,就必须深入认识希腊的宗教仪式。狄奥尼索斯崇拜活动中的仪式表演具有悲剧性质,这种仪式一般被视作"悲剧的起源"。在厄琉西斯秘仪中,宗教活动进入最后阶段,教徒必须观看酒神仪式剧,初入会的教徒观看"哈迪斯诱拐科瑞的模拟戏剧"。高层的祭司则参加另一宗教戏剧,即"宙斯与德墨忒尔的结合"。这时,德墨忒尔由女祭司和祭司长担任戏中的角色。这些演出要涉及"婚姻和性""狂欢和紧张",具有一定的迷狂性。类似的仪式,在印度教甚至印度佛教中皆特别盛行,性仪式显得非常庄严。古希腊厄琉西斯秘仪带有这种性质,最早的希腊悲剧的公开演出,虽不是关于酒神的戏剧,但演剧过程中的迷狂情绪又确实是酒神狄奥尼索斯精神的体现。希腊人的戏剧演出,不仅与宗教信仰有关,而且与史诗朗诵中逐渐发展起来的表演冲动有关。真正的酒神剧,在欧里庇得斯那里才开始真正出现,其他悲剧中出现的"酒神的伴侣",一般通过音乐节奏渲染那种酒神狄奥尼索斯情绪。[1]欧里庇得斯《酒神的伴侣》表现的是彭透斯和酒神的冲突,结果是彭透斯的悲剧性死亡。

　　悲剧的主题,似乎并未超越神话叙事本身,剧作者并未赋予其新的意义,但这部酒神剧基本上表现了"酒神的力量"。它说明酒神的力量是不可抗拒的,任何反抗只会导致自我灭亡,剧作者似乎也间接地肯定了敬神观念。[2] 妇女狂欢的文化意义似乎没有得到充分重视,希腊悲剧的剧情结构比较简单,艺术表演手段并不丰富,因而,悲剧一开场,狄奥尼索斯便

---

　　① Richard Buxton, *Myths & Tragedies in their Ancient Greek Contexts*, Oxford University Press, 2013, pp. 219-230.

　　② 欧里庇得斯:《酒神的伴侣》,张竹明译,参见《古希腊悲剧喜剧全集》(5),译文出版社2007年版,第215—302页。

登场。他的独白大意是："我是宙斯之子"，"我离开佛律癸亚和盛产黄金的吕狄亚之后，经过太阳晒焦的波斯平原，巴克特里亚的城关，墨狄亚的寒冷高原，富庶的阿拉伯，还经过亚细亚海岸有美丽望楼的许多城市"，"我曾在那些地方教人歌舞，建立我的教仪，向凡人显示，我是一位天神，只不过把形象化作了凡人"。"现在，我首先来到这希腊城市，在希腊的忒拜叫人狂欢作乐，使她们腰缠鹿皮，手执神杖，缠绕着常春藤和武器。""卡德摩斯把他的宝座和王权，传给了他的外孙彭透斯，这人反对我的神道，不给我奠酒，祷告时也不提我的名字。""为此，我要向他和全体忒拜人证明，我乃是一位天神"，"我的歌舞队，你们快跳舞吧"，"我要到喀泰谷，和那里的信徒们一同歌舞去"。从这部悲剧中我们可以看到，希腊酒神狂欢节确实非常疯狂。

在戏剧《酒神的伴侣》中，欧里庇得斯写道："我们的首领是布洛弥俄斯，呕嗬！遍地流着乳汁，流着酒浆，流着神酿造的甘露。那狂欢的领队高擎着熊熊的松脂火炬，冒着叙利亚乳香那样的香烟，火炬在大茴香杆上曳着一道光；他奔跑着，在欢舞中大声地喊叫，鼓励离散的队员，他那美丽的卷发在风中飘荡。"他在呕嗬声中嚷道："信徒们，前进吧，信徒们，前进吧！"狂女听了之后欢喜跳跃，像跟着母亲吃草的马驹突然举起了轻捷的脚蹄。剧情主要讲述彭透斯不相信神，而老人劝他相信，结果，彭透斯一意孤行，导致了凄惨的生命悲剧。[①] 合唱歌主要是对希腊酒神的赞美，剧中赞道："布洛弥俄斯，布洛弥俄斯，神啊，信徒们的首领啊，请你引我到奥林匹斯的神圣山坡，那是座厄里亚的缪斯们最幽美的住处。那里有快乐之神，有欲望之神。""在那里，信徒们可自由向你膜拜。我们的神，宙斯的儿子，喜欢节日的宴会，爱好赐福与和平。""那养育青年的女神，人不论贵贱，他皆同样赐他们以饮酒的快乐，使他们解苦消愁。""他憎恨那些无心在白天和欢乐的夜晚永远过幸福生活的人。"欧里庇得斯并不是敬神的剧作家，但在这部剧中还是强调敬神。"神的力量来得慢，但一定会来，要惩

---

① Euripides, *Bacchae and Other Plays*, translated by James Morwood, pp. 44-83.

罚那些残忍的、狂妄而不敬神的人。""神巧妙地埋伏起来,让时间的漫长脚步前进,但是,他们终于会捕获那不敬神的人。人的思想和行为切不可违反习惯。""承认神圣的事物有力量,承认不变的习惯和自然在长时期所树立的信仰并不难。"在这幕剧中,"敬神的观念"被表达得很充分。

　　酒神崇拜本身是很神秘的,在悲剧艺术中,酒神崇拜的神秘文化内涵不可能充分表现出来,因此,在酒神崇拜由隐秘向公开的转化的过程中,只是看到希腊人对生命强力的崇拜。① 他们崇尚那自然的狂欢,崇尚那野蛮的热情,崇尚那神秘的力量,人在狂欢状态中是欢快沉醉的,这时,自我中心主义的意念消除了。人越是深切地与自然融为一体,那种至深的幸福就越是妙不可言。因而,酒神狄奥尼索斯崇拜,在希腊文化中具有热烈的情绪和情感,深刻地表现了希腊人最坦诚、最自然的情怀。"在这种热烈的情绪中,人与人、人与自然的对立消融了,人获得了赤子般的情怀,责任、重负、羞耻心、道德感皆崩解了,接着出现的只是无边的热情和激情。"生命,在这种欢畅和沉醉中放射出不尽的光华和诗意的力量。正常的社会不容许人们过度地狂欢,人们就通过节日来实现这种狂欢,狂欢构成了节日的本质。正因为狂欢不易,人们才期盼狂欢的节日,享受狂欢的节日。专制的等级社会,总是以律法和习俗拼命压制这种狂欢文化精神。狄奥尼索斯酒神式狂欢精神,则是对律法和习俗社会理性的瓦解,也宣告生命感性放纵的本能胜利。②

4. 生命的神秘恐惧与节日庆典

　　在《游戏的人》中,赫伊津哈提到:"希腊传统通常把比赛分成公众的和国家的、军事的和法律的以及和力量、智慧、财富相关的比赛,这种分类看起来好像反映出文化一个较早的竞争性的阶段。当着法官的面的诉讼

---

① Werner Frick, *Die Mythische Methode*, Max Niemeyer Verlag, 1998, SS. 43-56.
② Friedrich Nietzsche, *Die Geburt der Tragödie*, *Oder Griechenthum und Pessimismus*, Philipp Keclam Jun. 1993, SS. 49-50.

被叫做竞争这一事实,不应像被布克哈特那样仅仅当作后来的一个比喻说法,而是相反,应被视为与古代观念的一种关联的证据。""希腊人过去常常发起比赛,不管是碰到什么都可以提供一点斗争可能性的事。男人的选美比赛是雅典娜祭日和提修斯节日的一部分,在宴饮中比赛唱歌、猜谜、熬夜和喝酒。"①在现代人的想象中,希腊狂欢文化似乎十分美妙。每一民族皆有自己的狂欢文化,相对于日常生活的平静,狂欢文化瞬间爆破、击碎了日常生活的锁链,使人们获得狂醉与欢乐。在每个人心目中,皆渴望这种激情欢乐的生活,因而,"狄奥尼索斯"的狂欢体验总是让人们保持对自由美好生活的向往。文化的惯例逐渐确立一些节日庆典时间,它们满足了人们的期盼和想象,所以,以时间为限度,民族的生活往往由日常生活和狂欢节构成。"狄奥尼索斯"狂欢节日成了对美好生活的纪念,它打破日常生活的平静,让人们在经历了狂欢体验并释放内在的激情之后,又恢复到日常生活状态。

狂欢文化实际上就是节日文化,事实上,狂欢文化由几种形式构成:一是民族社团共同的传统节日。例如,希腊的雅典娜大祭、酒神节等,这些节日作为民族文化的习俗,定期在相同地方举行;二是竞赛的节日。这种竞赛有的是固定的,如奥林匹克运动会,有的则是不固定的,带有区域性和集团性特点,具有一定的排斥性;三是政治性社会性节日。新的政治团体代替旧的政治团体,往往伴有相关的节日庆典;四是宗教性节日。宗教节日与传统狂欢节有许多联系,像希腊宗教节日即四月的"酒神节大祭"实际上就是传统狂欢节,当然,有些民族的宗教节日与传统文化有严格的区分;五是个人成年仪式或生日、婚宴和庆功活动。这类狂欢文化往往局限于个人或家庭,由个人带动与此相关的熟悉的人。他们一同欢庆,像希腊时代即有的一些"会饮"、朋友相聚、婚姻仪式和英雄凯旋等,就是这种狂欢文化的体现。②

---

① 赫伊津哈:《游戏的人》,多人译,中国美术学院出版社 1995 年版,第 32—35 页。
② Emily Kearns, *Ancient Greek Religion*, pp. 223-241.

对于现代人而言,希腊"狄奥尼索斯"狂欢文化最令人着迷的有三重因素:一是希腊广泛盛行的各种竞赛。希腊的竞技向来发达,优胜者往往得到欢呼与喝彩,戏剧写作也开展竞赛。竞赛不仅带来了狂欢,而且还直接推动了文化的发展,因而,希腊人崇尚狂欢文化。二是希腊宗教庆典与神圣节日礼仪。希腊有各种形式的宗教庆典,以奥菲斯教和厄琉西斯秘仪最为隐秘,许多宗教庆典逐渐成为公开的、人人皆可参与的节日活动。像厄琉西斯秘仪和酒神狂欢节,以已婚女性为主体。"狄奥尼索斯"宗教庆典,给信徒们带来了不可抑制的迷醉冲动和狂欢体验。三是希腊戏剧演出制度和史诗朗诵制度。狂欢文化总是与音乐、语言和舞蹈密切相关,音乐很容易给人带来迷狂的心情,语言在庆典中具有很大的煽动性。舞蹈是狂欢的生命本能的直接表现形式,生命的狂欢往往通过舞蹈最能自由地表现出来。"狄奥尼索斯"狂欢的舞蹈充满生命的活力,人的身体最大限度地表现出迷醉的力量,带有狂野的冲动和性的诱惑,蕴藏着无尽的生命潜能。① 希腊"狄奥尼索斯"狂欢文化的发展,直接推动希腊戏剧艺术的发展,希腊戏剧艺术正是酒神狂欢文化的象征性表达。当然,在戏剧表演中,不仅有酒神冲动而且有日神冲动。正是借助于这三种因素,现代人把希腊人想象成"自由的公民",许多人崇拜他们的精神创造力和社会制度,追思这种狂欢文化的内在生命本质。西方诗人为此写出无数美妙的诗篇,纪念这种"狄奥尼索斯"狂欢文化,思想家们则把"狄奥尼索斯"这种自然精神和自由精神视作真正的人的审美追求。

西方学者非常重视狂欢文化,尤其是人类学家和民俗学家,往往通过庆典和狂欢活动看到民族的文化的神秘内核,我们不可轻视"狄奥尼索斯"狂欢文化。② 狂欢文化,实质上是古代人生命理想的象征,其中既有原始生命冲动,也有神秘的心灵感应,既有对生活与文化的至深理解,也

---

① Erika Fischer-Lichte, *Dionysus Resurrected*, pp. 27-52.

② Friedrich Nietzsche, *Die Geburt der Tragödie*, *Oder Griechenthum und Pessimismus*, SS. 49-51.

有发自内在野性力量的需求。一切皆是在文化习俗许可的前提下进行的,人的粗野、原欲和竞争皆在这种文明许可的形式下以游戏的方式得到了充分表现。对此,麦克阿隆在《政治庆典中的社会性及社交性》有所论述。他认为,"庆典行为是受框架约束的行为",因为人类学家常用"框架"和"框架约束"这两个概念,用以辨别在特定场合(如仪式或戏剧演出)中时间或空间的界限。他们的做法,是将时空(形象化或实际的)限制在一定的边界之内。例如,庙宇、剧院、赛场或者法庭,这样便能够使人对于在这一封闭的时空界限内将发生何种行为或行动产生一系列预测。"不同类型的框架,意味着不同的心境或氛围",庆典既包括仪式框架,又包括游戏框架。仪式框架取决于传统的和源远流长的权威力量,游戏框架则允许参加者从仪式的"应当"和"必须"等强制形式中得以解脱。在这一世界中,每个人的欢乐与其他人的欢乐紧密地联系在一起。因此,特纳认为,"在庆典中,许多通常被社会结构束缚的东西获得了解放",其中最引人瞩目的是"伙伴意识和团体意识"。与此同时,许多原先分散在文化和社会结构各个领域的东西,在庆典中通过关键的和多元性的象征与神话得以集中,而由这些象征与神话构成的语义结构具有强大的凝聚力。[1] 难怪格莱姆斯给庆典下了这样的定义:"公共庆典犹如一座绳索桥跨在深渊之上,它的每个绳结就是象征。""当通过这座桥时,当这座桥开始随着我们的舞步的节拍慢慢晃动时,这个无底深渊也会暂时回荡起狂欢喧闹的声响。"[2]很多现代人对希腊"狄奥尼索斯"狂欢文化无比倾心和极度推崇,尼采放大并强化了希腊"狄奥尼索斯"狂欢精神的意义,他的狄奥尼索斯阐释,极大地影响了现代人对希腊狂欢文化的看法。

尼采从希腊悲剧出发,把希腊艺术分成"日神艺术"和"酒神艺术"(Des Apollinischen und des Dionysischen)。他认为,造型艺术具有鲜明的日神精神,音乐艺术则具有真正的酒神精神,而悲剧艺术则把日神精神

---

[1] Ian Rutherford, *State Pilgrims and Sacred Observers in Ancient Greece*, pp. 192-212.
[2] 特纳编:《庆典》,方永德等译,上海文艺出版社 1993 年版,第 375 页。

和酒神精神巧妙地结合在一起。① 他还认为,把酒神狄奥尼索斯的本质比拟为"醉"是最贴切的。"在酒神的魔力之下,不但人与人重新团结了,而且疏远、敌对、被奴役的大自然也重新庆祝她同她的浪子人类和解的节日。大地自动地奉献它的贡品,危崖荒漠中的猛兽也驯良地前来。酒神的车辇满载着百卉花环,驾驭着它驱行。""人轻歌曼舞,俨然是一更高共同体的成员,他陶然忘步忘言,飘飘然乘风飞扬。他的神志表明他着了魔。就像此刻野兽开口说话,大地流出牛奶和蜂蜜一样,超自然的奇迹也在人身上出现:此刻觉得自己就是神,他如此欣喜若狂、居高临下地变幻,正如他梦见的众神的变幻一样。"尼采对酒神狄奥尼索斯状态的描述非常准确,从个体化原理而言,尼采对酒神的重视亦有其道理。人人具有理性精神,人们在一般情况下,皆能按照理性生活准则去活动,很少有人敢任性、出格。这样,人在社会中,通常不得不戴着面具生活,而且生存的竞争性使人们彼此为敌,互不相通。在酒神狄奥尼索斯状态下则不然,人们在一瞬间皆松弛了下来,变得亲切自然友好,语言风趣而且充满欢爱和仁慈。尼采认为,在酒神狄奥尼索斯状态下,更容易瞥见"人的自由本质"。尼采还认为,在日神式的希腊人看来,酒神冲动的作用是"泰坦的"和"野蛮的",而同时他又不能不承认,他自己同那些被推翻了的泰坦诸神的英雄,毕竟有着内在的血缘关系。他甚至还感觉到,他的整个生存及其全部美和适度,皆建立在某种隐秘的痛苦和知识的根基上。酒神冲动向他揭露了这种根基:"看吧,日神不能离开酒神而生存!"②与此同时,尼采也看到:"酒神,这本来的舞台主角和幻象中心,按照上述观点和按照传统,在悲剧的最古老时期并非真的在场,而只是被想象为在场。悲剧本来只是合唱,不是戏剧。直到后来,才试图把这位神灵作为真人显现出来,使这一幻象及其灿烂的光环可以有目共睹。"③尼采结合悲剧来谈狄奥尼索斯

---

① Friedrich Nietzsche, *Die Geburt der Tragödie*, *Oder Griechenthum und Pessimismus*, Philipp Keclm jun. 1993, S. 19.

② 尼采:《尼采美学文选》,周国平译,生活・读书・新知三联书店 1986 年版,第 15 页。

③ 尼采:《尼采美学文选》,周国平译,第 34 页。

酒神精神，其实，酒神精神的真正内涵并未充分揭示出来，在此后的思想中，他把酒神精神视作他生命哲学的最本质的东西。

在《偶像的黄昏》中，尼采谈道："我是第一个人，为了理解古老的、仍然丰盛乃至满溢的生命本能，而认真对待那名为酒神的奇妙现象，它唯有从力量的过剩中得到说明。"因为只有在酒神狄奥尼索斯秘仪中，在酒神状态的心理中，希腊人的根本事实才获得了表达。希腊人用这种秘仪担保什么？"永恒的生命，生命的永恒回归；被允诺和贡献在过去之中的未来；超越于死亡和变化之上的胜利的生命之肯定。"真正的生命，即通过生殖、通过性的神秘而延续总体生命，所以对希腊人来说，性的象征本身是可敬的象征，是全部古代虔敬所包含的真正深刻意义。[1] 这一切皆包含在"狄奥尼索斯"这个词里，尼采说，"我不知道有比这希腊的酒神狄奥尼索斯象征更高的象征意义"。正是从希腊酒神狄奥尼索斯精神出发，尼采的全部哲学思想，皆可视作对酒神狄奥尼索斯精神的阐释。尼采热爱生命，探索生命的本质，他对酒神倾注了无限的热情，酒神承载了希腊神话神学传统所赋予的伟大生命想象与自由美好精神信仰。酒神狄奥尼索斯，在尼采的阐释中获得了真正的意义；酒神代表的"狄奥尼索斯精神"，就是对生命本身的探究和肯定。说到底，狂欢文化的本质，涉及了生命的欢乐和自由，而这对于人来说，始终是生存的最高目标，因此，对酒神狄奥尼索斯的肯定，对狂欢文化的肯定，就是对生命自由本质的最高肯定。希腊宗教本身就带有狂欢的性质，这是希腊民族的独特文化特征，尼采对希腊狂欢文化的阐释就是明证。

希腊神话神学的解释所面对的材料，皆是精神性材料，这些材料无法获得可证实性。因此，对希腊神话文化本质的揭示难免陷入主观性，我们对于希腊神话神学的解释只能从文化还原和文化象征的角度去分析。希腊神话神学对于西方文化的意义，主要是艺术性、精神性的，它激活了西

---

① 裘利亚·西萨等：《古希腊众神的生活》，郑元华译，上海人民出版社 2008 年版，第 225—230 页。

方人的审美自由与生命想象力,给予现代人以无尽的自由与生命的启示。因此,希腊神话神学话语就是希腊远古时期神学观念的大汇总,它保留了最原始的自由生命信仰和思想原则。希腊神话神学就是人类在原始时期对神的解释和思考,希腊神话的神学话语作为神学思想的感性表达形态,形象生动自由地构成关于神灵的解释体系。① 希腊神话神学的自由解释,归根结底就是用人的生活去解释神的生活,这正是它所具有的特别的生命启示与文化价值。②

---

① 韦尔南:《形象·想象·想象力》,参见《神话与政治之间》,余中先译,第 345—390 页。

② Martin P. Nilsson, *Geschiechte der Griechischen Religion*(*Erster Band*), *Die Religion Griechenlands bis Auf die griechische Weltherrschaft*, 1955, SS. 3-5.

第四章　希腊神话神学的文明立法

第一节　爱若斯神话与希腊爱欲观念的确证

1. 爱欲意志：天地相生与生命崇拜

根据赫西俄德的叙述，"爱神"（Eros）是从混沌中生成的第一批神灵。① "爱神爱若斯，在不朽的诸神中数她最美，能使所有的神和所有的人销魂荡魄、呆若木鸡，使他们丧失理智，心里没了主意。"② 作为古老的女神，"爱若斯"就是生命创造的力量，是事物与事物之间、神与神之间爱情的力量。这一力量具有使人癫狂欢跃的特质，它是天地自然生成的结果，亦是宇宙间最伟大的生命创造力量，它使性别关联，生命相通，激情相续，情感相融。希腊人崇尚热情奔放的生命活动，并由此铸就美丽的希腊文化理想，从希腊竞技、奥林匹克运动、希腊狂欢节和希腊悲喜剧等即可看出希腊文明的这一特质。在希腊人的生命观念中，"爱欲"的理解与表达无疑是重要问题之一；诚如希腊神话中所预言的，爱欲是古老而基本的

---

① 据赫西俄德《神谱》（*Theogony*）所述，最先产生的神是卡俄斯（Chaos）、大地（Earth）或盖娅（Gaia）和爱若斯（Eros），随后，从卡俄斯生成厄瑞波斯（Erebos）和夜神（Night），后者又生出光明神（Aether）和白日神（Day）。大地与天空结合，生出十二泰坦神、三个巨人（Cyclopes），由此，诸神不断生成，直到神话创作的终结。See Hesiod, *Theogony, Works and Days*, translated by M. L. West, pp. XXVI-XXVIII.

② 赫西俄德：《神谱》，张竹明等译，第29—30页。

力量,生命的诞生就意味着爱的关系被建立。在希腊神话神学中,"原初的爱"是大地母亲之爱或母爱。这种爱超越了一切,完全是生命纯粹情感的投注。在一般情况下,"母爱"是原初生命之爱的充分表达。母亲对子女的爱,那种感情是恒定的、真实的、无可比拟的,例如,希腊神话中多次提到"宽胸的大地母神盖娅(Gaia)"因丈夫囚禁她的子女而无限悲哀。这种爱是庆幸、满足、关怀、欣赏、欢乐,没有任何"欲"的成分掺杂。一旦人能够自主,就可能挣脱与这种本原之爱的密切关系。

作为自然的个体和社会的个体,必定会寻找新的爱恋对象,而这种"新的爱恋冲动"与"欲"的觉醒有很大关系。两性渴望交流,需要建立那种性别之间的身体与情感交流关系,双方皆可能为寻找并体验新的爱的对象而欣幸、激动。两性之爱,揭开了爱的神秘面纱,人们面对生命的冲动和生命的狂欢体验,真正领悟到生命的神圣。[1] 当然,作为两个完全独立的个体,两性之间的爱恋关系绝非仅仅出于性本身的吸引,在性吸引之外还有两性之间的思想与情感共融。在爱恋过程中,心灵的默契与和谐可能比单纯的性吸引更为重要。在希腊神话神学中,泰坦神的爱欲与奥林匹斯神的爱欲不可同日而语,前者显得粗犷野蛮,后者则体现了人类情爱的浪漫和真挚。人们在追求这爱的生命本源时,常从自然的相互联系来解释人的爱欲,爱欲变成了自然性和社会性问题。人性问题在希腊神话神学文化背景中生成,或者说希腊神学诗人把"爱欲"也当作一个神秘的问题加以探讨,这样,"爱神"就成了爱欲的象征形象。

希腊人把爱欲这种原始而又神秘的力量称之为"Eros"。我们应看到,希腊神学诗人对爱欲的理解不是单一的,而是找到了这一观念形成和发展的复杂过程。神话神学必须对本源问题进行思索、想象和解答,而对于人的生命本质的探究则是希腊神话追根溯源的基本目标。[2] 这种解释和想象,虽然可能是诗性想象的或描述的,缺乏理论的确定性,但是它往

① C. Kerenyi, *The Gods of the Greeks*, pp. 67-80.
② Walter F. Otto, *Das Wesen der Götter*, Siehe *Die Götter Griechenlands*, SS. 161-172.

往比理论界定本身更贴近本源问题。因此,不可忽视神话神学对"爱欲本质"的想象性解释。希腊神学诗人的诗性描述表达了原始希腊人的爱欲观念,在希腊神学诗人看来,爱欲观念的最初形成必须到"自然万物的生成"中去寻求解释。人的想象性思维总是脱离不了人和自然,当他们解释自然时,就运用人的经验去构造;当他们解释人性时,又从自然那里找到比拟物。对爱欲的解释就是如此,爱欲作为力量并非人所独有,在神学诗人的思维中,自然万物的形成皆依靠这样的力量。天与地相生、物与物相生、人与人相生,一切物的生成皆在大自然中完成。现代自然科学对自然生成的秘密之揭示非常有意思,研究人员在实验过程中对自然的生育关系做了细致观察,并得到科学的结论。这些结论,与神话神学的原初想象相一致。对于神学诗人来说,他们虽无法观察到自然事物生成的细微过程,但是能够预见自然的有生命的事物之间皆是"生成关系"。自然物从胚胎到发育的完整过程类似于人的发育、生长过程,因而,希腊神学诗人对大自然最基本的生育力量的解释具有自然意义,也可看作"唯物论思想的萌芽"。

在人类原始思维中,对自然这样生成力量的想象性把握似乎是共同的信念,在许多民族的神话神学中,一般皆预见并看到这种对立生成力量的存在。[1] 在中国人的古老信念中,"天地相生"是非常自然的哲学思想。"天地相生,万物相成","天地不交,则万物不生",在《礼记》这样的规范性著作中,也保存了大量的"性的比喻"。这种比喻与羞耻感无关,在中国文化经典中,比拟自然事物的生育关系可以坦坦荡荡,但比拟人的生育和性行为则有些遮遮掩掩。在中国经典文化中,对生殖、性、爱欲的表达似乎仅仅到这一层为止,民间对生育、性的各种神秘信仰不能登大雅之堂。希腊在表达"爱与欲"的观念时,却能大胆地把这两种观念合在一起,希腊人的坦率和自由对于西方后来的爱欲观念乃至性观念形成至深影响。"爱"

---

① 恩培多克勒正是受到这种神话思维的影响,提出爱恨斗争学说。Siehe *Die Vorsokratiker*, herausgegeben von Wilbelm Capelle, SS. 157-163.

与"欲",在西方文化语境中是不可分割的两个问题。关于希腊人爱欲的自由程度,温克尔曼曾作过描写:"在厄琉西斯竞技会上,弗里娜当着在场希腊人的面洗澡。""最美的青年,裸体在舞台上舞蹈。"①

希腊神学诗人在表达爱欲观念时相当粗野、质朴、大胆,且不说盖娅与乌拉诺斯相交时的浪漫,单说阿佛洛狄特的诞生就非常具有传奇色彩。其一,神学诗人极力强调"乌拉诺斯"的生殖力。为了挑战王权,克洛诺斯用燧石镰刀"飞快地割下父亲的生殖器,把它往身后一丢","它也没白白地从他手里扔掉,血滴入大地,大地还生出了强壮的厄里德厄斯和癸干忒斯和自然神女";其二,"克洛诺斯用燧石镰刀割下其父的生殖器,把它扔进翻腾的大海后,这东西在海上漂流了很长一段时间,忽然一簇白色的浪花从这不朽的肉块周围扩展开去,浪花中诞生了一位少女",即"女爱神阿佛洛狄特"。② 这个神话叙述本身,特别突出"性欲与生殖"的强大意义。权力之争与爱欲的表现结合在一起,很有浪漫的想象力。阿佛洛狄特的诞生使这个王权神话具有了另一层意义,这似乎说明:希腊爱神的诞生与生殖器相关,希腊神学诗人毫不隐讳爱欲的野性和诗意。从美神的诞生还可以看到,东方的爱欲观念对希腊神话也有一定的影响。③ 神学诗人写道:"起初,她向神圣的库忒拉靠近,尔后,她从那儿来到四面环海的塞浦路斯。在塞浦路斯,她成了一位庄重可爱的女神,在她娇美的脚下绿草成茵。"女神的名字似乎与浪花、地域和男性生殖器相关。"无论在最初出生时还是在进入诸神行列后,她皆有爱神爱若斯和优美的愿望女神与之为伴。她在神和人中间分得了一份财富,即少女的窃窃私语和满面笑容,以及伴有甜蜜、爱情和优雅的欺骗。"④这反映了希腊人关于爱欲的第二个意思,即"爱欲总与美色相关"。阿佛洛狄特作为美神和爱神,在希腊诸神中既司高贵的爱情又司粗俗的爱情,有"天上的维纳斯"与"地上的维纳

---

① 温克尔曼:《论古代艺术》,邵大箴译,中国人民大学出版社1989年版,第30页。
② 赫西俄德:《神谱》,张竹明等译,第32页。
③ C. Kerengi, *The Gods of the Greeks*, p. 69.
④ 赫西俄德:《神谱》,张竹明等译,第32页。

斯"之分,所以,希腊神学诗人认为,"女爱神"既崇尚高贵的爱情又崇尚低级的性欲。这两种特性在这个女爱神身上结合在一起,但在希腊神话神学中,她似乎主要"司性欲与爱情",对高尚坚贞的爱似乎不太理解,相反,她对偷情寻欢需要显示美色与性诱惑总是乐趣无穷。这在她与阿瑞斯的偷情中有所表现,也在与宙斯的相互捉弄中有所表现。与此同时,我们还应看到,她对"丘比特和普绪喀"至爱的阻拦,也显示了美神对专一、纯洁和美丽的某种妒忌。

希腊神学诗人把阿佛洛狄特视作美神和爱神,多少也显示了他们对浪漫而放荡的情欲的认同。最初,古老的爱若斯与阿佛洛狄特相伴,但在神话神学叙述中逐渐转化为年轻的爱神"爱若斯"。古老的爱神"爱若斯"是一位女性,后来年轻的爱神"爱若斯"则是一位男性,有时又被视作美神之子,这两重神格的重叠与转换,在希腊神话神学传播语境中相当自然地完成。这种情况在希腊神话神学叙述中时有发生,这可能与泰坦神系和奥林匹斯神系的重叠相关。"年轻的顽皮的爱神"显然不是"古老的爱神爱若斯",这两个爱神的神格转换大约是在语言叙述中发生的误差。希腊神学诗人把"年轻的爱若斯"说成是美神阿佛洛狄特之子,因此希腊爱神又显出新的形象。"年轻的爱神爱若斯"特别喜欢恶作剧,在希腊神话神学叙述中,他有箭袋,常常用"爱神之箭"来捉弄诸神和凡人,使不该相爱的相爱,使爱恋至极的人又得不到爱。他多次捉弄阿波罗等神,也曾捉弄过他母亲,这个可爱的精灵给希腊神话叙述增添了许多喜剧色彩。"小爱神的爱情",似乎是对人类爱情形成过程的隐喻表达。小爱神本来要去杀普绪喀,却禁不住爱上了她,他于是违抗母命,保护了普绪喀的生命,后来,普绪喀经不起姐姐们的挑唆,违背了与爱神的诺言,偷偷地看了爱神并伤了爱神。于是,普绪喀历经千辛万苦,寻找她失去的心爱的情人,最后找到了阿佛洛狄特的宫殿。谁知她受到了女神的打击,女神又把她当佣人使唤,让不安和忧伤做"她的伴侣"。普绪喀忠贞不渝地、无怨无悔地爱着自己的情人,后来,小爱神受到了真正的感动。由于小爱神的乞求,宙斯也深受感动,最终"普绪喀成了爱若斯的妻子"。"众神送给她仙丹,让她永生不死,诸神也加入了欢乐的合奏,阿佛洛狄特也闻歌起舞。"①

　　希腊神学诗人有关爱神的神话神学叙述显示出,"希腊爱神"具有三重形象。"第一形象"是古老的爱若斯,她是神秘的使人癫狂欢乐的力量,是天地自然相生相爱的原始神秘力量;"第二形象"是美神阿佛洛狄特,集爱与美于一身的女神,代表着每年的春天和每天的黎明,掌管一切动植物的繁衍和生长。在爱与美的女神周围,簇拥着手拿镜子的时光女神、擅长美容的女神埃得忒斯、能使哲人神魂颠倒的雄辩女神,还有美好的愿望女神,诱人的温存女神,光荣女神和幸福女神;"第三形象"即年轻的爱神,他专司神与人的爱情冲动和爱情关系,他主宰着爱情的建立。这三个形象的神格彼此交替,相互丰富,而且这三个形象的演变反映了希腊人爱欲观念的形成和演变,其内涵的复杂显示出"爱欲观念"不断丰富和扩大的过程。希腊人重视爱的各种力量、爱的各种表现形式、爱的本质特征的揭示,创造了如此丰富而迷人的"爱神形象"。"爱神"是希腊文化的象征,尤其是女爱神,不仅是美的化身,而且是爱欲的化身,她不仅代表着各种自由的爱的力量,而且代表着癫狂与激情。只要有爱,一切爱欲皆是合情合理的,爱神的风流韵事不仅不是羞耻,反而是希腊人自由爱欲观念的通俗表达,这种爱欲观念在荷马史诗叙述中有着独特的表现。② 希腊人就是如此看重生命,他们质朴自然、热情奔放,因为他们的生命是强大的,他们的心灵是健全的。这种健全的心灵尤其表现在希腊神话叙述中,构成了西方文艺创作和自由思想的持久的激发性力量的源泉。温克尔曼最推崇这种希腊文化精神,他从希腊雕塑和绘画的读解中发现了这种力量,并试图以此去培植德国人高尚和健康的审美趣味。③ 应该看到,希腊文化的自由象征,通过爱神的三重形象得到了自由表现。

---

　　①　Yves Bonnefoy: *Mythologies*, pp. 464-472。

　　②　在《伊利亚特》中,荷马以众人围观的方式叙写了美神与战神偷欢被赫淮斯托斯诱捕的情景。See Homer, *The Odyssey*, translated by A. T. Murry, pp. 265-366, pp. 290-299.

　　③　温克尔曼:《论古代艺术》,邵大箴译,第23—28页。

2. 并不羞耻：爱欲意志与生殖意志

自然隐喻与诗性思维显示了希腊人独特的自然观念，这确实非常让人着迷。希腊人以诗意的眼光去看待自然，自然中的一切皆是"神灵的化身"，或者说一切自然物中皆有神灵。奥林匹斯山是众神之王的居所，是无数高贵的神灵欢聚之地，传说希腊的许多群山、河流、森林乃至大海有无数自然神女们，她们狂野地到处游荡，自由自在地在山川自然中生存。① 希腊人这种独特的自然观念，给予后代诗人无穷的美妙想象。他们不仅想象自然中有无数神灵，而且想象无数神灵的自然栖居之所，想象神灵有自己的情人和恋人：有的女神爱上了在山川放牧的牧人，有的男神则追求在草地上戏耍的女子们。在希腊人的无限大自然奇观的想象中，神与神之爱，神对人和人对神之爱，使希腊文化中的一切皆有了"爱的诗意"，后代的诗人则沉浸在自然山水之中，他们把这美丽的自然风光视作"众神对人的恩典"，这显示了自然神的无穷美丽和神秘。希腊人的神灵观念和爱欲观念，极容易使人对美丽的大自然产生无比的热爱，当然，希腊神话地理并不全是如此美妙的适合抒情的场所。在奥德修斯的还乡路上有不少大自然怪异的精灵，例如，专门以歌声迷惑人、导致船毁人亡的妖女塞壬，吃人的斯拉加，吞吐激流的怪物，粗野神奇的自然与美丽抒情的自然，共同构成了希腊人的"诗性想象天地"。②

在希腊神话神学中，神学诗人十分重视自然神灵的爱情，他们把"神的爱情"视作人类爱情的楷模或象征形式。盖娅与乌拉诺斯仍十分友好地关心宙斯等神灵，他们以爷爷奶奶的豁达欣赏着宙斯的统治，并认同宙斯神的统治。克拉洛斯与瑞亚也自由地统治着一处海岛，让那些幸福的神灵和黄金、白银、青铜时代的人们自然地生活在一起。作为王后的赫拉

---

① "Olympischen Gottes"，"Olympischen Religiösen"，"Olympischen Schöpfungsmythos"，"Olympischen Bergkuppe"，在希腊神话中是几个关键词。Siehe Walter F. Otto, *Die Götter Griechenlands*, SS. 24-29.

② Homer：*Odyssey*，translated by Albert Cook，1974，pp. 86-97。

也有热烈而动人的爱欲,阿佛洛狄特爱着阿多尼斯,恩底弥安也得到了自然神女的倾心相爱,阿波罗疯狂地追求着达佛涅,狄奥尼索斯热爱阿斯多涅斯。自然神之间的"自由爱欲",似乎为人类生存提供了榜样,希腊人羡慕自然神并尊重他们热烈而疯狂的爱情。于是,希腊神学诗人对自然神爱情的歌颂,便成了希腊爱欲观念和泛神论思想的自由表达。希腊众神对爱情的追求是感人的,阿波罗在追求仙女达佛涅时做了这样动人的表达:"仙女,请你停下来,看跟在你后面的人是谁。我不是山里的野蛮人;也不是只能放牧牛羊的粗暴的牧人。我是光明之神,我的父亲就是宙斯。我能未卜先知,受神灵启示,能揭示过去、现在和未来使人烦恼的秘密。"达佛涅却不接受,只是拼命向前飞奔。当达佛涅变成了一株月桂树时,阿波罗还是这样表达,"啊,达佛涅"! 光明之神无限悲痛地倾吐自己矢志不渝的爱情,"从现在起,你就是阿波罗最喜欢的树木了。我将用你永生的树叶编成桂冠;它将成为勇士们头上的冠冕,成为诗人和凯旋者光荣的象征"。

最富于传奇色彩的爱情之神,莫过于潘(Pan)了。潘的身体是人形,但脚和腿则是羊形,额上长着一对羊角,头上长着乱蓬蓬的头发,缀着公羊胡子,刚生下来时就咩咩地叫,像山羊一样在山上乱蹦乱跳。荒凉的雪山,陡峭的小道,僻静的山路,荒僻的原野,皆是他的天地与生存世界。当夜幕降临,他就到河边或泉旁休息,吹奏他的排箫,任何生物的歌声也没有他的箫声悦耳,春天林中小鸟的歌声也无法同他的箫声相比。听到潘的阵阵悦耳箫声,山林水泽仙女便悄悄来到他身边为他伴唱,并随悠扬的乐声在草地上翩翩起舞。牧神潘经常与仙女们生活在一起,尽管他与彼莱斯、绪任克斯的爱情皆充满了不幸和悲剧色彩,但是,当诸神一听到"大神潘死了",他们也失去了欢乐。[①] 人们热爱在山野中狂欢的精灵,希腊人赋予大自然无限美好的情思,体现了希腊人对大自然的无比热爱,希腊神学诗人通过这些神话故事揭示了自然之爱的至深本质。

---

① Yves Bonnefoy, *Mythologies*, pp. 502-507。

希腊人对大自然的这种感恩般的至深热爱,体现了素朴的自然生成观念,他们相信自然有无穷的生殖力;自然神之爱,尤其是植物神之爱,会增加这种生殖力,这样,大自然的生殖力愈强,人们的出产愈多,与此同时,人们相信通过人的模拟爱欲能诱发"大自然的丰产"。自然之间存在"彼此爱恋的力量",也存在"彼此恨恶的力量"。由于承认大自然有神秘的生育力量,这种神秘的力量也导致人们的自然崇拜。人们对大自然的恐惧,可能成了人类自然崇拜的深刻原因;人们对大自然的感激,也可能形成自然物崇拜,这种爱的崇拜,特别在庆典和狂欢仪式中体现出来。在庆典和狂欢仪式中,人们模拟两性生殖的巫术促使大地丰收和万物生长。关于这种神秘的巫术仪式,弗雷泽曾经做过描述与分析,他从谷神崇拜的习俗去理解德墨忒尔与珀耳塞福涅的爱,确实有一定的道理。因为在古代艺术中,德墨忒尔和珀耳塞福涅作为谷神的特点,皆同样表现在她们"头上戴的谷冠"和她们"手中拿的谷束"上。正是德墨忒尔先向雅典人显示了"谷物"的秘密,并通过特里卜托勒姆斯把这个有利的发现广为传播,她还派遣特里卜托勒姆斯做巡回使者,"把这个恩惠向人类传播"。在古代艺术作品中,特别是在古瓶的绘画中,经常表现她以这个身份和德墨忒尔在一起,她手拿谷束,坐在她的车上,这个车有时候长有翅膀,有时候由几条龙拉着。据说,她在空中奔驰的时候,就从这个车上向全世界播种,"许多希腊城邦,为了感激这个无价的恩典,长期不断地把他们收获的头批大麦小麦运到厄琉西斯去,作为感恩祭品献给德墨忒尔和珀耳塞福涅这两个女神"。① 同一个神话故事,可以从多方面进行解释,这是许可的,在许多国家皆有"五谷妈妈",由此可见人们对大自然生殖力量的崇拜。其重要原因是,人们希望大自然提供给她们更多的粮食、果实以及赖以生存的产品,而这一切皆可以看作自然生殖力的表现。

我们还应看到,希腊人对大自然的崇拜有更深的原因。在原始自然条件下,人类生命的繁衍与生育,也受到自然生殖力量的神秘制约,因而

---

① 弗雷泽:《金枝》,徐育新等译,第 576 页。

形成了"神圣生殖崇拜"。如果说，人们通过在田野模拟性欲来激发大地丰产是人对大自然的暗示，那么，人们为了自己的生育而对神秘自然崇拜则是大自然对人的赐予。一些不能生育或者希望生男丁的女人，她们往往到神秘的自然之域，通过一些性巫术来达成愿望。男性生殖器崇拜似乎比较普遍，从一些考古发现中可以看到，初民模拟的生殖器官非常相像，例如，印度的林伽崇拜就是生殖崇拜的反映，世界不同地区皆有生殖崇拜习俗。① 在希腊神话神学叙述中，生殖崇拜并没有被特别强调，我们也不可夸大其生殖崇拜的文化意义。一般说来，生殖崇拜比较庄严，大多数人信守的生殖崇拜仪式源于渴望生子或生育。其中，纯粹性欲的表达应该是比较少的，现在有一些研究者过于强调生殖崇拜的"性欲意义"，事实上生殖崇拜更多地体现为希望子孙繁衍。在比较恶劣的自然条件下，生育是容易的事，并且是不受禁止的事，但是，生育出来的子女要想培养成人并不容易。在古代，基本上没有节育的观念，在许多民族，停止生育被视为犯罪渎神行为，因为生命易于死亡，所以保证生殖力的强盛就显得非常重要。与此同时，还应看到家庭、氏族或民族的兴盛也需要人丁的繁盛，因而古代生殖崇拜才成为重要的文化现象。

真正像《狂欢史》的作者所描述的那种"变异的性崇拜"，从来就是隐秘的，也是不能公开的。② 作为公开的生殖崇拜，大多数人是希望生育或生育儿子，只有从这种较严肃的意义来解释这种文化心理才比较符合事实。人们相信自然生育之间可以相互感通，人的生育可以刺激自然的生育，自然的生殖也可以激活人的生育，在古代神学诗人那里，就存在这样神秘的文化观念。这种生殖观念和爱欲观念，在希腊神话神学中本来具有极其丰富的含义，但是后来由于自然观念向哲学方面提升，哲人所要寻求的是对自然间普遍存在力量的解释，因此他们往往追寻万物的始基，即"哪一物质决定了自然万物的存在"，这样，他们就放弃了自然生育观念。

---

① Yves Bonnefoy, *Mythologies*, pp. 11-16。
② 帕特里奇：《狂欢史》，刘心勇等译，上海人民出版社 1992 年版，第 5 页。

尽管如此,后来的哲人还是看到了自然万物之间的基本生成关系。除了有物质根基外,还存在"爱与争"的对立力量,没有爱与争,自然生成关系也不容建立。总而言之,这种素朴的自然观念决定了希腊人总是从生育这方面去解释自然的奥秘。① 尽管他们也有神灵崇拜,但是他们很少想到自然中的一切是由某一神灵所创造,他们宁可相信自然的生成关系,而不愿设想最高神创造了自然界的一切,这比圣经神话的创世观具有更为强烈的自然主义气质。希腊神话的自然主义思想对希腊自然哲学的推动不容低估,同时,从这种希腊人的生命观念中,我们也能体会希腊人对生命本质的深刻理解。

3. 美丽不只是爱欲:纯洁与神圣

美丽可以激发性的欲望,性的欲望使人生充满美丽。为了表达性与美的关系,"裸体常常作为审美对象",在希腊神话神学的文化叙述中,爱欲与审美之关系让人有一种神秘复杂而又欲理难清的感觉。阿佛洛狄特,既是美神又是爱神,而神的形象大多是"美的形象",希腊人用自己的审美观念创造了无数的美的神灵形象。这些美的形象不少是裸体形象,尤其是阿佛洛狄特和阿波罗以"裸体的形象"表现居多,即使是让神穿上衣服,雕塑家也尽量让人们窥视"神的美丽身体"。希腊雕塑家致力于裸体雕像,与希腊人开放的爱欲观念有关系。温克尔曼不止一次谈到,"希腊爱欲观念的自由"对于审美创作具有重大意义。在他看来,神祇年轻优美的容貌显出他们的柔情和爱,而且能够成功地使人们的心灵处于"甜蜜的兴奋状态",其中也包含了"人类的安乐"。"对于这种安乐,不论理解是好是坏,所有宗教皆在追求它。"②必须承认,希腊神话中渲染神灵性爱场景的地方确实非常多。例如,在《神谱》中诗人写道:"伊佩阿托斯娶大洋神之女、美踝的克吕墨涅为妻,双方同床共枕。克吕墨涅给他生下了勇敢

① *Die Vorsokratiker*, herausgegeben von Wilbelm Capelle, SS. 155-156.
② 温克尔曼:《论古代艺术》,邵大箴译,第 156 页。

无畏的阿特拉斯，以及十分光荣的基诺提俄斯，足智多谋的普罗米修斯，心不在焉的厄庇米修斯。""现在，奥林匹斯的歌声甜美的缪斯，神盾持有者宙斯的女儿们呀，来吧，歌唱一群神女，那些与凡间男人同床共枕，为他们生出神灵般子女的永生的女神们吧！"①在希腊神学诗人的叙述中，性爱场景的强调是必须进行的重要节目。在神话神学叙述中，人们很少看到希腊人的生殖崇拜仪式，但神与神之间，神与人之间，英雄与美女之间的自由性爱，确实被大肆渲染。当然，对宙斯的性爱神话的渲染最为突出。由于已经专门谈过宙斯的婚姻与爱欲问题，这里就不拟展开，我们还可以看到许多类似的神话叙述。

赫拉是如何迷惑宙斯的？在《伊利亚特》中，神学诗人荷马写道："牛眼睛的天后赫拉心中思索起来，怎样才能迷住掷雷神宙斯的心智。她心中当即认为最好的办法莫过于把自己好好打扮一番前往伊达山，也许会使他燃起欲望躺到她身边。"②"她走进卧室，随手把闪亮的门扇关上。她首先用安布罗西亚把姣美的身体上所有的污垢去除，再浓浓地抹上一层安布罗西亚神膏，散发出馥郁的香气。只要把那仙膏在宙斯的青铜宫殿里稍微摇一摇，馨香会立即充满天地。""女神们的女神又在头上扎了一块精致的闪亮头巾，辉耀如同白日，最后把精美的绳鞋系到光亮的脚上。"她又借到了阿佛洛狄特的腰带，爱欢笑的阿佛洛狄特说："拒绝你的请求不应该，也不可能，你是强大的宙斯怀抱里的睡眠之神。"果然，宙斯一见到她，"强烈的情欲"即刻笼罩他的心智，就像他们第一次享受爱情的床上欢乐那样。"集云之神宙斯"立即这样回答她："赫拉，你完全可以改日再去那里，现在让我们躺下尽情享受爱欢。无论是对女神或凡女，泛滥的情欲从没有这样强烈地征服过我的心灵。"克洛诺斯之子这样说着，紧紧搂住妻子，大地在他们身下长出繁茂的绿茵，鲜嫩的三叶草、番红花和浓密柔软的风信子，把神王宙斯和神后赫拉托离地面。他们这样躺着，"周围严

---

① 赫西俄德：《神谱》，张竹明等译，第23页。

② Homer, *The Iliad*, translated by A. T. Murry, XIV 153-360, pp. 78-93.

密地笼罩着美丽的金云,水珠晶莹滴落地面"。① 在《奥德赛》中,神学诗人荷马又通过阿佛洛狄特和阿瑞斯的性爱故事来强化。② 粗犷、美好而又坦率地表达性,正是希腊民间文化的本质特征。人们在这种放纵的笑谈中体会生命的欢乐,"神的爱欲"在很大程度上成了希腊人爱欲理想的自由表达。

希腊人在性爱叙述上的开放、率真和大胆,决定了希腊人"爱欲观念"的自由开放性。对于希腊人而言,性爱本身是自由美丽的,没有太多的禁忌,甚至婚外情也是许可的,这就决定了"爱欲主题"在希腊裸体艺术中的特殊地位。裸体的意义不仅在于性的袒露,而且在于性爱的升华。在许多民族中,性与裸体是非常神秘的,因而对裸体的认识愈困难,性就愈神秘。希腊人自由的性观念使爱欲表达非常自由,因此"裸体形象"较少受到禁锢。前面已经谈到,希腊美女还在舞台公开沐浴,让人们欣赏其美丽的裸体。希腊人相当重视人体的健美,据希腊历史记载,在古老的雅典城邦律法中规定:自由民生育的孩子,如果是丑陋的或残疾的,那么,要么送给奴隶,要么扔到荒山野外,让其消失。据说,他们就是通过这个残酷的法律,保证希腊自由民健美身躯。还有一些体育运动,也保证了希腊自由民的健美的身躯,因而希腊人很早就对人体形成至深崇拜。"人体崇拜"通过奥林匹克运动会得到了充分体现,那些男性健美的身躯、矫健的姿态,令人迷恋,在竞争中获胜的人得到很高的荣誉。在表演艺术中,女性身体崇拜自然形成;在体育竞技中,男性身体崇拜得以自然进行。人们崇尚"异性的身体",能够自由地表达性爱,这无疑给希腊艺术家提供了极好的机会。

希腊人从不怀疑这一点,他们坚信阿波罗神是完美无缺的美构成的人,他的身体与比例富有数学的神一般的美。③ 阿波罗变得美丽之前,首

① 荷马:《伊利亚特》,罗念生、王焕生译,第357—370页。

② Homer, *The Odyssey*, translated by A. T. Murry, pp. 266-320, pp. 290-295.

③ Walter Burkert, *Greek Religion*, pp. 143-148.

先是明确的与理想的。这种变化，即各个部分的相互联系是逐渐形成自然形态的。"因为如果没有官能的高亢昂奋，那追求每一块肌肉的起伏，凝神观察皮肤在骨节处是如何张弛的雕刻家的真挚目光，就不可能闪现。"所有的人，皆在各自心中保留对希腊运动竞技这一活动的特异印象。这种对男性美的崇拜，与裸体的和谐美、官能的刺激、性爱的冲动有关。温克尔曼谈道，"众神最美的阿波罗像上的这些肌肉，温柔得像熔化了的玻璃，微微鼓起波澜。与其说它们是为了视觉的观照，不如说是为了触觉享受。"由此可见，希腊人对美的人体的无限崇拜。在希腊艺术史上，公元前六世纪的女性裸体像我们是看不到的，到了公元前五世纪，女性裸体像依然十分罕见，所以也不可过分夸张希腊爱欲文化的开放性。阿佛洛狄特的早期形象大多身穿衣服，这有其宗教和社会方面的原因。在希腊艺术中，性爱是自由的、美的，但是在历史现实中，希腊女性还受到限制。"年轻男子为了体育可以脱去衣服裸露身体，平常亦只穿短衣，而希腊的女性们则不行，从头到脚皆裹得严严实实。""只有斯巴达人是个例外。斯巴达女人们把大腿露在外面，参加体育竞技比赛，以此招来了其他希腊人的目光。"①希腊艺术繁盛时期的女性裸体像为数极少。尽管如此，希腊人对女性美的理解，在很大程度上是以爱欲的激活力作为基本的生命自由及价值尺度。

　　女性是否真正美？这在很大程度上要看她能否激起异性无限的热爱，这一点可以由希腊史诗中的"金苹果"一案来说明。希腊神话神学关于每个神的叙述，几乎皆要提到这个神对待爱欲的态度，同时，还要叙述有关的"爱欲事件"，这构成了希腊神话神学叙述十分重要的部分。例如，为了挑起爱欲的纷争，当众神相聚时，"不和女神"送去了金苹果，上面写着"给最美的女神"。当时在场的三位女神，皆认为自己应得这份荣誉，这三位女神是赫拉、雅典娜、阿佛洛狄特。② 应该说，这三位女神确实代表

---

① 肯尼斯·克拉克：《人体艺术论》，彭小剑等译，四川人民美术出版社1991年版，第68页。
② 裘利亚·西萨等：《古希腊众神的生活》，郑元华译，第27—40页。

了三种不同的美的类型。赫拉是一位"年轻而美丽尊贵的女神",在一般的艺术想象中,她总是一手拿着象征多产的石榴,一手执着上面栖息着杜鹃的权杖;她长着一双亮晶晶的大眼睛,头发浓密,身着华贵的冠冕;她的脸蛋和身形总是格外美,在她身上,一切显得贞洁与静雅、庄重与严肃。作为妇女的保护神,孔雀是她的神圣物,孔雀作为五彩缤纷、羽毛饰满星星的美丽鸟,是繁星闪烁、壮观的夜空的象征。赫拉十分珍重自己的美貌,每年春天皆要去圣泉沐浴,一到这神妙的水中,她便恢复了少女的容貌。她是"白臂女神",只要精心打扮,宙斯就无法抗拒她的魅力,但她从不理会自己的追求者,高贵而又神圣,在爱欲方面,她是"贞洁的榜样"。她也因此好妒忌,多次疯狂地打击宙斯宠爱的女神和凡间女子,她的美是"高贵而又威严的美"。① 雅典娜始终保持"少女的美与处女的美",聪明智慧,充满战斗的激情。她是一位处女神,她的美是自然美,没有任何性爱成分的掺杂,既有着少女的坦率、勇敢、任性,又有着少女的纯真和羞涩,因而她代表了"少女的美"。阿佛洛狄特则代表"成熟的女性美",她是所有女性美的精华,周身显得和谐、妖媚。她的纱巾比火还炫目,她戴着手镯和耳环,娇嫩的胸脯就像洁白如玉的月亮。这个女神,在人们的想象中是美的形体。她的裸体形象,是艺术家致力表现的最高审美形式。既有动人的妖媚又有着女性的羞涩,既有美丽的仪表又有动人的声音与言词。她那条彩色的绣花腰带,更是爱情、欢愉、蜜语、诱惑等魔力的象征。无论是从性爱上,还是从神态上,她皆显示了"女神的诱惑之美"。阿佛洛狄特的美,不仅给予异性以官能刺激,而且能够激起异性的爱欲冲动,这是人们可以亲近、愿意亲近并带有诗性浪漫想象的"生命激情之美"。

这三种不同类型的美,自有其不同的审美价值。如果说,"赫拉的美"代表着长者的庄重,"雅典娜的美"代表着少女的生机,那么,"阿佛洛狄特之美"则代表着女性的魅力和成熟的性感。因此,当赫拉许诺权力,雅典娜许诺智慧,阿佛洛狄特许诺海伦时,帕里斯出于青春的冲动和美好的遐

① C. Kerenyi, *The Gods of the Greeks*, pp. 150-160.

思,把"金苹果"判给了阿佛洛狄特,这表达了希腊人对"美"的评判,是与"爱欲"关联在一起。帕里斯"不爱江山爱美人","不爱德性爱美人",代表了千百年来那些多情的王公对爱欲的至上迷恋。从这个意义上讲,希腊神学诗人对生命和爱欲的理解,确实带有强烈的浪漫主义气质。[①] 裸体女神与裸体男神作为审美对象,是希腊人爱欲观念的自由形象表达。希腊人一般不把爱和欲分开,常把爱和欲联系在一起。希腊神学诗人乐意渲染这一场景,希腊人也乐意欣赏这种欢愉的刺激,这体现了独特的希腊文化观,也是希腊民间文化自由本质的体现。在我国的民间传说中,这种爱欲故事常常也是浪漫和自由的,并成为人民心灵愿望的满足形式。例如,牛郎织女、田螺姑娘等美丽的民间故事,成了朴素的爱欲观念的本质表达。在每一文化的底层,皆有这种原生的、直观的、质朴的抒情力量。这种原初的抒情力量,能够构成希腊文化的主流,这就让我们更加惊异于希腊人的自由性爱观念与希腊人独特的生命审美理想。

4. 两个维纳斯:爱欲与爱情观念

希腊人的神圣爱情观念,有着独特而自由的生命形象表达。从希腊神话叙述和史诗艺术中,不难看出希腊人的爱情观念。希腊人从不回避这一神圣的生命情感,相反,他们尽力进行诗性的表现。"爱情",特指性别之间的特殊情感和爱恋方式,爱永远不会有满足,生命结束了,对生命的爱可能还在,因为各种原因造成的分离,皆因为"爱的思念"而建立起一座"永恒的心灵自由桥梁"。那么,这种爱情是如何形成的? 在希腊人的神话神学文化叙述中,他们做了许多形象而生动的表达,由此形成了形象生动而感性直观的爱欲与爱情生命观念。

其一,"爱情因欲而生"。从经典神话爱情解释出发,例如,在圣经神话神学叙述中,上帝最先塑造了亚当,但亚当似乎并不快乐,于是又创造

---

① Walter F. Otto, *Die Götter Griechenlands*, *Das Bild des Göttlichen Im Spiegel des Griechischen Geistes*, SS. 116-130.

了夏娃。这样,"亚当和夏娃"的性爱与欲爱在伊甸园里得到了自由释放,彼此皆感到了"生命的快乐"。这种快乐,实际上就是彼此间的愉悦的爱,这个神话神学想象本身所表达的爱情,就是"两性之间的性吸引"。在柏拉图的虚拟神话中,爱情双方则是"此一半寻找不同的另一半",以求得完满。在希腊神话叙述中,两性之爱的原初表达,即性吸引,这一点在宙斯身上体现得尤其明显。每当见到美丽的女神,宙斯便激起了无法压抑的欲望,从而产生对女神或人间女子的爱欲。宙斯的爱欲神话,大多与性相关。且不说,前面已经谈到的宙斯与赫拉的性爱,因为赫拉正是以爱欲转移了宙斯的注意力。在有关宙斯的爱欲神话中,"丽达与天鹅"更是爱欲的象征性表现形式,后来,在西方诗歌和绘画中反复被人进行艺术表现。宙斯身上具有无穷的压抑不住的爱欲,作为神王,他有着特殊的性爱权利,可以得到他想得到的爱。[①]"爱情因欲而生","欲望"成了爱的强大的冲动,"欲望"是人们压抑不住的本能力量。在奥菲教和厄琉西斯秘仪中,酒神的狂欢仪式,就是爱欲的充分放纵。希腊人不回避这样的力量,对人的这种本能的重视,后来逐渐成为西方文化的传统。"欲"可能构成压抑,在弗洛伊德看来,这种力比多的转移,就能达成艺术的升华。尼采相当重视这种爱欲的力量,并视之为艺术创造的"强大力量"。在西方艺术家中,这种欲的力量常使他们的艺术创作力变得非常强大,他们乐于表现人的这种本原力量,这构成西方文化的基本主题。希腊人的爱情观念,就源于人的本能的自然力量,他们重视、赞赏这样的力量。

其二,"爱情因爱而生"。波伏娃曾经研究过"恋爱中的女人",她从尼采的观念入手,因为尼采主张:"爱情这个字眼",事实上对女人和男人"表示了不同的意义"。女人对爱情的意义了解得很清楚,她不仅需要忠心而且要求"整个身体和灵魂的奉献",没有保留,没有对其他事物的顾虑。这种无条件的性质造成的所谓忠诚,这种性质是她唯一所有的。至于男人,假如他爱女人,他所要的是从她那里得到爱和欲,因此,"他要求女人的远

---

　① *Zeus and his Spouses*, see C. Kerenyi, *The Gods of the Greeks*, pp. 95-117.

胜于要求他自己的感情"。假如有些男人,他们能完全放弃欲望,那么,他们就没有生命活力与生命冲动。波伏娃基本上同意尼采所说的这种"爱欲差异"。她说,"男人曾经发现在他们生命的某一段时间,可能是热情的恋爱者,但是,没有可以称为伟大的情人。在他最心神荡漾的时刻,也不会放弃其他一切所有的,甚至于跪在情妇之前,他们所要的是占有。"这就是说,在他们的生命之中,他们的内心还停留在自我迷恋的状态。他爱的女人仅是有价值的东西之一,他们希望女人整个活在他们的生命中,但是,他们并不希望为她而浪费自己的生命。波伏娃认为,对女性而言,"爱情的本质意义正好相反",因为去爱人就是完全抛弃其他一切,"只为她爱人的利益存在"。波伏娃的这种说法很有代表性,她认为,女性对待爱情的特殊理解在于,"她把爱情变成宗教"。从某种意义上说,这揭示了爱的本质。[①]

在希腊神话神学中,这种因爱而生、因爱而不顾一切的精神,在神话神学叙述中得到了特别强调。其中一个例子,是奥菲斯对欧律狄刻之爱,这个例证足以否定尼采和波伏娃的看法。另一个例子,是爱若斯和普绪喀,这个例证足以肯定波伏娃的判断。这是两个感人至深的爱情故事。这两个爱情故事皆超越了性爱问题,不是欲的追求而是情的执着。对于这些爱情的坚贞者来说,是感情把他们的爱联系在一起,他们超越了"单纯的爱欲",一切出自灵魂深处的生命需要。[②] 奥菲斯对妻子之爱是伟大的,这个叙述本身歌颂了"伟大的爱情"。普绪喀认识了真正的爱的对象,也不惜一切找到心爱的人,这是超越了世俗情感而形成的高贵而伟大的爱情信念。人类需要这样的伟大感情,这种伟大而朴素的感情能够激励千千万万的人,使人能够趋向于"美好与至善"。爱的力量是不可忽视的,希腊神话神学叙述对西方文学艺术的影响,直接表现为不断激励艺术家

---

① 波伏娃:《第二性》,桑竹影等译,湖南文艺出版社 1986 年版,第 121—136 页。

② 赫丽生:《女神之诞生》,参见赫丽生:《希腊宗教研究导论》,谢世坚译,广西师范大学出版社 2006 年版,第 238—292 页。

去"探究爱的本源",从而形成艺术的伟大主题。

其三,"爱情即疯狂与浪漫"。希腊人对爱情的理解是复杂的,他们很重视疯狂的爱,爱情不是循规蹈矩的,爱本身不完全是理性的,爱欲有时不可理喻。在神话解释中,这种爱的疯狂是因为"爱若斯"将箭射中了爱者的心灵,而且这种疯狂的爱力量非常强大,无法为意志所克服。阿波罗对达佛涅的追求,潘对绪任克斯的追求,就是"疯狂的力量"。这种力量非常强大,在这疯狂背后,希腊神话神学叙述本身所揭示的内容更多是"浪漫的爱情"。人需要这种浪漫,这种爱情的浪漫有时使人们对生命的本原意义形成更深刻的理解。应该看到,希腊人的爱欲观念,基本上限于表达"母性之爱"和"两性之爱"。当然,在希腊神话中所表现的神人之爱,也具有不可忽视的文化意义。这就是说,他们的爱的观念基本上有三重内涵。一是母性或血缘本能之爱,即母爱,这在希腊神话神学中有其特殊表现,诸神也非常重视这种母爱和血缘之爱。二是情人之爱和两性之爱,即情爱,这是生命的自由表现,其中充满着生命的力量和爱的力量。三是人对神的爱,即敬爱,或者因为恐惧与敬畏而爱,或者因为感恩与崇拜而爱。①在希腊人的爱欲观念中,似乎还没有形成基督教意义上的博爱和大爱观念。舍勒认为,"爱在爱之时始终爱得并看得更远一些,而不仅限于它们把握和占有的东西。触发爱的本能冲动可能偃息,但爱本身不会偃息"。舍勒的这一看法,无疑是对爱的本质的更广泛的理解。这种爱是人与人之间最和谐、美好的人伦关系的体现。

不过,在同样的乃至渐衰的本能冲动中,纯粹的好色之徒,在其宠爱对象上的享乐满足日益迅速地衰减,这就驱使他从一个对象到另一个对象,而且变换越来越频繁。"与此相反,精神对象的求爱者获得的满足日益迅速地增长,也日益深刻地充实着人生,这就在同样的或衰减的以及从本原上引向精神对象的本能冲动中仿佛始终给人以新的允诺。这种满

---

① 赫丽生:《希腊宗教研究导论》,谢世坚译,第 267—293 页。

足,使爱的运动的视野始终略为超出现存的范围。"①舍勒对爱的看法,显然具有更为广泛和深远的意义,希腊神话神学似乎还没有揭示出这种爱的本质意义。事实上,在希腊理性神学中,这种爱的意义也还没有如此深刻的表达。这种爱的观念,超越了生命的原欲,使人类和神灵的关系变得纯粹。希腊神学中的爱的观念,与基督教神学中的爱的观念,构成了互补的两极,它们显示了生命的层级,也显示了爱的层级。以希腊爱欲理想否定希伯来的博爱理想,或以基督教的博爱理想否定希腊爱欲观念,皆会把拥有生命和灵性的人分成两半。越来越多的神学家和哲学家试图把两种爱情观念调和起来,形成生命的内在和谐,但是,在节制的爱欲与放纵的爱欲上,神话神学认知本身存在着尖锐的对立。

希腊神学诗人对爱欲的强调,显示了生命的本原意义和生命的自由理想。在希腊人的生命观念中,他们对爱还缺乏广泛的深刻的理解,因而,希腊神学诗人对爱欲的理解不可避免地具有内在的价值偏向性。②希腊人重视个体的生命原欲,却很少考虑爱心社会的建立,即很少考虑如何超越爱欲,形成博大之爱。因此,希腊人的爱欲观念,还缺少"宗教伦理意义上的仁爱观念"的支撑。后来,希腊人的爱欲观念与基督教爱欲观念相互丰富,才使西方人对生命的理解具有广泛深刻的文化象征意义。在强调"博爱"的前提下,西方人并没有忽略"爱欲与文明"的关系。爱欲决定了人类文明的特点,与此同时,也应看到,爱欲也是人类文明不可避免的缺憾。人类因为爱欲的压抑和放纵,导致人类文明形成种种不同的精神状态,那么,如何看待人类的爱欲问题就成了西方思想家所面临的两难困境。有的人主张放纵爱欲,强调爱欲解放的意义,但是,人类文明并未因为爱欲的改善而完善,同时,压抑人的爱欲,社会的变态问题又愈来愈突出。在二十世纪的思想家中,弗洛伊德、马尔库塞和弗洛姆关注这一问题,但并未取得一致意见。因而,人类真正面临的爱欲问题,比希腊神话

---

① 舍勒:《爱的秩序》,林克等译,三联书店1995年版,第38—57页。

② 今道友信:《关于爱与美的哲学思考》,王永丽等译,三联书店1997年版,第32—46页。

神学叙述所涉及的爱欲问题要复杂、困难得多。不过,希腊神话神学的形象解释方式也给予人类解决爱欲问题以有益的启示。西方艺术家从希腊神话出发不断地探索"爱的本质",表现爱欲的本原意义,为现代人寻找自由的心灵之路提供新形式,这正是希腊神话神学的文明立法与生命自由信仰的具体表达。

第二节　日神神话与希腊诗性生活的再想象

1. 从强力崇拜转向诗性智慧崇拜

在古希腊神话的两大传说系统(泰坦神系和奥林匹斯神系)中,皆有日神信仰,但是名称不同,前一神系为"赫利俄斯"(Helios),后一神系为"阿波罗"(Apollo),故而,两大系统中的"日神神格"与"日神功能价值形象"亦有不同。[①] 有意思的是,在希腊神学诗人赫西俄德的《神谱》中,关于赫利俄斯的叙述很少,但是在许多神话传说中,有关赫利俄斯的传说通常被移植到阿波罗神的故事中,这是因为人们对赫利俄斯和阿波罗所分属的两个神系不加区分,所以有关太阳神的想象常被叠加在一起,形成"叙述错乱"与"神格重叠"。从希腊神话神学叙述来看,赫利俄斯的神格和职能在荷马史诗中有直接叙述与想象性描述,此外则主要寄存于民间传说之中。

据说,赫利俄斯祭礼非常古老,盛行于希腊半岛,古老的太阳神的首要职能是"给世界送去光明,在日出日落时展现天空美丽"。按照希腊神话神学的想象,赫利俄斯每天早上驾着"神骏"自东方开始奔驰,赫淮斯托斯给他装饰金车,荷赖为他套上飞马,此时,赫利俄斯骑乘的"八匹骏马",雪白耀眼,鼻孔喷射火苗,奔驰有力,它们的名字是:兰旁(Lampon)、法厄同(Phaethon)、克罗诺斯(Chronos)、埃同(Atthon)、阿斯特罗珀

[①]　Ranke-Graves, *Griechische Mythologie*, *Quellen und Deutung*, SS. 137-139.

(Astrope)、庇洛埃斯(Pyroeis)、厄俄乌斯(Eous)、佛勒公(Phlegon)。因此,太阳东升的时刻就象征着"赫利俄斯驾驭神骏巡游天穹的开始"。①在希腊神话神学形象中,赫利俄斯投身于飞车之中,身上放射光芒;他目光中显露令人生畏的火焰,从金车向外喷射;炫目的光线,从他胸中闪现;辉煌的头盔,也放射着强烈的光束;身体上的光纱,则随风摆动,美丽无比,总之,全身流射着"太阳的美丽光芒"。按照时间、空间认知,在正午时分,赫利俄斯到达旅程的最高点,此后开始向西方降落,于是,落日的余晖与美丽的西方在神话想象中被理解成是太阳神之妻"赫斯珀里得斯姐妹的领地",日头西沉则象征着"太阳神跳入那里的大洋河"。此时,那里停有"一叶扁舟",母亲、妻子、孩子正在那里等待,太阳神家人欢聚,他们整夜一同航行,直至清晨,享受生命的安闲与美丽。

作为太阳神或光明神的赫利俄斯,"洞悉一切,直面罪恶",按照希腊神话神学的叙述,古老的太阳神能够看见并且知道每一事件,天地之间无事能够逃离他的法眼,日神永远明察秋毫,知悉一切阴谋与罪恶。不仅如此,他还能够洞察所有的心灵并且一贯正确,无论是神还是凡人,皆不能用行为或隐秘的想法欺骗他。太阳神高贵美丽,尊贵、神圣不可侵犯,否则,就要受到他的惩罚。② 在《奥德赛》中,奥德修斯的士兵在海上旅行时,偷吃了赫利俄斯的神牛,结果遭受灭顶之灾。"船只未航行很长时间,强劲的西风/立即呼啸刮来,带来猛烈的暴风雨/一阵疾驰的风流把桅杆前面两侧的/缆绳吹断,桅杆后倾,所有的缆绳/一起掉进舱底。桅杆倒向船尾/砸向舵手的脑袋,他的整个颅骨/被砸得粉碎,立即犹如一名潜水员/从甲板掉下,勇敢的心灵离开了骨架/宙斯又打起了响雷,向船只抛下霹雳/整个船只发颤,受宙斯霹雳打击/硫黄弥漫,同伴们从船上掉进海里。他们像乌鸦一样在发黑的船体旁边/逐浪浮游,神明使他们不得返回

---

① 吕凯等:《世界神话百科全书》,徐汝舟等译,第211—212页。
② Ranke-Graves, *Griechische Mythologie*, *Quellen und Deutung*, SS. 137-139.

家园。"①那么,应该如何理解"赫利俄斯神格"的生成原因?其实,只要按照神话思维的联想法则,即可得知:有关赫利俄斯的神话叙事非常接近太阳作为光神的基本特征,也就是说,神话创制者按照"光神"的特征来塑造赫利俄斯形象。事实上,神话叙事本身基本上沿着太阳运行的路线和太阳光的照射力来叙述。日出月落,日落月升,太阳完成它一天的路程,这项神圣工作完成后,太阳神即返回西方与家人团聚,由月神接替他巡游夜空或照临大地。与此同时,太阳总是光芒万丈,在太阳底下,没有什么东西看不到,所以太阳象征着"光明正大"。在希腊神学诗人看来,一切阴谋皆是背着太阳神干的,所以"黑夜"成了罪恶的象征。在泰坦神系中,太阳神的地位似乎不是很高,太阳神赫利俄斯与月亮神塞勒涅是"姐弟关系",后者的金冠照亮了朦胧的夜晚,当她的兄弟完成白日的行程,到了晚上,她便开始自己的旅行。夜晚,塞勒涅女神先在大海中洗浴她姣好的玉体,然后穿上辉煌的罩袍,坐着金光闪闪的骏马拖车"升入天穹"。

　　阿波罗神的神格与宗教职能具有许多"人格神"的特征,有别于作为"自然神"的赫利俄斯。在奥林匹斯神系中,阿波罗神与阿尔特弥斯神亦是"兄妹关系",由宙斯和勒托共同生育。阿波罗神并不具有赫利俄斯的一些神格,但是在希腊神话神学叙事中,阿波罗并不担负太阳每天的行程,这一职能仍由赫利俄斯担任。② 阿波罗神具有别的神格,例如,他是"青春美神",故而,在希腊神话神学中,他常被描绘成美男子,理想的容貌,健美的体魄,宽胸窄腰,美须的面颊,轮廓清晰,高额头,头发厚长,一般是裸体的,或穿着长长的、松散的束腰外衣。与此同时,他是"音乐之神""医药之神""善射之神"与"预言之神"。③ 因此,赫利俄斯作为太阳神,往往是从太阳的运行和太阳照射万物的自然意义上去确定神职。"阿波罗神"则是从他的光线中联想到"善射",从太阳的温暖中联想到他是健

---

① 荷马:《奥德赛》,工焕生译,人民文学出版社 1997 年版,第 263—264 页。
② Ranke-Graves, *Griechische Mythologie*, *Quellen und Deutung*, SS. 65-67.
③ Walter Burkert, *Greek Religion*, pp. 143-149.

康之神和音乐之神,从他的照临万物与在黑暗中消失联想到他的预言能力。阿波罗神的神格,表现出希腊人对太阳的各种属性所做的最美好想象。

如果说,"赫利俄斯"是太阳神的自然形象的描绘,那么,"阿波罗"则是太阳神人格化的体现。当然,两个神祇的共同的特征,则在于能够洞察一切,在希腊神话神学中,这两个神的职能一般不会发生混淆,但是,在神话传播过程中,这两个神祇则常被人们混为一谈。此外,阿尔特弥斯从一开始就和阿波罗联系在一起,并分享他的自然属性,她是一位"月光神"。不过,由于两大神话系统的关联,或者说,古神与新神系统的密切关联,她的月神特征逐渐减少,在希腊神话神学中,月神是由塞勒涅代替的。作为月光神的阿尔特弥斯具有与阿波罗相似的职能,即"善射",她是狩猎和森林女神。在希腊神话神学话语中,她好射箭,她用那令人丧胆的箭射杀凡人,"降瘟疫灭牧群"。希腊日神与月神神话的叙事依据,基本上是人类的经验直观,即人们天天跟太阳和月亮打交道,想到太阳,自然想到月亮,因此太阳神话与月亮神话总是关联在一起。①

希腊日神神话的这几个特点,与其他民族的日神神话有相似之处,基本上是经验直观的产物,人们从太阳的想象中编造出许多美好的神话故事。太阳神崇拜,是远古文化中最引人注目的文化现象之一。人们之所以对太阳那么崇尚和敬畏,是因为太阳给人带来无限的希望和快乐,同时,它还显出自身强大的自然威力。太阳神崇拜,在远古人类与自然之间建立起神秘联系,因为太阳每天出现在人们的生活中。在人们的日常经验中,太阳总是循着固定的路线运行:从"日出""升起""普照万物"到"日落西山",太阳给人类带来最美好的情思,也使人类产生神秘的恐惧,人们对太阳的崇拜实质上就是源于这种经验直观。比较而言,中国的"太阳神话",既充满了浪漫主义气息,又具有与自然抗争的意味。例如,《楚辞》中的日神神话与传说中的"夸父逐日"就有很大区别。希腊太阳神神话,以

---

① C. Kerenyi, *The Gods of the Greeks*, pp. 130-146.

浪漫主义精神为其主要特点。从这种经验直观出发,古代人发现他们的生活离不开太阳,太阳给人温暖,哺育万物,同时,骄阳似火,往往又会给人带来灾难。远古人类对太阳所产生的神秘情感,化作了神性的各种传说,太阳成了人类生命理想的象征。"太阳颂歌"是人类对太阳神的深情歌唱,对于希腊人来说,《阿波罗颂歌》就是对太阳神的热情歌颂。在不同民族的太阳神神话中,既有表现太阳神对人类无限恩慈的传说,也有表现太阳神对人类造成痛苦的传说;对于这个巨大的火球,不同地域的人们有着不同的想象和理解,从总体上看,关于太阳神的颂歌始终占主导地位。[①] 关于太阳的神话虽千差万别,但各个民族总是从自身的经验直观出发,赋予太阳神崇拜以独特的文化内涵,寄托他们神秘的情思。在这种太阳神崇拜的过程中,人们根据自身的智慧和想象创造了许多关于太阳的神话,这些太阳神话正是古代自然崇拜留下的文化踪迹。人们对太阳产生的种种敬畏心理、激情和期盼,皆体现在这种神话叙事中。"太阳神话"或"日神神话",往往是民族思想和信仰象征性的文化形式。

太阳神与月亮神在许多民族的神话中,不是被描绘成兄妹或姐弟,就是被想象成一对夫妻,前者居多数,即把太阳和月亮想象成一对兄弟或姐妹,这也是从他们的共性中提炼出来的。在人类的经验直观中,太阳与月亮总是与人类生活息息相关,没有什么比光明更为重要,因此,太阳和月亮作为光神,自然特别受人崇拜。人们一般把太阳想象成男性,把月亮想象成女性,这可能与太阳和月亮的光能相关,至于作为"善射之神",那可能是因为月光和日光光线的联想而致。"月光"对于狩猎和森林活动比较重要,因而,月神又被想象成森林之神与狩猎之神,当然,月神还被想象成情人之神,这可能与人们夜间的恋爱和幽会有关。太阳神作为健康之神、音乐之神和战神,也是因为他的光芒和力量。[②]

从太阳的行程来想象日神的神格,也源于经验直观,因此,从文化关

---

① *Hymn to Apollo*, see *The Homeric Hymns*, translated by Jules Cashford, pp. 27-53.
② Yves Bonnefoy, *Mythologies*, pp. 437-441.

联性来看,埃及神话对希腊神话有一定影响。例如,埃及日神神话源于人们对太阳运行路线的描绘,他们拟人化地把太阳比拟为人,给太阳命名。他们的太阳神有许多名称。因太阳的形状像圆盘,他们把太阳称为阿登(Aten)。根据太阳升起、居中、落下的位置,把三种不同的位置,又称为克卜得(Khepri)、拉(Ra)和阿内姆(Allem)。他们相信,每天清晨,神牛生下太阳,太阳就像一头吃奶的牛。他们还说,一头神牛是每天新生的,或者,他们还把太阳看作一只甲壳虫推动的太阳球。埃及的日神神话,基本上局限于对太阳形体的描绘,并未赋予它更丰富的含义。在埃及语中,"Ra"意为创造者,乃太阳之名,是天空的统治者。按照日神祭司的说法,日神起初名为"阿图姆",处于大海之化身"努"的怀抱中。在那里,他小心翼翼地闭着自己的双眼,藏身在荷花花苞中,后来,他感到厌烦,才凭意志的力量从深渊一跃而出,光芒万道,升上天空,所以取名为拉。① "日神"是埃及九柱神之一,也可以这样认为,埃及的日神神话在对太阳行程的描绘上,与赫利俄斯的神话有相似之处。从太阳的职能方面,阿波罗神更能显示太阳神的神格所具有的象征意义。

希腊太阳神神话,主要着眼于认识观念,与其他民族的日神神话有较大区别。在这一点上,印度日神神话很有特点。在印度神话中,苏利耶代表太阳,他肤色深红,三眼四臂,两只手托着莲花,第三只手作祈祷状,第四只手鼓励他的信徒。有时他坐在一朵红色的莲花上,身上散发着无穷的光芒。由于太阳神具有许多职能,给予人类许多恩赐,因而印度神话神学中的太阳神有许多名字,实际上印度神学诗人把许多神的职能与太阳神关联在一起。在《梵天往世书》中,太阳神有十二个名字。第一个名字是"因陀罗",作为众神之王和灭敌者。第二个名字是"达赫他",万物的创造者。第三个是"巴迦耶",居于云中。第四个是"陀湿多",居于肉身之内。第五个是"普善",为众生提供食物。第六个是"阿亚玛",使植物得以结果收获。第七个是"乐善",因乐善好施而得名,用自己的礼物使乞求者

---

① 吕凯等:《世界神话百科全书》,徐汝舟等译,第16页。

皆大欢喜。第八个是"毗舍伏",助消化良好。第九个是"毗湿奴",经常献身消灭众神之敌。第十个是"安素曼",使所有生命器官健康无恙。第十一个是"伐楼拿",居于水之中心,给宇宙万物以生命。第十二个是"密多罗",居于月中,主管三个世界的祭礼。① 这就是印度太阳神的十二个名字,也可以看作太阳神的十二种职能。在印度神话神学中,太阳有十二种光辉,它们用各自的光辉照耀宇宙,甚至照亮人类隐秘的灵魂。印度人对太阳神的想象十分奇特,他们把宇宙中的一切生命与太阳关联在一起,并且将一些至上神也与太阳关联在一起。在印度神话神学中,太阳神的地位比较高。尽管如此,在世界不同神话系统中,很少有人把太阳神视作"至上神",这是否与太阳神的威力不是最恐怖、最具威胁性的特征相关?

人们相信太阳神对于人类的积极意义,很少把太阳视作至上神。在印度神话神学中,对日神神格的确立非常有意义,这说明印度人充分意识到太阳对于人类的恩慈。希腊太阳神神话有其独特的文化特征,虽然不如印度神话那么富于想象力,但是,他们对日神神格的强调,无疑体现了独特的希腊文化精神。例如,把赫利俄斯与"洞察力"联系在一起,把阿波罗与"预言"联系在一起,他们对太阳神洞察力和神谕能力的强调,无疑带有"智慧崇拜"的意义。② 与此同时,希腊人还特别强调了太阳神的力量,从这些方面看,希腊人对太阳神的崇拜显示了积极的意义。尼采把"日神精神"视作希腊文化精神,正是从理智、洞察力方面加以考虑的,尼采把日神精神的本质称为"梦",则多少使人有些费解,不知是否与知识对人的迷惑有关。希腊人把阿波罗神话与人类的自我认识智慧和人类的神秘认识联系在一起,具有十分重要的意义,阿波罗神与赫利俄斯神,在希腊诸神系统中有比较高的地位,尤其是阿波罗神,在奥林匹斯诸神系统中很受尊敬。③ 希腊人把日神的地位摆得如此高,这也充分体现了他们对战争力

① 吕凯等:《世界神话百科全书》,徐汝舟等译,第480—481页。
② Walter Burkert, *Greek Religion*, pp. 143-148.
③ 荷马:《伊利亚特》,罗念生、王焕生译,第1页。

量、青春力量、艺术力量、智慧、勇敢、美慧、健康、自由和快乐的崇尚，因此，后人把"日神精神"视作希腊文化精神的重要构成部分，显然具有十分特殊的意义。

2. 青春战神：阿波罗利箭与东方神格

阿波罗作为战争之神，勇猛无比，这可能与荷马史诗的流传有很大关系。在荷马史诗中，阿波罗一开始就出场了，他本来没有参与战争，既不站在希腊人的立场上，也不站在特洛伊人的立场上。后来，他基本上站在特洛伊人的立场上，虽然他最终无法改变宙斯的意志，无法扭转特洛伊被毁灭的命运。他站在特洛伊人的立场上，主要因为他对希腊人的愤怒，起因是希腊军队之王阿伽门农侮辱了"阿波罗神庙的祭司"。阿波罗对国王阿伽门农极为生气，于是，让烈日与阳光之箭射向阿开亚人，使阿开亚军中发生了"凶恶的瘟疫"，将士大批死亡，阿开亚人遭遇剧烈的惨败。阿波罗神在祭司心目中的地位极高，克律塞斯向阿波罗这样祈祷，"银弓之神，克律塞斯和神圣的基拉的保卫者，统治着特涅多斯，灭鼠神，请听我祈祷，如果人曾经盖庙顶，讨得你的欢心，或是为你焚烧牛羊的肥美大腿，请听我祈祷，使我的愿望成为现实，让达那奥斯人在你的箭下偿还我的眼泪"。现在，可以看一看日神发怒的情形，"他心里发怒，从奥林匹斯山岭上下降，他的肩上挂着弯弓和盖着的箭袋。神明气愤地走着，肩头的箭矢琅琅作响，天神的降临有如黑夜盖覆大地。他随即坐在远离船舶的地方射箭，银弓发出令人心惊胆战的弦声，他首先射向骡子和那些健跑的狗群，然后把利箭对准人群不断放射，焚化尸首的柴薪烧了一层又一层"。在希腊神学诗人的想象中，这一切皆是阿波罗神"降下的灾难"。①

在希腊神话神学信仰中，如果人得罪了某位神祇，那么，必须去向神献祭牺牲，以求得神灵的欢悦与神圣的谅解。在前面的论述中，我们很少谈到"祭奠神灵"或"向神献祭"，在希腊神话材料中，谈到祭奠的地方也不

---

① 荷马：《伊利亚特》，罗念生、王焕生译，第3页。

多,但是,神学诗人荷马提供了详尽的细节。"他们很快为天神准备神圣的百牲祭品,绕着那整齐美观的祭坛摆成一圈,然后举净手礼,抓一把粗磨的大麦粉。克利塞斯举手为他们大声祈祷。""他这样祷告,阿波罗已经听见了。他们祈祷完毕,撒上了粗磨的大麦粉。先把牺牲的头往后扳,割断喉咙,剥去牺牲的皮,把牺牲的大腿砍下来,用双层网油覆盖,在上面放上生肉。""老祭司在柴薪上焚烧祭品,奠下晶莹的酒液,年轻人拿着五股叉围着他。他们把牺牲的大腿烧化,品尝了内脏以后,再把其余的肉切成小块叉起来,细细烧烤,把肉全部从叉上取下来。""他们做完事,备好肉食,就吃起来,他们心里不觉得缺少相等的一份。在他们满足了饮酒食肉的欲望以后,年轻人将调缸盛满酒,他们先用杯子举行奠酒仪式,再把酒分给众人。阿开亚人的儿子们整天唱悦耳的颂歌,赞美远射的神,祈求他平息愤怒,天神听见歌声和祈祷,心里很喜悦。"①这是他们"祭神"的基本仪式及其详细过程。应该看到,祭阿波罗神是这样的仪式,祭其他神也是类似的仪式,只不过"祈祷词"或"颂神曲"有所不同。

在古代日神神话神学叙事中,我们比较多地强调日神与万物生长以及生命健康的意义,比较少地强调"日神与战争"的联系,但是,在希腊神话神学中,希腊人比较强调"日神与战争"的关系,在这一点上,印度日神神话与希腊日神神话有其惊人的相似之处。在印度神话神学中,因陀罗和毗湿奴皆是战争之神,他们的力量非常强大,希腊神学诗人之所以把阿波罗想象成战争之神,是因为太阳自身的威力所致。天气状况,特别是火热的天气对于战争的影响很大。太阳光极强烈、天气炎热往往不利于战争,有关瘟疫等的想象即与这种天气状况相关。希腊人很崇拜太阳之威力,因而,在神学诗人的想象中,他们以为太阳神也参与了战争,这种对太阳的崇拜,带有一定的原始文化特征。② 在希腊历史上,雅典人与波斯人打仗,请求斯巴达军队的援助,但由于正碰上"日全食",太阳暂时消失,军

---

① 荷马:《伊利亚特》,罗念生、王焕生译,第 45 页。

② Homer, *The Iliad*, translated by A. T. Murry, I 32-52, pp. 4-7.

队大惊,他们以为得罪了"太阳神",因而,按兵不动,最终因为错过战机而导致雅典军队惨败。[1] 阿波罗神作为战争之神,希腊人主要是把太阳光和利箭联系起来,因而,把阿波罗看作是银弓之神,与古代战争中箭的使用相关。在古代战争中,箭的作用相当大,阿波罗作为银弓之神,自然在战争中显得威力巨大。

　　希腊人对战神阿波罗的崇拜,与对战神雅典娜的崇拜有所不同。阿波罗神的主要神格是"预言",预言之神能预测未来的命运,自然在希腊人心目中地位很高。阿波罗作为战神,其地位显然不如作为预言神的地位那么重要,因为射箭主要是靠力气,这一技术并不是战争成败的关键,而雅典娜代表的是智慧,"智慧"则是战争成败的关键。作为城邦守护神,雅典娜的战神特征非常突出,她一出生便是战斗的姿态。作为"战神",雅典娜保卫英雄,在战争最关键的时刻,能鼓舞战士的勇气。在战争最危急的关头,雅典娜能出最好的主意,使希腊人能够克敌制胜,因而,作为古老的战神,"雅典娜的智慧"显得十分重要。雅典娜的智慧,一方面显示在战争方面,另一方面显示在和平时期的生产和雕塑艺术上。她的智慧主要是为了保卫城邦,她的神格是作为城邦守护神而必备的。阿波罗则不同,他不保护城邦,他并不关切战争的胜负,他只是要在战争中显示他射箭的威力。正因为这一威力,因而,他在诸神中有很高的地位。

　　在荷马的《伊利亚特》中,这两位战神和智慧之神,分别站在不同的立场上,构成了战争对立的双方的幕后支持者。[2] 雅典娜站在阿开亚人的立场上,阿波罗则站在特洛伊人的立场上,当阿开亚人要逃跑时,军心摇动,女神从奥林匹斯下降,很快就到达阿开亚人的战船旁边。她发现那个聪明如宙斯的奥德修斯站在那里,目光炯炯的雅典娜站在旁边对他说:"你去阿开亚人的军中,不要退缩,用你温和的话语阻止他们每个人,不让

---

[1]　希罗多德:《历史》,王以铸译,商务印书馆 1997 年版,第 518—520 页。
[2]　Homer, *The Iliad*, translated by A. T. Murry, XX 12-74, pp. 370-377.

他们把自己的弯船拖到海上去。"①雅典娜说完,奥德修斯便行动,接过阿伽门农那根祖传的不朽权杖,阻止希腊军队逃跑。神学诗人写道,"那攻城略地的奥德修斯站起来,手里拿着权杖";"目光炯炯的雅典娜化身为传令官,命令将士静下来"。当宙斯要雅典娜重新去发动战争时,女神从奥林匹斯山下降,有如狡诈的克洛诺斯之子放出流星,作为对航海的水手或作战的大军的预兆,发出朵朵炫目的闪光,非常明亮。雅典娜女神化身为安特诺的儿子,煽动了特洛伊蠢人的心,于是,潘达罗斯向墨涅拉俄斯射箭。诗人写道:"墨涅拉俄斯啊,那些永生永乐的天神并没有忘记你,宙斯的赏赐战利品的女儿首先站在你面前,挡开那尖锐的箭矢,使它偏离肌肉,就像母亲在她的孩子甜蜜地睡眠时,赶走苍蝇。女神把箭杆引向腰带的黄金扣环和胸甲的重叠处形成双重护卫的地方,尖锐的箭头正好落在扣好的腰带上。"于是,特洛伊人重新挑起了战争。雅典娜始终保护和激励着阿开亚士兵,非常有意思的是,真正的战神"阿瑞斯"在战争中却非常狼狈,不堪一击。这就是希腊人的战神观念,他们对"好战的暴戾之神",尤其是立场不坚定的神或屈从于情欲的"战神"素无好感,极尽嘲讽之能事。②

从希腊人对战神的理解来看,他们虽然重视武力,但是,更重视战争智慧,这比较符合战争的历史事实本身。战争的胜利与战斗的智慧有很大关系。作为银弓之神的阿波罗,对战争密切关注,有意护卫特洛伊人,美神阿佛洛狄特站在这一边,因为她要保护帕里斯。阿波罗也站在这一边,因为太阳神对东方情有独钟,在神学诗人的想象中,这一切皆非常有意思。阿波罗神在战争中极有威力,保护特洛伊人,威胁阿开亚人。胆大的狄奥墨得斯,把美神阿佛洛狄特和战神阿瑞斯刺伤,却不敢侵犯"阿波罗神",太阳神的威慑力可见一斑。神学诗人写道:"擅长呐喊的狄奥墨得斯向埃涅阿斯冲过去,尽管他知道阿波罗为那人伸开手臂;但他不畏惧,

---

① 荷马:《伊利亚特》,罗念生、王焕生译,第35页。
② Homer, *The Odyssey*, translated by A. T. Murry, VⅢ 333-348, pp. 296-297.

依然想杀埃涅阿斯,他三次狂扑,怒气冲冲,要杀死他。""阿波罗三次把他发亮的盾牌挡回去,他像一位天神,第四次向他扑去,远射的阿波罗便发出可畏的吼声",对他说,"提丢斯的儿子,你考虑考虑,往后退却,别希望你的精神像天神,永生的神明和地上行走的凡人在种族上不相同。"他这样说,提丢斯的儿子稍许后退,避免远射的神阿波罗的强烈愤怒。阿波罗并不是任性的神,他总是遵守父亲宙斯的命令,阿波罗这样说了,重又回到战斗的人群中。① 光辉的赫克托吩咐勇敢的克里奥涅斯驱动车马去战斗,阿波罗这时陷进了混战的漩涡,给阿尔戈斯人制造混乱,为特洛伊人的赫克托准备巨大的荣光。阿波罗就是这样,一面恐吓敌手,一面保护特洛伊人。当神与神打起来时,雅典娜一拳打倒阿佛洛狄特,结果,阿佛洛狄特与阿瑞斯躺在地上,赫拉、雅典娜、波塞冬皆大声嘲笑。善射王阿波罗当时回答波塞冬说:"震地神,倘若我为了那些可怜的凡人和你交手,你定会以为我理智丧尽;他们如同树叶,你看那些绿叶,靠吮吸大地养分片片圆润壮实,但一旦生命终止,便会枯萎凋零。让我们立即休战,让凡人自相残杀。"他妹妹阿尔特弥斯大声骂他,阿波罗也不理会,阿波罗作为一位战神,基本上是中立的。阿波罗神作为"银弓远射神",在战争中并不十分可爱,与雅典娜相比,阿波罗这位战神的英姿要逊色得多。在荷马史诗中,神学诗人有关战争神话的描绘,主要塑造的是雅典娜的成功形象。对于阿波罗的威严与力量,神学诗人也极力歌颂,这极大地丰富了阿波罗神的神格。

3. 预言、缪斯和医药:阿波罗的神职

阿波罗神作为太阳神,主要是生命美好健康快乐的象征,在《悲剧的诞生》中,尼采把"日神精神"视作希腊艺术的理想。在尼采看来,希腊人有两种理想:一是"日神理想",体现为梦;一是"酒神理想",体现为醉。②

---

① Homer, *The Iliad*, translated by A. T. Murry, XX 220-280, pp. 386-389.
② 尼采:《悲剧的诞生》,周国平译,河北人民出版社2008年版,第10—15页。

前者是神的理想,后者是人的理想;前者主张理想与希望、神圣与勇气、知识与德性,后者则主张放纵与沉醉、欢乐与体验、迷狂与强力。可以说,阿波罗神代表的是理想的激进的充满希望的生活方式,这种生活方式接近"理性生活方式"的标志:认识的生活与伦理的生活,因而与日神相关的神圣叙事总是对预言智慧的强调。"智慧"就是理性生活的标志,人们认同理性,遵从理性,阿波罗是具有多种神格的神。尼采基本上把握了阿波罗神的一些特征,他认为:"为了能够活下去,希腊人出于至深的必要不得不创造这些神。"也许,可以这样来设想这一过程:从原始的泰坦诸神的恐怖秩序,通过"日神的美的冲动",逐渐过渡而发展成奥林匹斯诸神的"快乐秩序",这就像玫瑰花"从有刺的灌木丛里生长开放一样"。

如果说,远射的银弓之神是就太阳的光线构成的"隐喻",是为了强调阿波罗的力量,那么,阿波罗神自身的美丽,在希腊文化中则具有了英俊健美的意义。此外,他不仅是身体的健康之神,即"医药之神",而且是心灵的健康之神,即"音乐之神"。在阿波罗身上集中这么多神的品格,其实,皆是为了强调太阳具有的多重功能。事实上,太阳确实具有许多功能,它不仅赐给人们健康与健美,而且赐给人们快乐和幸福。[①] 因而,从经验直观出发,希腊神学诗人赋予太阳如此多的神格,其实,皆有一定的生活体验作为想象的依据。阿波罗作为健美之神,这使他在运动中很有力量,希腊奥林匹克运动会,既是男子力量的竞赛,也是男子健美的竞争。希腊人对身体健美非常重视,尤其值得一提的是,他们对男子健美有着特别的认识,因而,运动和竞赛在很大程度上刺激了雕塑。本来,雕塑的神学意图比较突出,雕塑家为了创造心中的神像,就必须寻找"美的模特"。奥林匹斯神拟人化的特征很强,希腊雕塑家不可能不考虑以人体为模特。神的雕像源于人的一些特征的模拟,但肯定要高于人,这样的神像才具有神性的光辉。

实际上,"神的雕像"必须模仿最美的人体,在《人体艺术论》中,克拉

---

① M. Morford, R. Lenardon, *Classical Mythology*, pp. 154-160.

克对阿波罗神像的雕塑作了一些考察。他认为,"希腊人从不怀疑这一点,他们坚信阿波罗神是完整无缺的美构成的人,他的身体与某些比例规则一致,富有数学的神一般的美",因此,按照阿波罗的形象姿态进行艺术创作,"一切皆必须十分清晰明朗,因为只有在理性的光芒照耀下,审美创造才能获得真正的自由。"① 由此可见,阿波罗只能是正义之神、光明正大的太阳,但是,在传统上作为阿波罗像而广为人知的希腊美术中最为古老的裸体像,绝非完美无瑕。他们是被征服民族的朋友,是机智聪明、充满自信、年轻而又快活的大海的统治者,不过,一看其姿态,立即会看到他们带有仪式性的僵硬感,笨拙而且死板。克拉克发现,"在早期阿波罗雕塑中,四肢身体的线条变化唐突而又粗糙,身体的各个部位也皆非常奇怪地显得十分平板,就好像创作阿波罗神的雕刻家们,在某个时期里,只知道就平面进行思考"。在一百多年的时间里,"阿波罗像却一步步地完善,直至成了美的典型"。克拉克认为,"一系列的阿波罗像所展示的,只不过是两种特质:一是清晰明了,二是理想化"。希腊的艺术是以理想为根本的,这一看法,与温克尔曼的认识颇有相似之处。温克尔曼认为,希腊人的美术作品有普遍和主要的特点,这便是"高贵的单纯和静穆的伟大",这是因为在希腊,"人们从青年时代起就享受欢乐和愉快,富裕安宁的生活从未使心情的自由受到障碍,优美的素质以洁净的形式出现,从而给艺术家以莫大教益"。② 的确,在希腊雕塑艺术中,阿波罗神像的诞生也与竞技运动分不开。

希腊人对人体怀有火一般的喜悦心情,因为如果没有官能的高亢昂奋,那追寻每一块肌肉的起伏、凝视皮肤在骨节处是如何张弛的雕塑家的目光就不可能闪现,这样,在希腊雕刻家各自的心中,保留了对希腊运动竞技的印象。作为"健美之神",阿波罗神具有独特的美,成了运动和竞技中美的象征,正因为如此,希腊雕刻家才能把美的人体和神性的理想有机

---

① 肯尼思·克拉克:《人体艺术论》,彭小剑等译,四川美术出版社 1991 年版,第 2 章。
② 温克尔曼:《论古代艺术》,邵大箴译,第 30—31 页。

地结合在一起。除了已经谈到的这些神格以外,阿波罗还具有其他的神格,例如,阿波罗的牧神神格的体现,在神学诗人的想象中非常重要。在希腊神话中,阿波罗是牧羊神(Womius),其天职是保护羊群。在一些美术图画中,阿波罗常和羊群在一起,他的别称吕西安(Lycian)已经清楚地表明,这个名字,正是从词根 Lux(光明)派生而来的。作为农牧之神,这是太阳神的主要功能,太阳神作为牧神与阿尔特弥斯作为猎神,皆反映农牧崇拜的古老习俗。农牧是古代希腊人的主要生活方式之一,太阳的照耀,对于牧场和草地的繁茂非常重要,太阳神牧羊,也使牧羊本身具有诗性的浪漫。[①] 在希腊神话神学叙事中,谈到阿波罗曾被宙斯惩罚,他被罚到特洛伊为那里的国王拉俄墨冬服役一年。在伊达山山坡上和草木茂盛的山谷中,阿波罗为王室放牛,阿波罗的这些神格,显示了日神与山川草原的紧密联系。在纯粹的自然景观中,人们更容易联想到"日神的神职"和"日神的恩慈",因此,在阿波罗身上,体现了希望与理想、健美与快乐、自由与浪漫等诸多特征。他作为"自由之神",与音乐的关系特别值得强调,神学诗人总是极力渲染他的音乐才能。他在牧羊时,喜欢吹奏乐曲,在神乐的吸引下羊群欢跳,森林中的野兽也被他的乐曲迷住。[②] 据神学诗人叙述:"阿波罗优美的里拉盖世无双。一天,当他在特墨洛斯山(Tmolus)闲逛,森林之神向他挑战,要进行音乐比赛,于是,林神照管羊群,阿波罗弹起了里拉。评判团由缪斯和国王约克斯组成,结果,阿波罗被判为胜者。"[③]

作为"音乐之神",阿波罗与缪斯常在一起,"日神阿波罗颂"在诗歌和演唱中极著名,就可能与缪斯崇拜相关。缪斯的数目最终定为九个,她们主宰音乐和诗歌,后来有了明确的分工。"克利俄"是司历史的缪斯,她的标志是神奇的号角和漏壶。"欧特耳珀"司长笛演奏,她的标志是长笛。

---

① Walter F. Otto, *Die Götter Griechenlands*, *Das Bild des Göttlichen Im Spiegel des Griechischen Geistes*, SS. 78-86.

② Walter Burkert, *Greek Religion*, pp. 139-142.

③ 吕凯等:《世界神话百科全书》,徐汝舟等译,第 171 页。

"塔利亚"先是田园诗缪斯,后是喜剧缪斯,她手中持着牧杖和喜剧面具。"墨尔波墨涅"司悲剧,她的标志是悲剧面具,还有赫拉克勒斯的棍棒。"忒耳普希科瑞"司唱诗与舞蹈,其标志是七弦。"厄拉托"司爱情诗。"波吕许谟尼亚"先是司英雄颂歌,后来是司模仿艺术的缪斯,她的特征是手指头触在唇上,一副沉思模样。"乌拉尼亚"司天文,她的特征是天球仪和罗盘。"卡利俄珀"司史诗和雄辩,她的标志是尖笔和蜡板。在希腊神话神学的叙述中,缪斯女神的具体分工,已经充分显示了希腊艺术与科学的高度发展和繁荣。[①] 人们把艺术分类和艺术的保护神一一关联起来,表现了希腊人博大的美学理想,在希腊神话神学中,把日神与艺术女神联系在一起,体现了健全而又美好的生命理想。

在神话盛行的时代,希腊人的文学和艺术处于高度发达和繁荣阶段,在荷马和赫西俄德的诗篇中,有那么多美丽的诗章,一开始就要"歌唱女神缪斯"。正因为阿波罗与缪斯关联在一起,又因为太阳神给予人类以无限恩慈,所以献给阿波罗神的颂歌也是极美的华章。希腊人重视"阿波罗神"绝非偶然的,希腊人是太阳崇拜的民族,他们热爱太阳的光芒,热爱早晨升起的太阳,也喜欢傍晚落山的太阳,太阳给了他们希望,给了他们欢乐,也给了他们无限的美的体验。太阳神是希望之神,一见到阿波罗神像,人们就会热爱生命、颂扬生命。生命在阿波罗崇拜中显示出动人的美,这个自由的神、快乐的神与力量之神,在希腊神话传说中有许多动人的形象。虽然荷马史诗中的阿波罗并不是最令人神往的形象,但是,民间传说中的健美之神、牧羊神、音乐神等等确实是自由快乐的象征。[②] 人们爱阿波罗不是没有理由的,在希腊神话神学叙述中,阿波罗在奥林匹斯神中倍受器重,众神聚会时,他一进来,神们皆起立表示尊敬。他的母亲勒托会解下他的银弓和箭袋,宙斯总是欢迎儿子的到来,送给他金樽美酒。

---

① Walter Burkert, *Greek Religion*, p. 146.

② Walter F. Otto, *Die Götter Griechenlands*, *Das Bild des Göttlichen Im Spiegel des Griechischen Geistes*, SS. 91-95.

自古至今,人们给"太阳神"献去了许多华美的颂词,崇拜太阳是崇拜生命的最好表达。希腊神话神学并非着力于探讨重要的神学问题,即探讨诸如"神是什么"等问题,而是直接把"神"看作具体的神格化的形象。那么,神是如何生成的? 神学诗人会说,"神是由神灵们生育的"。神灵有神灵的种族,他们优越于人,主宰着人的命运,他们自由自在,神圣的意志谁也不能违抗。阿波罗有其光辉灿烂的一面,也有其颐指气使、粗狂野蛮的一面。

阿波罗作为生命之神,他保护生命,表现生命的力量。人们在日神崇拜中看到,太阳神就是人类生命的源泉,也是人类生命的辉煌梦想。阿波罗的牧笛、权杖、箭袋、弓和七弦竖琴,是太阳神生命自由的象征。[①] 阿波罗作为"青春之神",最深刻地体现了希腊年轻人的梦想,理想的美,自由的职业,快乐的音乐,一同构建了青春美的形象。阿波罗神身上的特质,体现了日神崇拜所具有的生命意义,而神灵崇拜实际上是"生命崇拜"。生命是美丽的、神秘的,因而,关于日神阿波罗神格的伟大崇拜,也呈现出"美的光芒"和"神秘的韵律"。

4. 眼与心:日神的生命预言或正义宣示

前文已经谈及阿波罗神所具有的智慧,不是战争的智慧,而是力量的象征,因为他总是以力量取胜,很少凭借智谋取胜。与皮同、利克勒斯乃至其他的神战斗,他皆"以力取胜",而作为智慧之神,他的智慧主要体现为对宇宙间事物的认知能力和判断能力。需要说明的是,阿波罗的智慧是神秘的认知能力,这一能力与赫利俄斯有共同之处;赫利俄斯的"全知"神格说明,世上的一切皆逃不过他的眼睛,他可以看到任何阴谋,德墨忒尔的女儿被哈迪斯拐走,找了许久皆没有找到,后来,还是询问赫利俄斯才找到答案。阿佛洛狄特与阿瑞斯通奸,也是赫利俄斯告诉了赫淮斯托

---

① Friedrich Nietzsche, *Die Geburt der Tragödie*, Oder *Griechenthum und Pessimismus*, SS. 21-24.

斯。在希腊神话神学想象中,赫利俄斯并不是"告密者",而是因为他洞悉一切,知道一切,他能做出准确的判断。阿波罗对未知事物的认识,似乎不如赫利俄斯,但是,作为太阳神,阿波罗自然能知道事物的进程,因而,阿波罗的"占卜和预言",在希腊人的信仰中具有特别高的地位。倒是赫利俄斯的认识能力,在希腊人的神灵崇拜中逐渐不太受重视,整个希腊到处皆有阿波罗的神庙。人们到阿波罗神庙中去询问,阿波罗神通过人与神的中介者祭司西彼拉宣示他的预言,在阿波罗神庙中有不少女祭司,"曼托"就是一位很有名的女祭司,她后来被带到德尔斐,在那里,她献身于阿波罗祭礼。在阿波罗神庙所有祭坛中,最受崇拜的是"德尔斐圣坛",它建在深洞中,从那里发出预言的力量。女祭司坐在放于洞门的三脚祭坛上,在神的影响下,她进入昏迷状态,被预言的神之意志所控制,开始吐出不连贯的语句和含糊不清的词,然后,祭司或德尔斐神会成员来解释这些词,正是在这些宗教信仰中,"阿波罗的预言能力"似乎最值得敬重。[1]

德尔斐是阿波罗神选定的圣地,希腊神学诗人赋予了它美丽的传说。传说,德尔斐在战胜巨蟒皮同之后,在皮托的一座圣林中修建了一座神坛,这个地方无人居住,阿波罗一时不知道到哪里去为自己寻找新的祭司,正在这时,他发现远方黑色的海上,有一只载着克里特人的大船,于是,他变成大海,随船快速行进,后来跳上甲板,水手们极为恐慌,他们的船舵突然失灵,随波逐流,而且偏离了航程,船在伯罗奔尼撒半岛打转,后来进入科林斯海湾,搁浅在格里萨,一船人惊慌不已,这时,阿波罗恢复了"神的面貌",告诉克里特人说:"从现在起,你们中的所有人皆不能再到你们喜爱的城市了,你们再也看不到富饶的居地了,你必须为我守护神庙。""你们将知道神的意图,神的意志会使你们永远受人尊敬。你们会非常富有,你们将拥有人类各部落给我奉献的一切。"这就是德尔斐作为圣地起源的神话神学解释。[2] 现在,要解决的问题是:"太阳神崇拜"如何在希腊

---

[1] Yves Bonnefoy, *Mythologies*, p. 440.
[2] 吕凯等:《世界神话百科全书》,徐汝舟等译,第169—170页。

神话时代变成"智慧的源头"？希腊人非常重视生命活动,尽管他们非常强悍,但是,对于未知的命运和随时可能碰到的危险,他们并无把握,因为这一切皆对生命构成威胁。为了能够战胜生命中的死亡与危险、灾难与恐惧,为了求得生活和斗争的胜利,他们就不得不乞求神灵。尽管日常生活中可能会出现各种各样的灾祸,但是,只要有所警惕就可以加以避免,个人的命运也就相对可以把握,征战就有了必胜的信念。总之,变化万端的世事,意想不到的结果,神皆未卜先知。因而,在古人看来,人类绝不能得罪神灵,必须祈求"神灵的护佑和宽恕"。

在希腊人心目中,所有未知的领域皆是"幽暗的领域",这些幽暗领域皆是神预定好了的。对于一般的神来说,可能无法知道,但是,对于太阳神来说,他的光芒所及之地,皆能洞悉。即使是战争的结局,他也能给予人暗示,因此,希腊民间信仰传统就形成了对太阳神的崇拜。这一崇拜活动,不是为了健美与生命,快乐和自由,而是为了求得神谕,从而形成"自我认知的智慧"。这种日神崇拜意识,在世界各民族的日神神话中最为独特,它体现了希腊人对神秘认识能力的无限渴求,因为人一旦具有了神秘的认识能力,就会洞悉一切,永不失败。在希腊人质朴的世界观中,他们很自然地建立了对日神的崇拜,这实质上是"祭司代神预言"这一形式的合法化和神圣化。祭司作为特殊的阶层,为了实现预言的权威性,不得不依托日神的神圣权威,"太阳"构成了人类生活的很重要的部分,人们每天皆与太阳照面,清楚地知道太阳的威力,但是,未必对作为自然运行的太阳时时顶礼膜拜。[①] 这就需要宗教仪式与节日仪式,阿波罗神庙就成了神圣仪式的祭礼之地。人通过自身对神圣仪式的履行和对太阳神的至高信仰,便确定了人与神圣预言的关系,人们重视来自神圣预言的第一神示,并作出自己的理解。预言和占卜,在不同的文化中皆存在,而且,至今在民间文化中仍具有相当大的力量。这些高级祭司,皆有比较丰富的人生经验,他们对人生所可能碰到的各种问题有比较深刻的认识。任何事

---

① Esther Eidinow, *Oracles, Curses & Kisk Among the Arcient Greeks*, pp. 42-53.

物皆可能有各种结果，他们根据自身受到的特殊训练，同时，根据可能发生的各种结果，然后，寻求含糊的隐喻性表达。这种表达，有时可能与事情的原因或事情的结果毫无关系，有时可能暗合事物发生的进程，这就对人的心理产生了特殊的暗示与启示作用，使人们在危险困境中不至于悲观绝望，有战胜苦难的决心，同时，还可能对即将面临的危险保持必要的警惕。

"预言"与"占卜"，总是关于这样的几个问题：一是关于前途的吉凶祸福。例如，阿开亚人出兵，远涉大海去攻打特洛伊，他们不知道战争的结局如何，因而，求神托，询问吉凶祸福，增强自我的决胜心。二是关于行动的可能性。人的行为是否触犯神，如果触犯了神，就要进行必要的补救措施，例如，阿伽门农抢来了祭司之女，即被认为触犯了阿波罗神。三是寻问婚姻和财运。这在许多商人那里极受重视，以此寄托现实生活的希望，预兆吉祥好运。四是寻问亡灵的去向和丢失的东西。人们怀念死者，往往也借助这种神托的方式，达到幻觉状态，以明白一些事情的究竟，宽释怀念之情。还有一些则是为了探求事物的下落，总而言之，占卜和预言皆涉及未知领域，有的是不明白因，有的是不知果，询问因果，询问吉凶祸福，是神托的主要的社会功能。"神托"，虽然有时是打哑谜，说暗语，但偶尔与事物的大致情形暗合，因而，所谓"神谕"，一般不太明确，总是模糊的，虽有一定的倾向性，但这种倾向性也只是事物的可能性之一。[①] 希腊神庙里，有不少高级祭司，这些人见多识广，经验丰富，有时对事物所作的直观判断是准确的，这绝不是什么神谕，只不过是祭司的经验判断。由于这些高级祭司专管预言，并不参与政治经济活动，因此，构成特殊的社会阶层，他们的主要职责，就是遵守宗教仪式，作出预言，他们为了达到预言的迷狂状态，常常通过服药，使祭司进入迷狂状态，然后，说出一些诗性话语或断片语词。在德尔斐神庙中，一般是先出纸条，上面写着一些诗句，然后，由祭司解释，这正如中国祭司们通过抽签来做解释一样，他们实际

[①]　Esther Eidinow, *Oracles, Curses & Rick Among the Ancient Greeks*, pp. 129-140.

上把各种经验和可能性做了分门别类的归纳,篡成智慧经验的累积,因而,容易形成经验直观。

事实上,在希腊宗教仪式中,这些预言不是凭空生成的,例如,阿伽门农出征前得到预言,主要是海上大风不止,不能出海行船,于是,他遵从迷信,杀女祭风神,后来风平浪静,他们出海远征。神圣祭奠与神秘信仰,有时与自然事物的进程暗合,这使人们增加了对预言的信任和依赖心理。在德尔斐神谕中,这种预言往往通过诗句的形式体现。诗体的预言,不是祭司一时吟唱出来的,而是阿波罗神庙的祭司根据事情的各种可能性所能做出的"大致推测"。在高级祭司那里,事情的发展并非漫无头绪,而是有其自然规律和历史规律可循。祭司作为特殊的角色,他掌握大量的信息,他根据经验做出推断,实质上利用了前人的智慧和众人的智慧。中国的神秘预测,往往根据象、数、理来表达,高级祭司把预言转变成阿波罗神的智慧,于是,把自身的活动加以神圣化了。说到底,这些神秘的智慧,不过是人的智慧,是人的经验的总结,只是披上了一层神学的外衣。在希腊神话神学叙事中,预言离不开神圣的场所,一旦取消了"代神立言"的位置,预言和判断便无人相信。[①] 卡珊德拉本来是女祭司,她到阿伽门农的王宫前,预见到了危险,这是预感,但因无人相信,预感就没有任何意义,因此,"智慧",是对各种可能发生的事情的机敏应对,阿波罗神庙的预言作为神秘仪式,自有其合理性。人们在缺乏智慧的情况下,确实需要智慧的人提供必要的参考意见。

维柯相当重视神学诗人的叙述,因为在神学诗人的感性叙述中,蕴藏着很多生活智慧,维柯称之为"诗性智慧"。这种诗性智慧是感性的,包罗万象的,是变化的,他认为,"智慧是思想的功能",它主宰为获得构成人类的一切科学和艺术所必要的训练。维科认为,"在诸异教民族中,智慧是从缪斯女神开始的,后来就叫做占卜术",因此,缪斯的最初特性,一定就是凭天神预兆来占卜的学问,这种学问就是按照神的预见性这一属性来

---

① Ian Rutherford, *State Pilgrims and Sacred Observers in Ancient Greece*, pp. 93-108.

观照天神。占卜(Dirinari)这个词,派生出神的本质或神道,希腊神学诗人往往精通这种凡俗智慧,后来,智慧这个词就是指"对自然界神圣事物的知识",即在神的身上,寻求对人类心灵的认识,必须理解,"神作为一切真理的源泉","神就是一切善的调节者"。① 维柯坚持这种认识,因此,阿波罗崇拜,从希腊神话神学方面而言,就是寻求对事物发展过程的全面认识。这需要经验和判断,阿波罗崇拜便成了这种对智慧的崇拜。阿波罗神庙的两个箴言"勿过"和"认识你自己",是他们占卜经验的最具普遍意义的表达。从这种神谕到真正的自我认识,还有很长一段路要走,最终,希腊哲学诗人要揭去这层神学面纱,但是,对于神学诗人和神学诗歌的信仰者而言,阿波罗崇拜比理性认识更能深刻地表达他们的感情和精神信仰。② 这就是希腊神话神学所蕴含的真理,也是希腊神话神学所可能给予的神圣生命启示,它不自觉地孕育了民族文化的先导建构者,神学诗人就成了"民族国家的先知"。

第三节　雅典娜神话与希腊城邦制度的奠基

1. 城邦保护神与智慧崇拜的根据

从荷马的《伊利亚特》和《奥德赛》到赫西俄德的《神谱》,希腊神学诗人提供了有关"雅典娜神话"的详尽材料,在神学诗人的自由想象中,雅典娜作为主角出场,其形象极为独特且充满传奇色彩。"雅典娜从宙斯大脑出生",这就表明了她的特殊性,按照泰坦大神乌拉诺斯与普罗米修斯的预言,"墨提斯"生下的孩子会取代宙斯的王权,宙斯在恐惧之中就毫不迟疑地"将墨提斯吞吃了",但是,宙斯在吞食墨提斯之后便头疼难忍。于

---

① 维柯:《新科学》,朱光潜译,第 161—167 页。

② *Greece as Center*, See William G. Thalmann, *Apollonius of Rhodes and the Spaces of Hellenism*, Oxford University Press, 2011, pp. 53-75.

是,为了医治他的疾病,赫淮斯托斯用铜斧劈开宙斯的颅骨,结果,从伤口中传出"胜利者的呼喊",雅典娜全副武装,挥舞着锐利的矛枪出世,这使所有的神皆为之震惊并充满了敬意,这种极富戏剧性的想象与极为传奇的出生方式,总是令人激动不已。① 在希腊神话神学文本中,神学诗人有关雅典娜与宙斯王权之关系的叙事存在着一些歧义。一种说法是:"乌拉诺斯和盖娅之所以建议宙斯这样做,是为了不让别的神灵代替宙斯从而取得永生神灵中的王位,因为墨提斯注定会生下几个绝顶聪明的孩子,第一个就是明眸少女'特里托革尼亚',她在力量和智慧两方面皆与她的父王相当。但这之后,墨提斯将生育一位伟岸的儿子做众神和人类之王。然而,宙斯抢先把她吞进了自己肚里,让这位女神可以替他出主意,逢凶化吉。"②另一说法,由 Miller 复原:宙斯双手抓住墨提斯,把她吞进肚里,因为他害怕她可能生出比拥有霹雳还要厉害的孩子。因此,坐在高山居于高空的宙斯突然将她吞下了,但墨提斯即刻怀上了雅典娜,人类和众神之父在特里托河岸上,"从自己头脑里生出了这个女儿"。"雅典娜之母,正义的策划者,智慧胜过众神和凡人的墨提斯"则仍然"留在宙斯的肚里。"这两段叙述,自然有其不一致之处,前者并没有强调雅典娜会夺取王权,后者则干脆忽略了这一问题,但雅典娜是从"宙斯大脑里出生的"却具有重要的意义,"从宙斯神的大脑里诞生",这决定了雅典娜的地位。③ 按照另一种叙述,宙斯吞食墨提斯,即害怕她生出的孩子夺取王位。如果这个孩子是指雅典娜,那么,为什么雅典娜的力量和智慧与宙斯相当,却没有夺取王权呢? 这可能与性别崇拜有关,即只有男性作为神的子嗣,才可能占有或密谋夺取神圣的最高王权。

在希腊神话神学的传统观念中,王权拥有者一般是"男性","女性"不可能成为王权统治者,这种古老的性别角色意识,带有男尊女卑的倾向。

---

① Ranke-Graves, *Griechische Mythologie*, *Quellen und Deutung*, SS. 84-86.

② 赫西俄德:《神谱》,张竹明等译,第 52 页。

③ Hesiod, *Theogony*, *Works and Days*, translated by M. L. West, Lines 885-929, pp. 74-77.

如果按照赫西俄德的叙述,墨提斯的第二个孩子会夺取王位,那么,这种王权与性别之论就没有充分的理由。但是,在希腊神话中,男性的神权优越于女性却是不争的事实,不过雅典娜则是一个例外,波塞冬和阿瑞斯才那么"怨恨雅典娜",这在荷马史诗中有具体叙述。雅典娜神话的象征意义,首先显示出,"雅典娜的力量与智慧已经超越了性别"并获得了特殊的文化象征意义。从众神之王的大脑中诞生,这是否也蕴含着别样的意义呢? 在希腊神话神学文化传统中,性别意识和性别分工是自然形成的,"男性"统治和管理重要事务,"女性"则负责歌舞、纺织、婚姻和生育。除了阿佛洛狄特在爱欲上比较放荡和自由之外,大多数女神皆是循规蹈矩的,甚至可以说,相对男性而言,希腊神话神学中的女性神总是被动的、少有反抗情绪的。对于男性神的意志,盖娅有所反抗,赫拉有过反抗、德墨忒尔有过对抗,而男性神在爱欲追求上往往违背女神的意志。宙斯是如此,波塞冬和哈迪斯皆如此,有一些男性神因此还造成悲剧,如阿波罗和达佛涅,潘和绪任喀斯。男性神与女性神之间的不平等,在希腊神话神学与政治神学中皆有具体体现。"从头脑中诞生",是否意味着希腊人有追求平等、超越性别的理想呢? 如果说,希腊神学诗人已经有这种理想,那么,"雅典娜的形象"就是这种理想的形象表达。按照词源学的考证:雅典娜(Athena)可以追溯到梵语的 Vadh(打击)和 Adh(山),还有希腊的"花"与"看护",从这些词义可以看出,希腊神学诗人赋予雅典娜多重神格。诗化的帕拉斯(Pallas)常与雅典娜相关,它不是源于希腊的"打击"一词,很可能源自希腊的"女孩"一词。尽管从词源里看不出这种性别之争,但从神话叙事本身而言,"从头脑中诞生"就有超越性别的含义。[1] 必须看到,希腊神学诗人已经开始思考性别在社会文化中的历史地位。"超越性别",不仅意味着女性具有男性的一些特征,还意味着保持自身独有的性

---

① Walter F. Otto, *Die Götter Griechenlands*, *Das Bild des Göttlichen Im Spiegel des Griechischen Geistes*, SS. 55-76.

别特征,这两个特点在雅典娜的诗性形象中皆有其出色体现。①

　　雅典娜神格所具有的一些男性化特征极其重要,她的力量可以与男性神抗衡,例如,她的诞生就引起过巨大震动。"伟大的奥林匹斯因为这位双目闪亮的女神猛烈撞击而震动,大地回荡着恐怖的嚣声,大海颤动并涌起黑色的波涛。"由此场景,可见其力量的强大。在荷马史诗中,她与阿瑞斯对战,把阿瑞斯打得负痛而逃,阿瑞斯对宙斯说:"你生了愚蠢鲁莽的女儿,她热衷于那些不良行为。"对于波塞冬,雅典娜也毫不客气,面对这位有力量有智慧的少女,具有地震之力和大海之力的波塞冬也只能干生气。当然,雅典娜虽对宙斯有些不满,但从未与之对抗,雅典娜也相当尊重阿波罗,对阿波罗的意志表示基本尊重。从雅典娜的神话中可以看到,希腊社会的女性已经有追求男女平等的自由意识。而具有男性般力量的女神,才能与男性平起平坐,得到男性的尊重,从宙斯头脑中诞生的雅典娜享有这种特权。想独立的女人,基本条件便是自身的智慧与强大,否则,就无法获得真正的独立。在希腊悲剧中,一些妇女也表示不愿承担生育的义务,而愿意上战场打仗。在希腊庆典中,为了表示对雅典娜的崇拜,一些少女专门参加打斗的游戏,在这些仪式中,皆有超越性别、追求平等的自由反抗意识。

　　雅典娜的神格,超越了"性的需要",并否定了"性和生育的女性特权"。在创作雅典娜女神时,希腊神学诗人肯定面对许多复杂的社会问题。从雅典娜的神话形象中可以看到,希腊神学诗人的思想意识已具有一定的文化自觉与理论象征。在古代世界文化中,探究类似问题的民族也不多,在世界古代文化史上,能够创造出像雅典娜这样的女性形象的民族并不多,这正说明希腊民族在探究"正义与自由、平等与公正"等问题时所具有的思想超前性。"女性问题",在希腊神话神学时代能够引起充分关注,实属不易,像美狄亚这一悲剧形象就具有特殊的思想意义,因此,从

---

　　① 　Walter Burkert, *Greek Religion*, pp. 139-142.

现代人的眼光看,"雅典娜神话"具有独特的价值。① 如何理解女性的精神苦闷和对独立、平等、自由的追求? 不妨从现代人的眼光去看。例如,波伏娃就谈到,"独立的女人或女人的独立",往往要付出很大的代价。男人认为,妻子做家务,抚养孩子是天职,独立的女人,则觉得结婚会给她无法逃避的责任,她不希望嫁给一个好的丈夫而被剥夺享受很多好处,"她希望自己对内对外皆胜任"。② 她一方面渴望表明自己的身份,另一方面又希望能忘记自己,在这两种矛盾的想法之下,"她被撕成两半"。波伏娃特别强调,女人的独立所无法解决的问题,即"性的处境":"到处需要负责花精力的女人,深知与世界上反抗她的人对抗是多么艰苦,因为她也像男人一样需要生理的欲望满足。""大多数女人、男人也是一样,光去满足情欲的需要是不够的,他们需要保持人类应有的尊严所获得的正当满足。当男人享受女人去满足他的感觉,他是完全采取主动的。他是专制的征服者,或是慷慨的奉献者,女人希望表明她要为了快乐去征服对方。用金钱或礼物占有他,只有这样坚信之后,她才能进攻而不会感到羞辱。"③对于雅典娜来说,"女神的尊严和自由独立",是以牺牲"性和生育"为代价。作为女性,她可以担负保护城邦、鼓舞英雄与敌人战斗的勇气,但不承担"性与生育"的专职。

有性,必定有生育,希罗多德在《历史》中曾提到某个原始女部落特别好战,当另外一个男性部落知道这些战士皆是女性时,便不与她们硬战。他们选派一些青年男性用各种方式去讨好她们,结果,这个部落的女人完全被征服了,于是,女性与男性组成了新的部落,并迁往他方。当然,也有与此相反的叙述,即女性部落的首领知道与之对抗的是勇敢的男性部落的青春战士,于是,女性部落的首领不让女战士去与另一部落的男战士直接对抗,而是以美丽和性感的身体去诱惑男性部落的战士,结果,所有的

---

① Richard Buxton, *Myths & Tragedies in their Ancient Greek Contexts*, Oxford University Press, 2013, pp. 99-112.

② 波伏娃:《第二性》,桑竹影等译,第 473—508 页。

③ 波伏娃:《第二性》,桑竹影等译,第 482 页。

男性部落战士皆被女性部落所俘获,于是,他们共同组成新的部落迁往他处。① 对于女性来说,"生育"是她的特权和义务,从宙斯头脑中诞生的雅典娜则否定"性和生育",在希腊神话神学中,阿尔特弥斯和雅典娜皆是"处女神"。她们反对生育,反对性,对于窥视者和违抗者,皆一律处死,这些神话神学观念表现了希腊人对处女神神格的极度崇拜。也许唯有这样,她们才能保持"与男性平等的尊严"。从这些神话神学思想中所折射出来的文化精神已带有人类社会的困境体验,因而,希腊神话神学探索实际上已经蕴含人类精神的深沉而自由之探索。②

"雅典娜的神格",显出她非常热衷社会事务,在城邦生产和守护中,她总是尽职尽责。否定女性的生育义务以维持自由独立,并不意味着放弃一切社会权利。她们参与一切男性能够参加的战争和生产,同时,还承担女性的特殊职业:"歌舞和纺织。"这对于女性能力和创造力的发挥,不仅不会产生任何障碍,还可能充分发挥她们的自由天赋。因此,作为超性别的女神,除了否定性和生育之外,她们不仅想涉足一切属于男性化社会生活的领域,而且想发挥女性所特有的自由创造天赋。雅典娜的超性别特征,不仅意味着超越女性,也意味着超越男性,她不只具有女性神神格,也不只具有男性神神格,而且"兼有男性神的尊严与勇敢以及兼具女性神的优雅与美丽、聪慧与巧妙",她成了"带有性别而又超越性别的"颇具尊严和智慧的女神。③ 从这些神话神学观念中可以看到,"超越性别"是女性反抗不平等、回避痛苦和社会责任并向往自由平等的独特表达。这种神话神学观念,在现代女权主义者那里则有所改变,她们不仅不回避性问题,也像男性那样,以性享乐作为自己的权利与荣耀。这种反叛,事实上显示了女权主义者为了追求平等而产生的变异,在比较研究过程中,人们更容易认同"雅典娜超越性别的行动和意志"。这不仅是道德的,而且是

---

① 希罗多德:《历史》,王以铸译,第 76—82 页。

② Walter F. Otto, *Die Götter Griechenlands*, *Das Bild des Göttlichen Im Spiegel des Griechischen Geistes*, SS. 73-77.

③ Ranke-Graves, *Griechische Mythologie*, *Quellen und Deutung*, SS. 84-87.

美好的,因而,超越性别的雅典娜形象,是希腊文化的自由象征。从宙斯头脑中诞生的雅典娜,寄托了希腊人,尤其是希腊青年女性的自由生命理想。

2. 城邦守护与女神的生命意志

城邦守护与战神智慧超越,是雅典娜女神更加鲜明和自由的神圣特性,相反,超越性别意识并不足以体现雅典娜神话的全部意义。如果说,把雅典娜女神看作"希腊城邦制度的象征",那么,可能更容易体现雅典娜神话的思想原始意义。应该承认,希腊人的城邦意识觉醒得比较早,希腊人相当尊重雅典娜女神,他们把有关于城邦的许多美好想象皆加到了"雅典娜女神身上"。雅典娜成了城邦守护神,尤其是雅典人心目中的守护神,女性神成为城邦保护神,肯定有曲折的演变过程。必须看到,雅典娜作为"城邦守护神",代表了希腊人对贞洁女神的尊敬和美好想象,因此,希腊神学诗人赋予了雅典娜十分丰富而且令人敬畏的神格。[1] 只要回顾一下法国人对"少女贞德"的高度崇敬,就不难想象处女神雅典娜具有的神奇力量。文化人类学家对此做了许多分析,例如,摩尔根谈道,"希腊人的一般制度,凡与氏族部落的组织有关者,直至他们进入古代社会末期的时候,均可用雅典人的制度作为代表"[2]。文化人类学家和古代历史学家们皆注意到雅典的特殊社会制度,他们发现,雅典的社会制度的体系如下:第一,"氏族",以血缘为基础;第二,"胞族",可能是从母系氏族分化出来的兄弟氏族结合而成;第三,"部落",由几个胞族组成,同一部落的成员操同一方言;第四,"民族",由几个部落组成,它们合并在一起构成氏族社会,并占据共同的领域。由此可以看到,雅典娜神话与雅典城邦制度的形成和发展有密切的联系。这就是说,有什么样的社会政制,就有什么样的

---

① *Time*, *Space*, *and Ideology*：*Tragic Myths and the Athenian Polis*, see Richard Buxton, *Myths & Tragedies in their Ancient Greek Contexts*, pp. 145-160.

② 摩尔根:《古代社会》,杨东莼等译,第 219 页。

艺术表现;有什么样的艺术表现,就可以想象什么样的社会制度。事实上,民族国家的政治、经济、法律、文化制度决定了民族国家公民的自由想象,反过来,民族国家公民的自由想象总是植根于民族国家的文化制度想象和文化历史记忆中。雅典娜神话的形成,就可以看作是雅典城邦制度演进的曲折体现。

"雅典娜崇拜",为什么主要局限于希腊的雅典城邦,而且文化崇拜的中心又只是在雅典呢? 这可能与雅典人最早觉醒的新的城邦文化观念有关。在《古代社会》中,摩尔根热情地评价过雅典,因为当雅典人建立"以地域和财产为基础的新的政治体制"时,他们的政府是"纯粹民主制的政府"。这并不是什么新鲜的原理,也不是雅典人的头脑所独特发明的东西,只是他们已经习惯的"制度",其历史之悠久与氏族本身的历史相等。从远古以来,在他们祖先的知识和实践中,即已存在"民主观念",到了这时候,这种民主观念得以体现于更加精心组织而在许多方面较前更为进步的"政制"之中。雅典人比其他希腊部落更为成功,他们能把自己的"政府组织观念"加以发展,以达到其必然的结果。摩尔根指出:"迄今为止,在全人类中,雅典人按其人口比例而言乃为最卓越、最聪明、最有成就的一支人。""在纯心智的成就方面,他们至今仍为人类所惊叹不已。这是因为在前文化阶段中所萌芽的观念,已被他们绞尽一切脑汁予以组织而产生了美好的果实,这个果实就是以民主精神组成的国家。在诞生这个国家的动力下,出现了他们最高度的智力发展水平。"事实也是如此,在雅典社会、政治、经济、文化发展到一定阶段之后,希腊神话神学思想与观念才得到确实而有效的保护,他们有意识地把"史诗朗诵"和"宗教庆典"视作城邦的盛大文化节日。雅典人把"雅典娜"看作他们的城邦守护神,因此,城邦的稳定和繁荣,城邦的守护和安全,城邦的生产和娱乐,雅典人将这些美好愿望皆寄托在宗教仪式中,即"对雅典娜女神的崇拜"。雅典娜女神的神像和神庙,处于雅典的核心位置,甚至可以说,雅典娜崇拜直接刺激了希腊文化和艺术的高度繁荣。[①]

在雅典，雅典娜是他们信奉的城邦守护神，人民崇拜她，英雄崇敬她，国王崇敬她，他们皆希望女神保护雅典的和平与安定，繁荣与自由，欢乐与和平。雅典娜获得这一宗教地位，一方面与她所代表的"智力和战斗力"有关，另一方面则与她作为处女神所代表的"美丽与希望"相关，于是，纯洁与美丽、朝气与独立、忠诚与热情、保护城邦与保护英雄、繁荣艺术与繁荣生产等最好的神格和职能，皆汇聚于雅典娜一身。雅典娜成了希腊人尤其是雅典人的心目中的"自由女神"，这位自由女神因其纯洁和伟大，在雅典人民心目中具有神圣的地位。在希腊神学诗人的叙述中，雅典娜对城邦的守护，最根本的一点，便是"在战争中让希腊人永远处于不败之地"，与此同时，保护雅典城邦的法律神圣不可侵犯，也是城邦的坚定信仰。雅典娜神话，可以看作希腊少女理想的通俗表达，对于少女来说，她们纯洁美丽，希望自己的城邦永远繁荣昌盛，同时，也希望她们的城邦在战争中永远立于不败之地，这些皆需要"永远的守护神"。自由而独立的雅典娜女神，成了这些少女美好想象与青春梦想的自由化身。少女皆崇拜英雄，少女对英雄的崇拜，少有性欲成分的掺杂，她们心目中的英雄勇敢无畏，不畏艰难，敢于冒险，尤其是敢于为了爱情、荣誉和家园去冒险。[②] 因此，她们希望也有守护神保佑英雄，于是，雅典娜成了英雄的保护神，这实际上皆可以看作"少女青春理想的诗意表达"。当然，仅有这种理解是不够的，还必须把这种理想看作"希腊人的普遍文化理想与生命自由理想"。

在荷马史诗中，雅典娜对于希腊人的最终胜利发挥了决定性影响，她始终参与并关注战争的每一进程。在史诗的神圣叙述中，希腊人把她看作"智慧女神"，主要与战争相关，其他方面的智慧，例如"预言""先知"等

---

① Tuttu Tarkiainen, *Die Athenische Demokration*, Deutscher Taschenbuch Verlag, 1972, SS. 27-32.

② C. Kerenyi, *The Gods of the Greeks*, pp. 120-126.

智慧,则与雅典娜无关,因为那些智慧特质皆是由阿波罗神所代表的,因此,希腊人实际上有"两个智慧之神":一个是雅典娜女神,另一个是阿波罗神。为什么人们后来只提雅典娜是"智慧女神"呢? 这可能与古代人对战争的崇尚有很大关系,阿波罗神的智慧,主要不是"战争智慧",而是"预言智慧";雅典娜作为战争女神和智慧女神,很少凭力气参与战争,而是"凭借智谋参与战争","阴谋智慧"在战争中比勇敢和力气更重要,因此,雅典娜在希腊战争中的地位才显得那么突出。[①] 一部荷马史诗,甚至可以称之为"雅典娜的颂歌"。荷马史诗,在雅典娜大祭中被认定为必须进行的一项文化仪式,这可能与希腊人对雅典娜女神的中心地位的认可有关。

正因为智慧超群,雅典娜始终被看作"英雄的守护神";英雄之所以成为英雄,不仅因其力气和勇敢,而且因为其计谋与智慧。雅典娜似乎特别喜欢英雄,对于英雄的业绩和英雄的命运,她尤为关注,总是给予英雄以智慧,使英雄能够战胜强大的对手。当赫拉妒忌地让受害者赫拉克勒斯干沉重的脏活时,雅典娜同情他并对他进行帮助和安慰;她送给赫拉克勒斯黄铜钹,其声震耳,最终吓坏了"斯廷法罗斯湖中的鸟";当他到冥界带来刻耳柏洛斯时,是她庇护赫拉克勒斯成功;当赫拉克勒斯死后,是她在奥林匹斯门欢迎他;当赫拉克勒斯得到赫斯珀里得斯姊妹的金苹果时,英雄就将它们恭敬地送给"监护女神雅典娜"。雅典娜对珀耳修斯的帮助也十分关键,她让英雄砍下墨杜萨的头颅,出于感激,珀耳修斯将"墨杜萨的头颅"送给雅典娜,并将它装在盾上,这些历史神话传说,显示了希腊人对雅典娜的深情想象。[②] 最为形象生动的是"荷马史诗中的雅典娜",在《伊利亚特》中,她始终站在希腊人一边,在关键的时候,她总是保护希腊人。当特洛伊战争停火并且可能不会毁灭特洛伊城邦时,是雅典娜策动了特洛伊士兵愚蠢地再次挑动战争。她最有力的武器是盾,她头戴冠状金盔,

---

① Homer, *The Odyssey*, translated by A. T. Murry, I 80-124, pp. 18-21.

② M. P. Nilsson, *History of Greek Religion*, 1949, pp. 78-82.

宽大得足以遮住一百个城镇的步兵。她肩上背着神盾，据说是用巨人帕拉斯的皮制成，宙斯在与泰坦神的战斗中使用过它，后来将它作为礼物送给了雅典娜。这种盾是胸甲，边缘以蛇为穗，中间装饰蛇发女妖戈耳工的头，相当威武可怖，因此，雅典娜在整部荷马史诗中对奥德修斯的保护十分特别，它显示智慧女神对智慧英雄的垂爱与恩慈。[①]

奥德修斯参加特洛伊战争，是出于不得已的选择。由于他具有雅典娜赐予的智慧并始终得到雅典娜的护佑，因此，当希腊军队处于低潮时，奥德修斯总是能够运用自己的智慧调整战术并最终战胜敌人。他对蛊惑军心者，给予严厉的打击，他以善于运用阴谋智慧取胜著称。例如，他用木马破城，堪称一绝。这一切与雅典娜给予他无穷的智慧有关，这一切甚至可以看作雅典娜的伟大胜利。雅典娜对奥德修斯的保护与宠爱，特别表现在《奥德赛》的英雄神话叙述之中。雅典娜多次在宙斯面前为奥德修斯求情，她给予奥德修斯以智慧，帮助英雄战胜了独眼巨人，战胜了海神波塞冬。与此同时，她又保护奥德修斯返回家园，让奥德修斯以乞丐的装扮回到家乡和宫殿，然后，利用巧计杀死了全部的求婚者。[②]　在《奥德赛》中，雅典娜的地位超越众神之上，因此，《奥德赛》也可称为"雅典娜颂歌"。对奥德修斯的歌赞，实际上就是对"雅典娜的歌赞"。雅典娜对奥德修斯的保护具有十分特殊的意义，她对智者和英雄的热爱由此可见一斑；雅典娜就是如此热情地参与战争，支持智者，鼓舞智者，显示了"智慧"在战斗中的无穷魅力。

3. 城邦生产与能工巧匠的崇拜

城邦生产与城邦庆典，在雅典娜信仰中具有极为重要的地位。雅典娜不仅是战争智慧女神，作为城邦的保护神，她还是热爱和平、热爱生产

---

① 荷马：《伊利亚特》，罗念生、王焕生译，第 253—263 页。

② Homer，*The Odyssey*，translated by A. T. Murry，XXIV 502-548，pp. 448-452.

与热爱艺术的象征,这些职能赋予了城邦守护神以许多美好的职能。①
城邦就是自由的文化共同体,城邦总是由许多人组成,并且,由公民个人、
建筑居所、政治组织、法律信仰、贸易规则、交通工具、街区分布、职业分
工、文化习俗、节日庆典等等构成。城邦是民族国家文化长期发展的结
果,城市的形成在很大程度上促成了公民共同体的建立,它比原始居所与
游牧方式更能显示文明自身的进步。与此同时,城邦的组织与城邦的管
理也给公民的生活造成了许多新的问题,城市的分工与合作在共同体的
需要中得到了确立。此外,城邦必须考虑每个公民的物质生活需要与精
神生活需要,他们需要在城邦政治文化生活中安顿生命的要求,释放生命
创造的潜能,这一切就要求能工巧匠与城邦生产。在此,国王与执政官并
不足以安排城邦有秩序的生活,他们需要一位最高的守护神,并以此形成
普遍遵守的共同价值信仰与城邦政治文化经济生活律法。② 正是这些具
体的要求,希腊人为他们自己的城邦创造了城邦守护神雅典娜,因此,作
为城邦生产的守护神与城邦和平胜利的守护神,雅典娜具有特别的文化
象征意义,这种象征意义更多的是显示文化政治与律法意义。

城邦守护,不仅意味着城邦的防守和战争,而且意味着繁荣与稳定。
如何才能使城邦稳定与繁荣? 生产,显然是非常重要的,在希腊神学诗人
的想象中,"雅典娜虽然在战争中严厉可怕,但在和平时期却仁爱慈善。
无论何时,她皆向人类提供有价值的服务。她教库瑞涅人骑马艺术,为厄
里克托尼俄斯示范怎样套住第一辆战车"。她在希腊神话叙事中已经充
分显示了熟练的手工技术:她发明了陶工用的旋盘,做出了第一朵花,尤
其擅长纺织和刺绣。雅典娜保卫和平时期的各种工作与劳动,她是著名
的厄耳伽涅,即劳动妇女;她是手艺匠人和雕刻家的保护神,也是纺纱织
布者的守护神。雅典娜的圣鸟是"猫头鹰",如此具有献身精神和奉献精

---

① 吕凯等:《世界神话百科全书》,徐汝舟等译,第 159—165 页。

② Tuttu Tarkiainen, *Die athenische Demokratie*, SS. 33-38.

神的女神,理应受到人们的敬重与热爱。① 希腊人之所以赋予雅典娜如此丰富的神格,是因为希腊神话神学观念与神话文化的高度繁荣,而且与希腊社会的文化发展到一定阶段很有关系。希腊城邦的分工比较早,因而,这些职业分工和诸神的职能,已经形成了有力的关联。在这些生产劳动中,雅典娜的职能,是保护"手艺匠人"和"纺织者",这两项工作在古希腊时代,比较多的由妇女承担。雅典娜的神圣职能,涉及城邦的许多方面,我们可以从雅典娜神话中看出希腊城邦制度的社会形态。战争时战斗,和平时生产,这就是城邦的基本制度,希腊城邦的和平气象正是通过手工艺的繁荣而显示出来。②

在希腊神话传说中,跛足之神爱恋雅典娜并疯狂地追求雅典娜,也与手工技艺有关。希腊人关于神话的联想和比附很有特色,例如,同是工艺之神,"赫淮斯托斯和雅典娜之间"总是相互欣赏。在女性神中,雅典娜的手工艺最为出色,尤其是纺织和刺绣,显示了她高超的智慧和技能。"手工技能高"的希腊人,在希腊城邦中的地位是比较高的,希腊人崇尚有手工技艺的人。赫淮斯托斯作为工匠之神和冶炼之神,具有特殊的地位,在荷马史诗叙述中,赫淮斯托斯的高超技艺,特别是铸造神盾和利剑的能力在诸神中十分著名。诸神之王和王后赫拉,也因为赫淮斯托斯的高超技艺而倍感自豪,宙斯的武器就出自赫淮斯托斯之手,甚至可以说,在希腊英雄神话中,所有最精妙的武器,皆出自赫淮斯托斯。他曾经织出特殊的网,抓住了通奸者阿瑞斯和阿佛洛狄特,他曾经造出神盾送给宙斯,也为他的母亲赫拉造出了"神奇的床和舒适的房间",令赫拉自豪不已。在荷马史诗中,赫淮斯托斯的高超技能被多次提及,因此,作为工匠之神,雅典娜无疑对赫淮斯托斯有好感,并且"尊重他的智慧"。③ 正因为如此,当赫淮斯托斯疯狂地追求雅典娜并且想趁机占有她时,雅典娜只是竭尽全力

① *Hymn To Athena*, See *the Homeric Hymns*, XI, translated by Jules Cashford, p. 110.
② Emily Kearns, *Ancient Greek Religion*, pp. 174-181.
③ Homer, *The Iliad*, translated by A. T. Murry, XVIII 393-608, pp. 316-333.

保护自己,没有像对待其他神那样粗暴和决断,甚至当赫淮斯托斯准备实施强制性交合时,雅典娜也只是尽力躲避,结果,赫淮斯托斯只能将"自己的种子"撒在地上,大地不久就"生出了他的儿子"。雅典娜发现了这个孩子并抚养他长大,始终保守这个秘密,直到这个孩子长大并成为"雅典国王",在那儿创立了"雅典娜的庄严祭礼"。如果是别的神,如此无理,雅典娜绝不会轻易放过。赫维斯托斯因为自己的高超技艺,还赢得了美神和爱神做他的妻子,尽管阿佛洛狄特对他不忠,但作为工艺之神,他也只是想讨个公道,结果,让众神嘲笑。从工匠神的职能而言,赫淮斯托斯和雅典娜的智慧值得称道,他们的神职在人们的想象中,往往直接促进了社会的繁荣和发展。

雅典娜作为艺术女神,也特别值得称道。城邦的守护离不开生产,也离不开艺术,希腊人很早就预见到了这一问题。应该承认,他们对城邦制度做了如此周详的设想,殊为不易,这反映了艺术在希腊城邦制度中的地位。雅典人相当重视艺术,不然,雅典的悲剧艺术、喜剧艺术乃至史诗艺术,绝不会取得如此高的成就。如果把后来的思想繁荣也包括在内,雅典城邦可以说不仅是文化之都、政治之都,而且是工艺之都、艺术之都。[1]雅典娜还是笛子的发明者,她保护雕塑和建筑,希腊雅典的雕塑和建筑技术,最早就是用于神殿的建设工作。这项艺术和技术的高度发达,确实令人惊奇,例如,雅典的剧场所创造的和声效果和演出效果,至今为现代建筑师着魔。他们利用山的坡度,建造了扇形剧场,演员不利用任何音响设备,却能让每个观众皆能听到演出的内容。雅典娜管辖雕塑和建筑,雅典的视觉艺术的繁荣,可由此找到合理的解释。[2] 作为视觉艺术的保护神,雅典的庆典和各种演出皆很有意义,可以看到,雅典娜的神格与阿波罗有较多的重合处,同时,与宙斯有许多重合处,与赫淮斯托斯也有一些重合之处。当然,也可以把她的神格与狄奥尼索斯的神格关联起来,这说明希

---

① 默雷:《古希腊文学史》,孙席珍等译,第18—19页。
② 罗念生:《论古希腊戏剧》,中国戏剧出版社1985年版,第6—10页。

腊诸神的神格彼此之间有些"共同性建构"。职业分工并不是特别明确的,难免有一些模糊之处,这些模糊的地方带来神格的重叠。例如,雅典娜与宙斯在智慧方面有一些重合处,雅典娜与阿波罗则在战争、艺术和智慧等方面有重合处,雅典娜与赫淮斯托斯则在工艺方面亦有重合,她与狄奥尼索斯,则在艺术庆典上的核心地位上有一些重合之处。

　　为了进一步解释城邦守护中艺术和庆典的地位,有必要专门谈一下"泛雅典娜大祭"。这个神圣而崇高的节日仪式,是雅典人乃至希腊人盛大的节日庆典。据有关史家的考证,在"泛雅典娜大祭"节日进行过程中,两位七到十七岁的名门少女,从雅典卫城山上出发,在阿佛洛狄特圣坛附近的地下室中存放她们用篮子带来的神秘物品,这是"阿瑞福拉节"。随着这个节庆到来的,是"斯奇洛弗里昂节",男女祭司们庄严地行进在巨伞下,最后,才是"泛雅典娜大祭"这个崇高而神圣的节日庆典。这些活动据说可以追溯到忒修斯时代,庄严的队伍组成长蛇阵向卫城行走,队列中人们带着由雅典最巧的匠人制作的女袍,奉献给雅典娜女神。参加者有祭司、地方行政官和提篮少妇,还有手持橄榄的男人和骑马的青年等希腊人。在这个"泛雅典娜大祭"节日期间,要举行赛跑、体操比赛、划船比赛,还有音乐、唱歌、史诗朗诵。① 据默雷考证,"最迟从公元前五世纪初起,雅典就有了按照规定次序、公开朗诵荷马诗歌的习俗。这种习俗起源于一定的公共法令"②。泛雅典娜大祭时的诗朗诵,以《伊利亚特》和《奥德赛》为蓝本,至于泛雅典娜大祭的日期以及这种习俗的确定,一定不会早于大家所认为的规定这一节期的最后一个人。这就是说,"泛雅典娜大祭"这一节期,不是在希腊帕笈斯统治时期之前确立的,也许是在他统治时期之后,"要使这位伟大的爱奥尼亚诗人荷马成为雅典的最庄严的宗教庆祝仪式的组成部分,只能在雅典和爱奥尼亚和睦相处的时期才会实

---

① 　Ian Rutherford, *State Pilgrims and Sacred Observers in Ancient Greece*, pp. 51-63.
② 　默雷:《古希腊文学史》,孙席珍等译,第14页。

现"①。历史学家认为,这种亲善运动开始于雅典援助爱奥尼亚人起义的时候。公元前 500 年之前,雅典人把爱奥尼亚人认作同族时会感到羞愧,而公元前 499 年,则是雅典开始采取泛爱奥尼亚政策时期。正是在这一时期,雅典接受了作为爱奥尼亚的首领和保护者的地位。雅典也吸取了爱奥尼亚的文化,从而执掌希腊文化的领导权。可以想见,随着许多不同的伟大人物和文化艺术源源不断地从亚洲流入雅典,自然带来了雅典艺术和文化的大繁荣。此前,"泛雅典娜大祭"的雅典娜崇拜可能是小型的节日,但是,随着史诗、演剧等艺术的兴起,泛雅典娜大祭才成为希腊人盛大的节日。泛雅典娜大祭,确定了荷马史诗朗诵的法律制度,而且推动了希腊悲剧的繁荣,这对于希腊城邦制度的完善具有十分重大的意义,因此,雅典娜神话的发展与城邦文化的发展有着十分密切的关系。从雅典娜神话还原出雅典的一些文化习俗、文化仪式,大多可以找到文化史的事实来证明。

必须看到,希腊城邦制度,在雅典娜神话中已有所体现,这种朦胧的立法意识和法制的自觉实践,使雅典城邦制度逐渐完善。希腊城邦的制度化和法律化,对于希腊雅典的繁荣起了十分关键的作用,后来的泛雅典娜大祭,无疑强化并明确了雅典城邦制度,而且,史诗演唱、悲剧演出和各种比赛,也是宣传城邦制度、巩固城邦制度最有效的形式,因而,从雅典娜神话和节庆中,人们看到了希腊城邦制度的影子。② 他们的城邦建制考虑了战争与和平,考虑了生产与艺术,也考虑到政治实践和民间文化庆典之间的联系,这些使希腊城邦制度不是限于单纯的军事制度,以至成为单一的王权政治,而是强调文化与生产、政治与军事、组织与领导之间的协调,因而,把雅典娜神话看作雅典娜城邦制度的象征并不过分。只要比较一下斯巴达文化和雅典文化就可以看到,雅典娜神话神学思想与观念,只能诞生在生产与创造、艺术和文化比较繁荣的雅典。

---

① 默雷:《古希腊文学史》,孙席珍等译,第 18 页。
② Ian Rutherford, *State Pilgrims and Sacred Observers in Ancient Greece*, pp. 73-86.

4. 城邦正义与血亲复仇的和解

对于社会的成熟与城邦的自由发展，最为重要的是，必须让城邦法制能够真正建立。在《古代社会》中，摩尔根对"雅典城邦立法"有所探讨，这里，可以先回想一下希腊悲剧中的一些情况。希腊人非常相信命运，他们认为命运是不可改变的，命定如此，就不可逃脱，在悲剧冲突中，常涉及亲情和律法的问题。《安提戈涅》是一部非常有名的悲剧。剧情以殉道思想、维护天道以及献身精神为基础，以违抗王命导致毁灭为结局。该剧描述了波吕尼刻斯在反对争夺王位的兄弟厄忒俄克勒斯和他的国家时丧生的悲剧。克瑞翁宣布他是叛国者，下令禁止埋葬他的尸首，并想让他的尸体暴露并饲喂野狗。如果有人想收尸埋葬，那么，将会被处以极刑。王子的妹妹安提戈涅决心去埋葬哥哥的遗体，他的另一位妹妹伊斯墨涅则犹豫不决，后来，安提戈涅在埋葬她哥哥的时候被人发现，但是，她不肯屈服而最终被处死。[1] 伊斯墨涅愿意跟她的姐姐一起蒙难，克瑞翁的儿子西蒙爱安提戈涅，企图为安提戈涅说情，但毫无结果，最终，西蒙大胆冲进幽禁安提戈涅的地牢，发现安提戈涅已自缢身亡。于是，西蒙愤不欲生，也自刎而死。这一悲剧显示了"亲情与法律"之间的悲剧性冲突，诗人所要表现的是，"亲情战胜了律法"。[2]《美狄亚》也非常有意思。为了爱情，美狄亚不惜帮助伊阿宋杀死亲兄弟，而当伊阿宋背叛她时，她不惜杀死两个亲生子，并让国王和公主中计自焚，形成对伊阿宋的残酷报复。[3]

在希腊悲剧艺术中，他们喜欢渲染这种仇杀场面，这在《奥瑞斯提亚》一剧中尤能说明问题。《奥瑞斯提亚》三部曲，是标志埃斯库罗斯在剧作上取得最伟大成就的作品。在第一部《阿伽门农》之中，剧幕一开场就极

---

[1]　Richard Buxton, *Myths & Tragedies in their Ancient Greek Contexts*, pp. 173-197.

[2]　索福克勒斯:《安提戈涅》，参见《古希腊悲剧喜剧全集》(2)，张竹明译，译林出版社2007年版，第276—285页。

[3]　欧里庇得斯:《美狄亚》，参见《古希腊悲剧喜剧全集》(4)，张竹明译，译林出版社2007年版，第477—485页。

为紧张，因为阿伽门农出征时，以幼女祭风神，给他的妻子克吕泰墨斯提拉造成巨大悲痛。因女儿被杀，她发誓替女儿报仇。阿伽门农出征，她与人私通。等到阿伽门农归来，并带回巫女卡珊德拉时，她又设计杀掉了阿伽门农和卡珊德拉。在第二部《奠酒人》中，则演出了因果报应的场面。当王后与新国王寻欢作乐之时，王后之女前往父亲之墓前祭奠，早年被流放的儿子长大成人，也悄悄归来。姐弟相认，誓报杀父之仇。他们杀死了埃癸斯托斯，奥瑞斯提亚又奉阿波罗之命杀掉了自己的母亲。按照"希腊血亲报复传统"，杀掉亲人，必定受到复仇女神的报复。在悲剧中，杀母的奥瑞斯提斯被疯狂的复仇女神所追赶、逼迫。① 对于这一场景，现代作家萨特加以重新创作，产生过很大影响。对于奥瑞斯提斯来说，在杀母报父仇和服从阿波罗神的可怕神谕之间，他内心极其矛盾。杀不杀母亲呢？母亲杀其父阿伽门农，是为了替她的幼女报仇。对于奥瑞斯提斯而言，母亲毕竟是母亲，他不敢杀，但遵照阿波罗神谕，又不得不杀母亲。如果不杀其母，阿波罗的神谕就会应验；如果杀掉其母，就会受到复仇女神的报复。结果，奥瑞斯提斯听从了阿波罗的神令，杀掉了母亲。第三部《降福女神》，写到血亲仇杀的审判全过程。在此，悲剧诗人关于城邦立法问题的思考，直接和雅典娜关联在一起，这对于深化雅典娜神话的文化意义特别重要。

对于这同一事件，索福克勒斯的《厄勒克特拉》，从阿伽门农之女的角度表现这一悲剧。这一悲剧叙述，与埃斯库罗斯描写的错乱、紧张、痛苦的流血事件不同。厄勒克特拉没有什么心神不安的特点，奥瑞斯提斯也没有发疯的迹象，构成剧本高潮的，不是流血的恐怖的杀母行动，而是如何杀死埃癸斯托斯一事。这种表现方式的悲剧力量，显然与埃斯库罗斯不同。欧里庇得斯的《奥瑞斯提斯》，一开场呈现在观众面前的景象，是杀死克吕泰墨斯提拉和埃癸斯托斯之后，愤怒的群众把奥瑞斯提斯和厄勒克特拉两人围困在城堡里。奥瑞斯提斯因病发狂，厄勒克特拉因整夜不

---

① Richard Buxton, Myths & Tragedies in their *Ancient Greek Contexts*, pp. 121-143.

眠地看护弟弟而憔悴不堪。他们的叔父墨涅拉俄斯和海伦已乘船归来，进入港口，海伦进入堡垒。墨涅拉俄斯的老兵守卫进口，奥瑞斯提斯逐渐清醒过来，似乎和姐姐可以获救了。但是，墨涅拉俄斯不愿违背人民的意志，也不愿得罪他岳父，因为他主张为克吕泰墨斯特拉报仇，这样，他一心想使他们两人遭到人民石击以毙命。后来，奥瑞斯提斯杀气腾腾，拔剑冲向海伦和赫尔米翁尼。他们姐弟俩沉着应变，为了避免被人以石击毙，双双自杀身亡。①

　　人们似乎更喜欢埃斯库罗斯的《奥瑞斯提亚》，其中不仅涉及血亲仇杀问题，而且关涉公正审判问题，他的思考本身，更符合城邦制度的一些精神原则。雅典娜的审判最有意义，对于这场血亲仇杀，在悲剧中，有的剧作家只是从命运和咒语方面去解释。而埃斯库罗斯设想由雅典娜主持法庭，并选择了希腊市民到议事厅参与审判的新型方式，审判结果是"六票对六票"，不能判定奥瑞斯提斯死刑。在希腊神学诗人的想象中，阿波罗也参与审判，为奥瑞斯提斯作证。从一般意义上说，阿伽门农杀女祭风神属于一种人性犯罪，克吕泰墨斯特拉报仇在情理之中，但克吕泰墨斯特拉与人私通，亦违背城邦伦理，并且与情夫合杀丈夫，更是罪不可赦。她流放年幼的儿子，也是一桩罪恶，与奸夫治国，荒淫无度，更是罪恶至极，因此，阿波罗要奥瑞斯提斯弑母也在情理之中。②

　　按照血亲原则，"子杀母"必受复仇女神报复，如果这样仇杀报复下去，那么，一切只能以悲剧收场。对此，雅典娜的态度如何呢？她投了一票赞成释放奥瑞斯提斯，并取得了复仇女神的谅解，这样，雅典娜使血仇变成了"神圣的审判"。这多少显示了希腊男权社会中男权主体地位的胜利，不过，这也是习俗伦理或宗教伦理的胜利。希腊神学诗人和戏剧诗人对社会、伦理、律法的思考相当深远，这一切皆在神话叙事和悲剧艺术中

---

①　Euripides, *Helen, Phoenician Women, Orestes*, edited and translated by Daved Kovacs, Harvard University Press, 2002, Lines 1576-1595, pp. 586-591.

②　Aeschylus, *Oresteia*：*Agamemnon, Libation Bearers, Eumenides*, edited and translated by Alan H. Sommerstein, Harvard University Press, 2008, Lines 675-745, pp. 440-484.

做了充分表达。按照摩尔根的考察,报血仇的义务,最初由被杀害者的氏族承担,但后来也可由胞族分担,并且成为胞族的一项义务,最后才转为"法庭控告凶手的义务"。希腊各个民族,皆有其执政官,执政官在城邦举行宗教典礼时充当司祭。与此相似,每个胞族也皆有其胞族长,胞族长主持胞族会议,并在胞族举行宗教祭典时充当司祭。胞族有它自己的会议和法庭,并能通过法令,在胞族中,和在家庭中一样,有一位神,有祭司团体,有法庭和政府。"胞族的宗教典礼,就是其所包括的各氏族的宗教典礼的扩大形式。"①摩尔根还曾指出,公元前 624 年,德腊科为雅典人制订了一部法律,其主要特点在于它那不必要的严密性。然而,这部法典证明在希腊社会发展的历史过程中,以成文法代替陈规习俗的时刻即将来临了。不过,雅典人当时虽已出现了对法律的需要,但他们尚未学会制订法律的技术,因为制订法律需要对立法团体的职权具有比他们所已知者更为高级的知识。梭伦制定了一部法律,其中有一部分是新法。摩尔根认为:"应当把克莱斯瑟尼视为雅典第一位立法者,人类第二个伟大政治方式的创建人。"近代文明民族,就是按这个方式建立起来的。克莱斯瑟尼彻底解决了城邦制度问题,他为雅典制度所奠定的基础,一直维持到雅典国家终止其独立存在之时。

雅典人就这样创立了"以地域和财产为基础"的第二个伟大的政治方式,他们以地域结合的体系代替了人身结合的体系。作为政治方式,它奠基于必须永久固定的地域,奠基于多少有些地域化的财产,它通过地域关系来和公民打交道。这些公民,现在已经定居在乡区中了。人要成为国家的公民,首先必须成为乡区的公民。由于克莱斯瑟尼斯的立法,氏族、胞族和部落的势力已经被剥夺,它们的权力被移交给乡区、乡部和国家了。乡区、乡部和国家,从此成为一切政治权力的根源。因此,摩尔根把"瑟秀斯""梭伦"和"克莱斯瑟尼"看作同雅典人民三大政治立法运动有关的标志性人物。摩尔根所讨论的立法,显然,比雅典娜审判所包含的内容

---

① 摩尔根:《古代社会》,杨东莼等译,第 241 页。

深刻得多了,但雅典娜审判,宣告了以石杀人的习俗的结束,暗含着真正的城邦秩序建立所需要的法律制度。对于希腊神学诗人来说,他们还不具备具体的立法知识和立法技术,他们把这种以法制审判代替血亲仇杀的理想以艺术的方式表现了出来,的确是巨大的思想进步。①

　　从这个意义上说,雅典娜作为雅典城邦的守护神,已经具备很全面的象征职能,涉及城邦文化的方方面面。从雅典娜神话中也可以看出,希腊神话神学思想与观念,不仅蕴含具体的希腊宗教问题,而且蕴含希腊文化社会与政治经济律法问题。希腊神话神学是原初的文化积累,它包含宗教内容又容纳非宗教性内容,所以,不能把希腊神话神学简单地等同于"希腊宗教",但是,希腊宗教习俗和仪式皆不复存在,又只能通过神话神学思想去还原。因而,希腊神话文本,不仅成了读解希腊宗教的直接证据,而且是读解希腊社会历史的一部大书。② 正是基于此,我们才能充分理解古希腊神话神学思想或宗教思想的丰富复杂性以及它所具有的人文象征意义,由此,我们才可以得到"超越宗教与神学之上"的生命文化思想启迪,这就是希腊神话神学所具有的人文精神及其生命象征价值。③

---

　　① 韦尔南:《公民宗教》,参见《古希腊的神话与宗教》,杜小真译,生活·读书·新知三联书店 2001 年版,第 40—48 页。

　　② Walter F. Otto, *Die Götter Griechenlands, Das Bild des Göttlichen Im Spiegel des Grieshischen Geistes*, SS. 19-21.

　　③ Martin P. Nilsson, *Geschichte der Griechischen Religion* (Zweiter Band), *Die Hellenistische und Römische Zeit*, SS. 6-7.

第五章　从神话神学通往理性神学

第一节　诗人之心：神话历史与希腊生命图像

1. 神圣赞美与世俗抒情：文明歌者

希腊神学诗人，是希腊美好生活的神圣歌者；在希腊文明的演进中，他们曾经占有中心性地位。随着科学与哲学的兴起，神学诗人的地位有所边缘化，但是，他们的价值从未消退。① 在每一个文明的发展中，文学艺术之所以具有决定性作用，是因为它以"形象创造"表达了民族国家公民的思想与情感，审美地呈现了人民的普遍价值信仰与生存信念。在相当长的时间内，荷马及其后继者，就是希腊人思想的核心与文明的象征。然而，文学形象的思想内核或自然事物表象背后的实质，皆需要哲学的理性思索给出答案。文明的思想道路总是呈现为："感性形象的表达"作为民族思想的先声，"哲学思想的表达"则形成民族精神的内在超越。文学与哲学之间，或者说，形象体验与逻辑反思之间，并不总是和谐、自由的关系。诗人始终愿意坚守自己的形象感知与情感体验，直观本源地把握生命，抗拒哲学的概念思考或抽象把握；哲人则鄙弃诗人的感性想象，在理

① 在《荷马生平》中，学者提及："荷马与赫西俄德是最富灵感的诗人，所有人都愿意把他们看作是自己的同邦公民（fellow-citizens）。"See *Lives of Homer*, edited and translated by M. L. West, Harvard University Press, 2003, p. 319.

性追问下让感性的混乱和无知暴露无遗，以此证明文学与哲学的水火不容。

　　事实上，在寻求自身立法的权威时，诗人和哲人之间常常相互排斥，但是，从思想的互补与存在的信仰来说，诗歌与哲学各行其道，诗人与哲人各具权力。虽然哲学向文学提出了强有力的挑战，理性相对感性而言获得巨大胜利，但是，诗人从未因此而退场，他们仍然倔强地坚守岗位，而且总能比哲人更好地把握人民的思想与信仰。我们无法在诗歌与哲学之间选出"唯一代表"，也不能在诗人与哲人之间分出"价值高下"。必须承认，诗歌在感性想象方面优越于哲学，它能更好地把握大众，哲学在理性反思方面优越于诗歌，它能更好地建立法规。① 在讨论神话神学向理性神学的转换，或理性神学对神话神学的超越之前，必须认真对待诗人的形象创造所具有的思想价值。荷马之后，希腊诗人与作家从未消失，即使在今天，文学不断暴露自己的浅薄时，依然能够比哲学更好地"把握大众"。在希腊思想中，悲剧诗人、抒情诗人与历史作家，在荷马与赫西俄德的传统之中唱出了"新的歌声"。不过，应该看到，荷马之后，不再是诗人一统天下，哲人已经雄起并且占据世界的主位。哲学家以理性反思的方式处理思想问题，不再迷恋荷马传统，甚至直接批判荷马并创造了新的思想传统。希腊神学思想由此走出了纯粹感性的信仰阶段，理性神学已经开始进行神学的证明，并对自然神学或多神论思想做出直接的怀疑和挑战。

　　许多人只是简单地看到了从"神话神学"向"理性神学"转换的突发性与彻底性，实际上，这只是理性神学开辟了新航道，荷马的传统依然在继续，而且诗人与剧作家谱写出了新的艺术思想篇章。诗人与作家所谱写的新曲，主要表现在三个方面：一是颂歌或抒情诗传统达到了新的历史阶段，显得比荷马时代更加纯粹；二是希腊戏剧得到了全面的发展，悲剧艺

---

　　① 在《希腊哲学》中，克兰茨（Kranz）指出："谁能称为哲学家（Philosoph）？在希腊，这个词意味着'知识与真理之友'（Freund Von Wissen und Weisheit）。"Walther Kranz, *Die Griechische Philosophie*, Schibli-Doppler Verlag, 1955, S. 1.

术与喜剧艺术皆达到了人类艺术的古典高度。在悲剧与喜剧中,诸神与英雄已经同台表演,诸神已不再远离人们,且在喜剧中甚至成为笑柄。这就是希腊思想的诗性道路,其中,体现了他们对生命与幸福、存在与希望的理解。三是希腊历史学家选择了新的方式进行历史叙事,他们由传说出发逐渐走向了真实记忆。如果说,希罗多德还保存了荷马式传说在历史叙述中的地位,那么,修昔底德则已经开始运用大量的演讲材料,试图通过真实的历史场景还原并建构真正的历史,建构了全新的历史记忆观念,其中,感性记忆与理性分析已经交融在一起。

首先,需要考察希腊抒情诗人如何坚守从诗的立场或形象的立场看待诸神信仰? 从"荷马颂歌"到"品达颂歌",这是希腊诗歌道路的重要标志。① 如果说,萨福的诗歌和梭伦的诗歌已经非常人性化,并走向了生活,那么,品达的诗歌则依然保持着颂歌的高贵品格,通过赞美英雄与诸神显示人类生活的崇高庄严。这是我们要讨论的第一个问题,即"神圣庄严的抒情"与"世俗生活的抒情"共在。在希腊诗人的思想中,离不开神话的思考,几乎所有的人类生存想象,皆与宗教和神话生活密切联系。关于神的思考,是他们面对现实之困惑并寻求思想之自由最重要的选择。其次,需要考察希腊戏剧诗人如何思考存在的悖谬与命运的悲剧,如何观察存在者的感性想象与生存选择? 希腊诗人,特别是悲剧诗人在关注人的命运时,特别是在处理亲情与法律、复仇与尊严时,有着真正的宗教思考与生命反思。这就是说,他们的生命,不是城邦法律能够保证安宁的,而是需要神圣命运给他们安排好的出路。特别是要逃避命运的折磨,比如俄狄浦斯及其家族这样的悲剧,他们根本无法摆脱。无论他们如何守法,或者说,无论他们多么遵守宗教信仰,他们的命运与奇特的悲剧皆无法避免。他们在承受命运时,只关心人生悲剧如何被命运操纵,最终,还是必须服从情感或法律。第三,需要考察历史学家为何在诗性叙述与历史叙

---

① Gregory Nagy, *Pindar's Homer*: *the Lyric Possession of an Epic Past*, The Johns Hopkins University Press, 1990, pp. 199-206.

述之间徘徊,他们创造的形象如何体现时代的形象思想价值? 希罗多德
与修昔底德的叙述,其实并没有鲜明的形象记忆,甚至可以说,人们只知
道他们叙述的名字,并不知道其形象特性,倒是他们对演说辞的叙述显得
很有特点,虽然没有突出"形象叙述",但显示出"政治意图"。相对而言,
希罗多德更重视神话与传奇叙述,而修昔底德更重视战争因果的理性
分析。

　　神圣赞美与世俗抒情,是矛盾的思想态度,但是,这种矛盾的思想态
度,却能够在感性思想信仰或神话神学想象中满足人们对待生命与神秘
的基本要求。在生命存在之思中,诗歌能够实现存在者思想的基本任务。
相对而言,哲学反思与理性怀疑,对于人民大众并未显出特别的价值,而
且,哲学反思本身的重要价值似乎并没有体现出来。哲学反思可能使存
在者处于彷徨无地之境,让他们在感性信仰中造成价值崩溃。理性反思
的一切,仿佛就是要让感性想象或神话神学思想彻底破产。这种思想破
产,意味着生命存在者在精神上必须承受巨大的痛苦和必然的思想代价。
按照默雷的看法,希腊抒情诗歌由个人抒情诗与合唱颂歌两种形式组成,
前者由阿尔凯欧斯、萨福和阿那克瑞翁三位诗人代表,后者则由斯忒斯
科、西蒙尼得斯和品达三位大诗人代表。"个人吟唱的抒情诗,无论在艺
术成就上,或在宗教意义和哲理深度上,均未达到合唱颂歌的高度。我们
通常热衷于诗体风格,而古代希腊人则认为诗体风格微不足道,不予重
视。""据我们所知,这些诗人不一定都是多里安人,但是,多里安人是诗歌
的倡导人,尤其是他们大力提倡发扬诗的精神。爱奥尼亚和伊奥利斯文
化的精髓,就在于个性解放,而多里安人则要求个人服从较大的集体,甚
至在诗中也作出这样的号召,他们毫不关心个人情感,只要求诗人善于表
达社会的心声。""最早的合唱颂歌诗人阿西蒙和提西阿斯可能是公仆,为
各自的国家效劳,这种多里安成分,在合唱颂歌中起的作用很大。另一方
面,如果合唱颂歌不能真正地作为一项社会义务完成,它就成为专供人欣
赏的娱乐,一个人可以出钱去买这类享受。""爱奥尼亚最富的城邦雅典,
抱着怀疑和蔑视的态度对待晚期的这种发展。雅典的酒神颂和悲剧,并

不是遵从一个人的命令而作成的,也不是雇用演员来表演,而是由自由公民严肃认真地演给广大人民群众观看的。偶尔有那么一位豪富的公民,可以像多里安贵族一样,让人来给他表演一首酒神颂,但就连出钱雇用品达的墨伽克勒斯,在伊奇尼坦人和王侯将相一起时,也相形见绌,显得寒碜。"①

当我们想到品达最出色的诗作(庄严雄伟的乐曲,凝练庄重、严谨有力的措辞,扑朔迷离的神秘色彩)时,我们不免要问:为什么他不能被公认为世界上最伟大的诗人? 为什么他不能多写一点诗? 为什么他的诗不多产生一些影响? 回答也许是:他只不过是个诗人,如此而已,别无其他。他用音乐思索,生活在伟大、美丽的英雄形象之中,例如,赫拉克勒斯、阿喀琉斯、珀尔修斯、伊阿宋以及卡德摩斯的女儿们。"凡是在他心爱的古代传说故事中发现有违他道德观念的地方,他总是避而不谈,审慎地避免侈谈怀疑论,绝不诋毁神祇。他爱音乐与诗歌,特别喜爱自己的创作。事实上,世界上没有像他所写作的诗歌时,每当别人在歌唱,他总觉得别人的声音像'乌鸦的聒噪声'那样不堪入耳。"默雷认为,品达笃信宗教,在感情上是个伟大的宗教诗人。"他的道德说教本质上不比赫西俄德高明多少,只有一点是不相同的,赫西俄德要求农民勤劳节约,而品达则规劝贵族争取荣誉和乐善好施。"②"他深为德尔斐的奥林比亚的神圣光辉所感动,他喜欢荣誉感,而对君王宫廷中的庸俗风气则深恶痛绝,远远避之。他把只有匹夫之勇的亥厄洛理想化,如同把真正豪爽的克罗密奥斯理想化一样容易。"③这样的历史描述与理解,客观地把握了希腊神话神学所代表的文学艺术的精神品格和价值取向。

默雷说:"事实上,我们可以见到许多希腊宗教作品早就存在,而且形式多种多样,数目也不少。""吠陀圣歌与希腊圣歌颇相类似。圣歌里神的

---

① 默雷:《古希腊文学史》,孙席珍等译,第72—73页。
② 默雷:《古希腊文学史》,孙席珍等译,第85页。
③ 默雷:《古希腊文学史》,孙席珍等译,第85页。

称号分别都是古代的,均用长短短格组成韵律。我们都知道早期的神谕圣言,都是用韵文写出的,此外,庙宇里许多圣歌,性质上,同我们世俗文学中的荷马史诗的序曲大不相同。我们有充分的证据足以证明厄琉西斯的神秘宗教仪式,多少是依据歌咏神圣的乐曲而进行的。"① 事实上,古代许多宗教诗都是俄耳甫斯和他的学生缪赛乌斯所作,犹如英雄史诗是荷马所作,教谕诗是赫西俄德所作一样。② 他们的核心人物,似乎是奥诺麦克列塔斯,他专心致志为庇西特拉图斯和希帕科斯制定宗教政策,并杜撰或编辑古代俄耳甫斯的诗集。③ 像凯南索斯那样的游吟诗人,会把自己吟诵的荷马史诗任意窜改,却丝毫不想把它们作为自己的创作出版。俄诺马克里图斯苦心孤诣所作的神学传给了俄耳甫斯,既无意欺世盗名,也不想舍己为人。这种文学财产归共同所有的情况,在原始叙事诗方面,比歌曲方面持续更久。"到了公元前六世纪,荷马、赫西俄德、俄耳甫斯把自己在诗坛上的位置让给能独立创作的诗人。"④ "希腊有作品传世的独一无二的正教作家,是品达。索福克勒斯受任过祭司之职,并修建过一座小教堂,但是,他的时代的气质带一点唯理主义的色彩,富有同情心的人,往往会不知不觉地把这种理性主义反映出来。"⑤ 在希腊总有一股猛烈反对戏剧演出的逆流,甚至是极端的禁欲主义思想,也不会没有它的吹鼓手;凡是有宗教支持的不良习俗的地方,那儿比较健全的理智就受到削弱,使之处于瘫痪状态。

毫无疑问,"许多狄俄尼索斯的庄重朴实的女祭司,一定相信这些古代有象征意义的列队游行的宗教仪式,在彼时彼地和从此以后产生了有益的影响"⑥。"列队游行的一个特征就是可以'自由谈话',自由谈话仍

① 默雷:《古希腊文学史》,孙席珍等译,第 46 页。
② 默雷:《古希腊文学史》,孙席珍等译,第 47 页。
③ 默雷:《古希腊文学史》,孙席珍等译,第 49 页。
④ 默雷:《古希腊文学史》,孙席珍等译,第 51 页。
⑤ 默雷:《古希腊文学史》,孙席珍等译,第 171 页。
⑥ 默雷:《古希腊文学史》,孙席珍等译,第 160 页。

然是喜剧引以为豪的特权。在特别开放的日子里,人人都可以随便跟别人开玩笑,施以无礼,在日常生活里人们出于畏惧和礼貌关系往往沉默寡言。在有些游行中,妇女享有取笑作乐的特权。喜剧一旦被人重视的时候,喜剧的中心问题,就在编写一首歌曲并学会这首歌曲,在歌曲里,合唱队作为诗人的代言人,向听众发表有关节日主题的演说,这样,就成为高度发展的喜剧的'自由谈论',至于其他方面,喜剧起源于狄俄尼索斯节日,或类似酒神的节日。"①默雷分析的这种"自由谈论"具有重要的思想意义,它代表了古希腊喜剧时代公民城邦的自由思想状态,情感奔放,崇尚自由,热衷城邦公共事务。当我们确证诗歌的核心任务是人类的生命情感表达以及对存在的历史和神秘的全部复杂性呈现时,就可以看到诗歌在希腊文明史中的地位,同时,也可看到它在人类文明中的特殊价值。这个地位是不会动摇的,当然,在诗歌或文学艺术中,文学的情感表达并没有规范性或经典性,文学并没有自己的情感表达规范。文学的情感表达,只有通过时代的经典才能得到体现。诗歌的历史,永远留下了人类最美好的思想情感与生命形象。正因为如此,荷马永远活在希腊人心中,同时,他们在荷马的启发下"创造了新的荷马"。

2. 命运与责任:诗人的德性引导

诗人的思想似乎比哲人的思想更能代表时代存在者的心声,他们更希望在诗人想象与形象反思中找到价值的依据,由此形成自我的"生命存在信仰"。荷马之后,抒情诗人和戏剧诗人最核心的命题和思想任务,是"人的命运问题"。希腊诗人对此赋予了如此深刻的理解,即便希腊哲人也自愧不如,很少哲人敢于在命运问题上发言并与诗人相对抗,与此同时,诗人赋予道义问题与情感问题以崭新的考察维度,当然,诗人哲学家赫拉克利特对此有所讨论。"命运是什么?""存在的表象与存在的神秘之

---

① 默雷:《古希腊文学史》,孙席珍等译,第160页。

间,有着怎样的联系?""责任是什么?""责任是理性问题,还是情感问题?"[1]默雷说:"希腊人禀赋中一个最特出的才能,也许是对冲突双方的感情世界有体察入微的本领。也就是这种希腊精神,使荷马、埃斯库罗斯、希罗多德、欧里庇德斯、修昔底德找到他们的近亲,使雅典能够创作戏剧。"[2]事实上,希腊诗人和艺术家并非过度关注艺术的娱乐功能,而是通过形象创造严肃地探讨生存问题与德性问题,力图通过形象的思考,将公民城邦的德性、责任、自由与命运等问题交给公民共同分享,最终形成相对确定的公民城邦价值观念。

从神话神学方面去考察希腊文学的价值,就应该看到,希腊文学并不关注神的问题,更关注人的问题,或者说,"神的问题"只是人性问题的解释学背景,"人的问题"才是文学最重要的事情。事实上,在平均分配颂神写人篇幅的"荷马史诗"中,"写英雄"才是最主要的任务,听众最感兴趣的也是人性的故事,或者是神人同形同性的故事。"神人同形同性",不是"人与神同",而是"神与人同"。在希腊时代,人最感兴趣的问题是什么?千古同理,他们最感兴趣的事物,应该是"钱",但是,在希腊史诗、抒情诗和剧诗中,几乎没有讨论"钱"的问题;他们更关注的是:政邦的法制,国王的家庭悲剧,爱情的悲剧,意志的冲突,信仰的悲剧,等等。"理性"确实具有重大的地位,但是,并非每个人皆具有"理性"。理性的作用比感性表达要迟滞、困难一些,因为感性抒发忠实情感、服从意志,而理性作用则崇拜冷静,以无情与客观对待世界,前者给予人自由的体验,后者则给人设置规范。普世的共同理性殊难激发,人们只是在情感与意志表达受阻时才求助于理性。"理性遵守",永远是少数人反对情感与意志的原则,大多数

---

① 希腊诗人与剧作家一直在关注命运问题,他们试图通过顺从或反抗的方式来理解命运,但是,生命本身总是呈现出特有的悲剧性。哈达斯(Hadas)说:"埃斯库罗斯(Aeschylus)根据人类的公正观念努力为诸神对待人的方式而辩护,欧里庇得斯(Euripides)则尽可能地说明:作恶的神并非真正的神,索福克勒斯(Sophocles)承认诸神的大能,但并不认可诸神的正义准则与人类相同。"*The Complete Plays of Sophocles*, edited and translated by Moses Hadas, Bantam Books, 1992, p. xiv.

② 默雷:《古希腊文学史》,孙席珍等译,第31页。

人屈服于情感和意志。

理性的普遍规范,虽然大多是真理准则,但是,在实践中,人们尊敬有余而亲近不足。"人们也许在埃斯库罗斯的作品里,比在其他作家作品里,更能发现三种观察人生的独特方法。""他深感人性在生活道路上对一切不可逾越的障碍进行不断的搏斗,推翻强大的君主,是当时每一个希腊人头脑中的主导思想。这样,'人的自信'和'神的嫉妒'——即人的意志远远超越了他的能力所逮的这一事实——是埃斯库罗斯创作思想中的一个相当特出的原则。""埃斯库罗斯的另一个思想原则是:深信事物的不可抗拒的力量。""在选题方面,埃斯库罗斯对超人或超自然的东西特别喜爱。"[①]"说实在的,索福克勒斯经常展现他的高超的才能,世界上确实很少有诗人具有他这种本领的。""只有他一个人才能在《安提戈涅》中作出有关'人的起源'的伟大颂歌,只有他才能在《埃阿斯》中描绘人性中'互让'的美德。就是在他的第二部《俄狄浦斯》中所宣告的:那份著名的表示对人生绝望的断定书里,仍有一种深厚的宁静的情感,丝毫不受任何理智活动干扰,时常使得欧里庇得斯的极为精巧的、十分豪放的作品显得'像年轻人的诗'一样。"[②]希腊悲剧艺术对公民生存德性的探讨,最重视生存的尊严,这种生存尊严并非来自权力意志,而是来自德性高贵。只有德性才能让公民活出尊严,相反,权力的任性常常导致悲剧的生成。

"命运",是希腊神话神学思想的首要问题。"命运",就是人所不可改变的生存路向与悲剧状态。每个生存者,有自己的情感意志,有自己的生存理想,但不是人的意志决定自己的生存,而是神秘的力量决定自己的生死祸福。[③] 这就是说,人的生死祸福具有天然的不可预测性,人的生命存在的自由或幸福的希望,完全取决于"神秘的力量"。命运让诗人产生深度的敬畏,这是神所给予的规定,不只是普通的公民要接受这种命运,即

---

① 默雷:《古希腊文学史》,孙席珍等译,第172—173页。

② 默雷:《古希腊文学史》,孙席珍等译,第184页。

③ Walter F. Otto, *Die Götter Griechenlands*, Vittorio Klostermann, 1987, SS. 343-346.

使是国王也无法逃避悲剧。希腊诗人这样讨论"人性"与"人的命运",就是为了告诉人:"敬畏天地","敬畏神圣"。与此同时,诗人也告诉我们,"命运并不可怕",因为所有的人皆受命运控制,这样,命运对所有人皆具有威力。既然人无法改变命运,那么,人就要显示自身存在的价值,显示自身面对命运的伟大品格。在命运面前,人的悲剧性抗争,使人显得更加卓越。希腊悲剧,不是要我们承认生活的命运,而是要我们注重生命的尊严,显现人的伟大。① 从神学意义上说,就是要建立信仰,敬畏神,不能亵渎神明,于是,神话神学以其神秘性与质朴性保持自己的尊严。例如,欧里庇得斯特具的阴郁的调子,不只是在他的雅典后期作品里才可见到,最足以表明他性格的,莫过于他晚期剧本中那些神来之笔,以及用以表达其尚未泯灭的理想的特殊文体。"他蔑视当时的社会和国家政策,对人人赞美的荷马史诗中的半神半人,抱着极端叛逆精神,而对沉默寡言、不求闻达的普通人,则寄予莫大的同情,在这些超尘脱俗的老实人身上,他找到了他的英雄主义理想。"②在《酒神的伴侣》中,这位自由思想者的态度始终没有改变过;更确切地说,它是诗人立场观点的总结。他经常斥责一般的迷信思想,对独断独行的理性主义深恶痛绝。《酒神的伴侣》给我们的教育意义,也就是《希波吕托斯》给我们的教训,不过,前者有较强的形式感。理性是伟大的,但不是最重要的。世界上有许多不是理性的事物,它们既超越了理性,又远离了理性。我们无法表达情感,我们倾向于崇拜情感,也许,我们还觉得情感是人生宝贵的财富。"这些事物就是神或神的形式:不是传说中不朽永生之人,而是'存在的事物',非人类的、非道德的事物,降人以福泽,或使人受尽苦难,无以聊生,而其本身则庄严肃穆,不为所动。"③在悲剧艺术中,诗人告诉我们,越是生存苦厄,越要坚守生存意志。唯有生存意志变得强大,生命存在才能焕发无穷的力量,这就是希

---

①　Hegel, *Ästhetik*(Ⅱ), herausgegeben von Friedrich Bassenge, Verlag das europäische Buch, 1985, S. 566-567.

②　默雷:《古希腊文学史》,孙席珍等译,第 195 页。

③　默雷:《古希腊文学史》,孙席珍等译,第 207 页。

腊悲剧艺术弘扬的真理。

人的自由道德意志,是希腊诗人赞美的对象,在《善的脆弱性》中,纳斯鲍姆讨论了这一问题。如果说,命运是神学的问题,那么,责任则是道德的问题。希腊悲剧崇尚的原则或生命道德是什么? 它们的原则,不是以国家为本,而是以个人为本,即个人应该崇尚什么并反对什么。在埃斯库罗斯的作品里,反抗就是生命的德性,不要屈服,无论压迫的力量是如何强大! 在索福克勒斯的作品里,"命运捉弄人",不管有多么大的悲剧,你都必须承认,在承受苦难时,要坦然坚定,不要慌张,命运挑战我们的意志,那就接受命运。当人们冷静地接受命运的挑战时,生命的尊严与荣耀就显示出来。在欧里庇得斯的作品里,复仇具有特别的意义。为何要"复仇"? 因为他者挑战了你的尊严与价值,为了求得这种尊严的公平,你就必须"复仇"。美狄亚复仇,不受指责。在《酒神的伴侣》中,酒神的复仇通过亲人之手来达成,悲剧作者认可这种行为。个体的尊严,任何时候都不应受挑战,不管是出于什么理由。①

希腊悲剧建立了普遍的生命伦理与个体伦理,希腊喜剧则挑战世俗社会伦理而崇尚生命伦理。在世俗社会里,神是庄严的,城邦执政官是崇高的,智者是有尊严的,这一切,皆进入日常生活的嘲笑范围。没有什么崇高,没有什么庄严与神圣,个体的生存与自由的尊严最为重要。在《古希腊文学史》中,默雷说:"索福克勒斯对神的处理,一直是个议论纷纭的题目。他认为,神是人类幸福与灾难的根源,似应受人尊敬,但按人世标准衡量,神不一定都公正或善良。"他还说:"在我早期对悲剧家所作的论述中,我在利用'正统'观念方面做得太过分了。古代没有'正统'的要求,有的是怕'不敬神',按句话说,怕破坏神圣的清规,因而激起神的愤怒;最怕默祷或对一个陌生的异国神祈祷,因为这样做,真的会引起邪念,误入迷津;此外,无疑还有一个疑虑:完全否认神的存在,会含有否定一切虔敬

---

① 黑格尔主张:"在认知所有这些悲剧冲突(tragischen Konflikten)中,我们必须先把有罪或无罪(Schuld oder Unschuld)的错误想法放置一旁。"Hegel, *Ästhetik*(Ⅱ), S. 565.

或正义的意思。"①在我们看来,喜剧和悲剧,似乎只是同一事物的两个方面,它们之间的区别很难分清楚。从历史的观点来看,它们出自不同的根源。悲剧产生于艺术的和专业的合唱队歌唱,喜剧则是从村夫俗子在葡萄和谷物收割节日的化装游乐中诞生的。希腊人在向果实之神庆祝,并向人、兽、草木增殖的神表示敬意时演出悲剧和喜剧。"在处理那些人之常情方面,希腊人采取了独特方法:对之率直承认,并加之适当节制。被压抑的情欲是危险的,一切本能的冲动,只有用这种方式和在这种场合下,才能得到发泄,而不至贻害匪浅。"②正是这种基于生命情感与生存体验的自由表达,希腊颂歌诗人与戏剧诗人充分显示了诗性思想的自由尊严,创造了荷马之后的新型荷马思想性格。

3. 历史学叙述与生活历史真实

如果说,荷马既是伟大的诗人又是伟大的历史学家,那么,希罗多德和修昔底德则既是伟大的历史学家又是特殊的诗人。虽然希罗多德和修昔底德刻意排斥荷马,但是,他们还是有意继承了荷马的形象叙述方式,只不过,他们不再虚构和想象自然景象以及历史人物,特别是不再想象诸神的形象。③ 民族的历史,既有共同记忆又有个体记忆。共同记忆的历史,与民族的发展与民族的战争及民族的政治命运相关。当民族经历了共同的自然生活历史,当民族共同经历了战争,当民族共同经历了政治变革,历史中就有了"英雄与小丑",就有了"美丽与丑陋"。无数的记忆,特别是共同的民族记忆,不再是虚构,那么,民族的历史记忆,就需要一个"叙述者"或"记忆者"。他们应该如何书写民族的历史记忆? 哪些民族历史记忆更富有价值? 哪些人的活动与生活才值得记忆? 民族历史记忆中的人对后来的生活具有怎样的价值? 这些内容皆是历史记忆需要关注

---

① 默雷:《古希腊文学史》,孙席珍等译,第15页。
② 默雷:《古希腊文学史》,孙席珍等译,第159页。
③ Herodot, *Bücher Zur Geschichte*, Marix Verlag, 2004, S. 44-48.

的。生命确实有高贵与平凡之分,平凡的生命只是为了自己与家庭,而伟大的生命则牵涉无数人,他可以服务无数人也可能损害无数人,因为"神秘存在"已经赋予他特别的智慧与权力。希罗多德是一个被流放者,一个职业讲故事的人,因为他的著作,不仅记述惊心动魄的重大政治斗争和伟大的思想斗争,而且也许比任何著名的书籍更能表达整个人类的精神面貌,更能表现通过他一个人的才智、以独具的洞察力观察到的世界。"这位独具慧眼的史家,是人类历史上心胸最为宽大的伟大人物。"①希罗多德的宗旨是:"人类的丰功伟绩决不应该忘掉,希腊人和未开化民族的惊人的创作成果也不应埋没其名。"希罗多德在记忆历史时,还是愿意相信神秘之存在,因为神秘的事件或神秘的传说本身,就是真实的民间事件。而修昔底德不再关心神秘事件,他更在意城邦执政的正义、战争的合法性、民族内部的自由,这是新的历史叙述观念,没有英雄的传奇,只有事物的真理得到更好体现。

荷马是伟大的民族英雄与历史事件的诗意记忆者,他以诗的方式记忆了英雄与神灵,或者说,特别记忆了"国王的生活",因为国王就是王国的核心。共同的历史记忆永远以"国王"为中心展开,个体的记忆则永远以自己的情感与生活为中心。② 历史就是这样,以王国为中心,以奇迹与神秘为中心,王国出英雄,奇迹显神秘。不过,历史学叙述,最重要的还是寻求价值或普世的政治理想,那么,普世的生活理想是什么? 这才是问题的根本。诗人是特殊的历史学家,诗人比历史学家更为真实地保存了时代的思想情感与民族国家的精神灵魂。不过,仅有诗人是不够的,否则,我们只能永远生活在想象中。文明还需要自己的纪实者与历史传统的叙述者,英雄需要自己的传奇歌赞者。希罗多德与修昔底德也讨论个人,但

---

① 默雷:《古希腊文学史》,孙席珍等译,第 102 页。

② 博吉斯(Burgess)指出:"组歌(Cycle)中的诗,同著名的荷马史诗《伊利亚特》与《奥德赛》一样,秉承了同样的神话传统,事实上,这些史诗组歌(the Epic Cycle)甚至比荷马史诗更能代表特洛伊战争传统。"Jonathan S. Burgess, *The Tradition of the Trojan War in Homer & the Epic Cycle*, The Johns Hopkins University Press, 2001, p. 1.

是,在修昔底德那里,最大的转变:是不再只关心个人而是必须"关心城邦"。这是希腊思想最重要的转变,即由文学的个人关注转向历史的城邦关注或国家思考。至少在修昔底德那里,他想摆脱文学,而且已经流露出与哲学家同样轻薄文学或诗人的口吻。修昔底德说,"在研究过去的历史而得到我的结论时,我认为我们不能相信传说中的每个细节。""我相信,我根据上面的证据而得到的结论是不会有很大的错误的。这比诗人的证据更好些,因为诗人常常夸大他们的主观的重要性;也比散文编年史家的证据更好些,因为他所关心的,不在于说出事情的真相而在于引起听众的兴趣,他们的可靠性是经不起检查的;他们的题材,由于时间的遥远,迷失于不可信的神话境界中。""在这部历史著作中,我利用了一些现成的演说词,有些是在战争开始之前发表的,有些是在战争时期中发表的,我亲自听到的演说词中的确实词句,很难记得了,从各种来源告诉我的人也觉得有同样的困难。所以,我的方法是这样的:一方面尽量保持实际上所用词句的一般意义,另一方面使演说者说出我认为每个场合所要求他们说出的话语来。"①应该看到,修昔底德的知识渊博十倍于其他作家,而且他还打算知道得更多一点后才把他的著作公之于世。更重要的是,他让真理自己说话,谁都反驳不了他,或指出他是不公正的。他要用高尔吉亚、阿普罗狄斯、安提丰和伯里克利一样老成的言辞写出他的历史。"他要唤起逝去年代的豪言壮语,向这个颓废的世界说话。"②

正因为如此,康福德认为,"修昔底德的'命运'一词,并不是指'未知(自然)原因的作用',或者,'宇宙中因果法则的作用',而是指非人类力量的干预或者征兆。它们经常突然出现在战事的关键时刻,有时也出现在自然灾变中。正是这些干预力量,而不是统治自然的'必然和永恒的法则',击碎了人类谋划已久的目标。""在一个缺乏真正的因果关系概念的时代,最能替代'因果关系'的词语是什么? 是两个,而且,只有两个:命运

---

① 修昔底德:《伯罗奔尼撒战争史》,谢德风译,第 16—17 页。
② 默雷:《古希腊文学史》,孙席珍等译,第 153 页。

(Fate)和天意(Providence)。这两个词,都是神话式的,且都与迷信相关。""修昔底德的同时代人,只能把它理解成一种非人类的意志:一个纯粹的神话实体。"①这就是历史学家的历史叙述所蕴含的生存理念,他们在主观意图上想改变世界,但是,又不得不承认命运与天意的特殊力量。想要飞翔却无法脱离羁绊,企图永生却在命运面前无能为力。

如果说,希罗多德的历史叙述里有传奇和神秘的形象,那么,修昔底德则更重视历史场景的重现。他们共同之处在于:客观地分析战争的诸多原因,特别是城邦间或联盟间的利益冲突。虽然偶发原因也在叙述之列,但是,最核心的内容,毕竟是政治谈判和战争实力的叙述。战争的胜利与失败,皆从客观因素给予了充分说明,战争的历史进程得到了合理描述,特别是战争中的谈判或演说得到了保护和重现。一些演说辞,可能是历史的记述,但许多演说辞,则是修昔底德合理想象的结果。因果推理的运用,就是理性自觉或运用理性思考的标志。理性用于自省,可以克服情感与意志的冲动,直达事物的本质,但是,人们愿意屈从情感与意志,无人愿意坚守法律,遵守理性价值规范,人们在理性尊严面前,常常敬而不从。历史并不是客观真实的,历史叙述者常常也在虚构。诗人的虚构是在神秘的地方,历史家虚构历史的可能性,因为一切历史的真实对话,除了法庭上的真实记录之外,不可能有客观的谈话记录,于是,历史学家在细节上自由地虚构了。希腊史学开辟的叙述学传统,并不重视历史的形象叙述功能,更重视历史叙述的理性反思功能。在历史叙述中,并没有真正鲜活的形象,这一点与中国史学传统有相似之处,也有不似之处。中国史学传统,既有形象叙述传统,历史中留下了鲜活的人物形象,又有编年叙述传统,只有事件本身。历史不只是记忆,更是叙述与回忆,历史的记忆多在民间。

历史学家是历史材料的搜集者与整理者,真正的历史已无从还原,诗人可以使历史变成活的历史,不过,历史学家只能叙述已逝的历史。诗人

---

① 康福德:《修昔底德:神话与历史之间》,孙艳萍译,上海三联书店2006年版,第106页。

的历史,全是英雄的形象;历史学家的历史,只有木偶样的人物。当历史学家向诗人屈服时,历史就活起来了;当历史学家与诗人对着干时,"历史"就变成了僵死的真实文献。亚里士多德说,诗人叙述可能的事,而历史叙述已经发生的事,这就是"最内在的区别"。不过,历史学家显然是"诗人的学生",这不仅因为他们同样保留历史的兴趣,而且因为他们知道想象细节或想象历史的重要意义。① 历史记忆与人物记忆和场景记忆有关,历史记忆与言语活动和情节魅力有关。叙述中的主体如何建构世界,叙述主体以什么样的方式表现生命历史存在? 是全知全能,还是亲历记忆? 事实上,历史作为叙述的方式,与诗歌或文学保持着最紧密的联系,它通过文学语言的方式,更真实地保存了历史与时代的英雄人物和重要事件。它是纪实而不是虚构,是真实而不是想象,历史以真实为依托,勾勒了时代的生活形象。正是历史学家的真实记忆与理性反省倾向,让希腊人开始摆脱神秘想象而趋向于历史理性与科学理性。

4. 形象的价值:希腊诗歌和戏剧

形象的价值比思想的价值,更为直接更为长远,因为它的形象生动,更容易长驻人心,潜在地影响人的生命情感,因为它更加感性,更能主导人类的生命情感与思想原则。相对而言,哲学如果借助于形象,其思想可以得到更好的传播,相反,如果纯粹是"抽象的思",只能是"少数人的事业"。诗人的思想是否具有价值? 或者说,诗人的思想是否具有深度? 诗人的思想是否具有独特的价值? 它在哪些方面促进了"哲学的思考",又在哪些方面消解了"理性神学的思考"? 从感知意义上说,人们需要诗歌,但是,从思想意义上说,人们则渴望哲学。诗歌虚构的毕竟只是情感与形象,只能让我们情感荡漾,无助于我们思考;哲学让人思考与怀疑,则成了

---

① 亚里士多德提出,历史学家(Geschichtschreiber)与诗人(Dichter)的区别不在于是否用格律文(Versen)写作,"所以,与历史书(Geschichtsschreibung)相比,诗歌更富哲理(Philosophischeres),并且,更加严肃(Ernsthafteres)"。Aristotele, *Poetik*, Griechisch Philipp Reclam Jun. 1982, S. 29.

人类追求自我进步的重要途径。① 为此,预先要讨论文学艺术本身的价值,然后,要讨论文学与哲学之间的关联,最后,要探讨文学为何必须向哲学转向? 这些问题,不是诗人,也不是哲人能够解决的,而是由诗人与哲人共同完成的,或者说,"诗人"和"哲人",分别承担了关于历史生命存在之反思的思想工作。

第一,探讨希腊形象与希腊人的生存情感和价值取向之关系。诗人肯定生命的自由情感,他们要探索生活的复杂性与生命的复杂性。希腊诗歌与文学思想的独特性在于:他们的思想笼罩着浓郁的宗教文化背景。希腊诸神或神话,好像是他们呼吸与生活的空气,这说明,宗教信念与生存情感之间有着密切的联系,人的形象有着对神的信念,神的形象因为人类生活的需要具有崇高的地位。第二,探讨自然神信仰与自然生活的本质关联。在想象的同时必须思索:人不想象,生命会因为平凡存在而无趣;人不思索,生命将因为愚昧无知而混沌。当人走出个体生命经验,更广阔地面对自然生命经验时,对神圣就产生了思索和回答,希腊人在这种思索中形成了存在本质论或自然本质论的思想。理性的价值确立,将人生的意义特别突显。第三,探讨民族国家与城邦建设应该如何服务于人民的高尚目的与自由理想。个体的想象与普遍的思考,需要国家与个人思考的中介,城邦的发展与个人的关系,城邦政治与生命自由的关系,城邦律法与个体权利不再无关。"诗歌与哲学",共同对这些具体问题形成真正的解答,人类的生存,特别是社会生存,或者说城邦生存,才有真正的秩序和原则。人类只进行情感的运作,走不出愚昧,只进行理性思索,也不会找到心灵的安宁。只有当诗性想象与理性思考转化成城邦的法律秩序与伦理秩序时,城邦国家才有真正的希望。

希腊诗歌与戏剧有助于建立"活的希腊形象",正是通过这些鲜活的

---

① 奥托(Otto)曾开宗明义地提出:"现代人对古希腊宗教并不容易获得正确的理解。"Walter F. Otto, *Die Götter Griechenlands*, *Das Bild des Göttlichen Im Spiegel des Griechischen Geistes*, Vittorio Klostormann,1987,S. 3.

希腊历史英雄人物或神灵形象,后人才可以想象希腊精神与希腊美好生活,或者说,"希腊生活的美丽"皆是后人通过希腊诗歌与戏剧而想象创造,未必是真实的城邦生活,更不是神秘的乡村生活真实。① 在赞美希腊人时,默雷说:"他们之所以能够从野蛮状态急剧跃升到文明高峰,并不是靠什么'古典式的静穆',不是靠'崇拜人的躯体',也不是靠他们天生的高深智慧和艺术禀资,而是靠他们永无止境的劳动和无限制的活动,靠他们的大胆勇敢和苦难经历,靠他们矢志不渝地献身于他们认为是伟大的事业。最重要的,还是靠他们锲而不舍苦思冥想的探索精神。""说真的,他们的外部历史,如同其他民族历史一样,充塞着战争与外交、残虐与欺诈的史实。他们的内部历史、思想情感与性格特征的历史,才显得那么瑰丽、伟大、崇高。"②默雷的这些认识,相当真实可靠,因为希腊的生活被诗人和哲人极大地美化了。希腊思想智慧本来就包含这两个方面的内容:一方面矢志努力,不断追求美好;另一方面则不断侵略扩张,以野蛮的方式获得巨大利益,通过侵犯或牺牲其他民族国家,最终构建了自己的城邦国家的美丽和繁荣。

　　我们必须反问:形象为何具有如此重要的价值? 它不是概念的价值,不是反思的价值,不是思想的价值,而只是"形象的价值"。如果简单地说,那就是:"形象就是本体",就是"艺术与生命本身"。那么,是神的价值重要还是人的价值重要? 是神秘的信仰重要还是生命伦理与世俗情感重要? 这些都是诗与哲学、形象与思想争论得最为激烈的事情。希腊诗歌赞美神圣的力量,希腊戏剧赞美人性的力量,那么,形象的力量与哲学的力量,到底有何区别? 一般说来,形象的力量更是对情感与责任的期待,

---

① 莱斯(Race)提出:"品达(Pindar)经常把他的诗歌看作赞美诗(hymns),假如不与某种神圣因素相关,就不存在独一无二的颂歌(ode)。赞美诗(hymns)与祈祷文(prayers)强化了运动竞赛以及与之相关的庆典所具有的本质宗教特性。品达继承了赞美诗的悠久传统,并且熟练地将迷狂元素赋予他的诗歌。"*Pinder*（Ⅰ）, edited and translated by William H. Race, Harvard University Press, 1997, pp.17-18.

② 默雷:《古希腊文学史》,孙席珍等译,第2页。

哲学的力量更多的是对普遍事物的本质或意义的寻求,它努力做出理性解答。形象的思想就是为了满足人们的情感,让生命得到快乐,文学从来就不是为了坚守普遍的价值,诗更多的是从生命中直接进行学习。"生命情感学习",这是诗的最根本目的,诗的价值就是为了情感的安宁或人生的幸福。当诗走向神圣时,它指向信仰与神秘或神灵与英雄;当诗人走向生活时,它指向爱情与故乡或活着的生活,神圣的情感与世俗的情感因此而得到满足。它构成生命存在者想象生活、渴望情感的永远诱惑,生生不息,因为情感日日生成,时时渴望,"诗的家园"就在这里。哲学或神学无法代替文学或诗人,但是,神学与哲学可以借鉴文学,在论证时运用诗,同样,诗歌有时也会向哲学和神学请求支持。①

形象叙述与历史叙述之间,毕竟有所区别:形象叙述背后是情感与生活,历史叙述背后则是真实与国家;史学更关注城邦国家,文学则更关注个人情感。历史学在话语叙述中接近文学,在思想价值上更接近哲学。哲人代替不了荷马,甚至可以说,在情感泛滥的时代,哲学的理性,虽然更有意义,但是,它往往缺乏接受者,或者说,在自由的时代,哲人的地位更易受到挑战。不过,传统的竞争性文化观,强调你死我活的问题,实际上,诗歌与哲学,诗人与哲人之间,永远应该并肩作战,根本不能相互代替。当诗人与哲人共同创造自由而美好的文明时,"文明理想",既有最美丽的形象激发后人,又有理性的思想启迪后人的价值追求。事实上,诗歌、史学与哲学分别承载着不同的思想任务。诗歌要表达思想与情感,即把人的情感表达出来,通过情感表达建立丰满而感人的形象;史学则是将人类生活的事实或者历史文献中记述的东西加以清理,最终形成对历史事实比较完整而全面的叙述;哲学是要将事物隐蔽的本质揭示出来,不是要看到表象,而是要看到实质。一切思想,其实,并不像我们想象的那样壁垒森严,希腊诗歌与戏剧已经蕴含了丰富的哲学问题,希腊历史叙事已经涉

---

① 亚里士多德在读到恐惧(Schauelerhafte)与怜悯(Jammervoll)之情时,就涉及深层次的思想与艺术形式的统一问题。Aristotles, *Poetik*, Griechisch/Deutsch, Reclam, SS. 41-42.

及"民族国家正义与理性"。

　　这就是说,抒情性作品与叙事性作品,并非纯粹诗性的表达,诗人的经典作品与散文家的经典作品已经蕴含丰富的思想,甚至可以说,它们已经给哲学形态的理论增加了具体内容。这种哲学的思想,可能采取的是"诗的形式"。我们不应过分强调诗歌与哲学的对立,更应该看到诗歌与哲学在思想的自由表达与真理探索中的相似之处。不过,诗歌与哲学的分界,仍然十分明显,这不仅是话语方式与证明方式的根本区别,而且也是真理表达上的根本区别。探索希腊诗人所开辟的历史道路,就是为了认识希腊诗歌的道路及希腊诗歌构成的历史传统,虽然希腊诗歌并不主宰整个思想历史,但是,它也没有因为哲学思想的兴起而退出历史舞台。希腊诗歌或文学传统,以其神话特性和情感形象,一直滋养着西方人的思想与情感想象,决定着西方文学或诗歌的发展方向,包含着丰富复杂的内容,最本真地保持了希腊时代的思想情感与价值取向,这就是"诗人之心"所显示的伟大思想价值。[①] 希腊思想的道路,在很大程度上,是由希腊神学诗人与希腊神话神学不断开辟新方向,表现出强健的思想形象力量。

第二节　哲人之魂:崇尚理性的希腊思想原则

1. 希腊哲人如何克服感性想象的局限

　　从神话神学向理性神学的转变,到底如何完成? 这是颇难说清的问题。不过,有一点极其重要,那就是:"自然哲学家的科学认知与理性沉思"以及德性实践智慧求索与生存历史的理性判断,在这种转变中发挥了

---

　　① 耶格尔指出:"通过荷马的艺术,荷马时代的理想显示出永恒性与普遍性,因此,荷马时代比任何其他时代有着更为广泛和持久的影响。两部伟大史诗,比任何其他类型的诗歌更为清晰地显示出希腊文化理想(Greek cultural ideals)的绝对独特性(absolute uniqueness)。" Werner Jaeger, *Paideia: the Ideals of Greek Culture*, Oxford University Press, 1962, p. 37.

极其关键的作用。① 哲人与诗人之间,肯定有不少相通之处,但亦有其根本性区别。首先,在思维方式上,哲人不同于诗人,哲人重视实际的生活经验,重视对现实生活经验的反思与判断,重视理性与逻辑的推断,这就使得哲人摆脱了纯粹神秘主义的羁绊,在经验主义与理性主义之间,通过逻辑思维的指引,正确地理解世界、自然和人生。其次,哲人重视实证与分析,这样,实在世界的评价与解释就有了科学的思维与理性的基础。正是科学观察与理性沉思,使得哲人能够冲破诗人的心灵幻象与神话想象,直接导致对实在生活世界的科学评价以及生命观念和信仰关系的转变。在神话神学中,万物有灵论的生命观念导致人类对神灵万物的"神秘敬畏","敬畏神灵即敬畏自然","敬畏自然即敬畏生命"。"信仰",是为了求得个体生命和种族生命的自由,因而,神话神学所表达的泛神学观念,不仅自由地想象了神灵的类型而且直接把神灵与人的幸福和智慧关联在一起。"神话神学"或"诗人的神学",成了生命哲学、政治哲学与文化哲学的自由表达。作为包容广博的生命智慧,"神话神学"涉及人类社会生活和精神生活的方方面面。这一开放的精神创造系统,可以被视为"古典思想智慧之源"。神话神学思维,是最古老的形式也是最朴素的形式,是最形象的智慧也是最自由的智慧。理性神学的兴起,是宗教经受科学挑战之后必然产生的"新思想形式"。② 社会文化分工决定了祭司不可能成为解释一切的权威,人们在社会生活的历史进程中,越来越依赖经验而不是祭司,因此,"宗教和神学"逐渐蜕化为对信仰和神灵的合法守护,并且,将信仰与神灵之外的事"置于宗教的大门外"。

哲理性玄想和神秘性解释,在宗教祭司那里成了天职,于是,何为神、

---

① Hans-Georg Gadamer, *Mythologie und Vernunft*, Siehe, *Ästhetik und Poetik*（Ⅰ） *Kunst als Aussage*, J. C. B. Mohr(Paul Siebeck), 1993, SS. 163-169.

② 康德认为,"自然神学(Physik-theologie)是理性的尝试,即从自然的目的(它只能被经验地认知)推导(schließen)自然的至上原因及其属性。道德神学(Moral-theologie),亦称伦理神学(Ethik-theologie)则是另一种尝试,即从自然中理性存在者的目的(它能够被先验地认知)推导那个原因及其属性"。Immanul Kant, *Kritik der Urteilskraft*, Felix Meiner Verlag, 2003, S. 362.

神圣存在的根据、神灵存在的证明、世俗生活的超越性智慧、神学体系之构成、信仰之根基、神学思维中的自然和人生、救世与灵魂永生之问题，等等，成了希腊神学家或祭司玄想和论辩之域。"神话神学"犹如大海之水，注入"理性神学"的平静港湾。理性思维并非突然兴起，按照直观思维与情感思维的方式，诗性想象或神话想象更接近人们的天性。经验思维与理性思维是人类经验累积后的变革，它是人类生活的根本内容，在诗性想象占主导的历史中，它没有获得更高的解释地位。当神话思维日渐不能适应人们的要求时，经验思维就有了强大的解释性合法地位，"哲人"在很大程度就是适应了"思想"的这一历史要求。事实上，经验思维或理性思维获得了主导性地位时，并不意味着神话思维或神学思维的退场，相反，它们获得了共存性的文化地位。这就是说，人们不再只基于感性与想象去思考问题，有时也能运用理性去反思一些直观和神秘的生活世界问题。随着话语的体系化，"理性神学"或"哲人哲思"逐渐具备了确定性的思想形态，与"神话神学"拉开了距离。这是从神话向宗教学的转变，是泛神论向一神论的转变，也是宗教合法化和文明化的标志。与此同时，从神话神学向理性神学的转变，是感性与理性冲突的合理解决，也是人类思维方式的内在超越。神学思想形式的转变，标志着人类精神与智慧的高度发展。从神话神学到理性神学的转变是历史性过程，是人类生命智慧形态发展成熟的重要标志。仅有神话神学的形象启示而没有理性神学的沉思，无法让人形成思想自觉，当然，仅有思想理论而没有神话形象，思想可能让人摸不着边际。神话与宗教、形象与抽象、叙事与玄想、情感与思辨，形成了思想之间水乳交融的精神联系。① 希腊理性神学对希腊神话神学的超越，不是以一形态消灭另一形态，而是两种形态的"相互丰富"和"相互证明"。从神话到逻各斯，从神话神学到理性神学，从诗人的诗思到哲人的哲思，是思想发展的历史必然，是思想的交相共在。

---

① Walter F. Otto, *Die Götter Griechenlands*：*Das Bild des Göttlichen Im Spiegel des Griechischen Geistes*, SS. 48-49.

　　作为神学诗人们对诸神的思考与解释,希腊神话神学包容着十分丰富的内容,"神的观念""生命的秘密"与"艺术的趣味",皆融合在这种话语形式中。它是神学的解释,更是生命体验的原初表达。希腊神话神学,是希腊哲学思想或希腊理性神学思想的直接源头。希腊哲学家凭借独特的智慧,把神话神学问题分解了,有的归入"科学",有的归入"哲学",有的归入"神学"。他们以科学精神和原则消解了"神话话语",把神学问题变成了科学探讨的对象。因此,从神话神学向理性神学的转变,标志希腊神学发生了一场深刻的思想革命。希腊理性神学呈现了希腊哲学家思考的基本问题。希腊理性神学话语,代表了希腊哲学家对神学问题的各种看法。希腊哲学家思考的问题十分广泛,理性神学话语与自然问题和社会伦理等问题密切相关。应该看到,希腊理性神学是希腊哲学家的神学思想的真实表达,它不是"神学家的思想",而是"哲学家的思想"。

　　这一思想革命是突然形成的还是逐渐演变的呢? 在学术界存在着不同看法。有人认为:以哲学为主要特色的希腊古典文化的产生,是西方文明史上的奇迹,"因为它来得几乎完全缺乏精神上的准备期"。[①] 正因为如此,不少学者把米利都学派的形成看作"希腊思想的新开端"。另一个看法是:虽然今天看到最早的理性神学思想文献,自米利都的泰勒斯开始,但是,这并不足以说明"泰勒斯是最早超越神话思维的人"。事实上,泰勒斯仍保留了神话思维的地盘,并未以激烈的态度反对神话。泰勒斯所开创的新的思维方式,是与传统神话思维并存的形式出现。因此,希腊神学的思想革命,最初不是以否定神话神学的面目而出现,而是开创了新的思维形式并与传统神话思维形成对抗。希腊神学思想革命,不是突然发生的而是逐渐演变而成的,这一方面显示了思想的进步,另一方面显示

---

　　① 韦尔南:《希腊思想的起源》,秦海鹰译,第 91 页。

出两种不同的思维方式对人类文化具有截然不同的意义。① 从这个意义上说,希腊理性神学对传统神话神学的超越,意味着"全新的思维方式的形成"。② 事实正是如此,希腊理性神学和希腊神话神学,构成了两种不同的话语系统,影响着希腊思想和文化,甚至对西方思想和文化产生直接影响。我们不同意说希腊神学思想革命是"突变",也不同意希腊神学思想革命是"神学的彻底转变"。事实上,神话神学和理性神学之间,总是割不断千丝万缕的联系,因此,希腊理性神学的建立,对希腊思想发展和西方思想进步具有革命性意义。

　　"希腊神学思想革命是渐进的",这有其历史原因和科学原因。格思里、格罗特、耶格尔、叶秀山、汪子嵩等学者,皆注意到希腊神学思想革命的历史性原因。希腊传统宗教,像泰坦信仰,至少要追溯到公元前十世纪以前。奥林匹斯教信仰的盛行期,在公元前十世纪左右;奥菲斯教则在公元前八世纪左右极为盛行,但奥菲斯教对公元前八世纪的文学影响不大。这一时期的传统宗教,仍以奥林匹斯信仰为主导,它充分反映在荷马史诗和赫西俄德的《神谱》之中。公元前六世纪左右,希腊社会在每一方面,皆达到了一定的文明程度。当时,这个大希腊地区包括作为爱琴海主体的希腊半岛、小亚细亚西部沿海地域、南意大利及西西里半岛等。从地理上说,希腊半岛由北部、中部和南部三个部分组成:北部由西北部的埃皮鲁斯和东北部的帖撒利两部分组成,奥林匹斯山在东北部,中部包括东边以雅典为主的阿提卡地区,西边以底比斯(忒拜)为主的彼提亚地区,德尔斐神庙在西边的福基斯山区,南部希腊即伯罗奔尼撒半岛,伯罗奔尼撒东北部地区,是著名的迈锡尼所在地。爱琴海中的希腊岛屿,分属两个系列:一是达尔开山脉延伸的基克拉迪群岛,一是小亚细亚西岸延伸的斯波拉

---

　　① 哈达斯(Hadas)谈及,普罗泰戈拉(Protagoras)作为索福克勒斯同时代的哲学家,曾说过"人是万物的尺度"(Man is the measure of all things),也曾说:"对于神,我不能说什么,因为我不知道。"显然,普罗泰戈拉与索福克勒斯"言神"的方式并不相同。*The Complete Plays of Sophocles*, Bantam Books, 1982, XIV.

　　② Martin Aske, *Keats and Hellenism: An Essay*, pp. 32-86.

底群岛。① 希腊思想的发源地,在小亚细亚西部沿海地区,这里有希腊伊奥尼亚地区的著名城邦:"米利都和爱菲索。"②在《历史》中,希罗多德讲述道:"这些伊奥尼亚人已在世界上所知道的气候和季节最优美的地区,建立了自己的城市。""伊奥尼亚人在亚细亚,只建立了十二座城市并拒绝再扩大这个数目,这原因在我看来是他们居住在伯罗奔尼撒的时候,他们是分成十二个部落的。"③在公元前七至六世纪,"米利都、爱菲索和萨摩斯",在这些城邦中最为发达,与此同时,在南意大利,东海岸的"克罗顿",西岸的"爱利亚"也很发达,后来,毕泰戈拉学派在克罗顿发展,爱利亚学派则在爱利亚形成,至此,希腊思想形成了多向性格局。希腊思想和艺术文化的中心,最初是在小亚细亚的伊奥尼亚地区,据默雷考证,最早的荷马史诗是用伊奥尼亚方言写成的,赫西俄德的父辈也是从伊奥尼亚迁移到希腊半岛的。④ 伊奥尼亚文化繁盛的原因,与他们优裕的自然生存条件和发达的经济文化有很大关系。

雅典政制的建立以及雅典政治经济文化的发展,逐渐成了"新的文化中心",与此同时,由于伊奥尼亚的僭主统治对思想和艺术自由的限制,导致伊奥尼亚的思想艺术精英纷纷逃往雅典,这样,雅典逐渐成为"希腊城邦国家或希腊城邦联盟的思想艺术和政治文化的中心"。在希腊半岛和爱琴海群岛,奥林匹斯信仰一向十分重要。在相当长的时期内,奥林匹斯信仰是希腊人的共同信仰,即使在雅典政治、经济、文化相当发达的时期,律法仍规定不许亵渎神灵。"渎神罪",是非常要命的罪行,在梭伦时代,雅典的雅典娜大祭及其他地区的宗教信仰皆受法律保护。信仰在希腊人的生活中占有十分重要的地位,传统道德伦理和传统信仰能够得到较好的维护。在伊奥尼亚地区则有所不同,经济的发达导致了艺术的繁荣,荷马史诗创作,既有捍卫奥林匹斯信仰的意义又有消解神话神学信仰的作

---

① Nack Wägner, *Das Antike Griechenland*, Tosa Verlag, 2004, S. 12-28.
② 马丁:《古希腊简史》,杨敏清译,上海三联书店 2011 年版,第 73—75 页。
③ 希罗多德:《历史》,王以铸译,第 239—240 页。
④ 默雷:《古希腊文学史》,孙席珍等译,第 60—68 页。

用。在荷马史诗叙述中,奥林匹斯诸神并非完美无缺,诗人在叙述战争和英雄事迹时,可以自由地讲述奥林匹斯诸神的故事。我们可以相信,在伊奥尼亚地区,在公元前八世纪左右,宗教信仰比较自由,因而,神学诗人可以自由地创造神的形象,他们用拟人化的方法讲述神灵,这是艺术的想象自由。在神学诗人那里,神话神学已蕴含了反神话和非神话因素。在神学诗人那里,拟人化的神灵和戏剧化的神灵,不需要高度敬畏,不必以纯宗教的信仰来谈论,往往可以亲切地叙述。①"神高于人"这一信仰,在荷马史诗中虽未动摇,但神戏弄人或人嘲笑神的思想已蕴含其中了,这从《伊利亚特》和《奥德赛》的叙述话语中可以得到具体证明。在悲剧中有所体现,在喜剧中则已变得习以为常,真正动摇神话神学的,"不仅仅是哲人"。在神学诗人那里,神灵已经拟人化了,人们对神灵的畏惧已带有实用的倾向。即使是古希腊人,也只是在遇到灾难时才想起神灵。

在荷马史诗中,在神学诗人的想象中,"信神与不信神",处于一种动摇和犹疑状态之中,这可能与希腊宗教缺乏严密的宗教组织和纯粹的唯一神信仰相关。在宗教史上,只有唯一神教才能使人们的信仰更加坚定和持久。既然可以艺术地对待神灵,那么,就可以自由地对待自然。不从神学方面去看待自然,而是从日常经验方面去看待自然,就成为必要。伊奥尼亚地区的"米利都、爱菲斯与萨摩斯"的"思想自由",在公元前六世纪左右比较明显。社会需要发展,这种经验主义的自然观理应得到充分重视。这说明,希腊理性神学,打破了神话神学的自然观,并不是以"否定神话神学"为目的,而是为了推动对自然的崭新认识。这种新的思维方式和认识观,与人的日常生活经验息息相关,他们不是从神话出发去思考自然,而是从日常的生活经验出发去思考自然,因而,"经验思维与神话观念",形成了交互并存的格局。只是到后来,经验思维逐渐受到科学认识

---

① 瓦格纳(Wägner)提出:"要想考察希腊大移民时代的宗教观点相当困难,因为我们既没有考古发掘遗物支援,又只能基于零星的语言学材料对一个或另一个神的来源(Herkunft)进行说明。"Nack Wägner, *Das Antike Griechenland*, S. 29.

的支配,才真正导致哲学思维与神话思维之间的决裂。

思想的发展和飞跃,与人的生存现实密切相关,人们为了生存,不可能时时刻刻遵循古代神话神学信仰。更为重要的是,他们必须从实际出发去认识自然和改造自然,而在认识自然和改造自然的过程中,势必形成对自然的新认识,因此,希腊神学思想的革命,最初不是发生在观念领域,而是发生在实践领域。从生活实践出发,人们思维的进步必然发生质的飞跃。在人类实践活动中,人们逐渐摆脱了神话神学思维,开始注重日常生活经验,并在大量的经验反思基础上形成科学的认识。在实际生活中,人们根据生活经验去进行生产劳动实践和商业往来并形成了一定的契约和律法关系,但是,在精神生活中仍保留了传统宗教信仰仪式。① 宗教的核心地位,逐渐在实际生活中让位于"科学"或"经验"。宗教和神学,不关心生存技术和自然规律,而只对政治文化和道德等问题施加影响。从实践出发,希腊理性神学形成了"全新的自然观念和生命观念"。

应该承认,理性神学形成了新的自然观、生命观和神灵观,而神话神学则与人的感性思维有很大关系。由于认识上的局限,人们不可能用科学去理解一切问题,对于不可理解的问题,情感与想象力便显示了特殊的价值。神话神学思维与艺术想象力或感性想象力之间密切相关,"想象的自由"使神话神学思维始终具有艺术生命力。在神话神学思维中,人与自然的关系,不是科学的认识关系,而是艺术的情感关系;自然的一切,在神话神学思维中,皆可以成为"想象的产物"。正如卡西尔所言,"千万不要把自然神和自然妖魔视为普遍自然力或自然过程的人格化,而要看成神话对特殊印象的客观化。这些印象越是混沌无形,意识就越不适宜吸收这些印象,它们对意识所施加的原始力量就越大。民间信仰表明,神话想象的这种原始力量仍有生机,仍在起作用。"②神话思维和科学思维,感性

---

① Jon D. Mikalson, *Greek Popular Religion in Greek Philosophy*, Oxford University Press, 2010, pp.16-19.

② 卡西尔:《神话思维》,黄龙保等译,中国社会科学出版社 1992 年版,第 102 页。

思维和理性思维,创造了人类文化的两个截然不同的方面。这充分说明:人一方面是现实的,另一方面又是浪漫的;一方面是清醒实际的,另一方面又是迷惘困惑的。因为浪漫和现实,因为感性想象和理性认识的共在,人才创造了特殊的文明。这种思维方式的共存显示了人自身的伟大,在任何时候,人需要这两种思维方式才能"守护人类生命存在的意义"。

2. 诗性和理性交织及其逻辑范式

既然希腊神学思想革命"不是突然完成的",那么,有必要去探究希腊神学思想革命的发生过程。应该说,希腊神学思想革命,与早期希腊自然哲学家抛开神话的思维方式而关注自然问题有关。只要受制于神话思维,就很难探究自然的本原;早期希腊自然哲学家在表达自然观念时,对于神话问题仍是闪烁其词,不敢轻易放弃,但是,当他们关注自然问题时,从经验出发,这种神话神学思维不再构成任何思想障碍。① 他们把自然看作认识对象,分析比较并探索自然事物之间的关系。这种科学认识基本上局限于人的感官经验,认识的过程始终离不开个人的直接经验,但不可忽视这种粗浅的科学认识的意义。由于自然哲学家从经验直观出发,对自然本质的探讨往往十分具体并具有普遍性意义,把自然当作认识的对象,在希腊神学思想革命的进程中具有重要的意义,这决定了理性神学话语或哲人的"自然哲学"的特殊性。

早期希腊自然哲学家心目中的"自然",不是抽象意义上的观念把握,而是对具体事物的直接把握。他们善于从具体的自然事物出发,在揭示具体事物关系的过程中,逐步理出最基本的物质元素,并把这种最基本的物质元素视作"万物的始基"。显然,这一切与神话思维有着根本性区别。在神话思维中,自然界的一切事物皆是"神的化身",在每一自然事物背后皆"有神存在",事物与事物之间的关系皆"由神决定"。这种神话神学思

---

① Giannis Stamatellos, *Introduction to Presocratics*, *A Thematic Approach To Early Greek Philosophy with Key Readings*, Wiley-Blackwell, 2012, pp. 80-81.

维方式,始终没有把自然事物看作"纯粹的知识对象",他们不是探讨自然事物本身而是去探讨自然事物背后的力量。神话神学思维并不重视人的实践经验,无论是直接经验还是间接经验,皆笼罩在神话神学思维背景中。自然哲学家的思维方式,就在于从神话神学思维的阴影中逃离,开始面对自然事物本身,这是原初的科学思维和科学观念的萌芽。自然哲学家发现,在自然事物的关系中,总可以找到"最本原的事物"。这种最本原的事物,决定着其他事物的生成和发展。这种认识与人们的日常经验直观十分协调,本原事物的提出,往往可以运用到对其他事物生成秘密的说明中去。例如,泰勒斯认为,"水是万物的始基",我们可以把这一看法用于对自然事物生成秘密的验证中,而不得不承认泰勒斯的"经验直观的实际价值"。①

古代希腊人的科学认识,显然无法与现代人的科学认识相比,但是,古代希腊哲人从神话神学的迷雾中冲出,奠定了科学认识的基础和最基本的方法,无疑具有特殊的思想意义。在《自然的观念》中,科林伍德指出:公元前七至六世纪的伊奥尼亚哲学家,在宇宙问题上倾注了如此多的精力,以至于亚里士多德这位早期希腊思想史的最重要权威,称他们为"自然哲学家"或"自然理论家"。在亚里士多德那里,伊奥尼亚宇宙论的思想被深刻地理解了。亚里士多德发现,对于伊奥尼亚的信徒来说,泰勒斯等早期哲人总是能提出新奇而大胆的看法。这些新奇而大胆的看法,总是"对神话神学思维的挑战"。当他们学会问"什么是自然"或"自然是如何起源的"这些问题时,他们通常把这些抽象的问题转化成"事物是由什么组成的"。或者说,在所有的自然事物中,哪一种事物才是始基? 有关自然的深奥问题,包括宇宙的起源、形成与演变,人的生成、存在和发展等问题,他们皆可以凭借经验直观做出具体的回答。由于他们采取了新的认识方式,认识的结果与神学诗人的看法大不相同,这样一来,他们不

---

① 基尔克等:《前苏格拉底哲学家》,聂敏里译,华东师范大学出版社 2014 年版,第 133—139 页。

太喜欢用"神"称呼自然事物了。"自然事物"皆恢复了它们的专名,"水、火、气、土"就是"水、火、气、土",不必再去想象俄刻阿诺斯、波塞冬、盖娅、德墨忒尔、宙斯、阿波罗了。[①] 自然世界只是由物体组成的,而不是由神灵组成的,神灵从他们的自然世界中退场了。早期自然哲学家,并未自称"无神论者",他们巧妙地把传统神学问题搁置了起来,不关心神学信仰,也不去证实神学想象的真伪了。由于他们保留了传统神话的合法地位,对于"神"本身没有具体的认识,总是纠缠于"神"和"具体事物"之间,这就使他们的粗浅的科学认识虽具有实用价值,但不能对希腊神话神学思想形成真正的理论革命。

"希腊神学思想革命",或者说,希腊思想发展的道路,与希腊自然哲学家能够从个别走向一般,并对传统神话进行批判有很大关系。早期希腊自然哲学家把视野转向自然,这是伟大的创举,但是,他们从具体事物中提升出来的"始基",仍是具体事物,他们还不可能提出"存在"概念,即从具体走向抽象,由个别走向一般。希腊思想不可能长期停留在具体事物的把握上,在经验直观的过程中,思想家们逐渐摆脱了"感性经验的束缚"。演绎、推理、判断的能力提高了,他们善于从个别事物中推导出一些基本的定理和定律,尤其是在几何学上,抽象思维能力结出了硕果,理性思维能力得以形成。[②] 这种理性思维能力,有一定的原则和一定的逻辑程序。理性思维不同于感性思维的地方,就在于理性思维遵循确定性,有其自身的思维法则,可以找到一些逻辑规律。他们从逻辑出发,从而得出合乎科学实践的结论。由自然事物推导出总体的自然观念,由实在推导出存在概念,就不是一件困难的事。存在概念的提出,对于希腊神学具有决定的意义,从希腊思想发展的过程中可以找到希腊神学思想或希腊哲学思想进步的痕迹。

在泰勒斯那里,不仅提出水是万物的始基的看法,而且从自然实践中

---

① Giannis Stamatellos, *Introduction to Presocratics*, pp. 31-40.

② Giannis Stamatellos, *Introduction to Presocratics*, pp. 41-51.

提出一些几何学定理。一些自然哲学家则从自然事物的关系中,看到了联系或对立,他们的经验思辨水平,足以从"对立"的观点去看待事物。在赫拉克利特那里,辩证法的思想非常明显,他看到了自然事物之间的对立和联系。巴门尼德则明确地提出了"存在"概念,这一概念的提出,与"一多之辩"等有十分密切的关系。① 希腊思想的每一次进步,皆以前人的思想作为理论基础。这些前人的思想,可能不只是那些留下话语的哲学家,还有无数的希腊智者,而他们自身的思想创造显得十分关键。希腊人的理性思辨水平,不仅超越了自然本原探讨的水平,而且开创了新的神学思维方法。如果说,早期希腊自然哲学家对自然本原问题的探讨,摆脱了神学思维但自身并未提出新的神学观念的话,那么,继起的自然哲学家,不仅提出了新的神学观念而且显示了理性思辨的威力。"理性思辨能力的形成",标志着希腊神学进入新的阶段。

存在问题的探讨,不只具有神学意义,更重要的是,它具有哲学意义。存在问题的提出,在自然观念与实在概念的基础上形成。当毕泰哥拉、塞诺芬尼认识到"一"的意义并把"一"视作具有普遍意义的概念时,存在问题便有了牢固的基础。"一",即对自然万物的概括,由"一"到"存在",就比较方便了。在希腊理性神学思想家看来,"神即一","一即神",在感性直观的基础上,他们形成了普遍性认识,即"神"必然具有普遍性意义。唯有从普遍性意义出发才能认识神的意义,把"神"看作"一"并在此基础上,提出神具有"全知、全视、全听"等属性,无疑是对诗人的神话神学的真正超越。② 像塞诺芬尼的神学观,即以批判荷马与赫西俄德等为己任。在荷马那里,"神"与人相似但神优越于人,神的个性风采与人格形象,不仅有人所无法企及之处,而且具有与人相似的一些缺点,如权力欲、妒忌、情欲、残忍等。在理性神学家看来,这样的"神"无法让人尊敬。"神"不能只是感性想象的产物,必须具有超越性特征,让新的理性神学观念得以形

---

① L. P. Gerson, *God and Greek philosophy*, pp. 20-28.

② Jonathan Barnes, *Early Greek Philosophy*, Penguin Books, 2001, pp. 40-46.

成。这种理性神学观所设想的"理性神",与感性想象无关,这种"理性神"经得起理性的考验,并不具有人格性特征。希腊神学革命最重要的步骤,即"对感性想象中的诸神的否定";希腊理性神学否定了希腊神话神学所赋予诸神的"神格",从而规范了"神"所应具有的统一性神格。这种新的神学观念,不像神话把神和人的距离拉近了,而是真正把神和人的距离拉远了,他们使神具有抽象的理性特征,从而形成希腊神学的真正革命。从希腊理性神学话语的读解中,我们会感受到理性的力量。在这种新的思想系统中,"神学问题"并不比"科学问题"更为紧迫。

3. "理性并不完美":诗人与哲人争锋

希腊神学的思想革命,是希腊理性神学对希腊神话神学的革命,是希腊哲人的哲思对希腊诗人的诗思的真正超越。希腊诗人的诗思与希腊哲人的哲思交互存在,既构成了希腊思想的复杂性与丰富性,又构成了希腊思想的诗意性与哲理性。从今天的意义上说,"哲人的哲思"是对"诗人的诗思"的超越,但是,完全没有必要消灭"诗人的诗思"。事实上,哲学消灭不了诗歌。在理性神学的旗帜下,希腊神话神学观念被消解了。在理性神学家看来,要想确定人们对神的信仰,就必须确立神所具有的特殊的神格。神话神学中的"神",不是人出于自觉信仰而建立的。对于那些具有自然威力的"任性的神",原始人不能不去信仰,否则,生命就会受到威胁。为了确立至高的信仰,为了形成道德律令和宗教伦理规范,人们设想了"理性神"的存在。[1] 神话神学中的"诸神",是先民因为对自然的恐惧,因为对神秘的自然的敬畏而想象出来的。希腊神话神学中的神灵观念,带有混杂性特征:有的神是为了对神圣王权的维护而创造,有的神是为了对付自然灾害而创造,有的神则是出自人至深的祈求而创造。希腊神话神学的创造本身是庄严的,但是,随着人类认识水平的提高,必然会扬弃希腊神话神学的观念。

---

[1]　Jonathan Barnes, *Early Greek Philosophy*, pp. 227-239.

事实上,公元前五世纪之后,希腊普遍兴起的"渎神运动"或"戏神运动",就表明人们已从对神灵的恐惧中解放出来了。人们因为恐惧而信仰,为了保全自我生命而信仰,一旦对生命安全有了新的理解,神灵信仰就会不攻自破。如果只在面对自然危险和个人命运多舛时才想到神,神在人们心目就构不成"神圣的律令"。人们并不完全知道遵循神的法则而行动和生活,并不完全知道神圣的恩典,也不完全知道要使自己的行为合乎神圣伦理。在这种转变中,神对于人不能构成"约束关系"和"恩典关系",也构不成"神圣关系"与"家族关系"。从艺术想象的意义上说,希腊神话神学扩张了人的自由天性,对人和自然的关系,做了形象和浪漫的表达。神话神学与人类艺术之间总是具有亲缘关系,但是,从宗教和神学意义上说,神话神学难以构成信仰的真正基础。希腊神话神学之所以被解构,正与这种混沌的神学观念相关。我们必须看到,理性神学也离不开神话,在理性神学中,神话起到了特殊的作用。所以,基督教、印度教和佛教乃至道家,尽管有一套完整的神学理论,但仍依赖于神话所发挥的特殊作用。只有理性神学,才能对人的信仰做出深刻的富有论辩性的说明。希腊理性神学的出发点在于消解希腊神话神学,他们建构理性神学时,首先在于对"神的概念"有新的把握,其次在于能够给人建立"精神伦理法则",最后在于能够对"创世问题"和"宇宙起源问题"有理性的解答。希腊理性神学是理性思想的产物,希腊理性神学反对希腊神话神学的理由在于:神话神学是人想象出来的,缺乏实证的基础,那么,理性神学到底是如何被创造的?

从希腊理性神学形成的历史过程中可以看到,"希腊理性神学"是希腊哲学家根据理性和人的精神需要而建立。神学皆是人所创造的,"人造神学"无非是要对人的生活进行说明,从而使之能够形成文化自觉。"神学"归根结底是服务于人又束缚人的,希腊理性神学的早期阶段,一般称为"自然神学"，用自然神学来概括早期希腊哲学家的神学思想相当准确。[①] 但是，把自然神学和理性神学分开，不能真正理解"希腊神学思想革命的意义"，因此，不妨提出"新的看法"：把早期希腊自然神学看作"希腊理性神学的第一发展阶段"。这一看法符合历史实际，那么，如何确立理性神学的含义？理性神学的"理性"，不仅指"理性"这一概念的明确提出，而且应该包括科学认识的兴起和思辨方式的形成以及道德完善的自觉。唯有把这三个方面结合起来，才能对理性有系统的说明。希腊理性神学话语系统，在探讨自然问题、存在问题和人伦问题的基础上展开，它主要包括对"什么是神""什么是灵魂""灵魂的形成"和"灵魂的归宿"等问题的探讨。早期希腊哲学家的神学，虽未明确神即理性和"一"即神的观念，但是，由于他们抛开神话思维去认识自然，可以视作"希腊理性神学的真正开端"。从这一点出发，对希腊理性神学观念的形成和演变，就可以找到一条真正自由的思想史线索。

希腊理性神学，或者说，从诗人的神学向哲人的神学转变的第一步，是把神"还原为自然事物本身"，而不再"把自然事物看作是神"，即在希腊理性神学初期，"神与自然事物之间"始终是两码事。尽管有一些自然哲学家在谈论万物的始基时，没有用水、火、气、土，而是用了"四个神名"，但是，这并不足以说明：早期希腊理性神学在坚持神话思维时，只是在哲学表述中仍崇尚诗性表达方式。在散文表达方式还未形成之前，这种诗性表达方式只能运用于一些神话形象，其主要目的是"为了增加说理的生动性"。早期希腊理性神学家把自然事物和"神"分离开了，那么，他们是否完全回避了"神的问题"？或者，干脆坚持无神论的观念？实际上，他们把自然事物的探讨和神学问题的探讨看作两码事。这种思想传统一直保持至今，希腊自然哲学家或希腊理性神学家，在探讨自然问题和神学问题时始终坚持两种思维方式，不愿意把这两个问题混淆在一起，尽管这两个问

---

① Franz Brentano, *Geschichte der griechischen Philosophie*, Felix Meiner Verlag, 1988, SS. 36-43.

题在他们的思想探索中相互干扰。①

希腊神话神学的一大误区，就在于把"自然问题"和"神学问题"混淆在一起。希腊自然哲学家，自觉把这两个问题分离开来具有深远的意义，其一，由于把这两个问题分离开来就能对自然进行科学的认识，他们的一些粗浅的科学认识观念的提出，回避了神学问题的干扰。有人认为：从米利都学派的宇宙论，可以看到属于希腊人的典型思想倾向，即对自然现象进行不计利害的观察与评述，也就是柏拉图和亚里士多德皆说到的"纯粹的好奇"。人类科学思想能够得以进步，就在于抛开了神话学思维，希腊思想家确实很早就把"科学和神话"分离开来了。其二，由于希腊思想家并没有"否认神学问题"，这就使希腊理性神学的探讨具有特别的意义。神学问题之所以成为希腊人的中心问题，与希腊人对精神问题的探索很有关系。当然，有了科学的认识和科学的观念并不能解决一切问题，例如，"灵魂问题"与"生死问题"就始终困扰着希腊人。一旦涉及这些精神问题，神学的思考便具有特别的意义，希腊理性神学，从灵魂问题入手去探究神学问题。此外，还从"生命信仰"与"生死问题"入手深入地探究"神学的价值"。希腊思想家把自然问题和神学问题分离开来，是否意味着这两个问题之间毫无关联？希腊人，或者说西方人，他们始终受这两个问题的影响，例如，他们的"宇宙创生问题"就始终受到神学思想的困扰。古典希腊时期的科学还没有发达到这一地步，希腊科学受到希腊神学的困扰，希腊神学寻求希腊科学的解释，在柏拉图和亚里士多德的思想中都有具体表现。希腊神学思想革命，不是单向的、直线的，而是复杂的抽象的，希腊人对科学和宗教的双重探索，直接奠定了"西方思想的良好开端"。

希腊理性神学，或者说希腊哲人的思想的发展，逐步建立了"理性—神"的观念，并尽力从科学方面对神学问题做出合理解释。② "理性神"，

---

① Franz Brentano, *Geschichte der griechischen Philosophie*, SS. 111-113.

② S. L. Jaki, *The Road of Science and the Ways to God*, pp. 12-15.

意味着人所设想的神必须符合人的理性，成为至善、完美、全知、全视与全能的象征。"理性神"，不同于神话中的"诸神"，这种理性神是非人格的，或者说是反人格的。理性神，不同于"理性即神"的观念，但是，在希腊理性神学发展过程中，确实存在两个观念之间转换的历史。① 从泰勒斯到塞诺芬尼，形成了自由的思想转换，即"理性神的神格"被确立成"全知、全视、全听"。这种一神观念，其着重点是谈论神而不是人的问题。在智者运动中，人的地位逐渐提高，形成了否定神的倾向，或者说，出现了搁置神学问题的倾向。他们认为，"对于神，不可知，也不能言说什么"。苏格拉底则深刻地认识到，神的问题的讨论无非是为了解决人的问题，他看到了"道德理性"对于人的至上意义。从至善观念出发，理性是保证至善的前提，苏格拉底看到，理性具有神的职能，于是，他提出了"理性即神"的看法。人遵从神，在苏格拉底那里，不如说遵从理性，遵从理性也就成了"对神的敬畏"。苏格拉底所谈论的心中的神明，就是"理性"，但苏格拉底还没有达到这样思想自觉的高度，"理性即神"仍体现了神秘主义倾向。如果说，早期自然哲学家把"自然和神"两个问题分离开来了，那么，苏格拉底则把"神和理性"两个问题合二为一了。苏格拉底的道德伦理倾向十分明显，他以"至善的伦理学"代替"实践的理性神学"，成了后来哲学家无法回避的问题，这就涉及神学目的论问题。如果说，苏格拉底只注重希腊神学与实践伦理的关系，那么，柏拉图和亚里士多德，则重新恢复了希腊理性神学问题、自然问题和至善伦理问题的全部复杂性，并对神学目的论有了合理的解释。他们或者综合古代神学家的看法，或者摇摆于理性神学和自然观念之间，预示了希腊神学发展的新的可能性。他们的探讨，启发了晚期希腊神学乃至基督教神学的思想探索，结果，由此与系统的基督教神学形成强有力的思想对话。

---

① Xenophon, *Memorabilia*, translated by E. C. Marchant, Harvard Elniversity Press, 2013，Ⅳ 35-36，pp. 315-321.

4. 希腊哲学反思与理性神学建构

西方哲学史家关于"希腊理性神学"的研究,有其很好的思想史传统,即把"理性神学"看作是希腊哲学家思想体系的重要组成部分。他们有关希腊宗教的研究,深刻地揭示了宗教与哲学的密切关系。他们有关神学的研究,显示了希腊哲学家思想的丰富性,像康福德、耶格尔、格思里等哲学史家的著作,系统地描述了希腊理性神学的历史演进过程。从方法上看,他们运用历史与逻辑相统一的观点去看待希腊理性神学思想,其重要范畴和基本问题,皆得到了充分体现。希腊理性话语的基本问题是:"什么是神?""什么是理性?""神话与逻各斯的关系是什么?""神的存在如何证明?""神与'相'的关系如何?""神学目的论的实际意义是什么"? 对于这些理性神学问题,希腊思想家皆作了具体解答。希腊思想家特别关注灵魂问题,他们的神学从根本上说,就是"灵魂学说的系统化阐释"。理解了他们对灵魂的看法,也就理解了他们的神学。当然,对"什么是神"这一问题的独特的解答方式,在希腊理性神学话语系统中极其重要。我们面临的另一问题是:希腊理性神学思想发展的历史分期如何进行? 从思想史本身着手,希腊理性神学话语或希腊神学思想发展,大致可以划分为四个历史阶段。① 通过对这几个历史阶段的神学思想的历史描述,可以对希腊神学思想革命的"历史渐变过程"形成具体的认识。

第一阶段,从伊奥尼亚哲学家至前塞诺芬尼和巴门尼德时期。在这一时期,希腊思想家关注"自然始基问题"的探讨,把自然问题和神学问题明确区分开来,提出了不同的关于万物始基的看法,他们的宇宙起源观和生命世界观,明显不同于希腊神话神学。在他们的诗性表达中,对神话观念作了部分保留,毕泰戈拉学派和赫拉克利特的思想,标志着希腊理性神

---

① 吉森特别突出柏拉图、亚里士多德,斯多亚学派和普洛丁的特殊意义,对于前苏格拉底这一段,则一笔带过,他忽略了前期希腊自然神学和晚期理性神学的复杂性。See L. P. Gerson, *God and Greek Philosophy*, pp. 218-223.

学的又一进步。毕泰戈拉学派对宇宙本原问题的探讨,从数的观念出发,建立了和谐的宇宙秩序。在这一思想系统中,神秘的成分亦有,但是,神学观念并不是很清楚,他把科学和神学探讨结合得比较成功。毕泰戈拉学派的教义,带有古代宗教信仰的残迹,其思想相当迷信,宗教禁忌甚多,但对自然宇宙观念的把握仍具有一定的理性色彩,这就增加了理解毕泰戈拉神学思想的难度。赫拉克利特是极具叛逆性的思想家,他的思想一向以深刻和晦涩著称,而且神学思想表述得不是很明确。他的神学思想,主要体现在对"灵魂问题"和"逻各斯问题"的关注上,具有一定的特殊性,因此,思想史家把这些思想家的神学思想看作第一阶段希腊神学的理性表达,他们在思想解释上不一定能找到什么共同性,但在致力于揭示"万物的始基"这一点上有其共同性。① 严格说来,伊奥尼亚学派、毕泰戈拉和赫拉克利特的神学思想,到了恩培多克勒那里,才有了高度自由的思想综合与表达。

　　第二阶段,希腊理性神学思想以爱利亚学派的思想为代表。爱利亚学派,对存在问题的关注,使其神学思想更显思辨色彩。塞诺芬尼对荷马史诗中的神话观的批判及其对神与人之关系的阐明,奠定了希腊理性神学的新思想基础。巴门尼德对存在与真理的探究,尤其是对存在、存在者等问题的揭示,具有特别重要的意义。巴门尼德的存在论,不仅被西方存在论哲学家反复提及,而且也是后来神学证明的根本问题。因此,要特别注重巴门尼德神学与理性神学思辨形成的密切关系。存在概念的形成与存在问题的提出,标志着希腊哲学思想的真正成熟。存在概念形成之先,在人们的经验视界中,万物的具体存在是完全可以独立感知的事实,但是,万物存在是知觉事实,是具体的生命感知,并没有形成真正普遍的概念把握。存在概念的形成则不然,它包含了万物具体存在的事实,同时,标志万物存在的总体概念综合。人只能具体感知事物自身,而且受制于特定的时空,存在概念则使类的事物认知得以综合,具体事物的"多"化身

---

　　① Jonathan Barnes, *Early Greek Philosophy*, pp. 48-70.

为概念把握的"一"。更为重要的是,人们已经超越了对具体事物的感知,形成了存在问题自身的哲学反思。它可以施加于具体问题之上,例如,"神的存在","什么是神",又可以涵盖逻辑的普遍要求,对存在的本质与存在的普遍特性作出说明。存在与存在者、事物存在的多与一,存在的真理与存在的谬误,存在与非存在,存在的意义与存在的无意义,这一切皆使存在问题具有了普遍的哲学意义和神学意义。

第三阶段,则是希腊日益兴盛的"疑神运动"和"戏神运动",这与智者运动和喜剧艺术的兴起有密切关系。智者学派放弃神学问题,把思想的根本问题,转移到人与社会的现实问题上来,形成了希腊神学思想又一场深刻的革命。智者学派的疑神论,并不是无缘无故形成的,随着传统神学的松弛,随着理性神学探索的深入,无神论思想逐渐产生比较广泛的影响,像阿拉克萨戈拉、留基波与德谟克利特等无神论思想家,对希腊神学革命起到了推波助澜的作用。[1] 希腊理性神学思想革命具有两重意义:第一重意义,是指希腊理性神学对神话神学的革命;第二重意义,则是指无神论思想对有神论思想的革命。前一种思想革命,只是改良,后一种思想革命,则是对神学的否定。当然,在希腊神学思想史上占主导地位的,还是"希腊理性神学思想"。无神论思想虽锋芒毕露,但最终还是无法消解神学本身,这一思想的实际影响在于推进了智者学派的疑神论观念。当时,希腊政制还是力图维护传统神学信仰,因此,智者运动的疑神论思想相当大胆。苏格拉底并不赞同智者的学说,但回应了智者学派提出的一些问题。在智者学派的神学思想之基础上,苏格拉底提出了"理性即神"的观念,这是希腊神学思想的真正历史转向。苏格拉底把神学问题和人的问题关联在一起,开创了希腊神学的新时代。苏格拉底为希腊人的"至善伦理"找到了实践的依据与信仰的依据,将人的地位提升到特殊的高度。对于人来说,不是神至高无上,而是理性至高无上。真正作为人的至高信仰依托的,仍是理性问题。

---

[1]　Jonathan Barnes, *Early Greek Philosophy*, p. 193.

第四阶段,柏拉图与亚里士多德促成了希腊理性神学话语的系统化构成。这一时期,希腊理性神学话语显得完整而且系统,理性神学的面貌清晰可辨。柏拉图和亚里士多德,承继了苏格拉底的神学目的论,建构了希腊理性神学的目的论系统,为人的"至善伦理"找到了更为系统的"神学阐释",与此同时,他们还探讨了"宇宙生成论问题"。"宇宙生成论"这一长期被搁置的问题,在柏拉图和亚里士多德这里得到了新的解答。柏拉图的"德穆革"概念和亚里士多德的"第一推动者"概念,使神学问题和自然问题之间获得了新的沟通,并奠定了"形而上学神学思想的理论基础"。此后,西方神学思想,或者以柏拉图为主导,或者以亚里士多德为主导,两者使希腊理性神学获得了独特的理论创新生命力。① 如果把希腊晚期神学看作希腊理性神学发展的第五个阶段,也未尝不可,但是,晚期希腊神学思想关系十分复杂。例如,无神论的与有神论的,基督教神学的与希伯来神学的,宗教伦理的与科学神秘主义的,诸多问题搅和在一起,很难理清其内在的思想线索,不过,他们对希腊理性神学的合理继承和发展是毋庸置疑的。②

从希腊理性神学的历史发展过程中可以看出:在理性神学思想革命中具有特殊的意义问题,仍然是"灵魂问题""逻各斯问题"和"神学目的论问题"。灵魂问题,在不同的神学思想中皆具有特殊的地位。关于灵魂问题的不同解答,在很大程度上决定了希腊神学思想的特殊意义。在希腊神学语境中,灵魂问题与许多问题相关联,例如,灵魂与身体的关系、灵魂与生命、灵魂与死亡等,由此涉及灵魂的本质、灵魂的活动形式、灵魂的构成、灵魂的存在等等。这些问题,有的属于认识论问题,有的属于心理学问题,有的则属于宗教问题。在希腊神学思想发展中,这些问题缠结在一起,使"灵魂问题"带上了特殊的神秘性。要想深入地探讨希腊理性神学,

---

① Franz Brentano, *Geschichte der griechischen Philosophie*, Felix Meiner Verlag, 1988, SS. 260-273.

② 范明生:《晚期希腊哲学和基督教神学》,上海人民出版社版 1993 年版,第 35—38 页。

就不得不对灵魂问题进行比较深入的分析。[1] "逻各斯问题",在希腊哲学史上具有特殊的意义。据格思里考证,"逻各斯"一词在公元前五至四世纪最通常的用法具有 11 种含义:(1)logos 指任何说出的话,这些话是对事实情况的说明;(2)logos 由"介绍"这一词义引出"值得一提"的意思,还包含有"名誉"或"名声"之义;(3)logos 指思考,思前想后,在心中自言自语;(4)logos 指原因、理由、论证;(5)logos 指名副其实的东西,真相;(6)logos 指尺度,标准;(7)logos 指对应、关系和比例;(8)logos 指一般的原则或规律;(9)logos 指获得理性能力;(10)logos 指定义,即用语言对事物本质的表达;(11)logos 指共同达成的见解,表示一致同意。[2] 在希腊理性神学家看来,"逻各斯",不仅是宇宙运动的原则,而且是人的灵魂运动的原则,涉及自然领域和自由领域,涉及科学认识和宗教信仰问题,因此,希腊理性神学研究必须认真对待"逻各斯问题"。

"神学目的论问题",最终总是为了解决人的困惑,而希腊神话神学所要解决的,是神秘的恐惧问题,以求得回应神秘恐惧的现实对策。希腊自然神学所要解决的,是宇宙发生论或创世学的问题,他们对世界是如何起源的和人类是如何起源的问题,形成了新的神学思想说明。神秘主义的神学观和宇宙创世说被消解之后,人们面临的就是宗教伦理问题。[3] 希腊神学目的论最为重要的方面,即在于要达成"宗教伦理的目的",也就是"至善理想的追求",因而,柏拉图的神学目的论具有特殊的意义。希腊理性神学的思想探讨,不仅有助于思考和认识一些自然问题,而且有助于探究宗教伦理的现实意义,对于探究智慧学说和灵魂学说也具有特别的启示性。与此同时,还应看到,希腊理性神学思想探讨,与西方基督教神学

---

① Giannis Stamatellos, *Introduction to Presocratics*, Wiley-Blackwell, 2012, pp. 52-60.

② 格思里:《希腊哲学史》第 1 卷,第 420—424 页。

③ 康德提出:"因此,我们必须假定一个道德的世界根源(Welturache),即一个世界创造者(Welturheber),以便遵照(Gemäß)道德的法则为我们确立一个终极目的(Endzweck)。假如后者在一定程度上是必要的,那么,前者(在相同的等级上,并且出自同样的理由)亦在一定程度上有其必要:即存在一个上帝(nämlich es sei ein Gott)。"Immanuel Kant, *Kritik der Urteilskraft*, Felix Meiner Verlag, 2003, S. 381.

乃至其他神学思想的研究有着十分密切的关系。这是现代西方神学的另一思想源头，以此可以真正确立希腊理性神学思想的哲学意义与实践价值。总之，"哲人之魂"，是对生命存在价值的理性沉思与对宇宙自然世界的神圣俯察，为"人在宇宙中安生"以及"在灵魂中寻求自由"找到真正的"思想栖息地"。

第六章　希腊哲人与希腊理性神学

第一节　从始基追问到赫拉克利特的智慧论

1. 始基追问与伊奥尼亚学派的自然神学

从原初意义上说，哲学家就是通过观察与反思、推理与演绎、分析与论辩，揭示宇宙与人生真相的智者。科学实验与逻辑证明，是哲学家区别于诗人的最为本质的特征。"神学诗人"关于众神的想象与解释涉及人类生活的诸多方面，在诗意的想象与语言叙述中，"众神"变成了"活生生的形象"。这种话语方式，在希腊原始时代具有十分重要的地位，它是希腊人在原始时代对世界的"独特把握方式"。随着社会的发展，"神话神学话语"无法满足希腊人的理性需要，因此，希腊思想家从理性出发创造了许多新的话语方式。这些新的话语方式，以"理性"或"哲思"作为基本原则，反复提炼实践经验而形成"知识原理"，最初，伊奥尼亚哲学家自觉地转换了话语方式，形成了全新的自然哲学观念。① 希腊人在生活实践的基础上，从生活实际出发建构了新的科学体系，即"自然哲学"。随着新的话语

---

① 在《希腊哲学史》中，布伦塔诺(Brentano)在谈及伊奥尼亚学派(Ionischen)的自然哲学家时，将泰勒斯(Thales)、阿那克西曼德(Anaximander)、阿那克西美尼(Anaximenes)、赫拉克利特(Heraklit)、恩培多克勒(Empodokles)和阿拉克萨戈拉(Anaxagoras)以及原子论者(Die Atomisten)等皆列入其中。因此，这里的讨论有其学理依据。Siehe Franz Brantano, *Geschichte der griechischen Philosophie*, SS. XXI-XXVII.

方式的确立,希腊神话涉及的诸多问题开始被分解,科学理性与实践理性的兴起,堵塞了神学诗人的神话思维道路。当然,自觉地进行学科分类与科学证明的工作,要到亚里士多德那里才能最终完成。亚里士多德把理性的与实践的、抽象的和省察的话语方式,统称为"思想";理性话语是说理的、概括的和抽象的,思想家们以这种新的话语方式解释世界,构造世界。一般说来,抽象(abstract)对于这种新的话语方式的形成起了十分关键的作用。从希腊神话神学话语向理性神学话语方式的转换,正是在这样的思想背景下发生,从神话神学向理性神学的话语转换,实际上就是"从神话向哲学的转换"。希腊理性神学,不是"神学家的神学"而是"哲学家的神学",希腊宗教的祭司们还称不上"神学家"。从理性出发去省察自然和社会的哲学家,从未放弃神学问题,他们从哲学出发去探讨神学,从理性出发去解释神学,建构了自然哲学意义上的希腊理性神学。

　　"哲学家的神学",将神话神学的全部问题转换成科学理性与道德实践的问题,这样,神话中涉及的宇宙起源、自然生成、动物特性、植物特性以及宇宙自然运动的本质认知等,皆被转化成自然哲学与道德哲学问题,从而形成全新的"解释系统"。这些解释系统,包括天文学、物理学、动物学、植物学、数学、几何学、形而上学、逻辑学、伦理学等等。康德说:"古希腊哲学分为三门学问:物理学、伦理学和逻辑学。这一分类完全符合事物的特性,而且,除了添加相同的原则,即通过这样的方法,一方面保持它的完备性,另一方面能够正确地规定必要的部门(Unterabteilungen),人们再也不能对它有所改进(Verbessern)。"[①]哲学家的神学直接把神话中关于神的探讨转换成了"理性反思问题"。理性神学不再关注个别神的形象、职能或神格,更不关心这些神的情感故事,而是把有关于神的问题加以抽象与提炼升华,从而形成了新的问题系列。例如,什么是神? 神的本质特征是什么? 关于神的信仰有什么社会价值? 人为什么要信神? 人与神的关系如何? 人的灵魂的本质特征是什么? 自然本原与神的关系是什

---

　　①　Kant, *Grundlegung Zur Metaphysik der Sitten*, Anaconda Verlag, 2008, S. 5.

么？神的存在形式是什么？所有这些问题，获得了理性神学的逻辑解答。神话神学所涉及的理论问题被抽象概括出来，获得了逻辑的理性规定和解释。应该看到，理性神学把神话神学涉及的丰富复杂现象加以简单化了。杂多的现象被消除了，事物的本质呈现了出来。由于"理性神学"属于哲学的部门，因而，理性神学思想与哲学家的自然观、世界观、人生观和道德观就有着十分密切的联系。理性神学的确立，实际上是把神学问题学科化、规范化和专业化了。从理性出发谈论神学，只需要涉及神学自身的一些问题，不必像神话神学那样通过讲故事或打哑谜的方式解释世界的全部奥秘。神学问题本身获得了相对的确定性，神话神学只有服从理性神学并符合理性神学准则时，才会受到高度重视。至于"神话神学"中那些完全可以运用自然科学方法解决的问题，就不再是"理性神学"探究的对象，而是直接让渡于自然哲学了！希腊神学话语的这种历史转换，从古希腊留存的文献来看，较早在伊奥尼亚哲学那里得到了充分的表达，我们可以把伊奥尼亚哲学家的理性神学观视作"希腊神学的新开端"。伊奥尼亚哲学家，包括米利都的泰勒斯、阿那克西曼德、阿那克西美尼与爱菲索的赫拉克利特等。这些哲学家关于神和灵魂的思考，代表了希腊理性神学的早期思想原则。① 伊奥尼亚哲学家的神学思想有其共同之处，也有其不同之处，由于留存的文献太少，人们只能在断简残篇中去追寻这些哲学家的理性神学思想。

自然本原（始基）问题的思考，在很大程度上影响了伊奥尼亚哲学家的神观，因此，"自然始基与神之关系"，是考察伊奥尼亚哲学家的神学思想时必须认真加以考虑的。泰勒斯把"水"看作万物的始基，但他没有把"水"和"神"等同起来；阿那克西曼德也很少从"诗人的神学"观念入手去解释自然现象，他对自然现象的解释已具有了朴素唯物论倾向。② 在阿那克西美尼那里，他把"始基与神"看作同一回事，艾修斯对阿那克西美尼

---

①   Franz Brentano, *Geschichte der griechischen Philosophie*, S. 38-51.

②   J. Barnes, *The Presocratic Philosophics*（I）, 1979, pp. 38-47.

的科学思想进行了转述。其中提到:"星辰好像空气做的毡帽,是轮形的,充满着火,有些地方有喷着火焰的气孔。""太阳位于全宇宙最高的地方,太阳后面跟着月亮,下面是恒星和行星。""月亮是比地大十九倍的圆圈,很像车轮,轮子的边沿是凹的,充满着火。""谈到雷、电、霹雳和飓风时,阿那克西美尼说,是风造成了这一切现象。""阿那克西美尼说,风是空气的流动,因为空气的最轻和最湿的部分为太阳所发动或膨胀起来。"[1]这些论述基本来自观察和推测。从米利都哲学家的话语表达中,可以看到"以神灵代替自然物"的倾向,在阿那克西曼德那里则恢复成"万物本身",不死的、不灭的和神圣的"阿派朗"(apeiron)虽然还被比拟为"神",但毕竟是"可感知和抽象的物"。阿那克西美尼的自然观,则进一步消解了"诗人的神学"的神灵观念,希腊思想家从"神灵"中脱身,双脚站在坚实的土地上。

希腊神话神学的泛神论倾向,决定了希腊人并非一定要有坚定的信仰,在泛神论体系中,信仰是感性的与随意的,也是可以动摇的。[2] 当然,希腊传统神话神学本来就带有"物活论"倾向,但在话语表达上,米利都学派的思想家"受理性支配"而不再"受想象力支配"。阿那克西美尼选择"气"作为万物的始基,而且说,"气就是灵魂",这就是希腊早期理性神学或自然哲学的物活论思想的直接表现。阿那克西美尼认为,"气是本原"。他看到,呼吸不能离开气,生命又不能离开呼吸;他说,"气是生命,是灵魂"。根据艾修斯的记载,"阿那克西美尼说气就是神:人要懂得,这就是说元素和物体中的种种力量"。西塞罗说:"阿那克西美尼确定气是神,它是产生出来的,是没有范围的,无限的和永远运动的;好像无限的气或者能够成为神,或者成为并不伴随任何已经生成的事物的有生灭的东西。"阿那克西美尼认为,不是神创造了气,而是神从气中产生出来,这些想法皆是新的自然观念的体现。与其他自然哲学家一样,阿那克西美尼在解

---

[1] 北京大学哲学系外国哲学史教研室编译:《古希腊罗马哲学》,第9—10页。

[2] Franz Brentano, *Geschichte der griechischen Philosophie*, S. 52.

释自然恐惧现象时,一点也没有神秘神学的想法,完全是一种自然哲学的态度。阿那克美尼说,当空气更加浓厚起来的时候便产生出云来,当它凝聚作用更大时便下雨了,然后,当雨在下降中冻结时便是雹子,最后,当水里封闭了空气时便是雪。① 阿那克西美尼说,当太阳的光线投射在极浓厚的云上时便产生了虹,云总是暗的,因为光线向它投射,但是并不能穿过它。② 这一切,皆是自然主义和经验主义的态度,不再遗留一丝神话神学或神秘主义的痕迹。米利都的思想家以科学的理性的态度观察自然,研究自然并解释自然,提出了不同于神话的全新的自然哲学解释。就科学意义而言,这是思想的巨大进步,从神学意义上说,这是对神话神学的真正批判和超越。

伊奥尼亚爱菲索的赫拉克利特,也很关心"万物的始基与神之关系"。赫拉克利特的话语表达,尽管残留着神话神学的因素,但是,其思想自身与"诗人的神学"有着根本性区别。他所谈论的"神",已接受思辨理性与科学理性的洗礼。在对待万物本原问题上,赫拉克利特超越了"神创万物"的思想,他已开始把万物的本原看作"物质性元素"。③ 他关于火的系统而深刻的认识,有助于理解伊奥尼亚哲学家关于万物的始基与神之关系的新看法。关于"万物的本原是火",在赫拉克利特残篇中,有这样一段话:"空虚有秩序的宇宙对万物皆是相同的,它既不是神也不是人创造的,它过去、现在和将来永远是一团永恒的活火,按一定尺度燃烧,一定尺度熄灭。"(DK22 B30)赫拉克利特的思想话语,既可以看作隐喻,也可以看作直观。对此,海森伯分析道:"变化本身并不是质料因,因而在赫拉克利特的哲学中用火来代表它,把它当作基本元素。它既是物质,又是动力。"从赫拉克利特的残篇中可以看到,他的"火"有多重含义:第一种含义,"火作为动力和运动过程";第二种含义,"火作为燃烧的现象";第三种含义,

---

① E. Allen, *Greek Philosophy*: *Thales to Aristotle*, pp. 33-34.

② 北京大学哲学系外国哲学史教研室编译:《古希腊罗马哲学》,第 13 页。

③ 布伦塔诺承认,赫拉克利特的本原(Das Urprinzip)是火(Das Feuer)。Siehe Franz Brentano, *Geschichte der griechischen Philosophie*, S. 60.

"火即太阳"。他认为,火是元素,一切皆由火的转化而形成,或者由于火的稀薄化形成,或者是由火的浓厚化形成,促成了上升的运动和下降的运动。① 据拉尔修转述:"上升的运动和下降的运动,以下列方式产生了世界:火浓厚起来变成液体,水浓厚起来变成土,这是下降的运动。反过来,另一方面,土融解变成了水,从水形成其余的一切,因为他认为几乎一切皆是由海的蒸汽而产生的,这就是上升的运动。"② 赫拉克利特认为:"太阳的火焰是最明亮的最热的。""如果没有太阳,纵然有别的星辰,也还只能是黑夜。"(DK22,B99)

在《柏拉图问题》中,普鲁塔克说:"时间是有秩序的运动,是有尺度、限度和周期的。太阳是这些周期的监视者和保卫者,它建立、管理、规定和揭示出变动和带来的一切季节,正像赫拉克利特所说的。这不是指无关紧要的小的周期,而是指最大的、最有影响的周期。这样,太阳就成为至高无上的神。"在这里,伪普鲁塔克的论述,既有对赫拉克利特思想的转述,又有把自己的想法强加给赫拉克利特的倾向。据范明生考察,在赫拉克利特残篇中确有"将火说成神的话语",但赫拉克利特的基本出发点是:"这个有秩序的宇宙,既不是神也不是人创造的。宇宙本身是它自己的创造者。这样的神,就不是宗教意义上的神,而是哲学上的理性神。"③ 赫拉克利特有关火的解释,由于一词多义而具有思想的隐晦性,要想确立赫拉克利特的原意确实颇具困难,类似的表达构成了赫拉克利特神学和哲学思想的基本特色。④ 赫拉克利特尽量从唯物论方面去解释自然和世界的

---

① 北京大学哲学系外国哲学史教研室编译:《古希腊罗马哲学》,第 15 页。
② 拉尔修:《著名哲学家的生平和学说》第 9 卷,第 9 节。
③ 汪子嵩等:《希腊哲学史》第 1 卷,第 439—440 页。
④ 哲学史家有关赫拉克利特思想的探究,大多从其零简断篇出发,通过命题与词句的缀合,还原赫拉克利特的思想面貌。不过,这些研究总是给人松散的感觉,未能凸现赫拉克利特思想的深刻性,唯有海德格尔例外。他在有关赫拉克利特的讲座中,一方面将赫拉克利特视作西方思想的开端,另一方面则探究赫拉克利特的逻各斯学说(Lehre vom Logos)。海德格尔的研究,通过赫拉克利特的关键问题凸现其思想的深刻性,比那种思想缀合的方法更有启示。Siehe Martin Heidegger, *Heraklit*, Vittorio klostermann, Frankfurt Am Main, 1979, SS. 5-27.

神秘,把火说成是"神",表明了赫拉克利特对"诗人的神学"信仰的基本否定。他对自然事物的自然历史进程以及自然和人类的关系做了非神话的科学说明,在赫拉克利特对自然和世界的本质直观中,逐渐清除了传统神的地位,赋予了自然力量以至高无上的地位。他把不可抗拒的自然力量看作"神",等于承认"自然力量"对人类社会生活的实际意义。

人类不可违抗自然意志,必须遵从自然的发展规律。这种现代性思想,也可以在赫拉克利特那里找到渊源,为此,我们还可以从古希腊学者的有关论述理解赫拉克利特关于"火"的思想。艾修斯说:"赫拉克利特和梅大邦丁的希巴索主张万物的始基是火。他们说,万物皆从火产生,皆消灭而复归于火。当火熄灭时,宇宙间的万物就形成了。""最初,火的最浓厚的部分浓缩起来形成土;然后,当地为火所融解时,便产生出水,而当水蒸发时,空气就产生了。整个宇宙和一切物体后来又在一场总的焚烧中重新为火烧毁。"这样,火成了一切事物变化的总根源,因此,可以称之为"万物的始基"。艾修斯还提到:"赫拉克利特说,(神就是)永恒的流转着的火,命运就是那循着相反的途程创生万物的逻各斯。"[1]由此可见,赫拉克利特把火与神关联在一起,"神"直接变成自然事物或自然的本原力量。在赫拉克利特的哲学话语中,有作为燃烧现象的"火",有作为潜在热能的"火",有作为生命力量的"火",有作为存在象征与类比的"火"。正是由于火具有多重意义,赫拉克利特像其他伊奥尼亚哲学家一样,企图以"火"去解释一切,用最简单、最本质的话语去解释一切,这是自然哲学家们的思想努力。如果说,神学诗人的形象思维是由简到繁,那么,哲学家的抽象思维则由繁到简,神话通过大量的话语叙述去证明简单的道理,哲学则以最概括的道理去涵盖一切事物变化的根本原因。由于火无处不在,威力无穷,赫拉克利特既在现象学意义上谈论"火",又从本质意义上去谈"火"。[2] 例如,把火和运动关联在一起,认为宇宙是"一团永恒的活火",

---

① 北京大学哲学系外国哲学史教研室编译:《古希腊罗马哲学》,第16—17页。

② Franz Brentano, *Geschichte der griechischen Philosophie*, SS. 60-65.

"按一定尺度燃烧","按一定尺度熄灭"。火的运动决定了宇宙的生成,他反对神话中的神创宇宙说,这"永恒的活火",不是神话中的"神",而是自然界的自我生成的力量。他从运动观出发:"万物皆转换成火,火也转换成万物。"(DK22,B90)"神"是神话神学和理性神学有关事物本原的终极性阐释。

在赫拉克利特看来,"干燥的火"就是"纯洁智慧的灵魂"。赫拉克利特很会打比方,也很会说哑谜,这些类比和隐喻,使他的神学观念与自然观念转化显得很复杂。他有时在神话神学意义上把火称为"神",其语境又是在非神话形态中,有时又在自然运动意义上称呼神,其语境则是理性神学的神秘主义表达。这样一来,就要在具体的语境中判断:哪些是神话神学语境? 哪些是理性神学或自然人生哲学语境? 一般说来,神话神学语境并不代表赫拉克利特的真实看法,关于神话神学的自然主义和理性主义解释则代表赫拉克利特的真实看法。运用自然类比和隐喻谈论生命本质的神秘主义意向,是赫拉克利特思想具有神学意味的根本特征。他说:"神是日又是夜,是冬又是夏,是战争又是和平,是饱满又是饥饿。它像火一样变化着,当火和各种香料混合时,便按照那香料的气味而命名。"这就是类比和隐喻。① 赫拉克利特的本义不在谈神,而是在谈自然运动的特性,即运动变化的对立统一性。他常在自然本质的透视中,揭示"诗人的神学"所涉及的神学本质。对于他来说,要想把自然和人类精神方面的复杂问题融会在一起并构成体系,几乎不可能。他在对自然本质的直观中,逐渐用冷峻的理性的眼光去看待大自然而不受情感因素的束缚,甚至排斥主观情感的干预,使传统神话神学真正无容身之地。赫拉克利特公开地否定了"诗人的神学体系",并以自然秩序和理性说明来解释万物的生成与变化,最终使神学问题真正转换成自然哲学与生存智慧问题。

---

① M. L. West, *Early Greek Philosophy & Orient*, p. 142.

2. 自然存在反思与灵魂的逻各斯

早期希腊理性神学或自然哲学对"灵魂问题"的探讨,以自然观念作为思维背景,他们多少已脱离了"奥菲斯教灵魂学说的束缚"。灵魂问题,是神学家和哲学家所无法回避的问题,在探究事物的本原时,米利都学派的思想家也无法越过它。灵魂问题是宗教问题,也是精神哲学问题,在古希腊人文科学还未分化独立之前,广义的灵魂概念包容多学科问题,只有狭义的灵魂观念才附属在宗教之下。"诗人的神学"存在的理由,就在于对灵魂提供了想象式解答。对于泰勒斯来说,灵魂问题是无法回避的,或者说,"诗人的神学"的解释,对于他的自然探索和自然哲学解释仍有影响。在《论灵魂》中,亚里士多德谈道:"根据有关泰勒斯的记载来判断,他似乎认为灵魂(Psyche)是引起运动的能力,他说过磁石有灵魂,因为它推动了铁。"灵魂(Psyche),在希腊文中含有"呼吸""生命"等义,只有有生命的生物才有灵魂。泰勒斯接受了万物有灵论的影响,他认为"宇宙万物皆充满着灵魂","灵魂"至少包括事物的本原、人的心理活动、事物运动的原因、事物形成的根源、人类的生命与人类的意志等问题。

由于把诸多问题混淆在一块,泰勒斯的灵魂观也颇多矛盾,在他的话语中,既有从科学出发消解宗教灵魂说的思想,又有保留并接受"诗人的神学"的思想倾向。从灵魂作为事物运动的能力而言,泰勒斯的灵魂观有科学理性倾向。泰勒斯看到磁石吸引铁、琥珀经摩擦生电吸引纸片等现象,试图用灵魂观加以说明,对此,黑格尔指出:"说磁石有灵魂,比起说它有吸引力更好些。力是性质,性质是可以和物质分离的,可以想象为述语;而灵魂则是磁石的运动,是和物质本性等同的。"①有人认为,泰勒斯认为万物皆具有灵魂,这是西方最早的物活论思想。必须看到,泰勒斯的思想中仍残留着"诗人的神学"思想,但相对于他的物活论思想而言,那种"诗人的神学"观念的残余已显得微不足道,泰勒斯对"诗人的神学"的灵

---

① 黑格尔:《哲学史讲演录》第 1 卷,贺麟等译,商务印书馆 1992 年版,第 191 页。

魂观进行消解与重构。米利都学派的哲学家从现实出发,注重观察自然现象,试图通过对自然现象的综合,对自然本质加以揭示。

赫拉克利特彻底扬弃了"诗人的神学",尽管还在残篇中保留着"神"等语词,但与流俗的神学观念不同,他赋予了神以独特的含义。神是火,火是自然宇宙运动的根本,他从天道中瞥见了人道的本质,这种思想也充分体现在他的灵魂观念中。① 赫拉克利特从自然的本质直观入手去解释"灵魂现象",需要涉及"火与灵魂的关系"问题。"火"作为万物的始基,是赫拉克利特对世界本原问题的深刻洞察。正因为如此,他不论解释什么事物的运动,皆要提到火,灵魂的构成形式以及灵魂的运动,在赫拉克利特看来,是"火的运动和生成"。但是,什么问题皆用"火"去解释和说明,不可避免地失之笼统,同时,隐匿了问题的内在本质。赫拉克利特明确谈到"火是神",是万物生成变化的力量和根源,"万物皆换成火,火也换成万物"。那么,赫拉克利特的灵魂观是如何构成的呢? 赫拉克利特的灵魂观念,涉及四个方面的问题:(1)灵魂观念与生死问题联系在一起,即灵魂是否有生成和死灭? (2)灵魂的状态如何,即应如何去描述灵魂的性质和活动状态? (3)灵魂的心理特质或认识论属性,即灵魂的功能和灵魂的差异是什么? (4)灵魂与逻各斯问题,即灵魂的活动是否可以控制? 逻各斯如何控制灵魂? 灵魂活动遵从逻各斯指导具有什么样的意义? 必须承认,希腊神学思想史关于灵魂问题的探讨,既涉及宗教灵魂问题又涉及哲学认识问题,少有哲学家把这两个问题分离开来。在赫拉克利特的灵魂学说中,则显示了把"宗教灵魂问题"和"哲学灵魂问题"分开的努力。在灵魂是如何形成的问题上,赫拉克利特谈道:"对于灵魂来说,死就是变成水;而对于水来说,死就是变成土。然而水是从土而来,灵魂是从水而来的。"赫拉克利特不大重视成见和习俗,注重独立思想,他的思想中较难找到思想的历史联系。

在赫拉克利特之前,许多思想家皆知道把"身体"和"灵魂"相提并论,

---

① Franz Brentano, *Geschichte der griechischen Philosophie*, SS. 63-65.

灵魂作为人的思想认识问题,人们把它想象成气、水、土等。灵魂具有能运动和能思考的属性,因此,从气、水、土等方面解释未必说得通,但在解释灵魂的去向时,他们把灵魂解释成气、水、土,无疑有助于说明灵魂的物质性特征。这就是说,在米利都哲学传统中,灵魂具有物质元素的特性,"灵魂的不朽性",就在于从物质变成物质。物质形态变化了,灵魂并未消亡,从物质到灵质,从可见的物到不可见的物,又从不可见的物转生到可见的身体之中,这是希腊"哲人的神学"通常设想的"灵魂永生的形式"。①生命轮回和灵魂不朽,通过这种解释获得证明,灵魂恰恰在物质形态的转换中获得了新生。"灵魂转生"在奥菲斯教中并不是最佳途径,在基督教神学中,灵魂只有进入天国才能永生,"转生"是暂时的和痛苦的,"永生"才是值得神圣追求的。早期希腊理性神学关于灵魂的归宿和存在状态的讨论,已经显示了科学论与幸福论的思想倾向,最高的幸福,是灵魂的永生和安宁,这样,"灵魂的肉身状态"就被贬低了。赫拉克利特虽重新提出"灵魂不朽"的学说,但他对灵魂的解释还是遵循了米利都学派的哲学传统。赫拉克利特虽未能找到关于灵魂的更好的解释,无法真正超越米利都哲学家的灵魂学说,但他与米利都学派的解释已经有所不同。米利都学派把灵魂看作物质性因素,较少考虑灵魂的生成和转换问题,赫拉克利特则认为灵魂死亡后变成水,水死亡又变为土,这样,灵魂先转变成水,其后水转变成土,随后土又变成灵魂,周而复始,于是,"形成永不停止的生命循环"。灵魂不朽的学说,在这里获得了象征性说明。赫拉克利特并没有考虑灵魂的永生问题,因为不谈灵魂永生的问题是超越宗教和反世俗倾向的重要表现。在当时,人们无法区分灵魂所包含的多重因素时,只能如此解释。事实上,作为能思考的大脑,其思考本身是与生命相伴随的,生命一终结,灵魂即死亡。作为具有生命的正常的人,皆具有认识的能力,这就是说,灵魂能够思考。这种灵魂不是从水、土、气中生成的,而是依赖于这些物质性的东西作为生存的基本。这些思想家,直接把灵魂等

---

　　① *Die Vorsokratiker*, herausgegeben von Wilhelm Capelle, SS. 1-8.

同于物质,而无法揭示两者相互依赖这个问题关系,赫拉克利特的灵魂生成学说,虽然具有唯物论性质,但还只是一种处于粗浅阶段的描述状态。

赫拉克利特对灵魂状态的描述,也具有新意。他把灵魂分成两种基本形态:一是"干燥的灵魂",一是"潮湿的灵魂"。"闪闪发光的是干燥的灵魂,它是最智慧的最优秀的。"[1]"灵魂在地狱里嗅着。""对于灵魂来说,变湿乃是快乐或死亡。""我们生于灵魂的死,灵魂生于我们的死。""把那种对灵魂起作用的救赎剂称作药剂。"[2]他观察到了不同的灵魂状态,在他这里既有物活论的解释,又有心理学的解释,灵魂作为独特的心灵特质,存在各种各样的差异,赫拉克利特正视了这一事实。干燥的灵魂,在他看来是纯洁的,充满智慧;潮湿的灵魂,在他看来,则充满罪恶和死亡的气息。他对灵魂状态的比拟和象征,与他对火的燃烧状态的思考直接相关,在科学话语和神学话语皆未脱离蒙昧状态的情况下,"比喻"是最有效的手段。他从干燥与潮湿去看待灵魂,实质上就是从"火"去看待灵魂的表现,干燥或易燃,火就烧得旺;潮湿的东西,不易燃,烟尘比火更大。赫拉克利特已经把灵魂问题和认识问题分离开来,他说:"生与死,醒与梦,少与老,皆始终是同一的东西。后者变化了,就成为前者,前者再变化,就成为后者。""清醒的人们有着共同的世界,然而,在梦中人人各有自己的世界。"[3]在许多思想家看来,灵魂与认识活动是密切相关的,灵魂支配着一切认识活动,像认识与梦、意识与无意识等,在一些思想家那里皆是灵魂问题,赫拉克利特则把它们分开来了。

赫拉克利特已经看到灵魂的复杂性,他说:"灵魂的世界,你是找不出来的,就是你走尽了每一条大路也找不出来;灵魂的根源是那么深。"[4]灵魂尽管是可以认识的,但非常复杂,灵魂不仅关系着人的生活与梦想、理

---

[1]　C. H. , Kahn *The Art and Thought of Heraclitus*, p. 77.

[2]　北京大学哲学系外国哲学史教研室编译:《古希腊罗马哲学》,第 20—30 页。

[3]　北京大学哲学系外国哲学史教研室编译:《古希腊罗马哲学》,第 27—28 页。

[4]　北京大学哲学系外国哲学史教研室编译:《古希腊罗马哲学》,第 23 页。See C. H. Kahn, *The Art and Thought of Heraclitus*, p. 45.

性与思考,而且关系着人的精神与意志、道德与心理,同时,与人的创造力与心灵智慧也有密切的关系。灵魂的形成与灵魂的活动,确实非常神秘,即使是在今天,人类也无法充分认识自己的"灵魂活动",而宗教神学把灵魂和神、宇宙与自然事物等联系在一起研究。灵魂的神秘性与灵魂的深邃性,激发了许多探求灵魂奥秘的人,而这一点,也正决定灵魂探究的广泛意义。① 思想家不设法探究人的灵魂,就不可能是真正的思想家,真正的思想家皆是引渡人类灵魂的人,如此骄傲的赫拉克利特,也感叹灵魂的无边无际,可见其"认识的艰难"。

赫拉克利特关于灵魂和逻各斯的探讨是最富意义的,事实上,赫拉克利特是最早真正关注"逻各斯"问题的思想家。他说:"这个逻各斯,虽然永恒地存在着,但是,人们在听见人说到它以前,以及初次听见人说到它以后,皆不能了解它。虽然万物皆根据这个逻各斯而产生,但是,我在分别每一事物的本性并表明其实质时所说出的那些话语和事实,人们在加以体会时却显得毫无经验。另外一些人,则不知道他们醒时所做的事,就像忘记自己睡梦中所做的一样。""因此,应当遵从那人人共有的东西。可是,逻各斯虽是人人共有的,多数人却不加理会地生活着,好像他们有独特的智慧似的。"②赫拉克利特的逻各斯概念有许多含义,通常被归纳为:计算、尺度;对应关系、比例;说明、解释、论证、公式;灵魂内在的考虑;陈述、演说;口头的表达、言词;神谕、格言、命令;主题;表述方式;神的智慧,等等。赫拉克利特认为:"灵魂有它自己的逻各斯,它自行增长。"③赫拉克利特把灵魂和逻各斯联系在一起,具有特殊的意义,但是,他的逻各斯概念前后矛盾,缺乏内在统一性。④

穆尼茨认为:赫拉克利特一方面用"逻各斯"指称自己的论述,指称某种属于他个人的、在某一特定时间阐述的东西;另一方面,他又把"逻各

① G. D. Thomson, *Studies in Ancient Greek Society*, pp. 273-275.
② 北京大学哲学系外国哲学史教研室编译:《古希腊罗马哲学》,第18页。
③ 北京大学哲学系外国哲学史教研室编译:《古希腊罗马哲学》,第29页。
④ G. D. Thomson,*Studies in Ancient Greek Society*, pp. 275-280.

斯"一词理解成事物的某种独立和固有的客观状态,某种关于世界本身的事实和真理。在这一意义上,"逻各斯"代表了"世界那种可以为理性所理解的结构"。① 在赫拉克利特看来,"逻各斯"总在那里,只是蕴藏在事物的本质之中,灵魂只有受"逻各斯"的支配,才能始终保持干燥,而不至于潮湿。从这种意义上说,"逻各斯"是理性的讲述,是必须信守的尺度,与灵魂的正确和深刻密切相关。只有用这合乎事物的"逻各斯"指导灵魂的活动,人才能是真正智慧的。人受到理性的支配,灵魂就会永远走在正道上,不偏离航向。灵魂活动,如果有自己活动的准则和尺度,就会具有独立性,不易受到他人的操纵,就会永远受到正义和美德观念的支配。在不少神话中我们皆可以看到,"魔鬼"总想"买走人的灵魂","灵魂"是人的内在主体性原则,如果失去了这种理性主体,等于"把灵魂交给了魔鬼"。

赫拉克利特从逻各斯的角度去谈论"神"显然很有意义,他的灵魂观念把运动、构成、形态及其与逻各斯的关系做了出色的把握。实际上,他的灵魂观涉及人类精神世界的内在秘密,并把智慧视作灵魂的最高追求。智慧使灵魂干燥,灵魂充实着生命的智慧,灵魂和心灵,皆属于精神世界的事物,赫拉克利特关注这一重要问题,就是对人类精神生活的高度重视,为此,尼采把赫拉克利特的世界观看作"审美的世界观"。"生成和消逝,建设和破坏,对之不可作任何道德评判,它们永远是同样无罪,这世界上仅仅属于艺术家和孩子的游戏。如同孩子和艺术家在游戏一样,永恒的活火也游戏着,建设着和破坏着,毫无罪恶感,亘古岁月以这游戏自娱。它把自己转化成水和土,就像孩子在海边堆积沙堆又毁坏沙堆。它不断重新开始这游戏。"②赫拉克利特崇尚智慧,以独特的话语表述思想的智慧,否定世俗化的生命观念,真正的智慧源于逻各斯,又不偏离逻各斯。"只要他在建设,他就按照内在秩序合乎规律地进行编结、连接和塑造"。赫拉克利特对于灵魂与逻各斯之关系的揭示,显示了理性神学中理性法

① 穆尼茨:《理解宇宙》,徐式谷等译,中国对外翻译出版社 1997 年版,第 26 页。
② 尼采:《悲剧时代的希腊哲学》,周国平译,商务印书馆 1993 年版,第 70 页。

则和主体性原则的特殊地位。

3. 永恒的活火与生命存在的逻各斯

在伊奥尼亚哲学家之中,米利都学派的哲学家关于神学问题的思考和话语不多,因而,理性神学的基本问题,在米利都学派的哲学家那里没有获得具体的回答。哲学解释或理性神学解释,内在地体现了哲学家的精神追求,他们通过话语表达不断确证自我的本质力量,不断回应自然和社会的精神难题,不断解释个人的生存困惑,从而获得信仰的力量。这种信仰不是源于外在的宗教信仰,而是源于内心的精神信仰,它是心灵的宁静、充实和幸福。赫拉克利特的话语世界,就有这样独立而坚定的精神追求,他所谈到的"神",只不过是可以用自然物或火等置换替代的自然概念。"这个神",不是超越自然之上的,也不是世界的最后目的或自然的最终根源,它不具有信仰的力量。赫拉克利特的思想体系,不是关于宗教信仰的神学体系,从严格意义上说,赫拉克利特没有宗教理论的系统建构,他的神学话语,只不过是针对世俗化社会的宗教信仰的发言。①

无论是否具有信仰仪式,只要保留关于至上神或不可知的抽象实体以及神秘观念的地位,就有可能构成神学体系。在关于希腊理性神学的历史解释中可以发现,希腊神学体系与基督教神学体系相比,实在不太发达。希腊诗人的神学,虽对神和灵魂有所探讨,但远远构不成具有信仰价值的思想体系。公元前六世纪,米利都哲学家的理性主义思想对"诗人的神学"提出了严峻的挑战;公元前五世纪初,爱菲索的赫拉克利特和科罗丰的塞诺芬尼对迷信和神话大加挞伐。公元前六世纪末至公元前五世纪初,希腊人中间出现了一股复兴宗教精神的势头,这一思潮断断续续持续了多个世纪。在此,否定"诗人的神学"并不难,难在创造"新宗教"取而代之,思想家们对"诗人的神学"的非难,主要基于希腊神话神学的迷信成分

---

① *The Cambridge Companion to Early Greek Philosophy*, edited by A. A. Long, Cambridge University Press, 1999, pp. 103-105.

和想象成分太多,而理性反思成分或实践伦理因素则太少。

　　希腊"诗人的神学"或希腊神话神学,确实不利于建立道德宗教和理性宗教,如果试图通过"诗人的神学"去净化人的心灵,树立人的至高信仰,确实存在致命的问题。"诗人的神学",除了对王权的捍卫和对传统习俗、文化秩序的捍卫颇为有利之外,对于建立时代新风尚和道德新秩序则无济于事。一些思想家或理性神学家试图否定"诗人的神学"并建立新型宗教,必然以理性和道德作为出发点,像塞诺芬尼、苏格拉底、柏拉图和亚里士多德始终努力向这个方向转化。毕泰戈拉学派,尽管建立了宗教信仰仪式和宗教信仰体系,并且有其宗教道德和宗教律法的约束,但其信仰过于神秘,而且带有苦行主义色彩。在塞诺芬尼、赫拉克利特、留基伯、德谟克利特等彻底动摇了希腊"诗人的神学"或希腊神话神学秩序之后,苏格拉底尝试建立新神学体系。① 官方所捍卫的"诗人的神学",往往为广大民众所信守,思想界的革命毕竟只是一部分人的事。在希腊衰败之前,"诗人的神学"始终具有相当大的势力。赫拉克利特虽未怀疑一切,但他敢于蔑视世俗化势力,不把"诗人的神学"当一回事。如果说,赫拉克利特建立了"理性神学",那么,这个"理性神学"是对智慧的崇尚。这与其说是他对自然力量的高度崇信,还不如说是他对个人主体性和自然本质主义的追求。赫拉克利特根本就没有试图建立什么"新神学",事实恰好相反,他创造了"新哲学",迥异于米利都学派和毕泰戈拉学派乃至爱利亚学派的"新哲学"。不错,在毕泰戈拉、塞诺芬尼和巴门尼德身上,可以看到新的南意大利文化,这是引进的伊奥尼亚理性主义与当地的奥菲斯教相融合的产物。耶格尔认为,"在赫拉克利特身上出现了新的更崇高的宗教",它是"早期自然哲学家的宇宙论和奥菲斯教义的统一体"。不过,赫拉克利特对自然哲学家的宇宙论观念有新的理解,这是事实,但是,赫拉克利特与奥菲斯教义似乎不太相容。

　　根据希腊宗教信仰的史实叙述,奥菲斯教的宗教神秘主义之所以能

----

　　① Franz Brentano, *Geschichte der griechischen Philosophie*, SS. 158-159.

够部分取代奥林匹斯信仰并成为新的宗教思潮，主要不是它的"伦理性"，
而是它的神秘主义因素及其对生命原欲和个性放纵的充分重视。赫拉克
利特对灵魂的说明，可能参照了奥菲斯教的认识模式，但是，赫拉克利特
并没有接受奥菲斯教的神秘主义观念，即使是关于灵魂的解释，由于赫拉
克利特从"火"去加以说明，也不具备神秘主义的性质。耶格尔认为："赫
拉克利特的灵魂概念，把奥菲斯教提到了更高的水平，因为他认为，通过
灵魂和宇宙中永恒的火的血脉相通，哲学的灵魂有能力认识神的智慧，并
且将它包含在哲学灵魂自身之中。这样一来，公元前六世纪的宇宙学和
宗教之间的冲突，就在赫拉克利特的统一中得到解决。"[1]这一解释不太
令人信服，倒是穆尼茨的观点更合情合理一些。他认为，赫拉克利特的主
要兴趣是"让人们认识和聆听逻各斯"，即聆听有关事物本质的理智与正
确的描述的重要意义。大多数人缺少的，正是这种跳出日常成见的樊篱、
从相对广阔的角度去洞察宇宙的能力，然而，人们只有具备了这种宇宙眼
光和理解力，才能从狭隘和盲目之中挣脱出来。"要理解赫拉克利特的思
想，最后需要抓住的要点是人类生命与宇宙生命之间存在潜在的统一。
人作为自然力量的产物和证明，与显现自然力运行的其他事物非常相像。
我们的生与死，我们的寿命，本质上，和任何实体式进程的寿命毫无区
别。""无法逃出生死大限的掌握，因为它是遍布宇宙的无法逃避的事实。"
从整体构成上看，"每个统一体构成整体中的部分，这个整体就是宇
宙。"[2]穆尼茨抓住了赫拉克利特思想话语的实质。

对此，范明生一方面客观地解释了赫拉克利特的"神"的观念，另一方
面看到了赫拉克利特的神一点也不具有"信仰神学"的意味。"赫拉克利
特认为，万物的本原即永恒的活火是按照一定尺度燃烧和熄灭的，逻各斯
是万物和永恒的活火变动的一般规律，而这种逻各斯的具体内容，最根本
的就是对立的统一，即对立面互相依存，互相转化，又互相作用，互相斗

---

[1]　W. Jaeger, *Paedeia: The Ideals of Greek Culture*, translated by G. Highet, Volume 1, p. 184.

[2]　米尔顿·穆尼茨：《理解宇宙》，徐式谷等译，第28页。

争。所以,永恒的活火、逻各斯和对立统一这三者可以说实际上就是同一个东西的三个不同方面,是赫拉克利特哲学的最高原则,他就把它们统称为神。"基于此,笔者赞同范明生的观点,"赫拉克利特所提出的,并不是耶格尔所说的新的更崇高的宗教,而是哲学"①。赫拉克利特关于希腊神学的真正探索,不在于提出了新的神学信仰或新的神学观念,而在于他提出了一套全新的哲学思想观念。他所开导的这一哲学思想传统,在今天看来仍具有生命力,因此,赫拉克利特建构的是理性哲学的思想体系,而不是宗教实践的信仰体系。赫拉克利特并没有多少系统的神学思想,他的思想解释性话语体现了他的精神追求,体现了他对自由、民主和理性的不懈探索,也体现了理性与自由相统一的希腊文化精神。赫拉克利特的最大贡献在于他真正开创了新的哲学思想传统,这个哲学思想传统,虽然不能代替宗教信仰系统,但是,能够从宗教信仰系统推导出独具一格的灵魂学说与自然存在论思想系统。②

赫拉克利特的新哲学思想体系,从朴素的自然观念出发,把火看作万物的始基,并揭示了火是万物生成变化的力量。这里要提到的是,这种新思想的哲学观念,在今天已得到极大地丰富并形成系统而深入的解释。赫拉克利特的相对直观的看法,显示了不可忽视的预见性意义。事实上,赫拉克利特的辩证法思想具有特殊的意义,他认为,万物皆是在不断运动变化中产生的,并提出"人不能两次踏入同一条河流"这一著名论题。他看到事物的运动变化和事物本身存在的矛盾对立有关,他认为,"斗争是产生万物的根源"。他还看到了事物的运动变化,是按照一定的规律进行的,并提出了"逻各斯"的思想,万物皆流,没有静止的东西。"结合物既是整体又不是整体,既是一致又有不同,既是和谐又不和谐;从一切产生一,从一产生一切。"(DK22B10)"互相排斥的东西结合在一起,不同的音乐造

---

① 汪子嵩等:《希腊哲学史》第1卷,人民出版社1997年版,第504页。

② 坎普勒(Capelle)称之为"肯定的神学"(Positive Theologie)。Siehe *Die Vorsokratiker*, herausgegeben von Wilhelm Capelle, S. 103.

成最美的和谐，一切皆是从斗争产生的。"(DK22B8)这种辩证法思想的闪光，无疑能够极大地启示人的心灵，从而洞悉自然和生命的本质。赫拉克利特还建立了"反世俗的新道德观"，这从他对流俗神学信仰和道德生活的批判中可以充分感受到。赫拉克利特的思想是深刻的，也是超前的，他的思想显示了哲学家独有的智慧，他的孤独与他的思想独创，在思想史上具有特殊的意义。

当然，赫拉克利特的著作充满一些内在的矛盾，其话语表达隐含内在的对立冲突。例如，他对神的看法，"人类的本性没有智慧，只有神的本性才有"，这是否承认了神的存在？"人和神相比只能说是幼稚的，正如孩子和成人相比一样"，这是否认同并夸大了神的作用？赫拉克利特那种傲视一切的孤独意志，也使世俗社会无法适应他的思想。先锋理想及其批判精神只能激发人们的思想情感，要想真正变革社会往往会遇到特别的困难，所以，先锋性思想的命运几乎皆带有某种悲剧性。[①] 尽管如此，我们必须承认，社会文化和思想的进步正是依托这种反世俗力量而逐步改变。赫拉克利特独特的理性神学思想显然具有这种力量，尼采这个"重估一切价值"的思想家，对希腊文化尤其是悲剧时代的思想，总是赞不绝口，他曾着力探讨赫拉克利特的"一切皆流"的宇宙观、"一即是多"的辩证法、"审美的世界观"和"超人的智慧"。关于赫拉克利特与尼采之关系，有许多可探讨之处，笔者想特别强调的是，赫拉克利特关于"神"的矛盾观念，在尼采那里已由"超人"取代。尼采把赫拉克利特所开创的哲学表达方式、思维方式、宇宙观念、生命观念和超人理想，皆发挥到了极致，他的"超人"理想，即是对赫拉克利特反世俗化倾向的承认，"超人"把反世俗化理想转变成了生活的现实。

4. 生活再发现与智慧崇拜的根源

从伊奥尼亚哲学家的神学话语和哲学话语中，不仅可以领会他们的

---

① Seth Benardete, *The Archaeology of the Soul*, edited by Ronna Burger and Michael Davis, St. Augustines Press, 2012, pp. 194-195.

科学理性精神和自然主义理想，而且可以强烈地感受到他们对"智慧"的极端推崇。"推崇智慧"是其神学的基本主题，在伊奥尼亚哲学家中皆有推崇智慧的倾向。米利都的泰勒斯，热衷于追求真正的智慧，他对"智慧"的理解，与一般人有很大的不同。一般人所追求的智慧，往往专注于如何积累财富，如何最大限度地改善个人生活，从而享有一定的社会地位，创造可观的财富，过富裕、优越的生活，他们需要"生活智慧"。他们关心自己如何在人际交往中立于不败之地，如何在战争中战胜对手，如何显示个人的政治才能，而财富的多少与权力的大小，往往成为"个人智慧"的评判标准。在世俗生活中，"奥德修斯的智慧"是荷马时代的希腊人特别尊崇的。例如，他对战争的结局有远见，在希腊神话神学叙事中，他最初预见灾难并逃避远征特洛伊；他在战争中善于运用计谋，在历险中总能以其智谋战胜危险，他的一些制胜战术历来为人所津津乐道；他善于在不利的处境中与神和人周旋，利用时机达到自己的目的；他拥有王权和财富，享有受人尊敬的社会地位，人们甚至认为，"智慧决定了奥德修斯的一切"。在世俗社会生活中，这样的智慧最受人尊敬，而米利都的泰勒斯，不止一次对积累财富和获取权力的"智慧"表示蔑视。他认为，哲学家只要把智慧用于积累财富上，就会比任何人皆富有。例如，他通过观察天文并预见到橄榄油将会获得大丰收，于是，运用巧智赚了一大笔钱。[①] 泰勒斯不屑于世俗生活的智慧，他把对自然奥秘的揭示和探究，视作"高尚的智慧"。这一智慧，不是服务于个人的目的而是服务于人类，不以个人生活为目标的智慧，才是无私的大智慧。赫拉克利特与泰勒斯相似，他蔑视世俗生活的智慧，对许多人渴望追求的财富和权力不屑一顾，甚至不愿参加城邦立法，只愿意与儿童一起游戏，他热衷于对自然本质和生活本质的揭示，显出"卓绝的智慧"。

伊奥尼亚哲学所追求的智慧，是实践理性与科学理性的结合，是自然主义生活理想与神秘主义精神理想的结合。在伊奥尼亚哲学家的探索

[①]　Aristoteles, *Politik*, Übersetzt von Eugen Rolfes, Felix Meiner Vertag, SS. 24-25.

中,他们把人的智慧和神的智慧对立了起来,那么,如何理解他们所说的
"智慧"? 一般说来,我们可以把他们所说的"人的智慧"理解成"世俗生活
的智慧",把他们所说的"神的智慧"理解成"理性生活的智慧",他们不重
视世俗生活的智慧,而重视理性生活的智慧,那么,为何说"神的智慧优越
于人的智慧"? 这是由于人们在现实生活中局限于功利,而从功利出发,
总有利己的倾向,利己常常遮蔽了生活的本质。人们在对世俗生活智慧
的追求中往往枉费心机,偏离了生命的理性,对世俗生活的智慧崇拜愈
烈,社会便愈混乱无序。对理性生活的热爱就不同,它要求人们超越世俗
生活的理想,探究自然和人生的秘密。这种精神上的智慧追求,往往可以
造福于民,给人以心智的启迪,让人们从迷茫中觉悟。在"哲人的哲思"
中,对理性生活秩序的追求更能体现人的崇高与伟大,追求宇宙的大智
慧,往往以天地为友,哲学家所拥有的是无限的世界。在对"无限"的把握
中,他们往往能获得真正的发现,从而得以享受心灵的安宁和幸福。这种
理性的思想智慧,使人们能够超越自我,在无限的探索和追求中深刻地领
悟生命的本质与神性。只有以天地为友,以理性的智慧去认识自然,才能
显示人所应具有的理性与尊严。①

　　在伊奥尼亚哲学家中,赫拉克利特对智慧进行了深入而系统的阐释,
从他的有关哲学话语中可以看出,赫拉克利特试图赋予"智慧"以特殊含
义。希腊人相当崇尚智慧,智慧是多种多样的,生存的智慧与语言的智
慧、认识的智慧与交游的智慧、管理的智慧与创新的智慧等等,皆受人尊
崇,因为拥有智慧即拥有特殊的能力。正如笔者在讨论"阿波罗"和"雅典
娜"时谈到的那样,"拥有智慧即拥有力量","拥有智慧即会取得战斗的胜
利"。在人们认识自然和社会、历史和文化皆比较困难的前提下,谁能够

---

　　① 《赫拉克利特著作残篇》,罗宾森(T. M. Robinson)译注,楚荷中译,广西师范大学出版
社 2007 年版,第 235—239 页。

拥有真正的智慧,"谁即是智者".① 事实上,人类社会的任何工作皆离不开智慧,智慧是成功的重要保证,那么,在赫拉克利特的时代,人们崇尚什么样的智慧? 根据赫拉克利特的表述,希腊人普遍崇尚荷马、赫西俄德、塞诺芬尼的智慧,这是诗人的智慧.② 严格说来,荷马、赫西俄德与塞诺芬尼并不一样,塞诺芬尼曾毫不留情地攻击荷马,但不知为何,赫拉克利特却把他们相提并论。诗人的智慧体现在想象上,其世俗化倾向比较明显,神话诗本身就是"民众的艺术"。他们通常在民间传说和历史生活的基础上恣意想象,创造出不同于现实世界但又与现实世界有着千丝万缕联系的艺术世界。

在艺术世界中,各种不同的艺术生存形象,即代表不同的生活智慧。像奥德修斯,就代表一种"特殊的生存智慧"。他凭借智慧得以返回故乡,而其他的人则由于缺少智慧,或者说,由于缺少神助而死于他乡。希腊人羡慕神学诗人想象的奥德修斯式智慧,认为这是"个人智慧",也是"神赋智慧"。他们相信智慧是神赋的,希腊艺术世界或希腊神话神学所提供的这种源于生活而又有益于生活的智慧,非常受人喜爱。说到底,艺术世界的生活智慧或希腊神话神学的智慧,是包容善恶和不论美丑的"生存智慧"。有时,计谋或诈术也以智慧的面目出现,并受人推崇,但是,这种恶的智慧或世俗的智慧,在赫拉克利特看来,"偏离了逻各斯的本义,因而不是真正的智慧"。③ 诗人的智慧是审美的、虚幻的,它不是人在现实生活中应该崇尚的合乎天地自然之大道、穿透事物本质的理性智慧。基于此,

---

① 拉尔修谈及赫拉克利特的高贵与自傲时,强调"博学并不能让我们明智"(Vielwisserei lehrt nicht verstand haben),因为智慧是"一"(Einem),即通过理性认知一切并控制(lenken)每一事物的东西。这就是说,必须通过智慧才能抵达事物的本质。Siehe Diogenes Laertius, *Leben und Meinungen berühmter Philosophem*, Felix Meiner Verlag, 1998, S. 159.

② C. H. Kahn, *The Art and Thought of Heraclitus*, p. 37.

③ 海德格尔在《赫拉克利特的逻各斯学说》中,分析了赫拉克利特的逻各斯(logos)概念。就什么是逻各斯这一问题,海德格尔找到了三种回答方式,即逻各斯作为"一和一切"(Eins und Alles),逻各斯作为"采摘与收集"(Lese und Sammlung),逻各斯作为"抵达灵魂的入口"(Der Zugang durch den Logos der Phyche)。这种理解,揭示了逻各斯的智慧本质。Siehe Martin Heidegger, *Heraklit*, SS. 261-280.

赫拉克利特对神学的世俗化倾向做了毫不留情的批判。希腊大多数人所谨守的社会法律制度,也不是源于真正的智慧。一般人对当时社会法律制度的制订者的智慧和统治者的智慧非常推崇,而在赫拉克利特看来,这些皆微不足道,他自恃拥有"真正的智慧",但对社会政治则采取不合作和逃避的态度。① 对那种实用化和社会化的生活智慧,赫拉克利特也不屑一顾,由此可见,赫拉克利特对智慧的寻求是独特的。

赫拉克利特的智慧观念,基于对事实和生活本质的直观。这种独特的智慧,不是实用的智慧,而是认识的智慧,不是技术、计谋或策略,而是思想、真理或逻各斯。赫拉克利特相当推崇"认识的智慧",在他看来,这个生活世界里可见的一切,本来是每个人皆可以发现的,但由于智慧的局限,有的人视而不见。赫拉克利特总是试图进行"本质直观",从可见的事物中推导出不可见的智慧,又使这种通过语言表述的智慧去开启人们的心灵,使人们真正能够认识到"自然的本质"和"生活的本质"。智慧虽以可见的经验作基础,但绝非由可见的经验直接推导出来。赫拉克利特指出,"自然喜欢隐蔽起来"②,正因为如此,这种认识的智慧就显得很不平凡。他说:"如果不听从我本人而听从我的逻各斯,承认一切是一,那就是智慧的。"他智慧超群,崇尚理性,他的思想话语哲学意味很浓,而神学意味并不强烈。从理性神学出发去探讨赫拉克利特的思想话语,不是太有说服力的做法。例如,"一切皆流","人不能两次踏进同一条河流",这些论断不是描述直接可见的事物,而是从可见的世界事物提炼出思想智慧。这种对生活事实的本质和自然世界的本质的直观,成了哲学长期遵循的逻辑理性思想传统或智慧传统。③

如果不能做出这种本质直观的解释,哲学家就不能被称为"真正的思想家",可以套用"人人心中所有,人人笔下所无"这句话,把思想家的本质

---

① Diogenes Laertius, *Leben und Meinungen berühmter Philosophen*(Ⅱ), SS. 159-165.
② C. H. Kahn, *The Art and Thought of Heraclitus*, p. 33.
③ 尼采:《希腊悲剧时代的哲学》,周国平译,第49—55页。

直观的智慧,表述为"人人眼底所见,人人心中所无"的东西。思想的穿透力,就在于它说出了人们不可理解、难于理解的事物的本质。宗教的思想感染力,有时与对神秘问题所具有的思想智慧有关。对神秘的认识就需要思想智慧,像基督教神学或佛教教义,皆深刻地表述了"神学真理"。这种神学真理对人生和世界的解释,使人们能够建立信仰的根基,显然,赫拉克利特不是从神学目的出发去探讨智慧问题,而是从认识世界和认识人生的维度去"探求智慧"。希腊哲学所奠定的这个爱智慧的认识论传统,后来成了西方哲学的认识论传统乃至本体论传统。无论是知识论还是本体论,皆在寻求对自然神秘存在的理解,寻求认识人和自然的生命本质的智慧之路。雅斯贝尔斯把这种思想的道路描述为"智慧之路",正是深刻地把握了西方思想的基本传统。赫拉克利特的智慧观,正是基于希腊思想的古老传统。人类思想的历史表明,尽管每个人皆有思想的权利,但是,并不是每个人皆有思想的能力。哲学家往往具有穿透生活本质的思想能力,这并不说明,思想家比一切人皆要优越,这是由哲学家的个人潜质和自然选择所决定。社会分工不需要每个人皆担负思想的责任,因而,一些既具有思想的能力又担负思想的责任的人,自然而然就成为思想家。真正的思想家因为天赋卓异,从而能够在一大批思想者之中脱颖而出。即使是这种天赋卓异的"思想家",也离不开思想的历史,更离不开对自然和世界独立而深刻的观察。思想的智慧,往往与独立而深刻的观察有极大关系。

　　赫拉克利特的独立而深刻的观察,浸透了思想的功力。一般人之所以不能深刻地"思想",就在于表面地观察,并且不能在思维活动中把观察到的东西加以深刻整合。思想家则往往在独立的观察和体悟中,在冷峻而又理性的思辨中,发现了"世界的秘密"。尽管思想须臾离不开语言,但是,从真正的哲思中总是可以看到:"思想先于语言","思想寻求语言","而语言只有能够表达思想时才会闪耀出心灵智慧"。思想与语言的同一性,只能在思想活动中才能显现,"智慧就在于说出真理,并且按照自然行事,听自然的话"。真正的思想家的独立观察力、对自然的感悟力和生存忧患感,皆超越常人,他们坚强而独立的意志,使他们的思想深刻独异。真正的思想,不是出自一时的灵感,而是沉思、彻悟的产物。在赫拉克利特的理性神学思想中,之所以还能看出希腊的古老传统,是因为他仍有代神立言倾向。① 在思想家不能取得独立地位之前,他们总是"代神立言",只有这样,他们的思想话语才会发生神圣的效力。希腊原始思想家,由一些巫师、祭司担任,他们对世界的深刻观察强于一般人,又能在神秘的体悟中感悟一些自然秘密,当他们代神立言时就具有穿透力和预见性。作为巫师和祭司的思想者,之所以只能代神立言并视之为"阿波罗神谕",是因为他们虽充分意识到思想的独立性,但受制于宗教神秘主义和文化习俗,或者说,还没有从信奉神谕的习俗中解脱出来。在人类历史的自然进程中,从"代神立言"到"独立思考"经历了漫长的历史转变,赫拉克利特等哲学家所完成的这种思想转变,标志着人类思想的巨大进步。

赫拉克利特"从代神立言"到"独立宣言",充分表现了人类可能具有的大智慧。从赫拉克利特的思想探索中可以看到,他所说的"神是智慧的",这里的"神",并不是宗教意义上的神,而是哲学的理性与思想直观。"神是智慧的",实际上,指代的是哲学的智慧或哲学的理性,虽然他说,"最智慧的人和神比起来,无论在智慧、美丽和其他方面,皆像一只猴子",但是,不能从基督教的意义上去解释赫拉克利特关于"神的智慧"的有关论述。他预见到有高于世俗的智慧,从他独立而又自负的话语中可以看到,他自认为已经找到这样的智慧。正是通过这种智慧,他洞悉了自然的本质和生活的本质。由于时代的局限,他还说不清这种"智慧"的特点,于是,直接套用了"神的智慧"来说明。② 在他的话语系统中,"神是火","智慧是干燥的灵魂",他不信奉人格化的具有自然威力的神灵。他认为神是最智慧的,这里的"神"肯定不能等同于神话神学中的"诸神"。这个神是

---

① Jon D. Mikalson, *Greek Popular Religion in Greek Philosophy*, Oxford University Press, 2010, pp. 4-6.

② *Early Greek Philosophy*: *The Presocratics and the Emergence of Reason*, edited by Joe McCoy, The Catholic University of America Press, 2013, pp. 45-48.

一种力量,是理性的力量,由此,赫拉克利特在神学话语的自然转换中,赋予了"神"以独特的内涵。他与伊奥尼亚的其他哲学家对自然的探索,对始基的思考,对智慧的追求,宣告了希腊神学理性主义原则的确立。自然哲学家就这样把人从蒙昧主义信仰中解放了出来,把理性提升到了崭新思想高度,直接影响了"希腊理性神学"或者"希腊哲人的神学"的发展。

第二节　毕泰戈拉学派的神学观与数的观念

1. 奥菲斯教秘仪与毕泰戈拉学派

从毕泰戈拉生平来看,他先对宗教产生兴趣,后对科学产生兴趣。[①]在探讨科学与宗教的关系时,毕泰戈拉学派的思想已经显出希腊早期理性神学思想探索的神秘主义特征。他对科学问题有浓厚的兴趣,对于奥菲斯教的教义信仰十分执着,并且,在宗教实践中力图认真贯彻。在早期希腊神学思想创立的时候,科学与宗教之间的调和倾向往往具有特别重要的意义,过高地评价毕泰戈拉学派的科学思想成就,或者过于激烈地批判毕泰戈拉的宗教神秘主义思想,皆不符合历史实际。唯有从思想历史的发展过程中,合理地解释宗教与科学的关系,正视早期希腊思想家的思想困惑与矛盾,才能真正揭示希腊科学思想与神学思想发展的历史价值。[②] 希腊理性神学思想发展的历程相当曲折,即使在柏拉图和亚里士多德那里,也未能建构独立的理性神学思想体系。对于希腊思想家而言,他们所面临的根本问题,就是如何运用朴素的自然观念去解释自然宇宙秘密的问题。希腊人在宗教信仰方面的守旧倾向,也使希腊思想家不太关心神学思想问题,或者说,信仰问题并不是希腊人迫切的生存问题,因

---

① 　P. Gorman, *Pythagoras: A Life*, pp. 43-68.

② 　罗斑:《希腊思想与科学精神的起源》,陈修斋译,广西师范大学出版社 2003 年版,第 47—71 页。

此,希腊理性神学并不具有鲜明的宗教倾向。

由于早期希腊思想建立了素朴的自然观念,要使人们从神话神学中觉醒,就只需对自然问题进行系统的科学解释,这不仅包括宇宙起源和生命起源问题,而且包括灵魂问题。与其他希腊思想家相比,毕泰戈拉的灵魂观念带有更为浓重的宗教神秘主义成分。这就是说,在对待传统宗教神学问题上,毕泰戈拉比其他希腊思想家要虔诚得多或迷信得多,因而,宗教与科学的问题在毕泰戈拉学派那里显得最为复杂。毕泰戈拉正是试图保持宗教信仰和宗教戒律,不倦地探索宇宙自然问题,即使是科学的探讨,他的思想也具有神秘的天启意味。毕泰戈拉也是全面而且广泛地接受希腊文化和西亚文化的思想家,他对许多问题皆保持浓厚的兴趣,这决定了他的神学思想与科学思想的复杂性。希腊原始宗教秘仪和亚非宗教思想,特别是埃及的宗教秘仪对他具有决定性影响,他总是运用神秘的方式去揭示自然宇宙和生命的秘密。不管从何种意义上说,毕泰戈拉的神学探索与自然探索,皆具有特定的文化历史价值。①

据赫尔米波所述,毕泰戈拉是伊奥尼亚地区萨摩斯人,从地域文化信仰关系来看,毕泰戈拉与米利都学派之间,似乎可以找到若干相似性。实际上,毕泰戈拉与米利都学派的思想并无直接关系,他直接开导出与米利都学派大异其趣的"南意大利学派"。② 对此,拉尔修谈道:"起初他是叙鲁人费雷居德的门徒。费雷居德死后,他到了萨摩斯,做了克雷奥斐洛的侄儿赫尔谟达玛的门徒。""当他年轻好学的时候,他离开了母邦,参加了一切希腊和外邦的神秘教派。"③毕泰戈拉这一经历,是其他的伊奥尼亚思想家所没有的。在希腊,盛行两类宗教仪式:一类是公开的庆典仪式,人人皆可参加,没有多少神秘性可言,例如,雅典娜大祭与阿波罗庆典等;另一类则是秘密的庆典仪式,这一类仪式则只有信徒才可以参加,非信徒

---

① P. Gorman, *Pythagoras：A Life*, p. 56.
② 北京大学哲学系外国哲学史教研室编译:《古希腊罗马哲学》,第 32 页。
③ Diogenes Laertius, *Leben und Meinungen berühmter philosophen*（Ⅱ）, SS. 111-130.

混入其中往往有生命的危险。例如,狄奥尼索斯节、德墨忒尔庆典、厄琉西斯秘仪、奥菲斯秘仪、阿尔特密斯祭礼等,其中,尤以厄琉西斯秘仪、奥菲斯秘仪、阿尔特密斯祭礼等最为神秘。① 这些秘仪规定信徒必须保守秘密并不可外传,要想了解这些秘仪的真实过程,在今天显然十分困难。比如厄琉西斯秘仪,就把教徒成两个等级:初级的信徒只能参加一般的仪式,高级的信徒则可以参加更为神秘的仪式。② 毕泰戈拉到底参加了哪些秘仪并受到什么影响? 我们皆无从知道。据传记资料记载,在克里特的时候,他曾经与艾比美尼德一同下过传说是宙斯诞生和成长的"伊达洞"。此外,他受埃及宗教秘仪的影响比较大。据拉尔修记载:"他到了埃及,当时波昌格拉底为他写了一封介绍信给阿马西,他并且学习了埃及语言。""在埃及,他进过一些神庙,在那里学了关于神灵的秘密。"③埃及宗教一向以神秘著称,原始宗教时期盛行"九柱神崇拜",后来盛行对法老的神秘崇拜。从埃及金字塔的建造以及他们对待遗体的办法可以看到,埃及人关于灵魂的思想相当复杂深邃,像灵魂不朽和生命轮回等观念,在埃及古代文化中具有根深蒂固的影响。毕泰戈拉学习过不同秘教的仪式,每一秘教,其仪式也不同,如厄琉西斯秘仪盛行德墨忒耳崇拜,奥菲斯教盛行亡灵崇拜和酒神崇拜。每一秘仪在仪式象征上也有很大差异。毕泰戈拉到底学习了哪些秘仪,并运用到他自己的宗教实践中,很难一一辨清。他参加过秘教活动,并遵守秘教教规的约束,这从他自创教派,同时保持秘密不外传这一点即可看出。据拉尔修记载,在五年之内,他的门徒要保持沉默,只能听讲,不许发问,他感受过神秘崇拜的力量,并对灵魂问题有了比较系统的看法。他在学习宗教的同时,十分注重几何学和天文学的学习,并且进行过相当长时间的"秘密修炼",这使他的理性神学思想

---

①　C. D. Burns, *Greek Ideals*, *A Study of Social Life*, pp. 12-63.

②　C. D. Burns, *Greek Ideals*, *A Study of Social Life*, pp. 55-62.

③　Diogenes Laertius, *Leben und Meinungen berühmter philosophen*(Ⅱ), SS. 120-128.

或自然科学探索带有神秘主义的思想特点。①

毕泰戈拉的宗教实践与大多数宗教领袖的实践方式,并无根本性不同,他的教仪和禁忌与东方宗教有许多暗合之处。一般说来,只有在经历了五至十年的修炼之后,并且具有一些神奇的本领和独特的发现,才可授徒讲学。授徒讲学,在毕泰戈拉那里,不仅是宗教传播的形式,而且是科学探索活动。毕泰戈拉从家乡跑到南意大利的克罗顿之后,在那里为城邦立法并广收门徒。他的教仪和禁忌颇具神秘性,他有一系列禁忌规定,但是,并没有对禁忌原因做出解释,只有对禁令的强调。②

从目前保存的一些文献来看,毕泰戈拉有关宗教禁忌的规定和论述,涉及以下几个方面的内容:一是涉及"个人道德方面"的问题。例如,帮助负重的人,不要帮助不负重的人;避开大道,要走在小路上;不要受压制不住的欢乐所摆布;在愤怒时,既不处罚奴隶,也不处罚自由民。二是涉及"生命安全方面"的问题。例如,他禁忌红鱼和黑尾鱼,还禁止吃胞衣等,当然,这也可能涉及生命轮回问题,他还一语断定醉酒是伤身的。三是涉及"自然神秘主义方面"的问题。例如,不要朝太阳小便,不要在大路上行走,房子里不能有燕子,不要养脚爪有钩的小鸟,不要在剪下的指甲和头发上小便或行走。四是涉及"因果报应方面"的问题。例如,当你离开家时,不要回头看,因为富里斯跟在你后面;饲养公鸡,但不要以它奉祭,因为它是献给月亮和太阳的;不要在灯边照镜子。五是涉及"灵魂不朽方面"的问题。例如,要禁忌吃豆子等,不要接近屠夫和猎人。六是涉及"神秘教规方面"的问题。例如:不要用刀子拨火,不要使天平倾斜,不要吃心脏,不要为自己祈求,因为人不知道什么东西对自己真正有益。他规定信

---

① 在不同的研究者那里,毕泰戈拉学派显出不同的思想侧面。卡莱里(Corneli)简要回顾了策勒尔(Zeller)、第尔斯(Diels)、罗德(Robde)、伯内特(Burnet)、康福德(Cornford),格思里(Guthrie)、德拉特(Delatte)、德费格尔(De Vogel)、布尔克特(Burkert)和金斯莱(Kingsley)的观点和立场,显示了毕泰戈拉研究的深度与广度。See Gabriele Cornelli, *In Search of Pythagoreanism*, De Gruyter, 2013, pp. 8-45.

② 汪子嵩等:《希腊哲学史》第1卷,第257—260页。

徒要默念这些教规,除了有关你日常生活的事外,既不要说也不要做任何别的事。七是涉及"敬神仪式方面"的问题,例如,不要在指环上刻神像,献祭和礼拜时不要穿鞋子;追随神,最要紧的是约束你的舌头;不要不相信关于神和宗教信仰的奇迹。① 这些神秘的禁忌,很少有什么科学理性的成分,或者只是他个人的一些心理经验,或者只是从一些秘教那里继承来的一些教规。② 这些戒律,有些是属于神学的,有些是属于日常生活的,两者混淆在一起,皆源于"神秘的想象"与"神秘的敬畏"。

从这些秘教秘仪和宗教禁忌可以看出,毕泰戈拉相当迷信,受神秘的教理教规约束很大。虽然他强调自我克制或自我防范等合乎伦理的要求,但是,从总体上说,他的秘教秘仪相当原始。与摩西十诫相比,或与佛教戒律相比,毕泰戈拉的秘教秘仪和教规,皆缺乏重要的神学思想提炼,其神学意义不是很大。一些影响大的宗教皆有严格的戒律,以此约束信徒并坚定信仰。从这一点也可看出,早期希腊思想在神学方面的探索并不深入,容易陷入神秘层面,缺乏哲学提升,也就是说,既没有系统的神学知识,又忽视神学信仰对于道德生活和生命活动的深刻意义。早期希腊思想家的思想,由于保留的材料有限,无法直接证明他们对人类生命活动、生命意志和生命欲望等生存问题有深刻系统的认识,更谈不上通过宗教信仰达成生命解脱和生命自由的措施了。

2. 灵魂不朽与生命轮回:宗教信念

毕泰戈拉的秘密教义主要基于重要信仰,即他们相信"灵魂不朽",生命总是处于轮回之中。这种轮回观念,在印度和西亚神学中十分盛行,而

---

① 扎穆德(Zhmud)将毕泰戈拉学派的秘教归纳为四个特点,即(1)公共财产;(2)秘密教导;(3)口头教学(Oral Teaching);(4)沉默誓约(The Vow of Silence)。See Leonid Zhmud, *Pythagoras and the Early Pythagoreans*, Oxford University Press, 2012, pp. 149-162.

② P. Gorman, *Pythagoras: A Life*, pp. 100-109.

且对于"轮回的过程"有详细描述。① 要想把希腊思想家的灵魂观念说清楚，需要很大的篇幅，但是，这并不妨碍我们对毕泰戈拉灵魂观念的基本把握。在米利都学派那里，他们把灵魂与作为万物始基的物质等同，以为"灵魂"就是使万物运动的力量。由于他们对灵魂的看法不太系统，因而，对他们灵魂学说的分析只能基于那有限的断语。毕泰戈拉学派所留下的有关灵魂方面的材料，似乎要丰富一些，那么，什么是灵魂？现代人的灵魂观主要基于精神世界而言，往往作为象征或隐喻加以表达。当然，已经把物质的"可见世界"与精神的"不可见世界"清楚地区分开来，这对于解释灵魂问题无疑有利。古希腊人则不然，他们把万物运动的根源和人类生命的秘密，皆归结为"灵魂问题"，而灵魂问题，涉及宗教学与心理学、哲学与伦理学、艺术学与神话学等诸多学科。狭义的"灵魂"，是在宗教意义上立论的，涉及"轮回""转世"和"天堂""地狱"等问题；广义的"灵魂"，基于科学认知与理性反思而立论，涉及知识或认识问题，有时就是"心灵""理性""精神"或"思想"等概念的代名词。② 仅仅解决人的生存问题还不能理解灵魂问题，希腊理性神学思想自身必须对灵魂问题形成清晰的认知。

我们先看毕泰戈拉对"灵魂概念"的基本规定。在古希腊理性神学家看来，决定整个世界运动和变化的力量就是"灵魂的力量"。他们的灵魂观，既包含有素朴的唯物论的阐释，即从神秘论方面解释自然的运动和变化，又包含有神秘的唯灵论的阐释，即从神秘论方面解释心灵和人类生活的系列因果关系。这反映了他们未能摆脱神话神学的神灵观念，又具有朴素的自然科学观念的矛盾状态。他们认为，自然万物之上皆有"灵魂的

---

① 扎穆德(Zhmud)并不同意把毕泰戈拉学派的轮回观念(Metempsychosis)与萨满教(Shamanism)联系在一起，他更倾向于毕泰戈拉学派的轮回观念与奥菲斯教(Orphism)相关。See Leonid Zhmud, *Pythagoras and the Early Pythagoreans*, pp. 207-237.

② 扎穆德(Zhmud)系统地考察了毕泰戈拉学派的思想与科学之间的关联，特别是数的观念与数学的联系，和声学(Harmonics)与声学(Awustics)的联系，宇宙和谐与天文学的联系，生活与医学及生命科学的联系，同时，也承认轮回观念与宗教学说的联系。See Leonid Zhmud, *Pythagoras and the Early Pythagoreans*, pp. 239-347.

运动"。这种灵魂，即与神灵相像，既是虚空，又是实在，作为物质生存力量而显现。毕泰戈拉学派的灵魂观存在许多矛盾，他们主要认为"灵魂充满在空气中"，但是，"并不是每一生物皆充满灵魂"。在比较视野中可知，有些思想家比毕泰戈拉要自圆其说得多，例如，把灵魂分成"人的灵魂""动物的灵魂"与"植物的灵魂"，这是赋予所有的生物以灵魂的看法。毕泰戈拉明确地说"植物没有灵魂"，他们认为："一切皆服从命运，命运就是宇宙秩序之源。""太阳光穿过冷元素和浓厚的元素，亦即穿过空气和水。这些太阳光一直穿透地球的深处，在地球上创造了生命。一切生命的东西皆分享着热。所以，植物也是活的，但它没有灵魂。"①看来，他们只承认人与动物有灵魂，基于此，他们认为："灵魂是从以太分出来的部分（碎片），一部分是热的，一部分是冷的，因为它也分有了冷的以太。"②他们把灵魂和生命两个概念区分开来，生命会有死，而灵魂则不死，他们以人的受精及其生长过程为例，说明是热的蒸汽产生出灵魂和感觉。据亚里士多德的解释："他们中有些人宣告，空气中的尘埃就是灵魂，另一些人则认为推动尘埃运动的才是灵魂。""他们之所以认为灵魂是尘埃，因为他们看到尘埃总是在运动中，即使在完全没有风的时候也在运动。"亚里士多德在另一地方还提到，毕泰戈拉学派认为："灵魂是和谐，因为和谐是由对立组合或结合起来的，而肉体就是对立组合而成的。"③从这些看法中可以看到，毕泰戈拉学派的灵魂学说，只是把"灵魂"看作"物质的力量和精神的和谐"。

再来看看毕泰戈拉学派对灵魂的构成和运动的描述。他们把人的灵魂分为三个部分，即"表象""心灵"和"生气"，把动物的灵魂分成两个部分，即"表象"与"生气"。这样一来，灵魂就有高低之分。他们认为："灵魂的位置是从心到脑。它们在心里的部分是生气，心灵和表象是在脑子里。

---

① 北京大学哲学系外国哲学史教研室编译：《古希腊罗马哲学》，第 36 页。

② Diogenes Laertius, *Leben und Meinungen berühmter Philosophen*（Ⅱ），SS. 115-132.

③ 亚里士多德：《灵魂论及其他》，吴寿彭译，商务印书馆 1999 年版，第 35—43 页。

各种感觉,就是这两个部分的点滴,灵魂的理性部分是不死的,其余的部分则会死亡。""灵魂从血液取得养料,语言就是灵魂的嘘气。灵魂是形成语言的元素,是与语言不可分的。灵魂的纽带是血管、肺和神经。""当灵魂精力充盈并且在其中集中了其余一切时,反省和行动便成了它的纽带。当灵魂为暴力所迫,击倒在地时,它便在空气中巡逡,好像幽灵一样。""在人身上最有力的部分是灵魂,灵魂可善可恶。人有了好的灵魂便是幸福的,他们从不休止,他们的生命就是永恒的变化。"①从以上这些材料可以看出:毕泰戈拉学派把灵魂问题和心理活动等同起来。他们对人的意识不可能形成科学的看法,他们认为有灵魂是人的心灵活动的依据,他们所表述的灵魂活动就是心理活动;他们把生理和心理联系在一起来证明灵魂问题,比较早地看到了身与心的关系;他们看到了意识活动的复杂性,各种复杂的心理活动,构成了他们对灵魂的看法。例如,心理与语言关系、心与身关系、心理与生理关系、心理与意志关系,而这一切他们皆简单地看作是灵魂问题。他们已预见到心理结构的重要性。按照现代认知科学的看法,人的心理结构是由知、情、意三个部分构成,毕泰戈拉学派看到的"表象、心灵和生气",至少涉及认知与理智这两个方面。生气,是否可以理解为情感和意志?这样,实际上,可以把毕泰戈拉学派的灵魂学说,还原成古老的心理结构观。

从这个意义上说,灵魂问题就是古代的心理学问题,当然,问题远非如此简单,他们的灵魂不朽和生命轮回学说,显然,是心理学所无法解决的。在《毕泰戈拉传》中,波菲利谈到毕泰戈拉的秘密教义。毕泰戈拉认为灵魂是不朽的,灵魂能够移居到其他生物体中去,而且循环反复出现,以致没有绝对新的东西。一切有生命的东西,皆可以让灵魂寄寓。毕泰戈拉的灵魂不朽说,是对十分古老的思想的继承,那么,这种思想是从什么地方继承而来的呢?② 据希罗多德记载,古代埃及人早就认为人的灵

---

① 北京大学哲学系外国哲学史教研室编译:《古希腊罗马哲学》,第35—37页。
② P. Gorman, *Pythagoras: A Life*, pp. 43-68.

魂是不灭的。他们认为，人的肉体死亡之后，灵魂还要投生到其他生物中去，要经过陆地、海洋和空中的一切生物之后，再投生到人体中来，整个一次循环的完成大约要三千年。不仅如此，他们还盛行祖宗崇拜，相信祖先的灵魂可以保佑后人，埃及法老制度，非常注重灵魂的归依问题。他们的这种信仰，得益于神秘主义宗教仪式，其原因很难解释得清楚。与此相关的厄琉西斯秘仪和奥菲斯秘仪，也涉及灵魂不朽与生命轮回问题。① 他们认为，灵魂之降生或投生，是作为惩罚而被拘留在肉体之中，他们看重灵魂，而有看轻肉身的倾向，这一点与犹太教、基督教似乎有一定的相似之处。

秘仪规定，人们可以通过入教和净化等宗教仪式，获得灵魂的安宁。只有这样，当肉体死亡之后，灵魂才可以避免在阴间受惩罚而直接进入天堂。灵魂摆脱肉体的束缚是宗教理想，这些思想，虽然可以视作毕泰戈拉的思想来源，但是，如上文所述，毕泰戈拉的灵魂不朽观念与他的灵魂学说，仍有许多矛盾之处。毕泰戈拉认为，灵魂是由身体中的热气产生的，那么，灵魂不朽是否指这种热气？此外，他认为，灵魂由表象、心灵和生气所构成，只有理性部分不死，其余部分要死。这说明，灵魂中有会死的部分，也有不会死的部分，后来的柏拉图明确指出，"理性才是灵魂不会死的部分"。这就是说，不朽的并非热气而是理性，理性是精神性的东西，是看不见的，那么，生命轮回是否通过这种理性构成了轮回？显然，这里的问题矛盾重重。②

不妨把毕泰戈拉的灵魂学说与印度人的灵魂学说稍做比较，印度人很强调灵魂不朽和生命轮回，他们把灵魂学说与轮回学说联系在一起。埃利奥特认为，"轮回学说的基础观念"，显示存在的每一状态必然有其终了之日。如果灵魂能够隔离附着于它的一切偶然事件和附属物，那么，就

---

① C. D. Burns, *Greek Ideals*, *A Study of Social Life*, pp. 58-59.

② Carl A. Huffman, *Reason and Myth in Early Pythagorean Cosmology*. *See Early Greek Philosophy*, edited by Joe McCoy, pp. 55-76.

可以有永恒与和平的境界。人的生存,无论怎样加以扩大和美化,也是不能和这种境界相比的。一切事物皆在消失与变化中,但是,不能说任何事物是凭空而生又变为虚空。① 在《博伽梵歌原义》中,帕布帕德阐述道: "存在着的一切皆是灵质与物质的产物。灵质是创造的基本场,物质受灵质而造。灵质并不是物质发展到一定阶段的创造,恰好相反,物质世界的展示,只能建立在灵质基础上。物质躯体得以发展,是因为灵在物中。" "联合展示大宇宙形体的灵与物,根源是主的两种能量,因此,主是一切的始原。大宇宙的原因,是大灵魂——超灵,而奎师那,既是大灵魂的原因,也是小灵魂的原因,因此,是初始的万原之原。"②从这里可以看到,印度人虽然强调灵魂不朽和生命轮回,但是,他们并不把灵魂看作理性,也不把生命轮回看作是热气的延伸,相反,相信神在这种灵魂不朽与轮回中的意义,是神所主宰的灵质导致这种"轮回与不朽"。毕泰戈拉虽继承了灵魂不朽和生命轮回学说,但他又把这种灵魂解释成理性或热气。显然,他并没有坚持印度和埃及灵魂学说的本义。毕泰戈拉的灵魂不朽和生命轮回两种学说之间,并没有必然联系,或者说,这两个问题无法获得理论证明。"灵魂不朽",可以从强调理性这方面获得证明;"生命轮回",则只有从气的角度去解释。这就是说,前一问题从灵的方面可以得到解释,后一问题则只有从物质的角度才可解释。如果把这两个问题皆和灵性等精神性元素关联在一起,那么,就可能无法自圆其说。毕泰戈拉的灵魂学说,在希腊思想史上有不同的解释,柏拉图比较系统地接受了毕泰戈拉的灵魂学说,强调了灵魂不朽的意义,但是,他并没有从灵魂不朽推导出生命轮回这样的观念。③

生命轮回,到底是灵质的轮回,还是肉身的轮回? 如果是灵质的轮回,那么,它进入新的肉身之中是否有变化? 对这个新的个体有什么意

---

① 埃利奥特:《印度与佛教史纲》(1),李荣熙译,商务印书馆 1982 年版,第 43 页。

② 帕布帕德:《博伽梵歌原义》,陕西人民出版社 1994 年版,第 205 页。

③ Jon D. Mikalson, *Greek Popular Religion in Greek Philosophy*, pp. 68-70.

义？如果是肉身的轮回，那又是如何发生的？佛教强调投胎转世，如果灵魂不属于个体所专有，那么，道德自律与末日审判也就缺乏意义，因为个体不必对共通的灵魂的苦难负责。如果是个体专有的灵魂，那么另当别论。从柏拉图的有关神学话语中可以看到，柏拉图已经预见到这两个问题不能关联在一起。柏拉图强调灵魂不朽，为他的神学目的论即重建宗教伦理而服务。毕泰戈拉的生命轮回学说，类似于东方的原始宗教观念。例如，人死后投生为猪狗等畜生，也有投生为牛马，或转世为人的。毕泰戈拉的生命轮回学说，提到"一只狗被挨打得嚎叫"，他却听到"他的朋友的灵魂在呻吟"。[①]　显然，这是比较低级的信仰，其实，在希腊，生命轮回观特别强调神与人的生命之关系。在古代神话神学诗人的想象中，只有神赋予的生命才能真正超脱肉身的束缚而进入不朽的神灵的行列。生命轮回的最终目标，是回到天国；现世的生命轮回，是生命的悲惨处境，不是终极。这两个问题，在理论上虽可混在一起彼此证明，而实际发生的过程则无法得到确切的描述。

3. 数学观念的宇宙论与神秘主义

毕泰戈拉对待宗教与科学，采取了不同态度，这两个问题并不必然关联在一起，但是，可以构成内在的协调，这一点与后来的基督教对待宗教与科学的态度有所不同。基督教着重维护宗教的权威，总是试图从"上帝创世"的角度去解释宇宙自然，因此，无伤大雅并有助于宗教的科学思想，基督教一律不予排斥，但是，一旦科学思想与基督教教义发生矛盾，如哥白尼、布鲁诺的科学思想可能动摇《圣经》的权威，基督教某些团体便实施宗教审判，试图否认这种新的科学思想。他们为了维护自身的信仰可以否定知识，为了宗教权威可以否定科学探索。对于毕泰戈拉学派而言，他们还没有确立"至上神观念"，也不坚持神创世界的信条，他们虽然也相信

---

① Diogenes Laertius, *Leben und Meinungen berühmter Philosophen*（Ⅱ）, SS. 123-127.

神,但是,仍未脱离多元论神学信仰。[①] 只是在探讨自然秘密的时候,他们坚持神秘主义的态度,而不是理性主义的态度。沉默与探索,表明他们对自然的无限敬畏。大自然的秘密,并不是随意可获得的,也不能轻易泄露。这样一来,科学的探索,就不至于与神学信仰构成矛盾,相反,还可以增强神学认识的科学性。他们在神秘的宗教指导下探索自然的奥秘,同时,这种科学的探讨服务于他们的宗教神秘体验。在宗教与科学之间,他们达成了调和,毕泰戈拉学派的神秘宇宙观,就有了科学思想的基础或理性神学思想的基础。

根据波菲利的记载,毕泰戈拉的教育方式,分化为两大门派:有一派门徒被称为"数理派";另一派门徒则被称为"信条派"。数理派,是那些学到毕泰戈拉精心制作的细致的学说的人;信条派,是只听到毕泰戈拉的学说而没有准确解释的人。[②] 这说明,在毕泰戈拉学派内部,从事科学探索和宗教实践属于两个不同的等级。应该承认,宗教实践主要不是为了信仰,而是为了形成思想行为的束缚力。在这个前提下,从事科学探索是被许可的,当然,反对毕泰戈拉思想的门徒,不可能有好下场。毕泰戈拉学派的神秘宇宙观确有科学的基础,那么,毕泰戈拉的神秘宇宙观的科学基础是什么? 简单地说,就是"数的思想"。[③] 亚里士多德在《形而上学》第一卷第五章,对此有比较具体的论述。"毕泰戈拉学派把全部时间用在数学研究上,进而认为,数就是一切存在物的始基。由于数目是数学中很自然的基本元素,而他们又认为他们自己在数目中间发现了许多特点,与存在物以及自然过程中所产生的事物有相似之处,比在火、土或水中所能找到的更多"。他们认为,数目的特性是正义,一个是灵魂和理性,另一个是

---

① 坎普勒(Capelle)在《前苏格拉底》中,将毕泰戈拉学派分成早期毕泰戈拉学派(älteren Pythagoreer)与晚期毕泰戈拉学派(Die Jüngeren Pythagoreer),并且,将毕泰戈拉学派的代表性思想皆赋予晚期毕泰戈拉学派的创造,这一方法很有学术意义。*Die Vorsokratiker*, herausgegeben von Wilbelm Capelle, SS. 390-416.

② 波菲利:《毕泰戈拉传》,第 37 节,范明生译,参见《希腊哲学史》第 1 卷,第 267 页。

③ Gabriele Cornelli, *In Search of Pythagoreanism*, De Guyter, 2013, pp. 138-148.

机会,其他一切也无不如此。由于他们在数目中间,见到各种各类和谐的特性与比例,而一切其他事物就其整个本性说,皆是以数目为范型的,而数目本身,则先于自然中的一切其他事物。"他们从这一切进行推论,认为数目的基本元素就是一切存在物的基本元素,认为整个的天是和谐、数目。"亚里士多德对毕泰戈拉学派的思想的表述非常准确,事实上,毕泰戈拉学派在科学探索上取得了许多成就,例如,几何学上的勾股定理、数学的研究内容、毕泰戈拉的三元素、天体构造等。他们将数学研究分为几个方面:第一是研究多少的,即研究不连续的量,其中研究绝对不连续量的是算术,研究相对不连续量的是音乐;第二是研究大小的,即研究连续的量,其中,研究静止的连续量的是几何学,研究运动的连续量的是天文学.此外,毕泰戈拉将天体的运动秩序比作音乐的谐音。

扬布利柯在传记中说:"就毕泰戈拉自己说,他既不创作也不演奏任何他的同伴们演奏的那种竖琴或歌声的旋律,而只是使用秘密的,莫测高深的神圣方法,全神贯注于他的听觉和心灵,使他自己沉浸在流动的宇宙谐音之中。根据他的说法,只有他才能听到并理解这种谐音以及由这些天体激发起来的和声。"[1]这些论述,显然带有神秘宇宙观倾向。据艾修斯的记载,毕泰戈拉学派的菲罗劳斯的宇宙观和天体系统学说,既带有科学的性质又带有神秘的特点。艾修斯指出:"菲罗劳斯的学说是:处于(宇宙)中央的是中心火团。他把这个火团,称之为整个天体的火炉、宙斯之家、诸神的母亲、自然的祭坛、支持者和尺度;除此以外,还有其他的火团,在极高的地方环绕着宇宙,在这个宇宙系统中,中间,主要是十个神圣的天体,按照自然的秩序,围绕中心火团旋转。天(乌拉诺斯)和各个行星,接着是太阳,在太阳下面的是月球,月球下面是地球,地球下面的是对地。在所有这些天体后面的,是火团,它占有中心炉缸的位置。环绕天体的最高领域,那里的元素的纯度是最纯的,他将它们称作奥林匹斯。他用科斯摩斯称呼奥林匹斯环行圈以下的领域,在这个领域中,五个行星、太阳和

---

① 扬布利柯:《毕泰戈拉传》,第65节,参见汪子嵩等:《希腊哲学史》第1卷,第295页。

月球各占有它们的位置；这个领域和代表月球以下环绕地球的乌拉诺斯，是变化和生成的发源地。"①这个天体系统学说，既有科学的成分，又有神秘的想象。他们把神话诗人的宇宙图式，活学活用到自己的宇宙学说中，这说明神学诗人的质朴的宇宙观，对希腊早期科学探索有其积极影响。

毕泰戈拉把自然和宇宙的这些神秘现象，皆归结为"数的和谐"。毕泰戈拉学派的探索，代表了希腊科学思想发展的高水平。②　虽然恩披里柯对毕泰戈拉的学说不无嘲讽，但是，从总体上还是肯定了毕泰戈拉学派的科学探索意义。他说："总的来讲，作为数学家的毕泰戈拉学派，把伟大的力量归诸数，认为万物的本性是受数支配的。因此，他们总是重复：万物皆和数相似。他们不仅凭数起誓，而且也凭毕泰戈拉起誓，是毕泰戈拉把这种主张告诉他们的，好像毕泰戈拉原来是神。"③为此，恩披里柯进而分析了毕泰戈拉思想产生的现实原因，"他们强调，日常生活中的事情，和刚才讲过的观点一样，各种技艺的实践，也同样如此。因为日常生活是用尺度来评判事情的，这些尺度，就是各种数的标准，肯定地说，要是取消了数，就会取消尺子，也会取消量斗，也会取消塔壬同和其他标准；所有这些标准，皆是由许多元素构成的，它们就是种种数。"从这些思想中可以看到，毕泰戈拉学派的思想，相较米利都学派的思想已经有了大的发展。他们对自然本质的探讨更加系统深入，这种以数作为万物始基的看法具有特别重要的意义，它不仅揭示了数与事物的关系，而且把数视作事物变化的形式因和质料因，他们在事物现象的背后，深入发现了事物的本质。④尽管如此，他们的科学探讨和科学观念，还是受到了宗教神秘主义的干扰，这就使他们不可能极大地推进科学的发展。宗教神秘主义的干扰，使毕泰戈拉学派关于数的探讨显示出较多的消极意义，这可以从他们对数

---

①　汪子嵩等：《希腊哲学史》第 1 卷，第 297 页。
②　Gabriele Cornelli, *In Search of Pythagoreanism*, pp. 138-140.
③　汪子嵩等：《希腊哲学史》第 1 卷，第 228 页。
④　马泰伊：《毕达哥拉斯与毕达哥拉斯学派》，管震湖译，商务印书馆 1997 年版，第 26—28 页。

的迷信与崇拜中看出来。① 他们对数的迷信和盲目崇拜,使科学与宗教的混合对人们的日常生活产生约束。这种迷信,不仅使他们在真正的科学探讨中止步不前,而且可能在生活选择中举棋不定。这种对数字的迷信,即使在今天的生活中,对于民间文化心理仍有影响,这在东方和西方皆有其相似性。这也说明,宗教神秘主义与科学认识之间,既有深刻的对抗,也有神秘的和谐。例如,西方人对"十三"的禁忌,中国人对"八"的偏爱等。这说明,古老的文化心理对人的约束力,毕泰戈拉学派对一些数字的神秘崇拜,虽然不具有科学意义,但具有文化史意义。

在文化还原过程中,可以了解毕泰戈拉学派面对宗教神秘主义时的思想困惑,也难怪毕泰戈拉感叹,"只有神是智慧的,任何人皆不是"。他们对十个数字,皆作了神秘文化的阐释,"毕泰戈拉也把诸神标上数,宙斯是一,赫拉是九,阿佛洛狄特是五。"②他们认为,在一切数中"一"是最基本的,在所有数中,"一"是首要原则,他们还把"一"与理性、灵魂、本体、神、创造者、真理、朋友等联系起来,用以解释一些文化现象。他们认为,"二"是第一个偶数,表明宇宙中的不足或过度等。这与我国民间重视双数而回避单数有所不同,他们还把"二"看作恶与黑暗的源泉。他们把"三"看得很重要,认为世界以及其中的一切皆是由数目"三"决定的。例如,开端、中间和终结是"三",长、宽、高是三个向度,三角形、三脚祭坛等,"三"中似乎蕴藏有神秘意义。他们也很看重"四",把"四"看作宇宙创造主的象征,把点、线、面、体四维,水、气、火、土四元素,春、夏、秋、冬四季,幼年、青年、成年、老年四阶段,理性、认识、意见、感觉四种能力皆看作神秘的"四"的影响。"五"这个数,他们比拟为婚姻。"六"这个数,他们认为代表了生命的不同等级。"七"这个数,他们认为是雅典娜女神。"八"这个数,他们看作友谊的象征,这和中国崇拜的发财、发达观念的谐音不同。"九"这个数,他们比拟为大洋神或普罗米修斯。此外,他们把"十"视作完

① Gabriele Cornelli, *In Search of Pythagoreanism*, pp. 185-188.
② P. Gorman, *Pythagoras: A Life*, p. 68.

善的、神秘的数。① 一般说来,数字与人的文化心理有关系,因而,它构成了神秘的心理效应。对此,格思里认为,这种数的神秘主义与真正的数学同时并存,是毕泰戈拉学派面对宗教与科学困惑时必然产生的含混思想。由此可见,毕泰戈拉学派对待宗教与科学的态度相当有趣:有时二者相互影响,有时二者各自独立。在毕泰戈拉时代,他们也只能以这种方式推进对自然和宇宙的神秘认识。

4. 心灵净化:知识问题与信仰问题

在宗教和科学两方面,或者说,在自然哲学与理性神学思想建构中,毕泰戈拉学派皆取得了很大成就。他们的宗教团体有共同的信念,过着共产的生活,并参与克罗顿的政治管理,影响甚大,但是,由于他们坚持神秘主义禁忌和神秘信仰,因此,该学派的教义和神学观念对后世的宗教实践影响不大,倒是他们的科学思想超越了宗教的束缚对后世影响巨大。②毕泰戈拉学派的宗教实践和科学实践,涉及十分重要的问题,即知识与信仰能否和谐? 科学提供的是确定性知识,知识论立场要求毕泰戈拉学派成员对事物的认识和判断,必须以理性作为基本尺度。事实上,他们的数的观念就是科学认识的产物,对此,瓦托夫斯基的评价是:"数揭示出事物的隐藏在其感觉表现之下的真正本质。世界结构,实际上,是数之间的关系或比率,这一比率,既被看作正整数之间的算术关系,又被看作大小量之间的几何关系,它们按照这种正整数比率而相互发生关系。因此,人们的经验世界的可理解性,就是作为其基础的数学结构的可理解性,这个结构,只有通过理性才能把握。世界,对于能懂得数的理性来说是可理解的,因此,世界是名副其实地合乎理性的。"③理性能力,总是约束想象和激情,并使想象和激情合乎理性,与宗教情感有着根本性冲突。因为理性

---

① 汪子嵩等:《希腊哲学史》第 1 卷,第 280—290 页。
② Leonid Zhmud, *Pythagoras and the Early Pythagoreans*, pp. 347-382.
③ M. W. 瓦托夫斯基:《科学思想的概念基础》,范岱年等译,求实出版社 1982 年版,第 110 页。

是允许怀疑的,而宗教情感则往往排斥怀疑,不容许怀疑。毕泰戈拉学派,一方面要求学员遵守共同的戒律,另一方面坚持理性的科学探索,但我们并不知他们如何能够弥合这二者之间的紧张。信仰虽然也需要知识,但这知识是神学确定的信仰体系,只许相信而不许怀疑,知识与信仰之间的和谐,几乎是不可能的,除非知识服务于信仰。① 信仰不可能服从知识,否则,宗教的神圣性便无法保证,所以,神话神学话语或理性神学话语,往往以圣言的面目出现而不允许怀疑。

毕泰戈拉学派的信仰,并没有多么渊深博大的地方,这一点与基督教信仰还有所不同。毕泰戈拉学派的信仰,带有一定的原始神秘主义的倾向,因为在毕泰戈拉学派的信仰里,并没有至上神,他们更崇尚奥菲斯、狄奥尼索斯、德墨忒尔等神灵。正如传记作者所描述的那样,信徒们把毕泰戈拉也看作神,相信他所说的话并相信他所制定的全部戒律。毕泰戈拉学派,在宗教上所关心的核心问题,即灵魂问题,他们相信灵魂是有罪的。有罪的灵魂只能陷入轮回,永远也不可能进入天国,因此,他们制定了一系列的戒规,例如,不许吃动物的心脏,不许吃豆类,这样就能避免触犯神灵,从而使灵魂能够保持自身的清洁。② 灵魂的清洁,实际上,也是道德的完善,此外,他们还有净化灵魂的措施。他们相信,灵魂只有通过净化才能摆脱轮回,达到不朽。他们对灵魂的净化,采取了双重措施:一是通过医学手段实行肉体的净化;二是通过音乐的手段实行心灵的净化。毕泰戈拉的净化学说很有意义,他看到了人的心理的混乱与人的内心的罪感,音乐治疗显得非常有效。毕泰戈拉是最早提出净化学说的人,恩培多克勒受到这个学说的直接影响。事实上,在今天,西方仍极盛行音乐治疗,音乐疗法既可看作肉体的净化手段,也可看作心灵的净化手段。他们

---

① 拉尔修(Laertius)提及毕泰戈拉学派极重视誓言与德性,"正义是忠诚的誓约(Eide),因而,宙斯也被称为誓约之神(Eideswahrer)。美德是和谐,因此,健康(Gesundheit)与众善和神性也是和谐。基于此,宇宙就是通过和谐而存在(daher bestehe das weltall durch Harmonie)"。Siehe Diogenes Laertius, *Leben und Meinungen berühmter Philosoper*, Ⅷ 33, S. 125.

② Diogenes Laertius, *Leben und Meinungen berühmter Philosophen*, Ⅷ 18-20, SS. 119-120.

试图通过音乐治疗,使病人能够恢复信心,摆脱紧张和焦虑情绪,这对于身心的恢复很有实际作用。

毕泰戈拉学派很重视观察和聆听,从目前保存的文献来看,毕泰戈拉学派在乐器演奏和作曲方面,并没有多少特别的成就。他们的谐和理论,主要是指自然的和声而言,而对自然和声的发现,正是观察聆听的结果。① 他们在对大自然的观察过程中,揭示了认知的心理秘密,但是,由于他们不可能预想到心理学问题,心理的问题被他们的灵魂观念所代替了。毕泰戈拉学派的灵魂净化理论解决了人心灵自由问题,并不涉及信仰问题,其灵魂轮回学说说到底仍是心理问题。信仰问题,在毕泰戈拉学派那里,显然是缺乏理性自觉的实践行为,后来的神学之所以特别强调理性的作用,正是试图把理性运用到宗教实践中去,并指导宗教实践,坚定宗教信仰。在毕泰戈拉学派那里,只涉及心灵与科学的问题,还没有真正碰到信仰与科学的问题。

真正的信仰与科学之间,肯定存在矛盾,由于毕泰戈拉学派把信仰看作精神问题,把科学问题看作实践问题,这样,知识与信仰分离就不会有根本性的矛盾。毕泰戈拉学派的净化理论,后来得到了亚里士多德的重视,正是通过亚里士多德对悲剧功能的探讨,人们发现,"净化"确实是悲剧的重要功能,或者说,悲剧确实对人的心灵具有净化作用,因为悲剧演出的就是人的生活,观众通过观照戏剧中的生活形式,就会引起个体的情感反应。剧中人物的思想行为可能影响到观众的思想感情,在这种感情交流过程中,观众不自觉地接受了戏剧中的伦理观念,形成价值反思与生命自律,从而实现了心灵净化的作用。② 这是艺术所具有的社会心理效果,毕泰戈拉学派的净化学说,还没有上升到这种艺术高度,他们停留在自然事物与心理感应的关系之中。毕泰戈拉学派,虽然很早就开始探讨自然与人类心理之关系,但是,由于他们不可能形成关于存在与意识关系

---

① Leonid Zhmud, *Pythagoras and the Early Pythagoreans*, pp. 285-305.
② 亚里士多德:《诗学》,第 6 章,陈中梅译,商务印书馆 1996 年版,第 226 页。

的科学表达,这种宗教只是原始宗教形式的体现,并没有上升到文明宗教所应具有的信仰至上问题。

　　信仰问题与知识问题根本不同,一般说来,知识的探讨可以脱离神学信仰问题,而信仰问题则往往要依赖知识问题。这种知识,不是不断发展和完善的知识,而是源于宗教经典的知识。在宗教经典中,往往已经提供有关宇宙和人类的全部知识。人们只需要接受这些知识,并不需要人们去重新探讨,而这种知识,不是科学主义者所乐意接受的。科学理性往往使人敢于提出问题,怀疑一切,这种真正的科学精神常使信仰问题变得十分危险。宗教总是从信仰出发,消解一些科学观念,毕泰戈拉学派,虽然不涉及信仰问题,但是,他们对科学问题的探讨总是遵守共同的戒律。①个人的怀疑与批判也是有限的,霍伊卡认为,基督教与古希腊文化的相互对立,不但不曾阻碍彼此的发展,反而促进了现代科学的形成。"倘若把科学喻为人体的话,其肉体组成部分是希腊的遗产,而促进其生长的维他命与荷尔蒙,则是圣经的因素。"②这种看法有一定的道理,基督教并不是简单地反对科学技术,相反,它对科学技术的发展是有促进作用的。

　　原初知识问题,只有在宗教范围内才能与信仰构成和谐。这样的知识,是宗教经典所表达的知识体系,是日常生活经验的累积,是古老的文化习俗,是人类代代相传的生活智慧。当然,这些知识,还包括哲学的知识和科学的知识。在《论基督教宗教信仰》一文中,巴特指出:"基督教的信仰是上帝与人交接的恩赐,在这交接中,人们可以自由听取上帝在耶稣基督里所说的恩惠之道,他们不顾生活中与这道相反的一切,仍然义无反顾地排除一切而完全依赖他的应许与指导。"正因为如此,巴特认为,"信仰即知识",这种知识,实际上就是"基督教的知识",是"神学知识"。"信仰是知识,它和上帝的逻各斯有关,因此,它是合乎逻辑的。"但他又认为,

────────────

　　①　布伦塔诺强调毕泰戈拉的数的学说(Zahlenspekulationen),万物(Alle Dinge)皆可通过数来显示。Siehe Franz Brentano, *Geschichte der griechischen Philosophie*, SS. 170-172.

　　②　霍伊卡:《宗教与现代科学的兴起》,丘仲辉译,四川人民出版社1991年版,第187页。

"知识的概念不足以表达基督教的知识是什么。还不如转回旧约圣经所谓智慧,希腊之所谓智慧及拉丁文所谓智慧,以期充分了解神学知识和含义"。"智慧与知识不同,在智慧里面不只单包含知识本身,这种概念所说的知识,是包括人的整个存在的实用的知识。智慧是实际的、实用的、可以靠之生活的知识","是真理照在路上的光","依此光生活,依此真理生活,就是基督教知识的意义"。至此,我们就可以明白巴特的意图,他所谓信仰即知识,实际上是指圣经的知识,而不是一般科学理性意义上的知识,科学知识,似乎是宗教所惧怕的。事实上,巴特认为的信仰即知识,这一论断里就包含有对基督教信仰的理解。这种信仰不能有任何怀疑的成分,而真正的科学理性是做不到的,它要借助于实践而获得真知,而不是借助信仰获取知识。不过,知识并不只是科学理性的对象,也是心性实践与理智直观的对象。

在现代科学中,人们把知识探索看作一回事,把信仰看作另一回事,前者是科学家的事业和使命,后者则是科学家作为人所希望过的道德生活,两者的调和,不是在同一层面上的调和,而是取决于科学家的主观选择。现代科学也表明,知识无法代替信仰问题,信仰问题更不可能包括知识问题。毕泰戈拉学派,在宗教与科学探索上取得的认识,还不足以解决知识与信仰的矛盾,只是对心理科学、社会生活与自然科学关系的原初把握。对于毕泰戈拉学派的宗教实践或理性神学思想建构,应从道德论和心理学方面入手去探讨,并没有多少神秘唯心论的成分。① 毕泰戈拉学派的探索表明,从神话到逻各斯之路并不是平坦的,它不得不经历某种变异,甚至包含一些神秘主义和原始主义的因素,受制于宗教神秘主义的影响。从毕泰戈拉的神学话语中可以看到,从希腊神话神学向希腊理性神学的转换,之所以获得了成功,是因为他们敢于面对真正的宗教事实,从

---

① 克兰茨(Kranz)从"和谐作为世界法则"的角度讨论毕泰戈拉与毕泰戈拉学派的思想,强调"毕泰戈拉的个性充满神秘"。Siehe Watter Kranz, *Die griechische Philosophie*, SS. 35-36.

数学、物理学乃至音乐学的角度去看宇宙和人类世界。[1] 这就是说，科学与宗教的最初相关性，决定了宗教的科学基础与科学的宗教基础。最终，这二者之间必然造成思想的某种分裂，因为它们毕竟服务于不同的思想目的。

第三节　爱利亚学派的神学原理与真理观念

1."存在与一"：从感性想象到哲学抽象

爱利亚学派的思想探索，不仅意味着希腊神学思想的深刻变革，而且标志着希腊理性神学思想达到了真正的哲学高度。在探讨存在问题时，爱利亚学派非常注重对神话神学问题的批判，正是由于他们对传统神学的反思才奠定了希腊理性神学的思想基础。在爱利亚学派代表性人物的思想中，从留存的文献来看，芝诺与麦里梭很少讨论神学问题。通过对荷马和赫西俄德构建的神话神学思想的批判，爱利亚学派的塞诺芬尼和巴门尼德，确立了希腊理性神学思想的批判建构。[2] 不过，他们对待神话神学的看法有所不同：塞诺芬尼对神话采取激烈的批判态度，而巴门尼德则利用神话诗的抒情方式探讨与神话根本不同的问题。塞诺芬尼是游吟诗人，却采取理性的态度对待神话神学和否定神话神学，很难想象他的歌吟有什么诗性感染力。巴门尼德是哲人，以神话抒情诗的方式引出严肃的哲学问题，并没有减损他的理性神学或哲学探索的深度，还显出独特的思想韵味。塞诺芬尼所否定的，并不是神话神学思维，而是神话神学的内

---

[1]　Leonid Zhmud, *Pythagoras and the Early Pythagoreans*, pp. 239-380.

[2]　在探讨爱利亚学派（Die Eleaten）的思想时，布伦塔诺主要分析了塞诺芬尼（Xenophanes）、巴门尼德（Parmenides）、芝诺（Zenon）和麦里梭（Melissos）的存在论，具体探讨了塞诺芬尼的神学论"一即神"（dieses Eine ist Gott）以及巴门尼德的神性被看作是永恒的静止的存在者（das ewig unbewegte Seiende）。Siehe Franz Brentano, *Geschichte der griechischen Philosophie*, SS. 113-123.

容,巴门尼德采取的则是神话神学抒情方式。他们对待希腊神话神学显示出两种不同的态度,显示了诗性思维与理性思维难以调和的矛盾。①在希腊思想的历史演进过程中,诗性与理性总是相互关联又相互冲突,从而构成希腊思想的独特奇观,显出希腊思想的古老力量。

塞诺芬尼对待神话神学的态度,可以看作希腊理性神学反思和哲学反思的重要一步。作为游吟诗人,塞诺芬尼本应继承荷马传统,况且荷马传统自有其存在的文化价值。无论我们如何看待文学,这种传统是谁也否认不了的。荷马传统,既是最朴素的思想方式,又是最直接的情感交流方式。他采取想象的叙事形式,真实地再现和表现了人类的各种生命经验与心理经验;他尊重经验本身,强调其可能性而不强调其实证性。一切心理想象,在他看来就是真实的,荷马传统满足了人们对神秘自然的最生动的解释心理。他运用拟人化的方法来看待自然与解释自然,相信万物有灵论,相信命运由神圣的神灵所控制。因无法解释命运的偶然性和生命的恐惧感,相信只有祈求神灵或敬畏神秘才能保证个人的安全。荷马传统,并不是超越生活真实的想象,而是源于生活真实又无法科学地解释生活真实的变异式想象。那种原始文化心理,在荷马时代是真实存在的,他们就是那样以原始文化心理的方式看待自然。荷马传统,不仅起到了解决人的思想困惑的作用,而且陶冶了人的思想情操,体现了希腊人的思想意志。荷马传统所提供的神话叙事,在古希腊民众看来是真实生动的,他们相信在特洛伊战争中,希腊人之所以能够取得最终胜利就得力于神佑。②"神圣的最高意志"决定了人类和城邦的命运,谁也无法改变,对于战争中的胜负,他们从宙斯和诸神的意志方面予以解释。

希腊神话神学的独特叙事方式自有其理由,相对神话叙事方式而言,每个人心中皆保留了这种神话神学思维的合法地位。尽管理性思维常与这种神话思维抗争并力图消解后者,但是,人类正是借助这种神话思维保

---

① Franz Brentano, *Geschichte der griechischen Philosophie*, SS. 120-124.

② Homer, *Ilias*(Griechisch und Deutsch), Deutsch Buch-Gemenischaft, SS. 349-352.

留一片诗性世界。人离不开这种思维方式,神话神学话语总有其特殊的作用。塞诺芬尼无法消解这种思维方式,他致力于批判荷马传统所代表的极具影响力的世俗神学观念。这种世俗神学观念,阻碍了人们对自然的认识及其对存在本质的真正揭示。按照塞诺芬尼的理解,真正的"神",绝对不应是"荷马意义上的神"。① 在荷马传统中,"神"是可敬的,并不因为神是完善的,而是因为神的威力巨大,神是可怕的,是不可冒犯的,否则,人的生命就会死亡,人的胜利就会被剥夺,人就会饱尝灾难。"敬神",出自"畏神",他们虽然把神写成具有人格和具有情感的,但也不回避神的缺陷,尤其是神的自私意志,这是从感性出发对神的合理想象。塞诺芬尼则从理性出发,设想"神必须是完善的",在塞诺芬尼看来,神之所以受到尊敬,是因为神是完美无缺的。神没有自私意志,而且优越于人,避免了人的缺陷,这不仅因为他们是永生的,而且因为他们不具有人性的弱点。唯有如此符合理性的神才值得崇敬,否则,崇拜神就变得毫无意义。

布尔内(Barnes)在《前苏格拉底哲学家》中,把塞诺芬尼的神学归纳为七条:(1)神是不动的;(2)神不是生成的;(3)有一个神,在众神和人类中最伟大;(4)神不是人格化的;(5)神思考和领悟"整一";(6)神依靠心灵的力量推动万物;(7)神是道德优异的。② 在《修辞学》中,亚里士多德谈到,爱利亚的民众问塞诺芬尼,他们应不应该向琉科特亚女神献祭并为她哀悼。塞诺芬尼劝告他们:"如果他们认为她是女神,就不必为她哀悼;如果他们认为她是凡人,就不必为她献祭。"③这个劝告隐含着许多理性神或德性神的思想,因为神是完善的,神并不具有人的情感,人不能以对待人的态度来对待神。

这种理性神学思想对于确立信仰的至高无上地位,无疑具有特别重要的意义。信仰是神秘的,信仰可以建立在感性想象的基础上,人可以因

---

① *Die Vorsokratiker*, herausgegeben von Wilbelm Capelle, S. 126.

② J. Barnes, *The Presocratic Philosophers*, p. 85.

③ 《亚里士多德全集》第9卷,颜一译,中国人民大学出版社1994年版,第481页。

为敬畏和恐惧而对神产生崇高的信仰。在理性生活中,人们必须把神看作是"至善的象征",唯有这样才值得永远地追寻。塞诺芬尼对传统神学的批判,就是从理性出发去思考,他是希腊思想史上对"什么是神"和"神应该具有哪些特性"思考得最多的人,这种思考在很大程度上得益于对存在或"一"的思考。在《形而上学》中,亚里士多德谈到过这一问题:"有些人却认为万物只是一,虽然他们说法的优劣或者和自然事实是否一致上,彼此并不一样。"巴门尼德看来是牢牢抓住作为定义的"一",而麦里梭说的是作为质料的"一",因此,前者说它是有限的,后者说它是无限的。塞诺芬尼最先说出"一",但他并没有就"一"是什么做出清楚的说明。看来,他没有把握这些原因的性质,只是凝望整个太空,说"一"是存在的,"一就是神"。① 尽管亚里士多德从存在论出发对塞诺芬尼评价不高,但是,毕竟提到塞诺芬尼的神学思想。塞诺芬尼对传统神学的批判,对于建构理性神学具有十分重要的意义。没有这样的一次变革,作为普遍意义上的理性神的观念根本无法提出来。塞诺芬尼以写作讽刺诗而著名,他对有些问题采取冷嘲热讽的态度完全可以理解。拉尔修说:"塞诺芬尼写了一些叙事诗和讽刺诗来反对赫西俄德和荷马,斥责人们对于神灵的全部看法。"这符合历史事实,他从存在入手去思考神学问题,揭示了神的本质属性,为希腊理性神学的本体论建构奠定了基础。

据现在保存的一些思想断片来看,塞诺芬尼对传统神学的批判雄强有力,但尼采认为塞诺芬尼只是"宗教神秘主义者"。现代学者则认为塞诺芬尼只是以"神秘的直觉"代替了他的伊奥尼亚前辈的"纯粹猜想",这就是说,他们对塞诺芬尼的理性神学思想评价不高。② 事实上,现在仍有不少人运用塞诺芬尼的方法来批判《圣经》。塞诺芬尼的批判是:"荷马和赫西俄德把人间的无耻丑行皆归在的诸神身上;偷盗、奸淫、彼此欺诈。"(DK21,B11)"凡人们以为神是诞生出来的,穿着衣服,并且有同他们一样

---

① 亚里士多德:《形而上学》,吴寿彭译,商务印书馆 1991 年版,第 14 页。
② J. Barnes, *The Presocratic Philosophers*, p. 85.

的容貌和声音。"(DK21,B14)"埃塞俄比亚人说他们的神的皮肤是黑的，鼻子是扁的;色雷斯人说他们的神是蓝眼睛、红头发。"(DK21,B16)对此，塞诺芬尼嘲讽道:"可是,假如牛、马和狮子皆有手,而且像人一样皆能用手画画和雕塑,它们就会各自照着自己的模样,画出马或组成马形的神像,画出狮子或塑出狮子的神像。"(DK21,B15)从欧塞比乌的转述意见,可以看出塞诺芬尼的神学态度。他说:"关于神,塞诺芬尼指出,在他们(诸神)之间不存在统治关系,认为诸神中有统治者,那是渎神。无论在哪一方面,诸神皆不欠缺任何东西。"(DK21,A32)从理性和科学两个方面,塞诺芬尼对神话神学进行了彻底否定,事实上,由此开辟了后来的理性神学之科学探索的先河。从理性方面否定传统神学是塞诺芬尼所开创的思想传统,尽管如此,巴门尼德还是借用了正义女神的诗性表述方式。在一般的哲学史中,对塞诺芬尼的进步思想评价很高,他们认为,塞诺芬尼摧毁了希腊神话神学而确立了理性神学思想的基础。不过,塞诺芬尼的批判尽管是有力的,但是,荷马所代表的神话神学传统并没有因此而消亡。必须看到,这是两种不同的思维方式,以诗性去否定理性是不可能的,同样,以理性去否定诗性也没必要。神学探索不能停留在神话神学话语的基础上,当时的人已不满足于神话所构建的世界。

希腊思想家力图创造新的话语系统,重新构造自然世界和生活世界,对世界做出理性的解释。塞诺芬尼采取这样的方式去批判传统神学,主要是对流俗观念的纠正,批判本身其实无关大雅。重要的是,他已经开导了理性神学的话语方式。笔者之所以坚持说这两种方式的对立性与互不消解性,是因为巴门尼德采用了神话叙事说明他的思想,丝毫无损于他的思想表达。① 话语方式可以是多样的,以弥补单一话语系统的不足,在前苏格拉底时代,思想采取诗的表达方式非常自然。塞诺芬尼的重要意义在于:他提出了新的神学观念,提供了新的话语方式,而不在于他对荷马

---

① Jean Bollack, *From Being to the World and Vice Versa*. See *Parmenides*; *Venerable and Awesome*, edited by Vestor-Luis Cordero, Parmenides Publishing, 2011, p. 11.

传统的否定。有缺陷、任性、有情感的神,在人们的生活体验中似乎是可信的;理性的、经得起神学证明的神,却并不受人敬爱;理性神学的"神",只是抽象的观念,我们可以谈论它,证明它的存在,但并不能产生情感。希腊神话神学中的"神",是拟人化的神,有爱有恨或有情有欲,有大能或有缺陷。这些"不完善的神",似乎更契合人的心理。人们并不乐意接受抽象的、毫无感情的理性神,人们喜欢的是可以满足人的愿望的神,塞诺芬尼对荷马传统的批判,基于理性的观念批判而显示价值。理性神学话语诉诸理智,能够满足人们的理性需要;神话神学话语诉诸情感,能够满足人们的心理需要。

2. 纯粹神性:神的全知全能与至善

塞诺芬尼的意义在于,他不仅是在批判之前的神话思维,而且提出了鲜明的理性神学主张,显示了理性神学对神话神学的真正超越。他认为:"有一个神,它是神和人中间最伟大的;它无论在形体上或心灵上皆不像凡人。"(DK21,B23)"神是作为整体在看,在知,在听。"(DK21,B24)"神永远在相同的地方,根本不动。一会儿在这里,一会儿在那里对他是不相宜的。"(DK21,B26)"神用不着花力气,而是以他的心灵的思想使万物活动。(DK21,B25)这些界定似乎是明确的,但后人对塞诺芬尼神学思想的解释仍存在很大分歧。分歧的产生在于,塞诺芬尼的神学思想只有一些断片,无从让人理解其系统思想,人们只能根据思想的历史语境或关系语境来加以论述。正因为如此,在如何解释塞诺芬尼的理性神学思想上有不少分歧,比如,如何理解塞诺芬尼的"神"? 如果脱离特定的历史语境,就很难解释。一些论者从基督教神学的意义上解释塞诺芬尼的神学思想,他们认为,塞诺芬尼的神是指"一神",这样,塞诺芬尼的神与基督教神学中的上帝相似,这种理解导致对塞诺芬尼的断片材料产生了不同的翻译。[①] 据陈村富的系统研究,第尔斯、基尔克和伯特,把"神是作为整体在看,在知,在听"(DK21,B24)这一段话译成"神是全视、全知、全听的"。他认为,这容易与后来的教父哲学中把"上帝"看作全知和全能的观念相混淆。塞诺芬尼还没有这样的意思,或者说,塞诺芬尼的思想还不能达到一神论信仰的高度,至少,他还不具备《圣经》中关于"上帝"的理解水平。有些人把塞诺芬尼的这一断片理解成神能看见一切,知道一切,听到一切,或者说,神无所不见,无所不闻,无所不知,这显然把塞诺芬尼的神学思想夸大了。塞诺芬尼的"一神"还不是"唯一的神",只能相当于最高的神,即至上神,巴尔内(Barnes)也是在理性神学的意义上高度评价了塞诺芬尼。[②] 希腊人从多神信仰发展到至上神信仰,还没有具备唯一神信仰的思想基础。塞诺芬尼的"神",不是凭感性想象出来的,而是凭理性推导出来的,这个"神"经得起理性证明并符合理性的要求。塞诺芬尼反对神人同形同性的看法,在他那里,神不可能像人一样有认识的器官,不可能像人那样用眼去看、用耳去听、用脑去想,神只是不可分的整体,他作为整体而存在,而且是作为完善的整体而存在。

在希腊神学思想链中,塞诺芬尼还不可能达到类似于"上帝"观念的一神论水平,这是由其民族文化传统决定的。对于塞诺芬尼的神论,陈村富将其归纳为六点:(1)神是不动的;(2)神没有生灭;(3)神没有和人一样的形体和器官;(4)神是单一的整体或全体;(5)神有心灵和思想,但不像人那样需要认识器官才能认识;(6)神不动,但他知道世上的事,能靠心灵左右事情的进程。[③] 这个归纳相当全面,也符合思想史事实,应该说,塞诺芬尼从传统神学的批判中,从理性出发对希腊思想意义的"神"做出了

---

① 按照塞克斯都(Sextus Empiricus)在《反数学家》中的观点,假如神存在,它就是生命物;假如它是一生命物,它必定全视、全知、全听(He sees as a whole, he thinks as a whole, he hears as a whole)。Jonathan Barnes, *Early Greek Philosophy*, p. 43.

② J. Barnes, *The Presocratic Philosophers*, pp. 84-94.

③ 汪子嵩等:《希腊哲学史》第 1 卷,第 560 页。

如此深刻的阐释很不容易,极大地推进了希腊理性神学思想的进步。对此,策勒尔的看法颇有代表性。他认为:"这是同自然宗教和多神论相冲突的纯粹一神论,但还不能说这是建立在论证基础上的严格性质的一神论。"这是对诸神所具有的共同的本质属性的抽象,陈村富对此的解释是:"塞诺芬尼的神,应该理解为整体化的单一的神。用哲学的语言来说,就是象征整个宇宙的抽象的一般的神。"①塞诺芬尼开导了神学思想传统,即谈论什么是神的问题,宗教的直接目的是建立信仰,这种信仰有利于道德目的论的建构。在通常的方式下,信仰问题一般与情感问题关联,宗教信仰如果没有宗教情感支撑,其信仰的坚决程度是受到怀疑的。

基于此,克尔凯戈尔特别重视"宗教的激情",尤其是爱的宗教激情。他写道:"的确,爱之涌生秘而不宣,深深埋藏于内心;它是人的内在中最为隐秘的处所。爱之生命就从这里涌出;因为生命即是从心灵涌出。你当然看不到爱所涌生的处所。不管你沉浸得有多深,结果仍然是:爱之本源深藏不露,绝不彰显,对你避而远之;哪怕你挪出全部力量沉浸到爱之本源中,爱的源头仍然有一片地域始终秘而不宣,始终隐而不露;有如泉流的源头,不管你如何临近它,倾身泽畔,始终有一段源头你无法临近。爱就从这里涌生,尔后以各种方式润化滋育,可是,你绝对无法沉浸到爱的深藏着的泣生过程中去。"②克尔凯戈尔的这一看法颇有代表性,它至少也潜含着这样的意思,即神圣的情感,有时是无法加以理性说明的,对神的信仰,有时是理性所无法触及和言传的。因而,从这种宗教情感出发,神学的基本的言谈方式,就是神秘的体验式言谈方式。这种神秘的经验甚至神学话语,从理性的眼光看,有时简直不可思议,许多信徒的神学言说显得神秘而又自我陶醉,许多私密化的情感是我们的理性所极力排斥的,但这种言说方式恰恰构成了宗教情感表达的有效言说。

塞诺芬尼所开导的神学言说方式,作为理性思考的方式,不是谈论

---

① 汪子嵩等:《希腊哲学史》第 1 卷,第 566 页。
② 刘小枫:《二十世纪西方宗教哲学文选》(上),上海三联书店 1992 年版,第 445 页。

"神的形象"，而是探讨"神的本质"，不是讨论关于神的"信仰和情感"，而是讨论关于神的"本质和认识"。他的目的在于，从理性出发在逻辑演绎中建构新的神学观念。这种言说方式对于理性的人非常有益，它可以使人不再盲目地信仰与崇拜，在理性的指导下认识神并理解神。这种言说的方式，后来被人们称为"神学的形而上学言说方式"，这种理性言说方式，因为逻辑的支撑而具有强大的说理力量。① 在宗教界，许多神学家试图把形而上学的言说方式和宗教体验式言说方式结合起来，构筑当今神学言说方式的思想基础。从今天的眼光来看，塞诺芬尼的神学观念似乎并没有特别之处，但是，在希腊时代，这种思考确实预示着深刻的思想变革。塞诺芬尼虽有一些大胆的神学思想，但还缺乏建立神学体系的坚实基石，至少对于基督教神学而言，仅仅对"神是什么"做出一些断语或直观是不够的，它必须要有存在论证明或目的论证明。从"一神"转化为"存在"问题，情形就不同了，巴门尼德就是促成了这种转化的杰出人物。他的思想，不仅对柏拉图、亚里士多德的神学观念产生了直接影响，而且对基督教神学也产生了间接影响。

据历史记载，巴门尼德虽然接受了塞诺芬尼的教导，但并不是他的信徒。从表面上看，巴门尼德没有在塞诺芬尼的基础上进一步探讨神学问题，实际上，巴门尼德对存在问题的探讨，给塞诺芬尼的神学问题的讨论提供了坚实的神学基础，或者说，塞诺芬尼的一神论思想因为存在问题的提出而具有真正的神学意味。② 因此，对巴门尼德的思想进行神学阐释有其合理性，当然，还是要先回到巴门尼德的本原意义上来。康福德（Cornford）认为，赫拉克利特作为逻各斯的预言家只是表达了外在矛盾，而巴门尼德作为逻各斯的预言家则不能忍受矛盾的貌似物。③ 言下之意，巴门尼德比赫拉克利特进步了，从哲学意义上可以这么说，从神学意

---

① Diogenes Laertius, *Leben und Meinungen berühmter Philosophen*（IX），S. 168.

② Diogenes Laertius, *Leben und Meinungen berühmter Philosophen*（Ⅱ），S. 169.

③ F. M. Cornford, *Plato and Parmenides*，Routledge，2014，p. 26.

义上看则并非如此。

巴门尼德用神话叙事诗作为诗篇的开端,诗中谈到,"一辆马车载着他驰骋,太阳神的女儿带他前进","正义女神打开大门",让他自由地探索真理本身。对此,鲍拉的评价是:"巴门尼德的序诗可以看作是比喻性的。它有两层意思,表面上是讲了这个故事,蕴含的意思是赋予诗人以特殊使命。"①巴门尼德的这一诗篇的意义在西方思想史上具有特殊的意义。一般说来,学者大多把"残篇第八"中的一段话看作全篇的立论基础,陈村富译成:"真正信心的力量不容许在'存在'以外,还从非存在产生任何东西;所以,正义决不放松它的锁链,容许它生成或毁灭,而是将它抓得很紧;决定这些事情的就在于:存在还是非存在。"②对此,陈村富认为,巴门尼德的本意是说:决定这一切问题的关键在于"存在还是非存在"。存在和非存在这一对范畴以及在此基础上提出的命题,乃是巴门尼德全部哲学理论的基础。巴门尼德提出的关于存在和非存在的两个基本命题是:(1)"存在是存在的,它不可能不存在",这是通向真理的道路;(2)"存在是不存在的,非存在必然存在",这是一条不可思议的道路。辛普里丘保存的"残篇第八"中比较清楚地论述了以上两个问题,残篇提到:"现在只留下一条途径可以言说,这就是存在是存在的。在这条途径上有许多标志表明,存在是不生不灭的;存在是完整的,单一的,不动的、没有终结的。"巴门尼德的研究者,从其残篇中整理出巴门尼德关于"存在"的五个基本思想:(1)存在是既不生成也不消灭的;(2)存在是一,是连续不可分的;(3)存在是不动的;(4)存在是完整的,形如球体;(5)只有存在可以被思想、被表述,只有存在才有真实的名称。这里,关于"存在"概念的讨论,表面上看来与神学无关,但它深化了希腊神学的主题并使希腊理性神学有了全新的思想基础。③

---

① W. K. G. Guthrie, *A History of Greek Philosophy*(Ⅱ), p. 11.

② 汪子嵩等:《希腊哲学史》(修订本第 1 卷),人民出版社 2014 年版,第 499 页。

③ Chiara Robbiano, *What is Parmenides' Being? Parmenides, Venerable and Awesome*, pp. 213-228.

　　巴门尼德的这些思想,从哲学意义上可以进行无尽的讨论。事实上,围绕这一问题的讨论构成了西方思想史上最重要的一幕。在这里,人们更关心的是这一问题所具有的神学意义,或者说,神学家从巴门尼德的"存在"论中读懂了什么!可以看到,关于存在的讨论特别体现在对上帝存在的证明中。奥古斯丁曾认为,"人完全可以直觉到上帝的存在"。他的论证是,"一切真理皆来自上帝的理性形式,即相",真理有其必然性和永恒性,而在事物中找不到这种必然性和永恒性,理智只能与永恒不变的本体发生联系,这便是上帝存在的理由。后来,阿奎那发现这种上帝存在的证明有缺陷,因为上帝存在不是一条自明的真理,也不是人的理性直觉对象。他改用后验的证明方法,"因为结果渊源于原因,有果必定有因。所以,上帝的存在,从上帝本身是无法认识的,但是,可以通过认识到的结果加以证明。"①从基督教神学的本体论证明中可以看到,关于存在的分析对于神学证明本身具有新的意义,如果没有巴门尼德所开导出的"存在"问题,那么,这种神学思想的发展至少要困难得多。巴门尼德的存在问题相当复杂,对西方哲学的影响比对西方神学的影响更大。他的存在问题把"神是否存在"和"神是什么"的问题抽象化,并把这一问题放到思维与存在的关系背景中予以讨论,无疑极大地深化了希腊早期理性神学问题的讨论。从此,希腊理性神学的问题,不再以否定神话神学为目标,而是要在存在论与认识论的关系中建构出理性神学系统,达成对神的存在方式和神的存在之意义的深刻说明。

3. 追寻智慧:真理之路与意见之路

　　在探讨存在问题的同时,巴门尼德还将塞诺芬尼的神学问题转换成思想与感觉、真理与意见问题,塞诺芬尼未能自觉意识到这些认识论问

---

①　傅乐安:《托马斯·阿奎那的基督教哲学》,上海人民出版社 1992 年版,第 15—20 页。

题,巴门尼德使它明朗化了。① 巴门尼德在《论自然》的序诗中"设置的神话",其实所要说明的就是知识论问题,哲学诗人的认识,是在正义女神的引导下完成的,也是正义女神告诉了他这个目标。②"引你走上这条路,不是厄运,而是公平和正义,因为这远不是一般人走过的道路。走上这条路你就可以学到一切东西,既有不可动摇的圆满的真理,又有不包含起初信仰的凡人的意见。"这种以神话带入思想语境的方法,既出自诗歌写作的必要,也有其精神象征意义。它至少表明,关于存在和真理的探索是神圣的,这就是说,诗人可以认识真理,可以判断谬误。为什么塞诺芬尼不满于神话神学? 因为神话是感觉和意见的产物,而不是真理。巴门尼德提出两种互不相容的认识,即"思想和感觉",这些在现在看来司空见惯的概念,由巴门尼德提出,显然很不简单,无论在哲学意义上,还是理性神学意义上,皆显示了巨大的思想进步。③

有关存在与非存在、真理之路与意见之路的讨论,不仅涉及哲学认识论问题,而且直接影响后来的神学思想,但历来人们对巴门尼德的思想误解很多。陈村富对真理和意见两个词,做了详细的语源学探讨。他发现,在巴门尼德以至整个希腊哲学中,一般用"Aletheia"这个字表示真理。Aletheia 本来同印欧语系中的"是"关系密切,原意是由于自身的力量将遮盖真相的东西去掉,露出真面目,显出原来的样子。④ 赫拉克利特说过,"智慧就在于说出真理,按自然行事,倾听自然的话"。赫拉克利特认为,博学并不等于智慧,智慧必须认识他所说的逻各斯。按照逻各斯行

---

① 在巴门尼德那里,真理之路(The way of truth [Aletheia])与意见之路(The way of opinion [Doxa])是女神指明的两条路。女神的道路,即女神的真理,这是哲学诗歌的表层意义。See Giannis Stamatellos, *Introduction to Presocratics*, Wiley-Blackwell, 2012, pp. 90-94.

② 汤姆逊(Thomson)强调了巴门尼德与古希腊神秘仪式的联系。汤姆逊认为,巴门尼德哲学探讨的神学意义不容忽视。See G. D. Thomson, *Studies in Ancient Greek Society*, pp. 289-297.

③ 大多数学者只关注巴门尼德的存在论、本质论、自然论、本体论,存在与非存在问题,但是,海德格尔特别关注巴门尼德的真理理论,这是一个极重要的差异。Siehe Walther Kranz, *Die griechische Philosophie*, Verlag Schible-Doppler, Birsfelden-Basel, 1955, SS. 60-64.

④ 汪子嵩等:《希腊哲学史》第 1 卷,第 594—649 页。

事,就是按照自然的本性行动,智慧的作用,就在于揭去遮盖,把握真相,这是 Aletheia(真理)。巴门尼德将对"存在"本身的认识叫作真理,真理在此不是由"存在"自己显示出来,而是要靠我们的思想去思考它,用语言去表达,这就需要通过人的认识去揭示真理。巴门尼德把"意见"和"真理"对立起来加以讨论,这里的"意见"和通常理解的"意见",既有相同之处又有不同之处。在日常语境中,人们说"这是我的意见",表示谦辞,意味着某种看法,虽然这一说法在说者本人那里始终相信是对的,但对于他人来说,说话者拿不定这一看法是否有效。如果自己的意见被他者接纳了,就说明有效而真实;如果自己的意见未被接受,则说明无效或错误。"意见"是否正确,需要通过事实来验证,也就是通常所说的"实践"问题。因此,"意见"不一定就是错的,谬误可以通过实践做出判断。通常人们喜欢以自己的意见去评断他人的意见,把自己的意见看成是正确的,把他人的意见看成是谬误。人们喜欢把大多数人的看法视作真理,而把少数人的看法视作谬误。事实上,人们发现,真理有时掌握在少数人手里,所谓真理或谬误,只能通过历史实践和历史事实来加以判断,任何个人的主观看法皆是靠不住的。①

　　陈村富还考证了希腊语境中"意见"一词的语源和语义。他认为,"意见"(doxa)本来是期待、希望的意思,后来,又引申为某种"想法""见解""看法"或"判断"。"意见"(doxa),是指人们依自己的观察而作出的判断及其看法,不能把真理和意见的对立,直接转化成现代哲学中"真理与谬误"的对立。陈村富认为,将真理和意见对立起来很可能始自塞诺芬尼,②因为塞诺芬尼将自己对神的思想叫作真理,而将他者的看法叫作

---

　　① 康德在《纯粹理性批判》专门谈到意见(Meinen)、知识(Wissen)与信念(Glauben),哲学史上一般视作是对巴门尼德知识论的强有力的回应。在康德看来,判断的主观有效性与知识的客观有效性的关系,要经历三个阶段,即意见、信念和知识。意见是指认识在主观上和客观上都不充分,信念则是主观上充分,客观上不充分,知识则要求普遍有效性。Siehe Kant, *Kritik der reinen Vernunft*, Felix Meinor Verlag, 2003, S. 852.

　　② 汪子嵩等:《希腊哲学史》第 1 卷,第 646—648 页。

"意见"或"类似真理的猜测"。巴门尼德看到,意见因人而异,不确定或不可靠。对此,塞诺芬尼和巴门尼德的认识略有不同。应该说,巴门尼德的思想更进步一些。塞诺芬尼认为:"神并没有从一起头就把一切秘密指点给凡人,而是人们探索着逐渐找到更好的东西的。""真正说来,从来没有、也决不会有任何人认识神灵以及我所说的一切事物,因为即使有人偶然说出了极完备的真理,他自己也不会知道的。因为决定一切的只是意见。"塞诺芬尼的立场也是成问题的,别人的看法皆是意见,皆是不可靠的,只有自己的思想才是可靠的。那么,塞诺芬尼认为自己的看法可靠的依据何在? 是否他比别人更智慧? 他对神的看法,事实上,也只是一种"意见",因为他总是从自我和神秘主义方面找依据,这不可能保证真理认识的可靠标准。巴门尼德从对象或从外在入手去寻找真理的标准,因此,他认为有真实的知识和可靠的标准。对此,学者们一般皆乐意采纳恩披里柯的意见。他在《驳数理学家》中说:"塞诺芬尼似乎并没有否定理智能力,他只是承认所谓可靠的知识,即只承认意见性的东西,因为他说一切只是意见而已。这就足以证明,按照他的意思,意见性的理性,即把握或然的、非确定性的知识的理性即是真理的标准。"[1]这一理解未必合适,因为塞诺芬尼把自己关于神的认识,与他者关于神的看法对立了起来,他怎么会承认意见性的理性是认识真理的标准? 他只不过说明了一个具体的事实,一般人喜欢把意见性的理性当作真理的标准,这并不代表塞诺芬尼的看法,否则,他对荷马的批判又有什么意义? 恩披里柯对巴门尼德的看法倒是符合事实。他说:"巴门尼德却拒绝意见性的理性,认为认识的理性才是可靠的标准,因为他还抛弃了对感觉的信念。"

巴门尼德与塞诺芬尼之间最为重要的区别在于:塞诺芬尼正视人们的意见,只不过夸大了自己的意见而已;在巴门尼德看来,塞诺芬尼犯了与大多数自然哲学家相同的错误,即把自我的意见凌驾于他者之上。巴

---

① Sextus Empiricus, *Sextus Empiricus*, Volume Ⅲ, translated by R. G. Bury, The Loeb Classical Library, 1976, pp. 110-112.

门尼德则彻底否定了个人意见,只要是意见就具有共通性。虽然一个人的意见可能比另外的人高明,但归根结底仍是意见。① 意见是虚假的、不可靠的,但是,无论对于不可动摇的、圆满的真理,还是对不包含真实信念的凡人的意见,巴门尼德皆进行了认真的学习和考察。他把自己的意见和别人的意见看作是同一类型的,当别人以为这是真理时,他自己却认为也只是"意见"。在他看来,任何意见皆带有意见自身所具有的虚幻性和不可靠性。巴门尼德将自己对宇宙学说的探讨也视作意见,这些意见有些与前人相同,有些则是他自己的理解。这条"意见之路",就是通往真理之路的前奏,因为通往真理的路,只有通过实践检验和判断意见的正确或错误才可能实现。

　　巴门尼德的"意见之路"还比较好理解,那么,巴门尼德的"真理之路"到底应该如何理解? 这一点十分关键。巴门尼德将对"存在"本身的认识叫作"真理",那么,是否对存在的认识道路即"真理之路"? 这样一来,可能就要设定真理是先在的,即无论你认识与否,真理皆是存在的,但是,真理不会自动地显示出来。真理与自然构成了完整体,这或者就是自然之道。"道"也有真理的意思,人们不能不去探索"道",也就是不能不去探索真理。人活着,就必须去认识道,必须去探索真理,人的思想和认识活动,实际上就是踏上了探索真理之道。事实上,正义女神引导巴门尼德所走的路,就是"通往真理之路"。通往真理之路,并非直接认识真理就可以完成;通往真理之路,并不是笔直的道路,而是一条曲折的道路。真理之路与意见之路,是在相对意义上而言。这里的"真理之路",实际上,是正确的、终极的道路,是对"道"的最终把握和认识;意见之路与真理之路相比,则还有待验证,有待发生认识上的飞跃。这两个概念,只有在逻辑上讲才可能,事实上,通往真理的道路是历史的过程,认识真理也是历史的过程。

---

① Panagiotis Thanassas, *Parmenides Dualisms*, See *Parmenides*, *Venerable and Awesome*, pp. 289-305.

在这个历史过程中,是通过意见之路最终到达认识真理的终极目标的。①
只有通往真理的道路,并没有意见之路,真理之路,是人的必然的认识道
路。意见之路之所以形成,是因为在通往真理的路途中发生了变异。没
有意见之路,也就不可能真正抵达真理之路,在意见之路上,人们不免彷
徨,常常会迷失方向,而一旦走上真理之路,人们的认识就不会发生偏差。
那么,这是否意味着人们只要走上了真理之途,就不会再犯错误? 绝非如
此,人不可能始终走在真理之路上。走在真理之路上,必须以理性探索为
指导。良好的愿望和道德的自律,也不能保证人必然一直走在真理之路
上,真理之路永远需要探索,只有探索才会有真理,不去探索就会永远远
离真理,即使曾经走在真理之路上也会发生偏离。

走向真理之途,是人的永远的目标,这是确定不移的;所走的意见之
路,有时趋向真理之路,有时又远离真理之路,这就需要人们不断地探索,
不断地寻求,认识不是一次性完成的,思想需要伴随人生的始终。认识真
理并没有这么简单,它通常需要人们九死而不悔地去执着追寻。存在的
真相总是被遮蔽,人们只有运用智慧和反复实践,才能认识真理。真理也
不是单向、简单的,真理非常复杂,认识了一点真理,并不等于认识了“真
理的全部”。好在真理是可以一点一点地被人认识的,人的意见总会产
生,只要你立志探索真理,总会有新的意见。这种新的意见,是否合乎真
理,只有通过历史实践去反复检验。巴门尼德认为探索真理,必须有正义
女神指导,其深刻的意义可想而知。一些神学家在探索真理时,是从信仰
出发,而不是从实践出发,这便在一开始就假定了“真理的先在性”,他们

---

① 在《巴门尼德》中,海德格尔重点探讨翻译希腊语 aletheia 的四种指令(Weisung)或指
向,其中,第一,从神话意义上翻译 aletheia 为“女神的真理”(Göttin Wahrheit),即要听从女神
的真理指引;第二,从真理(Wahrheit),存在(Sein)和表象(Schein)意义上理解 aletheia;第三,从
aletheia 与 alethe 的对立中考察存在的历史;第四,从敞开(Offene)与林中空地意义上理解存在
女神的真理。Siehe Martin Heidegger, *Parmenides*, Vittorio Klosterman, 1992, S. 195.

不把自己的认识看作意见。①

巴门尼德充分考察了人类认识的局限性,不少希腊学者在探讨真理之路和意见之路时,无法判断哪种思想真正代表巴门尼德看法。古代学者总是把意见之路看作巴门尼德的看法,现代学者则认为意见部分不是巴门尼德的看法,而是他综合了当时一般人的共同信念。康福德认为,"意见部分代表凡人的思想方式,既承认存在又承认非存在"。巴门尼德只是对此做出解释,并且指出这是"不真的意见"。冈珀茨认为,"巴门尼德所介绍的是一般人的看法,不仅包括别人的意见,也包括他自己的看法"。笔者赞同冈珀茨的看法,因为什么是真理之路,巴门尼德也并没有充分把握,他也在探索中,他始终走在探索真理的途中。他的探索也只是意见,这种意见可能接近真理,也可能不接近真理。真理存在是确定不移的,人只能走在意见之路上,而不断地接近真理。真理之路就在意见之路的终点上,人们往往趋近真理,就以为永远在真理之路上,从而把意见也看作真理。这恰恰是把真理简单化了,而且没有理解真理之路的本原意义。② 我们可以看到,通过论述存在与非存在问题,巴门尼德充分认识到了真理探索的复杂性和艰巨性,从这些哲学话语中可以看出,希腊理性神学话语与希腊神话神学话语之间有着多么巨大的差异。在这种历史转变过程中,思想家对"理性"的追求起到了十分关键的作用。

4. 存在与非存在:真理的本源

真理的探索是人类思想的目标,理性神学非常重视真理的探索。巴门尼德的理性话语的神学意图并不明显,但这些理性话语为神学话语表

---

① 海德格尔并未重点分析"女神的真理"(Die Göttin Wahrheit),而是在西方诗歌史与西方哲学史的相互印证中考察存在的概念史与存在者的显现,证实了他的诗意存在的真理。Siehe Martin Heidegger, *Parmenides*, SS. 221-225.

② 在《真理的大师》中,韦尔南认为,真理神(Aletheia)被定义为一个强力神,真理神(Aletheia)与正义神(Dike)十分接近,同记忆、吟唱、光明、赞颂等连在一起,与遗忘(Lethe)、沉默、黑暗和诽谤等相对应。显然,这是一个极有意思的解释,参见《神话与政治之间》,第334页。

达提供了极好的依据。巴门尼德的哲学真理观念,被后来的神学家转换成神学真理观念,这也可看作巴门尼德对理性神学的实际影响。巴门尼德指出:认识真理,"不要遵循这条大家所习惯的道路,以你茫然的眼睛,轰鸣的耳朵以及舌头为准绳,而要用你的理智来解决纷争的辩论。""要用你的理智牢牢地注视那遥远的东西,一如近在目前。因为理智不会把存在物从存在物的联系中割裂开来,既不会使存在物的结构分崩瓦解,也不会使它聚集会合。"①可见,理性对探索真理的重要性。巴门尼德设想的两条道路是:"存在物是存在的,是不可能不存在的,这是确信的途径,因为它通向真理。"巴门尼德堵塞了心理主义式的诡辩。"存在物是不存在,非存在的必然存在,这一条路,我告诉你,是什么也学不到"。巴门尼德在此是否肯定了经验? 确实不好判断,但是,巴门尼德的知识论确实具有实在论倾向。② 巴门尼德特别强调,"信心的力量,也决不容许从非存在物中产生出任何异于存在的东西来,因为正义并不放松锁链,听任存在物产生和消灭,而牢牢地抓住存在物。"有人据此认为,巴门尼德不可能认同神学,此外,人们还从巴门尼德下面这一段话中找到了"否定神学"的依据:"思想与思想的目标是同一的。因为你决不能遇到思想是没有它所表达的存在物的。在存在物之外,决没有任何别的东西,也决不会有任何别的东西,因为命运已经把它固定在那不可分而且不动的实体上。因此,凡人们在他们的语言中加以固定的东西,皆应当是空洞的东西。"笔者认为,这不应被视作巴门尼德否定神学的依据。在这里,巴门尼德把思维与存在的关系揭示了出来,这一问题引导了人们的思考。"如果神是存在的,那么,神就是可以认识的。如果神不存在,那显然也无法认识。"这个"存在",是以知觉为标准,还是以想象为标准? 关于神学存在的证明,人们往往从灵魂出发去作解释,这样,巴门尼德的哲学观念,被人们巧妙地运用

---

① 北京大学哲学系外国哲学史教研室编译:《古希腊罗马哲学》,第 50—51 页。

② Alexander P. D. Mourelatos, *Parmenides, Early Greek Astronomy, and Modern Scientific Realism, Early Greek Philosophy*, edited by Joe McCoy, pp. 91-112.

到了神学证明中去了。

巴门尼德对于西方思想史上所讨论的"哲学真理"和"神学真理",具有决定性影响,现代西方哲学中的哲学真理观,虽然与巴门尼德的思想并无直接联系,但若想把这一问题返本归原,也可以返回到巴门尼德那里。在《论真理的本质》中,海德格尔显然极力推进了巴门尼德的问题。他提出了一个命题:"真理的本质乃是自由。"在提出这个命题时,海德格尔也有所担心。他认为,错误和伪装,谎言和欺骗,幻觉和假象,简言之,形形色色的"非真理",人们当然把它们归咎于人,"非真理"确实是真理的反面,因此,"非真理"作为真理的非本质,便理所当然地被排除在真理的纯粹本质的范围之外了。"非真理"的这种人性起源,确实只是根据对立去证明那种"超出"人而起支配作用的"外在的"真理之本质,形而上学把这种真理看作不朽的和永恒的,绝不能建立在人之本质的易逝性和脆弱性之上。"真理的本质揭示自身为自由。自由乃是绽出的、解蔽着的让存在者存在。""作为参与到存在者整体本身的解蔽中去这样一回事情,自由乃已经使一切行为协调于存在者整体。"海德格尔考察了作为遮蔽的"非真理"和作为迷误的"非真理","从作为解蔽状态的真理方面来看,遮蔽状态就是非解蔽状态,从而就是对真理之本质来说最本己的和根据性的非真理"。

海德格尔指出:"人彷徨歧途。人并不是才刚刚误入歧途。人总是在迷误中彷徨歧途,因为他在绽出之际也固执,从而已经在迷误中了。人误入其中的迷误决不是仿佛只在人身边伸展的东西,犹如一条人偶尔失足于其中的小沟。""历史性的人类必然误入迷误之中,从而其行程有迷误的;这种迷误本质上是与此在的敞开状态相适合的。迷误通过使人迷失道路而彻底支配着人。但使人迷失道路的迷误同时也一道提供出一种可能性,这是一种人能够从绽出之生存中获得的可能性,那就是:人通过经验迷误本身,并且在此之在的神秘那里不出差错,人就可能不让自己误入歧途。"①海德格尔的真理观,消解了巴门尼德的圆满完善的真理之路的神秘性,把这种对真理的探索返回到人的自由上来。

唯物论的真理观,与这些看法确实有所不同。首先,唯物论的真理观有一科学的支撑点,真正体现了巴门尼德的主张,"存在物是存在的,是不可能不存在"。唯物论的存在第一性原理,就是在这一科学基点上,相信世界的客观存在。其次,唯物论的真理观有一社会实践的支撑点。实践是认识的基础,实在是达到真理的途径和检验认识真理性的标准。恩格斯指出:"一切哲学上的怪论的最令人信服的驳斥是实践,即实践的工业。既然自己能够制造出某一个自然过程,使它按照它的条件产生出来,并使它为我们的目的服务,从而证明对这一过程的理解是正确的,那么,康德的不可捉摸的自在之物就完结了。"②许多研究者看到,"真理是过程,这不仅是由作为真理内容所反映的客观世界的变化、发展的永恒过程决定的,也不仅是由作为认识主体的人的认识能力的内在矛盾决定的,而且还是由实践的二重性决定的。因为实践是真理的发生原因,实践的二重性决定了实践自身是不断发展的过程,实践的过程,从真理的发生上说,也就决定了真理是过程"③。在此,真理的探讨不仅强调实践,而且强调理性思维,强调实践与反思能力的结合,这是认识真理的条件。

哲学真理观非常强调过程,有的侧重于认识过程,但忽视实践环节,突出实践与认识的统一性,对于揭示真理的本质或走向真理之途,无疑具有决定性意义。巴门尼德的真理之路,不仅可以开导出哲学真理观念,而且也可以开导出神学真理观念,这是在探讨希腊神学时应该考虑的,因为塞诺芬尼讨论的问题无疑对巴门尼德有所影响。从塞诺芬尼的"神的存在"问题转向巴门尼德的"真理"问题,是很自然的思想路向。在基督教神学中,神学真理是基本问题,而在希腊神学研究中,人们常常忽视神学真

---

① 海德格尔:《海德格尔选集》(上),孙周兴等译,上海三联书店1997年版,第231页。
② 《马克思恩格斯选集》第4卷,人民出版社1976年版,第221页。
③ 陈中立:《真理过程论》,中国社会科学出版社1978年版,第97页。

理问题的讨论。神学真理观念，与哲学真理观念根本不同，两者所走的是两种不同的道路。从哲学真理观而言，神学真理观无法证明，亦无法通过实践检验，相反总是可以证伪。神学真理观认为，哲学真理观只看到事物的表象，而没有看到事物的本质。在神学家看来，"天国才是真实的存在"，"上帝之道才是真理"，因此，只有对天国的认识才是对真理的认识，对上帝的接近才是对真理的接近，唯有神指引的道路才是"正道与大道"。若违背神之大道和正道的人，必将受到惩罚。现实世界是短暂的，这一切只不过是感官认识的对象，带有极大的虚幻性，根本不可能在此找到"真理"。只有遵循上帝的道，接受天启，才能真正认识神学真理。[①]

尽管如此，许多神学家仍孜孜以求神学真理，追求上帝之道，因此，神学真理观作为精神事实，又不能不予以关注。以舍斯托夫为例，他认为，"害怕活的真理"是哲人最突出的特征之一，口头上热情捍卫真理的哲人实际上最害怕"活的真理"。对此，刘小枫评价道："对于置身于自然性、必然性和规律性的命定之中的存在者来说，接近如此真理的路，是伴随着哭泣、愤怒、悲哀、诅咒和欢乐与爱情的路，是用流血的头去撞一切必然性的铁墙的路。"[②]神学真理和哲学真理，在对真理的理解上有着根本性区别，刘小枫把这归结为："源于雅典的理性真理"和"源于耶路撒冷的启示真理"。他所归纳的哲学真理和神学真理，在思想史上是存在的，只不过这两种真理观念根本不是在同一立场上表述的，二者有着水火不容的冲突和差异。舍斯托夫认为，斯宾诺莎、康德、黑格尔以至胡塞尔的哲学传统，坚持要耶路撒冷向雅典谢恩求拜，坚持"启示的真"没有理性明证的批准

---

　　①　海德格尔从黑格尔与谢林的立场出发，探讨了主体性（Subjektivität）的真理，揭示了谬误（Falschheit）与真理（Wahrheit）的区别。他从荷马史诗文本出发，考证了 aletheia 与真理和正义的联系。他从博克哈特、尼采与斯宾格勒出发，探讨了存在历史与神话之关系。他从城邦政治神话探讨了 aletheia 的实践意义，比较了基督教意义上的神与希腊神话意义上的神，还从荷马、巴门尼德、荷尔德林、里尔克意义上探讨了诗的真理以及林中空地（Lichtung）的诗意存在意义。正是在这种多元论意义上，海德格尔揭示了 aletheia 的神圣意义与实在意义，显示了巴门尼德的思想启示价值。Siehe Martin Heidegger, *Parmenides*, SS. 130-152.

　　②　刘小枫：《走向十字架的真》，上海三联书店 1995 年版，第 29—39 页。

就是"妄念",这些理性哲学家和知识论的大师们,总是以研究垂直线、平面和圆时持有的冷漠与平静来看待约伯式的受苦与喊叫。他们只习惯于从意识的直接材料中去寻求真理,在舍斯托夫看来,这种把任何东西摆在上帝之上的一切企图,最终只能把人引向荒漠。他坚持"圣经真理"的自主性,拒斥希腊理性思想,把《圣经》看作"真理的本源"。在舍斯托夫看来,"十字架上的真"显在生活的激情中,而非显在抽象的观念中,它表明挚爱才是生活的准则。这个法则,是活着的上帝给予的,十字架上的上帝之子的受难,是上帝的救赎之爱战胜现实的不幸和冷酷的明证。

没有神学家不谈论神学的真理,正如没有哲学家不涉及哲学真理一样,从这里可以敏感地看到,希腊神学和基督教神学有着根本不同的神学语境。从这个意义上,巴门尼德的真理之路确实是非常有意思的问题,从巴门尼德的论述中可以知道,巴门尼德就是一位哲学真理的捍卫者。[①]"存在物是存在的,是不可能不存在,这是一条正确的认识道路,是通往真理之路。"神学真理捍卫者所极力捍卫的上帝的存在是无法明证的。在舍斯托夫看来,个人可能获得信仰的路径是:正视而非掩饰个体生活中的全部恐怖。在深渊、恐怖和绝望中,个人会遇到上帝,人信仰上帝,不是证明上帝,这显然是另一条道路。巴门尼德显然没有关心神学真理问题,相反,他很重视哲学真理观的探讨,在关于真理的探索过程中,愈来愈多的人已经谦让地欢迎哲学理性,这就是"独特的希腊精神"。

第四节　恩培多克勒的自然神学与净化理论

1. 科学之思与哲学趋向真理的追问

从史书上的一些记载可以看到,恩培多克勒始终站在时代的前列,他

---

① Martin Heidegger, *Parmenides*, S. 3.

的奇特才能总是能够使他时刻"号召民众"。① 恩培多克勒热衷于科学探索和宗教实践,其"神秘主义"包括双重含义:一是宗教神秘主义;二是自然神秘主义。在恩培多克勒的时代,希腊科学发展到了一定的阶段,但他们对科学的认识与今天有很大不同。用今天的眼光去看科学,科学是反对神秘主义的。在希腊时代,科学刚刚兴起,即便是自然哲学家,对科学也不能给予确切的规范。他们的一些预见和判断,虽以经验和事实为证据,但他们并没有运用完备的科学仪器建立起严密的科学观测。对于这些在自然科学方面,尤其是在天文学、气象学和宇宙生成论方面有创造的思想家,希腊人视其为"神秘主义人物"。② 神秘主义之所以被称为神秘主义,就是因为一般人无法达成对自然的真正认识,当时,只有少数人才能发现自然的秘密并形成科学的认识。恩培多克勒在自然哲学方面做出的一些突破性贡献,就具有神秘主义色彩。③ 事实上,从他的有关论述中可以看到,他那神话思维与经验思维混合在一起的表述,也不能说他在从事自然哲学探讨时没有神秘主义的干扰。只不过,科学神秘主义和宗教神秘主义在恩培多克勒身上有机地结合在一起,这似乎颇为奇怪。从早期希腊自然哲学家的身上可以看到,他们虽然并未完全排斥宗教神秘主义,但是,他们的科学神秘主义与宗教神秘主义之间仍有对立。科学在当时被看作是神秘的,因为它的创造和认识方法不为一般人所理解,宗教是神秘的,因为它需要一些神秘的仪式作为中介,以达成神人之间的沟通。科学与宗教神秘主义的最大区别在于:科学是可以检验的,具有方法性,具有存在的可解释性;宗教则是纯粹的精神事件,无法获得普遍性说明。神秘主义,由人的认识局限性所决定。④ 在恩培多克勒时代,希腊人对于宗教神秘主义和科学主义,皆抱有同样强烈的热情,因为宗教神秘主义能够给他们信仰仪式,他们的心灵有所寄托。科学"神秘主义"则能提供他

①　Diogenes Laertius, *Leben und Meinungen berühmter Philosophen*（Ⅱ）, SS. 135-146.

②　Diogenes Laertius, *Leben und Meinungen berühmter Philosophen*（Ⅱ）, S. 145.

③　W. K. C. Guthrie, *A History of Greek Philosophy*（Ⅱ）, pp. 128-134.

④　Norman L. Geisler, *Philosophy of Religion*, Baker Book House, 1974, pp. 28-36.

们渴求的智慧，他们对自然神秘现象，不再以神话思维去对待而是用科学思维去解释。科学"神秘主义"，从素朴的科学观念出发，对自然现象可以得出一些并不神秘的解释，这样，他们就不必总停留在原始的认识阶段，而能够形成新的科学性认识。恩培多克勒的思想，恰好可以满足民众这两种要求，他既是民众的精神导师，又是民众的生活导师。

恩培多克勒继承了前巴门尼德的思想传统。一般说来，巴门尼德乃至前巴门尼德的思想传统：一是关心自然问题，一是关心传统信仰的问题。恩培多克勒非常关心自然问题，他在前人的基础上提出了"物质始基观"，显示出朴素唯物论色彩，对宇宙自然的神秘现象的解释，闪耀着智慧的光芒，与此同时，特别偏爱科学探索和诗体表述。据拉尔修记载："德奥弗拉斯特肯定地说他是非常钦佩巴门尼德的人，并且在写诗的时候效法了他，因为巴门尼德也用诗体发表了他的论文《论自然》。"①在对待宗教神秘主义方面，恩培多克勒比巴门尼德、赫拉克利特乃至泰勒斯倒退了一步，因为他对宗教神秘主义仍有着强烈兴趣。艾修斯谈道："他把各种元素和由各种元素混合而造成的世界，以及万物在唯一的形式下结合而成的球体，皆看成神灵；他把灵魂看成女神，把纯粹地分享着灵魂的纯粹的东西看成男神。"②这说明，恩培多克勒并未从神话神学中真正摆脱出来。他忠实于奥菲斯—毕泰戈拉传统，并使奥菲斯和毕泰戈拉的学说前进了一步。拉尔修记载："蒂迈欧在他的《历史》第九卷说，恩培多克勒是毕泰戈拉的学生，并且还说，他和柏拉图一样，犯了剽窃毕泰戈拉言论的错误，因而，被禁止参加毕泰戈拉盟会的讨论。"毕泰戈拉同盟是非常严密的组织，恪守神秘信仰和禁忌，其教派律法非常严格，遵循严格的修炼制度，并没有充分的思想自由。像恩培多克勒这样热衷于探索宇宙秘密的人，会倾向于宗教与科学的多种探索。毕泰戈拉同盟在宗教仪式和规范上并无多少创新，他们恪守奥菲斯教的仪式，在宇宙论上的解释，尤其是对数的

---

① Diogenes Laertius, *Leben und Meinungen berühmter Philosophen*(Ⅱ), SS. 135-146.
② 北京大学哲学系外国哲学史教研室编译：《古希腊罗马哲学》，第 74 页。

崇拜,使他们对宇宙和谐有独特的解释。① 从恩培多克勒的思想倾向可以看出,他并未进入毕泰戈拉同盟的高级组织,如果进入了毕泰戈拉同盟的高级组织,那么,不受数的观念的影响则不可能。

恩培多克勒恰好在"数"的观念方面极少发表看法,他可能参加过毕泰戈拉同盟的初级组织,事实上,恩培多克勒继承了这一级组织的规范。例如,在饮食上的一些禁忌,对奥菲斯教的崇拜,但恩培多克勒是极具创新力的人,他不一定加入毕泰戈拉同盟的组织。在当时,奥菲斯教在南意大利极为盛行,他想知道一些奥菲斯教的内部情况并不困难,在恩培多克勒的故乡,至今仍残留有奥菲斯崇拜时期的许多历史遗迹。从那些壁画、各种艺术图式中可以看出,人们对奥菲斯教的狂热和兴盛,因此,恩培多克勒受奥菲斯—毕泰戈拉思想的影响是很自然的事。他对奥菲斯教及其相关的巫术形式相当熟悉,并能施行一些奇术,充分继承了一些宗教领袖自己创造神迹的特点。在《净化篇》中,他写道:"我漫行在你们中间,我是一位不朽的神,而非凡人。我在你们中间受到尊敬,人们给我戴上绶带和花环。只要我戴着这些东西参加男女行列,进入这繁荣的城市,人们便立刻向我致敬。无数的人群追随着我,祈问我什么是求福之道,有些人想求神谕,又有些人在漫长而愁苦的日子里,受各种疾病的痛苦折磨,祈求从我这里听到医病的指示。"②

作为民众领袖,恩培多克勒相当复杂。他受到了民主政治思想的影响,对当时的律法和政治并不反对,但他对僭主政治相当厌恶,也不愿做政治领袖,从不放弃与政治家的斗争,经常批判僭主政治的一些做法。他出身显贵世家,家庭富有,政治上属于奴隶民主派;他反对个人高踞公众之上,这与宗教活动完全不同,在宗教中,他自称为神,他在日常生活中,

---

①　不少哲学史家倾向于认为恩培多克勒受毕泰戈拉学派影响不大,相反,他与爱利亚学派的巴门尼德的思想联系更为紧密。Siehe Franz Brentano, *Geschicht der griechischen Philosophie*, S. 79.

②　W. K. C. Guthrie, *A History of Greek Philosophy*（Ⅱ）, Cambridge University Press, 1965, p. 137.

反对生活奢侈，倡导济贫。据拉尔修记载："当人们要授予他王位时，他拒绝接受，因为他宁愿过俭朴的生活。"亚里士多德也非常敬重他，称他为"自由之冠"，恩培多克勒后来受政敌排挤，去了伯罗奔尼撒。关于他的死，有许多传说，最熟为人知的说法是他跳进了埃特那火山口。策勒尔认为："恩培多克勒的性格与浮士德相似，这种性格只有当在他的性格里认识到对科学研究的激情与极力要使自己凌驾自然之上的同样的激情相结合，才能理解。对他来说，那不只是认识自然的问题，而是支配自然的问题。他的目的是要发现什么力量在支配自然界，使这些力量为他的人类同侪服务。他很像是个有异行之士和魔法师，因为有许多超人的功绩被归之于他。"①恩培多克勒确实是非常了不起的人，荷尔德林、阿诺德、库埃林、勃洛克等，皆为他写过"赞美诗篇"。② 在恩培多克勒身上可以看到一种调和的性格，这一切源于他对民众的深厚的爱，只要是民众需要的，他就去创造，因为在他的身上，很少看到孤独、绝望和狂傲的思想，而是拥有源于民众又引导民众的激情。策勒尔认为，他的两部哲学诗篇《论自然》和《论净化》绝不是相互矛盾的，而是同一心灵的产物。"这些作品中的每一篇皆涉及另一篇；在论净化的诗里含有物理学，而在物理学中发现与另一篇作品同样的厌世观点。因为这两首诗正如恩培多克勒的哲学体系本身一样，形成不可分割的整体；只是其中一篇的着重点放在自然上，另一篇则放在灵魂的情况上。"③这种解释是合理的，对于这样一位对宗教神秘主义和科学神秘主义同样具有激情的思想家来说，写出这样的诗篇并不奇怪。

2. 四根说：诗与思在建构中相融

"四根说"是恩培多克勒提出的物质始基观，这是他对自然生成的解

---

① 策勒尔：《古希腊哲学史纲》，翁绍军译，山东人民出版社 1992 年版，第 58 页。

② Hölderlin, *Der Tod des Empedokles*, herausgegeben von Günter Mieth, Aufball-Verlag, 1995, SS. 7-10.

③ 策勒尔：《古希腊哲学史纲》，翁绍军译，第 59 页。

释,也是试图挣脱神话思维观念的努力。从这里可以看出,希腊理性神学在挣脱神话神学的过程中既决断又藕断丝连。如何去理解"四根说"(Four roots)？我们必须回到"思想史的本文",思想史的阐释与历史思想本身之间有很大区别,因为作为原本的思想是浑然一体的,言说本身就是思想的内在构成,思想史阐释则不一样,阐释者对原文的解读,实施的则是解构和建构的思想方法。① 思想史的阐释或多或少地剥离了原始思想的黏着性,像哲学史上和神学思想史上对恩培多克勒的解释即是如此。对于恩培多克勒来说,他保留至今的一些残篇,只不过是他对一些问题的看法。这些看法并没有严格的学科分界,无所谓朴素的自然哲学观念或新的神学观念。他受到当时思想表述的影响,不再讲述神话,而是试图做出分析和解释,追寻逻各斯,但是,在诗性解释中,又不能完全忽略神话的影响。他的话语表达还残留着一些神话话语的印迹,这里既有传统的因素,又有创新的因素。问题意识和思想线索,决定了对恩培多克勒思想的解释总有拆分与拼合的过程。对于希腊早期自然哲学家而言,从宗教神秘主义向自然哲学观念的转变,其根本点在于对宇宙生成形成新的看法。在希腊神话思维那里,自然的生成是通过神灵的生育完成的。这种神话诗的表达毕竟不是朴素的科学表述,早期自然哲学家所寻求到的宇宙生成观念,总是从物质元素的确立开始。一方面,他们从自然事物的观察中,给予许多事物以具体的命名,例如,水、火、土、气,河、海、天、地,等等,他们通过这种经验去思考和认识自然或征服自然;另一方面,他们又不知这些事物生成的秘密,于是,用神话去解释宇宙生成的历史过程,把万物又看作是神。② 当他们实际生活时,他们认识、接触到的是物;当他们去

① 恩培多克勒这样描述"四重根"："Hear first the four roots of all things/bright Zeus and life-bringing Hera and Aidoneus/and Nestis, who waters the human stream with her tears." Jonathan Barnes, *Early Greek Philosophy*, pp. 131-132.
② 卡普勒指出:四根说中的四个神,宙斯(Zeus)象征火(dem Feuer),赫拉(Hera)象征"气"(der Luft),哈迪斯(Hades)象征"土"(der Erde),勒斯提斯(Nestis)则象征"水"(des nassen Elementes),她是南意大利西里岛的本土神。Siehe *Die Vorsokratiker*, herausgegeben von Wilhelm Capelle, S. 153.

思考这些物的时候,又认为皆是神灵主宰着这一切。

希腊早期自然哲学家的思想进步意义在于,把思想解释的依据还原为人们日常生活的经验依据,既然通过自然经验给予世上万事万物以命名,那么,对宇宙生成的秘密的解释也就用不着去寻求神话的解释。从神话诗的想象和思维中逃离,回到日常经验世界里,以日常生活经验的话语去解释万事万物,这就是自然哲学思想的进步意义。一旦打开了这个缺口,提出世界是由什么元素构成的,就不是件十分困难的事。在自然世界的探索过程中,恩培多克勒发现不能以孤立的元素去解释自然,也不能单一地去看问题,必须从整体出发去看待万事万物。① 恩培多克勒对于流行的神话式话语相当厌恶。在《论自然》中,他写道:"神灵啊,请你们使这些人的谵语离开我的舌头,使纯洁的泉源从我圣洁的嘴里流出来!"②他感到,人们之所以不能对自然形成正确的认识,是因为人们局限于自己的认识器官并以此做出判断。他们只看见自己生活的一小部分便失去生命,结束短促的一生,像青烟样没入空中。每个人皆只是相信自己在迷途中所碰到的东西,而人人却自以为发现了全体。恩培多克勒试图从全体出发去探究自然的奥秘,因为对人来说,"全体是很难看见、听见或者用精神掌握住的"。人怎样才能超越感官认识的局限而获得对自然全体的深刻认识? 在恩培多克勒看来,只能依赖于神示,人自身仍不可能真正给出答案。这也说明,自然哲学观念的提出,并未很快地建立起理性的、科学的坚实思想地基,而强调神示,强调神的智慧,这是早期希腊自然哲学家在探究自然问题时共有的一些相关的托词。

神能否启示智慧? 神是如何启示智慧的? 这个问题是神秘主义的,恩培多克勒就很崇尚神启说。"为人们多方礼赞的,白臂的处女缪斯啊,

---

① 恩培多克勒以"火""气""土"和"水"作为四根,并且以诸神之名象征,作为万物始基论,具有综合与对应的思想倾向。因此,学者们在谈论"四根"时,也一并提及"爱与恨"的统一。因为火与水是热与冷的对立,土与气是厚与薄的对立。Siehe Franz Brentano, *Geschichte der griechischen Philosophie*, S. 89.

② 北京大学哲学系外国哲学史教研室编译:《古希腊罗马哲学》,第 80 页。

我要求你，请你护送那便于驾驶的歌车由虔诚的国度前进，并且让朝生暮死的人听到歌声！"接着，他对神说的话可以看作对人的劝告。在恩培多克勒的思想表达中，不自觉地形成了"代神立言"的倾向。他的断片材料，既带有观察自然的迹象又带有预言和判断的特点。他说："你首先要听着，一切事物有四种根源：照耀万物的宙斯，养育万物的赫拉，以及爱多纽和讷斯蒂，它们让自己的泪水成为变灭的东西的生命泉源。"[①]这是希腊神话神学与理性神学混杂的范例，理性神学不能彻底地从神话神学中分离开来。恩培多克勒用神话的话语表述新的自然哲学观念，理性神学思想在一定程度上与科学探索混合在一起，科学要想彻底摆脱神学，还需要相当长的时间。[②] 应该看到，恩培多克勒的这些表述方式，显然不同于前巴门尼德自然哲学家的物质始基观，因为他们只是提出单一的元素作为物质的始基。恩培多克勒提出了水、火、气、土四个根源，他以"水、火、气、土"四重根作为万物的根源，不仅是对自然哲学家的自然本原观念的综合，而且是对自然事物的结构、比例与构成提出了新的看法。可以看到，恩培多克勒以神名代替自然事物，这多少还是受到了神话诗的影响。"宙斯与赫拉"，在传统神话中指称天地和生育；"爱多纽和纳斯蒂"，分别指称水和土。这样一来，宙斯代表"火"，赫拉代表"气"，爱多纽代表"水"，纳斯蒂代表"气"，这与神话诗中的传说多少有所不同，带有恩培多克勒的独创性理解。

恩培多克勒并没有把四位神和四重根一一对应起来，康福德认为："虽然四元素被称为神（因为不配）而且采取了神话的名字，但他们不是活着的。"[③]这种对应是后人的猜想，自从塞奥弗拉斯特以来，人们倾向于把四位神和四重根这样联系起来。在这里，恩培多克勒不完全遵从奥林匹

---

①　北京大学哲学系外国哲学史教研室编译：《古希腊罗马哲学》，第 81 页。

②　在卡拉尼（Garani）看来，这是一种诗和类比的方法，是明喻（Similes）与隐喻（metaphors）的修辞运用，所以，他将恩培多克勒视作修辞学之父。See Myrto Garani, *Empedocles Redivivus：Poetry and Analogy in Lucretius*，Routledge，2007，pp. 95-157.

③　W. K. C. Guthrie, *A History of Greek Philosophy*（Ⅱ），p. 155.

斯神话系统,他融入了南意大利神话文化观念,"纳斯蒂"是西西里的水神,"埃多纽"则是西西里人对地狱之神哈迪斯的称呼。恩培多克勒是对传统和新生事物皆充满热情的诗人,他以神话名词表述自然本原观,这在当时非常自然,希腊哲学真正严格的理性表述,是自亚里士多德开始,而在亚里士多德之前,思想表述富有诗情非常普遍。这种诗性表述的宗教文化成分不可夸大,对于恩培多克勒来说,运用经验和观察的方法穿过神话的迷雾,去看待自然万物是可能的。[①] 在可见的自然万物的背后想象并虚拟出神灵世界也很自然,他把诗与哲学、神话思维与科学思维真正调和起来了,并显示出神学与科学并列的二元论立场。我们既要看到恩培多克勒诗性表达中的科学因素,又要看到他的诗性表达中包含的宗教因素。毕泰戈拉学派比较好地解决了宗教与科学的矛盾,他们以科学的神秘去服务于宗教的神秘。在恩培多克勒身上仍保留着这种倾向,他试图把这两者分离开来的艰难努力。科学的观察可以脱离宗教,宗教的思维可以脱离科学,这是两个不大相关的领域,可以有不同的方法和不同的目的。如果不是恩培多克勒以诗性话语来表达这种思想,那么,恩培多克勒的科学观和宇宙观是能得到清楚区分的。事实上,大多数思想史家,皆是从分离的方面去考察恩培多克勒的思想,在恩培多克勒这位热爱新生事物并热衷于神秘事物之探讨的思想家身上,这种二元论倾向是很自然的思想特质和事实。

我们必须看到,恩培多克勒关于"水、火、气、土"四根说,有着浓厚的神话背景和自然哲学背景。据哲学史家考察,早在荷马的《伊利亚特》中,神话诗人就将充满"火"的天体归于宙斯,"水"归于海神波塞冬,浓暗的"气"归于地狱死亡神哈迪斯,"土"则为宙斯、波塞冬和哈迪斯所共有。恩培多克勒的四根说,比这种说法有了很大进步,但在思想史上,恩培多克勒的思想形成有这样的历史根源不可忽视,这是恩培多克勒的自然观的表现。姚介厚指出,恩培多克勒所说的"根",就根源意义说已经是指物质

---

① Walther Kranz, *Die griechische Philosophie*, SS. 71-75.

结构的基本元素,是指作为物质内在构成的本原,他已不再停留在单一的物质本原的表面物态变化上,而是开始进入物质内部构造的奥堂,最早提出了关于物质结构的"元素理论"。"四根",已不是单一的物质本原,而是物质内部构造的四个基本要素,它们不再是通过表面的物态变化,而是通过结合和分离的构造活动,使事物生成和毁灭。"它们作为物质结构的基本元素在质上是不可变的,它们作为永恒存在的全体,也是没有生成和毁灭的。"恩培多克勒的四根说,显示出物质结构元素的崭新意义。[1] 恩培多克勒非常注重经验科学,他将元素论运用到认识活动的考察中,对视觉等感官和心灵的活动提出了全新的看法。塞奥弗拉斯特记载:"恩培多克勒试图说明视觉的本性,他说眼睛内部是火,火的周围是土和气,由于眼睛结构精细,所以,火能够像灯笼里的光一样通过土和气。火与水的孔道是交替排列的,通过火的孔道,看到光亮的对象,通过水的孔道则看到暗黑的对象。每一类对象皆同孔道相适合,各种颜色皆是由流射进入眼睛的。"(DK31,A86)恩培多克勒进而认为,整个天体系统,皆是由物质元素在宇宙演化中形成的。他认为,宇宙从最初的那个斯弗拉中首先分离出来的是气和火,这种朴素认识论用于解释自然万物,有时不免显得太机械。例如,"大地遮住落下去的太阳而造成黑夜","虹从海里带来风和暴雨","气在地中生下深根","大地的汗就是海",等等。从这些模糊的判断中可以看到,恩培多克勒的思想仍带有原初的猜想性质。即在观察的基础上想象或在想象的激发下,扎扎实实地去观察和思考,这也充分体现了毕泰戈拉学派的智慧。[2]

---

① 汪子嵩等:《希腊哲学史》第 1 卷,第 807 页。

② 虽然恩培多克勒提出了"四根"与"爱争"理论,但是还停留在诗性想象与诗性综合的地基之上,因此,他与毕泰戈拉学派重视经验与归纳更加相似,还没有达到巴门尼德有关存在与非存在,真理之路与意见之路的哲学反思高度。Leonid Zhmud, *Pythagoras and the Early Pythagoreans*, pp. 360-365.

3. 自然世界的爱恨争执与生命存在

对恩培多克勒思想的考察,在很大程度上只能说去理解那些能够理解的。在他的理性神学话语和科学、哲学话语中,那些不能理解的,要么与现代思维差异太大,明显看得出一些缺陷,要么因为古代思维和语言表述的复杂性,现代人根本无法理解。他的"爱争说",正是神学话语与科学话语的关联形式。他的解释有不少经验论的成分可以作一些分析。恩培多克勒在自然观察的基础上提出:"在一个时候,万物在爱中结合为一;在另一个时候,个别事物又在争的冲突中分离。"(DK31,B17)这种颇带诗意的表述,显示他比以前的自然哲学家前进了一步。如果说,赫拉克利特的观察和隐喻表达主要是人生的感悟,那么,恩培多克勒的观察和诗性表达则是对自然规律的深刻把握。① 赫拉克利特的"万物皆流""人的性格就是他的守护神"等等,主要是对人生的深刻把握,仿佛人只有体会到这种思想的意义才能真正具有智慧。恩培多克勒不是从天道出发去体察人道,而是从人道出发去体察天道。他的思路刚好与赫拉克利特相反,他从"人道"中发现"爱与恨"两种基本的情感态度。他认为,自然万物皆可以从这两种基本的力量去理解。"因为它们以前存在,以后也将同样存在,我相信,这一对力量是会万古长存的。"(DK31,B16)当恩培多克勒用他所发现的这种基本规律去观察大自然时,他非常欣喜,充满激情。他看到了万事万物之间所具有的爱与恨这两种力量,但并没有指明这种"爱与恨"形成的根源。

恩培多克勒的话语,符合人们的日常生活体验,万物之间确实存在这两种基本力量,这两种基本力量并不外在于万物,如果没有万物之间的相互关联和相互作用,就无法找到这两种对立的力量。② 他运用朴素认识

---

① 恩培多克勒将事物间的联系视作爱(love),将事物间的对立视作恨(strife),这是一种有趣而形象的诗性思维。Jonathan Barnes, *Early Greek Philosophy*, pp. 133-134.

② Giannis Stamatellos, *Introduction to Presocratics*, Wiley-Blackwell, 2012, pp. 105-105.

论观念指出万物之间的基本关系，"在一个时候，个别的存在物由多数事物结合长成，在另一个时候，这个存在物又分解了，由一个东西成为多数事物"。类似的科学话语或神学话语，总是闪耀着辩证法的光芒。恩培多克勒虽并未直接提到神话，但从他的解释中可以看到，希腊神话神学所蕴含的朴素认识论观念值得重视。他并未简单地否定神话神学，总是试图对神话神学话语进行解释，寻求希腊神话思维的历史合理性，他在神话神学解释中融入了科学色彩，显示出希腊神学从神话到逻各斯转变所具有的历史特点。恩培多克勒指出："在一个时候，一从多中聚集而长成个别的存在，在另一个时候，它又分解了，从一成为多：火、水、土以及无限高的气。在这四种元素之外更有那毁灭性的恨，它在任何地方皆是同样重要的，在四种元素中更有爱，爱的长和宽是相等的。"用你的精神去考察爱吧，因为爱也在变灭的肢体中生着根并且起着作用。友爱思想的产生，统一工作的完成，就是凭借着"爱"，人们称它为"喜乐之神或爱神"。[1] 这种对自然现象的理解，显然也适合希腊原始神话思维的解释。

恩培多克勒用"爱"与"恨"解释自然万物的变化和发展，确实非常有意思。他说："两个力量的这种竞争，由人的四体百骸可以看得很明显：在一个时候，当生命力洋溢的时候，在爱的统治之下，一切肢体便团结起来成为整体。在另一个时候，由于各种可恶的冲突力量，一切肢体便各自分离，颠倒错乱，在生命的边缘上挣扎。"[2] "因为这一切元素—太阳、地、天、海—皆与它们的部分在'爱'中连成一气，这些部分远远地离开了它们产生在变灭的世界里面。一切迫切要求混合的东西，也同样是彼此相似，在爱中连成一气的。相反的，凡是在来源、混合和外形上皆相距极远的东西，则彼此极度仇视，完全不习惯于结合，垂头丧气地听从冲突的命令，就是冲突使他们产生出来的。"[3] 恩培多克勒不仅看到了事物的爱与恨的状

---

① 北京大学哲学系外国哲学史教研室编译：《古希腊罗马哲学》，第 82 页。
② 北京大学哲学系外国哲学史教研室编译：《古希腊罗马哲学》，第 83 页。
③ 北京大学哲学系外国哲学史教研室编译：《古希腊罗马哲学》，第 84 页。

态,而且看到了自然事物的自在状态。① 例如,他对宇宙的观察,"在那里走不出太阳的敏捷的肢体,也分不出大地毛茸茸的力量,也分不出海洋。圆圈的球体处在和谐的固定牢狱中,在它的面面孤独的状态中自得其乐"。"在它的肢体中没有纷争,也没有不当冲突。"然而,"这个滚圆的球体在各个方面皆相等,并且到处是无限的,它在面面孤独的状态中自得其乐"。

这说明,恩培多克勒不仅看到了事物之间的"爱"与"争",也看到了宇宙事物的孤立与和谐。科学观念用这种神学话语加以表达,别有力量,它使人深刻而又形象地理解自然的生命本质。他还谈道:"当冲突到达漩涡的最深处,爱到达旋涡的中心时,这一切便在爱中间结合起来形成一个统一体,这并不是一下造成的,而是一个从另一个而来,自愿地结集在一起。从这个混合中便生出变灭的生物的无数种族。然而当冲突仍然在那里盘旋时,在混合了的东西之间仍旧有许多未混合的东西。因为冲突并不是完完全全地从那里走出来,到了圆圈的最外边,而是仍然部分地在其中盘踞着,不过它也部分地从(全体的)肢体(元素)中出来了。它越跑出来,无瑕的爱的柔和神圣的冲力便愈向前推进。于是,变灭的事物就很快地生长出来了,它们以前原来本是不朽的,那些混合物,原来本是纯粹的,现在改变了道路了。从这些混合中流出了变灭的生物的无限种族,具有多种多样的形式,蔚为奇观。"②在这一表述中,科学的、神秘的、诗性的诸多因素完全混杂在一起。③

恩培多克勒的"爱争说",深刻地洞察了自然事物生灭变化的根本力量。这种新的宇宙生成论和宇宙运动论,既有其神话精神作为依托,又打

---

① 恩培多克勒的爱恨争执理论,其实,比他的四根说更具哲学意义,它可以与巴门尼德的真理与意见、存在与非存在理论相提并论。格拉汉(Graham)极为强调恩格多克勒与阿拉克萨戈拉的思想是对巴门尼德的应答。See Daniel W. Graham, *Empedocles and Anaxagoras*: *Responses to Parmenides*, *The Cambridge Companion to Early Greek Philosophy*, pp. 165-176.

② 北京大学哲学系外国哲学史教研室编译:《古希腊罗马哲学》,第85—86页。

③ Patricia Curd, *Where Are Love an Strife? Incorporeality in Empedocles*, *Early Greek Philosophy*, edited by Joe McCoy, pp. 124-138.

碎了神话的宇宙生成论和宇宙运动论的神话框架。他的"神即自然"的观念,打下了希腊神话神学的朴素唯物论印迹。在恩培多克勒的思想断片中,他把"神"比拟为"画师",把自然宇宙的生成归结为四种元素以两种基本的方式(爱与恨)构成的运动。希腊神话神学的自然主义解释,在恩培多克勒这里获得了特殊的意义。在希腊神话神学中,神学诗人早就看到,事物的胜利离不开"爱"的力量。例如,赫西俄德的《神谱》,具体描述了这种原初的生命观念、自然生成观念和自然生成的历史;在《伊利亚特》中,由于阿波罗、雅典娜、赫拉、阿佛洛狄特的爱与恨,雅典和特洛伊交战双方胜负难分;在《奥德赛》中,由于神的爱与恨,奥德修斯历经磨难才重返故乡。在神话史诗中,这种爱与恨的力量是源于神力的,只有神的爱与恨才能决定人的命运。恩培多克勒的思想,虽然与这种神话思维有关,但他的思想显然比这种神话思维大大推进了一步。[①] 关于事物运动变化的解释,不再从神力方面去解释,这是神话神学话语与理性神学话语之间的根本性区别。在恩培多克勒宇宙论体系中,"爱"与"恨"是事物之间的关系。这种力量不是源于神力,而是由事物的变化关系构成的。离开了具体的事物关系,这种对立就不存在,正是因为有这种力量,宇宙间的万物处于不断的生灭变化中。他看到了茫茫宇宙是无限的,它在孤独的状态中自得其乐。恩培多克勒"对神话思维的超越"显而易见,他的宇宙演化观念,是对神话诗人的宇宙进化观念的理性改造。在神话诗人看来,宇宙的生成依赖于神的生成关系,宇宙由神来主宰,宇宙中的神灵居于奥林匹斯的山巅之上。宇宙大地、海洋和万千生灵,皆由神灵主宰。从黄金时代的人类到黑铁时代的人类,其命运的变化由天神主宰。恩培多克勒建立了全新的宇宙演化观,他将全部宇宙演化的历史描述为"爱和争"两种力量在斗争中此起彼伏或轮流消长,造成四种元素的分离和结合这样周而复始、

---

① *Early Greek Philosophy*, edited by Joe McCoy, pp. 134-137.

循环往复的过程。①

　　恩培多克勒按照"爱与争"的轮流交替,将宇宙循环演化的每个周期分为四个阶段:第一阶段,是爱的力量占主导地位。爱的力量统治整个宇宙球体,将一切东西皆混合在一起,爱处在球体中心形成漩涡运动,争的力量只能潜伏到球体外层最边缘。"在它的肢体中没有纷争,也没有不当的冲突。"(DK31,B27)"当这一切结集时,争就退到最外的边缘上了。"(DK31,B36)第二阶段,则是争的力量崛起。争从外层边缘侵入球体,将爱的力量向球体中心压迫,造成各元素从绝对混合中分化。"当争在神的肢体中增长,喷薄而出,表现出它的优势,当它们的严密誓约设定的交替期期满之时,神的一切肢体便依次震动了。"(DK31,B30)"争"从外围侵入混合体,同"爱"发生冲突,吸收和排斥两种力量的相反作用产生回旋式运动,使各种元素从绝对混合体中分离出来,又由于爱和争的交互作用,化生出世界万物,并形成天地,日月、星辰和江河、大海等等构成大自然的基本框架。第三阶段,争的力量达到高峰,占据主导地位。由元素结合成的一切物体皆解体了,各种元素相互处于绝对分离状态,第一个元素自己聚集在一起。"由于一切重的东西和一切轻的东西分离,宇宙就成为神秘可怕,没有秩序。"第四阶段,爱的力量重新崛起。爱的力量又从中心扩散开来,将争的力量自球体外层挤压,各种不同的元素又重新结合,形成另一个自然和生命世界。直到爱的力量逐渐达到顶峰,使各个元素又绝对地混合在一起,回复到最初的绝对和谐、混沌的斯弗拉,再开始下一个周期。

　　他的这种宇宙演化观,强调对立冲突,具有强烈的情感色彩,也可以看作是神话解释学。他给予神话思维以合理性解释,使神话的人格化生

---

　　① 布伦塔诺指出:Erde＝Aidoneus，Luft＝Here，Wasser＝Nestis，Feuer＝Zeus，他进而提出:宇宙的开端即建立了完满的混合(Vollständige Mischung)。爱(独自)支配一切,恨(争执)则软弱无力(Die Liebe allein Waltet, der Streit ist mechtlos)。他还谈到爱恨争执的推动力,这就是"斗争"(kampf),"斗争持续不断地继续"(Der Kampf dauert fort)。这些概括,符合恩培多克勒的思想意图,显示了哲学反思的意义。Siehe Franz Brentano, *Geschichte der griechischen Philosophie*, SS. 82-85.

育关系,变成大自然的生灭变化关系。这种描述,带有较强的情感性质。这种笼统的描述,虽无法解释成自然的演化史,但显示了自然运动的对立统一并具有科学话语的合理性。希腊神话神学本来就包含粗浅的唯物论成分,只不过,神话神学想象把这种素朴的自然唯物论变成人格化观念。① 一旦把自然被人格化,所有的东西就成了主观化的产物。正如恩培多克勒所言,"因为是以自己的土来看土,用自己的水来看水,用自己的气来看神圣的气,用自己的火来看毁灭性的火;更用自己的爱来看世界的爱,用自己的可厌的恨来看它的恨。"恩培多克勒的自然演化观和宇宙生成论,具有素朴的唯物认识论意义,无疑是对神话神学思维的极大突破。恩培多克勒保存了神话的一些话语表述原则。由于他转变了讨论的对象,由"人道"转向"天道",由"人生"转向"自然",他的自然哲学的观察和探索就具有崭新的意义。这种理性思想思索也有想象的成分,他本质上是"诗人",不失时机地把自然人格化,但这并不影响他的宇宙生成论的科学表述。②

4. 宗教净化、音乐净化与道德净化

恩培多克勒在自然观念上的大胆而合理的解释,无疑有助于推动希腊思想的进步。这种新自然观念,使希腊人能够逐渐摆脱传统宗教的束缚。在希腊传统宗教(奥林匹斯教)中,灵魂的地位并未特别突出,因为传统宗教重视神,重视生命,并不太重视灵魂。在《奥德赛》中,奥德修斯访问冥府并见到那些死去的英雄,死去的英雄们最大的愿望是"生",在冥府里,灵魂的孤独无助状态,灵魂所受到的折磨,灵魂的痛苦皆没有被特别强调。新兴的宗教,奥菲斯教乃至厄琉西斯秘仪,倒是特别强调灵魂问题,尤其是奥菲斯教强调生命轮回和灵魂不朽。这种新型宗教来自色雷斯,以狄奥尼索斯作为"主神",狄奥尼索斯是具有创造天性的神。对他的

---

① Jonathan Barnes, *Early Greek Philosophy*, pp. 141-146.
② *Die Vorsokratiker*, herausgegeben von Wilhelm Capelle, SS. 194-202.

祭祀是在山顶点燃火把,伴随着狂热的音乐所举行的夜间仪式,他的崇拜者通常是妇女,她们像酒神侍女那样跟随着他,在狂热的舞蹈里,挥舞着松果状尖顶的节杖,直到进入神魂颠倒的状态。[1] 这一宗教被确定为信仰,是与色雷斯游吟诗人奥菲斯联系在一起的。奥菲斯教相信,"肉体是要死的,灵魂是永恒的",无始无终,"灵魂被禁锢在人的肉体凡胎之中",这是惩罚灵魂在其神性存在过程中所犯的某种违法背律行为。肉体并非灵魂的工具,倒是它的镣铐、监狱和坟墓,灵魂必须经历数千年的再生轮回,遍历地狱的净化,并进入各种植物、动物和人体诸阶段。

灵魂只有遵循符合奥菲斯教的戒律,过纯洁的生活,才能最终从生死轮回之中解脱出来,回到神性的极乐状态。[2] "奥菲斯教",把诸神的名字看作是表述那构成整个世界核心的"一元尊神"的多重作用和显现的不同名称。例如,哈迪斯、宙斯、赫利俄斯以及狄奥尼索斯是一体,"一元尊神"寓于万物之中。古希腊是相对开放的民族国家,他们并不排斥外来文化。奥林匹斯信仰固然重要,但对灵魂问题不太关注,无疑使这一宗教本身缺少深层信仰的内容。人并不甘愿屈服神的命运,不仅关心人的今生,而且关心人的来世。希腊社会有关来世的思想很少,奥菲斯教的传入无疑起到了积极作用。奥菲斯教传入希腊之后,迅速在希腊各地产生巨大影响。在奥林匹斯教之后,代之而起的奥菲斯教成了希腊人新的关注焦点,尽管奥菲斯教的教义与希腊人本有的信仰是冲突的。[3]

在自然探索中,恩培多克勒也感到,仅仅解决了自然演化和自然之本原问题,仍无法解释许多复杂的人生问题。在自然问题之上,人生问题特别重要,人生问题的解决无法依赖自然哲学,因而,在自然哲学之外还需要精神哲学。他在自然哲学探讨之外,关注精神信仰问题,关注人类心灵

---

[1] C. D. Burns, *Greek Ideals*, *A Study of Social Life*, pp. 35-45.

[2] *The Fragments of Empedocles*, translated by William E. Leonard, The Open Court Publishing Company, 1908, pp. 53-65.

[3] Jon D. Mikalson, *Greek Popular Religion in Greek Philosophy*, Oxford University Press, 2010, pp. 107-109.

问题,无疑具有特别的意义。他不仅超越了传统神话,建立了新的自然哲学观,而且深入探究人的灵魂问题,建构了新理性神学话语。他的自然解释和神学解释,皆是希腊人所迫切需要的。对于恩培多克勒时代的希腊人来说,他们很关心生命轮回问题,灵魂不朽学说是他们坚信不疑的。按照奥菲斯教的教义,他们感到了灵魂的脏污,如何涤除罪恶并使灵魂净化,从而摆脱生命轮回的低级阶段,进入神性自由阶段,成了希腊人关注的中心问题。恩培多克勒极具实践精神,他不仅思考和解释自然的奥秘,而且运用自己的智慧和技术防御大自然的灾害。由于他懂医学并常为人治疗疾病,既然有那么多人关心灵魂净化问题,那么,恩培多克勒建立一套系统的净化理论很容易理解,况且,他受到过毕泰戈拉学派的影响,实施灵魂净化,应该不是一件难事。恩培多克勒对医学很有研究,他的净化理论与医学实践有一定联系。①

　　"净化"是奥菲斯教的重要教仪,在所有严格的宗教仪式上大多有类似净化的仪式,一般是采取祭酒、祛邪、戒欲和清水净身的方法。西披里托斯(Hippolytus)认为,还应包括"节制性欲"。② 恩培多克勒积极宣传灵魂不朽、生命轮回观念,并以理性修正奥菲斯教的宗教学说,抨击通俗的多神教。他相信,在自然事物之上有神圣的精灵的领域,这些精灵是永生的,并生活在极乐和神圣的集体里。那些犯罪的精灵则遭到驱逐,这些精灵必须在外游荡"三万年",经历植物、动物和人身诸多轮回。在低级的生命形式里,灵魂的最佳寄寓之所是月桂树和狮子体内。③ 生命的高级阶段,由祭司、医生和君主的身体而形成。他说:"精灵如果罪恶地用血污染了自己的肢体,并且发了错误的誓言去追随恨,就要过长期的罪孽深重的生活,被从幸福乐园里放逐出三万个季节(Great Year),去过各种有生灭形式的生活,从这一种变为另一种。强劲的气将它们赶进海里,而咆哮的

---

①　W. K. C. Guthrie, *A History of Greek Philosophy*(Ⅱ), p. 244.

②　W. K. C. Guthrie, *A History of Greek Philosophy*(Ⅱ), p. 245.

③　Giannis Stamatellos, *Introduction to Presocratics*, pp. 107-109.

海又将它们喷涌到干燥的陆地上,大地再将它们赶在炽热的太阳光下,太阳又将它们投到以太的边缘。一种元素将它们从另一种接过来,又谁都讨厌它们。"他哀叹:"这个悲哀的大地,总是伴随着死亡,神谴和给人厄难的征伐;炙人的瘟疫、腐烂和洪水于黑暗中在草地上泛滥。"(DK31,B121)

恩培多克勒认为,灵魂在没有获罪,没有被放逐以前,是同神生活在至善世界里的。他写道:"在他们中间,没有被崇拜的战神,没有争斗的呼号,没有宙斯作为他们的王,没有太阳神克洛诺斯,没有海神波塞冬,只有爱神才是女皇。他们将神圣的礼物献给她,为她描绘肖像;种种香膏和纯净的没药脂、甜醇的乳香,芳香扑鼻,棕色的蜂蜜作为奠酒洒在地上。那里没有被公牛血的恶臭所玷污的祭坛,而且,那种撕裂生物吞噬它们美好的肢体,被认为是最可恶的亵渎。"(DK31,B128)关于对恩培多克勒《净化篇》的解释,姚介厚认为:"恩培多克勒描述这样一种和平乐园,在某种意义上,是以宗教形式表达了人民对和平生活的向往。"① 在恩培多克勒看来,人必须通过净化手段,洗涤罪恶,才能使灵魂重返到各诸神同在的极乐至境。恩培多克勒的净化手段,有一些与毕泰戈拉的禁忌相同。例如,禁忌吃豆类、月桂,这可能受毕泰戈拉学派的影响,事实上,这是奥菲斯的教义之一。净化方式也是通行的,即戒绝邪恶,灵魂在邪恶的状态是不能解脱的。因此,必须过道德的生活,一般严肃的宗教皆有与道德相关的内容。恩培多克勒自己非常重视这种道德生活的形式。② 这种净化,除了严格要求自己之外,必须有舍己为人和无我的品格,这一点在宗教道德中被高度倡导。格思里谈道:"无论情愿还是不情愿,当人冒犯了神圣仪式,使自己变得不洁时,净化是必要的。"③

在恩培多克勒的净化手段中,他最重视知识净化。这种净化方式,与毕泰戈拉学派相关。恩培多克勒虽未能进入毕泰戈拉同盟的高级组织,

---

① 汪子嵩等:《希腊哲学史》第 1 卷,第 725 页。
② *Die Vorsokratiker*, herausgeeben von Wilbelm Capelle, SS. 188-198.
③ W. K. C. Guthrie, *A History of Greek Philosophy*(Ⅱ), pp. 244-245.

但他认识到了知识净化的积极意义。他写道："诸神就是那些获得丰富的神圣知识的人；那些可怜的不幸的芸芸众生只有对于诸神的模糊的朦胧的意见。"只有通过知识的修炼才能认识事物的真谛,他把预言家、诗人、医生和王族视作能进入诸神行列的人,"最终,他们出现在芸芸众生之中,作为占卜预言家、诗人、医生和王族。此后,他们升华成为荣耀的诸神,分享其他诸神的筵席,解脱了人间哀苦,免除了命数,不会再被伤害了。"(DK31,B147)恩培多克勒似乎对净化的方式和方法很重视,但并没有充分深刻地揭示净化的本质意义。"净化"这种独特的个人修炼方式,在宗教中是特别重要的认识途径,心灵的净化,比肉身的净化意义更为重大。"净化",在宗教和美学中一直非常受重视,这是独特的精神生活方式。后来,亚里士多德把净化问题和悲剧艺术联系了起来。宗教净化与宗教体验、审美净化与音乐艺术、艺术净化与悲剧艺术彼此联系,显示了人类精神生活的独特意义,恩培多克勒的神学解释,并没有超出当时希腊宗教发展的水平,信仰问题也没有提升到重要位置上来。①

"净化",是宗教道德律,是对人性的改造,但如何通过宗教创造更具灵性觉悟的人,恩培多克勒没有涉及。希腊人生观认为,肉身的人才是真正的人,在阳光下的人世生活才是真正的生活;奥菲斯教的人生观,相信灵魂永恒不灭,人世生活是一所地狱,监禁与惩罚,只有在彼世或在灵魂从肉体的禁锢中解放出来时才是"神性的存在"。② 热情的希腊人投身于奥菲斯教,主要是感受到道德生活和灵魂生活的必要。希腊相对过度的自由,已使道德生活松弛,新的宗教无疑有助于重新建立新的道德生活。奥菲斯教毕竟不是树立信仰的宗教,只是"人性宗教","灵魂不朽",成了人追求神性生活的保证。由于缺乏唯一神信仰的约束,希腊人还不可能具有严格意义上的宗教道德和宗教信仰生活,恩培多克勒能从净化入手

---

① 格思里认为:像其他希腊诗人一样,恩培多克勒对复数的"神"(gods)也没有进一步详述。W. K. C. Guthrie, *A History of Greek History*(Ⅱ), p. 258.
② Giannis Stamatellos, *Introduction to Presocratics*, pp. 58-60.

去探究宗教的文化功能意义,在希腊理性神学史上是重大突破。从恩培多克勒的科学解释和神学阐释中可以看到,恩培多克勒坚持的是二元论立场,既相信客观实在又相信神秘世界,既肯定物质元素又肯定精灵,既相信自然哲学又相信精神信仰。他的思想具有调和折中的倾向,他所信仰的神遍及世界的圣灵,具有浓郁自然精神的对立的自然力量。自然中两种对立的力量,使万物的四种始基构成"运动与和谐"。他相信神性与自然的统一性,在自然背后看到神性,在神性世界瞥见自然实在。[1] 恩培多克勒是重视现世生活和精神生活的人,继承了希腊传统宗教和奥菲斯教的思想信仰,将希腊理性神学话语与希腊神话神学话语有机地统一了起来,并代表了理性精神传统的科学知识立场与道德实践反思意向。[2]

---

[1]　Bruno Snell, *Die Entdeckung des Geistes*, *Studien Zur Entstehung des europäischen Denkensbei den Grichen*, S. 277.

[2]　与恩培多克勒(Empedokles)同时代的哲学家阿那克萨戈拉(Anaxagoras),其后的原子论者留基伯(Leukippos)以及德谟克利特(Demokrit)等,也留下了有关自然的神话想象或神学思想断片,我们就不一一加以探讨。Siehe *Die Vorsokratiker*, herausgegeben von Wilhelm Capelle, SS. 203-352.

第七章　希腊理性神学的哲学重建

第一节　从智者的疑神论到苏格拉底的理性神

1. 宗教怀疑主义与重建精神价值

从反传统神学到重建神学,从有神论转向无神论,希腊神学革命的进程,始终被新观念推动着;持续一两个世纪的希腊神学思想转变,到了智者普罗泰戈拉和高尔吉亚的时代,已变得非常激进。希腊智者的思想探索,始终关注传统神学信仰的真实可靠性问题,因此,智者疑神论观念的提出,是当时思想发展的必然要求。此时,自然哲学问题已悄悄退出希腊思想的中心位置,人类生存问题和人类精神价值问题上升到从未有过的思想高度。"智者运动",使希腊人对现实生活的态度变得过于实际,此前,极具影响力的世界本原问题、宇宙生成论问题,他们一概弃之不顾,代之而起的是对演讲、辩论、修辞学与语言的高度重视。[①] 在希腊传统中,智者们推重的演说和辩论技巧有一定的地位,这种日益普及的演说和论辩技术,对于推进希腊民主政治和法制无疑起到了积极的作用。由于后期智者把这种论辩技术引向诡辩,使智者有了恶名,智者的知识传授技

[①]　欧戈莱迪(O'Grady)在《何谓智者》一文中谈道:"智者遵从职业规则,但是,他们绝非一个流派或行会(guild)。他们教他们的学生怎样去参与公共事务,在政治中,在商业中,在他们的个人生活中获得成功。他们的方法是把技术灌输给他们的学生,就像把牛奶倒入壶中。" *The Sophists*, *An Introduction*, edited by Patricia O'Grady, Duckworth, p. 18.

术,对于后来的柏拉图学院的建立,也起到了重要的推动作用,在此,我们只探讨"智者对神的看法"以及"智者与苏格拉底的关系"。在人类生活的历史进程中,每当人们创造性地发现了新的东西,总喜欢找到"神性的根源",并视之为神的创造性属性和社会职能。在希腊普通人的信仰中,"神与人同形同性的观念"十分突出,他们总是把自然现象或社会现象虚拟成对应的神或神的职能。① 人们把不可理解的神秘事物皆视为"神的意志",却找不到任何客观依据。当人们的希望无法实现时,这种"寄托神助的心意"就会落空,由此也就失去了一份对神的信赖。

在塞诺芬尼之后,单纯对希腊神学诗人的神学观念进行批判已毫无新意,对于智者来说,他们必须找到"新的否定神学的理由"。基尔弗德(Kerferd)认为:"希腊世界从来就没有统一的宗教,他们从未有过像《圣经》和《古兰经》这样的权威著作,既没有统一的信条,也没有杂多的信条。在祭祀、仪式或神话方面,也没有任何相同性。"这是从基督教和伊斯兰教这样的独一神信仰视角去看的。由于人们常把"雅典的宗教仪式"看作"希腊宗教"的代称,这种看法颇有道理。② 普罗泰戈拉是思想的自由探索者,并不在乎背上所谓"渎神"的罪名。关于普罗泰戈拉的疑神论思想,历来在翻译上有不少分歧。翁特斯泰纳不仅译出了残篇,而且还译出残篇的转述语境。陈村富从意大利学者翁特斯泰纳的著作中重新译出,译文是这样的:"普罗泰戈拉曾经是德谟克利特的门徒,他得到无神论的称号,据说在他的论文《论神》中确实说过:关于神,我不能体验(感受)到他们是这个样子存在,抑或不是这个样子存在,我也不能体验到他们的外貌究竟代表什么意思。妨碍体验的困难很多,不仅不可能有关于神的亲自感受,而且人生是短暂的。"③在这里,普罗泰戈拉对神的怀疑,不仅针对世俗生活中的神灵观念,而且针对哲学家的神学话语,因为理性神中对神

---

① M. P. Nilsson, *A History of Greek Religion*, pp. 134-158.

② G. B. Kerferd, *The Sophistic Movement*, p. 163.

③ 汪子嵩等:《希腊哲学史》第 2 卷,第 190 页。

的分析和规定不可能被普通人接受。

　　普罗泰戈拉的这种疑神论思想的提出有其理由,爱利亚学派的麦里梭也提出过类似的看法。麦里梭说:"关于神,不可能作出任何陈述,因为人们不可能有关于神的任何知识。"在神学诗人那里,他们相信神的存在,既然有神秘不可知的领域,那么,可以假定神的存在。神秘不可知的存在只可想象而无法证实,因此,他们认为关于"神的创造"只是诗人的想象。他们的想象,虽然超不出人类认知的范围,但是,可以通过自然比拟或者拟人化,把神想象成优越于人并决定人命运的神圣力量。① 这种神秘的领域成了诗人的特权,成了诗人想象的自由表达。千百年来,人们正是根据诗人的描绘来想象神的形象和神的生活;一些画家和雕塑家根据神学诗人的想象和自己的理解,构想并创造出神的实体形象,仿佛神迹真有其事,并将神的外貌定型化了。对于富于想象并热爱想象的人们来说,这种创造是有意义的,而对于理性的人来说,为什么把神想象成这个样子而不想象成另一样子,这其中定有许多主观随意性的地方。既然如此,每一民族或每个人,皆可以构造出"新的神像"。智者的疑神论,在爱利亚学派的神学批判基础上形成,塞诺芬尼的观点是疑神的好依据,但是,普罗泰戈拉显然比塞诺芬尼走得更远。因此,对于共同信仰的维护,对他来说简直是不可思议的事。为此,还可以从其他宗教中找到一些相关的例子。例如,犹太教和《旧约》中"不准树立偶像","不准描绘上帝的形象",确实非常富有远见。从这个意义上说,理性神学家有理由否定人们关于神的种种构想。

　　从认识的普遍可传达意义上说,"神是不可知的","也是不可体验的",陈村富将普罗泰戈拉的残篇译成:"关于神,我不可能感受他们如何存在或如何不存在;我也不可能感知他们的型相是什么;因为有许多感知

---

　　① 在关于普罗泰戈拉的介绍中,拉芙里(Lavery)谈道:"普罗泰戈拉至少访问过雅典两次。在许多年的时间里,他似乎饶有兴趣地与这个城市保持着持久的联系。值得一提的是,他与雅典鼎盛时期的著名政治家,民主领袖伯利克里(Pericles)建立了亲密的联系。"事实上,普罗泰戈拉的政治实践活动,追求现实价值,积极参与社会变革。*The Sophists*, *An Introduction*, p. 36.

方面的障碍,人们不可能亲身体验到神,而且人生又是短促的。"①这种神学观念的表达,就是指经验的表达无法获得知识的普遍可证实性,这涉及如何看待宗教的问题,宗教强调信仰,并不强调证实,甚至回避证实。②有时,"神秘经验"是完全私人化的、不可重复的,缺乏实证的可能性。从大多数宗教信仰仪式中可以看到,宗教需要的是聆听和想象,并不重视亲历和证明。从聆听和想象出发,一切皆是可以理解的。普罗泰戈拉以反宗教的方法去认识宗教,自然会得出疑神论的思想。人类理性强调的是科学实证,从这个角度去看"疑神论",其立场是有效的。历来的宗教倡导者总是重视信仰,所谓"信则有,不信则无",信仰是心灵的活动,是主观暗示和自我经验的纯粹心理表达,这是以神秘对待神秘的宗教方法。宗教信仰是心灵的、内在的,宗教话语往往是激情式的、迷狂的。宗教所强调的神秘体验,往往经不起科学知识的挑战。普罗泰戈拉的"疑神论",是悬搁的方法,但未能提出深刻的"否定神学的证明"。③布伦认为:"在智者派那里,逻各斯和神的超验性的关系被完全分割开来了,话语成了需要学习的工具,用来达到自私和实用的目的。"④因此,以日常生活经验去反对宗教神秘经验,"疑神论思想"尽管是有效的,但是,它只具有否定意义,并不能真正"取消传统神学思想"。他们用简单而直观的方法否定关于神的知识,也揭示了人创造神的文化事实。由于对神的认识是神秘的,才有人主张从个体神秘经验出发去证实神的存在,一些信徒只是因为神的神秘不可知而崇信。

在智者中,有一些无神论者,如普罗狄科和克里底亚,公开否定神的

---

① 汪子嵩等:《希腊哲学史》第 2 卷,第 194 页。

② George Arabatzis, *The Sophists and Natural Theology*, see *The Sophists*, *An Introduction*, edited by Patricia O'Grady, pp. 204-213.

③ 在柏拉图的《智者篇》中:"哲学家总是通过理性而置身于存在的理念中,由于这个领域的灿烂光芒(brilliant light)而很难看清,因为大众的灵魂之眼无能力对神圣者(the divine)进行持久地注视。"Plato, *Theaetetus • Sophist*, 254b, translated by Harold North Fowler, Harvard University Press, 1921, p. 403.

④ 布伦:《苏格拉底》,傅勇强译,商务印书馆 1997 年版,第 82 页。

存在。克里底亚的一段话颇具代表性："从那时以来法律禁止人们公开犯罪,他们就开始暗中作恶。于是,聪明有智慧的人便发明了对神的畏惧,以此作为吓唬那些作恶的人的手段,即使他们只是在暗中思考、议论和作恶。聪明人倡导了神圣的东西,说有永生不灭的神,他用'努斯'听和看,思考一切,关心万物;他具有神性,能听到凡人所说的一切,也能看到一切人们所作所为。即使你在暗中策划也逃不脱神的耳目,因为神拥有非凡的智慧。发明神的人用有趣的说教传播这些话,他用虚假的论说掩盖事实真相;他说神住在对凡人最有威慑力的地方,在那里,神既能威胁凡人,也能补偿凡人生活的艰难。在上面人们可以看到闪电、听到雷鸣,凝视那群星闪烁的天空,犹如精巧的工匠雕塑成的时空彩带,从那里升起火红的太阳,也会降落淹没大地的暴雨。神就用这些威力捆住凡人,在适当的地方以他的逻各斯建立神圣权威,以便消灭人间的不法行为……因此,我想,早先有些人就是这样劝告凡人虔信诸神。"[1]这一段话,可以被视为哲人对宗教心理学的深刻洞察。

宗教确实是通过这样的观念发挥它的心理功能和社会功能。对社会而言,伦理的约束无疑有助于社会的安定,而对神圣戒律的禁忌,无疑有助于维护宗教政治的神圣权威。[2] 正因为宗教具有这种宗教社会心理,神学自有它的存在理由。宗教组织往往利用宗教来愚弄人,其实,神学智慧和宗教信念有利于人类心灵的净化,有助于人类社会的完善,我们不可简单地批判否定。尽管神的存在是不可证实、不可完全崇信的,但是,对于大多数人来说,他们愿意抱着坚定的信仰,保持着心灵的宁静和内心的虔敬。"否定宗教"和"维护宗教",皆是同样容易或困难的事,但要真正把神圣信仰和社会公正以及民主自由结合起来,并不是一件容易的事。

---

[1]　汪子嵩等:《希腊哲学史》第2卷,第199页。
[2]　罗梅耶—德尔贝甚至认为普罗迪科(Prodicus)强调诸神专心于世间事务,人们并不反对。"因此,普罗迪科乃是书写神话哲学的第一人,从某种表达的意义上来讲,他阐述了一种自然神学。"参见《论智者》,李成季译,人民出版社2013年版,第70页。

2. 伦理必要性与理性观念挑战

从前面的有关叙述可以知道,传统神学信仰动摇,虽然对统治阶级有些不利,但是,更大的影响还在于"对社会伦理的破坏"。由于没有宗教神律的约束,人们就不再像先前那样虔诚了,也不再像先前那样尊重传统了。随着传统信仰的动摇,个人意志就得到了自由发挥,这一方面带来了社会的民主和自由,另一方面也带来了道德伦理的颓败。在宗教变革的时代,常常出现这种极端情况,"礼乐崩坏"必然带来社会的大变动,苏格拉底面对社会的大变动,感到了自己的责任。无论在古希腊时代,还是在近现代,有不少人把智者和苏格拉底放在一起,阿里斯托芬在《云》中运用讽刺艺术,批判智者和苏格拉底,这给人造成假象,仿佛苏格拉底与智者的思想主张之间有其共通之处。① 其实,苏格拉底与智者,在思想上有着根本性区别,但是,智者针对时代状况所提出的问题,无疑激发了苏格拉底的思考。只不过,苏格拉底作出了迥然不同的解答,他自觉地"重建新的神人关系"。

苏格拉底对神学诗人的神学观从来没有作过公开的评价,也没有像塞诺芬尼和普罗泰戈拉那样"公开否定传统神学",他还是口口声声谈论"神",称他所从事的工作,是"出自神的命令"。布伦认为,苏格拉底既是受神灵启示的人,又是具有批判精神的人,"可以把苏格拉底的神当作逻各斯历史上的关键时刻来理解"。"逻各斯是超验的圣言,对人讲话,它是人们应当倾听的圣言。"②尽管如此,苏格拉底还是未能摆脱时代的审判,他被人以渎神罪起诉。苏格拉底是喜欢寻根问底的人,在辩论中总是在

---

① 法莫(Farmer)在《苏格拉底是智者吗?》中指出:"苏格拉底对智者探讨的大多数主题(subjects)并无兴趣。他并不认为德性(arete)可教,但是,他相信真正的知识源自于教育。他否认任何东西都可教育,谴责智者为了收费而进行智慧教育的实践行为。他说自己并无智慧可以传授(impart),更喜欢做一个共同的探究者,充其量是帮助他者智慧生成的接生婆(midwife)"。*The Sophists*, *An Introduction*, edited by Patrica O'Grady, Durkworth, 2008, p. 173.

② 布伦:《苏格拉底》,傅勇强译,第81—82页。

问:"真正的神是什么?""神学的意义是什么?"他对理性神学问题有清醒而执着的探讨,尤其是对灵魂问题和自我认识问题,更是寻根究底,反复追问思想的本质和生命的本质。那么,苏格拉底的"神学"到底是什么?苏格拉底"渎的是什么神"? 苏格拉底有自己特殊的思想方法。他总是以平等的姿态与青年对话,引出他所要讨论的问题,并在对话中作出理性判断。① 苏格拉底对话的原初意义很值得强调,这是"平等的思想对话"。苏格拉底的对话,是追寻事物本质的思想历程;柏拉图创造性发挥了这一对话形式,并创立特殊的哲学思想文体。柏拉图忠实地继承了"苏格拉底方法",苏格拉底的学生色诺芬,在《回忆苏格拉底》中,对老师的思想方法也有一些具体的描述。我们从柏拉图、色诺芬和亚里士多德的有关记述中可以看到苏格拉底神学的特点。例如,在柏拉图的《游叙弗伦篇》中,苏格拉底和游叙弗伦有关"敬神"和"慢神"的讨论非常有意义。一开始,苏格拉底叙述自己被控告的原因,迈雷托士说他是"神的创造者",因为他认为苏格拉底"自创新神",不信旧神,并说为了维护旧神而对其提出公诉。游叙弗伦认为,这是由于苏格拉底时常说"神降临于他",所以,有人指责他"革新神道"。苏格拉底声明,他一向认为"关于神的知识"非常重要。苏格拉底从"虔敬"和"亵慢"两个概念入手,要求游叙弗拉作出回答。游叙弗伦用宙斯和克诺洛斯神话加以说明,苏格拉底厌烦"这类神话",感到难于接受,但是,在谈话过程中,他遵守当时的惯例,总是"以宙斯的名义"起誓说话,游叙弗伦最后以"神之所喜者是虔敬,所不喜者是不虔敬"作答。

苏格拉底认为:"虔敬如果与神所喜者相关,那么,虔敬若因其虔敬而为神所喜,神所喜者必也因其为神所喜而见喜于神;神所喜者若因其见喜于神而为神所喜者,虔敬必因其见喜于神而成虔敬。"最后,苏格拉底建议修正关于虔敬和亵慢的界定,他认为:"凡神之所共喜者是敬神,所共恶者

① Diogenes Laertius, *Leben und Meinungen berühmter Philosophen*, Felix Meiner Verlag, S. 84.

是慢神。"苏格拉底说,"敬神"是一门求与供的学问,求人之所无,供神之所需,是人与神之间的交易。神是赐福者,人以什么好处报答他们?"不,人尊崇神,荣耀归于神。"这篇对话,实际上是讨论宗教的本质,对话所批判的游叙弗伦提出的种种虔敬的定义,皆是因袭传统多神教的见解,苏格拉底否定了这些定义,最终仍没有得出结论。这就是说,传统宗教不能提供"虔敬"这种美德的规范,也不能阐明宗教和宗教生活的本质。在他看来,"虔敬美德",即宗教生活的本质,应当是正确处理人神关系,以及人的生活行为的合理规范,使之合乎正义,然而,传统多神教的诸神自身的生活行为,充满非理性的混乱。他们相互嫉妒、仇恨、杀戮、乱伦,并无严正的道德规范,他们对是非善恶的见解也截然相反,常陷入是非不明、善恶难分、自相矛盾的困境。① 在苏格拉底看来,祈祷和献祭,不过是习俗的宗教仪式,并不是虔敬和宗教的本质。传统宗教主张人屈从于诸神的统治,宗教生活只是人对神的献祭以及人祈求神的恩赐,苏格拉底不同意这样的宗教观。苏格拉底反对根据"神意"即诸神的意见和情感来定义虔敬,也反对根据人屈从、服务于神即祈祷和献祭来理解宗教和虔敬。

苏格拉底并没有直接攻击传统神学,而是通过对话指出"传统信仰的荒谬可笑处"。既然如此,就有必要重新理解神,重新规定神的形象和职能,并遵从神的律令而行动。苏格拉底并未否认自己提出的对神的新理解,也并未否定神,而是否定对神进行习俗性理解。色诺芬为了替苏格拉底辩护,设想出了"两个苏格拉底":一是哲学思辨中的苏格拉底,二是宗教信仰中的苏格拉底。② 出于这种习俗所理解的神,并不代表人们真正理解了神,最终只不过是维护这样的礼仪而已,而且,按照苏格拉底的说法,传统神学的神人关系构成了单纯的交换关系,因此,用这种神学观念来给他治罪,不足以令人信服,而且还会遗祸后人。事实上,苏格拉底并

---

① Plato, *Euthhyphro*, translated by Harold North Fowler, Harvard University Press, 1914, 10a-13a, pp. 34-37.

② A. H. Chroust, *Socrates*, *Man and Myth*, University of Notre Dames Press, 1957, pp. 23-35.

不否认宗教,而且认为应该真正理解宗教,在传统信仰崩溃和道德沦丧之时,不应千方百计维护旧神学问题,而应该真正理解宗教的本质,"重建新神学"。从这个意义上说,苏格拉底的神学革命是真正意义上的哲学思想或道德哲学革命。当时的希腊智者认为,苏格拉底提出了"新神",并非完全捕风捉影,应该说,苏格拉底提出"新神",出于思想探索的必然。① 苏格拉底对神学提出了新理解,无疑是对神话神学的批判。这种批判是思想批判,其目的是真正理解什么是神,应该信仰什么样的神,与那种公共亵渎神灵的行为根本不是一回事。

在古典希腊时代,人们还不能真正理解思想自由的意义,因而,苏格拉底对神人关系的重新设定,也就为他人提供了治罪的口实。苏格拉底不管对什么问题,皆喜欢寻根究底,尤其是在对话中,总是千方百计地抓住一些关键问题,通过对一些常见的概念的界定去理解事物的本质。事实上,在对虔敬与美德等的界定过程中,苏格拉底揭示了问题的复杂性。他注意到了语言的模糊性和歧义性,通过对语言内涵的揭示,显示出判断的荒谬性。苏格拉底最早确立了"语言的确定性问题",他的这一思想对于哲学和神学,皆是至关重要的问题。事实上,宗教也需要来一番辨名析理的工作,因为宗教话语常陷入含糊,苏格拉底对神的理解,已不同于通俗神学话语的解释。苏格拉底对神的理解,也不同于其他思想家的神学解释,但是,又不能完全摆脱这个词。在谈话中,他也常以诸神的名义起誓,这说明,传统信仰的力量已渗透到日常生活与日常语言,要想真正清除传统神学的影响,是很困难的。

在古典希腊时代,凡是对神学提出新的理解,统统皆被视为"渎神",并常以渎神罪起诉,不少思想家皆遭遇这一厄运。古希腊虽然一向以民主思想著称,但是,在维护传统宗教方面又相当保守,不过,这无法阻挡希

---

① 福诺(Fowler)在《游叙弗伦篇》的导语中谈道:"所有的神灵都喜爱的是虔诚的,所有的神灵都厌恶的是不虔诚的。问题由此形成,一物是否圣洁(holy)取决于神的爱护吗? 或者说,是否因为它圣洁,诸神才爱它?"显然,这是一个有意思的问题。Plato, *Euthyphro*, translated by Harold Ivoth Fowler, p. 14.

腊思想家自由探索的锐气。从今天的眼光看,苏格拉底所提出的"神",确实不同于传统宗教中的"神"。苏格拉底的神是否就是"理性",颇值得探讨。苏格拉底的"神"有双重的意义,并不是十分明确,在苏格拉底的心目中,他体验到有神圣的声音在劝告他。这个"神圣的声音",是否就是理性? 在古典希腊时代,苏格拉底未必能达成这种自觉的认识。在苏格拉底的思想中,仍保留了神秘主义领域。这个神秘主义领域,不是自然领域而是心灵领域或灵魂领域。苏格拉底的认识观念,在当时,不可能完全"摆脱神学"而具有纯粹认识论的性质。① 在苏格拉底心目中始终有对"神"的信仰,这个"神"不是有形的而是无形的,这个"神"给人以希望、力量和至善的信念。苏格拉底把神学问题的探究,从自然领域转向精神领域,这是人们根据美好的愿望所设想出来的"完善的神"。这与人们立足于现实生活所想象出来的充满人情味和人性弱点的神不同,"至善神",作为话语表达,代表着完善的道德理想与政治理想。苏格拉底的探索是一大进步,他把神由拟人化的神人同形同性形象转换成纯粹的精神性对象。苏格拉底恢复了神所具有的神圣性,通过声音而不是通过形象向人发出指令,虽然保留着神秘主义的特征,但是,这个"神"一旦和人们崇尚的至善理性结合起来便具有"实在而神圣的意义"。②

苏格拉底神学的积极意义在于,不仅构造了这样通过声音与人交流的神圣形象,而且把神和人的内心道德律令和至善追求结合在一起。这样,苏格拉底使"神圣的神灵"具有了实实在在的"道德理性"的内容,比具有强力意志的任性的神的外在力量及其对人的命运的支配,更能激发人们"对神圣事物的向往"。这里,有真正的虔敬却没有害怕受罚的敬畏,有对个人内心神圣力量的崇拜却没有对神的盲目信仰。苏格拉底在神秘的

---

① 拉尔修在《苏格拉底》中只是简略地谈到苏格拉底被控的两个罪名,几乎没有涉及他对信仰的看法,他特别强调苏格拉底在城邦生活中伦理智慧。参见 Diogenes Laertius, *Leben und Meinungew berühmter Philosophen*, SS. 82-97.

② 苏格拉底与游叙弗伦对话时,苏格拉底引导游叙弗伦反思世俗化的宗教信仰,明显表现出对流俗信仰的怀疑。Plato, *Euthyphro*, 6a-6c.

对象物中寄托着道德理性的内容,无疑对重建希腊人的信仰具有意义。符合道德理想的完善的神,虽源于理性思考,但并不是"理性"。"理性神"这个概念,其实也存在歧义:"它到底指理性,还是指神","或者指源于理性思考的神"? 自然,不能把苏格拉底的神等同于理性,而应把它看作源于理性思考和道德完善追求的象征性的神。苏格拉底相信这个神的存在,他所相信的神,不是多神教下世俗社会相信的神。苏格拉底的神无形无迹,也没有意志,只有神圣的命令,这实际上是人"内在的主体性精神"。苏格拉底将这种理性或内在主体性精神比拟为"神",显示了人类心灵的神圣性。苏格拉底的神只是传播神圣的使命,强调神圣的律令,他要求人们在内心信守,并没有与之相伴的惩罚和报复。

苏格拉底高扬理性,把人类的自觉性提升到了新高度。人不是因为恐惧而信仰神,而是因为热爱至善、正义、美德而信仰神。这个作为神圣律令的"神",对于人就具有特殊的约束力。正因为苏格拉底相信神的存在,并遵从神的律令,所以,他也向神献祭,也许,参加这种公共仪式只是表明苏格拉底的平民性格。他所信仰的"神",不是通俗意义上的多神,而是至高无上的心灵守护神。苏格拉底还不可能充分意识到他所信仰的神,就是"人的理性",他的神应该比人的理性更高,但包容了"人的理性"。色诺芬在回忆录中在为苏格拉底作辩护时,强调苏格拉底敬神并且遵守祭礼,这要么是他认识上的局限,要么是他故意为苏格拉底辩护,而且试图把苏格拉底的"敬神行为"与希腊人的"敬神行为"等量齐观。① 显然,从后者去理解,更近似色诺芬的用心,色诺芬试图混淆"苏格拉底的神"和"传统意义上的神"。色诺芬说,苏格拉底常常在家中献祭,也常常在城邦的公共祭坛上献祭,还记载他从事占卜的事,"苏格拉底经常说神明指教

---

① 波依—斯通(Boys-Stones)在《苏格拉底朋友圈》一书中,从十个方面罗列了朋友眼中的苏格拉底的思想,这些思想并非来自苏格拉底创制的本文,而是来自朋友的叙述。这样,就形成了"柏拉图的苏格拉底"(Plato's Socrates)、"色诺芬的苏格拉底"(Xenophon's Socrates),等等。*The Circle of Socrates*, edited and translated by George Boys-Stones, Hackett Publishing Company, 2013, pp.40-47.

了他"。一方面色诺芬把苏格拉底和普通人的信仰混淆在一起,另一方面,他又说:"苏格拉底则照着心中的思想说话,因为他说,神明是他的劝告者。他还时常劝告他的许多朋友做某些事情而不做另一些事情,并且暗示这是神明预先警告他的。"①从这些叙述中,足见苏格拉底的本意。同样是献祭行为,行为的目的,和关于这一神圣行为的理解则迥然不同。正是由于苏格拉底对神人关系所进行的重新设定,这一方面提高了人的道德自主性与道德自律性;另一方面,强调人不可违抗自然律或神律,唯有遵守神圣的律令,以至善来衡量自己的行为,才能真正获得自由。苏格拉底把学习问题和信仰问题进行了严格的区分,从而树立了"神圣信仰的至高地位",打破了那些万事皆向神灵祈祷的迷信教条,苏格拉底使人的心灵活动获得了独立的意义,把人的美好理想提升到崇高地位上。

3. 苏格拉底智慧与理性优先性

大多数学者在从事哲学探讨时,非常轻视色诺芬的"回忆录"。从理性神学意义上说,色诺芬的回忆录提供了"作为实践思想家的苏格拉底形象"。苏格拉底常出现在公共场所,早晨总往那里去散步并进行体育锻炼。当市场上人多起来的时候,人们可以看到他在那里;在别的时候,凡是有人多的地方,多半他也会在那里;他常作演讲,凡喜欢的人皆可自由地听他,"但从来没有人看见过苏格拉底做什么不虔敬的事,或者说什么亵渎神明的话"②。苏格拉底以与希腊人讨论和对话作为自己的神圣使命,在《申辩篇》中,他说:"雅典人啊,我尊敬并且热爱你们,但是,我更服从神;只要我一息尚存还有能力,我决不会停止哲学实践,总要劝勉你们,为我遇到的每个人阐明真理。""用粗鄙可笑的话说,我是神特意赐给本邦的一只牛虻,雅典像一匹硕大而又喂养得很好的马,日趋懒怠,需要刺激。神让我到这里来履行牛虻的职责,整天到处叮着你们,激励、劝说、批评每

---

① 色诺芬:《回忆苏格拉底》,吴永泉译,商务印书馆 1983 年版,第 2 页。
② 色诺芬:《回忆苏格拉底》,吴永泉译,第 3 页。

一个人。"①作为行动着的苏格拉底,他的思想涉及方方面面,宗教与政治、美德与灵魂、知识与占卜、祭祀与信仰等等。这里,我们着重探讨行动中的苏格拉底如何与人讨论宗教问题。色诺芬由于抱着为老师打抱不平的想法,在有关苏格拉底渎神罪方面的叙述和讨论中,他尽力把苏格拉底说成和普通希腊人一样"敬神",而在叙述过程中,苏格拉底在神学问题上有许多与众不同之处,这些与众不同之处闪耀着苏格拉底的智慧光芒。从表面的仪式上看,苏格拉底与普通人似乎无大的不同,但是,在相同的仪式中却有着对神灵根本不同的理解。从这个方面看,色诺芬忠实于事实本身,并没有"为了辩护而改变事实"。

从色诺芬的回忆中可以看到,苏格拉底把学习的问题和信仰的问题严格区分开来。苏格拉底认为,"凡是想把家庭或城邦治理好的人",皆需要占卜,至于建筑与冶金、农艺与管理则只需学习。苏格拉底认为,凡对于这一类事还要求问神的人就是"犯了不虔敬的罪",这样,他把生产技术和心灵的信仰区分开来,而在神话神学中,人的生产生活也受神的保佑并需要祈祷。苏格拉底把信仰看作"纯粹的精神行为",切断了信仰与实用的非道德的私人目的之间的联系。他说,"人的本分,就是去学习神明已经使他通过学习可以学会的事情,同时,试图通过占兆的方法求神明指示他那些向人隐晦的事情,因为凡神明所宠眷的人,他总是会把事情向他指明的。"②这种把学习和信仰区分开来的做法,对于那些凡事皆求神占卜的人来说无疑是警示。正是从这一原则出发,对于一些不需要神明指导的事情,他主张严格遵守律法,重视经验,培养自制能力,修炼各种德行。他经常劝诫年轻人改正缺点,遵守律法。

苏格拉底的神灵信仰,与传统的道德律令并不矛盾,他要建立新神

---

① Plato, *Apology*, translated by Harold North Fowler, Harvard University Press, 1994, pp.105-113.

② 色诺芬:《回忆苏格拉底》,吴永泉译,第3页。

学,并没有声明要重建新道德,他相当尊重一些传统的道德律令。① 色诺芬回忆道:"在他和神明的关系方面:他的言行,显然,是和在阿波罗神庙的女祭司对那些求问应如何祭神以及如何敬拜祖先的人所作的回答,是完全符合一致的。""当他向神祈祷的时候,他只求神把好东西赐给他,因为什么东西是好的只有神知道得清楚。他认为,那些向神祈求金、银、统治权或任何这类东西的人,就和求神使他能够掷骰子、打仗或其他任何结果如何尚未可知的事一样。"这里,他对祭神和敬神中的鄙俗行为,作了毫不留情的批判。"当他根据他的微薄的收入向神献上少量的祭物的时候,他认为自己所献的,一点也不在那些由于收入丰富而向神献上大量丰盛祭品的人之下。"在这里,宗教信仰的平等观念很明确,神灵对人的护佑,不应以奉献财物的多少来衡量。"他认为,神所喜欢的乃是最敬虔的人的祭物",他实际上并不看重外在的形式,但很重视心灵的真实。真正向善的人,必定是心灵纯洁的人,是弃绝贪欲的人,是有理性和能够自制的人,阿里斯托底莫斯与苏格拉底的对话,显示了苏格拉底对神灵的崇敬的看法。

苏格拉底认为,神灵既关怀人类又关怀个人,他把人优越于一切生物看作是"神的恩典",他把人类拥有双手看作是神给予人类的"最大幸福"。神明并不以仅仅照顾人的身体为满足,在苏格拉底看来,有什么别的动物的灵魂能够理解有使万物井然有序的神明存在着?"人比其他动物,无论在身体或灵魂方面,皆生来就无比高贵,生活得像神明一样吗?""最古老和最明智的人类社会,最古老和最明智的城市和国家皆尊敬神明,人生中最聪明的时期就是他们最敬畏神的时候。""如果你通过为人服务,就会发现谁肯为你服务,通过你施惠于人,就会发现谁肯施惠于你,通过向人征求意见就会发现谁是聪明人。""神明具有这样的能力和这样的性情,能够

---

① 在与游叙弗伦对话时,苏格拉底谈道,"亲爱的游叙弗伦,如果神灵喜爱的与虔诚的被证实相同,那么,虔诚的(holy)是因为虔诚而被喜爱;如果神灵喜爱的是由于神灵喜爱它而为神所爱,那么,虔诚也由于它被喜爱而变得虔诚"。Plato, *Euthyphro*, translated by Harold North Fowler,11a, pp. 39-40.

同时看到一切的事情,同时听到一切的事情;神是存在于各处,而且关怀万有。"①这里,苏格拉底的神灵,既具有泛神论意义又具有至善神的意义,因为神灵无所不在,无时不有,无所不能。苏格拉底教导人自律并以身作则,苏格拉底在道德实践中是非常了不起的人。他能以身作则,言行一致,他的劝诫、申述和教育具有心灵的启示意义,能够使人趋向于至善和幸福。

苏格拉底非常重视道德伦理的教导,"因为神明所赐予人的一切美好的事物,没有一样是不需要辛苦努力就可以获得的。如果你想要获得神明的宠爱,你必须向神明礼拜;如果你希望得到朋友的友爱,你就必须善待你的朋友;如果你想从城市获得尊荣,你就必须支援这个城市;如果你希望因你的德行而获得希腊的表扬,你就必须向希腊做出有益的事情。"②这里,他把信仰和道德密切关联在一起,"一切声音中最美好的声音,赞美的声音,你听不到;一切当中最美好的景致你也看不到,因为你从来没有看到自己做过什么美好的事情。"③苏格拉底非常强调友谊、忠诚、助人的价值,他的"新神学"处处闪耀着道德的光芒、理性的光芒和人性的光芒,他把宗教伦理提升到一个崇高的地位。宗教伦理是宗教所具有的最高价值所在,他所主张的"宗教伦理",不是空洞的,而是落实到具体的人伦实际之中的伦理。④

按照色诺芬的回忆,苏格拉底对传统信仰充满了敬意,在苏格拉底那里,神圣信仰与道德敬献构成了内在的统一。苏格拉底强调对神必须有正确的认识。苏格拉底认为:"神明给予光明,神还把最好的休息时间黑夜供给了。""由于需要粮食,神明就使田地出产粮食,并且提供了适宜于

---

① 色诺芬:《回忆苏格拉底》,吴永泉译,第 32 页。
② 色诺芬:《回忆苏格拉底》,吴永泉译,第 49 页。
③ 色诺芬:《回忆苏格拉底》,吴永泉译,第 50 页。
④ 在与游叙弗伦对话时,苏格拉底问:"神灵从我们送给他的礼物得到什么好处?""我们的好事没有一样不是神灵所赐。"在这一对话中,苏格拉底引出"人只有虔诚才能为神所喜"。这就是说,要从世俗祭礼转向道德实践,才是信神的根本目的。See Plato, *Ethyphro*, translated by Harold North Fowler, 15a, p. 57.

生产粮食的季节。""神明还把对我们极有价值的水供给,它和大地与季节一起,使一切有用的东西生长繁殖,并提供营养。当水和食物混合起来的时候,就使这些食物更容易消化,更有益处并更为可口,而且由于需用水很多,神明就毫不吝惜地供给。""神明还把火给了我们,既使我们免于受冷,又使我们免于黑暗,火对于一切工艺皆有帮助,对于人类为自己所策划的一切也皆有益处。""神明毫不吝惜地使空气到处环绕着。""由于美好和有用的事物很多,而且它们皆各不相同,神明就赋予人以各种事物相适应的感官,使得我们通过这些感官,能够享受各种美好的东西;此外,神明又把推理能力培植在心里,使我们通过这些推理能力对我们的感觉对象进行推理并把它们记在心里,从而明确地知道每一事物能提供什么样的好处,并且想出许多方法来享受美好的事物,避免那些不好的事物。""此外,神明还把表述能力赐予,通过这种表述能力,可以用教导的方法,使别人也和我们一同分享所有好的事物,制定法律,管理国家。"在这些叙述中,苏格拉底无异于雅典城邦公民,并未强化突出理性与道德修炼的至上地位。其实,在苏格拉底那里,公民担负城邦责任,实践正义理想,才是对神真正的敬畏,才是神学信仰的根本目的。

这个意义上的"神明",实际上是"大自然"。从这里可以看到,苏格拉底对自然的"无限感恩"。这一教导至今仍具有真理性,在许多宗教文化中,这种信念仍被捍卫。苏格拉底在理性神学中保留了对自然的高度崇拜,同时,对人的内在理性也高度崇敬,他把自然和人的地位提升到了从未有过的思想高度。苏格拉底指出:"如果你不是期待看到神的形象,而是以看到神的作为就敬畏和尊崇他们为满足,你就会知道我们说的都是真话。""因为别的神把好东西赐给的时候,皆不是以明显可见的方式把它们赐给的,唯有那位安排和维系着整个宇宙的神;一切美好善良的东西皆在这个宇宙里头,他使宇宙永远保持完整无损、纯洁无疵,永不衰老,适于为人类服务,宇宙服从美神比思想还快,而且毫无误失。这位神本身是由于他的伟大作为而显示出来的,但他管理宇宙的形象却是看不到的。"苏格拉底不只把神比拟为灵魂,而且把神看作无限的大自然。人的灵魂,比人的其他一切更具有神性,灵魂在里面统治着一切是显然的,但它本身却是看不见的。考虑到这一切,就不应当轻看那些看不见的事物,而是应当从它们的表现上体会出它们的能力来,从而"对神明存敬畏的心"。凡是尽力尊重神的人皆要高高兴兴振奋起来,等待神的最大的祝福,除了拜那最能帮助的神,还能等什么别的人赐予更大祝福?对于有人以他被判刑一事,非议他的守护神是假的,色诺芬这样叙述苏格拉底的想法,"生活得最好的人是那些最好地努力研究如何能生活得最好的人;最幸福的人是那些最意识到自己是在越过越好的人"①。他在《申辩篇》中,对死与生的看法,对灵魂的看法更是显示了苏格拉底的无比智慧。从以上叙述中可以看到,苏格拉底的神学观念常有被人忽视的一面。苏格拉底的神学观并不是单纯的理性神,他对神的感恩,不仅使人想起自然神的恩典,而且仿佛使人看到了基督教神学中完善的上帝形象。色诺芬的记述有其真实性,否则,柏拉图的"德穆革"和亚里士多德的"第一推动者",就找不到历史的思想依据。苏格拉底的神学观,既有神秘主义宗教信仰的一面,又有理性主义认识的一面,这构成了"苏格拉底神学的复杂性"。

4. 苏格拉底的柏拉图化与理性化

如果说,色诺芬表现了"作为生活教师"的苏格拉底形象,那么,柏拉图则表现了"作为智慧大师"的苏格拉底的深邃思想。人们不满足于色诺芬的描述是有道理的,因为色诺芬过于重视人格化的苏格拉底,而对于精神导师的苏格拉底的深刻哲学思想,缺乏穿透性理解。柏拉图作为苏格拉底的忠实学生,他的思想描述无疑有其特殊的价值,但是,在柏拉图的全部对话中皆假定"苏格拉底在场",这就给柏拉图的苏格拉底的思想之理解带来了特殊的困难。苏格拉底的辩证法思想、道德哲学观念和认识论思想,皆相当深刻,联系到苏格拉底的神学思想,可以着重讨论"灵魂与理性""灵魂与至善""灵魂与认识"几个相关的问题。

---

① 色诺芬:《回忆苏格拉底》,吴永泉译,第186页。

在希腊思想史上,有关灵魂观念的看法是曲曲折折的,总体来看,希腊灵魂观念有两大传统,一是"自然哲学传统",二是"奥菲斯传统"。如果把早期自然哲学的灵魂观和神学诗人的神学思想传统联系起来,就会发现:从物质观念方面去看待灵魂观念是"希腊本土的传统";从灵性方面去看待灵魂问题,则是奥菲斯教的传统,这是"外来传统的灵魂观"。奥菲斯教的灵魂观,经过毕泰戈拉、恩培多克勒的极力推广,那种带有东方神秘色彩的生命轮回与灵魂不朽学说,逐渐在希腊人心目中占据很重要的位置。苏格拉底开启了灵魂讨论的崭新视域:第一,他证实了灵魂不朽的信念,坦然面对生死,正是在灵魂永生信仰之下,他相信,自身纯粹美善的灵魂可以抵达天堂;第二,他证实了灵魂与认知的关系,证实了灵魂不朽与生存回忆的联系;第三,他证实了灵魂追寻德性美善的价值,强调理性意识在德性实践与德性反思中的价值。

苏格拉底直面希腊宗教文化传统,他将传统宗教信仰的合理成分,并将道德目的置于宗教信仰之上,构造了灵魂信仰与德性完善的内在联系。奥林匹斯教的传统,不太重视灵魂问题,按照荷马的认识,人有生必有死,生是光荣的,死也不可怕,肉身的人才是真正的人,"灵魂"只是无力的虚幻的影像。希腊人崇尚勇敢,并不惧怕死亡,"死"作为事实,虽然让朋友倍感悲伤,但这只应出于对友谊的纪念。人死而不能复生,对于死者的灵魂,生者并不特别在意,只是因为血缘或情感,生者才对死者无限怀念。人死亡之后,"所有的灵魂",皆到了"哈迪斯的王国"。灵魂从一个地方到了另一个地方,这是很正常很自然的事情。他们还把灵魂看作是土、火、气。他们认为,灵魂从一元素转变成了另一元素。奥林匹斯教并未过分渲染死亡问题,因而,有关灵魂的归宿就是人们不太关心的问题,他们更

重视"生命与德性、正义和勇气"等。① 从东方传播过来的奥菲斯教则有
所不同,他们强调"灵魂不朽"和"生命轮回",这就涉及"灵魂永生"的问
题。人的生命结束了,灵魂脱离了人的肉体,这并不意味着灵魂升入了天
堂。肉身与灵魂分离,肉身是可朽的,灵魂则不同,它是不朽的,因此,"只
有当灵魂有了好去处,人才是幸福的"。灵魂如何才能有好去处? 这首先
要求品德高尚,没有污点,如果道德有污损,或者违背了奥菲斯教的法规,
或者吃了禁忌食物等,那么,灵魂就必须受到"惩罚"。受罚的灵魂,往往
要在低级生命形式中轮回与受罪,经过净化,才能真正进入神灵的居所。
人生在世,必须有所禁忌,信守宗教戒律,过道德的生活,只有这样灵魂才
能得救。毕泰戈拉的灵魂观念非常重视实践的环节,恩培多克勒的灵魂
观念则非常重视净化的过程,他们使希腊灵魂观念变得复杂了。这是希
腊灵魂观念发展的两条线索:"第一条线索"沿着泰勒斯、赫拉克利特、阿
那克萨戈拉、德谟克利特、亚里士多德的传统前行;"第二条线索"则沿着
毕泰戈拉、恩培多克勒、苏格拉底、柏拉图的传统前行。最终与基督教神
学观念相会合的希腊灵魂观念,正是奥菲斯—毕泰戈拉的灵魂观念。因
此,苏格拉底的灵魂观念具有特别的意义。当然,苏格拉底毕竟不是早期
的毕泰戈拉,他的灵魂不死学说,除了直接的宗教意义外,还有认识论和
道德论的意义。

　　在色诺芬的回忆中,涉及"灵魂不死"学说的地方极少;在柏拉图的论
述中,不少地方提到"灵魂不朽"观。苏格拉底对灵魂不朽有一些论证,这
种论证似乎更多地体现在柏拉图思想对话中,因为从苏格拉底的伦理倾
向而言,过于强调灵魂不朽似乎有所不妥。在苏格拉底的思想构成中,把

---

　　① 在《国家篇》中,柏拉图借苏格拉底之口说:"这样,一定可以形成关于正义之人(just
man)的信念,无论他是处于贫穷还是疾病,或者任何其他可知的罪恶,对他来说,所有这些事情
最终被证明是好事,无论在今生还是在来世。诸神绝不会忽视这样的人:只要他愿意并追求有
德行的生活(righteous),在人力所及的范围内,把德性实践(practice of virtue)比拟为神的生
活。"Plato, *The Republic*, translated by Paul Shorey, Harvard University Press, 1935, 613b,
p. 487.

灵魂和理性联系起来倒是非常真实的事,苏格拉底并未特别重视"灵魂问题"。在柏拉图的思想体系中,灵魂观念具有深远的意义,而在苏格拉底的思想中,灵魂的结构、灵魂的表现形式、灵魂对人的认识和德性的决定性意义,似乎皆没有展开论述。① 在苏格拉底那里,灵魂与理性常常关联在一起,理性是神有意给予人的,因此,理性成为人的灵魂最重要的部分。在《阿尔基比亚德篇》(I)中,苏格拉底认为,"认识自己"实际上就是要认识自己的灵魂。灵魂是非常神圣的,因为它是理性和智慧的所在地,苏格拉底把灵魂和肉体的关系,用使用者和使用的工具区别开来,使用身体的是灵魂。灵魂是使用者,肉体是灵魂使用的工具,只有灵魂才是人的本质。在《克拉底鲁篇》中,苏格拉底谈道:有些人说肉体是灵魂的坟墓,可以认为灵魂埋在现实的生命体中,又说肉体是灵魂的形式,因为灵魂给肉体以指令。奥菲斯教认为灵魂高于肉体,这样,奥菲斯的灵魂学说在苏格拉底那里得到了创造性的改造。在苏格拉底看来,灵魂是由几个部分组成的。至于这几个部分是什么,要到柏拉图那里才能认识清楚,但灵魂中的理智部分就是"理性"。理性对于人的自我认识非常重要,只有以理性为手段才能真正认识自己。理性是神圣的,一切神圣的事物皆在理性里面,这大约就是苏格拉底赋予灵魂的新意义。

苏格拉底的灵魂观念,显然有助于把灵魂和美德联系起来。按照奥菲斯教的教义,只有具备生命的美德,灵魂才能摆脱轮回,进入幸福的所在,而具有美德,不论是对社会还是对于个人,皆是一件有意义的事。苏格拉底把人在生活行为中表现出来的所有优秀而善良的品质,例如,正义、自制、智慧、勇敢、友爱、虔敬等等,皆称为"美德",也有人译成"德性"。据色诺芬《回忆苏格拉底》记载:"苏格拉底说,正义和其他一切美德皆是智慧。因为正义的事和一切道德的行为皆是美好的。凡认识这些的人决

---

① 柏拉图在《斐得罗篇》中,通过苏格拉底之口,谈及神圣(divine)与物质实体之关系,强调前者控制后者。*The Circle of Socrates*, edited and translation by George Boys-Stones, Hackett Publishing Company, 2013, pp. 262-263.

不会愿意选择别的事情,凡不认识这些的人也决不可能将它们付诸实践,所以,智慧的人首先是做美好的事情,愚昧的人则不可能做美好的事,即使他们试着去做也是要失败的。既然正义和其他美好的事皆是美德,很显然正义和其他一切美德便是智慧。"①在苏格拉底的思想中可以看到,苏格拉底始终贯彻理性主体性原则,高扬人的理性,高扬人对理性和美德的追求。苏格拉底的道德伦理原则,千方百计地给予人们以生活指导。苏格拉底的伦理学总原则是,"无人有意犯错",即使灵魂出现了缺陷也不必惊慌,完全可以通过人的自我理性加以克服。苏格拉底对美德的追求,就成了人生最美好的向往,"成就美德",也就成了人生的目的。在苏格拉底看来,至善是人生的最高目的,"善是一切行为的目的,其他一切事物皆是为了善而进行的,并不是为了其他目的而行善"。"正是为了善,才做其他的事情,包括追求快乐,而不是为了快乐才行善。"由此,可以看到,苏格拉底的伦理学,虽然带有一定的宗教伦理色彩,但是,由于他不重视宗教与伦理的因果关系,故而,他彻底确立了"伦理学"在人类生活中的独立意义。苏格拉底的灵魂观念,还与认识论有关,他非常重视德尔斐神庙上的箴言,"认识你自己"。在苏格拉底看来,人必须先考察自己作为人的用处如何或能力如何,才能算是认识自己,与此同时,苏格拉底非常重视理性在认识中的作用,这具体体现在他对"自制"的看法上。正是由于苏格拉底思想对柏拉图的深刻影响,因而,在柏拉图对话中,苏格拉底始终作为对话者在场。

从智者到苏格拉底,标志着希腊神学思想的根本性转变。不仅因为苏格拉底把哲学神学从自然问题转移到人的问题上来,而且因为苏格拉底第一次真正确立实践伦理在社会生活中的积极意义。苏格拉底为道德实践、社会理想和宗教理想的真正建立,奠定了"宽广的思想基础"。苏格拉底的神学思想,既具有泛神论的性质又具有理性神的性质。苏格拉底的理性神学,代表了宗教思想中最美好、最自由的一面。他的思想的超前

———————————————

① 色诺芬:《回忆苏格拉底》,吴永泉译,第4章第5节。

性,只有在近代生活中才能充分被认识到。苏格拉底的神学思想朴素而且实际,是希腊社会宗教伦理思想的最自由的表达。[①] 苏格拉底对希腊民众的宗教伦理观念的影响不可低估,最终,他把希腊理性神学思想的发展引向社会政治伦理与生命美德伦理重建的正确轨道,显示了他的理性神学思想的重大胜利。

第二节　柏拉图的神学目的论与理性生活追求

1.“类神话创作”与柏拉图的诗思

希腊神话神学与希腊理性神学之争,到了柏拉图这里,形成了前苏格拉底思想文化的综合与转折,汇合与革新。神话与逻各斯之间,感性想象与理性反思之间,神话形象与观念象征之间,形成了奇妙的综合。柏拉图的思想直接承继苏格拉底的思想传统,与苏格拉底一样,柏拉图不太关注自然问题,而高度关注灵魂自由或自由灵魂问题。[②] 从灵魂问题出发,苏格拉底主要关注德性实践,柏拉图则关注精神世界的认知。柏拉图是希腊思想史上第一位系统而完整地思考人类精神问题的思想家,与前苏格拉底思想家相比,他确实留下了极为丰厚的精神哲学财富。柏拉图的神学话语极其复杂,在对话体中,他的神学话语有“类神话创作的形式”“理性证明的形式”和“问答对话法的形式”等。就思想而言,柏拉图的思想体

---

① 格思里(Guthrie)很少从神学角度考虑苏格拉底的思想,他主要从知识论和伦理学角度研究苏格拉底,他把苏格拉底“对神的服务”视作对智慧和真理的追求。这种看法,可能更切合苏格拉底的思想实际。W. K. C. Guthrie, *A History of Greek Philosophy*（Ⅲ）, p. 408.

② 克尔兰德(Kirkland)指出:“重要的是,苏格拉底的话语因此采取了‘秘索斯’(mythos)这种基本形式。换句话说,采取了‘故事’或‘叙述’这种形式。这是更深层的精神性话语,而不是征服或冥想神圣,或者与自己尊重的主体性事物——神圣形成隔离。对于希腊人来说,秘索斯(mythos)是适合于把神圣带入光明自身的话语模式,这就是说,它作为本真的或原初的方式凌驾于人类理解与权能之上。”See D. Kirkland, *The Ontology of Socratic Questioning in Plato's Early Dialogues*, SUNY Press, 2012, p. 38.

系尽管博大，但他并没有为希腊人确立新的神学信仰体系，也没有为希腊人确立严格的宗教信仰教条，只是"教育希腊人如何思想"。希腊人所具有的自由精神，可能妨碍了"严格的宗教信仰"或"理性神学思想的建立"。人们从柏拉图哲学的现代化出发，往往过分强调他的知识论和相论的意义，相反，他的灵魂学说的中心地位则被有意无意地忽视了。从柏拉图思想的演变过程和思想基础而言，他的灵魂学说具有中心性地位。如果不了解他的灵魂学说，那么，对他的知识论和相论的理解也会隔一层。他的灵魂学说，是为他的神学目的论奠基的，事实上，他的"灵魂学说"还深深影响了早期基督教神学思想体系的形成。希腊神话神学与希腊理性神学所要关注的核心问题，当然是信仰问题，此外，还必须提供关于信仰的全面论证以及树立信仰的坚实理论基础。柏拉图虽未涉及信仰问题，但他的思想体系本身，恰好有利于对信仰问题进行系统而深刻的阐明。

　　"灵魂学说"对于信仰问题至关重要，只有确立"灵魂不死"原则，"信仰问题"才具有强大的思想根基。柏拉图的认识问题与伦理问题、国家学说与宇宙演化论问题，皆与希腊理性神学思想相关。希腊神学思想发展到柏拉图这里，颇具戏剧性：一方面，理性神学不断地消解神话神学，在大多数理性神学思想中，不再采用神话神学的解释，虽然还保留着一些神名，而且，这些希腊神的名字已成了自然物的代称，不再具有原初的神话性质；另一方面，希腊理性神学逐渐有了自己的话语系统，包括神学思维方法、思维观念和神学解释皆有了根本性改变，大多数思想家不再热衷于"讲述神话"，而只关注精神问题的"理性探索"。柏拉图把两者巧妙地结合在一起，在理性话语中穿插一些神话叙事材料，把说理和情感融为一体。[①] 从柏拉图的思想文本可以看到，他虽未直接运用希腊传统神话，但他的故事叙述带有强烈的神话性质，在形式上，保留着神话的话语形式，又没有坚持神话神学的多神论思想，更没有"神人同形同性"的传统观念。

---

　　①　Catherine Collobert, *The Platonic Art of Myth-Making: Myth As Informative Phantasma*. See *Plato and Myth*, edited by Catherine Collobert etc. Brill, 2012, pp. 87-108.

他在新旧两种思想形式中寻求自己的神学话语表达,这说明,柏拉图对精神世界的建构及其对灵魂学说的表达有其独特性。这种独特性就在于,他采取了"类神话"的创作方式。① 现在通行的哲学表述形式,是理性思辨与逻辑建构的统一,哲学家很少用文艺的表现方式,严格的理论表述更不采用"对话"的形式。柏拉图的哲学表述方式,不仅运用了文艺的表现形式,而且他的一些重要哲学观念和哲学神学问题,皆隐含在类神话的故事、意象或隐喻之中,有时神话隐喻就包含着重要的哲学问题。在他的全部对话中,有大量的神话性故事。这些神话性故事,有的采用了希腊古典神话的结构,有的则是柏拉图自己的创作。由于他的类神话性叙事与希腊奥林匹斯神话和奥菲斯神话之间,没有非常紧密的联系,所以,他的神话性叙事不是对传统神话的图解。②

柏拉图的"类神话创作",对于他的思想建构具有十分重要的作用。从他的类神话创作中,可以去把握他和古希腊精神文化的历史联系,还可以借此去探究他的灵魂学说与知识论观念、相的学说与至善学说以及他的宇宙观与生命观。通过对柏拉图类神话创作的深刻理解,可以真正把握柏拉图的神学观念,所以,对这种类神话创作形式的强调十分必要,没有这种表现形式,他的理性神学观念就会是另外的形态。首先,他的思想皆是通过对话来表达的。对话体思想表述,并不是漫无目的式的闲谈,而是其思想主旨的聚焦。在这些对话中可以看到柏拉图思想演进的历史轨迹,"对话体表达"展现了人类精神生活的真实过程。通过对话,更容易理解其精神世界的构成,作为思想表述形式,柏拉图对话体的意义是无可替代的,这具体表现在问答法(理智助产术)和假设法(二律背反)上。③ 对话体的生动性和趣味性,思想演进的真实性,思想方法的确定性以及思想

---

①　Watson, *Plato and Story*, See Platonic Investigations, edited by Dominic J. O'Meara, pp. 35-51.

②　G. R. F. Ferrari, *The Freedom of Platonic Myth*. See *Plato and Myth*, Brill, 2012, pp. 67-86.

③　范明生:《柏拉图哲学述评》,上海人民出版社 1984 年版,第 269—312 页。

表述的形象性,皆是严肃的哲学文体所无法实现的。更为重要的是,柏拉图在对话中贯穿着议论和叙述,使哲学问题和隐喻性的故事联系在一起,使问题本身变得形象而深刻。其次,柏拉图的类神话创作,使他的灵魂学说具有通俗化形象化表述。

"类神话创作",始终以故事的形式贯穿在柏拉图对话中。柏拉图的叙事具有神话的隐喻性和神话的叙事性,但又不是赫西俄德意义上的"神话构造"。他的类神话叙事,出场的并不是神,而是人,即使是关于神的讨论,也有许多神不是希腊传统神话意义上的"神"。他也谈到一些具体的希腊神,例如,爱若斯、宙斯、阿波罗等,更多的神则是他的虚构。他的灵魂学说的核心问题,基本上是通过类神话的形式加以表达的。这种表述使他的神学问题具有了"形象性",但其内在含义又具有一定的隐晦性。从柏拉图的类神话创作中可以看到,希腊思想家虽然激烈地否定传统,或批判传统神学,但要想真正摆脱传统神学却不是一件容易的事。与许多思想家相似,柏拉图对希腊传统神学并无反感,事实上,他把神话叙事看作"诗人的迷狂式表达"。他受希腊文学艺术创作形式影响甚深,并不排斥神话神学的思维方式,试图调和理性神学和神话神学,尝试从这两者的夹缝中走出一条道路,以便对精神问题进行形象而深刻地探索。"类神话创作",使柏拉图的神学观极具张力。

从柏拉图对话中可以看出,他的类神话创作新颖而富有奇趣,因为"类神话创作",实际上是"虚拟神话"。这种虚拟神话以假定性为前提,其目的是阐明他的原创性思想观念。在柏拉图的对话中,涉及这种"类神话创作"的篇章,有《美诺篇》《斐多篇》《斐德罗篇》《蒂迈欧篇》《国家篇》《智者篇》《政治家篇》《法篇》等等。[1] 灵魂学说的"类神话表达",只是柏拉图思想的艺术表现形式,这种表现形式,虽然有助于思想表达,但对于思想本身的构成毕竟不是至关重要的。在探究柏拉图的灵魂学说之前,必须首先考察柏拉图这一思想的历史渊源,柏拉图思想的直接来源,是苏格拉

---

[1]　Catherine Collobert etc, *Introduction.* See *Plato and Myth*, pp. 3-10.

底,而苏格拉底在神学上就有调和奥林匹斯教和奥菲斯教的倾向。根据色诺芬的记载,苏格拉底很重视奥林匹斯教。[①] 根据柏拉图的记载,苏格拉底相当重视奥菲斯教,柏拉图对苏格拉底的理解,可能带有自己的倾向性。在调和希腊两大宗教这一点上,柏拉图与苏格拉底并无大的冲突。柏拉图实际上把希腊奥林匹斯教看作艺术创作和浪漫的想象,他真正关心的是奥菲斯教的"灵魂学说",苏格拉底对宗教形式本身并不关心,他试图在灵魂的旗帜下探究人的认识和美德教育问题。苏格拉底对灵魂的认识比较简单,只是强调灵魂中理性的地位,虽然也强调"灵魂不朽"和"生命轮回",但并未把"道德善恶"的奖掖和惩罚与灵魂不朽、生命轮回关联起来,他的道德教育突出了希腊的自由精神,而不是奥菲斯教的宗教信仰。

柏拉图思想深受奥菲斯—毕泰戈拉学派的影响,亚里士多德特别指出毕泰戈拉对柏拉图的影响。事实上,在《蒂迈欧篇》中,毕泰戈拉的影响是无可否认的,有人据此认为,《蒂迈欧篇》重复了毕泰戈拉的思想。对此,范明生指出:"柏拉图的整个思想体系以及他的实践活动,的确是深深打上了毕泰戈拉学派的烙印。这种影响在长达半个多世纪的理论和实践活动中越来越显著,发展到后来的不成文学说,即理念数论时,简直就是和毕泰戈拉学派合流了。""柏拉图本人和同时代的毕泰戈拉学派的代表人物阿启泰、菲洛劳等相遇,特别是和阿启泰有深厚友谊,深入研究过当代毕泰戈拉学派的著作。"按照多数学者的理解,柏拉图的下列思想受到了毕泰戈拉学派的影响,即按照宗教的"净化和拯救"作用来解释哲学,强调"数学"的作用,热衷于把"数"看作永恒真理,强调"整个自然界"的灵魂感通。与此同时,他把"肉体"看作灵魂的暂时坟墓或囚牢,强调"音乐"的作用,用音乐的术语来描绘"灵魂的状态",凭借"数学"解释宇宙学和宇宙生成学说等。[②] 柏拉图灵魂学说的"类神话表达",也使他思想中的有神

---

① 色诺芬:《回忆苏格拉底》,吴永泉译,第 5 页。
② 范明生:《柏拉图哲学述评》,上海人民出版社 1984 年版,第 34—36 页。

论倾向和神学目的论思想表现得特别突出,所以,有人认为柏拉图中年时期主要坚持"无神论思想",晚年则主张"理性有神论思想"。陈康认为,"至于柏拉图晚期对话中存在有神论,是没有人会否认,也不能否认的"①。陈康不同意"《斐多篇》中有背叛有神论"的思想,在苏格拉底的思想中,他相信是有神的,并坚信神的声音总是提醒他和督促他,但是,他没有明说"他心中的神"与"神话神学中的神"有什么区别。

柏拉图中期的思想多少也受到了这种影响,在这一时期内,神学问题在他所讨论的认识论问题和本体论问题之外。从柏拉图主张"灵魂不朽"这一点来看,背叛有神论是不可能的,柏拉图通过这种"类神话创作",深刻地阐释了灵魂与认识的关系,灵魂与伦理的关系,灵魂与世界的关系。② 在柏拉图的灵魂学说中,虽然强调道德自律的问题,但是,他的灵魂学说多少具有神秘主义的成分,例如,他的灵魂回忆说就是神秘主义思想的体现。循着柏拉图的"类神话"创作去理解他的灵魂观念与认识学说、道德学说和世界观念,确实很有意义,由此,我们可以看到,灵魂不朽的主张者,把人的现世生活贬低到了什么程度,而把人的灵魂生活和精神世界扩展到了什么程度!

2. "相的学说"与柏拉图的神学

在探索灵魂世界时,柏拉图越往深处走,遇到的问题越多,灵魂的状态和灵魂的运动过程比较好把握,但他的"回忆说"和"心灵转向说",至今仍有不可替代的认识论意义。当他把灵魂问题和现象界联系起来,并把人的心灵认识与外在对象联系起来时,便感到左右为难,在他探究灵魂的本质和相的认识问题时,困难更加突出。在他的整个思想历程中,他一直在不断地修改他的"相论"或观念论,但最终仍留下破碎的图景而不能贯

---

① 汪子嵩等编:《陈康:论希腊哲学》,商务印书馆1992年版,第144页。
② 马特:《柏拉图的神话戏剧》,罗晓颖译,参见张文涛选编:《神话诗人柏拉图》,华夏出版社2010年版,第20—25页。

彻始终。"相的学说",是柏拉图追寻灵魂生活的本质特性而创造的理论。由理性向"相"的转变,由个别的相向共相的转变,显示了柏拉图理性神学话语的独特内涵,可以看到,"相论"在柏拉图哲学中具有多重意义。在柏拉图看来,相是本体,相是目的,相是共相,相是模型,等等。柏拉图关于相的讨论,既有哲学认识论的意义又有宗教目的论的意义。就宗教而言,他的相的目的论有利于推出创世主这一问题。哲学认识论中的相论,一方面是对认识的终极目标的解释,另一方面也为理性神学奠定了基础。在《形而上学》中,亚里士多德对柏拉图的"相论"作了一个评述。他说,柏拉图哲学追随了许多思想家,其中与意大利学派关系最紧密。在年轻时柏拉图就"熟悉克拉底鲁和赫拉克利特的学说",即认为一切感觉的事物"永远处于流动状态",关于它们"是不能有知识的"。①

我们可以看到,柏拉图接受苏格拉底的教导,认为不能将定义应用在感性事物上,只能应用于另一类东西上,理由是:"可感觉的事物"永远在变动中,"共同的普遍的定义"不能成为"任何感性事物的定义"。他认为,"感性事物"是依靠它们并且以它们为名的,"众多的事物"则是由分有和它们同名的相而存在。关于 idea 的翻译,希腊思想史学者有不同见解,在汉语阐释中,陈康的意见最具代表性。正是由于相的问题在柏拉图思想中具有十分重要的意义,因此,许多学者把柏拉图的"相论"分成三个时期:一是早期的相论,二是中期的相论,三是晚期的相论。② 柏拉图的早期相论,主要通过《拉该斯篇》《欧梯弗罗篇》《大希庇阿斯篇》和《克拉底鲁篇》表达。柏拉图的早期相论,把共相与一般、本质与相或模型看作是客观的。在《欧梯弗罗篇》中,柏拉图谈到,"相"不是主观的东西。在《克拉底鲁篇》中,柏拉图谈到,共相与一般、相和殊相、个别与可感个体事物等如何由紧密结合走向分离。柏拉图看到,"下定义"总是无法穷尽事物的本性,无法瞥见事物本身,如"美本身"或"善本身"。柏拉图的早期相论,

---

① 亚里士多德:《形而上学》,987A29—927B9。

② L. P. Gerson, *God and Greek Philosophy*, p. 34.

看到了这一问题本身的复杂性。从《斐多篇》开始，柏拉图的相论发生了变化。由于柏拉图没有专门讨论"相"的著作，人们把《会饮篇》《斐德罗篇》和《国家篇》中的相论视作"柏拉图的中期相论"。① 柏拉图的中期相论是其思想走向自觉的标志，他把"相"看作本体的东西，这样，相和可感的具体事物，便划分出两个彼此分离的世界。可感世界处于运动、变化和生灭过程中，它不是实在；相的世界则不同，它超越时间和空间，是永恒的，无始无终的，不生不灭的，不增不减的。他把相看作"真实的存在"，柏拉图由此进一步认为，"回忆"是以被回忆的内容，即相的存在为前提，"相的存在"就是"灵魂的本有"。这就是说，在开始看东西、听东西或者使用其他的感觉以前，必须已经在其他地方获得了关于"相本身"的知识。柏拉图的相与可感事物是分离的关系，他把可感事物和同名的相的关系，解释为"分有"和"被分有"的关系，任何特定的可感对象，实际上"分有"了和个别东西相对应的"共相"。

在探究人的认识或人的灵魂活动时，必定要设计理念或相的概念，因为在人的主体认知中，图形或图像时刻存在，这是相对实体与无穷事物的把握方式，是个体意识与无限他者意识沟通的桥梁，特别是与宇宙自然和神灵意志之间的沟通，离不开相与意识活动之间的感通。从神话认知意义上说，这就是神与人之间的沟通方式，是灵魂与灵魂之间的感通方式。陈康认为："《斐多篇》中的相论，乃是目的论，它肯定相为个别事物追求的目的来解释实际世界。这个形形色色的世界，只存在于个别事物对相的追求里。"因此，寻求原因即寻求目的。尽管如此，这一时期的柏拉图"相论"，仍无法解释彼此分离的可感个别事物和同名之相的结合问题，也无法解释可感个体事物如何从同名之相派生的问题。在《巴门尼德篇》中，柏拉图对中期的相论进行了深入的讨论，认识到自己观点的局限性。在《智者篇》中，柏拉图运用了类神话的创作形式，探讨了有关"相论"的分歧。他把人们对灵魂和认识的看法，用两个对立的形象表示出来，把两种

---

① 范明生：《柏拉图哲学述评》，第 180—204 页。

对立的看法看作两大派别之间的斗争：一是"诸神"，一是"巨人们"。两种观念的冲突，在柏拉图看来，实际上是诸神与巨人的战斗。他把"巨人们"称作"土里出生的人"，代表的是那些唯物论者，"他们给实在下定义时，把它和物体等同起来"。他把唯灵论者称作"诸神们""相之朋友"，他们"在不可见的高处的某地"，小心翼翼地捍卫他们的立场，竭尽全力地支持"真正的实在是某种可知的和无形体的相"。

这显然是两个尖锐对立的看法：一方以为"相"是看不见但又可知的东西，一方则以为"相"是看得见摸得着的东西。① 事实确实如此，"观念与实在的关系"被柏拉图形象地展示出来了。在灵魂问题上，这对立的双方各有不同的看法，德谟克利特肯定灵魂是某种实在的东西。灵魂是最根本的，它由不可分的物体形成，它是能动的。柏拉图对灵魂完全不这么看，在柏拉图看来，"灵魂与理性之间"有着十分密切的联系。要想对灵魂问题做出深入的解释，就要对"相的问题"做深刻的把握。柏拉图的早期相论中关于灵魂问题的解释还存在一些困难，为此，柏拉图对自己的相论作了一些修正。他指出，"实在"或"各种东西的总和"，必须包括变化的和不变的东西，它不能没有"心灵和运动"。没有心灵就不能有思想，而有心灵则不能不运动。他后期的相论的关键在于，把"实在"看作包括"一切不变的东西"，又包括"一切变化的东西"。柏拉图的这种相论，直接影响到他对创造者的看法。他一会儿把创造者看作精神性的，一会儿又把创造者看作实体性的。柏拉图的相论，是他试图更深入地探究观念和实在的关系而不得不采用的思考方法，由此出发，我们可以看到，柏拉图的相论直接关涉他的有神论思想的表达。② 在《斐多篇》中，柏拉图把"相"和"灵魂"问题关联在一起，显示出他的神学目的论倾向。

由于柏拉图的相论兼具多种意图，例如，认识意图、灵魂本体存在意

---

① 第欧根尼·拉尔修：《名哲言行录》，徐开来等译，广西师范大学出版社 2010 年版，第 323—327 页。

② W. D. Ross, *Plato's Theory of Ideas*, Clarendon Press, 1951, pp. 213-215.

图、灵魂运动意图、情感活动意图、宇宙本体意图、神圣存在意图、德性生活意图，因此，他的神学观念只是相论的重要思想分支。就神学信仰与生命存在而言，相论与神学目的论之间的关联乃自然而然的事情。只有确定相与至善的联系，相与上帝或神的联系，相与灵魂永生的联系，神学信仰才能真正建立。柏拉图的相论，逐渐向"神学目的论"过渡，陈康认为，柏拉图的目的论和有神目的论之间并不是对抗的关系。他进而具体地指明：《斐多篇》中的"相"的目的论和有神目的论，并没有对抗。在柏拉图那里，《蒂迈欧篇》中的有神目的论思想表述得比较完全。这种有神目的论，与《斐多篇》中的"相目的论"之间，也不是对抗的。二者之间，其实只有价值的不同，高级价值归于"有神目的论"，虽然柏拉图实际提出的只是"相"目的论。这就是说，柏拉图当时还不能明确地提出"神学目的论"，但已经有了神学目的论的思想。这种神学目的论思想，在柏拉图那里，并不是一下子就明确的，而是先由"相的目的论"所规范。柏拉图试图建立"有神目的论"，在无法直接建立这种有神目的论之前，"相的目的论"则不失为能实现同样任务的可能手段。陈康认为："柏拉图在建立有神目的论之前，还需经过一段长途跋涉，其起点则正在《斐多篇》中。"这种分析比较符合实际。如果一开始就提出"神学目的论"，那么，柏拉图就不是希腊理性神学的代表性思想家了。以"相的目的论"代替"有神目的论"，陈康从柏拉图的著作找出了有力的证据，即柏拉图所说的"其次的最好方式"（deuteros plous）。[1]

　　在探讨相的目的论时，柏拉图还没有自觉意识到有神论问题，但他已经开始坚持"灵魂不朽"的主张了。[2] 在《斐多篇》中，柏拉图为了论证"灵魂不朽"，认为灵魂在看到相等的事物时，已经先有了"等的相"的知识。他这样论证：当第一次看到"相等"的事物，知道它们要追求"绝对的等"却总是不如它时，必然先已经有了关于"绝对的等的知识"。在看到、听到这

---

[1]　汪子嵩等编：《陈康：论希腊哲学》，第 148—149 页。

[2]　Lennnox, *Plato's Teleology of Non-natural*, *Platonic Investigations*, 1985, p. 201.

些相等的事物,并必须已经有绝对的等的知识,才能以它为标准和相等的事物做比较,才能看出它们是不完全的。这些认识是出生时就具有的,由此可以证明,人在出生以前已经先有"相"的知识,在出生以后忘记了,后来,经感觉到这些相等事物的启发,回想起"相"的知识,这就是柏拉图著名的"回忆说"。柏拉图的《斐多篇》和《美诺篇》中对这一思想表述得非常完整,"学习便是回忆",而这些永恒的相的存在,便可以证明灵魂是在出生以前已经存在的。从《斐多篇》中的有关解释可以看到,"相"的目的已具有"有神目的论"的作用。①

在柏拉图那里,相与一,相与至善,相与美,相与神,有着紧密的联系。除了证明永恒事物的存在之外,它也证明了柏拉图的"万有"分享"太一"的思想,即一切生命存在的信仰必来自同一源头,诸善来源于至善。人类生命的美善分有的是最高神所具有的美善,这样,至上神便成为至善至美与灵魂永生的生命源泉。陈康明确地把柏拉图的"相目的论"和"神学目的论"关联在一起,他认为,柏拉图的"相论"包括"相"原因论和"相"目的论。"相原因论",只能应用于存在问题。他引用柏拉图对话说,"在第一次看到等的事物以前,必然先知道'等',回想到一切显得等的事物努力要达到绝对的等"。对此,陈康认为,"物质的事物获得规定性,是由于它分有了相应的相的结果,是以这作为努力要达到的东西的'相'为原因的"。在这里,相的原因论揭示了认识过程中的认识主体与认识对象的关系。陈康把"相的目的论"代表"有神目的论"看作"其次的最好方式",因为"一切物质事物皆努力要达到完全的相的状态,但永远达不到那样完全,所以,自然界中有永恒的努力。"②陈康认为,柏拉图以"相的目的论"代替"有神目的论",在《国家篇》中达到了顶峰。在《国家篇》中,彼此互不联系的不同的相的因果关系,在作为"最后原因的相"中统一起来,从这个"相"得到它们的存在和实在性,也得到被认知的力量。为此,陈康从《国家篇》

---

① 柏拉图:《斐多篇》,98B—99C。
② 汪子嵩等编:《陈康:论希腊哲学》,第150页。

中找到了具体的例证。他认为,柏拉图的相的目的论就是"有神目的论"的具体表达。在《国家篇》中,柏拉图指出,"这个(善)就是每个人的灵魂所追求的,也是他的一切活动的目的。"陈康认为,从《斐多篇》的相目的论到《国家篇》的相目的论,是一个大大的进步。陈康还认为,相"作为模型的概念"和"作为目的的概念"并不矛盾。前者是后者的补充,而且,作为"原型的相",在某种意义上就是目的。在柏拉图的早期相论向中晚期相论的转变过程中,确实存在这个基本思想。由于柏拉图的"相论"具有多重意义,人们很关心"相作为模型"与"相作为目的"两者之间的矛盾。陈康认为,"相作为模型的概念"和"作为目的的概念"之间并不矛盾,不仅因为作为原型的"相"是作为目的的"相"的补充,而且因为作为原型的"相"在某种意义上也是"目的"。①

要想建立上帝的信仰或神的信仰,必须确立"大全"与"万有"的原初性,即一切事物皆出自同一源头,因此,按照神话构造与想象方式,一切存在皆出自神的创造与生成。神是一切生命创造的源泉,因此,听从神的指令,服从神的道德律令,进入神所许诺的永生福地,便成了生命存在者神学信仰的内在动力。陈康发现,从《斐多篇》到《国家篇》的发展,柏拉图通过《克拉底鲁篇》带进两个新的因素,即"原型"和"造物主"(demiurge)。②从相的学说,很容易推出至善的造物主(德穆革)概念,但如果对什么事物皆要追问相的问题,那就会产生危险。例如,丑的相和恶的相,一旦追问到这一地步,神学目的论就陷入危机,这些当作"原型的相"的存在,是从更高的假设推论出来的。在柏拉图看来,无论何时,只要若干个体有共同的名称,便假定它们有相应的"相"。他用这种假设,把人造物当作原型的相的本体论状态,逻辑地建立起来了。不过,从这同一假设也可能导致毁灭"相目的论"的结果,因为"在世界上还有不完善、恶与罪等等","每个不完善"皆有无数实例。若干相似实例有"共同的名字",这更高的假设,像

① 汪子嵩等编:《陈康:论希腊哲学》,第152页。
② 普洛克罗:《柏拉图的神学》,石敏敏译,中国社会科学出版社2007年版,第281—285页。

假定"正价值的相"一样,逻辑地需要假定"负价值的相"。根据相目的论,"相"是事物永恒努力所要达到的目的,如果假定负价值的"相"存在,进一步的结论是,"要永恒努力达到完全的负价值",这结论显然非常可怕。正因为如此,陈康看到,柏拉图为了保存目的论,便不得不改进"相的目的论"。要用目的论解释"人造物"的产生,就不能停留在当作模型的原因论上,后者还需要以造物主为中心的"神学目的论"。

这就是说,"相目的论",不能适应柏拉图至善理想的需要,因为要用目的论解释人造物的产生,就不能仅在当作模型的原因论,还需要以造物主为中心的目的论。通过相论的建立,柏拉图的放射说与分有说,将至善观念或美善观念作为道德目的论与神学目的论的基础。柏拉图的有神原因论与有神目的论,皆是为了建立道德信仰与神学信仰的实践依据。柏拉图在《国家篇》中强调了相目的论的作用,在人类创造活动中,起决定作用的是"造物主",而不是"相"。在比较中可以发现:"相"是由下到上,由近到远,由个别到一般的逻辑追溯的结果;"德穆革"则是由上到下,由高到低,由总体到部分衍化的结果。柏拉图指出:"让假定那些被说成是自然造成的事物是由神的技术造成的,而那些由人从这些东西造成的事物则是人的技术造成的。所以,有两类创造活动,一类是人的,一类是神的。"因此,在《斐布斯篇》中,陈康看到了"有神原因论",并当作"有神目的论"。在《政治家篇》中的神话里,柏拉图说:"世界作为生物,最初从它的创造者接受理智。"在这篇对话中,柏拉图提出他的"神圣创造者"概念。基于此,陈康指出,"如果人的创造是从神的创造术而来,而人造事物是以模型为创造典型的,那么,必须推出,神圣造物主以相的系统为模型创造世界。"①陈康从《蒂迈欧篇》中找到了很好的结论,即"世界由于神的无意赋予的灵魂和理性,真正成为生物"。从"相的目的论"到"有神目的论"思想的转变,是柏拉图对人类精神问题不断探索的结果。柏拉图神学观念的确立,不仅从宗教实践意义上认可了"神"的存在,而且从神学理论建构

---

① 汪子嵩等编:《陈康:论希腊哲学》,第 154—155 页。

上证明了神的存在与生命存在的关系，神的至善与生命至善的关系。基于此，柏拉图的宗教神学便真正得以建立。柏拉图的有神论，借助理性和逻辑推导出来，它不是信仰的产物，而是希腊理性神学的独特价值所在。

3. 灵魂与肉身生活及理性秩序

在亚里士多德之前，柏拉图是对灵魂问题探讨最为深刻的思想家。在《柏拉图的神论和相的学说》中，吉森(Gerson)认为，在传统意义上，人们往往从《法律篇》第十卷出发去分析柏拉图的神学思想。他认为，"通过柏拉图的相的学说和灵魂学说的研究，更能达成对柏拉图神学的真正认识"[①]。柏拉图的灵魂观念，虽源于奥菲斯—毕泰戈拉学派，但对灵魂观念的系统构造，才是他对人类心灵和精神世界的深入而广泛的探索。在柏拉图思想中，"灵魂"(soul)是出现频率极高的词汇，足见"灵魂学说"在柏拉图思想中的中心地位。

柏拉图灵魂观念的基石，是"灵魂不朽"说。"灵魂不朽"这一观念，确实非常重要。如果说，"灵魂可朽"，或者说，死亡不仅意味着身体的死亡，而且也意味着心灵的死亡，那么，人类的精神探索只具有现世意义而不具有永生意义。强调"灵魂不朽"，意味着人类精神探索的特殊意义。柏拉图在接受"灵魂不朽"这一观念的同时，实际上，并不特别强调"生命轮回转世"这一思想。不少论者认为，柏拉图的灵魂不朽说是为生命轮回学说辩护，这个理由其实并不充分。在奥菲斯教中，"灵魂轮回"意味着"灵魂"总要找到生命形式获得再生。在奥菲斯教义中，灵魂要经过多次轮回转世，千年万年，才能真正超越轮回，并真正进入神界。在奥菲斯教那里，"灵魂成为神性存在"即为"最高境界"，而停留在低级阶段是痛苦的，灵魂的每一次轮回由人的罪孽所决定。那么，人如何才能避免"罪孽"？对此，奥菲斯教根本没有回答。柏拉图不强调这种"轮回观念"，只强调灵魂不朽及其与之相关的道德审判。柏拉图把灵魂和肉体严格区分开来，灵魂

---

① L. P. Gerson, *God and Greek Philosophy*, p. 33.

是不朽的,而肉体是可朽的,灵魂并不是肉体的现象。① 柏拉图强调灵魂高于肉体,但他并没有设想灵魂的转世情况,过分渲染灵魂转世无助于对道德伦理的强调,强调灵魂不朽观念的"目的",是为了强调灵魂善恶所可能带来的"因果报应"。

在柏拉图那里,已形成了"天堂"和"地狱"的确定性观念,这是他对奥林匹斯神话的改造。在奥林匹斯神话中,天堂是神的居所,而地狱则是人死后的居所。只有既具备神的自由意志,又具有神的不朽身体的生命存在,才能得以共享"永生的自由"。奥菲斯教则认为,人只有经过生命的不断轮回,积德向善戒恶,灵魂才会成为神性的存在。柏拉图既吸收"奥林匹斯教的天堂地狱观念",又吸收了"奥菲斯教的灵魂与肉身分离的观念",就避免用轮回解释灵魂,却可以运用灵魂审判来强调道德实践的意义。在《国家篇》中,柏拉图对"因果报应"和"灵魂审判"有具体的论述,他虚拟了勇士死而复活的自述。他说,"当他的灵魂离开躯体后,便和大伙的鬼魂结伴前行"。他们来到了一个奇特的地方,这里,"地上"有两个并排的洞口。与这两个洞口正对着的,"天上也有两个洞口"。法官们就坐在天地之间,他们每判决一个人,"正义的便吩咐从右边升天","胸前贴着判决证书";"不正义的便命令他从左边下地","背上带着表明其生前所作所为的标记"。② 从这里可以看到,他对生命存在者的道德实践的善恶认知判断。柏拉图看到,"行善的人"今生不一定得好报,"行恶的人"今生可能逍遥自在。他认为:"灵魂是不能被某种恶的东西消灭的,不论是内在于灵魂的恶,还是外在于灵魂的恶,因此,灵魂是永恒地存在着的。""凡是灵魂皆是不朽的,因为它是永远自动的,自动的皆是不朽的。"这种自动性,就是灵魂的本质,与此同时,他还强调"灵魂与回忆的关系",由此可见,灵魂不朽在柏拉图灵魂学说中的建构作用。

柏拉图描绘了灵魂的各种状态,并对"灵魂不朽"问题进行了具体的

---

① 薇依:《柏拉图对话中的神》,吴雅凌译,华夏出版社 2012 年版,第 193—195 页。
② 柏拉图:《国家篇》,613A—621B。

界定。由于古希腊思想家还无法区分灵魂与心灵、认识与理性、意志与情感的关系，有时他们只把"理性"看作灵魂，有时又把"所有的心灵活动"皆看作灵魂。柏拉图的灵魂说，在此显示了古代心理学的最高认识水平。在谈到灵魂的状态时，柏拉图想到了"灵魂马车"之喻。柏拉图运用这种类神话创作表现理性主体性的意义，他认为，"人类灵魂"犹如两匹马拖载的车，而"人类灵魂的御车人"则驾着两匹马。这两匹马，一匹驯良而勇敢，一匹顽劣而丑恶，要想真正驾驭这辆"灵魂马车"并不容易。如果灵魂是善的，而且羽毛丰满，那么，灵魂的马车就往上飞，而且能够控制；如果它失去了羽翼，就会跌落，羽翼本来可以带着沉重的物体向上飞升，直到神的境界。这种能飞的羽翼，是靠美好的品质培育的。一旦羽翼碰到丑恶的品质，就会摧毁，灵魂就会感到痛苦。人要驾驭这两匹马车，对于爱好荣誉与谦虚或自制的良马，不需要鞭策而只需劝导，对那匹顽劣骄横的马则要鞭策，这就需要"御车人"能够保持美好的本性，能够自制地约束劣马并使劣马丢掉野性而俯首帖耳。只有这样，灵魂的马车才能向上飞翔。[①] 这说明，灵魂既有安定因素又有不安定因素，唯有"理性的主体"才能使灵魂"永远保持健康"。为什么灵魂中有不安定的因素？这与灵魂的构成有关系。柏拉图的灵魂观念，是对主体的知识、情感与意志的总体把握。正因为灵魂观念包含有知识的确定性与逻辑性，情感的主观性与审美性，意志的自由性与非理性，因此，灵魂活动乃理性与非理性的统一体。

在《国家篇》中，柏拉图谈到，灵魂由三个部分组成，一是理性，二是激情，三是欲望，由此，灵魂显示了四种最佳状态，即理性、理智、信念、想象。基于此，柏拉图把"三种美德"和"三种公民"与灵魂的"三个部分"紧密对应起来。[②] 在柏拉图看来，灵魂的理性是最高贵的因素，苏格拉底在谈到灵魂时，只涉及理性，理性是人神所共同具有的。理性是人与动物区别的标志，激情处于中介的位置，激情如果与欲望相联系，就易于做出不好的

---

①　柏拉图：《斐德罗篇》，246A—247C。
②　柏拉图：《国家篇》，435E—436A。

事,如果与理性联系,那么可以使灵魂变得高尚美好。灵魂中的欲望部分主要表现为感性的需要,每一欲望总是指向某种确定性的东西,欲望在灵魂中是低级部分,灵魂由这些因素共同构成。柏拉图看到了心灵活动的复杂性,把灵魂与认识、感情与欲望及意志等混淆在一起,不免给他的"灵魂不朽说"带来了"逻辑上的矛盾"。于是,柏拉图只好限定他的"灵魂不朽"说,即只有灵魂中的"理性部分"才是不朽的。柏拉图把不同阶层的人和灵魂的状态直接对应起来,却没有看到阶级的形成与社会历史对人的影响。他只是抽象地把"统治者和理性"联系起来,把"武士和激情"联系在一起,把"生产者和欲望"联系起来,无疑缺乏真正的思想说服力,同样,从生理构造的角度去寻找灵魂形成的原因,也是不科学的。柏拉图把理性和大脑联系在一起,把激情归因于胸部,把欲望归因于横膈膜之下,并无科学道理。为了避免这种灵魂学说的局限性,在晚年他把灵魂分成"理性和非理性"两个部分,并以这两种灵魂来分别善和恶、高贵和卑贱、正义和非正义等等。① 柏拉图能够看到灵魂的复杂性及其灵魂的内在冲突,这是了不起的贡献。柏拉图对灵魂构成的具体区分,对于后代思想家影响甚大,实际上,有关"心灵的认识"基本上可以从柏拉图界定的这三个方面去作出解答。人们不再单纯从理性灵魂入手,而且肯定了激情和欲望在人类精神创造活动中的重要意义,人们更强调灵魂作为整体的特性,并认为"灵魂作为整体",其各个部分彼此之间产生相互影响。

柏拉图的灵魂学说,对古典认识论问题有着独特的理论阐释。柏拉图的认识论观念充分体现在他的"回忆说"中,他的回忆说与灵魂不朽说之间有着密切的联系。唯有在灵魂不朽的前提下,回忆才是可能的,他强调知识的先验性。他认为,人的知识是先天固有的,只不过在出生时遗忘了。柏拉图把"知识"和"理性认识"看作"不死的灵魂所固有的",这样一

---

① 埃尔文在《柏拉图伦理学》中,通过《普罗泰戈拉篇》、《高尔吉亚篇》、《美诺篇》和《国家篇》的探究,从快感、理智与良善的关联中,揭示了理性与德性生活的联系,最终,将柏拉图伦理学的主题集中在"正义"与"幸福"之上,确证了柏拉图神学目的论与道德目的论的内在统一性。
See Terence Irwin, *Plato's Ethics*, Oxford University Press, 1995, pp. 244-260.

来,人的学习与认识等,只是灵魂在回忆它以前"固有的知识"而已。在《美诺篇》中,他谈到,"既然灵魂是不朽的,可以不断重生",那么,"它已经在这个世界以及别的世界中获得一切事物的知识"。在它被回忆起来之前,已经知道有关灵魂和别的事物的知识,这是不必惊奇的。整个自然是同类的,灵魂已经学习到一切事物,当人回想起某一件东西时,通常便叫"学习"。没有理由怀疑他不能发现所有别的东西,只要他有足够的勇气去寻求,寻求与学习,并不是别的,就是回忆(anamnesis)。

　　柏拉图在这里也运用类神话的创作故事,具体的事例是,"苏格拉底教童奴作平面几何题"。苏格拉底在沙地上画图,他按照童奴的回答,引导他作出正确回答,结果,童奴证明了毕泰戈拉发现的"著名几何定理"。童奴一开始说不知道,后来真正的意见,却像梦一样产生了出来。苏格拉底认为,这不是他教的,而是童奴本来就具有这些知识,他只不过"把这些知识重新回忆起来"。① 柏拉图在这里没有把知识看作是经验的,而是把知识看作是先验的,实质上,这是他灵魂不朽说的必然延伸。柏拉图一方面用"灵魂不朽"作为回忆说的基础,另一方面由"回忆说"来进一步证明灵魂不朽,由此构成循环论证。在此基础上,柏拉图又构造了"心灵转向说"。按照他的理性观,每个人在他的灵魂内皆潜伏着内在的性能,他本身具有学习的官能。譬如说,人的眼睛不能够由黑暗转向光明,除非随着他的整个身体转过来,同样地,人的整个灵魂必须掉转方向,离开那个变动着的现象界。灵魂必须转向真实存在,直到它能够经受得住阳光,能够观看"真实存在明朗的光明"。柏拉图的心灵转向说,以日喻、线喻和洞喻而组成。"日喻"用太阳来说明善的相所具有的意义和作用,"线喻"则把认识分作四个阶段,即想象、信念、理智、理性,以善的相为终极目的,"洞喻"则揭示了感性认识向理性认识的提升。柏拉图对认识过程的揭示,是对理性灵魂的深刻阐明,他把理性灵魂直接与至善论联系了起来。在进

---

　　① Plato, *Laches · Protagoras · Meno · Euthydemus*, translated by W. R. M. Lamb, Harvard University Press, 1924, pp. 323-333.

行这一论述时,他依然运用"类神话创作",使问题形象生动简单明了。柏拉图的灵魂观念世界,既是对心理世界的描述和对认识过程的把握,又是他的灵魂不朽说所具有的神学目的论意义和道德目的论意义的合理展开。

4. 柏拉图的创世学说与政治神学

柏拉图本来不关心自然问题,他孜孜不倦地致力于"精神世界的探索",通过灵魂学说和相论,柏拉图建构了他的精神哲学体系或灵魂论的理性神学思想体系。在晚年,他却著有《蒂迈欧篇》,以致有人怀疑这是剽窃毕泰戈拉的成果,当然,这只是皮相的看法。没有宇宙论观念,柏拉图的神学目的论就缺乏深远的理论意义。他对自然问题的探索,不是着眼于科学而是着眼于宗教神学。他的宇宙观,不是科学的宇宙观而是神学的宇宙观。柏拉图之所以转向对自然问题和宇宙生成秘密的探讨,这是他思想发展的必然。柏拉图本来只是想致力于精神问题或理性神学思想的探索,他以灵魂学说为根基,在认识论、道德论和相论等问题上,对人类精神生活的本质作出了深刻的探索。当探索到相的问题时,他碰到了特殊的麻烦。柏拉图设想了两个世界:一是"可见世界",一是"相的世界",他试图建构这两个世界之间的桥梁。灵魂本来属于不可见的世界,但灵魂寄生于可见的生命物之中,说明可见世界充满灵魂,一旦涉及这两个世界的关系,就出现了内在的矛盾。柏拉图把"可见的事物"设定为具体的"相",实际上,是"实相或实体"。他在这种可见的相之后,设想有不可见的"相",或者说,需要借助灵眼或灵魂来看的"相",这就带有强烈的理性神学思想特质。柏拉图的"善的相"是"虚相",肉眼看不见,或伸手摸不着,它属于"灵魂世界"。①

_____

① 阿特曼(Altman)在《良善观念与柏拉图的理型论》中谈道:"在存在的王国,善的相不仅拥有至上地位而且是最快乐的所在。幸福是通过善确立的,而且是正义的代名词"。H. F. Altman, *Plato the Teacher*, Lexingtor Books, 2012, p.196.

　　在探讨可见世界与不可见的世界的"相的关系"时,柏拉图认为,是
"可见世界的相"模仿了"不可见世界的相",或者说,"可见世界的相"分有
了"不可见世界的相"。在可见的世界中,万事万物各不相同,"相"也就是
千千万万的。这千千万万的"相",如果模仿的是不可见的"相",那么,是
共相还是殊相? 如果说是共相,那么,该如何获得证明? 事实上,在谈论
共相的同时,柏拉图看到,那不只是"共相"。评价的角度不同,共相就不
同。要想找出不同事物的共相,真是非常困难的事。柏拉图所设定的"共
相",往往缺乏普遍的意义,顶多是"类的相"。柏拉图无法解释是什么创
造了大千世界,并且,这大千世界的灵魂由什么统辖着? 柏拉图解决了神
人的关系问题,但如何理解天地神人的四维关系,他一直无暇顾及。当他
在"相的摹仿和分有"问题上出现困难时,虽然设想了"相的朋友"解决这
一困难,但是,对于理性神学思想体系的建构而言,天地神人的关系仍没
有解决,于是,他开始探讨"宇宙生成论"的问题。柏拉图探讨宇宙生成论
的问题,基本上受到传统自然哲学的支配,同时,受到他的灵魂学说的影
响,在他的宇宙生成论体系中,既有唯物论的因素又有唯灵论的因素。

　　如果说,"相论与灵魂论"是柏拉图神学思想体系的理论基础,那么,
"宇宙论"则是柏拉图神学的神话系统与神学理论演化模型。在《蒂迈欧
篇》中,柏拉图巧妙地通过宇宙神话的建构和创世者理论的建立,为生存
信仰提供了强有力的神学思想基础。柏拉图借蒂迈欧之口,系统地解释
了宇宙的创生过程,他认为有三条原则:一是要区分那"存在而不变动的
东西"和"变动而非存在的东西";二是"一切变动的东西"总是由某种原因
作用才能变化生成;三是创造者要构造事物的形状和性质时,必须"以不
变的东西为原型",才能造出美好的事物。他认为宇宙是生成的,要发现
"宇宙的父亲和制造者",就是十分艰巨的任务。柏拉图认为,"宇宙是最
好的创造物",创造者是善良的,他必然"以永恒的东西为模型","以理性
的逻各斯和智慧所理解的东西为模型"。这样的宇宙,必然是善的相的摹

本。① 原型是确立的,摹本则是或然性的,所以,关于神和宇宙的生成,他难以提供确切的说法。因此,柏拉图在《国家篇》中提到过宇宙创造者的思想,在《斐莱布篇》中则把创造者说成是生成的原因。柏拉图提出"创造者"这一观念十分重要,他认为,"创造者必定是善的",没有丝毫的嫉妒,并且总希望"万物皆尽可能只有善而没有恶"②。这种纯粹道德的创造者,与塞诺芬尼设想的"神"有一致之处,这个"创造者"是最高智慧和至善的体现。创造者在构造宇宙时,"将理性放入灵魂中","将灵魂放入躯体","宇宙就是带有灵魂和理性的对象物"。

柏拉图逐渐把创造者的观念和神的观念联系起来,并提出宇宙的创造者是"德穆革",柏拉图又称之为"神、父亲和创造者"。这个创造者,是"至善、秩序和理性的维护者"。柏拉图的"创造者",不是通过逻辑推演出来,而是凭借思想直观虚拟出来的。这种虚拟,不同于圣经神话关于上帝的虚拟。在柏拉图那里,"造物主"是"完善与美好的象征"。柏拉图的创造者并不生活在宇宙之前,只是代表着美好的东西,把美好的东西给予宇宙,把无秩序的宇宙规整为"有秩序的宇宙"。柏拉图的神,虽未明说具有塞诺芬尼关于神全视全听的特性,但他赋予了创造者以人格化特征。③柏拉图认为,创造者是理性的生物,代表整体。他的这种理性与人格相统一的"神",是想象与理性思考的结果。有的学者把宇宙的创造者、宇宙的原型说成"相的体系",它作为最高的神包括各种相。那么,这种把创造者和原型等同的看法,是表示原型和摹本的关系呢? 还是原型、创造者和摹本的关系? 应该说,柏拉图的思想更符合后者,即"原型、创造者和摹本"三重关系。他的"分有说",似乎类似于原型与摹本关系,而"摹仿说"则类似于原型与创造者和摹本的关系。柏拉图提出创造者这一观念,对于他的神学体系的建立非常关键。柏拉图认为,"创造者创造出来的宇宙"只

---

① 普洛克罗:《柏拉图的神学》,石敏敏译,第 328—330 页。

② 伦诺斯(Lennox)在《柏拉图的非自然的目的论》一文中,特别探讨了"工匠"(Craftsman)的神学意义,see *Platonic Investigations*, p. 208.

③ 普洛克罗:《柏拉图的神学》,石敏敏译,第 319—330 页。

能是原型,这个摹本从原型中来,而原型就是完整的生物。柏拉图的原型,在这里只能是虚幻的,而不可能是实在的,说原型是生物,只是比喻的说法,原型和摹本,也不可能完全等同。基于此,柏拉图认为,宇宙是由"灵魂和躯体"两部分组成,"灵魂先于躯体"。①

　　世界的躯体,先是由火和土组成,神将气和水摆在火和土中间。这种联结起来的统一体,是和谐友好的,任何东西皆不能把它分开。"创造者",是用这四种元素的全部构造宇宙,没有任何部分或力量留在宇宙之外,于是,他把宇宙说成是"可见的理性生物的躯体"。他从摹本推想原型,把原型也说成是理性的生物,但原型是看不见的,这是柏拉图的原型与摹本关系的具体衍化。柏拉图设想创造者把灵魂放在宇宙的中心,从而使宇宙成为圆形旋转的球,灵魂既能统帅心灵又能贯穿并包围整个宇宙,因此,灵魂无处不在,这样,柏拉图就自然推导出,"灵魂在生成上先于躯体","在价值上高于躯体"。在《蒂迈欧篇》中,柏拉图对灵魂的结构有新的分析。这种分析的方法,从逻辑分类入手,不同于《国家篇》中从经验分类入手。他认为灵魂由同、异、存在混合而成,有人将之解释为"这是同类相知"。"以灵魂中的同去认识原型中的同","以灵魂中的异去认识原始事物的异",这就是"同类相知",柏拉图认为,"创造者构造了宇宙灵魂以后构造它的躯体,使它们中心对着中心。灵魂伸展在天上,从中心到周围无处不在;它在自己中转动,开始了神圣的在时间中永恒的理性生活。"在这里,柏拉图还不能提出唯一神的观念。实际上,他在类神话表述时,总是尽力从心灵方面、认识方面或本体方面去寻找事物构成和运动变化的原因。

　　在《蒂迈欧篇》中,柏拉图还提出了时间观念,把"时间"看作创造者创造的宇宙的永恒尺度。他说:"创造者天父看到他创造的宇宙活着也就是运动着,很是高兴,他是使它尽可能像它的原型。他安排天的秩序,使它永远统一地存在,按照数不断运动。"柏拉图用"克洛诺斯神"代替时间,时

---

　　①　F. M. Cornford, *Plato's Cosmology: the Timaeus of Plato*, p. 94.

间是创造者创造出来的,创造者创造了时间,时间本身是永远不断的运动。从这一点来说,神具有永恒性,因为要使宇宙成为永恒的摹本,所以它创造了时间,还创造了太阳、月亮和行星。[①] 柏拉图的这个创造者观念很有意思,从这一创造者观念能够顺利地过渡到基督教的"上帝"观念。仅从"德穆革"这一概念来说,柏拉图的造物主的诸多特性,与《圣经》中的上帝没有什么大的区别。例如,创世与造人以及神本身所具有的精神特性,神不是生成的。但是,他在谈"德穆革"之外,不谈其他的神,不认同其他的神。柏拉图的神学,还不是唯一神的思想体系,但人们把柏拉图思想和基督教神学联系起来是有一定理由的。[②]

在柏拉图的宇宙论体系中,神学目的论与诸神创世论,构建了逻辑的神学体系与感性的神话体系,如果撤去这一神学与神话体系的异教成分,那么,柏拉图的神学与基督教神学的基本原则恰有异曲同工之妙。例如,柏拉图为宇宙这个理性的生物整体,设计了四种生物:一是天上的神圣的生物,二是空中飞翔的生物,三是水中的生物,四是陆地上行走的生物。这种设计,显然是想象的产物,也体现神话神学对柏拉图的影响。希腊神话神学和理性神学中的宇宙论学说,在今天看来,不免有许多荒谬之处。他在讲到神话中的诸神时,不加肯定和否定,只是认同古人的看法。柏拉图受传统神话启发而创造了"类神话故事",创造者创造了诸神,对它们说,"我是你们的创造者和父亲","我造的东西除非得到我同意是不会毁灭的","你们是生成的,所以不是不朽和不可分的",但是,"你们不会分散和死亡,因为这出自创造者的意志"。柏拉图从未有意抛弃神话与神学的信仰,他的理性观念从未摆脱神秘主义因素的作用,因此,他的神学标志着希腊理性神学的真正成熟。

在柏拉图那里,神不仅是永恒存在者,而且是创世者,不仅是美善的

---

① 柏拉图:《蒂迈欧篇》,谢文郁译注,上海人民出版社 2003 年版,第 33—36 页。
② 陈村富:《希腊宗教与希腊哲学》,参见《宗教与文化论丛》(1),吉林人民出版社 1993 年版,第 3 页。

动力源泉,而且是神学实践与道德实践的依据。因此,柏拉图神学就是严格的理性神学。为此,他要求诸神创造另外三种生物,创造者在掺和宇宙灵魂的杯子里搁进同样的成分,不过是第二流与第三流的。他将它们划分成许多个灵魂,数目与星体数目相等,将每个灵魂分配给不同的星座。他认为,"每个灵魂在第一次降生时是平等的,没有处于不利地位",在这之后,"每个灵魂由于不同的遭遇和机会而上升或下降","灵魂轮回时成为好的或坏的生物"。有关灵魂轮回的表述,柏拉图前期与后期的态度不一样。后期常提到灵魂轮回问题,但是,在他的神学话语中,灵魂轮回学说不占重要地位。创造者从此就不管了,诸神服从他的律令,从宇宙的躯体借来"火、气、水、土"。火、气、水、土以自己的方式打动灵魂,这就是感觉,这样,生命创造就完成了。生命中有感觉,后来又恢复了理性,因为柏拉图认为灵魂一开始装入躯体时缺乏理性,只有通过教育才逐渐恢复理性。这种神学宇宙观,是柏拉图以"奴斯的作用"解释宇宙和人的生成以及人的灵魂构成的学说。柏拉图认为,在宇宙被安排秩序以前,它们皆处于"无比例无尺度的状态",神开始以形式和数将它们区别开来,于是形成宇宙。柏拉图说明,"四元素生成的原因"是由于神赋予它们最好的几何图形,在此,柏拉图对神圣的生物的特权已有所解释。他对另外三种生物的解释,则遵循对灵魂的三种形式的区分。把灵魂中的理性、激情和欲望与人体组织结构联系在一起,他强调了"灵魂的疾病",并且认为教育锻炼是"治疗灵魂疾病"的有效方法。他对世界理性进行的总结是,"既然有了不朽和有死的生物",那么,这个宇宙就成了"完满的可以看见的有生命的东西"。"它包括一切可见的东西即理性的影像","成为可见的神",是最伟大、最优美、最完善的,这就是"唯一的天"。

在这里,柏拉图的神学虽保留了一定的自然论神学倾向,但从根本上说,已经具备了"神创造一切""神先于一切"和"神高于一切存在"的神学思想。柏拉图的自然哲学或宇宙论神学,历来皆被认为是荒谬的,但是,他比前苏格拉底神学的神学解释确实有很大的进步。他的神学思想相当驳杂,既有唯灵论的成分又有唯物论的成分,既有类神话的创作又有宇宙论的经验说明,既有对奥林匹斯传统的继承又有模糊不清的想象,既有理性的思索又有感性的经验。他的"创造者"与他的神带有更多的希腊本土神学色彩,那个比诸神更高的"德穆革",是"按照原型创造摹本的神"。这个神的全部工作,只是要实现宇宙的和谐,解释自然宇宙的历史和自然宇宙的现象。这种"神",既是自然又是自由意志,既是必然性又是主动性,柏拉图还说不清它是什么? 在圣经神话体系中,唯一神是上帝,其他的一切精灵不能称为神,只是带羽翼的天使。更为重要的是,"三位一体"观念,在希腊理性神学传统中不可能形成,柏拉图的"德穆革"或"父"不能等同于"上帝",只能说是希腊理性神学重构的"至上神"。这个"至上神",比宙斯的神格要丰富得多,理性得多,完善得多,是美与善的本体。① 柏拉图的理性神学思想呈现出驳杂的景象,贯穿在他的全部对话与思想再想象中,灵魂目的论或神学目的论是他全部思想的核心。② 他的宇宙灵魂学说,比他的灵魂不朽学说要广博、深邃得多。他的宇宙生成观念和演变观念,虽然没有多少科学意义,但是,其神学意义不可低估。柏拉图把灵魂学说和希腊神学思想推至很高的水平,他的神学思想成了希腊理性神学思想的真正创造性的推进,显示了希腊人关于灵魂不朽与生命轮回、生命世界与美善和谐、神创天地与德性永恒的完整构架。

---

① 伯纳德特(Benardete)在《美的本体:论柏拉图的〈泰阿泰德篇〉》、《智者篇》和《政治家篇》中指出:"正如柏拉图在《大希庇阿斯篇》中显示的那样,美的领域以一种显著的方式包含在《泰阿泰德篇》、《智者篇》和《政治家篇》的全部主题中,因此,它证实了一种观点,即在这些对话中,美的标准(beautiful marks)不仅服务于批评的目的,而且是为了坚守它们自身。在雅典,它还提供了理解'丑人'(the ugliesman)的方法,即关注他的毛发、尘垢与卑劣,而不是避开他的美。"Benardete, *The Bing of the Beautiful*: *Plato's Theaetetus, Sophist and Statesman*, The University of Chicago Press, p. 46.

② 在对《法律篇》的分析中,格思里特别强调了宗教与神学问题在柏拉图思想中的地位。W. K. C. Guthrie, *A History of Greek Philosophy*(Ⅴ), pp. 357-365.

第三节　亚里士多德与理性神学的充分哲学化

1. 哲学的科学化与亚里士多德神学

"亚里士多德有没有神学思想？"对此的回答呈现为两种基本立场：一是认为亚里士多德"确有神学思想"，例如，在《论哲学》和《形而上学》第十二卷中已经有着充分的逻辑论证；二是认为亚里士多德"并无明确而系统的神学思想"，从他的科学著作来看，他的哲学基本立场是反神学的。[①]事实上，判断亚里士多德有无神学，应该审察他的基本宗教立场，历史地考察他的宗教信仰，或者说，"必须反思他的全部哲学工作意向"。[②] 在亚里士多德的哲学著作中，他很少深入具体地讨论神学问题，这是基本事实。在综合古典学家或哲学史学关于亚里士多德"神学"的严格论述的基础上，笔者坚持认为，"亚里士多德的全部工作"，主要是为人类社会实践活动与科学探索划界进行"解释学立法"，并没有建立神学思想或宗教信仰的直接意图，而且具有隐蔽的"反神学立场"，即悄悄搁置有关宗教信仰的讨论，只是为了纯粹讨论科学与哲学问题。对于试图建立全部科学思想形态的哲人来说，没有专门的神学论述本身就是"奇迹"。不过，应该承认，亚里士多德的思想，特别是形而上学思想和伦理学思想，为后来的基督教神学的理性证明工作奠定了坚实的思想基础，符合"希腊理性神学思想建构"的逻辑要求与思辨旨趣。

从希腊神学思想的演进路线可以看出，有神论思想与无神论思想，在希腊公元前五世纪以后，虽已形成系统的理论证明，但真正彻底摆脱神学

---

① 大多数学者还是承认亚里士多德的神学，罗斯指出："我们自己的时代经历了布伦塔诺和策勒尔之间的长期争论，前者主张这种有神论解释，而后者则否认。"参见罗斯：《亚里士多德》，王路译，商务印书馆1997年版，第202页。

② Hermann Schmitz, *Aristoteles：Ontologie，Noologie，Theologie*, Bouvier Verlag, 1985, SS. 10-15.

话语和思维惯性的束缚,正是在亚里士多德时代。在希腊思想发展过程中,亚里士多德确立的科学规范和系统深刻的哲学解释,尽管在古典时代影响不如柏拉图,但是,在整个西方思想史的作用毕竟具有无可替代的价值,后来的哲学人文科学一直遵循他的规范并试图进行"创造性突破"。①仅从思想范式而言,亚里士多德哲学几乎产生了令人窒息的影响。他的思想方式,不仅使希腊思想具有了科学的意义,而且为后人确立了各门基础科学的解释范式,即使是神学也不例外。只是,亚里士多德的形而上学思想,在等待了漫长的十几个世纪才对基督教神学产生巨大影响。在十三世纪后,他的思想原则或理论证明直接或间接地带来了基督教神学的繁荣。② 因此,在探讨亚里士多德的神学影响时,必须把"神学"看作变动发展的概念,绝非一成不变,只有在特殊的时间范围内,才能确立"亚里士多德神学"的具体内涵。笔者所提出的亚里士多德的"反神学立场",相对前亚里士多德神学传统而言,他所"反"的神学,不仅包括苏格拉底和柏拉图的神学而且包括希腊神话神学。亚里士多德一直试图恢复"智慧"的本义,从而确立理性思想的尊严。他的探索,已经改变了希腊神话神学的解释方向,并且促使哲学家们更关心"非宗教伦理"和"非宗教政治"等现实问题。至于他的"反神学立场"与"后亚里士多德神学"之间的思想关系,则是另一个值得关注的重大思想史问题。

从亚里士多德的全部工作来看,他的《物理学》和《形而上学》等著作的直接意图,主要是为了探究宇宙运动的规律和哲学思想的形式。在他的这些著作中,处处体现了亚里士多德"反神秘主义"的科学态度。无论是从思想发展历程和贡献来看,还是从思想文本和理论证明来看,亚里士多德始终坚持了"非神学"的立场,这使他的探索保持了独有的科学实践品格。他继承了希腊思想中的科学主义传统,对希腊神秘主义和灵魂论学说保持着高度的理论警惕,从实证方法出发,他为灵魂学说的解释开辟

---

① Otfried Höffe, *Aristoteles*, C. H. Beck Verlag, 1996, S. 35.

② W. K. C. Guthrie, *A History of Greek Philosophy*(Ⅵ), pp. 38-56.

了科学实证主义的方向。从有关传记资料中也可以看到，亚里士多德很少参加宗教活动，即使在古希腊"无神论"和"反神话神学"的历史语境中，亚里士多德也显得非常特殊。他的科学探索目标，比前苏格拉底哲学家的哲学探索目的要明确得多。他摆脱了"诗性话语和神学话语的纠缠"，真正使哲学建立在纯粹的逻辑学与理性反思基础上。① 虽然亚里士多德并未致力于神学体系的建构，但是，他的思想方法和哲学话语，"潜含着"后亚里士多德时期神学思想的若干基本问题。亚里士多德的哲学思想探索十分有趣："主观上"坚持反神学的立场，尤其是关于存在论的证明与自然事物的描述具有明确的科学实证意向，"客观上"对宇宙自然事物的存在与运动的解释却符合宗教神学关于宇宙神秘存在问题的理性建构。早期基督教神学一直把亚里士多德看作"无神论者"，他的"合神学话语"在相当长时间内并未被人重视，只是经过阿奎那的"强有力的神学阐释"才变成了"基督教神学的重要理论支柱"，这可能是亚里士多德当初不曾料想的。

在评价亚里士多德对希腊理性神学的贡献时，必须分清两个问题：一是亚里士多德思想探索的"反神学立场问题"；二是亚里士多德哲学话语建构与逻辑理论证明的"合神学倾向问题"。前一问题要求我们不要从一般神学立场出发去理解亚里士多德的思想，后一问题则要求我们必须合理地解释亚里士多德思想中"潜含的宗教神学观念"。这是亚里士多德思想在不同时间跨度中的历史命运，他所反对的神学思想，与他的思想被改造成基督教神学的理论基础，并不是同一回事。亚里士多德的反神学立场，与近代哲学家的反基督立场，有明显区别，也有其内在一致性。这种思想的矛盾和局限，由亚里士多德时代的科学发展水平和社会状况所决定。亚里士多德并没有严格意义上的理性神学或哲学神学，但是，由于他的哲学解释潜在地符合理性神学解释或形而上学解释的内在需要，因而，他的思想在希腊理性神学史乃至在基督教神学思想史中获得了"特殊的

---

① 耶格尔：《亚里士多德：发展史纲要》，朱清华译，人民出版社 2013 年版，第 320 页。

地位"。

首先,亚里士多德始终坚持科学的历史的研究方法。在前亚里士多德学者中,没有哪个思想家能够超过亚里士多德所具备的思想史与科学史的全部知识。德谟克利特虽研究广泛,但无论是科学方法还是科学证明,皆无法达到亚里士多德的水平,"亚里士多德是古代知识的集大成"。① 他全方位地探究和归纳希腊思想史与科学史上的全部问题,熟悉当时希腊思想家的主要学说,并能在评述的基础上得出自己的结论。由于注重历史研究与科学研究,他的思想方法经受了历史理性与科学理性的双重考验。关于古希腊哲学家的存在论观念、形而上学观念、神学观念,乃至宇宙论和自然运动的本质认知,亚里士多德皆做出了符合科学理性的批判阐释。他的思想话语,既不受诗性话语的影响又不受希腊神话神学观念的纠缠,自然而然地体现了"科学主义的反神学立场"。尽管他从未明言"反对诸神",也未强有力地"否定诸神",并未有意彻底颠覆传统宗教信仰的地位,但是,在他身上,理性主义精神因为科学实证的经验得到了特别的加强。② 其次,亚里士多德发现了逻辑证明的理论方法。这种逻辑证明的方法,与科学实证的原则相结合,显示了亚里士多德独有的分析归纳与演绎风格。他的思想与科学探索,因为这种思辨理性而大大超越了他所处时代的科学理论水平,深深影响着现代科学与哲学。③ 从基督教神学意义上看,这种逻辑证明的方法对阿奎那影响最为直接,因为在阿奎那那里,亚里士多德已经完全"被基督教神学化了"。亚里士多德的学说,在阿奎那那里全部被纳入基督教神学思想的轨道。阿奎那很重视关于上帝存在的证明,巧妙地利用了亚里士多德的理性证明方法。具体说来,就是"运动因的论证方法""有效因的论证方法""根据可能性与必然性的方法""根据事物中发现等级的方法"以及"关于事物的条理的方

① 丹皮尔:《科学史》,李珩译,商务印书馆 1975 年版,第 68 页。
② 丹皮尔:《科学史》,第 60—76 页。
③ 耶格尔:《亚里士多德:发展史纲要》,朱清华译,第 325—330 页。

法"。

　　事实上,亚里士多德逻辑学、形而上学与物理学,涉及许多重要论证方法问题。在《论辩篇》中,他把推理分为证明的推理、辩论的推理、强辩的推理和错误推理,其中,错误推理是前提不当,前三种推理有助于科学证明。亚里士多德确立了许多重要的逻辑学原则,通过对证明的推理的论述形成了著名的"三段论学说",通过对辩论的推理的论述而形成了著名的"四谓词理论",通过对强辩的推理的论述形成了"关于谬误的理论"。他把逻辑学看作是一门科学的方法论,坚持认为"狭义的科学知识"在于"从一般到个别的演绎","从原因到被制约者的演绎"。[①]　在亚里士多德看来,灵魂就其思维能力而言,内部包含"一切知识的可能性",甚至包含"一切可能性的知识",然而,灵魂只是逐步地获得实际知识,必须从个别的观察中抽象出一般的概念并逐步上升前进。在对事物的认识过程中,知觉"通过记忆达到经验"并"由经验达到知识"。正是因为经验对于知识的重要意义,亚里士多德"捍卫感性知觉的真实性","全部谬误"倒是产生于感觉所告诉的东西的"虚假关系"。在亚里士多德看来,推理即陈述,其中,某种新的东西是从某些假设推导出来,这些假设由前提表达出来,也就是由命题表达出来。他最终注意到,由于判断中概念的结合,真与假的对比才会出现。

　　在第一推理中,亚里士多德揭示了一切思维运动和推论的基本形式,这对于科学研究、哲学研究乃至神学研究无疑至关重要。[②]　他的逻辑学决定了他的哲学思想方法,他认为,证明由推理组成,每一论证的论题皆是从他的根据中演绎出受制约者,知识本身存在于根据之中。证明的前提,必须由普遍有效的必然命题组成,只有当待证明的东西从它最初的假设中通过所有的中间阶段推论出来,证明才算完成。论证借以出发的一般原理以及这些原理适用的事实,皆必须是无需证明而为人所知的。策

---

①　耶格尔:《亚里士多德:发展史纲要》,朱清华译,第 332 页。
②　策勒尔:《古希腊哲学史纲》,翁绍军译,第 182—183 页。

勒尔注意到,在亚里士多德的逻辑学中,"证明也被归纳所取代","归纳通过展示全称陈述所涉及的所有个别事实的有效性,确证了全称的陈述。"在亚里士多德看来,定义部分地依靠证明,部分地依靠通过归纳得到确证的"直觉知识"。定义的方法,就是穷尽而合乎逻辑地逐级划分,于是,所有的概念皆归于"多种主要的称谓或范畴"。亚里士多德正是依靠这种方法建构表达了他的思想立场,完成了希腊理性神学思想的真正哲学化转变,使得存在论的证明完全得到科学理性的解释。

亚里士多德非常重视感觉经验和自然观察的方法,尊重所有出自感觉经验和自然观察所得来的材料。在亚里士多德看来,知识的最终源泉是"感知觉",如果知觉不到事物就不可能认识或理解事物,思考事物就是在"思考思想"。他还认为,在对真实的把握中,获得的科学知识归根到底基于"感性观察"之上。作为生物学家,亚里士多德的主要研究工具是他自己的或别人的"感官知觉";作为本体论者,亚里士多德的"第一本体"是"日常的可感物体","亚里士多德把可感的个体放在舞台的中心,因而把感官知觉当作他的火把。"为此,阿奎那从中创造性地发现了亚里士多德思想有益于基督教神学的合理成分。阿奎那认为,信仰来自上帝,由于上帝本身是真理,也不怕理性去检验,理性与信仰之间,不是互相排斥而是互相印证,"理性促进信仰,信仰提高理性"。阿奎那根据人是由灵魂和肉体组成的统一实体的思想,把人的感觉分成"内部感觉"和"外部感觉"。在阿奎那的世界里,认识和灵魂密切相关,因此,亚里士多德对经验的重视在理性神学证明中终于派上了用场。

亚里士多德学说避免了神秘主义和唯灵论的干扰,也使希腊人的经验思维传统得到了真正的保护。严格说来,亚里士多德的经验主义思维方法,不适宜理性神学的探索,他的经验观察在许多方面与理性神学的宇宙观念根本对立。在相当长的时期内,亚里士多德的学说被神学所排斥,但是,亚里士多德所坚持的这种唯物论的科学思维方法对现代科学思想起到了重大作用。① 他的思想方法,显示了理性思维的真正胜利,也是对柏拉图所代表的唯灵论传统的有力纠正。亚里士多德自己根本不可能想到,他的思想在早期基督教传统中受到激烈排斥,只是由于得到阿拉伯世界的善意保存,才奠定了阿奎那神学以及基督教系统神学思想的强有力的辩护基础。他主观上的"反神学立场",因为他的思想话语的潜存的宗教神学特质而慢慢被人忽视了。

2. 物理学运动观与"第一推动者"

亚里士多德重视逻辑和经验并反对神秘主义的信仰,不太看重宗教信仰和宗教实践仪式。误解在于,阿奎那从亚里士多德的理论中发现了"从理性方面证明上帝存在"的思想路径,于是,亚里士多德的神学思想成了基督教神学思想的重要来源。在柏拉图的思想中,"造物主"(德穆革)虽具有神的特性,但与上帝观念仍有一段距离。亚里士多德的"第一推动者",根本不是先验假定的神秘对象,即亚里士多德并没有"预先设定神的存在",迥异于"圣经神学"的思维方式。他的"第一推动者"概念所具有的神学意味,只是与理性神学思想或基督教神学思想能够形成内在巧合。从理性思维来看,这个"第一推动者",不是为证明神的存在而是对运动终极因的假定。② 这是他的运动学说逻辑推演的必然结果,其中的论证体现了亚里士多德的科学实证精神和理性思辨精神。从总体上说,这个"第一推动者",在亚里士多德的思想理论系统中,只是事物运动的动力因不断追溯的结果。人们从理性神学观念出发,对亚里士多德《形而上学》中的哲学思想做了不适当的神学意义上的夸大。阿奎那从神学论证方面去理解和阐释亚里士多德的思想,并不代表亚里士多德思想所具有的本原科学理性精神。为了深入地理解亚里士多德的神学观念,可以从经验的方法和运动的观念入手探究亚里士多德的原本思想。应该承认,关于亚

---

① 耶格尔:《亚里士多德:发展史纲要》,朱清华译,第 335—336 页。

② Aristoteles, *Physik*, Übersetzt von Hans Günter Zekl, Felix Meiner Verlag, S. 204-205.

里士多德的"神",我们在做宗教性理解和哲学性理解时,其意义会大不一样。从宗教意义上说,亚里士多德的"神",既不同于《神谱》中的"神",也不同于《圣经》中的"神",但是,他的哲学思想论证方法,显然有利于宗教神学关于"神的存在"的逻辑证明,因为一切事物的存在很容易推演出最高的存在,这个最高的存在与神的创造本性很相似。

亚里士多德的反神学立场,还可以通过他的科学探索与动物研究予以证明。可以看到,亚里士多德撰有大量的生物学和物理学著作,例如,《论天》《论生灭》《论气象》《动物史》《论动物各部分》《论动物起源》《论动物生成和变化》《论动物繁殖》《物理学》《论宇宙》,等等。这些著作,在神话神学或理性神学观念的指导下根本无法完成。据说,亚里士多德的生物学只对林奈的动植物分类和达尔文的进化论有过影响,其他观点在今天皆被否定了。例如,他的"地球中心说"被哥白尼的"太阳中心说"所否定,他观察到的"物体运动规律"被伽利略的"自由落体定律"否定了,他的"化学学说"被拉瓦锡的"氧化学说"否定了,但是,亚里士多德的科学实证精神毕竟影响了一代代科学家。亚里士多德的错误在于:他把三段论法运用到了实验科学中来,而实验科学追寻的目标只能是为了发现与验证,并不是"从公认的前提得出逻辑的证明"。[①] 亚里士多德的科学观察方法,在希腊科学史上毕竟是进步的标志,而且,在很大程度上打击了希腊神话神学与理性神学中的神秘主义宗教信仰。对于宇宙生成论,他以唯物论的形式作了出色的阐明并维护了科学的合法地位,从而确立了希腊科学思想的尊严。亚里士多德的物理学思想,主要体现了哲学意义而不是科学意义。亚里士多德认为,"世界上所有的事物都在动",他特别重视赫拉克利特所说的"万物流转"的思想。"万物流转",表示每一件事物皆在运动,如果人们能够透过变动而认识每一件事物,就会获得"哲学的智慧"。物质普遍运动的假设,证实了宇宙运动的普遍原则,这种运动观完全可能是纯粹科学的洞察和实在理性的反思。

---

① 罗斯:《亚里士多德》,王路译,商务印书馆 1997 年版,第 138—140 页。

亚里士多德认为,如果要看每一件事物的变动,那么,一定得想办法"站在变动里面"去看,然后,再"站在变动的外面"去观察。站在第一种运动变化本身去看的时候,就可以看见"事物本身由形式和质料所组成"。形式不能没有质料,形式是界定质料的方式,而存在的本质是它的形式,质料只是材料,只是必需的条件。真正的原因是它的形式,如果站在事物运动变化的外面来看,就会"把整个世界的连续性变化"看作是"潜能与现实的相互交替"。正是以此解释宇宙的生成变化,亚里士多德才用运动变化的现象去考察运动变化的存在本质。他认为,"说从一事物产生另一事物,从这种事物产生那种事物,这里所说的事物,既包括单一的事物,也包括复合的事物"①。他认为,没有任何事物能在绝对的意义上"由存在产生",在某种意义上,事物可以"由非存在产生",只有因偶性才能"由存在产生存在"。亚里士多德的这些理论,显然不同于神学的论调。

亚里士多德的神话神学思想或理性神学思想,始终没有登场亮相。他从运动观念出发,进而认为,"凡有运动潜能的,它的不动叫作静止的事物,它在推动时自身也被推动,因为推动就是对能运动的事物施加行动,但施加行动靠了接触,因此,推动者在推动的同时自身也受到推动。"②运动是事物作为能运动者的实现,运动的发生靠了能推动者的接触。因此,推动者同时也被推动,推动者总是形式,在它起作用时,它是运动的本原或起因。亚里士多德还指出,"事物被说成存在,指潜能的存在,也指现实的存在",而无限,"既是加起来的无限,又是分起来的无限"。"量在现实上不是无限的,但分起来却是无限的",因此,只有"潜能上的无限",无限的真正含义,不是"此外全无"而是"此外永有"。这样,亚里士多德把一切事物的变化分成三种:一是因偶性的推动者,二是因部分在推动而被说成在推动,三是直接推动自身。对此,策勒尔作了这样的评述:"形式和质料

---

① 亚里士多德:《物理学》,张竹明译,商务印书馆1982年版,第391页。
② 亚里士多德:《物理学》,张竹明译,第72页。

的关系产生了运动的观念,或者与此同一的变化的观念。"①世界上凡包含质料的事物皆经历运动和变化,"运动"只不过是潜在本身的实现,而这种实现的推动力,只能来自某种业已成为"被推动者通过其运动所要变成的某种事物"。亚里士多德的运动学说,预先设定了两种事物:一是"推动的因素",二是"被推动的因素"。如果存在者自身运动,这两个因素就必然分属它自身的不同部分,例如,人自身中的肉体和灵魂。正是通过对亚里士多德运动观的分析,策勒尔指出:"推动的因素只能是现实者,是形式,而被推动的因素只能是潜在者,是质料。质料和形式在哪里接触,哪里就必然产生运动,因为运动不但依靠形式与质料,还依靠形式与质料之间的关系。这种关系必然是永恒的,这种运动的终极因,只能存在于不被推动者之中。"②

在亚里士多德看来,"第一推动者"是不能运动的,因为被某一事物推动的运动者,它的推动者可以或者直接上溯到"不能运动的第一推动者",或者,上溯到"能自行推动也能使自己停止运动的推动者"。③ 任何运动事物的"第一推动者",皆是不能运动的,因为这一运动中,必然有三种事物:"运动者""推动者"和"推动的工具"。按照亚里士多德的理论,"运动者"必然被推动而不必然推动。作为推动工具的事物,既推动又被推动;推动者,它只推动而自身不能运动。"既然运动是永恒的,那么,第一推动者也是永恒的。如果第一推动者有许多个,那么,会有许多永恒的第一推动者。这样的推动者,一个就够了,它是永恒的,先于其他而自身不动的推动者,可以作为所有其他事物的根源。第一推动者,必然是并且是永恒的。"④在这里,亚里士多德通过科学的反思与证明,对宇宙运动的根源进行了科学探究。他强调运动者与推动者,这是对自然运动与自然力量的思辨分析。在亚里士多德的科学意识中,并没有"神"这个概念,后来的神

---

①　策勒尔:《希腊哲学史纲》,翁绍军译,第190页。
②　策勒尔:《希腊哲学史纲》,翁绍军译,第190页。
③　L. P. Gerson, *God and Greek Philosophy*, pp. 78-85.
④　亚里士多德:《物理学》,张竹明译,第243页。

学家把"第一推动者"的特性,巧妙地类比成"上帝"的特性,并以此作为"上帝存在的宇宙论证明",实际上并不符合亚里士多德的原意。

从亚里士多德的思想发展历程来看,他根本无心建构一套理性神学体系,因此,亚里士多德指出,"第一推动者,必然是没有部分也没有量的。有限的事物不能有无限的能力。任何事物皆不能被有限事物推动着做无限的运动。但是,第一推动者推动永恒的运动,使它无限地持续下去。由此可见,这个第一推动者是不可分的,没有部分也没有任何量的。"①这是纯粹的科学探索和分析,亚里士多德从理性思辨的高度探究自然运动的本质,而不能借助科学实验揭示自然的本质。这是时代的局限,但是,这个第一推动者显然不是在说神的力量,也不是确证神的存在,他完全在物理学的原初视域中讨论运动与实体问题。倘若没有亚里士多德的假说和开拓性工作,正确的宇宙运动观念的提出肯定会走弯路。许多研究者把亚里士多德的形而上学思想看作是"神学的表达"。亚里士多德为什么不用"神"而要用"第一推动者"? 为什么不作笼统的表述而要作如此烦琐的证明? 这些问题并没有得到很好的理论反思。问题就在于,亚里士多德不愿假定"神",也不愿相信有这个"神"。他的"第一推动者",实际上,可以看作"宇宙自然力本身"。② 对于亚里士多德是否有真正的神学思想这一问题,持怀疑态度肯定是有理的。人们从《形而上学》和《物理学》中所读解出来的"神学",未必符合亚里士多德的本意。这只能说明,他的哲学话语只是"暗合了理性神学的解释",并能恰如其分改造成理性神学思想表述。对待神的态度,亚里士多德与柏拉图有着重大区别,我们不应笼统

---

① 亚里士多德:《物理学》,张竹明译,第 264 页。

② 格思里(Guthrie)虽未对亚里士多德的神作宗教意义和哲学意义上的严格划分,但是,从他对亚里士多德神学的发展的描述中,可以看出:他也倾向于从非神学意义上去理解亚里士多德思想,但态度暧昧。W. K. C. Guthrie, *A History of Greek Philosophy*, pp. 252-263.

地讨论"亚里士多德神学"。① 在亚里士多德的运动学说中,"如果第一推动者是不被推动的,它就必定是非物质的,是没有质料的形式,是纯粹的现实;因为凡有质料的地方,就有变化的可能性,就有从潜在到现实前进以及运动的可能性。唯有非物质的运动,是不变的和不被推动的,并且,因为形式是完善的存在,而质料是不完善的存在",所以,"第一推动者"必定是绝对完善的。

策勒尔看到,"由于世界是朝着一定目的运行的始终如一的整体,世界(球体)的运动,是普遍如一而守恒的。所以,第一推动者只能是,即终极因本身,但是,纯粹的非物质的存在只能是精神或思想。"他实际上把"第一推动者"所蕴含的思想做了纯粹精神的解释,于是,策勒尔由此推出"亚里士多德的神学目的论"。在策勒尔看来,一切运动的终极基础,存在于作为纯粹的、完善的和永不衰竭的精神的神性之中。这种精神的活动,只能在思想之中,因为每一其他的活动,皆有自身之外的对象。对于完全自足的存在的活动来说,这不可思议,这种思想不会处于纯潜在的状态,相反,是从不间断的活动。"它的思想对象只能是它自身,他(神)的幸福就在于:这一不可改变的自我静观之中。""他对于世界的作用,并不是通过超越它自身,也不是通过用自己的思想和意志指引它,而是仅仅通过他而存在。这绝对完善的存在,最高的美,也是所有事物运动和努力所向的目的,世界的普遍如一的秩序,世界的内聚力和生命皆依靠他。"显然,策勒尔的解释学发挥只是顺从了理论的逻辑,并未对亚里士多德的运动观进行科学实证,亚里士多德不可能突然插入这样的神学目的论背景。即使需要一个目的论,那也是至善目的论,而不是神学目的论。前者是实践的要求,后者则是信仰的要求。亚里士多德暗合神学之处甚多,他的形而上学思想和宇宙运动观念等被改造成神学,是轻而易举的事。这些看法,

---

① 大多数学者,不自觉地把亚里士多德的这一思想往神学方面拉。吉森(Gerson)对亚里士多德神学观的研究,主要依据《物理学》和《形而上学》。他认为,亚里士多德把米利都学派和爱利亚学派的思想有机地结合在一起,揭示了自然的本质。他很少从宗教意义上去谈论亚里士多德神学。L. P. Gerson, *God and Greek Philosophy*, pp. 82-96.

往往强调了亚里士多德学说的神学意义。策勒尔认识到,"亚里士多德并未假定神的意志对于世界的作用,或者在世界历程中有神的任何创造或干预的活动。"在此,可以看出策勒尔证明的矛盾性。实际上,大多数神学家,皆是从亚里士多德的"第一推动者"去证明上帝的存在。最有代表性的意见莫过于阿奎那。他认为,"凡是运动的事物,总是为另一事物所推动。"凡是被推动的,无非是它存在着被推向某一方面的可能性。至于推动者,它本身则是现实的,因为运动无非是引导事物从潜能变为现实,最后必然追溯不为其他事物所推动的第一推动者,"他干脆就把这个第一推动者说成是上帝"①。

亚里士多德在使用"神"这个词时,如此小心谨慎,绝非毫无道理,即使人们能够通过亚里士多德的思想方式证明"神的存在",但是,这个"神",显然不是奥林匹斯教意义上的"神",也不是基督教意义上的"上帝"。他所设想的这个"第一推动者",是超然的存在,是静观的对象,是运动背后引发运动的原始力量。他并不创造一切,关注一切,主宰一切,这个"第一推动者",即使被想象成"神",在亚里士多德那里,显然不是"人格神",而是"理性神"。② 因此,把亚里士多德的这一思想说成"神学",确实是不恰当的发展,亚里士多德思想的现代意义,也从此可以看出。亚里士多德本人对流行宗教的那种"神"所具有的人格性观念不屑一顾,他只是承认,"这种宗教观对大众的教育有些实际用处"。在亚里士多德看来,"神"是自我意识的精神,是万物的想象起源,并且,就像爱者对于被爱者那样去"推动世界",事实上,亚里士多德根本就没有意识到要为希腊人创造"新的理性神学"。亚里士多德以崇敬而惊叹的心情站在造物主面前,并不指望神对世界的琐碎小事或人类个体有什么干预或兴趣。这种意义上的"神"或"第一推动者",是对宇宙终极因的解释,它与宗教信仰所需要

---

① 傅乐安:《托马斯·阿奎那基督教哲学》,上海人民出版社 1990 年版。

② 汪子嵩指出:亚里士多德所说的这个神,不是宗教的神,而是哲学的神。神就是理性,就是最高的善。参见《亚里士多德关于本体的学说》,生活·读书·新知三联书店 1982 年版,第 82—83 页。

的神根本不同。亚里士多德用"不动的动者"打击了人们信仰中的"神"，人们根据他的"不动的动者"，逻辑地推导出神(上帝)，但并不符合他的思想意图。他之所以不愿设想"神的存在"，关键还在于，他对人与世界关系的深刻把握。因此，耶格尔谈道，"后期亚里士多德对他的第一推动者理论有所修正(revision)"，他认为，亚里士多德对神学的实际思考，在最后的修正中实际上"仍未完成"。①

3. 灵魂作为存在者的心灵活动

亚里士多德关于神的看法的确与众不同。如果说，在亚里士多德的思想论证中还有"神"这个观念，那么，这只能看作他"对传统神学术语的尊重"，他的"第一推动者"毕竟是自然宇宙论沉思的产物。尽管亚里士多德生活在奥林匹斯教和奥菲斯教相当兴盛的希腊城邦，但是，他对这类宗教信仰并没有什么兴趣。事实上，亚里士多德时代的传统宗教，已是穷途末路，根本经受不住"希腊科学新思想的袭击"。他以理性分析与实验观察的态度指导人们对事物采取科学的认知方法。一般说来，探讨希腊神学思想就不能"回避灵魂问题"，在灵魂问题上往往采取什么看法就会在理性神学上发展什么观点。② 亚里士多德灵魂观念的形成和发展，与他的思辨理性神学精神相一致。从他的灵魂学说中可以看到，他对世俗宗教信仰中的灵魂观持守的立场，也可以知道他对希腊灵魂观念的科学解释所做的深刻细致的分析工作。亚里士多德的灵魂观念，坚持伊奥尼亚哲学传统，将原子论者的"灵魂观念"作了进一步的发展。自然科学家和无神论者关于灵魂学说的主张，对亚里士多德产生了很大影响。因此，亚

① W. W. Jaeger, *Aristotle*, *Fundaments of the History of His Development*, translated by R. Robinson, pp. 78-92.

② 埃尔文(Irwin)在《亚里士多德的本原论》中提出："亚里士多德在谈论本原(first principles)问题时相当明晰，他区分了定义与他们所指代的事物的不同。"See T. H. Irwin, *Aristotle's First Principles*, Clarendon Press. 1988, p. 4. 在这本书中，埃尔文先提出了本原问题，然后，找到了本原问题的解决方案，最后，探讨了解决方案的应用。在应用问题上，埃尔文具体分析了灵魂、德性、善与正义等问题，充分显示了对亚里士多德思想的非神学化理解。

里士多德的灵魂观念很少掺有神秘的唯灵论色彩,他的灵魂观念在他的逻辑论证中得到了清晰的展示,同时,他的灵魂观念与运动学说相似,强调生命的运动,强调灵魂运动的实在化形式。

亚里士多德的灵魂观念并不是一下子就发展成熟的,他的灵魂学说体现在几个不同时期的精神探索之中。耶格尔把亚里士多德的思想发展分成三个时期:在亚里士多德思想的第一时期,他写过《欧德谟斯》,讨论"灵魂的先天性和不死性",这种灵魂观念受柏拉图影响。在他思想成熟的第二时期,亚里士多德写了《论灵魂》,主要讨论"生命体之本质系于灵魂",灵魂不但是"肉体的形式因",而且是肉体的"形成因和目的因"。如果把他的《论感觉》《论睡眠》《论记忆》《论梦》等著作联系起来,就可明了亚里士多德的灵魂学说实际上是"心理学或心灵学"。亚里士多德"理性神学"的独特性,在于他的神学话语的科学性质与合神学性质交相混杂,但其思想主骨仍体现了鲜明的"科学理性主义精神"。亚里士多德从运动观念出发来讨论灵魂问题,显示出他的成熟期的灵魂观与早期的灵魂观根本不同,再也看不到"奥菲斯—毕泰戈拉的影子",也感觉不到柏拉图的神秘论的灵魂观念的直接影响。

亚里士多德认为,"在某种意义上说,灵魂就是生命的本原"。他在关于灵魂的讨论中,首先寻求解释和研究灵魂的本性和实质,然后探讨了"灵魂的属性"。他的思想在希腊前苏格拉底思想背景中展开,他从反诘出发追问:"灵魂是某个东西或实体,还是性质或数量或所指出过的某一个别的范畴?""灵魂是潜在的还是现实的?""灵魂有部分还是没有部分,是同类还是不同类?"①亚里士多德的基本看法是:"质料就是肉体,而形式则是生物的灵魂",因此,灵魂与肉体的结合,通常与质料和形式的结合

---

① 《亚里士多德全集》(4),秦典华译,中国人民大学出版社1992年版,第3—7页。

相同。① 对于亚里士多德来说,他从人们比较关心的问题入手:"所有属性为灵魂所共有,还是任一属性皆为灵魂独有?"他的结论是:"如果灵魂的功能或属性中有某种独特的东西,它就能与躯体分离而存在;如果灵魂并没有什么独特的东西,那它就不能脱离躯体而存在。"显然,这里的灵魂是生命运动的气,是人类生命的精神活动状态,是生命存在独具的思想形式,并没有神秘主义的唯灵论色彩。

亚里士多德考察了前苏格拉底的灵魂观,他看到,几乎所有人皆用"运动""感觉"和"非物质性"这三个特点来限定灵魂。它们的第一特点皆和本原相关。亚里士多德从他自己的学说出发,把运动看作灵魂的特点并不可靠,因为能产生运动的东西并不一定能"自我运动"。在亚里士多德看来,运动主要有四种形式:一是位置的变化,二是状态的改变,三是消灭,四是生成。他还说,"如果灵魂的本质是自我运动,那么,灵魂就不会是在偶性的意义上具有运动。""如果灵魂的运动出自本性,那么,它也能够凭借外力而运动"。亚里士多德认为,灵魂能运动是靠不住的,为此,他用反证法作了证明:"既然灵魂使物体运动是显而易见的,那么,就有理由认为灵魂将它自身所有的同样的运动传递给了肉体。""如果是这样,那反过来就可以说灵魂有肉体一样的运动。肉体的运动是位置的变化,那灵魂也应当用和肉体同样的方式改变位置,或者整个改变,或者部分改变。""如果这是可能的,那么,灵魂就有可能从一个肉体再进入另一肉体。"②通常,在经验中认为正确的结论,却经不起逻辑分析和证明。亚里士多德看到,人们把灵魂和肉体联系起来,并把它放进肉体里,但不去说明这是由于什么原因以及肉体如何受到限制。他认为,正是通过这种起作用或被作用,运动或被运动,每一灵魂才具有自己特有的躯体。亚里士多德看

---

① 埃尔文(Irwin)明确提出亚里士多德的灵魂概念作为实体来理解(The soul as substance)。"亚里士多德证实了灵魂与形式相关,身体与物质相关。他假定灵魂具有一种功能化的非本质特征,即形式,因此,灵魂与身体的关系,就是形式与物质的关系,潜能与现实的关系。"T. H. Irwin, *Aristotle's First Principles*, p. 279.

② 《亚里士多德全集》(3),第14页。

到,"灵魂显然不是和谐的,也不可能作圆周运动。它可能偶然被运动,甚至也能自我运动,但灵魂不可能作位置移动"。

　　亚里士多德关于灵魂观念的分析,仍受到运动观念的影响。由于他摇摆于各种灵魂学说之间,依然不能对灵魂问题做出清晰和简明的解答。亚里士多德不完全同意从心理分析的角度去理解灵魂,把灵魂和人的情绪和情感因素关联在一起,因此,他针对一些人说灵魂有悲哀、欣悦、勇敢、恐惧,而且,还能产生愤怒、感觉和思维看法又作了一番批判。在亚里士多德那里,他往往把"灵魂"和"思想"等同。柏拉图所谈到的灵魂中包括理性、激情和欲望,不也是把心理因素和情感因素混合在一起? 可见,亚里士多德对灵魂所做的心理分析仍不够坚定。他认为,"说灵魂在愤怒是可笑的,并非灵魂怜悯或学习或思维,而毋宁说人们在做这些时要仰仗灵魂。"看来,他是把"灵魂"看作超越具体心理活动之上的整体的属性。①他认为,"运动并非发生在灵魂中,但有时会抵达灵魂,有时又是从灵魂出发。如感觉就是从个别对象出发并抵达灵魂,回忆则是从灵魂出发而延伸到运动或感官上那些不动的点。"他认为,灵魂不可能被运动,如果它根本不能被运动,它显然也不会被自身所推动。这样一来,"灵魂到底是什么"仍未说清楚。亚里士多德涉及了人的各种心理状态,这种种心灵状态就是人们含混地称之为"灵魂"的种种运动形式。亚里士多德认识到,灵魂活动离不开这些具体的心理把握,但是,又没有把灵魂等同某种心理状态。他试图从整体上把握灵魂问题,或者说,他已经认识到,灵魂作为深层心理的东西所具有的整体性、辐射性、中心性特征。按照现代心理学的看法,灵魂的探索,离不开对内部感觉和外部感觉的综合性分析,正因为亚里士多德还未找到具体的说法,所以,灵魂不可能既是生成运动的东西又是被运动的东西,而只能是生成运动的东西。

---

　　① 埃尔文(Irwin)看到,"亚里士多德甚至认为,相对共同信念而言,灵魂是生命的本原(the Principle of life),不仅仅是动物生命的本原,因为植物也与动物一样有灵魂"。See T. H. Irwin, *Aristotle's First Principles*, pp. 280-281.

在亚里士多德那里,所有生命的自然躯体皆是实体,这样的实体由结合而成,呈现为具有生命的躯体,但"躯体并不是灵魂"。躯体与灵魂的关系是依存性关系,躯体并不隶属于某个主体,它自身就是"主体和质料",所以,灵魂作为潜在具有生命的自然躯体的形式必然是实体,"这种实体就是现实性","灵魂就是这一躯体的现实性"。在这里,亚里士多德陷入矛盾之中,一方面,他认为躯体是灵魂的工具,另一方面,他又认为灵魂是实体,这是否意味着灵魂这一实体依存于躯体这一实体之中?他是否强调灵魂的现实性和灵魂的存在,又强调灵魂与躯体的依存关系?显然,比起柏拉图之前的哲学家强调躯体与灵魂的分离性,这些看法已经有了很大进步。但是,亚里士多德又指出,"灵魂的存在"乃是睡眠和觉醒的前提,"灵魂"就是潜在具有生命的自然躯体的第一现实性。因此,灵魂作为心理的运动所具有的生命实在的创造性特征,亚里士多德已经捕捉到。

在此,亚里士多德实际上看到了心理活动的恒常性和持续性,但他不讲心理性,而称之为"灵魂活动"。在亚里士多德看来,如果必须要说出灵魂共有的东西,那就是拥有器官的自然躯体的"第一现实性"。[①] 他看到了灵魂与躯体的不可分性,但在表述上又想尽力分开,这就导致一些思想上的矛盾,他认为,"只有在自身内具有动静本原的自然躯体才有灵魂"。亚里士多德进而指出,"潜在地作为生命而存在的东西,不可能没有灵魂,而是具有灵魂。"由此可见,灵魂和躯体不能分离,如果灵魂具有部分,那么,灵魂的部分也不能和躯体分离,因此,"灵魂在最首要的意义上乃是赖以生存、赖以感觉的东西"。灵魂是形式,而非质料或载体,在此,"实体"有三种意义,即形式、质料以及这两者的结合,其中,质料是潜能,形式是现实。由于这两者的结合物是有生命的东西,所以,躯体并不是灵魂的现实,相反,灵魂是某种躯体的现实。亚里士多德的非神学立场,在此得到了淋漓尽致的体现。这就是说,灵魂自身绝对不是躯体,它不是躯体,而

---

① 埃尔文(Irwin)也承认,"亚里士多德证实形式(the form)是躯体的第一现实性,因此,形式也是一种潜能。"See T. H. Irwin, *Aristotle's First Principles*, p. 285.

只是依存于躯体,灵魂寓于躯体之中,存在于某一个别躯体之中。任何个体的现实性,皆自然地存在于它的潜能中,即存在于自己固有的质料之中。由此可见,"灵魂"显然是现实性,基于此,我们完全可以把亚里士多德的灵魂观念看作科学理性认知的实证体现。

　　亚里士多德本来可以很清楚地阐明这一关系,但是,由于他的晦涩的思辨,把这一问题搞混了,在确立了灵魂与躯体的关系之后,亚里士多德着重考察了灵魂所具有的能力。策勒尔是这样理解亚里士多德的,"生命在于自我运动的能力。每一运动有两个先决条件:主动的形式以及被动的质料。质料就是肉体,形式则是生物的灵魂。灵魂没有肉体就不存在,它自身也不是某种有形体之物。""灵魂与它的肉体的结合,是同形式与质料的结合一样的。作为它的肉体的形式,也是肉体的最终目的。肉体只是灵魂的工具,这一功能决定了它的本性。"这个理解基本上是准确的,亚里士多德对灵魂的理解,很少从宗教神学意义入手,实际上,是他的运动学说和实体学说的合法延伸。① 他认为,"单独的灵魂"由三个部分组成,它们是那样地相互关联,以致较高的部分没有较低的部分就不能存在,较低的部分也不能没有较高的部分。这样一来,他把灵魂分成"营养的部分""感觉的部分"和"理智的部分"。这三个部分各有侧重,又形成三种灵魂,营养的部分可以称作"植物的灵魂",感觉的部分可以称为"动物的灵魂",理智的部分可以称为"人类的灵魂"。

　　生命活动的向前发展,与生物的等级相对应,这表现为从最不完善到最高级的连续而逐渐上升。亚里士多德的这种分类法,实质上仍潜在地受制于生命运动论的观念,因为万物皆有生命,如何找到万事万物的生命共通形式呢? 这万事万物的生命,用具有不同的灵魂来类比,也就在自然哲学观念中产生,像植物的灵魂和动物的灵魂,皆是无从知道的,这是人根据人类的灵魂观念逻辑推演出来的。在一些思想家看来,只要有生命

---

　　① Aristotle, *On the Soul*, translated by W. S. Hett, Harvard University Press, 1936, pp. 31-37.

就会有灵魂,动物和植物皆有生命,所以,它们也应有灵魂。亚里士多德还没有把灵魂看作人所独有的本质,在他看来,"一切有生命的东西必然具有营养灵魂",这样,事物从生到死皆拥有灵魂,营养能力必然存在于所有有生灭的事物之中,但并不一定所有生物皆有感觉。一切自然事物皆导向某一目的,任何能够作位移的躯体,如果没有感觉就会被毁灭,而且无法抵达作为其自然能力的目的。按照心理学的科学立场,一切拥有灵魂的事物,皆具有触觉能力,在此基础上,亚里士多德认为,"只有在人身上,才发现另外的精神或思想因素",即只有人才具有理智的灵魂,显然,这又是他反神学立场的集中体现。

亚里士多德把人的灵魂看作最高的存在,因为人有理智,实际上,他仍是从动物心理和人类心理入手去分析灵魂,至于植物的灵魂,则只能从营养方面去加以分析。亚里士多德在探讨自然生命体的存在时,始终没有离开类比式分析方法。他从类比的方法出发去研究动植物的生命与灵魂,这种经验的方法,大概就是科学家在科学探索中所具有的"生命意识和情感意识"。这种同化意识,有时是有效的,可以由此及彼,有时又不免陷入机械论之中。从以上论述可以看到,亚里士多德的灵魂学说具有强烈的"物活论精神"。他对灵魂的解释符合他的自然生成观念,体现了他一贯坚持的科学探索精神,在当时应该说相当大胆。这种灵魂观念,直接与奥菲斯教的灵魂不朽说相对抗,也与柏拉图的灵魂观划清了界限。亚里士多德使灵魂问题得到了科学解决,神秘主义色彩消失了,由此,他发现了"非宗教体验的生命世界和心理世界","灵魂成了思维和精神的根源"。肉体死亡,灵魂随即消失,这充分体现了亚里士多德的"科学态度"和"反神学立场"。

4. 亚里士多德存在论与实践智慧

希腊理性神学观念的形成,在很大程度上是"为自然立法所预设",或者说,是"为道德生活所预设",即在自然与自由两大问题之间寻找合法的思想道路。在真正的人类社会普遍遵守的法律观念未形成之前,一切皆依赖"神法"。在《形而上学》中,亚里士多德谈到,因维护礼法,劝诫民众以及其他的实际作用,"神话形式的传说被逐渐扩充"。亚里士多德看到了古代神话神学的自然本质和社会作用,因此,他对理性生活的强调并不具有神学色彩。① 由神法、神判和仪式构成的原始宗教观念,对人们的精神生活和社会生活构成约束,"道德律"总是寄寓在宗教形式之中,这样,宗教和道德之间就构成了紧密的联系。神秘论的灵魂学说,在很大程度上就是为宗教伦理服务,宗教以其权威性维持社会生活的伦理道德。这种日常伦理道德有些具有积极意义,体现了人伦的需要,否则,社会失去了规范,人类生活就会一片阴暗。这些道德律法,有些则具有消极意义,如君王贵族和平民奴隶之伦理关系的设定,是对不平等制度的维护,是对其神权统治的思想巩固。宗教需要打着道德的旗号,道德在社会生活中需要宗教维护。从今天所能见到的一些"宗教法典"可以看到,宗教对道德的维护以及对违背道德的惩罚皆相当有力。"宗教与道德",达成了不成文的契约,在原始法律制度崩溃之后,宗教的权威降低,其维护道德的力量也削弱了。在无信仰、无宗教乃至反宗教的时代,道德的沦丧就会日趋严重,在道德凋敝的时代,借宗教而维护道德就不失为有效的思想途径。

在苏格拉底那里,他遵守并宣扬美德,自认为这是出自"神的命令"。这种道德理性建设就具有威慑力,因此,他所宣传的"美德即知识"重在强调人的实践,并不强调神的威慑力。柏拉图的伦理学说,将灵魂永生与灵魂的末日审判关联在一起。这是许多信仰宗教又害怕宗教的人极为恐惧的,人人皆希望上天堂而不愿陷入轮回而下地狱,柏拉图保留了伦理学的宗教色彩。至于宗教的另一威慑,即"灵魂的宁静",在前柏拉图时代考虑得还不太全面。亚里士多德开始涉及这一问题,在亚里士多德之后,则有

---

① Aristoteles, *Metaphysik*, Nach der Übersetzung von Hermann Bonitz, Felix Meiner Verlag, S. 4-12, 982a-984b.

不少思想家把"灵魂的安宁"和"宗教的净化"联系在一起。① 他关注"灵魂的宁静"和"有德性的生活",在探索存在问题和科学问题之外,相当关注"宗教伦理"和"政治伦理问题",对于城邦道德和个人道德做了相当深刻的探讨。由于在前柏拉图时期,人们始终把道德和末日审判关联在一起,所以,只有"向善的灵魂"或"至善的灵魂"才可"进入天堂"。心灵的希望和恐惧,仍然与道德过失关联在一起,体现了浓郁的宗教伦理色彩。亚里士多德冲淡了这种宗教伦理色彩,从纯粹道理伦理入手,对社会生活中的德性生活作了生动的描绘。我们虽不能说亚里士多德是反宗教的思想家,但他主张在非宗教文化背景下讨论伦理生活。这种非宗教的伦理生活和非宗教的城邦政治生活,是亚里士多德反神话神学的又一证明。他不愿把人的伦理生活追求与宗教紧密联系在一起,进一步证明了他的"神学"思想的独特性,或者说,亚里士多德的伦理学是公民城邦的生存伦理学和德性伦理学,具有客观实在的道德实践意义,丝毫没有沾染宗教伦理学色彩。他的伦理学试图引导城邦公民通往幸福自由之路,从未有意暗示伦理实践是为了天国的永恒。

我们必须指出,亚里士多德是宗教神学观念很淡的思想家,这不仅与他的灵魂学说有关,而且与他的伦理学说相关。耶格尔则持另一观点,即亚里士多德的伦理学,尤其是《优台谟伦理学》与神学关系密切。② 亚里士多德立足于现实生活中,解析人的道德性,意在把灵魂的非理性部分包括在道德完善的过程中。这并非从超验的原理引申出来,而是从人本身

---

① 法因(Fine)在探讨亚里士多德对柏拉图相论的批评时,特别比较了二者的基本观点,并探讨了亚里士多德的立场。这就是:感觉总是在变化,而变化的东西则不可知和不可限定,但是,确实存在定义与知识,而知识与定义需要探究普遍的存在,因此,存在着非感觉的普遍性,这种非感觉的普遍性就是形式(forms)。在此,亚里士多德强调从知识出发并寻找抽象形式与实在的关系,而柏拉图则强调"相"的先验性,这就导致他们的神学立场根本不同。See Gail Fine, *On Ideas*, *Aristotle's Criticism of Plato's Theory of Forms*, Clarendon Press, 1993, pp. 44-54.

② W. Jaeger, *Aristotle*, *Fundaments of the History of his Development*, translated by R. Robinson, pp. 241-244.

的天性引申出来。在亚里士多德看来，"一切人类活动的目的，一般皆在于幸福，因为唯独幸福，才是人们单单追求它本身，而不是为了别的什么。"亚里士多德发现，决定幸福和善的标准，"不在于主观感觉，而在于生命活动的客观特性"，幸福在于"生存本身的美好和完善"。[1] 个人从这种完善中所得到的快乐，只是这种完善的结果，它既不是完善的最终目的，也不是它的价值尺度。他指出，"与人的理性活动功能协调的，就是善行，人的幸福本身就在于善行。"亚里士多德从德性角度探讨伦理，对于传统神学和前柏拉图神学是有力的纠正。他之所以要把亚里士多德关于伦理的讨论和神学问题关联起来，是由于亚里士多德的神学目的论的特殊性。亚里士多德以德性问题代替宗教伦理问题，体现了亚里士多德独特的存在论思想。在亚里士多德那里，神学的讨论完全置换为关于"人的伦理"和"主体精神"的探讨。在亚里士多德那里，一切技术、一切规划以及一切实践和抉择，皆以"某种善"为目标，因为人们皆有个美好的想法，即宇宙万物皆是向善的，"人的善，就是合乎德性而生成的灵魂的现实活动"。行善就是为了幸福，幸福的目标就在于至善，这样一来，就没有什么道德的恐惧。道德完善就在它本身，它既不是为了荣誉也不是为了避免来世下地狱，既不是为了利益也不是为了永生。至善的生活，是生命本身的目的，"它自身就是目的"。

在亚里士多德看来，用不着把伦理问题和末世审判等关联在一起，只关乎"生命存在的本原意义"。正因为如此，亚里士多德把人的生命意义做了纯粹伦理的理解。亚里士多德认为，如若德性有多种，则须合乎那"最美好最完满的德性"。人在整个一生中皆须"合乎德性"，亚里士多德不从宗教方面去强调伦理德性，而直接要求社会的人必须追求德性生活，不断趋向至善，这就是非宗教的伦理生活。亚里士多德赞同希腊谚语的

---

[1]　巴拉克（Baracchi）在分析亚里士多德的幸福观念时，特别提出，幸福是人类生活的完善状态，幸福是人类生活的属性，幸福就是美好生活与良善行动的统一。这里，解释者完全秉持实践的观点，没有神学的观点。See Claudia Baracchi, *Aristotle's Ethics as First Philosophy*, Cambridge University Press, 2008, pp. 79-97.

观点，"一只燕子造不出春天或白昼，一天或短时间的德性不能给人带来幸福。"他认为，善的事物可以分为三个部分，即"外在的善""灵魂的善"和"身体的善"。"灵魂的善，是主要的、最高的善，应把善看作是灵魂的行为和活动。"①在这里，亚里士多德把人的至善生活追求和灵魂问题联系了起来，而且还把"灵魂的善"视作至高无上的善。② 亚里士多德非常重视德性和人类幸福生活的关系，设想了这样一个问题："幸福到底是种可称赞的东西，还是更高贵更值得崇敬的东西?"相对而言，一件事物受到称赞，是由于它具有可被称赞的性质;公正与勇敢等德性之所以为人们所称赞，是由于其行为和结果。如若称赞是由于属于某物或与某物相关，那么，最高的善就不只是可称赞了，而且肯定要更加伟大或更加美好。我们不能像称赞什么平常事那样来称赞"幸福"，而是应把它当作更为神圣或更为良好的东西，称之为"至福"。亚里士多德对德性的推崇和肯定，这是生命本身的行为，这是生命本身的目的。亚里士多德以明晰而又理性的眼光，看到了生命的本质以及人类个体关怀的实质内容，在此，德性与人的幸福，德性与心灵安宁直接相关。这里，并没有关于拯救的观点，也没有对救赎的期待，更没有天国永恒的许诺，他完全基于生命的现实存在与德性幸福立场，抛弃了所有的宗教伦理与教化立场。

　　亚里士多德强调把灵魂和伦理问题联系在一起，只是为了强调精神生活的自主性和精神生活的统一性，两者之间不存在任何因果关系。他认为，被称赞的品质或可贵的品质，就是"德性";按照灵魂的区别加以规定，一类是理智上的德性，一类是伦理上的德性。智慧和谅解以及明智，皆是"理智德性"，慷慨和勇气则是"伦理德性"。"理智德性"大多由教导而生成和培养起来，需要经验和时间;"伦理德性"则是由风俗习惯沿袭而

---

　　① 亚里士多德:《尼各马可伦理学》，苗力田译，中国人民大学出版社1990年版，第75页。

　　② 拉尔修(Laertius)谈道，"幸福通常与三种善(dreierlei Gütern)形成普遍的联系，一是灵魂的善(Seelischen Gütern)，它处于第一等级，二是身体的善(Körperlichen Gütern)，涉及健康、力量、美丽及同类事物，三是外在的善，涉及财富、出身、名望及相关事物。"Diogenes Laertius, *Leben und Meinudgen berühmter Philosophen*, Felix Meiner Verlag, 1998, SS. 257-258.

来，通过习惯而达到完满。他把灵魂理解成精神的自主性，因而，灵魂完善的人在伦理生活中必定是幸福。这正是生命追求的目标，为此，亚里士多德分析了愿望与勇敢、节制与怯懦、正义与快乐等德性。他说："合乎德性的行为是高尚的、美好的，并且是为了高尚和美好。慷慨的人，为了高尚而给予，并且是正确地给予。合乎德性的行为是快乐的。"亚里士多德还专门谈到公正，他引用谚语说，"公正是一切德性的总汇"。他认为，"公正自身是完全的德性"，在各种德性中，人们认为公正是最主要的，公正之所以是完全的德性，是因为有了这种德性，就能以德性对待他人，而不只是对待自身。他认为，"公正是守法和均等"，"不公正则是违法和不均"，在此，伦理问题或个人道德自律问题，不再出自灵魂的恐惧和宗教的敬畏。①

作为社会的人，要想成为令人尊敬和爱戴的人，就必须"趋向至善"，追求美好的德性。从这种德性出发，平凡的人可以成为伟大的人，地位高而德性差的人，也可能是微不足道的人。这种无宗教的伦理生活，正是亚里士多德对灵魂和神圣的崭新解释。一切皆失去了宗教的羁绊，这里，是一片纯洁明净的天空，洋溢着生活自身和人性自身的欢乐和幸福。人不必为了心灵的宁静和生命的幸福去乞求神，只需自律而不断奋进，守护德性就可以达到生命的最高目标。幸福和永生在于"人自身"，而不在于人之外的东西，这是"理性的自由"。亚里士多德还把"灵魂"分成两个部分，一是理性，一是非理性的。他又认为，灵魂中有三种因素主宰着"行为"与"真理"，这就是"感觉、理智和欲望"。为此，亚里士多德特地谈到了明智。所谓"明智"，就是要善于考虑对自身的善以及有益之事。德性提供了目的，明智则提供了达到目的的实践，但是，明智并不是智慧的主宰，也不是

---

① 葛瑞（Garver）在探讨亚里士多德的政治学理想时，特别关注他的伦理学目的。他认为，亚里士多德的政治学意图，就在于"生活美好与共同生活"（living well and living together）。这就是说，美好生活与共同生活可以通过政治实践和伦理实践达成，并不需要期待神的恩宠。See Eugene Garver, *Aristotle's Politics*, *Living Well and Living Together*, The University of Chicago Press，2011, pp. 172-173.

灵感更高部分的主宰。因此,亚里士多德的伦理生活,不是宗教敬畏之下的道德自律,而是基于实践智慧的生命自由与价值判断。

亚里士多德和柏拉图一样强调理智的作用,在希腊时代,理性生活是过有德性的生活,这是趋向于至善的重要保证。从亚里士多德的伦理学中可以看到,"友爱"亦具有特殊的地位。他把友爱分为三类,即"为了快乐而友爱""为了善良而友爱"和"为了美而友爱"。一切友谊或者由于善而存在,或者由于快乐而存在,不论是总体上还是友好者个人的友爱皆有某种类似之点。"总体上的善,就是总体上的快乐,它们是最可爱的东西。只有在这些善良的人们中,友爱和友谊才是最大和最善的。"他还谈到"快乐"。快乐并不是善,并非全部快乐都源于善的意图。一切皆是可选择的,因此,他特别强调伦理实践。对于亚里士多德来说,在实践的事务中,我们的目标,并不在于对每一课题的理论和知识的追求,更重要的是对它们的实践。对德性,我们只知道它是不够的,但是,要求应用或者以什么办法使之变好,须预先养成德性所固有的特性。喜爱高尚而憎厌丑恶,还需要与此相关的法律,总的说来,关于整个人生的法律,多数人宁愿服从强制,也不服从道理,愿意接受惩罚拒绝接受赞扬,这就是为什么立法者要用高尚的动机来鼓励人们趋向德性而不断前进的原因。①

亚里士多德完全相信,人可以为了追求美好而崇尚美德生活,完全不必出自宗教敬畏或试图拯救自我灵魂而企求自己时时"道德自律"。对此,耶格尔在论述亚里士多德时谈道,"哲学家,必须尽可能在实际生活烦乱中保持自由"。亚里士多德告诫我们,不要让我们迷失在人性追求的虚假踪迹之中,所有这些事只能阻止返回到神那里去。② 在这里,耶格尔的观点仍很含糊,没有划清"神学伦理与非神学伦理的界限",只是把"宁静和神性"联系在一起。策勒尔则对亚里士多德的伦理学作了这样的理解:

---

① 亚里士多德:《尼各马可伦理学》,廖申白译,商务印书馆 2003 年版,第 233 页。

② W. Jaeger, *Aristotle, Fundaments of the History of His Development*, translated by R. Robinson, p. 101.

"所有的美德,皆以一定的自然能力为根据",只有当它们为智慧所指引时才能成为名副其实的美德。伦理美德基本上是处于意志之中,当苏格拉底把它归之于知识时,显然忽视了这样的事实,即它并不是对道德法则的认识问题而是道德法则的应用问题。"它是用理性去控制感情的问题,在这里,自由决定留给意志去作出。"①亚里士多德确立了伦理德性独立而特殊的地位,即伦理学不应是强制伦理学,不应借助灵魂轮回、灵魂审判等恐惧因素来强化伦理美德问题,相反,应该通过描述伦理学,给予人们给伦理知识,从而激发人们去进行伦理实践,这就是非神学的伦理观念可以实现的价值目标。

从强制伦理学向描述伦理学的转变,标志着宗教伦理学权威的消失。一旦人们在精神上没有宗教恐惧和宗教禁忌,就不必担心灵魂审判和来生的灵魂的苦难。如果只重视人类生命本身的理想之追求,就不受伦理教条的约束。我们可以根据个人和社会对美好生活的理解,在社会法制生活中,追求至善或趋向至善,"过有德性的生活",使伦理学成为充实的精神生活信念,不至于成为说教和摆设。亚里士多德特别表明了自己的社会理想和人性理想,在现实生活中,人们往往受到物欲的诱惑,无法做到这一点。中国人最喜欢讲"仓廪实而知礼节",其实,希腊社会的完善发展及其所达到的社会道德水平,证明亚里士多德的非宗教的伦理生活理想并非假想,而是具有一定的现实生活依据。在社会实践中,宗教伦理所具有的禁止作用由法律所取代,法律审判代替道德审判,肉体处罚代替了心灵处罚,这是社会发展的历史选择。亚里士多德顺应了这种历史选择,有意忽略宗教而使伦理学获得其独立地位。亚里士多德的"神学"只是理论上的蕴含,是其逻辑推演的必然结果,他从来就没有想到把"神学与科学""神学和政治""神学和伦理学"结合起来。他的理性神学或神学的哲

---

① 策勒尔:《希腊哲学史纲》,翁绍军译,第 205 页。

学化,可以被理解为生命的自由追求或科学的理性原则。① "神学",说到底,就是关于人类精神生活的思考,它所构造的人类生命理想和社会理想,一旦脱掉神秘的外衣,神学与哲学和伦理学之间就有亲缘性关系,但是,它总要披上神秘主义外衣,以便达到威慑与统帅灵魂的目的。

亚里士多德自觉地替神学脱掉了这层外衣,阿奎那则又巧妙地替它穿上了这层外衣,这就是亚里士多德的"合神学话语"。亚里士多德的思想,体现了他的科学立场与知识立场以及理性立场。真正把希腊自由精神体现在他的自然科学和人文科学的探索中,超前地预见了自由意志与自由行动,同时又受制于自然并符合德性和至善幸福的人类生活,这是他的理想,也是他的实践。就此而言,他对西方人文主义精神所作的贡献无与伦比。亚里士多德的思想话语,不仅可以使希腊人从传统宗教中挣脱,而且可以使希腊人的自由创造智慧获得科学规范。他超前地预见到了科学分工和科学探索的意义,设计了没有宗教而能够在新政治学、新伦理学、新科学和新宇宙观念中生活的"理想社会"。他无法想象他的思想被改造成了保守的神学体系,更无法面对雅典统治者竟然出于政治迫害的意图又要以"渎神罪"给他判刑,也无法面对希腊社会中还存在的那种神秘和愚昧的现实生活。他所设想的科学与自由、理性与审美的社会秩序,体现了真正的"希腊自由精神"。不过,希腊神学发展到这一步,已无法直接向前迈进。因此,后亚里士多德时代的神学,不过是柏拉图和苏格拉底神学的重复,或者是希腊宗教与希伯来宗教的融合。人类要在宗教政治与宗教伦理中生活很长一段时间,这是亚里士多德所无法真正解决的现实问题。他的科学自然观与理性主义精神和道德生命理想,把人导向"崭新的生活世界",他的反神学立场、科学理想和道理理想,闪烁着希腊人文主义精神的光芒。亚里士多德实际上"没有神学",只有"自然学和哲学",

---

① 赫费(Höffe)认为,亚里士多德的宇宙论神学与伦理学神学具有某种相似性,但是,他扬弃了荷马与赫西俄德的拟人化神学形象。从这个意义上说,亚里士多德并没有继承传统的神话神学。Otfrid Höffe, *Aristoteles*, C. H. Beck Verlag, 1996, SS. 162-163.

这正是希腊理性神学所期望达到的最高目标。他对希腊全部神学问题做出了最好的解答,奠定了西方形而上学的逻辑基础。[①]

从神话神学向理性神学的历史转换,在亚里士多德这里真正完成了。必须指出,思想发展的历史从来不是一帆风顺的,人文科学与自然科学大不一样,哲学宗教思想总有循环往复,有扬弃,有复归,按理说,后亚里士多德时期人文科学的发展,可以不受宗教神秘主义思想的干扰,实际则不然。晚期希腊哲学和神学,在前亚里士多德传统面前徘徊不前,他们不仅对古希腊宗教思想有复归的趋向,而且对亚里士多德的反神学思想有自觉抑制。在相当长的时期内,柏拉图思想可以进入基督教神学的视野,亚里士多德思想则不能,直到阿奎那的亚里士多德哲学重估,基督教神学才找到了"新的生长点"。希腊神学思想的历史转换,并未因为亚里士多德的思想革命而终结。思想的历史是漫长的,思想在历史中延伸,而在历史中延伸的思想,因为时代更新而不断具有新的内涵。新的思想创造总要回到历史源头中去,希腊思想传统永远是活的思想流,这正是人类原初智慧的魅力所在。尽管就神学思想而言,晚期希腊思想家和希腊化时期的思想家接受了基督教的洗礼,但是,他们在西方神学思想史上的影响仍无法超越柏拉图和亚里士多德。

希腊神学思想和哲学思想,发展到亚里士多德这里,已经非常成熟了,后亚里士多德时期的希腊神学思想,一方面承继了柏拉图和亚里士多德传统,另一方面则与犹太思想相融合,虽然在神学思想上比柏拉图和亚里士多德系统深入一些,但是,他们的思想根基皆没有脱离柏拉图和亚里士多德思想传统。亚里士多德的思想之所以被看作"基督教神学的新的基础",就是因为神学问题与哲学形而上学问题的内在一致性,这样,亚里士多德的形而上学思考构成了存在论证明的典范形式。严格说来,亚里

---

① 布伦塔诺(Brentano)指出:"人们熟悉的诸神全知(der göttlichen Allwissenheit)概念,是前亚里士多德时期的希腊哲学家的普遍共识,因此,它不属于某个人,正如原子论者、留基伯和德谟克利特在神的概念上建立的普遍约定。"Franz Brentano, *Über Aristotle*, Felix Meiner Verlag, 1986, S. 254.

士多德将神话神学和理性神学完全哲学化了。对此,海德格尔的评价相当具有代表性。他说,"伟大的东西从伟大开端,它通过伟大东西的自由回转保持其伟大。如果是伟大的东西,终结也是伟大的。希腊哲学就是如此,它以亚里士多德作为伟大的终结。只有平常理智和渺小的人才会设想伟大的东西是无限持续的并将这种持续视为永恒。"①在此,柏拉图的观念论和灵魂论,亚里士多德的存在论与德性论,显示了希腊理性神学思想或希腊哲学思想的真正成熟。

在亚里士多德之后,希腊神学思想的发展并未终结。一方面,操希腊语的思想者在希腊传统哲学的基础上,通过怀疑论的悬置,通过德性生活的反思与宁静生活理想的坚守,通过柏拉图主义,推进希腊神学的全面反思,将神学与道德生活关联起来,使神学的道德追求转向生存的德性实践;另一方面,操拉丁语的思想者则将希腊思想拉丁化,同时,引入希伯来—犹太信仰,对神的存在,对灵魂的存在,对德性生活的冥思,进行了全新的探索。这样,希腊传统、罗马理想与希伯来—犹太思想在相互作用中,形成了崭新的思想格局。简单地说,希腊人文主义的城邦公民之自由生活理想,与基督教灵性中的城邦公民之宗教实践,在天上的城邦与地上的城邦交接中,形成了奇妙的综合。虽然城邦的政治、经济、文化、道德生活与城邦的宗教、伦理信仰实践之间不可能形成高度的统一,甚至存在尖锐的对应,但是,柏拉图与亚里士多德思想乃至希腊思想传统,一直给西方思想以强有力的创造性启示。思想永远在行进中,通过与希腊传统、基督教传统对话,生命存在充满了希望。希腊理性神学的充分哲学化,使得信仰与知识、德性与生命问题超越了感性想象,充满思辨智慧的无限乐趣。

---

① 海德格尔:《形而上学导论》,熊伟等译,商务印书馆 1996 年版,第 17 页。

第八章　希腊思想作为文明的传统

第一节　希腊社会生活与希腊文化理想的形成

　　希腊的思想、艺术与政治构成了自己的文明,希腊神话神学与希腊理性神学的自由综合,构建了希腊文明独特的审美想象力与哲学反思判断力,显示了希腊思想的深度,这是客观事实,作为接受者,自然应该关注"希腊思想作为西方文明传统"的意义。那么,如何理解希腊文明?希腊文明是如何保存的?希腊文明有哪些构成因素?希腊文明是如何传播的?希腊文明作为西方思想传统是如何被放大的?西方文明如何继承和发扬了"希腊思想传统"?这些问题,需要进行理论反思并形成历史的解答。[①] 正如布克哈特所言:"事件恰恰是最容易从书本中得到的东西,而我们的任务,则是站在高处对事件进行观察。"[②]因此,"我们的任务,是研究希腊人的思维习惯和精神倾向的历史,去建构那些在希腊人的生活中十分活跃的生命的力量,这些力量,既有建设性的又有破坏性的"[③]。显然,要真正理解希腊文明并不容易。现实的做法是,从希腊文化遗产入手,即从古典文物、古典文献与民间生活传统入手,从物质和精神存在两

---

　　① Werne Jaeger, *Paideia：the Ideals of Greek Culture*, translated from the second German Edition by Gilbert Highet, Volume I, *Archaic Greece*, *The Mind of Athens*, Oxford University Press, 1962, pp. xiv-xxii.

　　② 布克哈特:《希腊人和希腊文明》,王大庆译,上海人民出版社 2008 年版,第 48 页。

　　③ 布克哈特:《希腊人和希腊文明》,王大庆译,第 48 页。

方面审视希腊文明生活。"古代希腊文明",在今日的视野中有哪些东西被保存了下来?这是最直接的问题。只有通过被保存的历史文化遗迹和文化经典,才能更好地理解古代希腊文明。从整体上说,"希腊思想"是西方极为重要的文明遗产,它一直影响着西方的思想艺术和文化,奠定了西方价值观与生命观基础。布克哈特看到,"自德意志人文主义在过去一百年的盛行,关于希腊文化的信仰就变得清晰。即显现在战争中的英雄主义(Heldentums)与公民主义(Bürgertums),他们的诗歌与艺术,他们的国土与气候,被人们看作如何获得幸福。"①

首先,古代希腊文明,通过希腊神庙、剧场、祭祀圣地、城市古老建筑得以保存,因此,先要通过希腊古典建筑来理解希腊文明。"不朽的古老建筑",是希腊文明的最重要的见证方式。从古代希腊建筑遗址和文物古迹可以看出,希腊文明的宗教特性、戏剧艺术特性和公共体育特性以及公共政治特性,得到了很好的保存。这就是说,希腊文明通过古代建筑遗迹得到了充分体现,这是最直观的希腊文明形式。文明的存在,必须通过实物或文献来证明,当然,许多古代文明的遗存,往往没有发现,或保存在地下,等待考古科学工作者去发现,事实上,古希腊文明遗址还有许多有待发现,每一发现意味着"奇迹的复活"②。在埃及、中国、希腊等古老文明的发祥地,依然有许多未知的古代文明遗址有待发现,这些发现可以有意而为,但真正的发现往往是"偶然的奇迹"。希腊文明遗产,特别体现在宗教建筑和艺术建筑方面。其次,"希腊文明"在口头传说意义上通过希腊文学艺术作品,特别是"希腊神话与英雄传说"得以保存。希腊史诗、抒情诗、戏剧诗和散文,最大限度地保留了希腊文明的历史生活与精神生活真实,甚至可以说,最大限度地保存了希腊人思想与情感的真实。通过"希腊文学艺术"这一载体,希腊神话文化传统作为希腊文学艺术的核心,通过民间口头传统的方式从小就寄寓在西方儿童的心中,并构成西方人一

---

① Jacob Burckhardt, *Griedrische Kulturgeschichte*, S. 414.
② Nack Wägner, *Das Antike Griechenland*, Tosa Verlag, 1975, SS. 78-86.

生的重要精神财富。口头文学是民族的古老文学样式的最好保存方式，也是民间文化生活与信仰传承方式，当专业的创作者扮演文明的主导创作者时，民间创作者则保持着古老的创作方式。"希腊神话传说"或"希腊神话神学"是最富美感的文学形象，最为动人的是，这些神祇代表了人性的丰富性，他们由美好的神灵与丑恶的神灵共同组成，不管是什么样的神灵，都有自己的自由意志并具有特殊的大能。① 现代西方艺术，注重从美丽方面或生存方面去理解希腊诸神所代表的文化精神，因而，每一神话神学形象，皆意味着"自由生命理想"的价值证明。

第三，希腊文明通过"文学艺术作品"和"历史叙述作品"得以体现，特别是抒情诗、史诗和剧诗艺术以及史学著作得以保存，它们开创了西方文学艺术的先河，成了后世文学艺术的典范乃至后世文学的思想与艺术基础。希腊诗人创造的生命文化形象，蕴含着人的生存理想与生存信仰，生存意志与德性原则。每一形象皆有某种寄托，每一形象皆包含独特的生命理念。希腊文学艺术，不仅具有自由而深刻的思想精神而且具有丰富而自由的文体。文体的发达，意味着艺术创作的自由。每一文体，皆具有自己的抒情力量。史诗的开阔而自由的想象，英雄性格中锐利而勇猛的因素很吸引人。"希腊文学"奠定了优美的叙述风格与抒情风格，"文体与语言"，使人类的精神生活想象与诗性抒情有了特殊的表现方式。如果说，人类生命情感是伟大的，那么，希腊文学经典所奠定的叙述与抒情方式更具文化意义。② 与此同时，希腊文明通过历史学经典得到了充分保存，特别是"希波战争史"和"伯罗奔尼撒战争史"得到了客观叙述，而且保存了当时人的思想与情感方式。第四，希腊文明通过"希腊哲学与科学思想"得以体现，特别是自然哲学家和柏拉图、亚里士多德的著作得以保存，为西方文明的自由建构奠定了特别重要的思想基础。柏拉图和亚里士多

---

① *The Homeric Hymns*, translated by Jules Cashford with an Introduction and noted by Nicholas Richardson, Penguin Books, 2003, xii-ix.

② Adam Pary, *The Making of Homeric Verse*, The Collected Papers of Milman Parry, Oxford At Clarendon Press, 1971, pp. 21-23.

德,是西方哲学与社会科学思想的奠基人。他们对希腊文明进行独特的阐释,在柏拉图与亚里士多德那里,城邦公民德性、灵魂生活追求、城邦社会法制、文化教育习俗、科学理性知识、世界秩序构造,奠定了希腊人独特的精神生活理念,体现了希腊文明最独特的智慧。特别值得重视的是希腊人对科学理性的崇尚奠定了西方文明的基础。自然是什么?自然的本质是什么?哲学家对此做出了"智慧的回答",此外,他们还建立了逻辑、伦理、政治、诗歌、修辞和科学的价值,而哲学就是通过反思揭示事物的真正本质。

从根本上说,希腊文明作为整体,其文明遗存相互补充相互作用,从而形成后人心目中的"希腊文化理念"(Hellenism)。"希腊文化理念",就是对希腊自由文明的美好想象,是对希腊文明自由价值的现代把握。通过文学艺术、历史哲学与生活习俗的方式,保留了希腊政治文明、城邦联盟与城邦演说、希腊节日庆典、体育竞技等,体现了希腊思想的独特人文主义精神与理想,体现了独特的生命价值观与城邦公民自由观以及城邦公民社会的政治法律思想。① 通过希腊文明的想象,希腊文明成了西方思想的"黄金时代",确立了许多思想家与艺术家的"希腊文化理念"(Hellenism)。一方面,希腊文明、希腊艺术是客观存在的,另一方面,希腊文明的精神又是隐蔽的。不同的文明事实,完全可以形成不同的生命理解。因此,"希腊文化理想"或"希腊主义",可以进行两方面的理解,一种理解是:希腊的思想与文化、制度与习俗,深深地影响了希腊和罗马的社会文化生活,人们将之称为 Hellenism、Prahellenism,即希腊化和泛希腊化;另一种理解是:希腊文明本身与人们心中的文明生活就是"希腊主义",即后人心目中的希腊思想与希腊文明或希腊文化理解。希腊生活中最优美的精神力量,皆可以解释为"希腊文化理念"。希腊化与希腊文化理念,自然比"希腊主义"更好理解。正如布克哈特所言,"希腊化

---

① Michael Gagarin and Paul Woodruff, *Early Greek Political Thought from Homer to the Sophists*, Cambridge University Press, 1995, pp. 43-73.

(Hellenism)的含义就是整个世界都利用希腊的文化,并向它索取;它成为贯穿于古代、罗马世界和中世纪的精神连续性的纽带。"①从这个意义上说,希腊文明对西方社会乃至整个人类有着极为自由而独特的贡献。

第二节　希腊文化理想与希腊智慧的人文反思

　　希腊思想文化遗产已经成为完整的历史载体,涉及方方面面的内容,尽管希腊文学艺术与希腊宗教哲学占据着核心地位,但是,希腊的政治法律和科学技术,也体现在这些传留下来的思想文本之中,因此,探讨古希腊神话的影响,探讨古希腊哲学思想与神话思想的联系与区别,不只是要恢复希腊的知识学与文化史,更重要的是,我们必须要思考:"应该从古希腊文明中接受些什么?""希腊的全部文化遗产的意义如何?"②在此,有纯粹古典学与政治古典学的区分,前者强调对古希腊文化的强调必须尊重文本,只能解释文本中已有的材料,不能进行过度的发挥,后者则不同,他们已经建立了想象希腊的方式和原则,因此,以现代政治学与文化学的眼光重新想象希腊,就变得相当重要。在尼采的时代,古典学研究或古典语文学研究,主要是文本解释与语言学解释,事实上,"古典学"的真正的名字是"古典语言学",即从古典语言学或古典语言文本中延伸出相关的问题,"历史语言学"是古典学的根本与基础。尼采以哲学与文化学的方式解读希腊传统,就为古典学所不容。如果说,尼采有关希腊语言学的论文赢得了他在古典学中的地位,那么,尼采有关希腊哲学和文化的解读则使他失去了在古

---

①　布克哈特:《希腊人和希腊文明》,王大庆译,第360页。
②　Jacob Burckhardt, *Griechische Kulturgeschichte*, Melzer Verlag für Zweitausendein, SS. 165-170.

典学的正宗地位,这说明语言解释与本文解释仍是"古典学的传统"。①

面对这样的争论,我们坚持开放的思想态度,既赞同以古典语言学为基础,通过语言与文本真正接近古典文明,这是学术的正道,又赞同对古典思想经典进行政治学乃至文化学的解读,因为只有这样才能"复活"希腊古典文明的精神。因此,施莱尔马赫与尼采,两者不能偏废,沃尔夫与口头诗学的奠基者,格思里、策勒尔、耶格尔与施特劳斯等希腊哲学思想史家的探索,都很重要。只要坚持开放的学术态度,就可以阻止偏见,并能客观全面地理解或创造性理解"古典希腊文明"。② 不过,在正视希腊思想道路的时候,我们还是要尊重历史早已织就的思想历史线索,即"诗人系统"与"哲人系统",或者说,"希腊神话神学"与"希腊理性神学",必须相提并论,两者不可偏废。从哲人系统还原或恢复希腊思想,笔者认为,并不是难事,除了前苏格拉底时代的文献只有过多的断片外,后苏格拉底时代的文献则相当系统。柏拉图的作品与亚里士多德的作品,比诗人剧作家的作品保存得更加充分。问题在于,如何从诗人系统或史家系统还原"古典文明",如何从"希腊神话神学"与"希腊理性神学"重建希腊思想,只有全面地还原才更具历史真实性。

如何还原诗人的思想传统,这是希腊思想重建的关键。与此同时,更深入地从哲学文献出发,重建希腊思想,还有许多工作可做。虽然在格思里与耶格尔之后从事这一工作是如此困难,但是,格思里与耶格尔的道路仍需要继续走下去。如果能够把诗人的思想传统与哲人的思想传统有机地整合在一起,那么这样的工作无疑特别值得期待。这是极有意义的工作,不过,文本解读与语言深化,仍然是最有效、最安全的方式,舍此,只能

---

① 我们同样面临这样的问题:是坚持正宗古典学,还是坚持政治古典学? 刘小枫已经挑起了这一问题在中国的争论,他所坚持的无疑是"政治古典学",即使是对严肃的古典语言学问题,他也喜欢用古典政治学的方式来处理,可见他的坚持与价值取向,不过,受过纯粹古典学训练的人则反对他的做法。事实上,刘小枫组织选译的大量古典学解释著作,大多属于施特劳斯学派的新近作品,在西方古典学思想传统的研究中也属独标一格。

② 维拉莫威兹:《古典学的历史》,陈恒译,生活·读书·新知三联书店 2008 年版,第 225—230 页。

是空洞或不完全的叙述。笔者所采取的"不完全叙述",是由特殊原因决定的,而且,暂时还无法克服这一思想与语言的困难。不过,笔者能够知道正确的思想与学术还原方式。希腊文化理想应如何描述?语言学的描述、考古学的描述、文化史学的描述与诗性哲学的描述,是希腊文明的现代学术旨趣。语言学描述是文化研究的基础,语言与文本研究是古典学的基础。面对希腊语言学研究,特别值得强调的是,在每一语词背后,解释者皆重视"语言与文化间"的关联,与此同时,考古学研究是重建希腊文明想象的重要材料,任何细节皆需要通过实物图像重建。① 文化史学则需要联系历史与文化两方面,想象性重建也很重要,按照古典学的文化想象原则,文化史建立在具体的材料基础上,但是,必须加进解释者的主观理解与理性分析。"文化理想原则"也体现在哲学解读中,它使希腊文明中的相关问题得到深化和落实。布克哈特说,"对于诗歌与哲学,有一套与其内容、文学价值和意义密切相关的高度发达的特殊规则;从文化史的角度来看,它们则是过去的一个无与伦比的天才民族的赠礼,一种已经逝去的但仍然富有生命力的关于最高秩序的精神证明。"②希腊诸神通过语言学和考古学证明获得了特别的解释意义,这就是说,希腊人对理想生活的想象,皆在神话与哲学的语言文字解释中得到了证明。笔者在解释中反复强调:希腊神话思想绝不是凭空想象的,它应该是古希腊人精神理想生活或现实历史生活的折射,它在文明制度的设计方面确实体现了高超而自由的思想智慧。

希腊城邦历史与文化,在希腊政治制度与政治学思想研究中,也得到了证明。政治制度文化,应该成为我们优先考虑的一个问题。在《希腊思想的起源》中,韦尔南特别重视这一思想的分析。不过,后来的希腊政治哲学解释,更重视从柏拉图与亚里士多德思想中寻找现代政治哲学观念的证明。布克哈特则重视希腊文化生活的还原,他从活的希腊生活出发,

① A. R. Burn, *The Lyric Age of Greece*, pp. 5-9.
② 布克哈特:《希腊人和希腊文明》,王大庆译,第 53 页。

从希腊人的日常生命实践出发,相对忽略希腊精神生活,特别是希腊哲学传统的思想规范与逻辑规范,因此,布克哈特的希腊文明生活描绘,不仅显得感性具体,而且显得生动优美。他说:"优胜者的奖励最初都是值钱的奖品,就像我们在荷马当中所看到的那样,只是后来桂冠成了最值得骄傲的东西。""在奥林匹亚,桂冠用野橄榄枝编成,在涅墨亚则用常春藤,在伊斯特摩亚用松枝,在皮提亚用月桂树枝。""在音乐赛会中,似乎从很早的时候起习惯上还要奖励一张青铜的三脚桌,这个东西不是为了自己保留而是要献给神。在一些小地方,可能发放一些不那么值钱的小奖品,比如在佩里尼战胜品达的一位诗人就赢得过一件温暖的短斗篷。"在希腊文明的生活实践中,奥林匹克竞技运动显示了希腊人对正义理想与健康自由生活的向往。"比赛的真正目的是胜利本身,尤其在奥林匹亚,这被看作是普天之下最高的奖励。因为它使冠军得到了所有希腊人都想得到的东西,不仅在他活着的时候受到人们的景仰,而且,死了以后还会继续受到赞美。"①事实上,奥林匹亚作为全希腊的公共性赛会举办地,还保持了它的唯一性,在这个方面没有被德尔斐取代,后者自身的领先地位建立在完全不同的事务上。②"如果有什么事情想让所有希腊人都知道,最基本的做法,是亲自前往奥林匹亚或在那里竖立起一块刻有铭文的纪念碑。"③这就是希腊思想与文化仪式所保存的优美而自由的生命精神,这就是希腊神话神学与希腊理性神学所可能提供的自由思想空间。

希腊文学艺术对人性的理解,对人的生命形象的创造,确立了希腊人的现实生活理想。他们对责任、友谊、忠诚、信任,皆有自己的创造性理解,这为后人理解希腊精神开辟了道路。事实上,希腊人的优雅而光辉的生命存在就是后来西方人信仰的价值目标。希腊艺术的文化精神与艺术的文化理想及其自由的思想价值,也应成为我们思考的中心。④ 希腊思

---

① 布克哈特:《希腊人和希腊文明》,王大庆译,第 239 页。

② Wolfgang Decker, *Sport In der griechischen Aritike*, C. H. Beck Verlag, SS. 26-30.

③ 布克哈特:《希腊人和希腊文明》,王大庆译,第 246 页。

④ Werner Jaege, *Paideia: the Ideals of Greek Culture*, pp. 15-20.

想如何因解释而自由发展？希腊的人文理想和罗马精神以及后来的英国精神、法国精神、意大利精神和德意志精神如何获得内在的一致性？西方人如何在希腊精神和罗马精神中进行选择与探索？希腊思想如何演变？古希腊思想如何在国破家亡之后，还能成为西方人世代敬慕的对象？后代思想家对希腊文化的发掘之价值和意义何在？他们如何理解希腊传统？曾经或正在"言必称希腊"的中国，是否接受了希腊文化精神理想的启示？希腊文明未必处处美丽，例如，奴隶的地位或奴隶的真实生活到底如何？希腊的奴隶制度，希腊与殖民地的贸易来往，肯定有许多非人道或反人道的事实，但是，人们在理解希腊文明时，往往通过自由民的生活来想象，如此，对希腊生活的美化或对希腊文明的美丽想象就是主观努力选择的结果。说到底，我们不是只为了还原希腊文化理想，更重要的是为现代文明理想建设寻找自由的思想空间与生命存在的无限可能。

第三节　希腊文化理想：艺术想象与诗性价值

从希腊历史文献中想象感性具体的希腊文明思想，具有更为广阔的自由思想空间，因为这些感性具体的材料至今依然有许多没有得到重视，还有许多值得发现的空间，因此，从荷马史诗中发现历史或哲学问题，比从柏拉图和亚里士多德著作中发现精神哲学问题，显得更富有创造性，因为前者的解释充满了不确定性或自由的思想可能性，而后者的逻辑思想范式则规范或规定了解释的历史可能与逻辑可能。许多古典学论文，致力于从荷马史诗出发或从希腊艺术文明出发重建了新的思想秩序。[①] 布克哈特在希腊古典艺术的诗性体验与诗性想象中，在德语思想界的诗性想象中，发掘了希腊思想的可能启示。他说，"希腊人不仅仅强烈地受到美的感染，而且他们还普遍地和直白地表达出对其价值的确信，他们竭尽全力地从伦理学的角度把它视为一件非常脆弱的天赋。"布克哈特相信，

---

① Werner Jaeger, *Paidiea: the Ideals of Greek Culture*, pp. 35-36.

希腊人一定要通过人的外貌洞察人的内心,认为相貌可以透视出信仰,这就是我们从亚里士多德那里看到的面相学的基础:"他们确信美貌与精神上的高贵之间存在着一种必然的联系。"①这种解释,虽然有科学的历史文献作为思想基础,但是,更多的是为了从文明的想象中重建美好的心灵生活秩序。

感性形象或神话史诗想象材料,到底具有哪些意义呢?如何把希腊的这一传统继续保持下去呢?是的,可以从荷马史诗,从品达颂歌,从希罗多德,从修昔底德,等等,发现有意义的思想问题,"希腊诗性传统"或"希腊神话神学",主要还是艺术创造的想象源泉问题,这几乎是不受限制的,具有无限的思想空间。每个希腊神祇的叙述材料,在今天的生活中,依然具有诗意、美丽的光辉,事实上,荷马史诗被拍成现代电影并且被拍成现代动画片,依然具有无穷的艺术力量。为何希腊艺术的力量是如此古老而强大?这正是希腊艺术的魅力所在,值得分析与探讨。那么,古老的希腊文学艺术传统为何如此具有生命力?古典希腊神话神学中的诸神和英雄,或者说,古典希腊思想与艺术的浪漫传奇和精神历险,依然在今天具有意义,其原因为何?这就是值得思考的问题。②与理性批判的希腊思想或希腊理性神学思想相比,感性想象中的希腊思想或希腊神话神学,原来是如此健康,如此充满思想的活力!

布克哈特从文化历史生活出发,不仅重视奥林匹克体育竞技,而且重视希腊节日的戏剧竞赛与歌舞娱乐,他认为,艺术赛会的更广泛的意义必须引起注意,在整个古代世界,希腊人由于这样的事实而成为独一无二的群体,那就是赛会在宗教崇拜活动中占据了主要地位,并把宗教中的艺术因素带进了其自身的领域,因此,在很大程度上,诗歌艺术是在赛会的决定性影响下发展起来的。布克哈特指出,"在戏剧领域,悲剧和喜剧似乎

---

① 布克哈特:《希腊人和希腊文明》,王大庆译,第 188—189 页。

② Walter F. Otto, *Die Götter Griechenlands*, *Das Bild des Göttlichen Im Spiegel des Griechischen Geistes*, Vittorio Klostermann, 1987, SS. 12-14.

从一开始也具有竞赛的性质。所有的节日合唱表演也是如此。例如,在雅典,它们是以部落为单位组织起来进行比赛的,这项活动的费用是根据一个名单由富人来承担,因此,捐助(choregia)成为一项最重要的公民义务"①。这就是希腊文明自由美好的生活景象,它与希腊哲学神学科学思想一起,构成了希腊思想的自由风范。

　　首先,希腊文化理想或希腊优美而自由的思想传统,是希腊神话神学思想与希腊城邦政治理想不断自由作用的结果。希腊神话神学形象一直活在西方人的艺术想象中,这一现象有史实可证,例如,希腊神话的通俗读本在英语、德语和法语中极为常见。这说明,许多读者需要它,喜爱它。正是一代代读者对希腊神话的兴趣,促使希腊神话故事和英雄传奇很早就在西方儿童心目中"扎根"。在希腊神话神学中,宙斯的爱欲神话故事,无疑最被人津津乐道。这些自由美丽的神话成了西方美丽生活想象的有效载体,人的性欲表达如此随意又如此美好,代表着人自由的生命意志的放纵。意志放纵与幸福快乐相伴,生命的自由在审美想象中得到了实现。与此同时,希腊神话神学还激发着西方人最美丽的想象。他们在诗歌中,在绘画中,在音乐中,想象这些美好的故事,神话伴随着希腊人优美的精神生活与自由的城邦政治生活。不论他们关于古代时间的确切知识是多么地成问题,神话总是作为一种强大的力量统治着希腊人的生活,像一幅幅动人的画卷环绕在他们的左右,仿佛伸手可得。布克哈特认为,"它照亮了希腊人的整个现实生活。无处不在,直到很晚近的时代,就好像它属于一个很近的过往;从根本上讲,它是这个民族自身生活和观念的一种崇高的反映。"②布克哈特敏锐地发现,神话是希腊人的存在中具有根本性的因素。神话所创造出的整个文化一直保持原样,发展很慢。很多外在生活方式的神话的神圣的起源是众所周知的,并且使人感到十分亲近。因此,他认为,"整个希腊民族深信他们自己就是英雄时代的合法的继承

---

① 布克哈特:《希腊人和希腊文明》,王大庆译,第249页。
② 布克哈特:《希腊人和希腊文明》,王大庆译,第69页。

人和后继者；史前时代所犯下的错误在很晚的时候还是会得到报应。"①这就是希腊神话神学的真正思想力量，也是希腊神话神学所构建的自由美丽精神象征形象所具有的无限自由力量。②

其次，希腊神话英雄或文化政治英雄，激发了人们的生命美好想象与人生实践理想。在希腊，既有城邦传奇又有政治英雄，伯利克里、苏格拉底、柏拉图、亚里士多德，等等，这些文化政治英雄给予了我们许多美好启示，一直成为西方政治思想史或精神哲学谈论的对象。布克哈特非常重视希腊神话神学所具有的生命启示力量，他说，"神话的统治地位，肯定被作为一个民族生活方式的城邦体制，被游吟诗人强化了"③。他认为，神话的精神力量已经作用于希腊人灵魂生活的深处。"这种强烈的神话本土化倾向的一个自然结果，就是同样一则神话在不同的地方都安了家，尤其是那些神祇出生和成长的地方——不论真实的原因是什么，这反过来又促进了古典神迹的增多。"④这就是希腊人的精神倾向，对他们来说，世界历史中最伟大的命运就是衰落。他们沉迷于用神话编织过去之网中，只是在慢慢地形成真正意义上的历史。在充满想象力的诗歌中逐渐接近他们的顶峰，在时间流逝的过程中，他们注定在理解上要成为所有民族的先驱，注定要把这种理解力传播给其他民族；他们注定要去征服一个个广大的地区和东方民族，使他们的文化成为全世界的文化，在这个过程中，通过希腊化时代，罗马和亚细亚结合在一起，成为古代世界伟大的催化剂。"只是通过希腊人，我们所感兴趣的不同的时代才能够被连接起来，穿成一线。"⑤在文明的历史文化遗存中，如果能够进行如此自由美好的想象，那么，这样的文明所赖以传承的经典文明读本就值得高度重视。事

---

① 布克哈特：《希腊人和希腊文明》，王大庆译，第73页。
② Walter F. Otto, *Die Götter Griechenlands*, *Das Bild des Göttlichen Im Spiegel des Grichischen Geistes*, SS. 241-245.
③ 布克哈特：《希腊人和希腊文明》，王大庆译，第71页。
④ 布克哈特：《希腊人和希腊文明》，王大庆译，第78页。
⑤ 布克哈特：《希腊人和希腊文明》，王大庆译，第85页。

实上,我们需要用优美而自由这个词来形容希腊神话编制的精心及其在流传的过程中所使用的形式的多种多样,正如希腊人所了解的,这些形式是五花八门的:"它超越了世界上任何其他民族的史诗,成为循环史诗的一个伟大的序列。它也是戏剧的源泉,是以剧作形式呈现的宗教仪式,是完美的视觉艺术。"①因此,希腊人的自由生活理想充分地艺术化与审美化了!②

第三,感性直观的希腊雕塑和建筑形象,给予我们许多美好的想象。在体育竞技中,在希腊瓷瓶中,皆有美丽的想象,神的形象与人的形象是如此美丽。在雅典,建筑宏伟美丽,建筑材料高贵典雅,戏剧剧场是那么恢宏奇异,公共广场是那么自由开放,这一切皆奠定了后来西方人对自由美丽与政治开放的想象。布克哈特看到,荷马笔下的海伦,与其他妇女不同,是一个光芒四射的人物。她基本上是顺从的,但具有一种不可抗拒的美丽,她实际上是阿佛洛狄特的无辜的牺牲品,她对帕里斯的爱作为一种命运,是由女神安排的,她能够把特洛伊和希腊人为她而进行的战争场面编织在地毯上。她对女神大加责备,她感到女神把她愚弄了,她成了她满足自己喜好的工具;接着,阿佛洛狄特立即把她带回帕里斯的宫殿以求和解。③ 从荷马史诗与希腊神话的美丽传说中,我们可以看到,希腊的自由文明或希腊的文化理想,活在经典艺术文本与哲学文本中,活在希腊神话神学与希腊理性神学中,也活在这些感性具体的建筑形象与雕塑形象的具体构建中。没有什么比感性直观的雕塑与建筑形象,更能给予我们自由美丽的神性以思想启示。

第四,史诗与戏剧的想象以及神话或宗教隐喻,激活了我们的自由生命悲剧体验。希腊史诗、抒情诗和戏剧诗奠定了西方思想的基础,荷马史诗艺术与希腊戏剧艺术所给予希腊人乃至西方人的无限自由的精神遗

---

① 布克哈特:《希腊人和希腊文明》,王大庆译,第 202 页。

② James I. Porter, *The Origins of Aesthetic Thought in Ancient Greece*, Cambridge University Press, 2010, pp. 169-172.

③ 布克哈特:《希腊人和希腊文明》,王大庆译,第 217 页。

产,特别值得高度重视。① 布克哈特谈到,复仇在希腊人中具有特殊的意义。人类普遍因受到伤害而复仇,希腊众神的复仇心尤重。在荷马的人物中,还能够为诚挚恳求而使愤怒得以平息留有余地,后来,据说诗人阿尔卡乌斯(Alcaeus)曾经宣称,谅解要优于复仇。"尽管在通常情况下,在希腊人的意识中,特别认同诸如力量、统治或者快乐之类的事物,对复仇也是不顾一切,对利己主义的胜利毫无限制。"② 其实,在希腊文明生活中,他们一方面相信命运,另一方面又出自世俗生活信念而必须背负复仇之重任,这是子女所无法逃避的生命责任。因此,在古希腊悲剧表演中,城邦公民经常能看到类似剧情的演出,接受生命的教育。布克哈特看到,在雅典的剧院,悲剧创造出对神话的最后的和最辉煌的一种认识;作家们可以完全自由地进行创作以达到一种新的心理上的深度,而喜剧则用其对日常生活奇形怪状的扭曲和对变化多端的世界进行漫画般的处理来取悦观众。雅典是这两种戏剧形式唯一的拥有者,而且一直保持了这个地位。只有在这里,希腊人才能够看到剧院所提供的希腊文明全景。尽管在伟大的赛会举办地,其他所有的诗歌和音乐艺术,也会以一种浓缩的形式得到简要的展现。布克哈特指出,普通的希腊人所知道的唯一的戏剧就是神圣的哑剧表演,其中一个男祭司或者女祭司从有关他们自己神庙的神灵神话中选一个内容演上一幕,或者是扮演小丑的人物模仿,滑稽表演,这可能是从对话和打闹的即兴发挥中产生出来的。

正是从城邦戏剧的艺术表演中,布克哈特发现,希腊人开始意识到在这个国家的一座城市,整个希腊神话的一种活的展示已经在狄俄倪索斯崇拜的喧嚣中应运而生。他还了解到,有一种巨大的建筑物专门用于这种表演,在一个半圆形的空间里,观众感到他们仿佛置身于第二公民大会,而在舞台上,在其他地方用竖琴吟唱或者用图画展示的那些事情,在这里则神奇地用真人和庞大的合唱队进行表演。布克哈特看到,在一些

---

① Jacob Burckhardt, *Griechische Kulturgeschichte*, SS. 493-510.
② 布克哈特:《希腊人和希腊文明》,王大庆译,第118页。

特定的节日里,希腊人的真实生活景象将以一种宏大和奇异的变形的方式展现在人们面前。"伟大作家们的个人的名字将作为所有这些表演,这种全新的和独特的诗歌形式的创造者而闻名于整个希腊。这种新事物并不是从亚洲引进的什么新鲜玩意儿,而完全是希腊人的一种发明创造,它成为这个民族生活中的一个深刻的和基本的组成部分。"①这就是希腊神话神学与希腊理性神学思想所共同作用的艺术形式,这就是希腊文化自由思想的艺术之花。

应该承认,希腊神话神学与希腊理性神学之思,提供了许多健康而积极的思想,他们的生命之思想,甚至包括对生死的达观理解,皆为后人奠定了一种鲜明的思想方向。这些健康的思想,直接帮助现代人能够积极地认识何为美丽,何为丑恶,何为自由,何为德性,希腊的一切感性形象与理性沉思,建立了现代人自由生活体验的想象基础。② 布克哈特发现,由于荷马世界的存在,哲学、文学和修辞学时代的整个伦理学都被笼罩在其后代,即后来的西方文化的阴影中,抛开其所有的激情和暴力倾向,这个世界是如此的高贵,如此的纯粹。在那个时代,情感还没有被反思割裂开来,道德的准则还没有分离到存在之外。抛开它的美德和细腻的情感不论,在其后来得到了充分的发展之后,由于其所有的知识上的精致化,希腊在精神上开始变得粗俗和愚钝。在后来的这一时期,"所有最好的东西都可以在荷马史诗的流传和他的那些神话人物的描写中找到踪迹"③。事实上,当荷马的英雄们互相谩骂的时候,他们这样做时表现出一种完全没有自我批评的放任,听上去非常的骇人听闻。例如,在答应了雅典娜的请求之后,阿喀琉斯把他的剑收了起来,开始滔滔不绝地辱骂阿伽门农。在他想对敌手进行辱骂的时候,完全不存在什么教养和尊严之类的东西能够迫使他把嘴边的话收回去,甚至在对倒下去的人进行揶揄的时候,也

---

① 布克哈特:《希腊人和希腊文明》,王大庆译,第305—306页。

② Werner Jaeger, *Paideia: the Ideals of Greek Culture*, pp. 71-75.

③ 布克哈特:《希腊人和希腊文明》,王大庆译,第118页。

没有任何宽宏大量的迹象。①

布克哈特承认,喜剧用渎神对个人进行指控大开方便之门,它是最危险的指控之一。他看到,在喜剧作品《云》中,阿里斯托芬以一种世界闻名的方式把苏格拉底请上了舞台:它们是那么有趣,但却完全不顾后果。根据一种已经被人们接受的传说,苏格拉底当时就坐在那里与其他观众一起发笑,布克哈特发现,"诗人依旧沉浸在他的富有创造性的机智的沾沾自喜当中,使自己看不到这样的事实,那就是他正在不明是非的观众中播下永远不能消除的一种集体偏见,而且这种偏见将传之后代。"②这是希腊戏剧对希腊神学思想的解构与重构,充分体现了非神学的鲜明的人文主义精神,显示了城邦政治对人性生活与自由生活的高度重视,标志着希腊思想的理性自觉与政治自觉。③

第四节　希腊理想与古典文明的自由价值象征

人类文明已经行进了几千年,但是,它依然面临着那么多现实问题,而且,现代民族国家的政治经济军事冲突表现得更为激烈,那么,如何从希腊神话神学和希腊理性神学思想中获得新的智慧,为现代人类生活或现代民族国家的政治经济军事冲突找到一种合理的解决办法?显然,这是从希腊思想的健康性中可以获得的重要思想资源。布克哈特指出,从温克尔曼、莱辛(Lessing)以及沃斯(Voss)翻译荷马开始,一种情绪就已经产生了,那就是在希腊精神和德国精神之间存在一种"神圣的结合"(hieros gamos),这是一种没有其他现代西方人能够分享的独特关系和共鸣。④那么,希腊文明的繁荣或希腊文明的健康性到底表现在哪些方面?现代人能够从希腊文明的健康性中找到可以坚守并值得信仰的东西吗?

---

① 布克哈特:《希腊人和希腊文明》,王大庆译,第207页。
② 布克哈特:《希腊人和希腊文明》,王大庆译,第128页。
③ Jacob Burckhardt, *Griechische Kulturgeschichte*, SS. 572-599.
④ 布克哈特:《希腊人和希腊文明》,王大庆译,第55页。

如何找到这种健康因素在现代生活中成长的可能性？我们应该有哪些自由的生活展望？

我们还可以进一步追问：希腊文明自身有没有自己的危机？希腊文明的危机体现在哪些方面？现代人有必要从中得到启发吗？希腊文明思想的健康性，体现在它的诗与哲学之中，体现在希腊神话神学与希腊理性神学的自由之思中。这些诗与哲学的纯粹性是无与伦比的，实在可以让人们不断地进行自由想象。与此同时，也必须意识到，希腊文明的过分美化，与德国诗人与哲学家所虚构出来的古典文明神话和古希腊文明理想密切相关，所以，我们可以在诗与哲学中自由想象希腊文明的美丽，以此作为现代文明生活或无神的黑暗时代的内在价值支撑，而并不一定要过分在意这种美化的虚构性。或者说，这种虚构是必要的，尽管它并不是真正的希腊文明，但它是希腊文明的精神史。希腊文明依靠希腊诗人与哲人的想象而战胜现实生活的呆板平庸，他们通过艺术之光与哲学之光获得了文明的想象力量。这个美化了的希腊，是西方人的梦想，自然，也可以成为东方人的梦想。希腊人的诗思与哲思，希腊人的神话神学与理性神学思想，作为文明生活的方法论与价值论，至少在理性、德性、神性、正义性、诗性几方面具有现代启示意义。①

希腊思想中的理性，对于现代人具有特别的意义。例如，康德的全部工作就是为了证明理性生活的价值。与此同时，希腊德性观念，特别是希腊思想中的正义观念，成了西方伦理学的核心。由于对正义的强调，私人伦理不是西方伦理学的重心，而公共伦理则是西方思想的关键。希腊思想相对基督教思想而言，作为异教传统，虽然部分思想受到基督教的排斥，但是，它对基督教思想的发展依然具有重要意义，特别是柏拉图的思想。② 希腊文化理想真正充满了自由美丽吗？希腊文化生活真的具有诗性与哲理性的高度自由融合精神吗？应该说，想象的美丽更值得人们怀

---

①　Franz Brentano, *Geschichte der griechischen Philosophie*, S. 23.

②　Franz Brentano, *Geschichte der griechischen Philosophie*, SS. 14-15.

念。想象美丽,是文明生成的重要思想基础。在西方思想中,到底如何重建希腊理想？应该说,有三种思路值得我们进行现代性思考。

第一种思路是,通过艺术家进行文化生命的理想重建,因为希腊的一切,在浪漫派诗歌、绘画和现代电影以及现代动画艺术中,皆得到了生动而优美的自由体现。希腊传统不仅通过文字进入现代西方的生活,而且通过图像进入他们的生活,这样,他们通过希腊的浪漫与美好、英雄与勇敢来体现西方古典理想。第二种思路是,通过哲学家的理性生活反思与理性神学重建,不断地发掘希腊思想的美好与正义。第三种思路是,在史学家的历史叙述中,希腊传统与东方传统,希腊英雄与政治历史,希腊政治精神与希腊人的生死哲学信念,在现代人的理性反思视野中得以重建。无论是什么样的生命自由精神与理性反思精神的重建,对希腊自由美丽精神的理解才是最关键的。对于中国学者而言,如何内在地寻找古典希腊传统与中国西周文化传统的沟通,是有意义的事情。在文明的想象中建构文明的历史,在文明的想象中建构文明的美丽,这本来就是"学者的使命",我们的工作的意义就在于此。正如布克哈特所言,"我们永远不能把我们自己与古代分隔开来,除非我们想回归到野蛮时代。野蛮人和绝对的现代文明的怪物都是不需要历史的。"[①]在希腊文明生活理想实践中,神话构造了希腊人的宗教信仰,神话与历史构造了希腊人的英雄观念,神话、诗歌、艺术、体育、学园教育和科学哲学乃至生命理性信仰,共同构成了希腊人的理想精神生活信念,建构了希腊人的生命自由与美好城邦理想,这正是希腊文明生活自由本质的显现。

希腊理性神学思想,或者说希腊自然哲学和理性哲学给予人们启示,不仅体现在自然哲学问题上,而且特别体现在希腊理性哲学或希腊理性神学思想中的灵魂问题、知识问题、理性问题、实践伦理问题、政治公正问题上。不过,这些问题在现代哲学语境中,皆需要寻求新回答,相对而言,希腊思想的健康力量,特别表现在实践哲学方面,而不是在理论哲学方

---

① 布克哈特:《希腊人和希腊文明》,王大庆译,第451页。

面。或者说,希腊神学的思想或形而上学思想,有时并不显得具有现代性意义,不过,存在问题还是最能让现代人牵挂。[1] 存在问题是如此具有力量,这是希腊思想的健康性表现,在海德格尔的自由美丽之思中,希腊存在论的独特思想价值得到了充分理解。布克哈特指出,在所有的时代财富都得到热爱,而且是全身心地热爱,但在这样一个社会却并不重要,在那里人们很容易受到赚钱的诱惑,但这种赚钱的行为却被认为是粗俗的。他发现,"如果不是在实践中也是在理论上,生活的价值是通过与他人竞赛的成功体现出来的,而不是生产上的竞争。即使在今天,一个所谓的'有教养的人'也必须要正视行为上的某些限制;即使一个仅仅受过中学教育的人也不肯做修路工人,但是这些限制现在被无限地扩大了;艰苦的体力劳动并不排斥'教养',这与希腊的'优秀品质'(kalokagathia)大体相当。"布克哈特相信,艺术的追求使他们需要付出的辛劳变得高贵起来。到了苏格拉底的时候就不同了,在他的圈子里,贵族的'优秀品质'已经被哲学家取代;他把闲暇(argia)叫作自由的姐妹"[2]。关于自然的本质的理解,西方哲学并不完全忠实于希腊哲学。例如,语言分析哲学,但是,西方的形而上学传统,西方的唯理主义传统,西方的经验传统,皆继承了希腊思想中宝贵的精神财富。希腊人的自然哲学、理性哲学、物理学、伦理学与逻辑学共同构造了希腊文明的理性生活精神,它们与希腊人民神话想象、宗教信仰、体育竞技和艺术表演所构造的审美自由精神一道,彰显了希腊文化生活理想的自由解放特质。[3]

　　因此,生命与存在问题的重要性意义,也在希腊神学思想中扎根。按照布克哈特的论述,雅典在所有的希腊人中在教育、艺术和社会习俗上都处于领导地位,然而,在这个时期,希腊精神及其成果是均匀地分布在各个部族之间的,最强的部分是处在小亚细亚的爱奥尼亚人,这种动力来自

---

①　Franz Brentano, *Geschichte der griechischer Philosophie*, SS. 7-10.
②　布克哈特:《希腊人和希腊文明》,王大庆译,第267页。
③　Franz Brentano, *Geschichte der griechischen Philosophie*, SS. 307-308.

阿提卡的中心位置及其农业和商业活动的令人愉快的结合,但是,决定性因素仍然是天才,一种比世界上任何其他地方都要强有力的天才。布克哈特发现,经过几百年的时间,希腊人似乎自然把贮存起来的所有的力量都在这里爆发出来,雅典的地位就好像是文艺复兴时代的佛罗伦萨,后者是历史上唯一能够与雅典媲美的地方。一座城市寄托了整个民族的希望和潜能,就好像通过一个孩子,整个家庭的特殊才能被完全地展示了出来。"从那个时候开始,整个自由的希腊都披上了雅典的色彩,由雅典决定,每个希腊人把这座城市当作希腊文明最主要的表达者。"①显然,布克哈特的论述充满了自由美好的想象,但是,这也是他对希腊文明生活历史的有效归纳与客观总结,并不完全是想象与虚构。

逻各斯问题的重要性,与灵魂问题和语言问题密切相关,也在希腊神学思想中获得了特殊的意义,它为美德问题的讨论奠定了基础。希腊人到底是如何处理理性与意志问题,也是现代人面临的重要问题。布克哈特指出,斯巴达是一个最完全反物质主义的城邦。在斯巴达人的生活方式中得到实现的希腊的理想,就是对任何营利行为的遏制,还有他们拥有了可以想象得到的最大财富:"闲暇的财富",这被普鲁塔克称为所有恩赐中最辉煌和幸运的东西。"整个的国家大厦都建立在一个被迫进行劳作的附属的种族存在的基础上,除了为城邦服务,斯巴达人不用做任何事情,这成为他们引以为傲的理由。"②正是从逻各斯的认识出发,灵魂与认识,灵魂与真理,灵魂与德性等问题,在希腊哲学中获得了清晰的认识。布克哈特坚信,在希腊的观念中,人们对作为一种德性的"羞耻感"坚守不移地加以赞美,尤其对年轻人表现出这种美德更是赞美有加,因为在他们周围有那么多反面的典型。在文明程度较高的民族中,总存在着双重的道德标准:真实的道德代表了国民生活中较好的那些特征,假定的道德则主要代表了哲学家们的看法,后者对这个民族来说也会有些意义,"但只

---

① 布克哈特:《希腊人和希腊文明》,王大庆译,第 294 页。
② 布克哈特:《希腊人和希腊文明》,王大庆译,第 253 页。

作为一种被限定的范围,在这个范围中人们会感觉到良心的痛苦"①。

美德伦理,在亚里士多德那里,就是要坚守"中道",因为"哲学家们的道德理论本身,就是理解希腊精神的重要依据,而且在某种程度上还成为普遍文化和日常谈话的一个要素,尽管它们在普遍大众中的影响以及对生活的指导作用上显然是十分微弱的。"②当然,哲学伦理学的基本出发点也是从一种先于它产生的真正的大众理想生发出来的——即中庸之道(sophrosyne)。"这是一种贯穿了整个希腊伦理学的以寻求两极中的中道(meson)的持续告诫为形式的信条;但对于十分善于思考的希腊人来讲,它其实是关于对神的冥想、世界的秩序和命运观念的十分自然的产物。"③必须承认的文化理想观念是,天才希腊人的目标,从荷马开始,荣誉就是永远处于第一位和最耀眼的,也正是从这样一个很早的时候开始,对死后的荣耀的追求也经常被表达出来。这不是现代关注的当务之急,即使是那些身居高位的人,城邦把这种个人对荣誉的热爱用于其自身的目的再合适不过了,不过还有其他的动力。布克哈特指出,"杰出的人物向他同时代的其他的人大胆地展示自己,炫耀力量,常常发展成全身心地自我吹嘘;希腊人倾向于把自己沉浸在人格的魅力中,只要这样做不至于对他们自身造成痛苦,或者感到过于难堪。"④在对美德的强调过程中,正义的德性价值最值得重视,这体现了希腊文明对公共德性的关注超过了对私人美德的关注,或者说,私人的美德的首要任务就是对公共德性,特别是正义的坚守,显示出政治正义的重要性。布克哈特认为,"城邦成为希腊人唯一的道德教师。其公民需要培养的品质,与城邦自身相适应的美德就被称为'优秀的'(arete)"⑤。精神生活的自由品质与现实生活的

---

①　布克哈特:《希腊人和希腊文明》,王大庆译,第 133 页。

②　*Greek and Roman Philosophy*, edited by David Sedley, Cambridge University Press, 2003, pp. 143-148.

③　布克哈特:《希腊人和希腊文明》,王大庆译,第 117 页。

④　布克哈特:《希腊人和希腊文明》,王大庆译,第 124—125 页。

⑤　布克哈特:《希腊人和希腊文明》,王大庆译,第 116 页。

自由信念,正是希腊文明生活的理想品格,它构造了自由美好的国民性格,构成了自由美好的城邦政治实践,为西方文明生活奠定了自由美好的价值基础。

希腊哲学有着自己最清晰的思想传统,希腊人的理性生活是自由美好的生活信念,他们重视理性,把美丽生活与理性联系在一起,追求智慧,追求宁静,这是希腊人的真理。希腊人把对理性和智慧的追求,看得高于现世生活享受。布克哈特认为,城邦是希腊最终的国家模式,它是一个独立的小国家,掌握着一块土地,里面没有另一个设防的区域,当然,也不允许有第二种独立的公民权。这种国家形式从未被看作是逐渐形成的,而是突然出现的,是某种短暂的但经过深思熟虑的决定的结果。布克哈特说,"在希腊人的想象中充满了这种瞬间建立起的城市,就好像从一开始它自身没有做任何事情,城邦的整个生活都是服从于必然性的安排。"①从希腊文明生活实践中,可以发现,城邦的建立,在这个群体的整个存在中是一次伟大的、具有决定意义的经历。即使他们继续耕种土地,但他们的生活方式完全被城市主宰;从前是"农村人",现在则集中在一起成为"政治的",即城邦的动物,这一经历的重要性,反映在建城的传说当中,反映在发生在过去的从巨大的危险中被解救出来的故事中。"城市能够意识到它的起源和渐进的发展,意识到献祭和神兆,所有这些都有助于为未来作出调整。"②重温这些思想,我们就会获得思想的健康基因,希腊思想的健康,就是对生命,对人,对真理的重视,其实,民族国家在他们那里好像还不是特别值得考察的问题,所以,希腊思想要优越于许多现代民族国家的政治学理论。③

布克哈特指出,在和平时代,由于在希腊人的生活中所有最重要和最高贵的东西都是围绕城邦而展开的,因此,从根本上讲,城邦就是他们的

---

① 布克哈特:《希腊人和希腊文明》,王大庆译,第 93 页。

② 布克哈特:《希腊人和希腊文明》,王大庆译,第 99 页。

③ Friedrich Hölderlin, *Theoretische Versuche*, Sämtliche Werke und Briefe(2), Aufbau-Uertag, SS. 337-341.

宗教。对神的崇拜也得到了城邦最强有力的支持，以反抗外来的宗教、哲学以及其他重要的、潜在的破坏力量，对于一些城邦来说，必须全心全意地维护这种崇拜，主流的崇拜仪式得到了国家的直接关注。"在城邦自身成为一种宗教的同时，它还把城邦中的其他宗教容纳了进来，在法律、政体以及他们共同享有的公共生活以外，具有公共性质的献祭和节日在公民当中也形成了一种十分强有力的亲和力。"①因此，从神话到逻各斯，从诗歌到哲学，从希腊神话神学到希腊理性神学，希腊文明传统与希腊自由精神，就是如此充满思想的力量与无尽的启示。正如杜兰（Durant）所言，"希腊的生命也像其他每一种生命一样，不得不经历自然的衰退及接受成熟的老年。衰微既经开始，便侵入宗教、道德、文学诸方面，而陆续在个别的作品中留下污点，但希腊人天才的原动力仍使希腊艺术，像希腊科学及哲学一样，最后尚能保持接近巅峰的状态。"②希腊思想的道路亦如此，它无限广阔，亦无限深邃，它充满神秘，亦充满崎岖，因此，我们必须执着地求索，以求希腊思想的明亮精神照耀。③

---

① 布克哈特：《希腊人和希腊文明》，王大庆译，第 109 页。

② 威尔·杜兰：《希腊的生活》，《世界文明史》(2)，东方出版社 1999 年版，第 816 页。

③ James I. Porter, *The Origins of Aesthetic Thought in Ancient Greece*, Cambridge University Press, 2010, pp. 67-69.

参考文献

一、西文文献

1. A. Lang. Homer and the Epic［M］. London：Cambridge University Press，1893.

2. A. Suter. The Narcissus and the Pomegranate：An Archaeology of the Homer Hymn to Demeter［M］. Ann Arbor：The University of Michigan Press，2002.

3. A. Burnett. Three Archaic Poets：Archilochus, Alcaeus, Sappo ［M］. London：Bristol Cassical Press，1983.

4. A. Kenny. Aristotle on the Prefect Life［M］. Oxford：Clarendon Press，1981.

5. Aristoteles. Poetik：Griechisch/Deutsche［M］. Stuttgart，1994.

6. Aristotele. Metaphysik［M］. Ubersetzt von Hermann Bonitz［M］. Hamburg：Rowohlt Taschenbuch Verlag，1994.

7. Aristotle. Poetics［M］. trans. Stephen Halliwell. Boston：Harvard University Press，1995.

8. Aristotle. Philosophische Schriften（1—6）［M］. Hamburg：Felix Meiner Verlag，1995.

9. H. Wolf. Die wirkliche Reise des Odysseus，Zur Rekonstruktion des Homerische Weltbilds［M］. München：Langen Müller，1983.

10. Augustine. Confessions（Ⅰ—Ⅱ）［M］. trans. Williams Watts.

Boston: Harvard University Press,1912.

11. Augustine. Select Letters[M]. trans. James Houston Baxter. Boston: Harvard University Press,1930.

12. Augustine. The City of God(I —Ⅶ)[M]. Boston: Harvard University Press,1957—1972.

13. B. Patzek. Homer und Mythen, Mundliche Dichtung und Geschichtschreibung[M]. München: R. Oldenbourg Verlag, 1992.

14. B. Dietrich. Tradition in Greek Religion[M]. Berlin: Walter de Gruyter, 1986.

15. B. Fenik. Studies in the Odyssey[M]. Wiesbanden: Franz Steiner Verlag, 1974.

16. C. Bowra. Heroic Poetry[M]. London: Penguin Books, 1961.

17. C. O. Hutchinson. Greek Lyric Poetry, A Commentary on Selected Larger Pieces[M]. Oxford: Oxford University Press,2001.

18. C. Schneider. Kulturgeschichte des Hellensmus[M]. München: Verlag C. B. Beck,1967.

19. C. Carey. A Commontary of Five Odes of Pindar[M]. Philadelphia: The Ayer Company,1981.

20. C. Shute. The Psychology of Aristotle,An analysis of the living Being[M]. New York: Columbia University Press, 1964.

21. C. Calame. The Poetics of Eros in Ancient Greece[M]. Princeton: Princeton University Press,1992.

22. C. Orwin. The Humanity of Thucydides[M]. Princeton: Princeton University Press,1994.

23. C. Johnson. Aristotle's Theory of the State[M]. London: Macmillam Press,1990.

24. S Margoliouth. The Homer of Aristotle[M]. Oxford: Basil Blackwell,1923.

25. D. Bostock. Platon's Theaetetus [M]. Oxford: Claredon Press,1988.

26. D. Stauffer. Plato's Introduction to the Question of Justice[M]. New York: State University of New York Press, 2001.

27. Delphi, Orakel und Kultstatten [M]. München: Hirmer Verlag,1971.

28. D. Hughes. Human Sacrifice in Ancient Greece[M]. London: Routledge Press,1991.

29. D. Scott. Recollection and Experience, Plato's Theory of Learning and Its Successors[M]. London: Cambridge University Press, 1995.

30. D. Rasmussen. Liberty and Nature: An Aristotlelian Defense of Liberal Order[M]. Chicago: Open Court Publishing Company,1991.

31. D. Frame. The Myth of Return in Early Greek Epic[M]. New Haven: Yale University Press,1978.

32. J. Schelling. Ausgewahlte Schriften,Philosophie der Mythologie [M]. Frankfurt am Main: Suhrkamp Verlag,1985.

33. J. Schelling. Urfassung der Philosophie der Offenbarung[M]. Hamburg: Felix Meiner Verlag,1992.

34. E. Schotraumpf. Die Analyse der Polis Durch Aristotles[M]. Berlin: De Gruyter Verlag,1980.

35. W. Kaufmann. The Portable Nietzsche[M]. London: Penguin Books,1968.

36. M. Parry. The Making of Homeric Verse,The Colleted Papers of Milman Parry[M]. Oxford: the Clarendon Press,1971.

37. H. Feley. The Homer's Hymn to Demeter [M]. Princeton: Princeton University Press,1977.

38. L. Edmunds. Approaches to Greek Myth[M]. Baltmore: The

Johnes Hopkins University Press,1990.

39. R. Buxton. From Myth to Reason: Studies in the Development of Greek Thought[M]. Oxford: Oxford University Press,1999.

40. R. Lamberton. Homer's Ancient Readers,The Hermeneutics of Greek Epic's Earliest Exegetes[M]. Princeton: Princeton University press,1989.

41. E. Schmalzriedt. Platon: Der Schriftsteller und die Wahrheit [M]. München: R. Piper Verlag,1969.

42. E. Minchin. Homer and the Resources of Memory, Some Applications of Cognitive Theory to the Iliad and the Odyssey[M]. Oxford: Oxford University Press,2001.

43. E. Bethe. Homer, Dichtung und Sage, (1—3)[M]. Berlin: Verlag B. G. Teubner,1914.

44. E. Heden. Homerische Gotterstundien[M]. Berlin: Verlag Uppsala,1912.

45. E. Cook. The Odyssey in Athens,Myths of Cultural Origins [M]. New York: Cornell University Press,1995.

46. F. Nietzsche. Werke (1—3) [M]. Zürich: Consortium AG,1974.

47. F. Herrmann. Wege ins Ereigenis,Zu Heideggers"Beitragen zur Philosophie" [M]. Framkfurt am Main, Fischer Taschenbuch Verlag,1994.

48. F. Hölderlin. Gesammlte Werke[M]. Frankfurt am Main: Fischer Taschenbuch Verlag,2008.

49. F. Schiller. Theoretische Schriften[M]. Köln: Konemann Verlag,1999.

50. G. Kirk. Homer and the Oral Tradition [M]. London: Cambridge University Press,1976.

51. G. Kurz. Darstellungsformen menschlicher Bewegung in der Ilias[M]. Heidlberg: Universitats Verlag C. 1966.

52. G. Woudhead. Thucydides On Nature of Power[M]. Boston: Harvard University Press,1970.

53. G. Hegel. Asthetik（1—2）[M]. Friedrich Bassenge ed. West-berlin: Westdeutscher Verlag, 1985.

54. G. Hegel. Werks（1—6）[M]. Hamburg: Felix Meiner Verlag,1995.

55. G. Hegel. Phanomenologie des Geistes[M]. Köln: Konemann Verlag,2000.

56. G. Else. Aristotle's Poetics, The Argument[M]. Iowa: State University of Iowa Press,1957.

57. G. Vico. Prinzipien einer neuen Wissenschaft über die geminsame Natur der Volker,（1—2）[M]. Übersetzet von Vittorio Hosle,Christoph Jermann. Hamburg: Felix Meiner Verlag,1990.

58. G. Reale. Zu einer neuen Interpretation Platons, Eine Auslegung der Metaphysik der grosse Dialoge im Licht der ungeschriebenen Lehren. München: GRIN Verlag,1993.

59. G. Nagy. Pindar's Homer, The Lyric Possession of An Epic Past[M]. Baltmore: The Johns Hopkins University Press,1990.

60. G. Dietz. Menschen Wünder bei Homer [M]. Heidlberg: Universitats Verlag C. 1971.

61. G. Figal. Martin Heidegger,Phanomenologie der Freheit[M]. Weinheim: BELTZ Athenaum Verlag, 2000.

62. H. Parke. The Oraches of Zeus, Dodona—Olympia—Ammon [M]. Oxford: Basil Blackwell, 1967.

63. H. Parke. The Delphic Oracle,Volume 1: The History；Volume 2: Oracle[M]. Oxford: Basil Blackwell,1971.

64. H. Helmut. Der Weg des Odysseus, Tunis—Malta—Italien in den Augen Homers[M]. Tübingen: Verlag Ernst Wasmuth, 1968.

65. H. Kramer. Der Ursprung der Geist Metaphysic, Untersuchungen Zur Geschichte des Platonismus Zwischen Platon und Plotin[M]. Amsterdam: P. Schippers Verlag, 1964.

66. H. Zasanek. Rhods und Helios, Mythos, Topos und Kultentwicklung[M]. Frankfurt am Main: Verlag Peter Lang, 1994.

67. H. Richert. Goethes Faust, Die Dramatische Eingheit der Dichtung[M]. Tübingen: J. C. B. Mohr Verlag, 1932.

68. H. Ottmann. Philosophic und Politik bei Nietzsche[M]. Berlin: Walter de Gruyter, 1987.

69. F. Hager. Metaphysik und Theologie des Aristotles [M]. Darmstadt: GSI 1969.

70. M. Luserke. Die Aristotleische Katharsis [M]. Hidesheim: Olms Studien Verlag, 1991.

71. W. Capelle. Die Vorsokratiker [M]. Stuttgart: Kroner Verlag, 2008.

72. M. Janka. Platon als Mythologie, neue Interpretationen Zu den Mythen in Platons Dialogen [M]. Darmstadt: Eduard Roether Verlag, 2002.

73. H. Frankel. Wege und Formen Fruhgriech: Sechen Denkens [M]. München: Verlag C. H. Beck, 1960.

74. H. Frankel. Dichtung und Philosophie des Fruhen Griechentums[M]. Müchen: Verlag C. H. Beck, 1960.

75. H. Gundert. Dialog und Dialektik, Zur Struktur des Platonischen Dialogs[M]. Amsterdam: Verlag B. R. Gruner, 1971.

76. H. Schmitz. Aristoteles: Ontologie, Noologie, Theologie[M]. Bonn: Bouvier Verlag, 1985.

77. Herodot. Bücher Zur Geschichte［M］. Wiesbaden: Marix Verlag,2004.

78. Hesiod. Theogony, Works and Days［M］. Oxford: Oxford University Press,1988.

79. Holderlin. Samtliche Werke und Briefe［M］. Herausgegeben von Günter Mieth. Berlin: Aufbau Verlag,1995.

80. H. Schrade. Götter und Menschen Homers［M］. Stuttgart: W. Kohlhammer Verlag,1952.

81. Kant. Critique of Pure Reason［M］. trans. Norman Kemp Smith. Bedford: Cambridge University Press, 1965.

82. Kant. Kritik der praktische Vernunft［M］. Hamburg: Felix Meiner Verlag,2003.

83. Kant. Kritik der reinen Vernunft［M］. Hamburg: Felix Meiner Verlag,2003.

84. Kant. Kritik der Urteilskraft［M］. Hamburg: Felix Meiner Verlag,2003.

85. Kant. Die Kritiken, Zweitausendeins［M］. Hamburg: Felix Meiner Verlag,2008.

86. I. Düring. Aristotles, Darstellung und Interpretation seins Denkens［M］. Heidelberg: Carl Winter, 1966.

87. E. Irene. A Narratological Commentary of the Odyssey［M］. Bedford: Cambridge University Press, 2000.

88. J. Burckhardt. Das Geschichtswerk(Band 1—2)［M］. Frankfurt am Main: Zweitausendeins Verlag,2007.

89. J. Haubold. Homer's People,Epic Poetry and Social Formation［M］. Bedford: Cambridge University Press, 2000.

90. J. Feibleman. Religious Platonism,The Influence of Religion on Plato and the Influence of Plato on Religion［M］. Westport: Greenwood

Press,1977.

91. J. Griffin. Homer,On Life and Death[M]. Oxford: Clorendon Press,1980.

92. J. Vernant. Mortals and Immortals[M]. Princeton University Press,1991.

93. J. Clay. The Politics of Olympus ,Form and Meaning in the Major Homeric Hymns [M]. Princeton: Princeton University Press,1989.

94. J. Bohme. Die Seele und das Ich im Homerischen Epos[M]. Leipzig: Verlag Hirzei, 1929.

95. J. Barnes. Early Greek Philosophy[M]. London: Penguin Books,1987.

96. J. Rexire. Religion in the Plato and Cicero[M]. Westport: Greenwood Press,1968.

97. J. Keaney. The Composition of Aristotle's Athena Politeia[M]. Oxford: Oxford University Press,1992.

98. K. Johnnson. The Iliad in the Early Greek Art [M]. Copenhagen: Münksgaard,1967.

99. K. Kerenyi. Dionysos: Urbild des Unzerstorbaren Lebens Mit 198 Albildungen[M]. München: Langen Müller, 1976.

100. K. Nestor. Poetic Memory in Greek Epic[M]. New York: Carland Publishing,1995.

101. K. Siyre. Plato's late Ontology,A Riddle Resolved[M]. Princetor: Princeton University Press,1983.

102. K. Hübner. Die Wahrheit des Mythos[M]. München: Verlag C. H. Beck,1985.

103. C. Mees. Helens und Penelope,Der Weg des Menschen Im Bild der Griechischen Mythologie[M]. Stuttgart: Verlag Urachhaus ,1981.

104. L. Doherty. Siren Songs, Gender, Audiences and Narrators in the Odyssey[M]. Ann Abor: The University of Michigan Press,1995.

105. Loeb Classical Library. Aristotle (1—23) [M]. Boston: Harvard University Press,1938—1995.

106. Loeb Classical Library. Plato (1—12)[M]. Boston: Harvard University Press,1914—1926.

107. M. Noe. Phoenix Ilias und Homer, Untersuchungon zum Neueten Gesang der Ilias[M]. Leipzig: Verlag Hirzei,1940.

108. M. Heidegger. Die Grundbegriffe der Mteaphysik [M]. Frankfurt am Main: Vittorio Klostermann, 1985.

109. M. Heidegger. Erlauterungen zu Holdelin Dichtung [M]. Frankfurt: Vittorio Klostermann, 1996.

110. M. Heidegger. Sein und Zeit[M]. Tübingen: Max Niemeyer Verlag,2006.

111. M. Nilsson. The Mycenaean Origin of Greek Mythology[M]. Los Angeles: University of California Press,1972.

112. M. Mc Cade. Plato's Individuals [M]. Princeton: Princeton University Press,1994.

113. M. Katz. Penelop's Renown: Meaning and Indeterminacy in the Odyssey[M]. Princeton: Princeton University Press,1991.

114. M. Politheki. Umwertung aller Werte: Deutsche Literatur in Urteil Nietzsches[M]. Berlin: de Gmyter,1989.

115. M. Schäfern. Der Gotterstreit in der Ilias[M]. Stuttgart: B. G. Teubner Verlag,1990.

116. M. Hansen. The Athenian Democracy in the Age Demosthenes, Structure, Principles and Ideology [M]. London: Blackwell,1991.

117. M. Partce. Plato's Poetics,The Authority of Beauty[M]. Salt

Lake City: University of Utah Press, 1981.

118. Neschke. Die Poetik des Aristoteles[M]. Frankfurt am Main: Vittorio Klostermann, 1983.

119. N. Austin. Archery at the Dark of the Moon, Poetics Problems in Homer's Odyssey [M]. Los Angeles: University of California Press, 1975.

120. O. Hackstein. Die Sprachform der Homerischen Epen[M]. Köln: Ludwig Reichert Verlag, 2002.

121. O. Spengler. Der Untergang des Abendlandes[M]. Stuttgart: Patmos Verlag, 2007.

122. E. Easterling. Greek Religion and Society [M]. Bedford: Cambridge University Press, 1985.

123. P. Friedlander. Plato[M]. trans. Hans Meyerhoff. Princeton: Princeton University Press, 1977.

124. P. Trawny. Heidegger und Holderlin oder der Europasche Morgen[M]. Wurzburg: Konigshausen Neumann, 2004.

125. P. Trawny. Martin Heideggers Phanomenologie der Welt[M]. Frieburg: Verlag Karl Alber, 1997.

126. Platon. Der Staat, Deutsch von August Horneffer [M]. Stuttgar: Alfred Kroner Verlag, 1955.

127. Platon. Samtliche Dialoge, Band Ⅰ—Ⅶ[M]. Herausgegeben von Otto Apelt. Hamburg: Felix Meiner Verlag, 2004.

128. Platon. Samtliche Werke[M]. Essen: Phaidon Verlag, 2003.

129. Plotinus. Ennead (Ⅰ—Ⅶ) [M]. trans. A. H. Armstrong. Boston: Harvard University Press, 1966—1988.

130. R. Fowler. The Nature of Early Greek Lyric [M]. Three Preliminary Studies. Toronto: University of Toronto Press, 1987.

131. Ranke Graves. Griechische Mythologie, Qullen und Deutung

[M]. Köln: Anaconda Verlag,2008.

132. R. Merkelbach. Die Hirten des Dionysos: Die Dionysos Mysterien der romischen Kaiserzeit und der buklische Roman des Longus [M]. Stuttgart: B. G. Teubner Verlag,1988.

133. R. Bodeus. The Political Dimensions of Aristotle's Ethics[M]. New York: State University of New York Press,1933.

134. R. Faber. Die Restauration der Gotter, Antike Religion und Neopaganismus[M]. Wurzburg: Konigshausen Neumann,1986.

135. R. Krummel. Nietzsche and der deutsche Geist(1—2)[M]. Berlin: Aufbau Verlag,1974.

136. R. Sorabji. Necessity Cause and Blame: Perspectives on Aristotle's Theory[M]. Chicago: University of Chicago Press,2006.

137. R. Böhme. Orpheus, Der Sanger und Seine Zeit[M]. Berlin: Francke Verlag,1970.

138. R. Lambertan. Homer/The Theologican, Neoplatonist Allegorical Reading and the Growth of the Epic Tradition[M]. California: University of Carlifornia press,1986.

139. R. Parker. Athenian Religion(A History)[M]. Oxford: Larendon Press,1996.

140. S. Monoson. Plato's Democratic Entanglements, Athenian Politics and the Practice of Philosophy[M]. Princeton: Princeton University Press,2000.

141. S. Broadie. Ethics with Aristotle[M]. Oxford: Oxford University Press,1991.

142. Schiller. Schiller (I—Ⅲ) [M]. Bayreuth: Gondron Verlag,1978.

143. Schiller. Werke(I—Ⅳ)[M]. Frankfurt am Main: Insel Verlag,1966.

144. S. Halliwell. Aristotle's Poetics [M]. Chicago: Chicago University Press,1998.

145. M. Robinson. Plato's Psychology[M]. Toronto: University of Toronto Press,1990.

146. T. Carpenter. Christopher A. F. Masks of Dionysus[M]. New York: Cornell University Press,1993.

147. J. Cashford. The Homeric Hymns [M]. London: Penguin Books,2003.

148. W. Helbig. Das Homerische Epos Aus den Denkmaler Erlautert[M]. Leipzig: Verlag Hirzei, 1884.

149. C. Guthrie. A History of Greek Philosophy (1—6) [M]. Bedford: Cambridge University Press,1962.

150. T. Maccary. Childlike Achilles,Ontologoy and Physiology in the Iliad[M]. New York: Columbia University Press,1982.

151. W. Otto. Die Gotter Griechenlands,Das Bild des Gottlichen Im Spiegel des Griechischen Geistes[M]. Frankfurt am Main: Klostermann, 1987.

152. W. Hirsch. Platons Weg Zum Mythos[M]. Berlin: Walter De Gruyter Verlag,1971.

153. W. Kranz. Die Griechische Philosophie[M]. Bremen: Verlag Schibli Doppler,1955.

154. W. Kranz. Die Kulture der Griechen [M]. Wiesbaden: Dieterichsche Verlag,1947.

155. W. Jaeger. Paideia,Die Formung des Griechischen Menschen [M]. Berlin: Walter de Gruyter,1973.

156. W. Jaeger. Aristotles,Grundlegung einer Geschichte Seiner Entwicklung[M]. Berlin: Walter de Gruyter, 1955.

157. W. Jaeger. The Theology of the Early Greece Philosophers

[M]. Oxford：Oxford At the Clareandon Press,1947.

158. W. Oates. Aristotle and the Problem of Value[M]. Princeton：Princeton University Press,1963.

159. W. Emrich. Die Symbolic von Faust,Sinn und Vorforman[M]. Berlin：Junker und Dünnhaupt Verlag,1950.

160. W. Von Humboldt. Uber die Verschiedenheit des menschlichen Sprachbaues：Uber die Sprache［M］. Wieshaden：Fourierverlag,2003.

161. W. Kullman. Wissenschaft und Methode Intepretationen zur Aristotleischen Theorie der Natur-Wissenschaft[M]. Berlin：Walter de Gruyter,1974.

162. W. Kullman. Homerische Motive,Beitrage Zur Entstenhung Eingenart und Wirkung von Ilias und Odyssee[M]. Stuttgart：Franz Steiner Verlag,1992.

二、中文文献

1. 埃斯库罗斯. 阿伽门农［M］//古希腊悲剧喜剧全集：第 1 集. 张竹明,等译. 南京：译文出版社,2009.

2. 索福克勒斯. 埃阿斯［M］//古希腊悲剧喜剧全集：第 2 集. 张竹明,等译. 南京：译文出版社,2009.

3. 舍勒. 爱的秩序［M］. 林克,译. 北京：生活·读书·新知三联书店,1995.

4. 欧里庇德斯. 安德洛马刻［M］//古希腊悲剧喜剧全集：第 4 集. 张竹明,等译. 南京：译文出版社,2009.

5. 索福克勒斯. 安提戈涅［M］//古希腊悲剧喜剧全集：第 4 集. 张竹明,等译. 南京：译文出版社,2009.

6. 荷马. 奥德赛［M］. 王焕生,译. 北京：人民文学出版社,1997.

7. 周伟驰. 奥古斯丁的基督教思想［M］. 北京：中国社会科学出版

社,2005.

8.陈康.巴门尼德斯篇译注[M].北京:商务印书馆,1983.

9.普洛提洛斯.柏拉图的神学[M].石敏敏,译.北京:中国社会科学出版社,2009.

10.柏拉图.柏拉图对话集[M].王太庆,译.北京:商务印书馆,2004年.

11.布兰.柏拉图及其学园[M].杨国政,译.北京:商务印书馆,2003.

12.柏拉图.柏拉图全集(四卷)[M].王晓朝,译.北京:人民出版社,2005.

13.陈中梅.柏拉图诗学与艺术思想研究[M].北京:商务印书馆,1999.

14.柏拉图.柏拉图文艺对话集[M].朱光潜,译.北京:人民文学出版社,1979.

15.范明生.柏拉图哲学述评[M].上海:上海人民出版社,1984.

16.尼采.悲剧的诞生:尼采美学文选[M].周国平,译.石家庄:河北人民出版社,2008.

17.埃斯库罗斯.被缚的普罗米修斯[M]//古希腊悲剧喜剧全集:第1集.张竹明,等译.南京:译文出版社,2009.

18.修昔底德.伯罗奔尼撒战争史[M].谢德风,译.北京:商务印书馆,1961.

19.奥古斯丁.忏悔录[M].周士良,译.北京:商务印书馆,1983.

20.汪子嵩,王太庆.陈康:论希腊哲学[C].北京:商务印书馆,1990.

21.海德格尔.存在与时间[M].陈嘉映,等译.北京:生活·读书·新知三联书店,1987.

22.阿里斯托芬.地母节妇女[M]//古希腊悲剧喜剧全集:第7集.张竹明,等译.南京:译文出版社,2009.

23.亚里士多德.动物四篇[M].吴寿彭,译.北京:商务印书馆,2010.

24.亚里士多德.动物志[M].吴寿彭,译.北京:商务印书馆,2010.

25. 谢林. 对人类自由的本质及其相关对象的哲学研究[M]. 邓安庆,译. 北京:商务印书馆,2010.

26. 索福克勒斯. 俄狄浦斯王[M]//古希腊悲剧喜剧全集:第 2 集. 张竹明,等译. 南京:译文出版社,2009.

27. 柏拉图. 法律篇[M]. 张智仁,译. 上海:上海人民出版社,2001.

28. 索福克勒斯. 菲洛克忒忒斯[M]//古希腊悲剧喜剧全集:第 2 集. 张竹明,等译. 南京:译文出版社,2009.

29. 柏拉图. 斐多[M]. 杨绛,译. 北京:中国国际广播出版社,2006.

30. 亚里士多德. 工具篇[M]. 余纪元,译. 北京:中国人民大学出版社,2003.

31. 赫西俄德. 工作与时日,神谱[M]. 张竹明,等译. 北京:商务印书馆,1990.

32. 阿里斯托芬. 公民大会妇女[M]//古希腊悲剧喜剧全集:第 7 集. 张竹明,等译. 南京:译文出版社,2009.

33. 摩尔根. 古代社会[M]. 杨东莼,等译. 北京:商务印书馆,1995.

34. 北京大学哲学系. 古希腊罗马哲学[C]. 北京:商务印书馆,1957.

35. 卡西尔. 国家的神话[M]. 范进,等译. 北京:华夏出版社,1990.

36. 阿里斯托芬. 和平[M]//古希腊悲剧喜剧全集:第 6 集. 张竹明,等译. 南京:译文出版社,2009.

37. 荷尔德林. 荷尔德林后期诗歌[M]. 刘皓明,译. 上海:华东师范大学出版社,2010.

38. 海德格尔. 荷尔德林诗的解释[M]. 孙周兴,译. 北京:商务印书馆,1995.

39. 荷尔德林. 荷尔德林文集[M]. 戴晖,译. 北京:商务印书馆,2001.

40. 欧里庇德斯. 赫卡柏[M]//古希腊悲剧喜剧全集:第 3 集. 张竹明,等译. 南京:译文出版社,2009.

41. 朱立元. 黑格尔美学思想论稿[M]. 上海:复旦大学出版社,1986.

42. 洪堡特. 洪堡特语言学论集[M]. 姚小平,译. 长沙:湖南教育出版

社,1996.

43.柏拉图.会饮篇[M].王太庆,译.北京:商务印书馆,2013.

44.周伟驰.记忆与光照——奥古斯丁神哲学研究[M].北京:社科文献出版社,2001.

45.弗雷泽.金枝[M].徐育新,等译.北京:中国民间文艺出版社,1987.

46.刘小枫.经典美学文选[C].上海:学林出版社,1997.

47.普洛丁.九章集[M].石敏敏,译.北京:中国社会科学出版社,2009.

48.欧里庇得斯.酒神的伴侣[M]//古希腊悲剧喜剧全集:第5集.张竹明,等译.南京:译文出版社,2009.

49.赫费.康德生平、著作与影响[M].郭大为,译.北京:人民出版社,2007.

50.康德.康德著作全集(1—9)[M].李秋零,主编.北京:中国人民大学出版社,2003.

51.柏拉图.克力同篇[M].严群,译.北京:商务印书馆,1985.

52.克尔凯郭尔.恐惧与颤栗[M].刘继,译.贵阳:贵州人民出版社,1993.

53.舍斯托夫.旷野呼告[M].方珊,等译.北京:华夏出版社,1988.

54.弗兰克.浪漫派的将来之神:新神话学讲稿[M].李双志,译.上海:华东师范大学出版社,2010.

55.柏拉图.理想国[M].郭斌和,张竹明,译.北京:商务印书馆,1994.

56.王柯平.理想国的诗学研究[M].北京:北京大学出版社,2005.

57.希罗多德.历史[M].王以铸,译.北京:商务印书馆,1959.

58.海德格尔.林中路[M].孙周兴,译.上海:上海译文出版社,1997.

59.斯宾诺莎.伦理学[M].贺麟,译.北京:商务印书馆,1983.

60.温克尔曼.论古代艺术[M].邵大箴,译.北京:中国对外翻译出版公司,1997.

　　61. 罗念生. 论古希腊戏剧[M]. 北京:中国戏剧出版社,1985.

　　62. 洪堡. 论国家的作用[M]. 林荣远,译. 北京:中国社会科学出版社,2005.

　　63. 克尔凯郭尔. 论怀疑者[M]. 翁绍军,等译. 北京:生活·读书·新知三联书店,1996.

　　64. 汉斯·昆. 论基督徒[M]. 杨德友,译. 北京:生活·读书·新知三联书店,1995.

　　65. 洪堡. 论人类语言结构的差异及其对人类精神发展的影响[M]. 姚小平,译. 北京:商务印书馆,1998.

　　66. 奥古斯丁. 论三位一体[M]. 周伟驰,译. 上海:上海人民出版社,2005.

　　67. 维柯. 论意大利最古老的智慧[M]. 张小勇,译. 上海:上海三联书店,2006.

　　68. 欧里庇德斯. 美狄亚[M]//古希腊悲剧喜剧全集:第 4 集. 张竹明,等译. 南京:译文出版社,2009.

　　69. 黑格尔. 美学(1—3)[M]. 朱光潜,译. 北京:商务印书馆,1983.

　　70. 拉尔修. 名哲言行录[M]. 徐开来,等译. 桂林:广西师范大学出版社,2010.

　　71. 萨弗兰斯基. 尼采思想传记[M]. 卫茂平,译. 上海:华东师范大学出版社,2008.

　　72. 亚里士多德. 尼各马可伦理学[M]. 邓安庆,译注. 北京:人民出版社,2007.

　　73. 亚里士多德. 尼各马可伦理学[M]. 廖申白,译. 北京:商务印书馆,2003.

　　74. 阿里斯托芬. 鸟[M]//古希腊悲剧喜剧全集:第 6 集. 张竹明,等译. 南京:译文出版社,2009.

　　75. 兹拉特科夫斯基卡雅. 欧洲文明的起源[M]. 陈筠,等译. 北京:生活·读书·新知三联书店,1982.

76.埃斯库罗斯.七将攻忒拜[M]//古希腊悲剧喜剧全集:第 1 集.张竹明,等译.南京:译文出版社,2009.

77.埃斯库罗斯.乞援人[M]//古希腊悲剧喜剧全集:第 1 集.张竹明,等译.南京:译文出版社,2009.

78.叶秀山.前苏格拉底哲学研究[M].北京:生活·读书·新知三联书店,1982.

79.特纳.庆典[M].方永德,等译.上海:上海文艺出版社,1993.

80.奥古斯丁.上帝之城[M].吴飞,译.上海:上海三联书店,2007.

81.卡西尔.神话思维[M].黄龙保,等译.北京:中国社会科学出版社,1990.

82.维克雷.神话与文学[M].潘国庆,等译.上海:上海人民出版社,1990.

83.赫西俄德.神谱[M].张竹明,等译.北京:商务印书馆,1990.

84.但丁.神曲[M].朱维基,译.上海:上海译文出版社,1984.

85.席勒.审美教育书简[M].冯至,范大灿,译.北京:北京大学出版社,1985.

86.亚里士多德.诗学[M].陈中梅,译注.北京:商务印书馆,1996.

87.亚里士多德.诗学[M].罗念生,译.北京:人民文学出版社,1982.

88.吕凯.世界神话百科全书[M].徐汝舟,等译.上海:上海文艺出版社,1992.

89.恰托巴底亚耶.顺世论[M].王进安,译.北京:商务印书馆,1996.

90.柏拉图.苏格拉底的申辩[M].严群,译.北京:商务印书馆,1985.

91.叶秀山.苏格拉底及其哲学思想[M].北京:人民出版社,1985.

92.尼采.苏鲁支语录[M].徐梵澄,译.北京:商务印书馆,1992.

93.欧里庇德斯.特洛伊妇女[M]//古希腊悲剧喜剧全集:第 5 集.张竹明,等译.南京:译文出版社,2009.

94.傅乐安.托马斯·阿奎那的基督教哲学[M].上海:上海人民出版

社,1990.

95.阿里斯托芬.蛙[M]//古希腊悲剧喜剧全集:第7集.张竹明,等译.南京:译文出版社,2009.

96.范明生.晚期希腊哲学和基督教神学[M].上海:上海人民出版社,1993.

97.维柯.维柯著作选[M].陆晓禾,译.北京:商务印书馆,1992.

98.马丁·布伯.我与你[M].许碧端,译.香港:基督教文艺出版社,1986.

99.亚里士多德.物理学[M].张竹明,译.北京:商务印书馆,1982.

100.卢克莱修.物性论[M].方书春,译.北京:商务印书馆,1959.

101.斯宾格勒.西方的没落[M].吴琼,译.上海:上海三联书店,2006.

102.邓迪斯.西方神话学论文选[M].朝戈金,等译.上海:上海文艺出版社,1994.

103.尼采.希腊悲剧时代的哲学[M].周国平,译.北京:商务印书馆,1994.

104.色诺芬.希腊史[M].徐松岩,译注修订本.上海:上海人民出版社,2020.

105.汪子嵩,范明生,陈村富,等.希腊哲学史(1—4)[M].北京:人民出版社,2014.

106.策勒尔.希腊哲学史纲[M].翁绍军,译.济南:山东人民出版社,1992.

107.席勒.席勒文集(1—6)[M].钱春绮,朱雁冰,译.北京:人民文学出版社,2005.

108.谢林.先验唯心论体系[M].梁志学,译.北京:商务印书馆,1981.

109.亚里士多德.形而上学[M].李真,译.上海:上海人民出版社,2005.

110. 亚里士多德. 形而上学[M]. 吴寿彭, 译. 北京: 商务印书馆, 1959.

111. 席勒. 秀美与崇高[M]. 张玉能, 译. 北京: 文化艺术出版社, 1998.

112. 罗斯. 亚里士多德[M]. 王路, 译. 北京: 商务印书馆, 1997.

113. 汪子嵩. 亚里士多德关于本体的学说[M]. 北京: 生活·读书·新知三联书店, 1982.

114. 亚里士多德. 亚里士多德全集(1—10)[M]. 苗力田, 等译. 北京: 中国人民大学出版社, 1991.

115. 施特劳斯. 耶稣传[M]. 吴永泉, 译. 北京: 商务印书馆, 1981.

116. 荷马. 伊利亚特[M]. 罗念生, 王焕生, 译. 北京: 人民文学出版社, 1994.

117. 谢林. 艺术哲学[M]. 魏庆征, 译. 北京: 中国社会出版社, 1996.

118. 吴天岳. 意愿与自由: 奥古斯丁意愿概念的道德心理学解读[M]. 北京: 北京大学出版社, 2010.

119. 埃利奥特. 印度教与佛教史纲[M]. 李荣熙, 译. 北京: 商务印书馆, 1982.

120. 卡西尔. 语言与神话[M]. 于晓, 等译. 北京: 生活·读书·新知三联书店, 1988.

121. 李咏吟. 原初智慧形态: 希腊神学的两大话语系统及其历史转换[M]. 上海: 上海人民出版社, 1999.

122. 布留尔. 原始思维[M]. 丁由, 译. 北京: 商务印书馆, 1987.

123. 泰勒. 原始文化[M]. 连树声, 译. 上海: 上海文艺出版社, 1992.

124. 阿里斯托芬. 云[M]//古希腊悲剧喜剧全集: 第6集. 张竹明, 等译. 南京: 译文出版社, 2009.

125. 舍斯托夫. 在约伯的天平上[M]. 徐荣庆, 等译. 北京: 生活·读书·新知三联书店, 1990.

126. 文德尔班. 哲学史教程[M]. 罗达仁, 译. 北京: 商务印书馆,1986.

    127. 亚里士多德. 政治学[M]. 吴寿彭,译. 北京:商务印书馆,2007.

    128. 刘小枫. 走向十字架的真[M]. 上海:上海三联书店,1994.

    129. 默雷. 古希腊文学史[M]. 孙席珍,等译. 上海:上海译文出版社,1986.

    130. 维柯. 新科学[M]. 朱光潜,译. 北京:人民文学出版社,1987.

    131. 赫丽生. 希腊宗教研究导论[M]. 谢世坚,译. 桂林:广西师范大学出版社,2006.

    132. 普鲁塔克. 希腊罗马名人传(1—3)[M]. 席代岳,译. 长春:吉林出版社集团有限责任公司,2009.

    133. 普鲁塔克. 道德论丛(1—4)[M]. 席代岳,译. 长春:吉林出版集团有限责任公司,2015.

    134. 耶格尔. 教化:古希腊文化的理想(1—3)[M]. 陈文庆,译. 上海:华东师范大学出版社,2021.

    135. 策勒. 古希腊哲学史(1—6)[M]. 聂敏里,等译. 北京:人民出版社,2020.

重要名词索引

后　记

　　"十年一弹指，世界已不同。"1999 年，上海人民出版社的胡小静先生慷慨出版我的博士论文《原初智慧形态：希腊神学的两大话语系统及其历史转换》时，国内关于西方古典学或希腊研究，只有不多的汉语读物和英文著作，我看过的外文著作大多是复印的，对英语世界和德语世界的古典学研究，实在缺乏真切的了解；近几年，在修订《希腊思想的道路》时，国内书店或图书馆里，已经陈列了许多西方古典学或希腊研究的著作。西方古典学研究在中国蔚然成风，我本人也有四次机会访问德国与加拿大的著名大学，与欧美著名大学的古典学教授有一些亲历性接触，看过他们的书，听过他们的讲座，对西方古典学的历史与研究著作不再陌生，更不需要凭空想象。特别是在德国基尔大学的古典学图书馆、加拿大多伦多大学的罗伯茨图书馆以及德国图宾根大学古典学系和神学院的图书馆里，看了大量的古典学著作，并挑选自认为优秀的著作做了大量笔记。从本书的参考文献可以看出，我当初想提供一份相对完整的古典学研究书单，最近在整理这份书单时，才发现这是一份相当困难的工作，只好保留自认为有益的著作目录。英语世界的古典学与德语世界的古典学实在是太深奥了，许多优秀学者的著作，我根本没有办法在短时间内消化。

　　对于我来说，这个跨越十五年的学术修订工作，就是重新学习的过程，也是重新修炼自我的过程。我的博士学位论文指导老师陈村富教授，早就为我提供了相当优越的出版条件，并且，经常提醒我有必要对已经出版的博士论文作进一步的修订，还经常把他收藏的古典学经典作品借给我阅读，特别是他和几位哲学史家合著的《希腊哲学史》多卷本，已经成了我直接受益甚多的思想著作。我真正想修订增补这部书是在 2000 年,尽管在北京大学出版社等出版的一些教授著作或博士论文里,往往将我的著作列为参考书,然而,我知道,这是学人的鼓励与善意的理解,并不能证明原书的真正价值。其实,我曾经非常不满意自己的"少作",这种不满意,当初主要针对其文字,今天则更多是因为思想。不过,真正修改的机会一直不成熟,因为只有多看些书才能修改,而且光看中文书远远不够。2004 年,我获得了到德国基尔大学访学的机会,在基尔大学图书馆和古典学系图书馆,第一次见识了什么叫作真正的"古典学研究"。德国古典学的研究方法与思想视野,使我建立了基本的古典学学术理念。

2005 年,我又获得了赴加拿大多伦多大学古典学系学习的机会,指导老师是荷马史诗研究专家。虽然在古典学系图书馆,我没有看到绝版的古典学著作,但是,他们对洛布丛书的重视给予了我深刻印象。后来,在多伦多大学的罗伯茨图书馆里,我总算开了眼界,知道了西方古典学研究的百余年历程以及古典学学术曾经的辉煌。那段时间,我在图书馆天天抄书和借书,他们规定每个借阅者可以借一百本书。我把想看的书,先大包大包地借出,尽量复印并摘抄,得到了不少有用的文献资料。两次访问,留下了十几本读书笔记,本来可以尽快修改,导师也催促了好几次,但就是不见我的动作,主要是觉得太难了。这期间,刘小枫组织出版了大量的古典学译著,这些富有思想的书,也给了我不少启示。北京大学希腊研究中心组织出版了许多优秀的学术著作,这对我是直接的激励。

2008 年,我终于获得了赴德国图宾根大学学习的机会,于是,开始下决心修改这本书,并且想好好利用图宾根大学几所图书馆里的资料。这里,有号称柏拉图研究图宾根学派的许多代表人物。我刚好碰上了著名的柏拉图研究专家克莱默(Hans J. Krämer)的新书研讨会,见识了众多的柏拉图研究专家。当然,图宾根大学,更是当今西方神学的伟大学者所在地,例如,汉斯·昆,莫尔特曼,云格尔,等等,这些著述惊人的教授,让我知道什么叫真正的学者!那年夏天,慕尼黑大学哲学学院的亨利希教授刚好来图宾根大学接受一个学术奖。他在教学主楼大礼堂演讲,汇聚了许多学者与青年学生听众。老少咸集,而且有许多白发苍苍的老学者、老教授。在亨利希教授念讲稿的过程中,会场极其安静,那场景给予我极大的震动,我感觉到德国学术界对伟大学者的真正尊重,那是力量与信念的象征!

由于心境与情境俱佳,我利用学德语的间隙好好修改这本书,把新看到的材料直接用上。对前几年做的笔记,我也有了反省的机会,新看的材料直接鼓动我的思考。老实说,按照西方古典学的水准,我这本书的许多论述,皆有不深刻处,而且,语言问题,特别是古希腊语言本文的直接理解,更是拦路虎,但是,在国内目前西方古典学研究还不是特别成熟的时候,我这本书也许可以提供有益的研究思路和方法。特别值得提出的是,有关荷马的研究文献,我是用了极大的耐心来搜集的。不过,图宾根大学古典学系图书馆的荷马文献,有些让我失望,因为他们太重视柏拉图和亚里士多德,把荷马看淡了,似乎很少有专门研究荷马的学者。这与英语世界大不一样,英美著名大学古典学系,往往总有一位荷马专家。

在图宾根,有关希腊神话神学的德文文献,比英文文献资料要少得多。不过,许多经典的古典学作品,我在图宾根大学神学院图书馆读到过。当然,我还从这座城市的书店里买到极为重要的古典学学术著作,甚至是古老的版本,我特别满意自己丰厚的收获。这本书的写法,我想有自己的新意和独特性,本以为在英语和德语文献中,像我这样的写法也不多,但有关神话神学的部分,我读到了德国学者奥托(Walter F. Otto)教授写的经典著作《希腊诸神:希腊精神之镜中的诸神形象》,如觅"知音"。这时我才发现我所采用的希腊神学解释方法,奥托教授早就成功地运用了,原本还以为自己的解释有所发明和创新!现在的书名叫《希腊思想的道路》,显然更能体现我当前的用心。书稿可能还有这样那样的问题,但我相信,只要努力,学术水平会有更好的提高。只要比昨天与今天的"我"有所进步,也就自我安慰了!

在修订完成这本书的时候,我要感谢耶鲁大学的巴克尔教授(Egbert J. Bakker),加拿大多伦多大学的乔纳森教授(Burgess Jonathan),德国基尔大学的迈亚教授（Albert Meier）、德国图宾根大学的赫费教授（O.Höffe）与弗兰克教授（M. Frank），他们慷慨为我提供访学邀请，或者通过面谈，或者通过邮件，对我进行耐心指导。由于我的外语水平和古典学水平有限，他们表现出难得的宽容与友好，让我真正领略了这几位教授的人格魅力。与此同时，我要再次感谢我的导师陈村富教授和王元骧教授。没有陈村富教授的悉心指导和极其无私的大力支持，我不可能在古典学研究上走得更远。他们的人格精神与学术思想是我领受不完的财富。我还要再次感谢宋旭华编辑，他一直非常敬业、耐心地编辑我的这些著作。此时，我也特别想念最初为我出版博士论文的著名编辑胡小静先生，他帮我出版了三本学术著作，不仅没有向我要出版资助，而且还给我丰厚的稿酬，这对青年时代的我，是莫大的支持与鼓励。胡先生已经到了另外的世界，现在，只能深深地怀念！一切因为他们，我的学术理想才变成了现实，我要感恩这些给予我巨大帮助的人。每当想到这里，心中就充满了幸福与力量！

2014 年 3 月于浙江大学紫金文苑
2015 年 12 月校定于浙江大学图书馆

修订后记

我在本书 2017 年版的后记中,详尽地道说了修改旧作时的幸运与艰辛。那些在德国与加拿大大学图书馆看书时的激情岁月,那种看到西方经典名著多语言版本时的狂热欣喜,那种学术交流与思想碰撞的内心欢乐,仿佛历历在目。我本以为《希腊思想的道路》出版完成之后,就让它成为我永远的思想纪念! 因为我已经达到了自己的最好的状态,不可能有更大的进步了。由于那种巨大的阅读和思考工作导致的极度劳累,在本书修改完后,我就累倒了,很害怕再去触碰这部书稿的文字。当时,我委托一个年轻博士帮我处理书稿的最后校对工作。谁知她做事不认真,她又委托一个不懂行的博士帮忙处理外文参考文献的作者缩写。结果,那个博士把外国人姓名的缩写完全弄反。所以,当我拿到 2017 年版样书时,顿时傻眼了。我看到了许多明显的错误,后悔自己做事没有善始善终与亲力亲为,这是我的学术出版生涯中最苦痛的记忆。

2022 年春,由于教学的需要,我才重新拿起 2017 年版新书,强迫自己必须在规定的时间内完成再次校改的任务。必须承认,今日中国的西方古典学研究,已经发生了翻天覆地的变化。一大批中国青年学者在国内与国外从事真正的西方古典学研究,有些青年学者的研究水平甚至可以比肩欧美古典学学者。还有不少古典学工作者致力于西方古典学经典作品的翻译与研究,所以,大多数古代希腊诗歌与哲学经典著作都有了很好的中文译本。应该说,中国人的西方古典学翻译与研究水平发生了根本性转变。相较而言,我自己虽然也在不断进步,力图不断超越自己,但与这些优秀的中青年学者相比,显然还差得很远。

　　这几年,我女儿在德国海德堡大学哲学系攻读哲学博士学位,她主要致力于康德意志论哲学与尼采意志论哲学的研究。由于海德堡大学将古希腊语作为博士学位答辩的必要前提条件,所以,我女儿一直在苦学古希腊语。为了帮助她学好古希腊语,我让她每隔一天就通过微信语音的方式给我讲解柏拉图文本。她先将德国的古希腊语通用教材给我讲了一遍,后来又把柏拉图的《申辩篇》《斐多篇》《国家篇》等逐字逐句地讲了一遍。我在系统听讲时产生了许多真切的语言文化思想感受。只是年近六十岁的我,记忆古希腊语单词和古希腊语法始终不太如意。我在攻读博士学位期间,跟随陈村富教授学过初级希腊语。我女儿以希腊语与德语对译的方式讲解希腊语,又以汉语作沟通,无疑帮助我更加亲近了古希腊诗歌、哲学与历史。我发现,只有直接理解古希腊语言的语义变化与语法变化,才能真正理解希腊经典思想与文化的内在奥妙。不过,这种对古希腊语的亲切体认并没有直接体现在这次修订中,但是,通过古希腊语的研读,我感到自己对希腊神话、诗歌与哲学的理解确实显得更加亲切与敏感。如果我年轻时有这样的学习条件,那么,本书的写作肯定会好得多。

　　由于自己对诗歌和哲学的执著热爱,所以,我这一生始终徜徉在诗歌与哲学的海洋里。我认为自己在职业选择上是极其幸运的人。在最好的大学学习与工作,又遇上了最好的时代,可以在中外诗歌与哲学经典中自由地思索。因此,当我将本书修订一遍,校正了一些文字论述与标点符号,订正了一些外国学者的姓名缩写,补充了近几年出版的古典学经典译作,内心感到非常轻松和愉快。我终于完成了这项必要的工作,这无疑是在最美好的事业中进行的最有意义的自我证明方式。为此,我要特别感谢宋旭华主任。他是我近二十年来衷心感谢的好编辑,没有他的大力帮助,我的十余本著作就不可能获得自我超越自我提升的机会。当然,我还特别想感谢我妻子与我女儿在这本书修订过程中给予的无私支持与热情帮助。最后,我想说:天道酬勤,感恩美好,想象未来,自由创造。

2022 年 5 月于杭州

2023 年 12 月再校毕

图书在版编目(CIP)数据

希腊思想的道路:基于诗歌与哲学的考察 / 李咏吟
著. —杭州：浙江大学出版社，2023.12
ISBN 978-7-308-24208-0

Ⅰ.①希… Ⅱ.①李… Ⅲ.①古典诗歌－诗歌研究－
古希腊 ②古希腊罗马哲学－研究　Ⅳ.①I545.072
②B502

中国国家版本馆 CIP 数据核字(2023)第 176018 号

希腊思想的道路:基于诗歌与哲学的考察

李咏吟　著

责任编辑	宋旭华	
责任校对	胡　畔	
封面设计	孙豫苏	
出版发行	浙江大学出版社	
	（杭州市天目山路 148 号　邮政编码 310007）	
	（网址：http://www.zjupress.com）	
排　　版	浙江大千时代文化传媒有限公司	
印　　刷	广东虎彩云印刷有限公司绍兴分公司	
开　　本	710mm×1000mm　1/16	
印　　张	30.5	
字　　数	424 千	
版 印 次	2023 年 12 月第 1 版　2023 年 12 月第 1 次印刷	
书　　号	ISBN 978-7-308-24208-0	
定　　价	82.00 元	